100 pedaços de mim

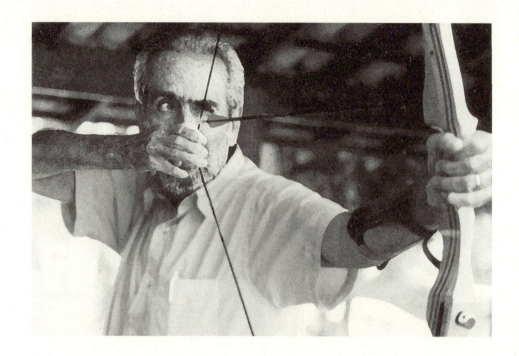

O Arqueiro

GERALDO JORDÃO PEREIRA (1938-2008) começou sua carreira aos 17 anos, quando foi trabalhar com seu pai, o célebre editor José Olympio, publicando obras marcantes como *O menino do dedo verde*, de Maurice Druon, e *Minha vida*, de Charles Chaplin.

Em 1976, fundou a Editora Salamandra com o propósito de formar uma nova geração de leitores e acabou criando um dos catálogos infantis mais premiados do Brasil. Em 1992, fugindo de sua linha editorial, lançou *Muitas vidas, muitos mestres*, de Brian Weiss, livro que deu origem à Editora Sextante.

Fã de histórias de suspense, Geraldo descobriu *O Código Da Vinci* antes mesmo de ele ser lançado nos Estados Unidos. A aposta em ficção, que não era o foco da Sextante, foi certeira: o título se transformou em um dos maiores fenômenos editoriais de todos os tempos.

Mas não foi só aos livros que se dedicou. Com seu desejo de ajudar o próximo, Geraldo desenvolveu diversos projetos sociais que se tornaram sua grande paixão.

Com a missão de publicar histórias empolgantes, tornar os livros cada vez mais acessíveis e despertar o amor pela leitura, a Editora Arqueiro é uma homenagem a esta figura extraordinária, capaz de enxergar mais além, mirar nas coisas verdadeiramente importantes e não perder o idealismo e a esperança diante dos desafios e contratempos da vida.

Lucy Dillon

100 pedaços de mim

Título original: *A Hundred Pieces of Me*

Copyright © 2019 por Havercroft Ltd.

Copyright da tradução © 2021 por Editora Arqueiro Ltda.

Todos os direitos reservados. Nenhuma parte deste livro pode ser utilizada ou reproduzida sob quaisquer meios existentes sem autorização por escrito dos editores.

tradução: Natalie Gerhardt
preparo de originais: Melissa Lopes
revisão: Ana Grillo e Guilherme Bernardo
diagramação: Natali Nabekura
capa: Renata Vidal
imagem de capa: Lisa Glanz | Creative Market
impressão e acabamento: Pancrom Indústria Gráfica Ltda.

CIP-BRASIL. CATALOGAÇÃO NA PUBLICAÇÃO
SINDICATO NACIONAL DOS EDITORES DE LIVROS, RJ

D574c

Dillon, Lucy, 1974-
   100 pedaços de mim / Lucy Dillon ; tradução Natalie Gerhardt. - 1. ed. - São Paulo : Arqueiro, 2021.
   416 p. ; 23 cm.

   Tradução de : A hundred pieces of me
   ISBN 978-65-5565-183-6

   1. Romance inglês. I. Gerhardt, Natalie. II. Título.

21-71386
CDD: 823
CDU: 82-31(410.1)

Meri Gleice Rodrigues de Souza - Bibliotecária - CRB-7/6439

Todos os direitos reservados, no Brasil, por
Editora Arqueiro Ltda.
Rua Funchal, 538 – conjuntos 52 e 54 – Vila Olímpia
04551-060 – São Paulo – SP
Tel.: (11) 3868-4492 – Fax: (11) 3862-5818
E-mail: atendimento@editoraarqueiro.com.br
www.editoraarqueiro.com.br

*Para Patricia Routledge,
sempre uma inspiração, agora mais do que nunca*

Prólogo

ITEM: uma pashmina vermelha

Longhampton, junho de 2008

Gina aperta bem a pashmina nova enrolada no punho, como se fosse uma atadura. É de caxemira, de um tom escarlate – da cor de batom, maçãs envenenadas e perigo. Comprou quando estava voltando do trabalho para casa, dois dias atrás. Foi uma compra por impulso: estava com frio, sempre desejara ter uma pashmina como aquela e a habitual voz sensata e racional, lembrando-a da conta de gás e dos impostos, se calou. No silêncio, Gina conseguiu ouvir só a própria voz perguntando em alto e bom som: *Por que não?*

"Por que não?" é uma pergunta que sempre deixa Gina desconfortável. Ela não é uma pessoa do tipo "Por que não?". Mas passou a semana toda se sentindo como se estivesse descendo uma montanha de trenó, desviando e se esquivando das trombadas que apareciam pela frente. Nem reparou no preço da pashmina.

A cor forte ainda a surpreende. Gina normalmente não gosta de vermelho – sua casa e seu guarda-roupa são todos em tons plácidos de azul-celeste ou de cinza –, mas algo no ousado escarlate o torna apropriado. Parece vivo sobre a pele clara, um ar meio espanhol no contraste com o cabelo escuro e ondulado e os olhos castanhos. Um tom de vermelho forte e definido, que chama atenção e a destaca contra o cinza da cidade.

A pashmina extravagante de Gina é a única pista para o motivo de ela e Stuart estarem sentados ali. A mancha vermelha que vê pelo canto dos olhos sussurra que agora é o momento de ceder ao desejo. Esta talvez seja a última chance.

Ela olha para Stuart novamente, para ver se ele notou a pashmina. Não notou. Está com o cenho franzido enquanto lê umas anotações que fez para a consulta de hoje: ficou sentado na cama até as duas da manhã, com o notebook aberto, enquanto ela fingia dormir, a luz esverdeada refletindo os traços daquele rosto bonito, a testa marcada de concentração.

Stuart está absorvendo tudo. Tem muita informação para assimilar: da internet, do hospital, dos amigos de amigos. Palavras e termos flutuam em volta dela, mas nada se fixa na mente. São como flocos de neve, derretendo assim que tocam sua pele.

A porta atrás deles se abre e o Dr. Khan entra apressado, vindo de alguma outra crise, desculpando-se por tê-los feito esperar. Stuart se retesa na cadeira. Gina recorda aquele suspense das provas escolares, quando o professor pigarreava e mandava virar as folhas para baixo e parar. Semanas e meses de estudo pairando no ar, a vontade desesperada de escrever mais alguma coisa, rever as respostas, mas é tarde demais. Acabou. Um misto de pânico e alívio.

Agora.

– Oi, Georgina... Gina? – pergunta ele, com um sorriso relaxado. – Ótimo. Então, Gina, e este é seu...?

– Sou o noivo, Stuart Horsfield. Olá – diz Stuart, e Gina acha que isso ainda soa estranho, mas tudo que está acontecendo com ela parece estar acontecendo com outra pessoa.

Ela pega a mão dele. É forte e reconfortante.

Enquanto o Dr. Khan revê as anotações da ficha dela, Gina se obriga a olhar em volta para não tentar ler as palavras garranchadas diante dele. Talvez seja por isso que as letras dos médicos são tão feias: para que não seja possível lê-las de cabeça para baixo do outro lado da mesa.

Ela passa a notar todos os detalhes. Há uma janela com vista para o estacionamento, com a moldura branca laqueada, um calendário e um cíclame cor-de-rosa (uma flor bem resistente). Tem um espelho na parede ao lado da porta, simples e sem moldura, longe demais da mesa para ser de uso do médico.

Gina sente um arrepio de medo. É para os pacientes. Para que possam se recompor, limpar o rímel borrado antes de saírem da sala. Stuart aperta a mão dela.

O Dr. Khan coloca a tampa na caneta-tinteiro robusta, empurrando-a com a palma da mão e deixando um suspiro escapar por entre os lábios desanimados. Não sorri. E é nesse instante que Gina sabe. Ela se esforça para se manter no momento presente. Parte dela está flutuando acima da cena; sua consciência, tentando escapar, sair da própria mente, se libertar. Isso realmente está acontecendo comigo?, ela se pergunta. Como saber?

Um desejo desolador de recuar a invade, e ela precisa se obrigar a se concentrar no agora.

Agora.

Agora.

– Então, Georgina – diz ele –, infelizmente tenho más notícias.

Capítulo 1

ITEM: enfeite para árvore de Natal feito de vidro dourado, com o formato de um anjinho tocando trombeta

Longhampton, dezembro de 2013

Gina dá um passo para trás e respira fundo, sentindo o cheiro forte do pinheiro, e pensa: Sim, foi por isso que comprei esta casa. Por causa do Natal.

É uma árvore extravagantemente alta e tradicional e está no espaço que, desde a primeira visita deles à casa, ela determinou como o lugar específico para a árvore de Natal, no saguão de entrada com piso preto e branco da casa número 2 da Dryden Road. Os galhos flexíveis estão prontos para receber os enfeites de vidro e a estrela no topo; o suporte especial de ferro sumiu atrás de uma pilha de presentes. O toque vitoriano final para uma adorável casa vitoriana restaurada.

Gina sorri, feliz. Levou muito tempo para eles reformarem a casa com as próprias mãos, depois do trabalho e nos fins de semana. Visualizar esta árvore, este momento, foi o que a estimulou a perseverar durante os meses intermináveis que passaram lixando, emassando, lidando com empreiteiros desligando a eletricidade sem avisar, tomando banhos de balde: o pano de fundo para sua lenta volta à normalidade. Foram pequenos passos – um quarto finalizado, uma volta completa no parque –, e, agora, finalmente, está aqui: o Natal na Dryden Road.

Quando apanha o primeiro enfeite, tem o vislumbre de uma lembrança, rápido demais para distinguir: ela é tomada por um brilho repentino de contentamento, um tipo de ansiedade natalina que a envolve como um cobertor macio de alegria. Parece mais um déjà-vu que uma lembrança: a sensação satisfatória de algo se encaixando no lugar certo.

O que seria? O cheiro das pinhas e dos paus de canela da guirlanda? O conforto do aquecimento central ganhando vida enquanto as sombras da tarde começam a cair? Gina cutuca as profundezas de suas primeiras lembranças, mas não consegue encontrar o momento exato. Não tem muitas recordações da infância, e as poucas e preciosas que tem se embaçam quando vêm à mente. Além disso, nunca tem certeza se está se lembrando de fatos reais ou de algo que sua mãe contou. Mas essa sensação feliz é familiar.

É provavelmente por estar decorando a árvore, pensa, voltando-se para a caixa de enfeites. Montar a árvore no primeiro sábado de dezembro é uma tradição. Decorá-la sempre foi uma coisa que ela e a mãe, Janet, faziam, só as duas, enquanto ouviam uma fita cassete de canções natalinas e dividiam uma caixa de bombons. Gina entregando os enfeites para Janet, Janet os colocando no mesmo lugar todos os anos. Elas moraram em muitas casas quando Gina era pequena, mas a rotina da árvore era sempre igual.

Sua caixa de enfeites inclui algumas relíquias que a mãe lhe deu, e Gina adotou o ritual de Janet de comprar um enfeite novo a cada Natal. Ela pega o que comprou este ano: um anjinho dourado tocando trombeta. Ano que vem vai ser melhor, pensa, tomada por uma esperança repentina. Faz muito tempo desde que Gina se sentiu simplesmente contente; o prazer descomplicado lhe é tão estranho que ela se choca ao perceber isso.

Alguns flocos caem lá fora, e Gina espera que não esteja nevando em New Forest, onde é a confraternização de Natal da empresa de Stuart. Em vez da festa com comida liberada no restaurante chinês local, o departamento de vendas da Midlands Logistics ganhou uma corrida de kart, seguida por um Jantar Mistério, um tipo de evento em que as pessoas encarnam determinados personagens e precisam solucionar um crime.

Com certeza Stuart está liderando uma das equipes de kart. Ele é ciclista, joga críquete e ainda é capitão do seu time de futebol aos 36 anos, com seu jeito modesto porém determinado. As esposas e namoradas dos outros jogadores – muitas delas com uma atração não tão secreta por Stu – brincam que ele é o David Beckham de Longhampton. Sem as tatuagens, obviamente. Stuart não é fã de tatuagens.

Ela pendura um enfeite prateado e então para. Seria legal dividir este momento com Stu, pensa. Ele assumiu a parte pesada da reforma quando ela não estava em condições; então, nada mais justo que compartilhassem as coisas divertidas. A decoração da árvore é uma coisa que deveriam fazer juntos, uma nova tradição que poderiam iniciar.

Gina tampa a caixa para que os gatos não futuquem nada e vai para a sala de estar, onde estava comprando presentes pela internet. O prazo de entrega já está ficando apertado e ela mal começou a lista da família. Coloca o álbum de Natal de Phil Spector para tocar bem alto, mas mal tinha chegado nos presentes das tias de Stuart quando seu cartão de crédito é recusado.

Ela tenta novamente. Recusado.

Gina estranha. É o cartão de crédito conjunto, destinado às contas da casa. Stuart deve ter comprado alguma coisa cara, provavelmente para a bicicleta. Ela quitou todas as parcelas no mês passado para liberar limite para o Natal. O site informa que a última data para enviar encomendas para a Austrália é segunda-feira; para que tia Pam, de Sydney, receba a tempo sua lata de biscoitos amanteigados de sempre, Gina precisa comprá-la hoje.

Hesitante, liga para o celular de Stuart. O cartão pessoal dela já está estourado por causa da vistoria e do seguro do carro, e Pam é tia *dele*. Depois de dois toques, a ligação cai na caixa postal, o que não a surpreende – se ele está andando de kart, o celular deve estar num armário. Então ela liga para o colega dele, Paul.

– Alô, Paul, aqui é a Gina – diz ela, andando pela sala de estar, puxando as cortinas pesadas e acendendo as luzes. – Desculpe incomodar. Espero não estar interrompendo nenhum assassinato.

– Oi, Gina.

Paul parece estar em algum lugar barulhento. Ela ouve "Merry Christmas Everyone", de Slade, ao fundo.

– Estou tentando falar com o Stu. Quando ele terminar o que está fazendo, você pode pedir para ele me ligar?

– Stuart?

– Hum... é. Vocês precisam chamá-lo de detetive Poirot ou algo assim?

– Hã?

Gina para na frente do espelho acima da lareira e olha seu reflexo na superfície oxidada pelo tempo; como sempre, depois de ir ao cabeleireiro, parece outra pessoa. O cabelo preto curto está liso depois da escova, moldando seu rosto comprido com a franja que vai durar por mais umas quatro horas antes de ficar toda encrespada. O corte de cabelo é parte de sua resolução de se empenhar mais este ano. Mais empenho na sua empresa, com Stuart, com... tudo.

– Gina... Sinto muito, não estou com Stuart.

– Ele não está com você?

– A não ser que ele seja idiota de estar no shopping Cribbs Causeway! – Paul para e ri. – Ah, droga! Acho que estraguei a grande surpresa, não é? Ele deve estar comprando seu presente em algum lugar. O que vai ser este ano? Um caiaque?

– É, deve ser isso. – Gina tenta rir. Não consegue. Sente o rosto pesado e as faces rígidas. – Ah, desculpa ter te incomodado, Paul. Bom fim de semana.

Ela desliga e, sem acreditar muito, pensa na explicação de Paul, mas as coisas não se encaixam.

Stuart arrumou uma mala para o fim de semana. Passou as camisas. Disse a ela várias vezes (vezes demais, pensando bem) que, com o kart e o jantar especial, teriam atividades desde a manhã de sexta-feira até a tarde de domingo, mas que ela não precisava se preocupar se não conseguisse falar com ele porque o hotel ficava no meio do mato e o celular não pegava muito bem lá, "o que era melhor para estimular o espírito de equipe".

Detalhes demais. Stuart estava se mostrando um mentiroso superdiligente.

Gina desaba no sofá, ainda segurando o telefone, e Loki, o gato menos arrogante dos dois, se afasta dela.

Ela precisa se esforçar para enxergar Stuart como um mentiroso. O mesmo Stuart certinho e confiável, que pegou os enfeites de Natal no sótão para ela antes de sair, que botou o lixo para fora e trocou a areia dos gatos.

Tudo coisas práticas, ela percebe. Atenciosas, mas relacionadas à casa. Depois de cinco anos de casados, eram como colegas de quarto. No seu último aniversário, ele lhe dera de presente uma lixadeira para os pisos do segundo andar.

O mais estranho é que Gina nem se sente arrasada, apenas triste. Aquilo só confirmava uma coisa que ela agora percebe que já sabia. Já sabia há meses, só não queria reconhecer. Ela vinha comprando livros de autoajuda para melhorar o relacionamento e os escondia no armário da cozinha. Stuart só foi mais prático, como sempre.

Seu olhar vai parar na árvore de Natal na entrada, enfeitada pela metade, em contraste com a escadaria azul-clara ao fundo, e, apesar do sofrimento entorpecente que enche seu peito feito cascalho, Gina sente uma tênue vibração daquela felicidade fugaz de antes.

Alguma coisa a faz querer voltar até a árvore, para terminar a decoração. Ainda falta pelo menos metade de um dia para ele voltar, e até lá a casa vai estar perfeita. A casa merece isso.

Gina se levanta do sofá e vai, como uma sonâmbula, até o saguão, para sua caixa de enfeites e lembranças. Ao som da banda Ronettes, leva os enfeites de vidro até os galhos nodosos do pinheiro, sentindo o cheiro de alecrim na resina e deixando que o coração escuro da árvore preencha todos os seus sentidos, até não restar espaço para nenhum pensamento sobre o futuro nem sobre o passado.

Lá fora, para além da coroa de azevinho brilhante e do batente de latão na porta de entrada recém-pintada, está nevando.

Atualmente, Longhampton

Não era coincidência, Gina pensou, olhando ao redor do apartamento novo e vazio, que as pessoas pensassem no Paraíso como um grande aposento branco absolutamente vazio. Alguma coisa naquele espaço limpo e tranquilo a fazia sentir uma calma que ela não experimentava havia semanas.

Ela se aproximou do janelão que propiciava uma vista panorâmica dos telhados marrons e cinza atrás da rua principal e teve uma estranha sensação de júbilo, como se água com gás estivesse correndo por suas veias. Não esperara se sentir tão otimista em relação ao primeiro dia da sua nova vida, solteira, em uma nova casa. As últimas semanas tinham sido difíceis, e Gina sentia os ossos doerem com hematomas invisíveis, mas, em meio a tudo isso, havia aquela animação do primeiro dia de aula.

Pintura nova. Quartos vazios. Paredes lisas, prontas para serem decoradas, como um caderno novinho em folha.

Parte daquilo se devia à adrenalina de ter vendido a casa e alugado aquele novo apartamento em apenas quinze dias. Parte se devia ao alívio de se

13

afastar da atmosfera pesada que surgiu sobre a Dryden Road depois da bomba de Stuart, que deixou uma cratera de sofrimento no lugar da alegria natalina. Mesmo tendo saído de casa assim que admitira onde realmente estivera no fim de semana (Paris), a presença dele permaneceu em cada meia perdida e cada foto emoldurada, e havia muitas delas. Da noite para o dia, Gina se sentiu como se tivesse acordado na casa de um feliz casal de estranhos.

Sabia que a culpa era dela, o que tornava as coisas ainda piores. De forma deliberada, transformara a casa da Dryden Road em um álbum de recortes da vida dela com Stuart: os espaços eram adornados com pequenas lembranças de festas e bodas, além de objetos peculiares emoldurados.

Gina nunca se deparara com uma prateleira que não conseguisse preencher, motivo pelo qual se surpreendeu ao se sentir tão instantaneamente em casa no vazio branco daquele apartamento moderno, que ficava em cima de uma ótica e ao lado de uma delicatéssen.

O número 212a da High Street era exatamente o oposto do que ela tinha acabado de deixar na agradável área dos poetas de Longhampton: a negligenciada casa geminada vitoriana que ela e Stuart haviam resgatado da decadência úmida e transformado no que as revistas de decoração de Gina gostavam de chamar de "lar permanente". Gina era então funcionária do departamento de conservação da prefeitura; restaurar as molduras de madeira das paredes e as rosetas do teto foi um trabalho de amor. O presente final da casa número 2 da Dryden Road para eles, depois de tantas unhas quebradas e de horas silenciosas lixando, foi ter se vendido rápido: não era o lar permanente para eles, mas diversas outras famílias queriam que fosse o delas.

Se a Dryden Road era um álbum de recortes vitoriano atulhado de coisas, o número 212a da High Street era uma página em branco. O apartamento de conceito aberto tinha paredes em um tom de creme bem claro, piso de madeira e carpete novinhos, sem absolutamente nenhum traço distintivo. Não havia lareiras, rodapés nem painéis de quadros, apenas superfícies lisas e janelas enormes de vidros duplos que transformavam uma das paredes da sala de estar em um quadro vivo, mostrando a silhueta dos prédios da cidade. Lembrava a Gina uma galeria, arejada e cheia de luz, um lugar que convidava as pessoas a parar e pensar. No instante em que entrara ali com o corretor de imóveis, com os olhos pesados por causa de mais uma noite insone, uma sensação de serenidade a tomou por inteiro, e ela fechou o contrato de aluguel na mesma tarde.

Aquilo tinha acontecido havia uma semana, a última de janeiro.

Os raios de sol aqueciam o apartamento apesar do frio lá fora. Gina deu uma volta em seu interior devagar, avaliando o espaço disponível, e parou diante da longa parede ao lado da janela, que pedia uma obra de arte fabulosa, algo bonito para se sentar em frente e se perder em pensamentos. Ainda não tinha a pintura ou gravura certa, mas já havia traçado um plano para se livrar de tudo de que não precisava ou que não amava da casa antiga e comprar algo... incrível.

Tudo da casa antiga.

Sentiu um frio na barriga diante da incógnita que seriam os meses seguintes. O nervosismo tendia a emboscá-la, surgindo quando não estava focada, abocanhando seu bom humor feito gaivotas. Quando a novidade do apartamento se desgastasse, Gina sabia que seria difícil: voltar a namorar aos 33 anos, libertar-se da vida que tivera com Stuart e fazer novos amigos para substituir os que ele levaria consigo. Gina só tinha uma amiga de verdade, Naomi, que conhecia desde a época da escola; o resto do círculo social deles era formado pelos companheiros de Stuart do futebol e do críquete.

Mas o apartamento a ajudaria a recomeçar. Tudo que amava estaria ali bem à vista, o tempo todo, em vez de escondido em armários. Não havia muito espaço, então teria que ser seletiva. Dali em diante, tudo que entrasse naquele apartamento deveria fazê-la feliz ou ser útil – de preferência ambas as coisas.

Um dos livros de autoajuda que Naomi lhe dera de presente falava sobre um homem que se sentiu livre ao se desfazer de quase tudo que tinha e ficar só com 100 itens vitais. Gina ficou imaginando se conseguiria fazer o mesmo. De fato, parecia errado estragar aquele minimalismo tão sereno com tralhas. E a disciplina lhe faria bem. Quais eram os 100 itens de que ela realmente precisava?

Seria possível se livrar de tanta coisa e manter alguma parte de si mesma? Ou era esse o objetivo – focar em ser você mesma, em vez de depender de coisas que expliquem quem você é?

O pensamento fez Gina sentir frio e vertigem, mas não necessariamente medo.

O celular dela vibrou no bolso. Era a empresa de mudanças, vindo com as caixas da Dryden Road. Ela não ficara lá para empacotar tudo. Naomi, no papel de animadora e apoiadora, fora firme quanto a isso. Mandona, para dizer a verdade. No bom sentido.

– Você já passou por coisa demais. Está exausta. E eles são especialistas – insistira ela. – Pague para que façam isso. Eu pago. Se você acabar com suas costas para encaixotar tudo, vai ter que gastar uma fortuna em massagens e fisioterapia depois.

Naomi estava certa. Geralmente estava.

– Alô, Gina? Aqui é da Mudanças Len Todd. Estamos saindo agora da sua propriedade. Só queríamos saber se está em casa para receber as caixas que não foram para o depósito.

Alguns dos itens maiores, como o imenso sofá de veludo e o guarda-roupa marchetado, foram direto para o guarda-móveis Big Yellow, na periferia da cidade, para aguardar até que ela resolvesse vendê-los ou encontrasse um apartamento grande o suficiente para abrigá-los. O resto – cômodas, armários pequenos e estantes – estava a caminho.

Gina olhou o relógio. Eram duas da tarde. Eles tinham chegado à casa antiga antes das oito da manhã, mas mesmo assim... Uma vida inteira embalada em plástico-bolha em menos de um dia.

– Vocês ainda não acabaram?

– Está tudo no caminhão. Você tinha muita coisa, querida. Vou te contar...

– Eu sei. – Ela fez uma careta. – Desculpe, eu deveria ter feito uma limpa antes.

Gina achou que Stuart fosse querer mais coisas. Mas não: ele foi até a casa numa manhã enquanto ela estava no trabalho, pegou alguns itens pequenos, colocou post-it nos maiores (como na cama nova, que ele de repente lembrou que pagou sozinho) e deixou um bilhete dizendo que ela podia ficar com todo o resto – não queria dificultar as coisas.

No início, Gina ficara magoada por Stuart querer tão pouco da vida deles juntos. Mas acabou que ele não precisava de muita coisa porque já tinha uma torradeira na vida nova. E um edredom. E outros toques pessoais. Dois dias depois da grande revelação, Naomi – cujo marido jogava futebol com Stuart – revelara que ele já tinha se mudado para a casa da Outra, a que ele levara para Paris. Bryony Crawford, uma amiga do clube de ciclismo que morava no condomínio Old Water Mill. Assim que Naomi lhe contou isso, Gina soube exatamente que tipo de pessoa Bryony seria. Armazenagem não seria uma prioridade, mas limpadores para superfícies de aço inox, sim.

Gina afastou o pensamento, já prestes a produzir imagens mentais mais perturbadoras. Tudo que entrasse no novo apartamento, lembrou-se, precisava ser positivo. Incluindo pensamentos. E ela ficou *feliz* de saber que nenhuma das suas lindas posses acabaria em Old Water Mill, mesmo que isso significasse ter que pagar para que ficassem em um guarda-móveis por um tempo.

– Alô? Está me ouvindo, querida? – perguntou Len Todd, soando preocupado.

– Estou, sim – respondeu ela. – Vocês chegam aqui em quanto tempo? Meia hora?

– Combinado. – O homem da mudança parou. – E é melhor abrir espaço para colocar as coisas.

Len Todd e sua equipe chegaram às duas e meia da tarde, descarregando as primeiras caixas de papelão ao lado da escada do apartamento de Gina, no primeiro andar.

– Se você puder colocar as coisas no segundo quarto... – disse ela, abrindo a porta do quarto que ainda não tinha cama. – Meu plano é acomodar as caixas aqui, deixando o mínimo possível na sala, para manter a maior parte do apartamento livre.

– Sem problemas.

Ele pôs a caixa em um canto e abriu caminho para uma outra do tamanho de um armário que estava sendo arrastada por outro homem. Depois chegou uma terceira, com uma quarta e uma quinta subindo as escadas quando alguma coisa pesada caiu nos degraus e se ouviu um xingamento baixinho.

Gina apoiou o corpo na parede do corredor. De repente, o apartamento branco e sereno não parecia mais tão espaçoso, com aquele fluxo de homens fortes carregando caixas quase do tamanho dela. Uma nuvem negra encobriu seu bom humor e ela se preparou para enfrentá-la. Havia muitos obstáculos com os quais teria que lidar nos próximos dias: advogados, desencaixotar as coisas, mudar de nome. Ela precisava desse ímpeto positivo para conseguir passar por tudo.

Quando uma caixa com a etiqueta "Cozinha" passou, Gina teve um vislumbre da sua casa acolhedora – a amável terceira pessoa que formara um triângulo no seu casamento com Stuart – sendo cortada, desmontada, encaixotada e trazida em pedaços para este novo apartamento. Tudo aquilo fizera perfeito sentido nos aposentos da Dryden Road; fora por isso que nem tentara fazer uma seleção antes de ir embora. Como poderia jogar qualquer coisa fora? Agora, porém, seu antigo lar estava todo separado em partes individuais, como um quebra-cabeça que ela nunca mais conseguiria montar da mesma forma.

O mesmo acontecia com todas as partes da sua vida até agora – elas nunca mais se encaixariam outra vez para compor a mesma forma. Então, que partes deveria manter?

O homem da mudança pareceu perceber o pânico que ela sentia. Gina supôs que eles já deviam ter lidado com divisões de bens o suficiente para reconhecer uma separação quando viam uma.

– Por que não desce um pouco para tomar uma xícara de chá enquanto terminamos tudo aqui? – sugeriu Todd, indicando a porta com a cabeça de forma gentil. – Eu ligo quando acabarmos. Teria uma chaleira?

– Na cozinha. Tem café e leite e... ah... você vai encontrar canecas na caixa que está na cozinha.

Naomi tinha empacotado uma caixa de emergência para Gina com tudo que era essencial. A simplicidade reconfortante de uma única caneca, uma única tigela, uma única colher na sua elegante cozinha escandinava a fez pensar que talvez seu plano de vida de 100 coisas pudesse funcionar. Não precisar fazer uma escolha podia até ser reconfortante.

– Não vai demorar muito. – Ele deu tapinhas no braço dela. – E não se preocupe. Você logo vai se sentir em casa.

– Eu sei – disse Gina, com um sorriso radiante nada sincero.

Durante mais ou menos uma hora, Gina ficou na delicatéssen ao lado do seu prédio. Tomou dois cafés enquanto assistia ao movimento de fim de tarde na rua principal, com uma lista de afazeres iniciada no caderno ao lado do seu celular sobre a mesa.

Ignorou uma ligação da mãe e, com a consciência ainda mais pesada, uma de Naomi. Ambas queriam, Gina sabia, demonstrar apoio naquele dia de grandes mudanças, mas seu instinto lhe dizia para concentrar as energias em si mesma. Tentou manter na mente uma imagem do ensolarado apartamento de conceito aberto e todas as suas possibilidades; o que ia fazer com ele; se deveria pintar uma das paredes de amarelo-vivo para fixar essa positividade nos dias em que ela não se sentisse tão energizada.

Len Todd ligou às 15h40, exatamente no momento em que gotas pesadas de chuva começaram a molhar a calçada, então ela correu de volta.

Ele estava esperando aos pés da escada que levava para o apartamento, com uma aparência exausta.

– Acabamos – disse ele, colocando as chaves nas mãos dela: as antigas e as novas. – Conseguimos fazer caber tudo, no final das contas.

Gina riu e deu uma gorjeta para ele, mas foi só ao abrir a porta de casa que entendeu exatamente o que ele quisera dizer.

O apartamento estava completamente entulhado com caixas de papelão. Do chão ao teto.

Os rapazes da mudança tinham deixado um corredor estreito no caminho para o segundo quarto, para que ela pudesse entrar, e usado duas paredes do quarto dela para colocar as caixas organizadoras do guarda-roupa. Dois terços da sala de estar estavam lotados. As paredes brancas se perderam atrás das caixas marrons. Ela precisava se virar de lado para entrar na cozinha. Suas posses pairavam sobre ela para onde quer que olhasse.

Gina estava atordoada com a invasão inesperada. Sentia-se oprimida e claustrofóbica. Antes que o choque pudesse se transformar em lágrimas, começou a afastar as caixas da grande parede branca, onde seu quadro especial seria pendurado. Precisava poder ver aquela parede, mesmo que com isso todas as outras sumissem.

Seus músculos doíam enquanto arrastava as caixas pesadas pelo apartamento, mas ela se obrigou a continuar. Preciso começar a organizar isso agora mesmo, disse para si mesma, ou nunca mais vou conseguir me sentar.

Aquela imagem de se acomodar no apartamento vazio, considerando languidamente um item de cada vez de uma única caixa, se desfez no ar. Ela esvaziou quatro caixas de roupas de cama no canto do seu quarto, escreveu "MANTER", "VENDER", "DOAR" e "JOGAR FORA" na lateral de cada uma e as enfileirou no espaço limitado que havia à frente do sofá. Então, respirou fundo e puxou a fita adesiva que fechava a caixa mais próxima.

Tudo estava embrulhado em plástico-bolha e, no início, Gina não conseguiu descobrir qual era o primeiro item, mas, quando desenrolou o plástico, viu que era um vaso azul de vidro, uma antiguidade. Ficou matutando sobre sua origem, então lembrou que o comprara quando estava na faculdade.

Eu adorava esta peça, pensou, surpresa. Onde ficava?

Uma recordação foi se formando em sua mente, de parar diante da vitrine de uma loja de quinquilharias em Oxford... uns quinze anos antes, talvez. Chuviscava, ela estava atrasada para uma palestra, mas alguma coisa na forma curva chamou sua atenção no meio na vitrine entulhada, uma gota suspensa de azul-cobalto entre peças de louça e latão baratas. Gina conseguiu visualizá-lo no seu quarto na faculdade, na janela que dava para um pátio, mas precisou se esforçar para lembrar onde ele ficava na Dryden Road: na alcova do patamar da escada, com alguns galhos de lavanda seca. Presente porém invisível, só ocupando um espaço.

Sentou-se sobre os calcanhares, sentindo o peso do vidro. O vaso custara 25 libras – uma fortuna em sua realidade de universitária – e sempre abrigava tulipas rajadas da feira, que ali ficavam até murcharem, as pétalas finas caindo no peitoril de pedra da janela. Kit tinha iniciado aquilo: trouxera flores para ela na primeira visita, e ela não conseguira se obrigar a jogá-las fora quando morreram. Depois alguém dissera: "Ah, você é a garota que sempre tem flores!" Então, Gina fazia questão de manter o vaso repleto porque queria ser a Garota que Sempre Tem Flores.

Pelo menos não faço mais isso, pensou, com uma pontada de constrangimento ao notar quanto quisera que as pessoas gostassem dela na faculdade. Hoje não mantinha contato com nenhuma delas.

Gina já ia colocar o vaso na caixa DOAR. Com o passar dos anos, colecionara um monte de vasos diferentes, para lírios, jacintos, rosas; não precisava daquele que a lembrava de Kit e de todas as expectativas que tivera na universidade sobre sua vida agora. Gina percebeu que a vida toda ela fora acumulando uma trilha de pertences, esperando que a mantivessem ligada às próprias lembranças, o que não acontecera. Os últimos anos não significaram nada. Desapareceram. Nem todos os álbuns de fotografia do mundo seriam capazes de mantê-los reais.

No entanto, enquanto ela o segurava nas mãos, parou de ver todas aquelas coisas e, em vez disso, apenas enxergou o vaso. Um vaso muito bonito que a fez perceber que, na verdade, tinha um bom olho para produtos de qualidade, mesmo quando ainda era universitária. A forma escultural ousada ficara perdida na colagem de cores e detalhes da Dryden Road, mas era perfeita para o apartamento. O fundo branco o ressignificava: ainda era uma linda gota de chuva congelada feita de vidro azul-cobalto, pronto para receber flores.

Gina contornou as caixas até estar diante da grande janela panorâmica e colocou o vaso bem no meio do peitoril, onde o sol bateria e o atravessaria, como acontecia na faculdade, revelando as formas úmidas e escuras dos caules das flores, rígidos abaixo das pétalas frágeis.

Levantou-se por um instante, tentando capturar as emoções escorregadias que rodopiavam em seu peito. Então, uma nuvem se afastou e a última luz do dia tornou o azul do vaso ainda mais profundo. Enquanto brilhava contra o peitoril branco, algo se retorceu dentro dela, uma lembrança abrindo caminho de volta à superfície. Não de um acontecimento, mas de uma sensação, a mesma efervescência agridoce que sentira ao desfazer as malas no seu dormitório na faculdade, esperando que os dias mais felizes da sua vida estivessem dobrando a esquina, apesar da preocupação secreta de que talvez já os tivesse vivido, a expectativa aguçada por uma pitada de medo. Aquilo era uma lembrança? Seria aquele o mesmo sentimento em um lugar diferente? Por estar recomeçando a vida mais uma vez?

Gina respirou fundo. Não ia manter o vaso porque a fazia se lembrar dos tempos de faculdade, nem porque uma visita talvez se impressionasse com seu bom gosto, mas porque gostava dele. E, quando o observava, sentia-se feliz. Ele captava a luz, mesmo em dias cinzentos. Era lindo.

Ela não o comprara para o dormitório universitário. Gina o comprara, quinze anos antes, para aquele apartamento.

O vidro azul do vaso brilhou sob os raios fracos do sol de inverno, e o apartamento branco não parecia mais tão branco assim. Gina ficou parada por um minuto, não se permitindo pensar em mais nada a não ser no brilho líquido e profundo da cor de pedra preciosa.

Então, com mãos mais confiantes, pegou o item seguinte embrulhado em uma bola de plástico-bolha.

Capítulo 2

ITEM: uma mochila de couro marrom, com as letras GJB gravadas na frente

Hartley, setembro de 1991

Georgina tem sentimentos contraditórios em relação à nova mochila.

Hoje de manhã, na mesa da cozinha, tinha gostado dela. Lustrosa e marrom, tinha fivelas de latão e uma parte ondulada no lado de dentro para colocar canetas. Sabia que tinha sido cara – embora Georgina não se deixasse enganar por isso. Era um presente do tipo Cavalo de Troia. Uma mochila contendo toda a culpa que a mãe sentia por mandá-la para outra escola nova, embora teoricamente o presente fosse de Terry.

Terry é seu padrasto. Antes de ser seu padrasto, era o filho solteiro da amiga de igreja da sua avó, Agnes, depois o pensionista no quarto de solteiro alugado pela mãe quando elas se mudaram da casa da avó, onde moravam desde a morte do pai de Georgina. Agora eles tinham uma casa, a poucos quilômetros de distância do novo emprego de Terry. A mãe, Terry e Georgina: a nova família. A mochila deve ter sido ideia de Terry.

– Você só tem uma chance de causar uma boa primeira impressão – explicou Terry quando ela examinou a mochila durante o café da manhã.

Ele trabalha com venda de equipamentos médicos e usa camisas que ele mesmo passa meticulosamente, ainda que a mãe de Georgina seja uma passadeira de mão cheia. Ela passa tudo: panos de prato, calças e até meias, se tiverem babados.

– Agradeça pelo presente, Georgina – incitou Janet, antes que ela tivesse tempo de pensar em qualquer outra coisa.

– Obrigada, Terry – disse Georgina, obediente, fitando em seguida os sapatos novos para a escola, meio que para não ver os olhares que a mãe e Terry estavam trocando.

O sapato é azul-marinho, do tipo boneca que todo mundo queria no St. Leonard. A mãe finalmente cedera depois que Georgina passara meses pedindo, mas o sapato – do tom perfeito de azul – não a deixou tão feliz quanto esperava.

Meia hora depois, fingindo ler os avisos do lado de fora da secretaria, Georgina tem a certeza de que o sapato é inadequado. Assim como a mochila. À sua volta, os alunos estão usando o mesmo blazer marrom e camisa branca, mas ela está tão arrumada com seus acessórios novinhos em folha que destoa dos outros – já consegue ver quais crianças têm irmãos mais velhos pelo uniforme e pela mochila desgastados de segunda mão. E também pela confiança deles, pelo jeito como estão rindo e esbarrando de propósito nos amigos, à vontade com as provocações e o contato físico.

Georgina queria saber fazer amigos. Algumas pessoas parecem levar jeito para isso. O que elas dizem? Como sabem quem são as pessoas certas para abordar?

Pense no papai.

Ela se lembra das três fotografias do capitão Huw Pritchard que ainda tem: o pai no uniforme da Guarda Galesa, o pai de bermuda nas férias, o pai com o bigode marcante do Serviço Aéreo Especial e uma camisa de rúgbi, segurando uma caneca de cerveja. Está bonito em todas elas, feliz e sociável. O tipo de homem que nem precisa *pensar* em fazer amigos: eles simplesmente aparecem.

Georgina finca as unhas na palma da mão. *Não posso ser como minha mãe*, pensa. *Papai se adaptou a todos os postos aos quais foi mandado. Eu devo ter algum gene que me ajude a fazer amigos. O que ele faria?*

Ela ignora o fato de que não sabe o que o pai teria feito porque mal se lembra dele. Percebe uma sensação pesada de saudade se aproximando e, quando o sinal toca, ela segue em frente, na esperança de parecer uma pessoa que conhece alguém enquanto se mistura aos outros. Quando se senta, porém, ninguém vem ocupar o lugar ao seu lado.

A professora – a Sra. Clarkson, afobada e usando um suéter de pelo de cabra – entra na sala e Georgina fica mexendo no estojo. Ela se sentou muito na frente. Na próxima aula, vai tentar ficar mais para o meio.

Será que ouviu alguém cochichar baixinho "... mochila"?

– Bom dia, turma! – grita a Sra. Clarkson acima do barulho. – Estamos todos aqui? Vamos começar.

Quando ela pega a lista de chamada, a porta se abre e uma garota baixinha entra, usando um blazer tão grande que as mangas cobrem a ponta dos dedos. A gravata é frouxa e grossa, mais para um cachecol, e ela carrega a pilha de livros em um dos braços. Nada de mochila.

Nada de mochila, pensa Georgina, fazendo uma anotação mental.

– Desculpe o atraso, professora – diz a garota, ofegante. – Perdi... o ônibus.

– Ah, aquele ônibus – comenta a Sra. Clarkson em tom sarcástico. – Parece que ele nunca para quando os McIntyres estão esperando. Qual deles é você?

– Naomi, professora.

A garota sorri; tem covinhas. Georgina nota que as tranças grossas de Naomi são da mesma cor da sua mochila, um castanho-avermelhado.

– Não se atrase novamente, Naomi. Agora sente-se. – A professora ergue o olhar e vê Georgina pela primeira vez. Ela pisca. – Ali, ao lado da...?

– Georgina Bellamy, professora – diz ela, e ouve alguns risinhos de deboche.

– Silêncio! – diz a Sra. Clarkson, irritada, mas já é tarde demais.

Desta vez, Georgina consegue ouvir "mochila" *e* "Georgina".

Naomi se senta ao lado dela. A menina tem um cheiro forte de desodorante Impulse. Quando a professora começa a ditar os dias e horários das matérias, Georgina percebe que Naomi não tem lápis – sem dizer nada, ela empresta um, com seu nome gravado em letras douradas (outro presente de Terry).

Elas escrevem o nome nada familiar das novas disciplinas – estudos pessoais, educação religiosa, ciência doméstica – e Georgina sente uma cutucada.

Naomi passa um bilhetinho para ela. A letra é redonda, com grandes bolotas em cima do "i", algo que Janet proibiu expressamente que Georgina sequer pensasse em fazer.

Essa mochila é sua?

Georgina dá de ombros, sem querer dar gás para a implicância, mas Naomi a cutuca de novo, indicando o objeto debaixo da mesa.

De que adiantava negar? Todo mundo já tinha visto. E, de qualquer forma, Georgina pensa, com um brilho de desafio, e daí? Ela escreve *sim* no papel com sua letra cursiva caprichada.

Naomi lança um olhar compreensivo para ela e, naquele instante, mesmo Georgina sendo mais alta, maior e provavelmente mais velha, ela sente que Naomi a está colocando embaixo de sua asa.

Meu irmão tem um armário. Você pode guardá-la lá antes de irmos para a próxima aula, se quiser.

Georgina olha para a tabela de horários incompleta, surpresa com a forma como Naomi leu a mente dela. Ela ficaria feliz em despachar a mochila, mas tem algo precioso lá dentro: um ingresso para o circuito Ascot de corridas de cavalo, rosa-claro e com letras douradas. Não se lembra de o pai ter lhe dado aquilo, mas parece que foi o que ele fez ao voltarem de uma comemoração pelo aniversário de casamento. O pai amarrara o ingresso no pulso roliço dela de criança pequena e ela desfilou como "uma dama nas corridas". Era o amuleto da sorte de Georgina.

O pai morreu um pouco depois daquela ida a Ascot. Ela não tem muitas coisas como aquele ingresso. Coisas que provam que as histórias que sua mãe lhe conta realmente aconteceram. Não que a mãe conte muita coisa. O capitão Huw Pritchard estava em uma operação secreta do exército quando foi morto.

"Ele era muito corajoso" é tudo o que Janet diz antes de pressionar os lábios e os olhos lacrimejarem.

Pensar em largar a mochila no armário faz com que Georgina se sinta uma traidora. Não quer ser grosseira com Terry. Ele não é uma pessoa ruim, só um pouco chato e constrangedor com aquele carro velho. A mãe a observa com olhos de águia em busca de sinais de desrespeito. Se bem que, se tiver que levar a mochila para casa com marcas de chutes, não vai ser ainda pior?

A rebeldia não é algo natural para Georgina. Se ela tiver motivo, aí é outra história. Discretamente, enquanto a Sra. Clarkson explica a organização da fila do almoço, ela estende a mão embaixo da mesa, solta o fecho da mochila e retira o ingresso do lugar secreto. Coloca-o no bolso do blazer e fecha o zíper. Então escreve *Obrigada* no bilhete.

Naomi sorri para ela, mostrando as covinhas, e Georgina sente algo mudar na atmosfera à sua volta. A aula continua, e a turma está cochichando sobre o olho estranho da Sra. Clark, e não sobre ela. Georgina retribui o sorriso de Naomi, sentindo um calorzinho feliz por alguém gostar dela. Talvez ficasse tudo bem nesta escola.

Naomi olha para a professora e, em seguida, para o próprio nariz, ficando vesga. Georgina solta uma risada surpresa.

– Georgina! Naomi! – diz a Sra. Clarkson, repreendendo-as.

Elas viram para a frente e Georgina vê um mural perto do quadro-negro: os uniformes do Exército Britânico, de 1707 até os dias de hoje. É um sinal. Aquilo aquece seu coração de novo. Georgina acredita muito em sinais.

No dia seguinte, Naomi chegou ao novo apartamento de Gina às nove e meia para o encontro que tinham todo sábado para tomar café. Começou quando Jason e Stuart treinavam futebol juntos e agora se mantinha enquanto Jason levava a filha de 2 anos, Willow, para o supermercado fora da cidade, em um tipo de ritual para fortalecer os laços entre pai e filha, além de envolver alguns doces ilícitos.

Naomi não conseguia disfarçar muito bem os sentimentos, mas o terror estampado no rosto dela enquanto se espremia por entre as caixas empilhadas no corredor foi tão escrachado que Gina quase deu risada.

– Meu Deus, Gee! – disse Naomi, esforçando-se para soltar o casaco que ficara preso em um cabide perdido no caminho. – De onde saiu tudo isso?

– O que você acha? – Gina afastou da porta uma caixa de cabos elétricos para que Naomi pudesse entrar. – Veio tudo da Dryden Road. Chegou ontem. Passei metade da noite desencaixotando coisas.

– Não seria mais fácil mandar tudo pro guarda-móveis? Ir organizando aos poucos? Sério, eu teria um ataque de pânico com isso tudo.

Naomi não era uma colecionadora como Gina. Ela e Jason moravam em uma casa nova nos limites da cidade, um condomínio exclusivo com vista para o parque e a catedral. A casa era moderna e tão organizada que o aspirador robô passava por todo o primeiro andar sem ficar preso em nenhuma tralha.

Gina enxugou a testa com as costas da mão. Já tinha se livrado de três caixas naquela manhã e deixado alguns livros e utensílios de cozinha no bazar de caridade.

– Não posso pagar por mais espaço de armazenagem. Você não faz ideia de quanto custa dar um teto pra um sofá. Seria mais barato alugar um apartamento só pras minhas coisas. Mas eu acabaria deixando tudo lá juntando poeira. O jeito é organizar tudo. Organização ou morte!

– Você fica aí brincando, mas isso parece até que saiu direto daqueles documentários. – Naomi olhou para uma pilha enorme de caixas com a palavra "Louça". – Aqueles em que precisam desenterrar a pessoa de baixo de suas coleções de papel de presente de Natal usado que ela juntou a vida inteira.

– Não é tão ruim assim. Olha, eu desenvolvi um método – disse Gina, fazendo um gesto em direção às caixas perto da janela.

A caixa DOAR estava cheia de livros, vasos e um rádio-relógio. A caixa VENDER tinha alguns pratos da edição limitada de Emma Bridgewater, que Gina antes se orgulhava de exibir em seu guarda-louça. A caixa MANTER só tinha um item: um abajur de latão da década de 1940 que ela encontrara anos antes em um antiquário. Ao comprá-lo, ela pensara que serviria como base para um escritório no estilo clássico de Nova York, mas ficara perdido no meio das tralhas da sua casa. Ali, contra as paredes brancas e prateleiras vazias, ele teria o destaque merecido.

– Uau. Você vai fazer alguns gatinhos de rua *muito* felizes – disse Naomi, aproximando-se do janelão na medida do possível e olhando a rua principal debaixo de chuva, já cheia de gente fazendo as compras de fim de semana. – Vi que tem muitas instituições de caridade para escolher por aqui.

– Tem cinco. Uma para arrecadação de fundos para o abrigo de cães local, outra para pacientes de câncer de mama, uma em prol da luta contra a pobreza e desigualdade social e duas que oferecem cuidadores para quem não pode pagar. Já levei quatro sacolas para o abrigo de cães. Que foi? – perguntou quando Naomi se virou para ela com as sobrancelhas levantadas. – Não olha pra mim assim. Eu não sou *obrigada* a apoiar a instituição de vítimas de câncer de mama. O abrigo é mais perto. E abre mais cedo.

– Não é isso. – Naomi abriu caminho até onde Gina estava. – O que quero saber é como está se sentindo arrumando tudo. Sozinha.

– Estou bem – respondeu Gina, surpresa.

Imaginou estar com uma aparência decente: sem ter acesso a um banheiro cheio de produtos de beleza, sua rotina de cuidados tinha sido reduzida quase ao nível de uma parisiense chique minimalista.

– Sério – reforçou. – É meu coração que está partido, e só. Por quê? Estou com cara de zumbi?

– Parece que você está um caco.

Naomi era sempre sincera. Bondosa, mas tão sincera quanto uma amiga de uma vida inteira – e alguém que cresceu com irmãos mais velhos – pode ser.

– Está com aquele olhar de quando fingia estar se sentindo melhor do que realmente estava. Tem certeza que não está forçando um pouco a barra? É *comigo* que você está falando. Pode abrir o jogo.

– Estou bem.

Gina não queria a piedade de Naomi naquele momento: lembrar que precisava de cuidados desestabilizaria seu ímpeto destemido.

– Só estou nesse estado porque fiquei acordada quase a noite toda separando coisas em caixas. – Gina fez uma pausa e, então, disse com uma ferocidade que mal foi encoberta por seu sorriso: – Eu sei muito bem como é se sentir doente. E não é como estou me sentindo agora. Estou sofrendo... Mas não estou doente, ok?

Naomi tentou parecer satisfeita, mas Gina notou que ela cruzou os braços.

– Bem, você que sabe. Mas tem que prometer que vai me falar se as coisas começarem a pesar demais. Você não precisa morar no meio desse caos. Venha ficar com a gente enquanto organiza as caixas. Ei, vamos fazer isso! A Willow ia amar ter sua fada-madrinha por perto. E nós temos espaço...

– É muita gentileza sua, mas não precisa. – Gina apontou para a bagunça. – Tenho que colocar isso em ordem de uma vez por todas ou nunca vou acabar. E é terapêutico decidir quais são as coisas que devo jogar fora, as que não preciso mais, as que podem ser úteis para outra pessoa. É bom.

– É exatamente isto que está me preocupando: você se livrando de coisas. – Ela colocou a mão na testa de Gina, fingindo medir a temperatura. – Tem certeza de que está bem?

– Quanto mais me desfaço das coisas, melhor eu me sinto.

– Bem, agora sou eu quem está se sentindo mal – disse Naomi com um suspiro amargo. – Trouxe mais uma bolsa para você organizar. Mas parte das coisas é comida. Aposto que não está se alimentando direito.

– Eu não estou definhando – debochou Gina, mas parou quando lembrou que não comia nada desde... quando mesmo? A manhã anterior?

Nos últimos dias, o apetite ia e vinha, variando de acordo com as ondas imprevisíveis de energia que a impulsionavam em uma agitação louca e depois desapareciam, deixando-a com o olhar perdido, impressionada e exausta, diante do lugar estranho em que se encontrava.

– Sabia que você não tinha comido nada. Foi por isso que eu trouxe o café da manhã. – Naomi apontou para a sacola. – Não quero que caia dura por aí. Onde vou encontrar outra melhor amiga nesse estágio avançado da vida? Hein? Isso para não falar em uma babá confiável.

Apesar do tom animado, os olhos de Naomi analisavam seu rosto com uma expressão tão maternal que lhe dava vontade de chorar. Gina fez um gesto para a cozinha.

– Então escale umas caixas e prepare um chá pra gente. Eu desencaixotei as coisas de cozinha ontem à noite. Você não vai acreditar em quanta louça tínhamos naquela cozinha. Sabe quantas canecas? Quarenta e cinco!

– *Quarenta e cinco?* – Naomi fez uma pausa cômica. – Só isso?

– Pois é. Duas sacolas cheias direto para doação. Havia sete canecas com "Eu amo (alguma coisa)", o que me deixava parecendo muito volúvel.

– E com quantas você ficou?

– Umas... cinco?

Gina tentou falar com leveza, mas cada decisão sobre manter, vender ou jogar fora parecia representar uma importante declaração para o universo acerca de seu futuro. Ela se desfez da poncheira de três andares com iluminação: as festas para comemorar o final da temporada de futebol não aconteceriam de novo. Graças a Deus.

– Achei cinco um bom número. Algo entre "quero uma vida mais simples" e "ainda acredito que vou receber gente para tomar um café".

Naomi pensou um pouco e assentiu:

– Gostei do raciocínio. Você ficou com aquele prato de bolo para festas de aniversário?

– Fiquei. Onde há bolo, há esperança.

– Concordo. Agora... onde estão os pratos?

A cozinha era novinha em folha e com as superfícies livres, sem puxadores nem utensílios à vista. A bancada de granito brilhava depois do surto de limpeza no meio da madrugada, e os itens de duas caixas da cozinha já tinham sido selecionados e despachados. Apenas o essencial ficara na bancada: um batedor, uma escumadeira, uma colher de pau, um ralador e uma espátula de prata, tudo organizado em um jarro vitoriano de cerâmica. De alguma forma, pensou, a funcionalidade daquilo fazia com que ela parecesse uma cozinheira melhor do que ter um armário cheio de máquinas de fazer macarrão e centrífugas que ela não usava.

A centrífuga foi para a caixa de eletrodomésticos com a etiqueta VENDER, junto com a máquina de waffle, uma minipanela elétrica de cozimento lento, um moedor de café, entre outros. Tinha sido um presente caro de casamento, mas Gina estava feliz por se livrar daquilo. Só de olhar sentia o gosto arenoso e ácido do suco de maçã: fazia com que se lembrasse dos infinitos sucos "saudáveis" que Stuart a obrigava a tomar quando estava enjoada demais para comer. Ele nunca lavava depois de usar, e as partes sujas de plástico ficavam no canto da pia durante dias. No instante em que colocou a centrífuga naquela caixa, sentiu-se mais leve. Mais leve, porém ligeiramente irresponsável, como se estivesse jogando fora um manual de instruções ou algo assim.

Naomi encontrou os pratos de sobremesa em um armário; havia seis, todos brancos e simples.

– Uau, isso é bem diferente da Dryden Road – comentou ela, acariciando os armários bege lisos com puxadores discretos. – Muito moderno. O que fez com aquele adorável varalzinho antigo que ficava na cozinha? Mandou para o guarda-móveis?

– Tive que deixar pra trás. Assim como o guarda-louça e a mesinha estilo açougueiro. Os compradores queriam a cozinha exatamente como estava, então pedi ao corretor que os incluísse na negociação.

– Você deixou a mesinha de açougueiro? – A expressão encorajadora e educada no rosto de Naomi agora tinha dado lugar à surpresa. – A mesma que você veio arrastando de Yorkshire naquelas férias?

Gina deu de ombros.

– Onde eu a colocaria? De qualquer forma, ela faz parte daquela cozinha, não desta. O quê? Por que está fazendo essa cara?

– Porque você deu tanta importância... Está dormindo bem? Desculpa. Esquece que eu disse isso. Acho que é só que... – A delicadeza e a preocupação travavam uma batalha no rosto de Naomi. – É só que você colocou tanto de si naquela casa – concluiu ela. – Também não precisa abrir mão de tudo só porque... bem, você sabe.

– Agora aquela é a casa de outra pessoa – disse Gina, e não estava se referindo à família que a comprara.

Naomi quase acrescentou outra coisa, mas mudou de ideia. Deu tapinhas no braço da amiga.

– Vamos comer uns croissants. Estão na sacola.

Gina colocou a sacola de papel na bancada. Dentro havia uma vela caríssima de três pavios com perfume de jacinto, duas revistas, um pote de sorvete sabor cookies, uma garrafa de vinho e alguns croissants ainda quentinhos. Praticamente a mesma seleção de mimos que Naomi levara para ela depois de cada tratamento no hospital, exceto pelo vinho. No final, Gina passara a arranjar vinho para Naomi beber enquanto lhe fazia companhia – pelo menos uma delas merecia escapar dos sucos.

– Ah, sim. Eu me lembro dessas coisas. Nada de livros de autoajuda?

– Não. Imaginei que você já estaria farta deles. Além disso, parece que sua mãe já lhe mandou todos os melhores.

– Não sei se são os *melhores*... Contei que ela sem querer me deu um dos dela na última remessa? *Como lidar com o divórcio de um filho*?

– Meu Deus, sério?

– Sério.

Gina guardou o sorvete no freezer para mais tarde. As gavetas estavam lindamente livres de ervilhas perdidas e das velhas forminhas de gelo.

– Fiquei tentada a escrever "Nem tudo é sobre você, mãe" na primeira página e devolver para ela. Do jeito que está agindo, parece até que ela é que foi trocada por outra.

Naomi riu, mas depois pareceu arrependida.

– Mas você não vai fazer isso, não é? Sei que Janet a deixa louca, mas ela tem boas intenções. E quando você perde dois maridos antes dos 50 anos...

– ... sabe o que é ficar sozinha. Sim, já tivemos essa conversa. E não, é claro que não vou fazer isso.

– Desculpa. Eu não quis ser chata. Sei que é mais fácil ser paciente com a mãe dos outros. Mas pelo menos Janet está por perto, e não viajando o tempo todo com o novo namorado, como a minha. – Naomi pôs a chaleira para ferver. – Então, como estão as coisas com Stuart? Ele ainda está enviando mensagens de texto ou já teve a coragem de telefonar?

– Ainda trocando mensagens. Acho melhor assim. A gente não tem mesmo muita coisa para dizer um pro outro. Jason esteve com ele desde... desde que se mudou?

– Não. Ele não foi ao futebol essa semana. E, de qualquer forma, Jay não me contaria nada. Sabe como os homens são. O que acontece no vestiário fica no vestiário. – Naomi fez uma careta. – Mas ele mandou um abraço. Acha que Stuart perdeu a cabeça. Diz que se tiver qualquer coisa que a gente possa fazer...

– Obrigada. – Gina pegou um pedaço do croissant. – Mas estou achando que as coisas serão bem simples. Nós não temos filhos pelos quais discutir, a casa foi vendida, ele ficou com os gatos. É só uma questão de colocar tudo nas mãos dos advogados e deixar que resolvam. Rory disse que em cerca de três meses consegue resolver tudo. Aliás, obrigada pela indicação. Ele é brilhante.

– Ótimo. Fico feliz por as coisas práticas estarem se encaminhando. Mas e quanto a *você*? Está tão calma... – Naomi despejou a água fervente sobre os saquinhos e ficou remexendo-os com impaciência. – Eu teria ido atrás do traidor filho da mãe com uma tesourinha de unha. Sério, é só pedir. – Ela passou a caneca pela bancada com um sorriso ameaçador falso, mas que não era totalmente de brincadeira. – Não precisa ser uma tesourinha de unha. Posso usar cera de depilação. Ou laxantes.

Gina pegou a caneca fumegante e tentou entender como estava se sentindo naquele momento.

– Na maior parte do tempo estou bem. Às vezes... não estou. Mas a sensação dominante é de alívio. As coisas não estavam bem entre mim e Stuart. Talvez eu devesse ter sido mais corajosa e terminado tudo, em vez de deixar as coisas irem desmoronando.

– Mas não foi *você* que deixou as coisas desmoronarem. Vocês dois tiveram muito com que lidar – disse Naomi de bate-pronto. – *Muito* mais do que outros casais precisam enfrentar durante toda uma vida.

– Mas isso que é o pior. – Ela fez uma careta. – Passar por maus momentos juntos não deveria nos tornar mais fortes? Eu sei que é nisto que todos estão pensando: "Eles passaram por tudo aquilo, como podem se separar agora?"

– Não tem ninguém pensando assim. Se estão pensando em alguma coisa, é que Stuart está tendo uma crise antecipada de meia-idade e você o colocou para correr. Há quanto tempo estavam juntos? Nove anos? Dez?

– Quase nove. E pouco mais de cinco anos de casados.

Gina fez outra careta. O que estava sentindo? Vergonha? Desespero? Nostalgia? Casamentos não deveriam acabar tão rápido.

– Aliás, você precisa de um ferro a vapor? Por algum motivo, nós ganhamos três de casamento. Vou colocar no quadro de avisos no trabalho. Estou fazendo uma limpa.

– Gina, você não *precisa* se desfazer de tudo.

– Preciso. E quero. – Ela fez um gesto para as caixas. – Onde eu colocaria tudo isso? Este apartamento é um novo começo. Todo branco, minimalista e *meu*. O que eu escolher colocar aqui tem que dizer algo sobre quem eu sou agora.

– É isso aí!

Naomi pegou um croissant e tentou parecer encorajadora.

Gina continuou. Era a primeira vez que colocava o plano em palavras, e explicá-lo em voz alta o tornava mais concreto.

– Não tem espaço aqui para nada que eu não ame de verdade ou que eu não precise; então, vou manter 100 coisas sem as quais não consigo viver. E me desfazer do resto. Assim vou conseguir valorizar de verdade essas 100 coisas, em vez de ter gavetas repletas de tralha que nem lembro que existe.

– Calma aí! – Naomi colocou o croissant no prato. – Você é uma acumuladora, sempre foi. Esse novo estilo de decoração é o equivalente a fazer um corte de cabelo radical ou a tatuar um golfinho na bunda?

– Só estou sendo prática. Não posso desencaixotar minha antiga casa aqui. Não tenho espaço, e aquela casa se foi. Aquela pessoa se foi. Além disso, estou carregando essas coisas comigo há anos, então já está mais que na hora de eu ver o que realmente quero.

– Mas por que tem que ser 100? Sabe que isso é bem pouco, não sabe? Você provavelmente tinha 100 *castiçais* na sua antiga casa.

– É um número interessante. E não vou incluir nessa conta os itens essenciais, tipo roupa íntima. Mas preciso de *algumas* regras, até para ter por onde começar. Já tomei uma decisão – acrescentou Gina. – Vou vender um monte de coisas e comprar algo bem legal. Um presente para o meu novo lar.

– Essa ideia é *maravilhosa*. – Naomi assentiu com mais entusiasmo. – Quero que me avise se precisar de ajuda com isso. Uso muito o eBay.

– Ah, é?

Gina ficou surpresa. Não só com o fato de que Naomi tivesse tempo para vender coisas no eBay, mas que ela quisesse fazer isso. Os Hewsons tinham uma boa condição financeira: Naomi acabara de voltar a trabalhar em tempo integral como gestora de uma clínica de cirurgia odontológica, e Jason era sócio de uma empresa de recrutamento na área de TI.

– Com certeza. É ótimo para manter o controle das tralhas que acumulamos – explicou Naomi, animada. – Faço uma limpa lá em casa umas três ou quatro vezes por ano. As coisas de golfe de Jason, as roupas que não servem mais em Willow, livros, presentes de Natal... Você não imagina as coisas que as pessoas compram se a gente faz uma descrição bem-feita. – Ela balançou os dedos. – E eu até curto escrever os textos.

Gina arqueou uma das sobrancelhas.

– E quanto ao seu excesso de sinceridade? Isso não atrapalha as vendas?

– Essa é questão! As pessoas gostam de um pouco de sinceridade. Eu só não contei meu nome de usuária pra mãe do Jay. Caso contrário, ela vai perceber que todos os anjinhos de porcelana que nos dá de presente não estão na cristaleira, onde acredita que estão.

Naomi deu seu sorrisinho acompanhado de uma piscadela, e Gina pensou em como ela tinha mudado pouco em todos aqueles anos em que se conheciam. O cabelo passou por vários cortes e tinturas diferentes, e havia algumas linhas em volta dos olhos verdes perspicazes, mas, fora isso, continuava sendo a mesma Naomi mandona, prestativa e ligeiramente anárquica que conhecera no primeiro dia de aula naquele colégio. Gina sentiu uma repentina onda de alívio por terem se encontrado naquela época. Outra pessoa poderia ter tido um lugar ao lado dela naquela sala de aula. Outra pessoa que se transformaria na melhor amiga de Naomi McIntyre.

– Aliás, tenho um presente para você – declarou Gina, enquanto voltava para a sala em meio às caixas e pegava uma sacola que enchera antes. – Se bem que, depois do que acabou de me contar, não sei se merece.

Naomi apanhou a sacola com um gemido.

– É agora que você vai me devolver todos os presentes que já te dei de Natal?

– Claro que não! Olha logo.

Gina se recostou, antecipando a reação da amiga com um brilho de prazer. Demorou um pouco, mas, quando Naomi deu um gritinho de alegria, Gina se sentiu o próprio Papai Noel.

– Ah, meu Deus, *Gina*! – Naomi levantou uma pilha valiosa de revistas antigas da década de 1990: *Q, Melody Maker, New Woman*. O rosto estava iluminado de prazer. – Caramba, não acredito que você ainda tinha isso! Tem certeza que não quer mesmo ficar com elas?

– Eu tenho muitas. Não tenho onde pôr todas e sabia que você ia curtir um pouco de nostalgia. Talvez possa guardá-las para Willow um dia. Um pouco do passado da mãe.

Gina não estava brincando. Gina e Naomi passaram grande parte da adolescência lendo revistas juntas, nos intervalos das aulas, no refeitório, na cozinha barulhenta da família de Naomi. As revistas de música em particular significavam muito para Gina: ela nunca sentiu que se encaixava em algum lugar até descobrir a música e, de repente, o mundo se abriu. Não precisava mais ficar imaginando com que tipo de pessoa tentaria fazer amizade se já estivessem usando uma camiseta da sua banda favorita.

– Só não as venda no eBay, por favor – acrescentou ela. – Pelo menos não tão cedo.

– Nem pensar. – Naomi virava as páginas com reverência. – Isso está despertando tantas lembranças... Ah, não! Olha esses anúncios antigos de rímel... Você é *incrível*. E o que é isto?

Ela tirou da sacola uma camiseta preta com a estampa, ainda intacta, da logo de uma banda. Naomi olhou para a amiga.

– Você não comprou uma camiseta dessas naquele show a que fomos em Oxford? No show em que você conheceu o Kit? Não é esta, é? – Ela aproximou o nariz da malha antiga. – Ainda tem cheiro de nova.

– É, sim.

Gina olhou para a camiseta. Parecera certo se desfazer dela quando a colocara na sacola na noite anterior, mas agora, vendo-a nas mãos de Naomi, sentiu como se parte do seu passado estivesse escorrendo para o fundo de um rio. Ela se controlou. Tinha que se livrar daquelas coisas, e era melhor que fossem para alguém que entendesse por que as valorizara tanto.

– Eu comprei duas, para o caso de uma encolher na lavagem ou de a minha mãe descobrir aonde fomos e nunca mais me deixar ir a nenhum show. Esta é a reserva.

– Mas onde está a sua?

– Acho que dei pro Kit.

Naomi olhou para ela com uma expressão triste.

– Poxa. Então não posso ficar com ela.

– Pode. Quero que fique. – Gina não falava sobre Kit havia muito tempo. Naomi era a única pessoa com quem conseguia fazer isso. – Guarde para Willow. Ela nem me serve mais. Simplesmente acabaria em uma gaveta, e preciso ser implacável.

Ela afastou o olhar. A logo tinha fisgado uma lembrança que estava no fundo da sua mente, escondida como a camiseta: Kit esparramado sobre uma cama desarrumada de solteiro, dormindo até mais tarde depois de uma noitada, vestindo uma cueca boxer de estampa xadrez azul e a camiseta dela, os braços compridos acima da cabeça, fazendo a camiseta subir e mostrar a barriga chapada. Gina dissera a si mesma naquele momento para se lembrar de como ele estava perfeito.

Parecia ter se passado em outra vida, e o coração dela ficou apertado diante da aparência novinha da estampa na camiseta que Naomi segurava.

– Não. Olha só, aceito as revistas de boa, mas isto não – disse Naomi, vendo a mudança no rosto de Gina. – Quero que *você* fique com isto e dê para Willow de presente quando ela tiver idade suficiente para entender como tem sorte de ter uma madrinha tão descolada.

Gina forçou um sorriso, mas a imagem não saía da sua mente. Ela não aparecia na cena. Aquela manhã acontecera com ela. Ela *estivera* lá, mas agora, mesmo tendo a camiseta como prova, era como se estivesse se lembrando de um filme ao qual assistira havia séculos. Aquelas manhãs com Kit pareciam o início de algo mais, os primeiros passos em um longo caminho do qual se lembrariam juntos. Só que tinha acabado, e agora era como se nunca tivesse acontecido. Seria a mesma coisa com Stuart. Todas as expectativas e as pressuposições, os meses e os anos, as experiências e as lembranças... tudo perdido.

Sentiu um frio na barriga, como se estivesse prestes a sofrer uma queda.

– Pra onde foram os últimos anos, Naomi? – perguntou de repente. – Como envelhecemos tanto de uma hora pra outra?

– Não somos velhas, sua boba – disse Naomi. – Estamos apenas começando. A vida só começa aos 40, e ainda falta muito pra chegarmos lá.

– Mas eu me sinto velha. Sinto que o tempo está passando rápido demais e que nem sei o que estou...

– Estamos apenas começando – repetiu Naomi com mais firmeza.

Ela estendeu a mão e pegou a de Gina, olhando-a nos olhos com uma expressão de preocupação e apoio, e uma compreensão silenciosa de todas as coisas que faziam com que a amiga se sentisse subitamente exausta sempre que se esquecia de se concentrar no recomeço.

– Nós temos muito mais tempo do que você imagina. Juro pra você.

Gina abriu um sorriso emocionado e apertou a mão de Naomi.

Não precisava de coisas para se lembrar do passado. Não quando tinha Naomi. Uma amiga sincera, compreensiva e prática.

Depois que Naomi foi embora, Gina lavou as canecas e os pratos e, por força do hábito, foi guardar a vela aromática em algum armário para usar depois. Em um momento mais oportuno. Quando tivesse alguma visita.

Parou segurando a caixa. Ela não tinha guarda-louças chiques nem visitas, era a única pessoa ali. Então por que guardaria a vela para outra pessoa quando tinha sido um presente para *ela*?

Antes que pudesse refletir mais sobre o assunto, Gina tirou o vidro da caixa e o colocou no peitoril da janela, o único espaço livre do apartamento. Então acendeu os pavios. Em pouco tempo, a fragrância suave dos jacintos começou a preencher o lugar: o aroma de especiarias dos meses gelados de inverno, antes que a primavera invadisse o cenário cinzento.

Capítulo 3

ITEM: camiseta da banda Marras, visita ao diretório acadêmico, 1996

Oxford, 1996

Esta é a melhor noite da vida de Georgina até então, e ainda são só dez horas.

Ela olha de um lado para outro antes de tomar um gole escondido do cantil de bolso do pai de Naomi, então percebe que ninguém ali vai lhe dizer para não fazer isso. Ninguém está olhando e ninguém se importa que ainda faltem dois anos para ela chegar à idade para beber legalmente; todos à sua volta estão bêbados, drogados ou dando uns amassos, ou uma combinação das três coisas. Sente uma efervescência que não tem nada a ver com a vodca, mas tudo a ver com a música retumbando dentro dela, e toma outro gole grande, que desce queimando a garganta, mas ela apenas faz uma careta e engole.

Naomi diz que vodca não tem gosto de nada, mas Georgina não tem tanta certeza. Não que vá comentar algo do tipo. Misturada com os hormônios e o suor no ar, comprimida pelo teto escuro e baixo deste salão do diretório acadêmico, ela tem gosto de enxaqueca líquida. Mas é o que temos para hoje, até porque, mesmo com os olhos bem maquiados com o delineador de Naomi, ela ainda desconfia que parecem menores de idade e, seja como for, elas só têm dinheiro para pegar o ônibus de volta para o dormitório do irmão de Naomi na faculdade, onde vão passar a noite.

Então, tecnicamente, trata-se, *sim*, de uma visita à universidade. Só que é ao diretório acadêmico e não à biblioteca, como havia garantido para a mãe e para Terry.

E é demais! Gina tem a sensação de que deveria estar com medo, mas não está. Ou talvez esteja, mas é um tipo bom de medo.

– Esta é a noite mais incrível da minha vida! – diz Naomi com uma voz arrastada, agarrando o braço da amiga.

Os olhos dela estão brilhando com a alegria intensa que Georgina sabe que vai se transformar em um choro intenso dali a meia hora, e ainda estão só no show de abertura. A banda Marras, cujo CD Gina já ouviu um milhão de vezes, vai subir ao palco dali a uma hora, pelo menos.

– Sua ideia de virmos aqui foi ótima! – exclama ela.

– Valeu! – grita Georgina, satisfeita.

Uma coisa que não contaria para ninguém, nem mesmo para Naomi: quando ouve música, Georgina sempre imagina a pessoa interessante que vai se tornar quando finalmente entrar para a faculdade. Aqui. Dali a dois anos – seis períodos, notas boas – vai ter a chance de se transformar em outra pessoa. Georgina Bellamy usava aparelho e gravata de representante de turma. *Gina* Bellamy é escritora. Ou atriz. Ela tem franja, usa botas sexy e emana uma aura misteriosa.

Naomi ri.

– Georgina, você é tão...

– Gina – corrige Georgina com firmeza. – Gina.

– Quê?

Naomi parece prestes a expor seus pensamentos, pelo menos os que lhe restam depois de tomar metade do frasco de vodca, mas naquele instante a banda começa a tocar a única música que todo mundo conhece, um cover de "Heroes": eles não são burros de terminar com uma música autoral. Georgina e Naomi são empurradas para a frente pela onda de corpos suados.

Naomi dá um gritinho, em algum lugar ao longe, mas Georgina fecha os olhos e se deixa levar pela música, a batida vibrante, ressoando fora e dentro de seu corpo como se nem estivesse ali. Sente-se leve, levada pela força da multidão enquanto a banda toca cada verso. Então o ritmo muda, como um carro gigante trocando a marcha, e todo o salão começa a cantar junto, dançando, gritando, empurrando. Os lábios de Georgina formam as palavras, mas a música está tão alta que ela não ouve a própria voz; consegue sentir, não ouvir, todo mundo cantando, e isso a deixa emocionada. Uma onda da mais pura alegria embriagada a inunda enquanto sorri cegamente no escuro pulsante atrás das suas pálpebras, ardendo com o suor e o rímel borrado.

Quando abre os olhos, com os lábios secos e abertos prontos para repetir o refrão, ele está olhando diretamente para ela. Um garoto (um homem?) com cabelo louro cacheado, meio comprido, como os de um anjo, e grandes olhos azuis que brilham com o mesmo prazer estupefato que ela sente. A camiseta preta está molhada, o rosto brilha de suor – todo mundo está suado com tantos corpos espremidos lá dentro –, e ela consegue sentir o cheiro quente do corpo dele. Um cheiro forte e masculino, perigoso e excitante.

– *We could be heroes* – canta Georgina, e sua voz segue na direção dele.

Ele sorri e ela sente o rosto ficar vermelho e quente. Mais quente. Mas ela nem está com vergonha. Nem um pouco. Essa é uma sensação totalmente nova. Georgina sente vergonha pelo menos umas cinco vezes por dia: do seu padrasto, das suas notas "exemplares", das observações constantes da mãe neurótica, do seu sapato. Ela nunca está usando os calçados certos.

Eles ficam se encarando, e Georgina tem a estranhíssima sensação de que o conhece de algum lugar. O rosto dele não lhe é estranho. Sente que chegou a algum lugar para o qual esteve se dirigindo a vida toda. É algo reconfortante e esquisito ao mesmo tempo.

A multidão continua a empurrá-los, aproximando-os, e o coração dela parece que vai sair pela boca. Ainda estão cantando, mas ele está se inclinando para ela e, sem aviso, enquanto começa o solo de guitarra, ele grita:

– Kit!

O grito parece um golpe forte no seu ouvido, como se um anzol gigantesco tivesse sido lançado no seu peito. Por um segundo, Georgina imagina se não chegou a machucar e ergue a mão, surpreendida.

Ele a pega e a leva até o próprio ouvido, tentando dizer "Agora diga o seu nome". Ela fica arrepiada com a sensação dos dedos dele na pele do seu punho. Ela grita:

– Gina!

No entanto, a voz de Gina é abafada por gritos ensandecidos vindos da frente do palco. Sente cotoveladas nas costas e se vira para ver um enorme jogador de rúgbi sendo carregado pelas mãos da plateia, com o rosto virado para baixo, tão perto que consegue sentir o cheiro de cerveja no hálito dele e o de suor na camiseta. Os olhos dele se fixam nos dela enquanto se aproxima, com os punhos fechados feito o Superman. E ele os está mirando na cabeça dela.

Gina entra em pânico, mas está encurralada pela multidão à sua volta, os braços presos ao lado do corpo. Conforme ele vai se aproximando ela só consegue pensar na mãe. *Como vou explicar para minha mãe se eu for parar no hospital?*

Ela abre a boca para gritar enquanto o garoto – Kit – agarra o cinto de sua calça jeans e a puxa dali com força surpreendente. Gina sente os mais de 100 quilos do jogador passarem rentes ao ombro dela e se chocarem com os garotos ao seu lado. A multidão aos gritos se abre como um campo de milho, empurrando-a para os braços de Kit, mas, antes que Gina tenha a chance de registrar a sensação da pele dele contra a dela, quente e íntima no meio da confusão geral, a multidão volta para o lugar e ela é empurrada para o lado de um cara, meio que a levantando no ar. Quando consegue recuperar o equilíbrio no chão escorregadio, está cercada por uma floresta densa de estranhos. Camisetas pretas, costas grudentas e um cheiro de suor misturado com loção pós-barba e desodorante.

Ela olha em volta, mas Kit desapareceu. A adrenalina – e a decepção e a vodca – atravessa seu corpo com tanta força que sente vontade de chorar.

O pé de Gina parece molhado e ela percebe que perdeu a sapatilha. Não vê Naomi em lugar nenhum e precisa ir ao banheiro. O feitiço foi desfeito. Quase às lágrimas, esforça-se para atravessar a multidão.

As poucas pessoas no fundo do salão a ignoram. Gina fica parada ali, com os ouvidos zumbindo, uma das meias encharcada de cerveja. Então, bem na hora em que o que mais quer é voltar para casa, Kit sai da parte mais densa da plateia com um sapato na mão. Ele não a vê logo de cara, e Gina tem o privilégio de observá-lo enquanto a procura, o cabelo louro suado caindo nos olhos. Quando a encontra, a expressão ansiosa se transforma em um sorriso. Gina prende a respiração enquanto ele se aproxima.

– Cinderela, é você?

Ele entrega o sapato para ela.

– Gina – diz ela, pegando o sapato.

Não é o que tinha perdido, mas ela não se importa. É mais ou menos do mesmo tamanho e o pé dela está encharcado. Por que deixar um pequeno detalhe estragar o momento?

– Espera aí. – Kit franze a testa enquanto ela tenta enfiar o calcanhar no sapato. – Esse sapato é seu mesmo?

– Praticamente – responde. Ambos estão falando alto demais; ela imagina que o ouvido dele também deve estar zunindo. – Bem, na verdade não é. – Ela dá um sorriso amarelo. – E também não sou a Cinderela.

Ele ri e se vira de novo para o público, que está começando a se dispersar aos poucos enquanto a banda recebe os aplausos.

– Deve estar lá no meio em algum lugar. A gente pode tentar encontrar quando esse show terminar.

A gente. A gente pode tentar encontrar.

– Consegue ir até o bar? Se eu ajudar? – pergunta ele.

Os olhos azuis de Kit estão escuros quando a encaram, e Gina é tomada por uma sensação arrebatadora e repentina de que ele sente exatamente o mesmo que ela. Como se conseguisse entrar na cabeça dele, como se todo o resto naquele salão lotado estivesse ligeiramente borrado em comparação com os contornos definidos dele.

Ela concorda com a cabeça e permite que a leve até o bar nos fundos, no qual o atendente acena para ele e faz um gesto perguntando se querem uma bebida. A mão dele, quente e úmida, segura a dela com firmeza, para que não sejam separados pela multidão, mas não há nenhuma ali onde estão, e ele só a solta para pegar os copos de cerveja.

Juntos, levam as bebidas para um canto mais tranquilo e, antes que Gina comece a se preocupar sobre o que vão conversar, já estão conversando. Sobre a banda, sobre o sapato perdido, sobre o bar, sobre a música favorita de cada um, sobre a incrível coincidência de Kit ser amigo do irmão de Naomi, Shaun. Os alegres olhos azuis não se afastam do rosto dela, e Gina se sente como se já tivesse vivido aquilo, como se eles se conhecessem a vida toda.

Tomam outra cerveja e descobrem que ambos são fãs de Nick Drake, que são canhotos e que sempre quiseram um gato mas a família nunca deixou. A atração principal começa, mas Kit e Gina ainda estão conversando em um canto escuro do bar enquanto o espaço entre eles vai desaparecendo devagar. Ela só ouve as músicas da Marras ao longe, mas tudo bem. É como se estivessem tocando em um canto do quarto dela.

Esta é a melhor noite da minha vida, pensa, sentindo a cabeça leve com um tipo sereno e peculiar de felicidade, que faz com que tenha a sensação de estar flutuando como um balão de hélio sobre a multidão dançando. *Nada jamais será melhor que isso.*

E ainda nem é meia-noite.

Para chegar à casa da mãe, em Hartley, Gina precisava passar pelo número 7 da Church Lane, a casa que Janet tanto cobiçara enquanto moraram naquela região.

Era a casa mais bonita de uma rua de casas bonitas – construída na década de 1930 imitando o estilo Tudor, tinha fachada preta e branca na técnica enxaimel, canteiros de flores em volta de um gramado aveludado e uma cerejeira no local certo no jardim, colocada como um chapéu que embeleza ainda mais um rosto bonito. Como se para marcá-la como a melhor casa dali, havia uma caixa de correio vermelha no muro de tijolos do lado de fora do portão de ferro, fundido com um monograma das letras G e R em dourado.

G de Gina, era o que pensava quando era adolescente, sempre atenta ao seu redor em busca de sinais. E R de quem? Isso a fazia ficar empolgada, mas também com um pouco de medo de que seu R estivesse por aí e talvez nunca a conseguisse encontrar na tediosa Hartley.

Janet costumava se virar no assento do carona do Rover P6 marrom de Terry sempre que passavam pela casa, mas, ao mesmo tempo que seus olhos claramente se deliciavam com a perfeição da casa 7 da Church Lane, ela insistia que não tinha o menor interesse em ser "o tipo de pessoa que é tão obcecada com o próprio gramado – é necessário muito trabalho para mantê-lo assim, um verdadeiro fardo". Encolhida no banco de trás (para evitar que alguém da escola a visse no carro velho de Terry), Gina, na época uma adolescente, debochava dela sem que ninguém visse, mexendo os lábios para imitar as palavras da mãe.

Mesmo agora conseguia ouvir a voz de Janet, como se estivesse permanentemente associada ao caminho de volta para casa – a macieira que deveria ser cortada, o conservatório que ficaria melhor com um telhado inclinado. De vez em quando, os olhos de Terry encontravam os de Gina pelo espelho retrovisor, o brilho da expressão dele oferecendo uma solidariedade gentil diante das ilusões de Janet, e Gina sentia um misto engraçado de culpa e alívio que a fazia baixar o olhar, mesmo que parte dela quisesse retribuir o sorriso. Talvez até revirar os olhos.

Era inquietante ter aquele vislumbre de um homem diferente, não por haver algo remotamente sinistro em Terry, com seu bigode louro e os sapatos confortáveis, mas por ser complicado demais pensar nele como uma pessoa com algum tipo de senso de humor. Quando era o enfadonho Terry representante de vendas, ele se encaixava na equação tortuosa de lealdade e ressentimento a que ela tinha chegado, um sistema de concessões e equilíbrio que lhe permitia sentir saudade do seu lindo e heroico pai e, ao mesmo tempo, não ser ingrata com o homem que ocupara aquele espaço nada invejado. Além disso, reconhecer a concretude de Terry também significava pensar no relacionamento que ele tinha com a mãe, e aquilo a fazia querer morrer de nojo – por mais difícil que fosse imaginar a mãe tendo qualquer envolvimento naquele tipo de atividade nada higiênica sobre a qual Gina lera nas revistas reveladoras de Naomi.

Já adulta, dirigindo pelo caminho que o velho P6 de Terry deve ter percorrido milhares de vezes nas idas e vindas infinitas da família para a escola, para o trabalho, para o shopping, Gina desejou ter retribuído o sorriso. O pobre Terry estava apenas tentando construir algum vínculo, do seu jeito diplomático. Sentiu pena dele, e depois mais pena ainda, porque sua mãe *ainda* desejava que tivessem cortado a macieira no quintal da casa paroquial e ela entendia um pouco melhor o que Terry teve que aguentar durante todos aqueles anos.

Hoje, as extremidades da casa 7 da Church Lane estavam cheias de narcisos floridos precocemente, uma alegre mancha de cor sob o sol invernal. Gina parou em frente ao imóvel para dar passagem a outro carro e lançou seu olhar crítico de urbanista para o exterior pintado de branco. Embora amasse construções antigas, aquela não a atraía muito. Havia tantos detalhezinhos de época dentro e fora que seria necessário viver de acordo com suas regras, e ela sabia que era muito menor e mais escura do lado de dentro do que se imaginaria. Era uma daquelas casas que eram boas de olhar, mas não de morar. Talvez fosse esse o motivo de sua mãe querê-la, Gina pensou, antes de afastar o pensamento maldoso e seguir em frente.

O vaso duplo com bulbos de narcisos que Gina e Stuart deram para Janet de presente no último Natal que passaram juntos agora começava a mostrar caules verde-claros com folhas e botões ainda fechados saindo da terra. Estavam bonitos ao lado da porta de entrada, mas não tão bonitos quanto as gloriosas alamandas um pouco mais acima na rua.

Gina tocou a campainha e olhou para as plantas, sentindo um pouco de irritação. Quando aqueles bulbos foram plantados em alguma estufa distante no último outono, ela ainda estava casada. E, enquanto encomendava flores extravagantes como presente de Natal para diversos membros da família por volta da uma da manhã, Stuart trocava mensagens de texto às escondidas com Bryony, organizando encontros em Birmingham. Os bulbos do divórcio deles foram plantados na mesma época que a porcaria daqueles narcisos. Até brotaram ao mesmo tempo.

Stuart nunca se lembrava de aniversários nem do Natal; Gina sempre fazia tudo para as famílias dos dois, movida pela paranoia de deixar passar o último aniversário de alguém. E, mesmo que sua mãe soubesse muito bem que tinha sido a filha que mandara aquele vaso idiota de narcisos, Janet ainda dera risinhos de prazer e dissera a Stuart que ele tinha sido muito inteligente ao escolher a planta favorita dela.

E narcisos nem eram os favoritos dela. Gina sabia muito bem que a mãe preferia cravos, as flores mais sem graça do mundo.

Todos aqueles pensamentos passaram pela mente dela na velocidade da luz, e ainda estava franzindo a testa para o vaso quando a porta se abriu momentos depois de ela ter batido e Janet apareceu à porta, o rosto tenso de preocupação.

Janet Bellamy tinha 56 anos e ainda era atraente de um jeito juvenil. Vestia muitas roupas cor-de-rosa e só tinha uma calça comprida, especificamente para jardinagem. Gina herdara as maçãs altas do rosto, mas não o lindo cabelo louro nem o corpo franzino. Quando Janet estava feliz, podia facilmente passar por uma mulher de 40 e poucos anos; quando estava ansiosa, o que era mais comum, parecia muito mais velha.

– Eu estava preocupada com você! – disse ela, agarrando o braço de Gina antes que houvesse tido tempo de abrir a boca. – Disse que chegaria aqui às duas! Achei que talvez tivesse tido algum problema com o carro!

– Não, está tudo bem. – Gina deu o rosto para o beijo ansioso da mãe.

– Só parei no caminho para deixar algumas doações pra caridade. Aliás, depois me diz se quer algum dos meus livros. Estou me desfazendo de muita coisa agora já que não tenho estantes.

Janet apertou mais o braço da filha.

– Seu seguro do carro cobre serviço de reboque? Estava para perguntar isso.

Da última vez tinha sido "Você sabe onde fica a caixa de força? Tenho medo que você fique no escuro se houver algum problema", como se, no divórcio, Stuart tivesse ficado com a custódia não só da caixa de ferramentas, mas também do cérebro matrimonial.

– É claro que o seguro cobre – respondeu Gina.

– Bem, é melhor conferir. Precisa pensar nessas coisas agora.

– Agora?

– Agora que você... – Janet respirou fundo. – Agora que você não tem com quem contar. Vamos entrar. Vou ligar a chaleira.

Alguém com quem contar. Pelo amor de Deus. Gina ficou olhando para a mãe enquanto ela batia em retirada. Em que século estavam mesmo?

– Mãe, eu sou perfeitamente capaz de cuidar de mim mesma. Você sabia que o Stuart não consegue diferenciar uma caixa de câmbio de uma caixa de ovos? – Seguiu a mãe pelo corredor, com paredes cobertas de aquarelas de flores. – É por isso que ia de bicicleta pra todo canto. Ele é péssimo motorista.

A cozinha de Janet estava imaculada e cheirava a limão. Depois de adulta, sempre que Gina entrava lá sentia vontade de ligar para o departamento de conservação imobiliária e inscrevê-la como um perfeito exemplar de cozinha do fim da década de 1980, do aparelho de chá Eternal Beau até a coleção completa de livros de receitas de Delia Smith. Sentou-se em um banco alto na bancada de café da manhã, encolhendo os pés.

– A questão não é essa, Georgina.

Janet acionou a chaleira e ela ferveu na hora. Devia estar ligada desde as duas horas em ponto. A mãe continuou:

– Stuart previa os problemas antes que surgissem. Ele resolveu tudo quando você ficou doente. Eu tiro o chapéu. Saiu-se melhor do que alguns daqueles médicos. A quantidade de pesquisa que ele fez...

Gina cerrou os dentes. Janet idolatrava Stuart. Ele poderia até mesmo esfolar coelhos vivos por diversão e pregá-los na porta da frente, e Janet ainda diria que ele era a melhor coisa desde a invenção do pão de forma por causa do desempenho estelar como marido apoiador "quando precisava ser".

– Eu sei, mãe. Ele era... Ele é um cara legal.

O que Gina não conseguia explicar para a mãe era que, embora fosse grata a tudo que Stuart fizera – e era mesmo, ele fora incrível –, no final das contas ela queria um marido que fosse maravilhoso quando *não* precisava ser. Que fosse atencioso sem que ela tivesse que pedir, que mandasse tulipas vermelhas apenas para alegrá-la, que a fizesse rir até não poder mais por causa de uma piada que só eles entenderiam. Stuart nunca fora assim. Ele consertava as coisas, o que sempre fazia Gina se sentir ansiosa e imperfeita. Quando não havia nada a ser providenciado – a reforma da casa, as próximas férias, a doença dela –, eles acabavam em um silêncio incômodo, sem nada para dizer.

Era até irônico, como Gina comentara com Rory, seu advogado, que o divórcio tivesse lhes dado um último projeto para realizarem juntos. Algo sobre o que conversar enquanto faziam a partilha da casa.

Janet colocou três sachês de chá no bule, cobriu-os cuidadosamente com água e então se virou para lançar um olhar reprovador para Gina.

– Homens decentes como Stuart... Eles são raros como diamantes. Sei muito bem.

– Eu *também* sei – retrucou Gina. – Mas, para ser sincera, mãe, nenhum de nós estava feliz há um bom tempo.

– É mesmo? Vocês dois sempre pareceram felizes o suficiente. – Ela fechou a lata de chá com força demais. – Além disso, casamento não é estar *feliz* o tempo todo. É saber que você é amado. E você tinha o amor de Stuart.

– Até ele começar a me trair com uma mulher mais nova do clube de ciclismo – comentou Gina.

– Georgina!

Gina não fazia ideia do tipo de marido que o pai tinha sido nos quatro anos em que ele e a mãe ficaram casados, mas costumava imaginar se algum aspecto da personalidade dele, em vez de sua morte súbita, tinha alguma coisa a ver com a obsessão da mãe por homens responsáveis que preenchiam planilhas de gastos e faziam tudo que se esperava deles, sempre, em todas as circunstâncias. Não era algo que se imaginava perguntando à mãe.

Nas poucas vezes em que tentara conversar sobre o pai, já adulta e não como uma criança curiosa, se deparara com uma expressão magoada que não deixava brecha para perguntas. Falar sobre o pai, ao que tudo indicava, era um insulto ao homem "que a criara". Gina achava que aquela era uma estranha inversão daquilo em que sempre tinha acreditado: gostar do "homem que a criara" seria um insulto ao pai?

– Mãe, não quero falar sobre o Stuart – declarou ela. – Acabou. Agora eu preciso me concentrar em seguir em frente. Na verdade, tive um ótimo fim de semana até agora. Todas as minhas coisas já foram entregues no apartamento novo e estou organizando tudo. Naomi foi me visitar ontem e mandou lembranças...

Gina ficou sem palavras. Janet estava arrumando tira-gostos em um prato, organizando-os em um círculo. Aquilo fazia com que se sentisse como uma visita, mesmo que soubesse que a mãe fazia a mesma coisa todo fim de tarde, exatamente às 17h45, quando Terry chegava em casa. Os biscoitos nunca saíam do pacote até o chá estar pronto; parece que isso impedia que ficassem moles.

– Mãe? – começou Gina. – Eu sei que é triste, mas se divorciar não é o fim do mundo. Eu não sou velha. Na verdade, tenho mais ou menos a mesma idade que você tinha quando conheceu o Terry.

Seguiu-se um suspiro, depois uma longa pausa. Ao fundo, uma música estava tocando no rádio, e Gina sentiu a atmosfera letárgica de domingo tomar conta do ambiente. Algo naquela casa durante os fins de semana sempre fazia com que se sentisse com 14 anos de novo e com a sensação de que deveria estar procurando algo para fazer. Nesse caso, a documentação que precisava preencher para Rory, e para o banco, e para todos os outros indivíduos sem rosto que precisavam saber sobre seu novo status.

– Mãe?

A voz saiu mais rabugenta do que ela queria.

– Eu ouvi. Estava só tentando pensar na coisa certa para dizer, para você não se irritar comigo – retrucou Janet com raiva. – Só estou tentando ajudar, Georgina. Mas você é uma pessoa muito difícil, sabe? Eu fico acordada à noite, preocupada. Você acha que talvez esteja em choque? Se *eu* já estou tendo dificuldade para entender tudo que está acontecendo... É só que parece que você está apressando tudo isso.

– Só estou tentando ser prática – insistiu Gina. – Não é que eu não esteja triste, e sinto muito se você está triste também, mas eu tenho que seguir a vida. Quem sabe o que ela me reserva?

– Realmente, quem sabe? – respondeu Janet, obscura.

Gina sentiu todo o seu otimismo se esvair lentamente. Era muito mais fácil se sentir otimista no apartamento novo, mesmo com todas aquelas caixas pairando sobre ela, do que na casa da mãe. Era tão... sufocante. As latas alinhadas perto da chaleira – chá, café, açúcar – não mudaram de lugar em vinte anos. A única coisa que mudava era o calendário do leiteiro que ficava na porta da despensa. Cada mês exibia belas fotos de vacas em locais diferentes da região.

Sentiu vontade de se mexer antes que dissesse algo que não queria, só para arrancar a mãe daquela expressão de sofrimento.

– Quer que eu leve a bandeja? – perguntou. – Trouxe algumas coisinhas para você.

Janet fungou e permitiu que a filha levasse a bandeja para a sala. Gina a colocou na mesinha de centro, ao lado do controle remoto e do guia de programação da TV, e abriu a boca para puxar conversa sobre a sacola que trouxera e sobre o novo apartamento. A parede grande e o que ia pendurar ali. Trabalho. Qualquer coisa, menos Stuart.

Porém, pela expressão decidida no rosto da mãe, percebeu que Janet não ia abandonar o assunto anterior tão rápido: mudar de ambiente só lhe dera tempo para mudar de tática.

– Não fique zangada comigo, mas estive pensando. Talvez vocês dois pudessem tentar fazer terapia de casal – comentou ela, sentando-se na beirada da poltrona, com os joelhos bem juntos sob a saia marrom. – Só fico me perguntando se não estão sendo um tanto... precipitados.

– Precipitados? – repetiu Gina, e depois se sentiu irritada conforme uma sensação de incerteza crescia por dentro.

Estava sendo precipitada?

A reação dela à traição de Stuart ainda a surpreendia. Sofrimento, vergonha, arrependimento, alívio. Era como puxar a alavanca de um caça-níquel: a combinação era sempre diferente. A culpa era uma visitante regular no meio da noite. Talvez devesse ter tentado mais, ter sido mais grata pelo homem que lhe dava segurança, não bebia, não apostava em jogos de azar nem reclamava quando precisou cuidar dela durante um surto inacreditavelmente violento de vômitos.

– Sim, precipitada para jogar fora um casamento perfeitamente bom – continuou Janet, encorajada pelo silêncio da filha. – Stuart também passou por muita coisa, lidando com a sua doença. Talvez vocês precisem colocar as coisas para fora.

– Eu sugeri isso há muito tempo. Stuart não quis discutir nossa vida particular na frente de um estranho. De qualquer forma, ele está *morando* com a nova namorada, mãe. Eu diria que isso já é bem definitivo.

A raiva apertava o peito de Gina enquanto ela falava, mas continuou:

– Ele já estava saindo com ela havia *meses*. Eles foram a Dublin para comemorar o aniversário dela quando ele me disse que tinha viajado para um torneio de futebol de fim de semana. Você realmente está dizendo que eu deveria ignorar o fato de que ele me traiu durante a maior parte do ano passado? Eu não estava doente nessa época.

– É claro que estou decepcionada com ele.

Janet franziu o rosto, mas apenas como se Stuart tivesse batido no carro de Gina ao dar marcha a ré, e não a trocado por outra. Então prosseguiu:

– Mas a vida joga essas coisas em cima das pessoas. Casamento não é conto de fadas. É preciso *superar* os momentos difíceis. O problema é que você sempre teve expectativas irracionalmente altas desde... Bem, é uma pena você não ter conhecido *Stuart* quando estava na faculdade.

Ela pressionou os lábios de forma significativa.

Houve uma pausa, durante a qual Gina percebeu que, de alguma forma, a mãe estava dando um jeito de culpar Kit pelo divórcio.

– Você está falando do Kit? – perguntou, mais para obrigá-la a admitir do que por qualquer outra coisa.

– Bem, as coisas poderiam ter sido bem diferentes se você tivesse conhecido Stuart primeiro. Só isso – disse Janet.

Gina se recostou na cadeira, sem palavras. Na verdade, sem palavras adequadas. Seria mentira dizer que nunca pensava em Kit – imagens vagas flutuavam na sua consciência pelo menos uma vez por dia, mais uma sombra do que uma lembrança ativa –, mas desencaixotar as coisas da sua casa antiga pareceu arrancá-lo do passado. Duas vezes, em dois dias; uma imagem vívida, não apenas uma sombra de arrependimento.

Janet a observava, e Gina achou que a mãe parecia muito satisfeita por ter encontrado não apenas uma outra pessoa para culpar pelo divórcio de Gina e Stuart, mas também por poder jogar toda essa culpa em cima de Kit, a causa de tudo de ruim que já tinha acontecido com a filha.

– Mãe – disse Gina em tom pesado –, por que raios Kit teria qualquer coisa a ver com o fim do meu casamento?

– E não tem?

– Não! – Gina não sabia o que poderia dizer sem se trair. – Tudo o que aconteceu é culpa minha e do Stuart. Não, na verdade, não é culpa de *ninguém*. A gente nunca deveria ter se casado, para começo de conversa.

– Ah, Georgina! Como você pode dizer uma coisa dessas?

– É verdade.

– Acho, então, que a culpa é minha por... – começou Janet, mas Gina a interrompeu:

– Não, mãe. Ninguém tem culpa de nada. Às vezes, as coisas simplesmente não dão certo.

Elas ficaram sentadas em um silêncio teimoso até Gina se levantar e pegar a sacola que tinha deixado perto da porta.

– Não quero brigar – disse ela, em um tom mais conciliador. – Trouxe umas coisas suas que encontrei enquanto desencaixotava tudo. Olha, aqui estão seus enfeites da última Páscoa. E alguns livros de receita que me emprestou, e seu prato de pudim...

Gina empilhou os itens na mesinha de centro, aliviada por tudo aquilo agora fazer parte da casa da mãe.

– E trouxe também todos aqueles livros sobre... você sabe – continuou Gina.

A pilha de livros de autoajuda sobre como viver sozinha que Gina tinha achado deprimente ao extremo. Pelo menos os livros que Naomi lhe dera eram animadores de uma forma meio brutal. Empurrões de praticidade para fazer você voltar ao caminho da realização, gostando ou não. Janet, por sua vez, parecia ter encontrado um subgênero especial de guias para manter a dor da perda em banho-maria até o fim da vida. Gina não queria se juntar à mãe no ciclo "muito solidário" de mulheres de meia-idade solitárias ao qual ela se juntara, saindo do grupo de leitura para o de arranjos de flores, classificando secretamente umas às outras em ordem de abandono, de divorciadas a viúvas.

– Não precisa me devolver esses livros – disse Janet. – Acho que deveria ficar mais um pouco...

– Não, obrigada. Eu já os li.

Antes que a mãe tivesse a chance de insistir mais, Gina colocou uma grande tigela de cristal em cima, apoiando tudo na mesa, e perguntou:

– Esta é a sua tigela para bolo, não é?

– Acho que não – respondeu Janet. – A minha é de cristal Dartington.

– Acho que é, sim. Peguei emprestada há um tempo.

Janet olhou com atenção e suspirou.

– Era da sua tia Gloria.

Tia Gloria na verdade era tia de Janet, uma matrona de quem Gina tinha apenas vagas lembranças. Cheirava a bolo de frutas e morara com uma família grande, para quem trabalhou como babá e governanta em uma casa perto de St. Albans.

– Você se lembra dos deliciosos bolos de tigela que ela costumava fazer para o chá? Ela preparava o creme com pó para mingau instantâneo. Lembra? – acrescentou Janet ao perceber que Gina não se lembrava. – Você adorava. Ela colocava granulado em cima para você: vermelho, branco e azul.

– Ah, sim – murmurou Gina, mecanicamente.

Tia Gloria poderia ter colocado ovos de sapo na receita e, ainda assim, Gina não se lembraria. As lembranças de Janet sobre os chás da infância lhe eram mais familiares que suas próprias lembranças, de tanto que a mãe falava delas.

Após a morte do primeiro marido, Janet deixara Leominster e as lembranças da vida que tinham e se mudara por um tempo para a casa dos pais, em Kent. Gina não se lembrava de nada daquela época, além de Janet usar um vestido azul específico durante semanas, mas ficava feliz em ouvir os relatos da mãe sobre sua infância lá – piqueniques com tias e viagens para ver burros em uma fazenda no Ford Granada do avô. Parecia legal. Os avós não eram mais vivos para confirmar as diversas histórias, mas Gina tinha algumas imagens de um álbum de fotografias gravadas na mente e eles pareciam muito felizes.

A mãe sempre estava atrás da câmera, tirando fotos, enquanto Gina observava com olhos solenes por debaixo da franja escura. Janet começou a aparecer depois, quando Terry entrou em cena com sua câmera moderna SLR e insistia que elas posassem na frente do carro dele, que costumava estar mais em foco do que elas. Janet e Gina tinham, ambas, uma expressão "automática" para fotos: um sorriso alegre que era igual em todas elas, independentemente do clima e do cenário.

Janet estava segurando a tigela e olhando-a como se conseguisse ver o passado no fundo, como as sobremesas em família e tudo o mais.

– Gloria sempre teve coisas boas – disse ela. – Este foi um presente de casamento, da família para quem trabalhou durante anos. É da Liberty, pelo menos foi o que disse. Cristal. Eles eram muito bons para ela. Mas ela também era muito boa para eles. Dedicou 22 anos da própria vida.

Gina sentiu aquele cutucão familiar de cobiça de colecionadora, mas o reprimiu. Precisava se concentrar no apartamento e no fato de que lá só havia lugar para ela.

– É um item maravilhoso, mãe. Mas a questão é que não tenho onde guardar. De verdade. Não tenho espaço para uma tigela específica para bolo.

Achava que não valia a pena tentar explicar para a mãe a sua meta de 100 coisas. Janet não aceitava nada que se aproximasse da filosofia da nova era ou que envolvesse não ter toalhas de mesa o suficiente.

– Mas era da tia Gloria! Ela ia querer que você ficasse com isso. – Janet lhe ofereceu. – Fique com ela, para se lembrar da Gloria. É uma tigela tão linda!

Gina se encheu de determinação. Aquele era exatamente o traço da sua personalidade que estava tentando superar.

– Mãe, não me lembro dela. Ela morreu quando eu tinha 5 anos. E com certeza não vou me lembrar dela por causa de uma tigela de cristal que nunca vou tirar do armário, não é? Em vez disso, é muito melhor que você me conte histórias sobre ela. Assim eu posso guardar essas lembranças comigo.

– Não precisa ser tão desrespeitosa, Georgina. – O olhar de Janet voltou para o cristal lapidado. – Pobre Gloria. Era uma senhora tão gentil e querida... É uma pena que não se lembre dela. Foi ela que fez o bolo do seu batizado. Com cobertura de creme e pequenas margaridas amarelas.

Aquele era um detalhe que Gina nunca ouvira. Não havia fotos do bolo do batizado no álbum. Gostou de saber.

– Sério? Então me pareço com ela de algum jeito? Você parece?

– Ela era como você em certos aspectos – respondeu Janet. – Capaz de aplicar papel de parede melhor que qualquer decorador, e também era...

romântica. Gloria jamais admitiria isso, mas sua avó sempre dizia que ela era apaixonada pelo pai daquela família para quem trabalhou, o Dr. Meredith. Foi por isso que ficou lá tanto tempo. Foi onde passou os melhores anos da vida dela.

– Verdade? – Gina se inclinou na cadeira. A mãe raramente compartilhava aquele tipo de segredo. – E ele a amava também?

Janet negou com a cabeça.

– Acho que não. Ela era até bonita e teve alguns pretendentes, mas não. Gloria era exigente. E quando percebeu que ele não ia, bem... quando ela foi embora, era tarde demais para formar a própria família. E acho que Gloria se arrependeu disso. – Ela lançou um olhar significativo para a filha. – Era muito bom ganhar flores no Natal daqueles quatro que ela criou, mas não é a mesma coisa que receber a visita dos próprios filhos, não é?

Gina gemeu por dentro. Sabia muito bem para onde a conversa estava indo agora.

– Mãe, por favor. Hoje, não.

– Só estou dizendo que não quero que você acabe perdendo a chance de ter sua própria família por causa...

– E quem disse que quero uma família? Além disso, mãe, eu só tenho 33 anos.

Janet a ignorou.

– Sinto muito, então, mas você precisa ser prática. Sabe que eu ficaria muito feliz em ajudar se quiser fazer um daqueles check-ups. Para ter uma ideia de como estão as coisas.

Gina enterrou as unhas na palma das mãos. O anseio de Janet por netos começara a se mostrar na forma de comentários engraçados, que foram ficando cada vez menos engraçados à medida que todas as amigas começaram a parar de ir aos cafés da manhã para tomar conta dos bebês.

– Muito gentil da sua parte, mas é a última coisa na minha cabeça agora.

– Você poderia congelar seus óvulos! – exclamou Janet. – Dessa forma, não precisaria se apressar. Li um artigo no *Daily Mail* sobre o assunto.

Gina passou a mão no cabelo e olhou para a mãe, sentada com as costas eretas na mesma poltrona de couro na qual se sentara todas as noites na época de Gina na faculdade. Perto da janela, para enxergar melhor as palavras cruzadas. Terry se acomodava na poltrona que formava o par, em frente à televisão; a almofada que Janet havia bordado para presenteá-lo no aniversário de 50 anos ainda estava ali, aguardando sua volta.

As tardes de domingo naquela casa se resumiam a presunto frio, o programa religioso *Songs of Praise* da BBC e silêncios pesados. As lembranças voltaram para Gina de forma tão vívida que ela quase conseguiu sentir os cheiros. Tudo aquilo de que queria fugir na adolescência e acreditava que, de certa forma, tinha fugido... Ainda assim, ali estava ela, naquela mesma neura que a atormentava nas tardes de domingo por achar que não tinha aproveitado o fim de semana o bastante. E o tempo passava de forma inexorável, marcado pelo relógio de corda na cornija de ardósia da década de 1950 sobre a lareira.

Se ao menos Terry ainda estivesse ali... Duvidava muito que Janet diria algo assim se ele estivesse sentado ali com elas, tossindo de modo discreto para quebrar a tensão. Ele apaziguaria as coisas, como fizera tantas vezes na infância de Gina, e tão bem, na verdade, que ela só notara anos depois, quando já tinha idade suficiente para entender como era difícil dissipar o conflito entre duas mulheres tão parecidas.

– Mãe – disse ela com cuidado, o esforço dando um tom duro a cada palavra –, eu não posso congelar meus óvulos porque a quimioterapia talvez tenha afetado meus ovários. Posso me informar sobre exames quando fizer meu check-up deste ano, mas não teria muitas esperanças se fosse você.

– Você não tem como saber que avanços médicos serão feitos nos próximos anos – insistiu Janet, obstinada. – Pense positivo, Georgina!

Gina mordeu a língua. Janet não sabia sobre os detalhes do tratamento que ela precisara fazer nem sobre os efeitos brutais que seu corpo sofrera enquanto as células invasoras eram dizimadas. E não sabia simplesmente porque não quisera saber. Hospitais deixavam Janet histérica – o que era compreensível –, então Stuart passava para ela resumos editados, de forma calma e autoritária, quase tão bons quanto os do próprio médico. O desespero da mãe fizera Gina se sentir ainda pior, então ela se afastara disso. Nos piores momentos, em que estivera mais esgotada, só Stuart e Naomi podiam vê-la.

A lembrança daquela época a atingiu novamente, e Gina se sentiu cansada. Tinha trabalho na manhã seguinte e caixas para abrir em casa. Ergueu o olhar, pronta para dizer à mãe que tinha que ir embora, mas flagrou uma expressão de vulnerabilidade nos olhos de Janet e as palavras morreram na garganta. A mãe parecia solitária, mais velha, mas ao mesmo tempo desafiadora, como uma criança que não estava disposta a ceder.

Janet percebeu o olhar da filha e ergueu o queixo.

– Eu nunca sei o que dizer para você, Georgina – declarou ela, com voz trêmula. – Tudo que digo sempre parece soar mal.

Qual seria a resposta certa para aquilo?, pensou Gina. A exaustão a tomou por inteiro, e desejou estar de volta ao apartamento, organizando, progredindo e decidindo a própria vida.

Mas aquela era sua mãe, metade do motivo para ela estar viva, mesmo que não conseguissem conversar sem acabar discutindo.

– Eu só não quero que você acabe sozinha – disse Janet, e Gina conseguiu ouvir o "como eu" que não foi dito.

Ela respirou fundo. Um novo começo, lembrou a si mesma. E isso incluía a relação com a mãe.

– Eu não vou acabar sozinha. Eu disse para Naomi que, se Willow fizer tudo como manda o figurino, ela vai herdar meus brincos de brilhantes e a minha coleção de sapatos. Se isso não for o suficiente para mantê-la perto de mim na velhice, não sei o que vai ser. Agora, que tal um pouco mais de chá quente? – sugeriu ela, mesmo que o seu ainda não tivesse esfriado.

– Seria ótimo, minha querida – respondeu Janet, conseguindo sorrir.

Stuart enviou uma mensagem para Gina enquanto ela estava parada no sinal em Longhampton, a tigela de cristal embrulhada em dois exemplares do *Longhampton Gazette* no banco de trás.

A mensagem surgiu na tela do celular:

Sabe do kit de ferramentas da bike? Não tá na sacola. Pode olhar nas suas caixas? Não esquece de mandar as informações do empréstimo pro contador. S.

Gina cerrou os dentes. Aquilo era basicamente o que tinha sobrado. Nove anos de confiança, risos, lágrimas e esperança reduzidos a assuntos burocráticos.

Ainda não havia se acostumado com a secura das mensagens de Stuart, cuidadosamente despidas de qualquer traço que pudesse indicar que ele estivesse repensando as coisas. E, mesmo sabendo que algo havia mudado, com o ruído distante de uma porta se fechando atrás dela, Gina ainda não tinha conseguido apagar a centelha traidora no seu coração que desejava que a mensagem fosse "Errei feio. Por favor, me perdoe". Só para que ela pudesse ignorar se assim quisesse.

Mas as coisas da casa eram sempre o único assunto. Quem tinha ficado com o quê. Onde estava uma coisa ou outra. Quem pagara por aquilo.

Olhou para o céu, agora cinzento, ameaçando chuva. Dali a umas quinze horas teria que voltar para o escritório, abrir as pastas sobre a casa de outras pessoas e se concentrar em absorver o estresse e a burocracia da papelada por elas. A última coisa de que precisava, com sua energia se esvaindo a cada minuto, era de um lembrete de que o único item que o marido queria dos restos da casa dos sonhos deles era o kit de ferramentas da bicicleta. E não as fotos do casamento, não os discos, não os presentes que escolhera com tanto carinho para ele em todos aqueles anos. E não ela.

Virou a tela do telefone para baixo e tentou não pensar na tia Gloria e em sua linda tigela de cristal que Gina nunca tinha usado.

Capítulo 4

ITEM: as obras completas de William Shakespeare – com anotações de estudo, observações nas margens e bilhetes trocados entre mim e Naomi nas aulas de inglês

Hartley High School, novembro de 1996

A sala que funciona como espaço de convivência do colégio está esvaziando enquanto Gina se aproxima do telefone público e olha o relógio de novo.
11h26.
Está agitada. Ele pediu que ligasse às 11h30. Será que deveria ligar antes? Ia parecer ansiosa demais?
Com certeza. Gina está desesperada para ouvir a voz de Kit, mas também paralisada de timidez. Este é o melhor momento, pouco antes de acontecer, e ela o está apreciando como um bolo de chocolate, bonito demais para comer.
Olha em volta procurando Naomi na aglomeração perto da porta. Ela disse que esperaria até Naomi voltar, mas a amiga sempre se atrasa.
11h27.
A desculpa para o telefonema de Gina é descobrir se Kit conseguiu os ingressos para o show em um dos diretórios acadêmicos; é de uma banda desconhecida, da qual os dois achavam que só eles tinham ouvido falar, agendado antes de uma música deles ter estourado. Ela vai chegar atrasada na aula para a qual ninguém se atrasa, mas isso não tem a menor importância agora, não se comparado a ouvir a voz de Kit.

Sentindo um frio na barriga e sem conseguir se controlar por mais tempo, ela tira o telefone do gancho.

Sente um toque no ombro.

– Está ligando para quem?

Gina se sobressalta, mas é apenas Naomi, com um cheiro forte e suspeito de menta e perfume.

– Quem você acha?

– Aaaaah. E o que ele disse?

– Ainda não liguei.

– O quê? Por quê?

– Porque eu estava esperando você. E... – Gina olha em volta. Não tem ninguém ouvindo. – Porque estou nervosa.

– Para com isso. – Naomi está com ar de deboche, mas animada. – Liga logo.

Gina olha para o grande relógio na parede.

11h30.

Chegou a hora. Ela prepara as moedas. Tem tantas que quase caem pela prateleira. A humilhação de ficar sem tempo no meio da conversa é impensável. Ela hesita.

– Acha melhor esperar até...?

– Não. – Naomi estende a mão para o telefone. – Quer que eu ligue?

– Não! Pode deixar que eu ligo. Tem alguém olhando para mim?

– Claro que não. Não sei por que você não liga para o seu gatinho de casa. Onde você poderia, sei lá, *curtir mais* o papo.

– Tá de brincadeira? Você sabe como minha mãe é. Ela vai encher o saco.

Naomi parece se divertir.

– E o que ela vai fazer quando você entrar na faculdade? Colar seus tênis e prendê-la com uma guia de cachorro bem comprida?

– Provavelmente. Olha, ainda está de pé ficarmos no Shaun se o Kit conseguir os ingressos, né? Ele vai deixar a gente dormir no quarto dele? – Gina arregala os olhos. – Tem certeza absoluta de que quer fazer isso?

– Claro. Um fim de semana inteiro com meu irmão pentelho para minha melhor amiga ficar com um surfista louro que parece o primo pobre do Kurt Cobain? Isso está no topo da minha lista – afirma ela, em tom sarcástico. – As coisas que faço por você...

– Isso é diferente, Nay.

Gina costuma ser muito boa com as palavras, mas não consegue explicar dessa vez. Ela antes pensava que aquele lance todo de ser atingida por um raio era ridículo – até conhecer Kit e alguma conexão se estabelecer entre eles. Eles passaram o fim de semana inteiro depois do show no diretório conversando. A noite toda e a manhã inteira seguinte, até a hora de o trem partir. Tropeçando nas palavras, compartilhando pensamentos, comparando as coincidências como se não fossem ter tempo para tudo.

– O *Kit* é diferente... A gente tem muita coisa em comum – diz Gina. – Ele me escreve cartas de verdade. E faz com que me sinta especial...

– Porque você é, bobinha.

– E ele realmente quer me ver.

É essa parte que Gina não consegue entender direito. Que Kit queira vê-la tanto quanto ela quer vê-lo, mesmo tendo todas as garotas do campus da Universidade de Oxford para escolher.

– E eu quero *taaaaaanto* me encontrar com ele – continuou.

– Eu sei. É incrível. Ele é um deus grego. Mas dá pra ligar de uma vez?

Os dedos de Gina estão trêmulos enquanto pressiona os botões. Ouve o telefone chamar. Ergue o polegar para Naomi e elas dão pulinhos em uma felicidade histérica e silenciosa.

Então, o telefone para de chamar.

– Alô?

O coração de Gina dispara acelerado no peito ao ouvir a voz suave e ligeiramente elegante de Kit. A sala desaparece à sua volta enquanto o mundo se resume à escuridão do seu ouvido.

– Alô. É a Gina – diz ela.

– Gina! Oi!

Ao lado, Naomi revira os olhos, mas se aproxima para tentar ouvir.

– Boas notícias: consegui os quatro ingressos – informa ele. – Vocês vão poder vir?

– Ah, sim. Vai ser muito maneiro.

Naomi repete com os lábios "maneiro" e faz uma cara de quem está horrorizada. Gina precisa virar de costas para não começar a rir.

– Beleza. Aliás, ficam por minha conta – diz ele, antes que ela tenha a chance de perguntar o preço. – Vocês já vão gastar muito vindo para cá.

– Isso não é problema.

Gina estava tirando dinheiro das economias dela, dizendo que era uma outra visita à universidade. Era melhor que conseguisse entrar pra Oxford depois disso. Se bem que Kit já terá saído quando isso acontecer – formado e entrando direto no mundo dos adultos. Ele contou que já tinha recebido ofertas de emprego na área financeira, mas que quer muito viajar antes de iniciar uma carreira. Gina já odiava a ideia de ele ficar tão longe.

– Quanto tempo você vai poder ficar? – pergunta ele casualmente. – Lembro que você disse na outra noite que nunca comeu curry de verdade. Quero te levar num restaurante nepalês muito bom que costumamos frequentar... Se você tiver tempo.

Naomi bate no relógio e aponta para o *Romeu e Julieta* que elas têm que estudar, e depois para o relógio na parede.

11h35.

De repente, o horário parece algo insignificante.

– Ah, isso seria ótimo – comenta Gina. – Só não estou muito acostumada com comida temperada. Minha mãe acha que alho é a porta de entrada para todo tipo de problema.

Ele dá risada, um som charmoso e convidativo. Sua alma parece flutuar, vibrando de expectativa.

– A gente vai se atrasar – sibila Naomi. – É a aula da Marshall, a psicótica.

Gina suspira e ergue um dedo para apontar para o livro de Naomi. *Romeu e Julieta*. Então, aponta para si mesma e finge que vai desmaiar.

– Vou dizer que você está com problemas de mulher – sussurra Naomi, deixando-a ali.

A empresa de gerenciamento de projetos de Gina, a Stone Green, funcionava em um antigo armazém convertido em prédio de escritórios com vista para o canal de Longhampton. Ela tinha a menor sala, com espaço suficiente apenas para seus *mood boards* (ou painéis semânticos) e dois antigos mapas da região em uma parede de tijolos, mas tinha as melhores janelas, que se estendiam por dois lados da sala.

Nos dias bons, sentava-se e observava os patos com suas fileiras de patinhos passeando pela margem do canal, lutando bravamente contra o vento. Nos dias não tão bons, ela olhava para as águas cinzentas enquanto imaginava quantos carrinhos de compra quebrados haviam sido jogados da ponte desde que o último barco cruzara o canal, em 1934.

Qualquer que fosse o clima, Gina gostava de observar pela enorme janela as ondulações calmas da água. Sempre que precisava fazer ligações difíceis para o departamento de conservação imobiliária sobre o projeto de seus clientes, conciliar um horário na agenda de cinco fornecedores diferentes ou acalmar ansiosos donos de imóveis, o canal colocava as coisas em perspectiva: o inverno chegava e ia embora, os patos sempre voltavam. Algo nos acabamentos na alvenaria da outra margem fazia com que se sentisse melhor também: não havia necessidade de um trabalho ornamental ali, não em um canal industrial, mas algum arquiteto vitoriano certamente achara que valia a pena fazer isso. Quando as plácidas águas cinzentas espelhavam os diamantes pálidos nos tijolos, Gina encontrava a energia para se concentrar nos detalhes finais mais tediosos. Um dia, eles talvez tivessem alguma importância também.

Um mês depois de ser dispensada pela prefeitura, Gina assinara um contrato de um ano de aluguel para o escritório e se lançara como gerente de projetos autônoma para reformas como a que fizera na própria casa. Havia lidado com um número suficiente de proprietários confusos, soterrados por documentos (geralmente os errados), para saber que existiam pessoas dispostas a pagar alguém para lidar com as autorizações, assim como para conseguir horário com encanadores assoberbados e traduzir a linguagem da construção em algo compreensível.

Seu primeiro trabalho, que viera por recomendação de uma colega do departamento de conservação, foi coordenar a conversão de um celeiro em Much Larton em uma casa para uma jovem família. O celeiro sustentável acabou aparecendo em uma revista de construção e, desde então, ela tinha um fluxo constante de trabalho, principalmente por indicação dos construtores que ela contratara e que não tinham paciência para lidar com clientes inexperientes. O escritório tinha sido ideia de Stuart. Ao assinar o contrato de aluguel da sala, Gina logo sentiu um misto de pavor e orgulho que não sentira nem ao assinar a certidão de casamento ou a hipoteca da própria casa. Aquilo era dela. Sua visão, sua responsabilidade.

No térreo, havia uma cozinha coletiva com micro-ondas, uma chaleira e um armário para louças ao lado de um quadro de avisos que ocasionalmente mostrava itens à venda. Ao longo do ano, Gina foi conhecendo as pessoas das outras salas, nos andares acima e abaixo do seu: Sara, a organizadora de casamentos; Josh e Tom, os web designers; David, o contador. Todos compartilhavam uma camaradagem meio angustiada, fazendo piadas, enquanto a água fervia, sobre a loucura de se estabelecerem sozinhos durante uma recessão.

Sara era ótima em networking e presidia a associação de mulheres empreendedoras em Longhampton; tinha organizado uma festa de Natal em uma pizzaria próxima e, depois de algumas taças de vinho, Gina olhara para seus colegas aleatórios de escritório com afeição genuína. Eram todos solitários como ela, saídos de empresas maiores nas quais nunca tinham se encaixado de verdade. Mas achou que seria um pouco demais entrar na equipe que Sara havia montado para uma gincana de perguntas e respostas. Depois das fofocas e da especulação constante sobre tudo e todos no departamento de conservação, ela gostava da sensação de "quase estar em uma empresa mas nem tanto".

Se tivesse que voltar para o departamento de conservação agora, pensou, enquanto entrava no saguão e passava o cartão pela primeira vez desde que se mudara para o apartamento novo, eles agiriam como cães farejadores curiosos espiando por sobre os cubículos, tentando descobrir o que tinha acontecido para eu ter tirado licença no trabalho. E, perto da hora do almoço, fariam apostas sobre o tempo de vida que me restava.

Gina abriu a porta da cozinha, satisfeita por não ter que passar pela inspeção do que chamava de Grupinho do Café na prefeitura, particularmente pela de Sheila, a gerente administrativa sempre com sua pergunta "Está tudo bem, querida?" e seus olhos de águia que nunca deixavam de notar a ausência de um anel de noivado ou um curativo de exame de sangue. Naomi lhe aconselhara a ignorar os cochichos na cozinha logo que voltara ao trabalho após a licença médica, mas ela não conseguia: uma vez que classificavam você de determinada forma, já era. Você deixava de ser você e passava a ser A Coisa que Você Fez. Ela era a Sobrevivente do Câncer. Mas poderia ser pior: seu colega Roger era o Marido da Tailandesa, mesmo que Ling, sua mulher, fosse na verdade de Wolverhampton, uma cidade da Inglaterra.

Chegara cedo naquela manhã, mas, pelo som baixo de rádio que vinha da sala acima, os web designers tinham chegado primeiro. Gina abriu o armário e colocou a sacola cheia de canecas em cima da bancada. Não tinha contado a Naomi toda a verdade sobre o desapego das canecas: sim, doara muitas para os bazares de caridade, mas havia algumas que não conseguira se obrigar a doar. Eram quinze, no total, esperando no limbo das canecas embaixo da pia.

Gina não colecionava canecas de forma intencional, assim como não o fazia com os lenços ou com as colheres de pau, mas esses objetos tinham algum poder ao qual não conseguia resistir. Eram como cartões-postais, um lembrete de uma época feliz no seu dia a dia: a caneca "I ♥ NY" da primeira viagem para lá com Naomi; a caneca da Universidade de Oxford; a xícara cheia de corações que foi o primeiro presente de Dia dos Namorados que ganhou de Stuart. Ecos da sua antiga vida que eram pessoais demais para irem parar nas prateleiras de objetos indesejados de um bazar, porém pessoais demais para manter no apartamento novo, lembrando-a do que tinha perdido.

Gina as colocou no armário e deu um passo para trás. Para sua surpresa, já pareciam menos pessoais. Pareciam... aleatórias. Um pouco feias até, concluiu, franzindo a testa.

À medida que olhava para as cores e os dizeres dissonantes, algo lentamente se soltou do coração de Gina. Quando David servisse um café para um cliente na caneca "I ♥ NY", não seria mais dela. Não significaria que ela e Naomi não tinham ido até lá, que não tinham se abraçado gargalhando com as rajadas de ar quente do metrô e diante dos hidrantes e táxis amarelos, tudo igualzinho ao que viam nos filmes. Gina recordou a emoção daquele fim de semana prolongado com um baque repentino: nunca mais haveria outra viagem como as que ela e Naomi fizeram quando tinham 20 e poucos anos e eram livres, leves e soltas. Aquela época havia passado.

Ouviu uma comoção do lado de fora da janela da cozinha quando um homem e seu cachorro passaram correndo pela trilha do canal. Um pequeno terrier branco fez os patos se agitarem e gritarem no canal, enquanto os latidos alegres ressoavam nas paredes de tijolos vermelhos.

Gina espiou pela janela para ver se sua família de patinhos estava bem, e, quando se virou para olhar novamente para o armário, era como se as canecas sempre tivessem feito parte do escritório. Uma coleção aleatória de canecas de colegas de trabalho. Familiar e simpática. De outra pessoa. Respirou fundo e sentiu mais uma parte do seu passado flutuar para longe. Não teria saudade dela.

Uma leveza bem-humorada a envolvia enquanto fixava a lista de eletroportáteis de cozinha à venda (a maior parte da sua lista de casamento) no quadro de avisos. Subiu, em seguida, para começar a primeira segunda-feira de sua nova vida.

O sol da manhã entrava com uma luz amarelada inspiradora pela janela alta no patamar da escada, mas havia apenas quatro cartas e um monte de propaganda no escaninho de correspondências ao lado de sua porta, o que foi um balde de água fria no ânimo de Gina.

Tentava não se preocupar, mas janeiro estava sendo pacato demais. Houve o esperado pico de atividade antes do Natal, principalmente com mulheres ligando determinadas a concluir todos os projetos do tipo "faça você mesmo" antes que a família chegasse para as festas. Mas, a não ser por algumas conversas sobre uma reforma em um prédio tombado em Rosehill, o que já parecia problemático, Gina não tinha muito serviço em vista. Não tivera a energia para procurar clientes como fizera no outono, quando o trabalho era a única coisa que bloqueava a sensação crescente de catástrofe iminente que a dominava no instante em que colocava a chave na porta de casa na Dryden Road ao fim de cada dia.

Até o momento, a agenda de Gina para fevereiro continha apenas as reuniões com o advogado e um projeto que Naomi contratara antes do Natal – uma cabana de madeira para o jardim, cuja metade seria usada como casa de bonecas para Willow, enquanto a outra metade, como um espaço masculino de entretenimento para Jason; seria o presente de aniversário para ambos em abril. A pasta daquele projeto já estava quase tão cheia quanto a de um projeto concluído, graças às instruções bem específicas de Naomi.

Gina organizou a caixa de entrada de papéis, arquivou os recibos da semana anterior e voltou a atenção para o trabalho burocrático que trouxera de casa. Era melhor lidar com certas correspondências ali do que no novo apartamento. Tinha começado a se sentir bastante protetora em relação ao novo ninho em branco e a seus espaços cada vez mais livres.

O envelope tinha o nome de outra grande firma de advocacia de Longhampton, aquela que não estava usando. Gina respirou fundo e o abriu.

Continha diversas páginas, três das quais eram checklists. Stuart, ao que tudo indicava, tinha mudado de ideia em relação a "manter as coisas amigáveis" e agora estava fazendo o tipo de análise forense das finanças conjuntas que só a Receita Federal é capaz de fazer.

Gina olhou incrédula para as páginas, sem conseguir conciliar aquele homem com a imagem do namorado sentimental que lhe presenteara com a caneca cheia de corações. *Graças a Deus não preciso mais olhar para aquela coisa.* E, antes que a lembrança das pétalas de rosa que vieram lá dentro chegasse à sua mente, o telefone tocou.

Ela atendeu, aliviada:

– Alô. Gerenciamento de Projetos Stone Green...

– Bom dia. Estou falando com Gina Horsfield?

Era a voz de uma mulher. Parecia educada porém direta, e Gina esperava que não tivesse nada a ver com a última declaração de imposto de renda.

– Está, sim.

Enfiou a carta embaixo de um catálogo de fornecedor de material de escritório para não ter que pensar nas exigências de Stuart para ver seu plano de previdência e, então, sentiu-se compelida a acrescentar:

– É Gina Bellamy, na verdade.

– Ah, sinto muito. Estou olhando para uma publicação on-line que diz Gina Horsfield.

Com essa informação, Gina soube que existiam duas possíveis publicações on-line que essa pessoa devia ter visto. Uma era uma foto da casa na Dryden Road, excepcionalmente arrumada, mostrando sua "reforma fiel mas muito pessoal de uma casa vitoriana de quatro quartos", Stuart usando calça de sarja, e ela, um vestido salopete de poá. Os gatos estavam na foto para compor o tom "familiar". A outra era do celeiro sustentável. Gina meio que torcia para que fosse a segunda opção.

– Sim, era o meu nome na época. Agora é Bellamy.

Fez uma careta enquanto olhava pela janela. Aquilo também não soava muito preciso. Gina Bellamy usava tranças, ou tinha na mão um copo de cerveja do diretório acadêmico. Mas na verdade só se tornara Gina Bellamy aos 11 anos, quando Terry a adotara formalmente. Talvez devesse voltar direto para Gina Pritchard agora. Mas quem era Gina Pritchard? Ela mal sabia quem tinha sido Huw Pritchard.

Sentiu uma agitação repentina, um sentimento de não pertencer a lugar nenhum.

– Mas ainda é a Stone Green! Como posso ajudar? – apressou-se a perguntar.

– Estou procurando uma gerente de projetos para me ajudar com uma reforma. Meu nome é Amanda Rowntree. Estava olhando a sua casa na *25 Dream Homes*, e ela é realmente linda. – Gina ouviu o som do clique de um mouse. – Com certeza uma casa dos sonhos. E sem aquelas bandeirolas costuradas à mão, o que é um diferencial.

Gina sentiu um aperto no peito. Ela estava se referindo justamente à casa da Dryden Road. Obrigou-se a ter um pensamento positivo em relação a ela: *era mesmo* um lugar lindo.

– Obrigada. Não sou muito fã de bandeirolas.

– E gostei muito da forma como você enfatizou as características do período, mas, ao mesmo tempo, não deixou que ficasse... caricato. Realmente parece que pessoas de verdade moram lá, não alguém como a Miss Marple, dos livros da Agatha Christie, ou Jane Austen, ou sei lá quem. – Mais cliques. – A cozinha é ótima. Os móveis são da Fired Earth?

– Não, foram feitos sob medida por um marceneiro local. – Gina tentou não pensar nos armários de fechamento suave, nem na mesinha de açougueiro. – Eu mesma os desenhei junto com ele. Nós calculamos o tamanho certo para que do forno eu alcançasse as grades de resfriamento para bolos e assados. Não é tão mais caro fazer as coisas exatamente como você quer e, no fim das contas, são esses detalhes que tornam uma casa a *sua* casa.

– Perfeito. É isso que eu queria ouvir. Preciso de alguém que se concentra nos detalhes, porque nossa reforma será das grandes e não poderei estar tão presente quanto gostaria acompanhando a obra, infelizmente.

– Isso não é problema – respondeu Gina. – Sou quase obcecada pelos detalhes. O nome da minha empresa é o mesmo da minha cor favorita usada na casa. A da despensa.

– É mesmo? Ah, entendo o que quer dizer. Que beleza. Bem, para ser sincera, a decoração é o menor dos nossos problemas no momento. – Amanda estava começando a parecer mais relaxada. – Compramos a propriedade há alguns meses e, com tanta coisa para ver ao mesmo tempo, só agora recebemos o projeto do arquiteto, e parece que as coisas vão ser bem mais complicadas do que achamos no início.

– A casa é tombada?

Gina começou a pensar em várias casas que se encaixavam nessa categoria. Havia uns cinco casarões assim, a maioria nos limites da cidade, mas era raro serem vendidas. Seria Ashington Hall? A Dower House?

– Como você sabia? Sim, é tombada e classificada no nível dois.

– Ah, isso torna as coisas um pouco mais complicadas. A questão da preservação pode ser complexa, mas, no fim, vale muito a pena. As construções tombadas são repletas de histórias. É o que dizem: você não está comprando apenas uma casa, está vivendo em um pequeno momento da história do local.

– Você tem experiência com isso?

– Tenho, sim. Já gerenciei várias reformas de construções tombadas para clientes que procuraram uma ajuda extra para lidar com as exigências burocráticas. Aliás, antes disso eu trabalhava do outro lado do balcão, no departamento de conservação imobiliária da prefeitura.

Gina ouviu um gemido alto do outro lado do telefone, e soube na hora aonde Amanda já tinha chegado com suas solicitações: ao formulário de autorização para obras em construções tombadas.

– Não precisa ficar nervosa! Tenho a forte convicção de que as casas foram feitas para serem habitadas, seja lá qual for a idade delas – continuou Gina. – Não dá para morar em um museu. Você precisa descobrir formas de criar espaços habitáveis e confortáveis. Casas antigas podem ser supreendentemente resistentes. Só o fato de estarem de pé já diz muita coisa.

E estava sendo sincera. Seu ex-chefe, Ray, trocara vários e-mails ríspidos com a equipe de conservação sobre o que era mais importante: a construção ou os seres humanos que a habitavam. Gina sempre tentara encontrar formas de agradar a todos. Secretamente, estivera ao lado das casas, mas não pelos mesmos motivos dos puristas conservacionistas. Casas vazias lhe passavam uma ideia de solidão. As pessoas traziam movimento aos cômodos, calor às chaminés, riso e conversas aos corredores. Que sentido havia em mantê-las intactas mas sem vida?

Amanda Rowntree fez um som de dúvida.

– Bem, esta casa não parece tão resistente assim. Vai precisar de muitas obras, de acordo com o arquiteto.

– É o que todos dizem. Você já entrou em contato com um empreiteiro?

– Ainda não. Meu arquiteto está em Londres, mas achei uma boa ideia contratar empreiteiros e um gerente de projetos daqui. Você deve conhecer os pedreiros mais confiáveis e poderá coordená-los com eficiência. E é bom ter esse tipo de continuidade na casa, com trabalhadores e materiais locais e tudo o mais.

– É verdade – concordou Gina.

E provavelmente seria bem mais barato do que uma equipe vinda de Londres. Amanda não parecia o tipo de proprietária que abriria mão de uma vantagem dessas. Gina pegou a agenda e abriu em uma página em branco. A possibilidade de um projeto decente ia melhorando seu ânimo. Era o universo recompensando-a com um trabalho pelo sacrifício das canecas.

– Então, me fala mais sobre a casa. Qual é o período da construção?

– É uma miscelânea: tem um pouco de georgiano, de vitoriano e talvez umas partes mais antigas. Sete quartos, mas um número insuficiente de banheiros, alguns anexos interessantes, que gostaríamos de obter permissão para converter em um estúdio para o meu marido...

– Estúdio de gravação?

– Não, ele é fotógrafo.

– Ah, é mesmo? Que interessante.

– Aham – interrompeu Amanda antes que Gina tivesse a chance de perguntar a que tipo de fotografia ele se dedicava. Obviamente não era uma coisa *tão* interessante nos círculos que ela frequentava. – De qualquer forma, ele estará presente para acompanhar o trabalho, tirar dúvidas e o que mais for preciso. Eu moro em Londres, mas viajo muito e minha agenda já está lotada pelo resto do ano. É claro que quero me envolver o máximo possível, mas...

Ela parou de falar, como se não fossem necessárias mais explicações.

– Às vezes, é melhor mesmo ficar longe na fase caótica – disse Gina. – Nós podemos conversar por Skype ou FaceTime...

– Não. O problema maior não é estar fora do país, mas estar muito ocupada – esclareceu Amanda. – Não posso sair de uma reunião para tomar decisões sobre tomadas. Preciso de alguém em quem possa confiar para fazer isso por mim.

E o marido? Talvez ele fosse o tipo de fotógrafo artístico que não se envolve com questões de tomadas elétricas. Ou talvez também fosse ocupado demais. Gina deixou isso de lado: não era certo julgar os clientes.

– Acho que o melhor seria termos uma reunião na propriedade para que eu possa entender o que tem em mente para a casa – sugeriu Gina. – Você já deu uma olhada no meu site, mas posso mandar detalhes de outros projetos em que trabalhei, se quiser ver a experiência que tive com casas semelhantes.

– Isso seria ótimo. Vou estar de volta a Longhampton em... – mais cliques, uma orientação para a assistente com a mão sobre o telefone para abafar o som – ... na quinta de manhã, para uma reunião com o fiscal de conservação, a fim de receber, segundo ele disse, orientações.

Houve uma pausa e, quando Amanda voltou a falar, parecia quase desesperada:

– Só entre nós... Eles tratam todo mundo como se a gente estivesse prestes a demolir a casa para construir um estacionamento?

– Em geral, sim.

Gina já imaginava com qual fiscal Amanda tinha conversado: Keith Hurst. Ele tinha uma teoria de que um bom funcionário do departamento de conservação sempre imaginava a pior coisa possível em uma obra e trabalhava a partir dessa suposição.

– Mas não se preocupe com isso – disse Gina. – Eu sei lidar com eles.

– Mesmo?

– Sim. Você gostaria que eu já combinasse com um empreiteiro para ele estar presente também?

Gina consultou o notebook para ver quando Lorcan Hennessey estaria de volta das férias. Ele era sempre sua primeira opção: meticuloso, fácil de lidar e compreensivo em relação aos desafios de casas antigas.

– Tenho dois empreiteiros experientes com quem já trabalhei em construções tombadas. Eles podem dar uma ideia dos custos, talvez assegurar ao fiscal que você não vai trazer nenhuma escavadeira.

– Você vai precisar de mais do que isso pra lidar com esse cara. Quando eu disse que morava em Londres, ele quase desligou na minha cara.

– Nossa.

Gina sabia qual era a questão: o caso Hartstone Hall. O imóvel comprado por uma construtora de Londres teve a obra liberada por Keith e abandonada seis meses depois por falta de dinheiro. Mesmo tendo acontecido quinze anos atrás, ainda era um trauma.

– Mas eu posso ajudá-la a formatar seu pedido de autorização para que fique o mais atraente possível para eles. Podemos conversar sobre isso. Sem compromisso, é claro.

– Obrigada. Não queremos descaracterizar e estragar a casa. Só queremos poder *morar* lá.

– Sei exatamente o que quer dizer. Então, onde fica a propriedade?

Gina clicou no site da sua imobiliária favorita; costumava ser obcecada por acompanhar o mercado de casas dos sonhos, mas ultimamente estava um pouco por fora das novidades.

– Vou mandar o link para você. O nome da propriedade é Magistrate's House.

Gina parou de mexer no mouse. É claro que tinha que ser a Magistrate's House. Sentiu o coração afundar no peito e ir parar na boca do estômago. Pensou na fachada dupla e elegante da casa, nos três andares e nas grandes janelas em estilo georgiano e imaginou uma hera vermelha subindo pela janela redonda central, os tijolos limpos e com novos rejuntes, e as vidraças substituídas e polidas...

– Não sabia que a propriedade tinha sido colocada à venda – comentou Gina.

– Não? Nós a descobrimos por meio de uma agência particular de pesquisa. Talvez não tenha chegado a ser anunciada. Conhece a casa?

– Ah, conheço.

Gina engoliu em seco. Primeiro alguém tinha roubado seu marido bem debaixo do seu nariz e agora outra pessoa roubava a casa dos seus sonhos.

– É uma das melhores propriedades da região. E uma das mais antigas. Eu sempre... sempre gostei muito dessa casa. Parabéns. Ela tem potencial para ficar extraordinária.

– Que bom. – Amanda pareceu satisfeita. – Bem, vou mandar um e-mail com mais informações de contato. Estou ansiosa para nos reunirmos na quinta-feira.

– Eu também – respondeu Gina, mas Amanda já tinha desligado enquanto ela observava o canal.

Havia duas gaivotas sobrevoando atentamente as águas. Pareciam grandes demais para o canal, opacas e brancas. Gina não conseguia ver os patos.

Alguns minutos depois, o e-mail de Amanda apareceu no canto da tela de Gina com observações e orientações, mas Gina não precisava de mapas – sabia o endereço.

A Magistrate's House ficava nos arredores de uma vila chamada Langley St. Michael, e a localização – em frente à antiga igreja normanda, cercada por um pomar de macieiras, intocada por propriedades modernas e torres de telefonia – resumia sua confortável posição na hierarquia social da região. A maior parte de Langley St. Michael se situava em uma área de conservação; as casas ali estavam voltando para a antiga glória do passado, com as camadas de cal na fachada, e não eram feitos acréscimos. Na verdade, os acréscimos estavam sendo discretamente eliminados, como verrugas indesejadas.

Gina conhecia a história do casarão; pesquisara quando ainda trabalhava na prefeitura, fingindo estar atualizando os arquivos dos seus projetos. Tinha sido a casa dos Warwicks, uma família de ricos comerciantes de vinho do século XVIII, os primeiros a importar xerez e vinho da Madeira para a região e exportadores da sidra local.

A propriedade foi passada orgulhosamente de um cavalheiro herdeiro para outro, até que um fluxo persistente de filhas interrompeu a linhagem no meio do reinado da rainha Vitória, e a casa acabou sendo vendida para um casal de Birmingham que enriquecera vendendo peças de bicicleta. Não tiveram filhos, que poderiam ter cuidado da propriedade nos anos do pós-guerra, e, durante ataques aéreos, grupos de refugiados assustados de Londres se abrigaram em dormitórios improvisados no quarto em que as criadas dormiam no passado, três em uma cama. Na década de 1950, um médico local arregaçara as mangas e assumira a casa em ruínas, transformando-a no epicentro de coquetéis e reuniões paroquiais, até que sua viúva a vendeu depois da morte dele, em 1998. Uma construtora apresentou um projeto para transformar a propriedade em um hotel, mas a proposta foi reprovada duas vezes e a Magistrate's House caiu lentamente em um estado de magnífica decadência.

Gina e Stuart visitaram a casa três vezes: uma vez com o corretor de imóveis; uma com a mãe dela, que amou a localização mas estremeceu diante da umidade da adega ("Sombria demais, e aquele lago é um perigo para crianças"); e a última com o empreiteiro deles, Lorcan. Assim como Gina, Lorcan via as possibilidades nas construções decadentes, e eles conversavam sobre elas como se fossem parentes velhos e impertinentes que poderiam ser corrigidos com um pouco de atenção.

– Ela está em ruínas agora, mas tem uma excelente estrutura – dissera ele, dando tapinhas na moldura lascada de uma janela.

Gina entendeu exatamente o que ele queria dizer enquanto seu coração já decorava o grandioso quarto principal com brocados drapeados. Era uma linda casa, mesmo no estado negligenciado em que se encontrava. Só precisava de uma família para despertá-la e enchê-la de vida.

Stuart não se sentira da mesma forma. Tudo que ela amara na casa o assustara. O telhado complexo. As vidraças destruídas. O fato de ser tombada. Ele não estava errado, o que tornou tudo ainda pior. O momento também não fora dos melhores: algumas semanas depois, ela receberia o diagnóstico, e a terceira reação de Stuart, depois de "Merda" e "Vamos nos casar logo" na verdade foi: "Ainda bem que não compramos aquela draga de dinheiro em Langley."

Gina ficou olhando para o e-mail de Amanda, sem realmente enxergá-lo. A casa da Dryden Road provavelmente fora a compra certa. Era descomplicada, habitável, mesmo que um pouco sombria durante os difíceis meses de quimioterapia e, então, quando ela enfim se recuperou o suficiente para voltar ao trabalho, reformar os cômodos vitorianos dera a ela e a Stuart assunto suficiente para preencher o estranho anticlímax que se seguiu à sua alta do hospital.

Quando concluíram a reforma, estava tudo acabado. A casa tinha sido a prestativa terceira pessoa no casamento, aquela que mantivera a união deles, entretendo-os com discussões sobre torneiras e lustres quando não tinham nada a dizer um ao outro. Durante todo aquele tempo, a Magistrate's House permanecera na mente de Gina, a casa que ela perdera. A casa que poderia ter sido.

E que agora era de outra pessoa.

Capítulo 5

ITEM: uma bola de bruxa verde presa a uma corrente de cobre comprida para pendurar na entrada de casa e atrair e prender maus espíritos

Langley St. Michael, março de 2010

Gina olha para a bola de bruxa que está segurando e vê o próprio rosto refletido, verde, como Glinda, a bruxa boa de Oz.

Ganhara o amuleto de presente de uma gentil senhora para quem prestara consultoria sobre a reforma do telhado de uma antiga casa de campo perto de Rosehill. As malvas-rosa e dedaleiras no jardim faziam Gina se lembrar de uma casa de biscoitos de gengibre. Descobriu, depois de várias xícaras de chá, que a casa estava na família da Sra. Hubert desde a época em que todo o terreno em volta era tomado por plantações, algo de que a própria senhora se lembrava, pois ajudara nas colheitas quando era pequena.

– Maçãs e peras até a igreja de St. Mary na colina! E cavalos de tração cinzentos pastando bem onde o hospital foi construído! – dissera ela, como se ainda conseguisse ver os cascos peludos pelo canto dos olhos claros.

Desde então, Gina passou a enxergar o trecho da St. Mary's Road que levava a Longhampton com novos olhos. Gosta do modo como as casas capturam seu momento na história, deixando sua marca na paisagem enquanto o tempo e as mudanças acontecem ao redor delas. Então, quando estão frágeis e correndo o risco de serem destruídas, Gina pode salvar as casas *e* a fina camada do passado sobre o presente, como se fossem artigos antigos realizando até hoje suas funções ao lado dos cabos de internet.

No entanto, assim que o telhado ficou pronto, a Sra. Hubert levou um tombo, os filhos vieram de Bristol, levaram-na com eles para cuidar dela e venderam o imóvel. A moça magra que colhia peras no pomar enterrado pelo Shopping Meadows agora estava sentada em uma sala convertida em quarto, em uma casa que fora propriedade dos magnatas da geleia em Longhampton. Gina imagina se a Sra. Hubert consegue ver os antigos moradores flutuando, surpresos, atravessando as novas paredes levantadas, indignados com a presença dos descendentes de fazendeiros e criados morando na casa deles.

A bola de bruxa vem da casa de campo da Sra. Hubert, é claro. Bem antes da queda, antes que a casa da St. Mary's Road fosse liberada para o leilão, a velha senhora tinha escondido a bola no banco traseiro do carro de Gina e não quisera ouvir argumentos quando Gina tentou devolver. Aceitar presentes era totalmente contra as regras da prefeitura. Ela se oferecera para pagar por ela, preocupada em não magoar os sentimentos da idosa, mas a Sra. Hubert foi irredutível.

– Isso dá azar, minha querida! – disse ela. – Você só pode presentear.

A velha senhora cobriu as mãos de Gina com as dela. Tinham a pele fina e translúcida, com as veias azuladas aparentes e cobertas de machas marrons, porém ainda eram fortes.

– E ninguém precisa de mais falta de sorte, não é? – acrescentou a Sra. Hubert, com um aperto leve que fez Gina se perguntar se ela lia a mente das pessoas.

Então, voltara para casa, na Dryden Road, cheia de culpa, levando no carro uma autêntica bola de bruxa vitoriana. Era a mais perfeita que Gina já tinha visto na vida: mais ou menos do tamanho de um melão, com um tom esverdeado alegre e uma presilha de bronze polido no alto – parecendo uma bola de Natal gigante – para ser pendurada perto da porta e atrair e prender espíritos malignos dentro do vidro trabalhado.

Gina olha para a bola de bruxa em seu colo. Queria pendurá-la no vestíbulo, acima dos ladrilhos cerâmicos que estava rejuntando, mas Stuart não quer o objeto dentro de casa; acredita ser uma superstição sem sentido. Depois da experiência que Gina teve com fatos puros e simples, com verdades químicas nuas e cruas, ela quer abrir um pouco mais de espaço no seu mundo para a superstição, mas Stuart é categórico, e sua recusa veemente em ver a beleza do objeto apaga outra chama dentro dela.

Gina não sabe por que trouxe a bola de bruxa com ela para a Magistrate's House. Nem sabe o que está fazendo ali agora. Ela e Stuart viram dezenas de outras propriedades antes de comprar a casa da Dryden Road, mas este foi o único lugar que a encheu de energia. Mesmo agora, Gina sente uma conexão com ela, uma necessidade de conhecer suas histórias esquecidas. No meio da noite, arrancada do sono por um turbilhão de pensamentos, ela vislumbrou a cena estranha e romântica de pendurar a bola de bruxa na porta abandonada, deixando-a para a pessoa sortuda que acabasse comprando o imóvel em ruínas e o transformasse novamente no lar de uma família. A casa precisa de proteção até atrair uma nova família.

Poderia ter sido deles. Gina mergulha em sua fantasia favorita do que poderia ter sido, imaginando-se flutuando pelo jardim, agora bem cuidado e não coberto de mato; no sonho, seu rosto está corado e saudável, enquanto ela tira botões murchos das roseiras que formam uma alameda perfumada da entrada de carros até a porta da casa.

Imagina-se na cozinha fresca com azulejos cor de creme, preparando tortas de maçã com as mãos hábeis sujas de farinha. Stuart no escritório com as paredes cobertas de livros, transformado em um leitor contumaz de ficção vitoriana. Os dois no quarto, em uma cama com cabeceira de latão, enquanto a paixão volta a arder entre eles como as chamas iniciais do carvão em brasa na lareira de ladrilhos. É uma cena idílica, mas não impossível. Eles cresceram com a casa, pensa, reconfiguraram-se para combinar com a aconchegante sala de jantar e o vestíbulo acolhedor.

Gina esfrega os olhos, sentindo-se cansada de repente. No seu sonho, as imagens dela e da casa são sempre mais nítidas que a de Stuart, e obviamente ela nunca é diagnosticada com câncer. Passaram-se nove meses desde a última consulta com o Dr. Khan. Não há sinais do câncer original, e as chances de a doença voltar, desde que ela continue tomando as doses diárias de tamoxifeno, "são mínimas em uma mulher da sua idade". Stuart levou todo mundo para jantar fora, para comemorar. Jason e Naomi trouxeram champanhe; Janet chorou de alívio. Todos estavam aliviados, menos Gina.

No íntimo, sentia que uma balança maior tinha sido zerada. Era como se tivesse voltado para o início. Aos 29 anos, estava na estaca zero.

Ela olha para a bola de bruxa, brilhando no seu colo como um feijão mágico. É uma ideia idiota deixá-la aqui. É um objeto delicado, vidro antigo banhado em prata – um alvo fácil para uma criança com uma arma de ar comprimido. Quando se mexe, a luz se transforma na esfera, e Gina estremece ao achar que viu outro rosto atrás dela.

Sempre acreditou que uma bola de bruxa servia para capturar espíritos, mas a Sra. Hubert esclareceu que era para avisar caso houvesse alguma bruxa assombrando. Esse é um novo começo, mas existem muitas coisas atrás dela. Assim como a Sra. Hubert, Gina acha melhor conseguir vê-las do que fingir que não estão lá.

Não era o melhor dia para ver o imóvel. A previsão do tempo na rádio prometia uma chuva que faria com que a umidade da casa parecesse ainda mais úmida e os corredores, mais escuros. Porém, assim que Gina percorreu a entrada de carros ladeada de árvores, raios de sol surgiram por trás das nuvens e seu coração bateu feliz diante do telhado vermelho com suas chaminés simétricas em cada ponta.

Parou o Golf vermelho ao lado de diversos carros já estacionados no cascalho: uma Range Rover preta, uma BMW e o Astra da prefeitura. Ainda não havia sinal da van de Lorcan.

Que bom, pensou ela, saindo do carro. Optara por chegar dez minutos mais cedo para que tivesse tempo de se preparar, guardar os velhos sonhos antes de entrar.

Ao se dirigir para os jardins da lateral da casa, os olhos de perita de Gina detectaram sinais de mais deterioração desde a última vez que estivera ali. Estavam faltando algumas telhas, e as ameias das chaminés estavam visivelmente tortas. A calculadora mental de Gina começou a funcionar: já tinha passado de 50 mil libras só com o telhado.

Consertar danos era uma coisa, mas Gina sabia que, mesmo que você interrompesse o processo de decadência, casas como aquela tinham uma manutenção custosa. Aquecedores que gastavam muito combustível, terrenos que demandavam visitas semanais do jardineiro e um coração que precisava de ambientação e atividade, assim como de móveis. Você também precisaria de uma vida social. Receber amigos nos fins de semana, com seus filhos e cachorros; jantares outonais tranquilos regados a um bom vinho na cozinha; grupos de leitura da vila na sala de estar; e festas de ano-novo animadas no jardim iluminado à luz de velas. O pé-direito alto ecoaria o silêncio de duas pessoas que mal conversavam uma com a outra, a reprovação se fixando como poeira em cada cômodo não utilizado.

Gina cruzou o caminho de cascalhos e parou perto de um banco de pedra, colocado para dar a melhor visão de uma das laterais da casa, assim como um panorama do jardim em terraços do outro lado. Olhou para as bonitas linhas da elevação frontal, tentando abafar qualquer traço remanescente de arrependimento antes de conhecer Amanda. Ela já tinha pedido a Lorcan que não comentasse nada sobre seu interesse prévio na casa; ele entendera.

A casa teria estragado tudo entre mim e Stuart, Gina lembrou a si mesma, sem conseguir parar de procurar mais sinais de danos estruturais que realmente não queria encontrar, do mesmo modo que você meio que espera e meio que odeia ver as rugas no rosto de um ex-namorado ainda atraente.

Uma nuvem cobriu o sol, e Gina sentiu uma saudade inesperada, de Stuart e da felicidade que um dia compartilharam. Eles tinham sido felizes. Ele a pegara no colo para entrar na primeira casa deles, brincara sobre quarto de bebês e pula-pulas estragando o jardim. Nunca mais teria aquele tempo de volta: tinha acabado. Aquela chance fora desperdiçada. Gina deixou a tristeza tomá-la por um tempo em vez de lutar contra ela: dissipava-se mais rápido assim.

Por fora, pensou, enquanto tentava impedir as lágrimas, vai parecer apenas que estou absorvendo o novo projeto. Tudo bem.

Ouviu a porta de uma van bater e o som de passos no cascalho, mas não se virou, porque os cílios estavam úmidos. Os passos se aproximaram e Gina sentiu a presença masculina e sólida atrás dela, um homem com cheiro leve e cítrico de loção pós-barba e roupas limpas. Ele não disse nada, o que confirmou sua suspeita de quem era.

– Bom dia, Lorcan – disse ela. – Só estou afastando umas lembranças. Não diga nada para Amanda, está bem?

– Claro. Sobre o quê?

A voz não era irlandesa. Era do sul da Inglaterra.

Gina se virou. O homem atrás dela estava de calça jeans e uma camiseta da banda Pixies sob um casaco com zíper fechado até o meio, uma bolsa de ferramentas em um dos ombros. Ela não o reconheceu, mas Lorcan dissera que talvez trouxesse alguns colegas para aconselhá-lo quanto ao trabalho mais especializado e, assim como o próprio Lorcan, a maioria dos amigos dele curtiam camisetas de bandas antigas.

– Hã... nada – disse ela. – Eu só... só...

– Está olhando. Eu sei. É uma bela casa antiga.

Ele colocou a bolsa no chão e se aproximou, parando ao lado dela com os braços cruzados e a cabeça inclinada para absorver o que estava vendo:

– Dá quase para sentir as pessoas saindo pelas portas envidraçadas, um jogo de croqué no gramado da frente, chapéus elegantes e de palha...

– Um drinque na mão, música suave lá dentro. – Gina fez uma pausa. – Se o clima permitir. As pessoas não costumam sonhar com tardes infindáveis de jogos de tabuleiro quando está chovendo demais para sair, não é?

– Ah! É mesmo! Imaginam uma lareira acesa e pinheiros enfeitados com luzinhas. E crianças chegando para comer torta de carne na cozinha.

Gina gostava desse jogo: costumava jogar também.

– Ah, sim. Castanhas assando no forno e cartas terríveis chegando do front. Trazidas em uma bandeja de prata durante um coquetel agitado.

Ela fez o som da agulha de um gramofone arranhando e parando.

Ele inclinou a cabeça para um lado, pensativo.

– E essa bandeja seria carregada por um velho e confiável mordomo corcunda? Ou por uma criada que nutre um amor secreto pelo filho caçula que acabou de morrer no front?

Gina riu e olhou para ele. Era um homem bonito: cabelo escuro, com alguns fios prateados nas têmporas, olhos cinzentos emoldurados com cílios escuros e sobrancelhas grossas. Parecia um pouco com Lorcan, e Gina ficou imaginando se seriam primos. Lorcan tinha um monte de primos, a maioria trabalhando na área de construção ou como *roadies* de bandas. Ou os dois.

– Ou será que estou falando de *Downton Abbey*? – perguntou ele, franzindo a testa de um jeito forçado.

Gina retribuiu o sorriso. Era muito mais fácil lidar com empreiteiros que tinham senso de humor.

– É melhor do que a de *Downton Abbey* – retrucou ela. – É grande, mas gerenciável sem mordomos. E vai ficar linda.

– Você acha?

– Precisa de muito trabalho, com certeza – disse ela. – Mas espero que não usem isso como desculpa pra começar a desbastá-la.

– Como assim?

– Ah, você sabe, alguns arquitetos dizem que é impossível restaurar, então eles podem muito bem derrubar paredes, construir extensões de vidro, acabar com cômodos e coisas assim. Não que chegarão a conseguir autorização – acrescentou ela, no caso de o arquiteto estar tendo ideias e prometendo mais trabalho para os construtores.

– Não? – indagou ele, parecendo interessado.

– Esta propriedade está na lista das casas com significado histórico da região, então a prefeitura tem uma posição firme contra qualquer coisa que possa prejudicar a estrutura histórica. Espero conseguir encontrar formas de contornar a situação e deixar todo mundo feliz. Mas, para ser sincera, meu conselho será para reformar com sensibilidade. Não queremos acordar os fantasmas de nenhuma das criadas enlutadas. Nem de mordomos ressentidos.

Ele levantou uma das sobrancelhas.

– Você é a gerente de projetos. Claro. Desculpe, por um instante achei que talvez fosse funcionária da prefeitura.

– Não. O que me entregou?

– O senso de humor?

Gina riu.

– Você me pegou. Bem, *espero* ser a gerente de projetos. Só estou aqui para uma reunião preliminar pra discutir o trabalho.

– Mas parece que você já sabe muita coisa sobre esta casa.

Algo na voz do homem fez Gina olhar para ele com mais atenção, em vez de para a casa. Ele estava protegendo os olhos com a mão e, de repente, a ficha caiu.

As mãos dele eram lisas, em vez de ásperas e marcadas como as de um empreiteiro. Estava vestido como um, mas usava um robusto relógio à prova d'água no pulso bronzeado, e o casaco não tinha a logomarca da empresa. Nem poeira de tijolo. Construções históricas tendiam a atrair os profissionais mais especializados – estucadores refinados, marceneiros que só trabalham em propriedades de ducados –, mas mesmo assim...

– Desculpa, acho que ainda não nos conhecemos – disse Gina. – Você é da equipe do Lorcan?

Ele sorriu e afastou o cabelo dos olhos, apertando-os um pouco por causa da claridade.

– Eu não sabia que carregava uma bolsa de ferramentas com tanta convicção. Não, sou Nick. Você vai me ajudar a não destruir esta casa. Bem, pelo menos é o que espero. Nick Rowntree. Prazer.

Gina ficou pálida. Teria ficado afastada do trabalho tanto tempo a ponto de começar a cometer gafes nada profissionais como aquela? O que acontecera com seu *cérebro*?

– Peço desculpas. Não quis parecer rude. É só que já trabalhei com clientes que trouxeram arquitetos de Londres com ideias sobre...

Olhou para as próprias anotações: eles tinham um arquiteto de Londres. É claro. E provavelmente um especialista em áudio e iluminação de lá também, obviamente.

Gina fechou os olhos e contou até cinco. Estava dormindo três horas por noite. Na anterior, abrira a primeira das três caixas do guarda-roupa para começar a separar as coisas que nunca mais usaria, e lidar com as roupas que nem sabia que tinha havia despertado lembranças. Sapatos com que dançara no casamento de outras pessoas, vestidos usados nos primeiros encontros com Stuart, calças jeans ainda com manchas de cerveja dos shows da época da faculdade... Roupas antigas que não serviam mais, mas que ela mantinha porque jogá-las fora parecia o mesmo que descartar parte de si mesma.

Três. Quatro.

Seu vestido de casamento. Seu vestido cor de damasco de madrinha de casamento.

Cinco.

Quando abriu os olhos, Nick estava olhando para ela, com ar de diversão. Ele estendeu a mão e, dessa vez, ela viu a aliança de ouro e uma pulseira de couro trançado.

– Não precisa ficar constrangida – disse ele, diante do desconforto dela.

– Concordo plenamente com você. Esta casa precisa de alguém que entenda de construções antigas. Foi por isso que Amanda quis contratar uma gerente de projetos, em vez de deixar tudo na nossa mão.

Gina tentou arrumar as pastas para liberar uma das mãos e apertar a dele.

– Gina Horsf... – O sobrenome ficou preso na garganta. De novo. Tinha feito isso de novo. – Gina Bellamy.

Nick a cumprimentou com firmeza. A mão dele era quente e seca, e ela se concentrou nisso para não pensar que estava sentindo o rosto corar.

– Parabéns – disse ele. – Recém-casada?

– O contrário, na verdade. Estou me divorciando. – Ela fez uma careta. – Desculpa. Não estou me saindo muito bem, não é?

– Não, não. *Eu* que tenho que pedir desculpas. Embora... – Ela viu um brilho nos olhos cinzentos. – ... talvez você ainda mereça os parabéns?

– Talvez – respondeu, educada.

Gina olhou para o relógio. Eram 9h35.

– Perdão, minha reunião com a Amanda estava marcada para as 9h30, então é melhor entrarmos. Não quero causar uma má impressão tão cedo. Quer dizer, *outra* má impressão...

– Por quê? Nossa reunião começou de fato às 9h30 aqui fora, com uma discussão sobre a parte externa.

Nick pendurou a bolsa de ferramentas no ombro e eles caminharam em direção à casa.

– Espero que você ainda não tenha derrubado nada – disse ela, indicando a bolsa com a cabeça – antes das autorizações e tudo o mais.

– Está falando disto? Eu só estava começando a escavação para a piscina na adega. Acho que é mais fácil deixar a umidade tomar conta. A parte funda vai ficar onde está a área de champanhe agora.

Gina abriu a boca, então se deu conta de que ele estava brincando.

– É mentira – disse ele. – Só vou montar uma mesa para ter onde colocar a impressora. Estava só brincando.

– Tente não brincar com o funcionário da prefeitura – sugeriu ela. – Este é o meu primeiro conselho. Ele não reage bem a piadas.

– Pelo que vi, ele não reage bem a nada.

– Ele reage bem à lógica e à razão – afirmou Gina. – E ao conhecimento detalhado das normas de construção.

Sabia que Nick estava olhando para ela com um sorriso irônico, mas não se virou para olhar. Em vez disso, concentrou-se em se recompor para conseguir o trabalho.

Não passaram pela porta da frente ("Tem algum problema nas dobradiças. Estão podres"). Em vez disso, Nick a acompanhou até os fundos da casa, passando pelo jardim do pátio pavimentado até entrarem na grande cozinha com piso de pedra. Os canteiros de ervas estavam negligenciados, mas ela viu conchas antigas marcando as divisórias para as verduras, antigas placas de cobre, algumas panelas rachadas. Algum cozinheiro tinha abastecido a cozinha com aqueles canteiros.

Gina viu pessoas através das janelas sujas: um homem, que reconheceu imediatamente por causa do casaco de tweed como Keith Hurst, e uma mulher pálida com um longo cardigã creme, cabelo cor de mel penteado para trás, caindo pelas costas de forma perfeita. O cabelo de uma estrela de cinema.

– Amanda, sinto muito. Atrasei sua gerente de projetos.

Nick abriu a porta da cozinha e fez um gesto para que ela entrasse. A maior parte dos móveis tinha sido retirada, mas o aposento era dominado por uma enorme mesa de carvalho, que parecia ter sido feita dentro da casa, e um fogão Aga preto de ferro fundido no outro canto.

– Foi minha culpa – continuou ele. – Estava falando com ela sobre minha visão de jogos de croqué.

– Mas croqué está *tão* lá embaixo em nossa lista de prioridades... – disse Amanda.

Ao mesmo tempo, Keith Hurst interveio:

– De fato temos registros de que houve jogos de croqué aqui antes da guerra... Ah, oi, Gina.

– Oi, Keith. – Gina sorriu para ele. – Que bom ver você de novo.

Ele fez um som áspero que não indicava muita reciprocidade e pegou um lenço vermelho para assoar o nariz de forma barulhenta, um hábito que Gina quase tinha esquecido, até aquele momento.

Amanda Rowntree saiu de trás da mesa, e Gina sentiu a atenção da mulher recair sobre ela, do gorro de tricô até as botas verdes. Amanda tinha olhos perscrutadores. Frios e azuis, com contorno imaculado de delineador marrom, em ângulos perfeitos nas pontas.

– Olá, Gina. Sou Amanda Rowntree – disse ela, estendendo a mão pálida com um grande diamante que bambeava no dedo magro enquanto apertava a mão de Gina. – Obrigada por vir. É um prazer conhecê-la.

A voz era a mesma da qual Gina se lembrava da conversa ao telefone, mas não imaginara Amanda daquele jeito. Tinha pensado em uma executiva de expressão dura, terninho cinza e um cabelo Chanel, não naquela loura de calça *skinny* e blusa de casimira que parecia praticar ioga.

– Quem estamos esperando ainda? – perguntou Keith, enquanto olhava para o relógio com ar de importância. – Ainda tenho várias visitas marcadas para hoje.

– Só o empreiteiro – disse Gina. – Lorcan disse que estaria aqui...

Assim que falou, ouviram uma batida forte na porta da frente.

– Timing perfeito – comentou Nick. – Ou capacidade mediúnica.

– O que é exatamente o que você procura em um empreiteiro – comentou Gina, e ouviu Keith bufar.

– Que bom – comentou Amanda com um sorriso.

Ela pegou o celular no bolso de trás da calça, verificou se tinha alguma notificação e colocou no silencioso, antes de sugerir:

– Por que não começamos com um tour pela casa a partir da porta de entrada? Parece o mais lógico. Tenho que estar no aeroporto às duas da tarde. Então, vamos logo.

Ela saiu da cozinha, deixando Nick, Gina e Keith olhando de um para outro antes de segui-la como patinhos.

Amanda talvez não estivesse de terninho, pensou Gina, enquanto seguia apressada a outra mulher pelo corredor, mas ela com certeza vestia um quando não estava ali.

Os planos dos Rowntrees para a casa eram a mistura típica de reforma convencional e sugestões ambiciosas do tipo "vai que cola", as quais Keith afirmou veementemente que não seriam aprovadas pela prefeitura.

A ampliação da cozinha, com vidro ecológico de última geração e painéis solares, fez Keith arfar, assim como o chalé de madeira para hóspedes a ser construído onde antes ficava o laranjal. O arquiteto não conseguira ir à reunião, o que significava que Keith e – de maneira mais diplomática – Gina puderam ser completamente francos sobre os planos dele, algo que ela conseguiu perceber ter agradado mais Nick que Amanda.

Keith foi na frente no tour pela casa, fotografando tudo que considerava de interesse histórico, deixando bem claro para Gina, e até mesmo para Amanda, que ele notara cada detalhe das janelas, os entalhes no teto, as vigas estranhas e basicamente qualquer coisa que talvez tentassem retirar sorrateiramente.

Lorcan também foi franco em relação ao trabalho estrutural necessário para consertar diversos problemas na parte externa. Gina já estava ciente da umidade na ala oeste da casa e das vigas podres sob o painel de carvalho. E havia a questão do telhado, de melhorar o encanamento, refazer toda a parte elétrica antiga...

Ela observava os Rowntrees de esguelha, tentando avaliar como seria trabalhar com eles. Amanda ouvia, fazendo perguntas ocasionais para esclarecer o significado de algum termo, e assentia, estreitando os olhos azuis, conforme as informações lhe eram passadas. Gina percebeu que o modo como ela balançava a cabeça não era como o de um proprietário desinformado e em pânico: era o gesto de alguém que já conhecia parte da resposta. Clientes detalhistas podiam ser úteis, pois sabem muito bem o que querem e não precisam ter cada uma das opções apresentadas cuidadosamente para eles, mas também podiam ser uma baita de uma dor de cabeça, no caso de quererem algo impossível.

Nick, por sua vez, ficava para trás, parecendo não ouvir, fazendo uma ou outra pergunta do nada ou tirando uma foto com o celular de algo que Gina não tinha visto. Ele percebeu detalhes interessantes, uma prateleira que ela não notara ou uma porta lacrada, e, quando ele tirava as fotos, ela notava a sombra de um sorriso no rosto dele.

Levaram duas horas para percorrer a casa, da porta da frente até o jardim dos fundos, e, quando terminaram, Gina soube que jamais teria dinheiro para fazer o que os Rowntrees tinham em mente. A casa, porém, seria transformada. De uma forma positiva e historicamente sensata, enfatizou

Gina para Keith, que não fez promessas, mas não colocou obstáculos como poderia ter feito se ela não estivesse lá para suavizar algumas das sugestões mais ousadas de Amanda.

Keith se despediu logo em seguida, deixando Gina e Lorcan voltarem à cozinha com os Rowntrees para pegar tudo que ele dissera e montar algum tipo de plano viável, que Gina poderia então transformar em um cronograma de trabalho e uma planilha de custos.

Nick foi até a máquina de *espresso* para preparar café para todos, exceto Lorcan, que tomou chá, enquanto Amanda remexia nos documentos em cima da mesa, com expressão inteligente e cenho franzido, concentrada em processar a enorme quantidade de informações.

– Então... – disse ela, e algo no seu tom de voz fez Gina destampar a caneta automaticamente, pronta para fazer anotações. – O que acham?

Era uma pergunta deliberadamente abrangente, e Gina se obrigou a não mergulhar de cabeça em muitos elogios.

– Acho que você poderá fazer esta casa cantar – respondeu devagar. – Não vai ser fácil executar algumas das suas ideias porque é um imóvel tombado, mas às vezes isso é bom. Faz a gente pensar nas coisas de maneira mais criativa.

Amanda uniu a ponta dos dedos e ficou olhando para Gina.

– Mas, seja sincera, aquele homem vai transformar nossa vida em um verdadeiro inferno, dizendo que temos que preservar cada tijolo desta casa?

– Keith? Ele é apenas o fiscal de conservação. A palavra final é do chefe de planejamento. Mas, sim, pode ser um processo delicado...

– Isso é uma coisa para ser tratada pela gerente de projetos, não é, Gina?

Nick colocou uma xícara de cappuccino com aparência profissional diante dela.

– Desculpa não ter bandeja de prata – brincou ele.

– Existem formas de contornar as exigências – disse Gina. – Mas a questão é que, se você queria uma fachada antiga para abrigar uma casa moderna, então esta talvez não tenha sido a melhor escolha. Mas suponho que seja um pouco tarde para isso.

– Sim – respondeu Amanda. – Cerca de seis meses tarde demais.

– A culpa foi minha – declarou Nick, com frieza. – Eu me apaixonei pela adega. E todo o potencial. É um baita projeto, não é?

– É uma casa dos sonhos – disse Gina. – Ela precisa de proprietários com uma visão mais ampla do que apenas trocar o papel de parede, e vocês certamente têm isso.

Ficou imaginando se havia alguma coisa nas entrelinhas do comentário de Nick por causa do jeito que Amanda mexeu o café, com um tipo de determinação sombria e sem olhar para ele.

Sem aviso, Amanda ergueu o olhar e o fixou em Gina, com expressão avaliadora.

– Foi por isso que a casa foi tão barata? – perguntou ela. – Na vistoria não pareceu tão ruim, mas, se existe algum atalho para seguir com a prefeitura, é melhor que você nos diga agora.

Gina negou com a cabeça.

– Não. A casa só precisa de muito amor. Não dá para cortar caminho ao pedir as autorizações, e vocês vão ter que lidar com pessoas como Keith analisando o projeto, verificando se estão usando materiais de qualidade. Isso ajuda. As pessoas aqui não têm tanto dinheiro assim. Nem tempo. Mas não é nada mais sinistro que isso.

– Que pena. A gente esperava encontrar um fantasma – disse Nick, sentando-se em uma cadeira em frente a Gina. – Nada de mais. Talvez um gatinho amigável.

– Não seja ridículo – começou Amanda.

Mas Lorcan falou, surpreendendo todo mundo:

– Eu não descartaria essa possibilidade.

Ele estava encostado no fogão Aga, fazendo alguns cálculos enquanto tomava chá.

– Toda casa antiga tem um fantasma ou dois, ainda mais por aqui – continuou ele. – Não é, Gina? Acho que só depende do seu grau de sensibilidade. Não me surpreenderia se sentissem algum movimento lá em cima.

Amanda se virou. Gina viu que ela o olhou de cima a baixo duas vezes quando seu olhar encontrou o de Lorcan, como se só agora tivesse notado a presença dele. Apesar da aparência desmazelada, Lorcan era surpreendentemente poético para um empreiteiro: seu melhor amigo era um gerente de turismo e, quando não estava construindo casas, Lorcan viajava pela Europa montando palcos para bandas de heavy metal e participando de festivais irlandeses de blues.

– Em geral, são ratos – apressou-se Gina a dizer, não querendo irritar Amanda. – Nós podemos resolver isso.

– Espero que não – respondeu Nick. – Qual é o propósito de ter uma casa antiga sem um pouco do passado dela? Seria melhor morar em uma cobertura sem alma em algum prédio novo.

Ele estava olhando para Amanda ao dizer isso, mas ela fazia anotações e fingiu não ouvir. Se Gina não tivesse passado os últimos seis meses pisando em ovos, talvez não houvesse notado, mas ali havia o eco de uma briga antiga.

Preferia não ter visto nada. Era um problema comum em projetos daquele tipo: você se ver obrigado a lidar com rachaduras no relacionamento dos proprietários, assim como na casa.

– Então, querem que eu envie por e-mail um cronograma inicial e alguns dos custos do projeto? – perguntou ela. – Se vocês tiverem alguma reunião marcada com outro gerente de projetos, tudo bem.

– Não há nenhuma outra reunião marcada – declarou Amanda, fechando a caneta e pegando o café. – Acho que você é a mulher certa para este trabalho.

– Maravilha – disse Gina, percebendo que aquela não era uma resposta muito profissional.

Nick sorriu, assim como Amanda depois de uma breve pausa. Foram sorrisos amigáveis, mas Gina não se permitiu relaxar.

Capítulo 6

ITEM: calcinha da sorte da La Perla – uma tanga preta de seda com estrelinhas prateadas bordadas e acabamento em renda, etiqueta cortada

Longhampton, 2005

Gina se apoia na parede perto da mesa de bebidas, segurando a taça de vinho branco já quente enquanto imagina quanto tempo ainda precisa ficar no open house de Jason e Naomi antes que possa sair sem parecer mal-educada. Para um casal de 25 anos, eles fizeram uma festa bem adulta. As batatinhas foram servidas em uma travessa com lugar para o molho e os porta-copos de Naomi estão bem à vista. Mas todos em Longhampton parecem mais adultos do que os colegas de apartamento que Gina deixou para trás na região londrina de Fulham.

Se ficar mais uma hora aqui, vou correr um sério risco de conversar sobre financiamento imobiliário. Não há vinho suficiente pra isso na cozinha.

Está prestes a colocar a taça na mesa, antes de começar a dar indícios de que vai embora, quando Naomi se aproxima com seu novo vestido vermelho – curto, para mostrar as pernas. As pernas de Naomi são incríveis. Não são longas, mas são bem torneadas, e ela está usando saltos altíssimos. Jason não consegue parar de olhar.

– Fica – sussurra Naomi.

Ela não quer que os outros três convidados, sentados no sofá de couro parecendo entrevistados num programa de TV, a ouçam por cima da música agradável da banda Zero 7.

– Jason disse que o pessoal do futebol já está voltando do pub.

– Não sou muito chegada a jogadores de futebol – retrucou Gina com um sorriso congelado. – E passei os últimos vinte minutos aconselhando uma colega de trabalho de Jason sobre as autorizações necessárias pra fazer uma obra no sótão. É como estar no trabalho, mas sem a parte divertida.

– Vou pegar um vinho geladinho pra você – diz Naomi em voz alta, puxando-a para a cozinha. – Fica só mais meia hora.

– Mas eu não conheço ninguém!

– Exatamente! – Ela articula bem a palavra em um sussurro alto. – Você morou quatro anos em Londres! É assim que conhece pessoas. E, quando digo pessoas, estou obviamente me referindo a homens.

– Mas eu não quero...

Naomi segura Gina pelos braços, com o olhar firme de quem acabou de encontrar sua metade da laranja e quer o mesmo para a amiga.

– Você é bonita, engraçada e está usando um vestido que não vamos ver nas lojas daqui pelos próximos dezoito meses. Precisa sair e começar a namorar. – Uma pausa minúscula. – De novo.

Gina apenas estreita os olhos – afinal, na cozinha todos conseguiriam ouvi-la gritar com a melhor amiga. Sabe que Naomi não está se referindo ao seu último relacionamento – um namoro de três meses com o Dr. Adam Doherty, pesquisador de sabão em pó da Unilever. Naomi está falando do período pós-Kit. Já se passaram quatro anos. Não conversam mais sobre Kit, mas Naomi pelo menos reconhece sua existência, diferente da mãe, que se recusa a tocar no nome dele. Janet é muito boa em fingir que alguma coisa nunca aconteceu.

Como de costume, o rosto de Kit aparece na cabeça de Gina como um slide em um projetor; ela permite que fique ali por um segundo e rapidamente o apaga. Ela voltou à fase dos encontros – o que não falta são convites –, mas, quando você já esteve com alguém que parecia ter sido colocado no mundo com o único propósito de encontrá-la, é deprimente ter que construir um relacionamento a cada encontro, a cada jantar, tentando diligentemente conhecer o outro, revelando do que gosta e do que não gosta, como jogadas de xadrez, até que alguém revele algo ruim o suficiente para um xeque-mate.

– Não conhecer ninguém é uma coisa *boa* – sussurra Naomi. – Pode acreditar. Você é carne nova no pedaço. E não pode me largar aqui com o pessoal do departamento de TI do escritório de Jason. Eu sou sua *melhor amiga*.

– Mais dez minutos – resmunga Gina e, um minuto depois, elas ouvem um barulho perto da porta.

Jason grita:

– Eles chegaram!

O rosto de Naomi brilha de alívio enquanto tira do forno as linguicinhas caramelizadas com mel.

Imediatamente a atmosfera da festa ganha vida, passando de uma reunião constrangedora entre cinco estranhos comendo azeitonas para algo muito mais divertido. Naomi finge estar zangada com "os garotos" pelo atraso, mas Gina sabe que ela está se divertindo com as indiretas provocantes dirigidas a ela e a Jason. Surgem piadas com rolos de macarrão e coleiras, mas tudo bem, porque Jason está nitidamente feliz por Naomi ter as rédeas na mão.

Enquanto Naomi distribui cerveja e linguiça, os garotos (*homens*, corrige-se Gina) observam a sala e um ou dois olham para ela. Gina não sabe direito o que fazer, porque desconfia que Naomi os tenha obrigado a olhar para ela dizendo coisas do tipo "Já conheceu minha melhor amiga que morava em Londres e acabou de mudar de volta para cá?". Em Longhampton, Londres é sinônimo de esnobismo; mesmo assim, voltar também significa que você fracassou de alguma forma. É uma situação negativa por todos os ângulos.

Gina queria amar Londres, mas sozinha, sem Naomi nem Kit, não conseguiu se encaixar. E, no fundo, não queria se encaixar. Então voltou para casa, na esperança de que sua vida pudesse começar aqui. Ela sorri para os colegas de Jason. Mas o modo como retribuem com um sorriso educado, voltando rapidamente a atenção para o próprio grupo, faz com que Gina se sinta mal.

Ela desvia de mais uma abordagem da mulher da obra e volta para a cozinha, fingindo procurar um copo d'água; depois, pensa em subir para ir ao banheiro, mas um casal que não conhece está tendo uma conversa intensa na escada, olhando um para a boca do outro enquanto fingem estar interessados no papo sobre a série *The West Wing*.

Desesperada, Gina volta para a sala de estar, onde os caras empurraram o sofá e estão agora dançando uma música da banda Madness, liderados por

Jason, que está com o rosto vermelho. *Madness, meu Deus*. Naomi odeia Madness. Ela sempre disse que eles soam como uma crise de meia-idade tocando saxofone. Jason e os amigos são pelo menos dez anos novos demais para isso.

Do outro lado da sala, Naomi faz uma careta, mas tudo isso faz parte de se estar em um relacionamento sério, como costuma dizer para Gina em seus longos e-mails. Jason deixou que escolhesse o papel de parede; ela deixou que ele usasse o quarto de hóspedes para montar uma academia. Só Deus sabe o que ela consegue em troca por deixá-lo tocar Madness no open house. Gina corresponde ao olhar da amiga, mas, então, um dos dançarinos para quando a vê revirando os olhos para ele.

Ela desvia o olhar, constrangida, porque talvez tenha sido o cara mais gostoso que a viu fazer careta, o bonitão que provavelmente é o capitão do time. Ela não sabe qual é o nome dele, mas deve ser algo autêntico como Ben ou Mark: Jason estudou na outra escola da região, então todos os seus amigos são bem parecidos com as pessoas que Naomi e Gina conhecem, mesmo que na realidade não os conheçam. Este seria um dos caras que Stephanie Bayliff ou Claire Watson teriam namorado: o formato do rosto dele parece com o de Matt Damon, tem o cabelo castanho e o corpo atlético de quem pratica mil esportes.

E pernas incríveis. Gina não pôde deixar de notar. Pernas incríveis, uma bunda que preenche muito bem a calça jeans, bíceps marcados sob a camisa social com o último botão aberto, revelando a pele bronzeada.

Ela se xinga mentalmente por descrevê-lo do mesmo modo como fazia quando ainda estava na escola. Voltar para casa faz isso com as pessoas.

Ele não faz nem um pouco o tipo de Gina – nada de óculos, nem cabelo bagunçado caindo no rosto, nem mesmo um terno como o Dr. Adam Doherty –, mas alguma coisa na beleza dele acende um fogo baixo dentro dela. Gina tentou se convencer a não se importar em ser solteira, mas, de acordo com as revistas, ela deveria estar vivendo a melhor fase da vida aos 25 anos. Só que não está. É como se o seu pior temor tivesse se tornado realidade: toda a diversão ficou concentrada naquela época de felicidade plena com Kit.

E agora o cara está se aproximando.

– Eu fiz alguma coisa engraçada? – pergunta ele, não parecendo zangado, mas ansioso.

O sotaque é local, com as vogais mais longas, uma pronúncia que Gina perdeu alguns anos atrás. Os olhos dele estão fixos nos dela, as pupilas dilatadas, como se a achasse atraente, e ela não pode deixar de notar como os cílios dele são longos.

Gina tenta pensar em alguma resposta espirituosa. Não é impossível, diz para si mesma. Como Naomi sempre diz, ele só vê o vestido transpassado mostrando os melhores atributos do corpo dela; o cabelo castanho formando cachos suaves em volta do rosto; o batom vermelho-escuro valorizando os lábios; e o iluminador caríssimo destacando as maçãs do rosto. Não sabe que ficou trancada dentro de casa durante sete meses, assistindo a séries e aprendendo a fazer cachos com modelador lendo edições antigas da *Cosmo*.

Ele demonstra um pouco de pânico ao perceber uma coisa:

– Por acaso o zíper da minha calça está aberto?

– Não – responde dela. – Está tudo certo com o zíper. – Ela faz uma pausa e pergunta de forma direta: – Isso foi uma tentativa de me fazer olhar para o zíper da sua calça?

– Não! Meu Deus... Não, não mesmo. Desculpa, eu não queria...

– Eu sei – diz Gina. – Tá tudo bem.

Ele sorri.

– Você quer dançar, então?

– Não – responde Gina de forma categórica. – De qualquer forma, não dá para dançar nenhuma música do Madness. Só marchar sem sair do lugar. É basicamente uma ginástica aeróbica para homens.

Ele parece aliviado.

– Eu detesto Madness. Posso pegar uma bebida pra você?

Gina oferece a taça vazia. Estava preparada para uma conversinha mole sobre por que ela não estava dançando ou um comentário dizendo que ele precisava de uma professora – mas não foi o que aconteceu. Ele apenas ofereceu uma bebida de forma natural, o primeiro passo para uma conversa descomplicada. Bem mais fácil do que em Londres.

Naomi está fazendo sinais para ela do outro lado da sala, erguendo as sobrancelhas em um gesto de aprovação. Gina mostra discretamente dois dedos para a amiga – uma antiga piada interna –, mas os baixa rapidamente quando o homem se aproxima com uma taça de vinho.

– Eu sou Stuart – diz ele, estendendo a mão. – Amigo do Jason. Nós estudamos juntos no colégio.

– Gina. Melhor amiga da Naomi. Também estudamos juntas.

Eles brindam e trocam um aperto de mãos. Stuart sorri com a cafonice do gesto. Tem um sorriso lindo: os dentes são fortes e brancos, e ele tem covinha. Gina sente mais uma pontada de desejo. A música mudou: Naomi obviamente assumiu o CD player, e ela não é conhecida pela sutileza. Gina fica imaginando se deveria convidá-lo para dançar. Imagina como seria sentir as mãos de Stuart na sua cintura se dançassem uma salsa.

– Não me chama pra dançar – diz Stuart antes que ela tivesse a chance de falar. – Não é uma cena bonita. – Ele ergue as sobrancelhas. – Vamos nos sentar?

Por que não?, ela pensa. E Stuart a leva até o sofá para conversar, enquanto os amigos continuam dançando uma música de Jennifer Lopez como se estivessem numa roda punk.

Por que não?, ela pensa meia hora depois, quando Naomi faz uma demonstração do controle de intensidade de luz que Jason instalou, diminuindo bastante a iluminação e colocando um CD de Katie Melua, mudando o clima com a música lenta. Stuart se inclina para ouvir o que Gina diz por causa da música. O perfume é Hugo Boss, um cheiro que sempre saía do vestiário masculino na época da escola. Isso faz Gina sorrir. Ela sente o músculo firme da coxa dele através da calça jeans quando ele se senta mais perto dela no sofá e não consegue acreditar que está sendo azarada de forma tão confiante, ainda que educada. Não há dúvida quanto ao resultado, e Gina acha isso relaxante.

Azarada. Não estavam mais na escola. Ela paga o próprio aluguel. Assim como Stuart, provavelmente. Gina estremece de excitação, em parte por causa da descoberta surpreendente de que agora é uma adulta de verdade. Ela ri. Sempre achara que seria mais difícil do que isso.

– Por que está rindo? – pergunta Stuart, ansioso.

– Porque você é bonito demais.

Ela está naquele estágio embriagado de felicidade e tranquilidade, o estágio de confiança quando tudo parece certo. Ela acrescenta:

– Você está me distraindo da conversa.

Ele olha para ela. Gina acha que está mais bêbado que ela: parece sério.

– Mas *você* é bonita. – Ele se aproxima mais. – Sua pele é como... como um pêssego.

Ele toca o rosto dela com a ponta dos dedos, não de uma forma conquistadora, mas como se realmente estivesse curioso para sentir a textura. Gina sente a pele formigar nos pontos que ele toca: a maçã do rosto, o nariz, os lábios. Fazia muito tempo desde que fora tocada pela última vez.

Eu não devia ter bebido, pensa. Minha mãe vai ficar uma arara. Como vou voltar para casa? Não, não se preocupe. Estou segura aqui, com Naomi.

Os lábios secos se abrem quando os dedos de Stuart escorregam para o pescoço, traçando o desenho da clavícula. A música está pulsando na cabeça de Gina agora, enquanto o sangue corre pelo seu corpo, acordando partes que estavam adormecidas havia muito tempo. Tinha se esquecido completamente de como era a sensação do toque de outra pessoa. Tudo que Stuart fez foi tocá-la, e ela se sente derreter por dentro.

– Você é como um pêssego – diz Stuart, maravilhado. – Macia como um pêssego.

Gina decide não dizer que usa um creme de manteiga de cacau e se parabeniza por essa nova aura de mistério de adulta.

Eles se olham por um momento no caos sonolento da festa, e, então, sem saberem ao certo quem deu o primeiro passo, estão se beijando com a intensidade focada e estimulada por hormônios como um casal de adolescentes. O gosto e o cheiro de Stuart são exatamente como ela tinha imaginado, e ela está se soltando pela primeira vez em anos, mergulhando em algo que é completamente óbvio e descomplicado.

Por que não?, pergunta-se Gina, enquanto Stuart sussurra no seu ouvido sobre pegarem um táxi e irem para a casa dele. Por que não?

Gina tinha prometido a si mesma, antes da primeira reunião com Rory Stirling, do escritório de advocacia Flint & Cook, que não seria aquele clichê da mulher vingativa em relação ao divórcio. Queria ser calma e madura, considerando que pensara em separação antes de Stuart ter tomado a decisão por ela; mas, mesmo com um advogado tão competente e tranquilizador quanto Rory, graças às exigências idiotas de Stuart, estava sendo mais difícil do que imaginara se manter calma, quanto mais madura.

Sexta-feira ela teria sua terceira reunião, e Gina realmente esperava que, naquele dia, sairia com uma data definida na agenda na qual aquele estágio nebuloso de sua vida terminaria e um novo poderia oficialmente começar. Datas ajudavam. Já tinha definido a meta de esvaziar todas as caixas do apartamento até o seu aniversário, dia 2 de maio. Seria uma caixa por dia, incluindo as do guarda-móveis, para alcançar o objetivo, e mais algumas semanas para vender umas coisas. A essa altura poderia comprar um presente de aniversário fabuloso para si mesma, algo tão maravilhoso que entraria direto para sua lista de 100 coisas especiais.

Naquela manhã, a arrumação tinha deixado Gina de muito bom humor. Doara duas sacolas de novelos de lã intactos, além de uma coleção de agulhas e livros de tricô, para David, o contador do andar de cima, pois a mulher dele fazia gorrinhos para bebês prematuros internados no hospital da região. Com isso, os bebês ganhariam gorros e Gina não teria que aprender a fazer tricô. Para a alegria dos web designers, doou sua máquina para gaseificar água, nunca usada, para a cozinha do escritório. E deixara no bazar do abrigo de cães mais uma sacola de calças jeans de grife que não serviam mais. Saber que as coisas estavam indo para um lugar melhor lhe dava um calor no coração. Mas o calor desapareceu no instante em que se sentou na cadeira confortável do escritório de Rory e ele a atualizou sobre o processo.

Quando passou os olhos pela lista de itens que Stuart agora aparentemente queria além do acordo financeiro, um som que Gina não reconhecia escapou pelos seus lábios. Soava muito como o clichê da ex-mulher.

– O quê? – choramingou ela. – Ele poderia ter levado tudo isso quando saiu de casa. Não sei onde está metade dessas coisas. E já me desfiz de muitas delas!

– Eu sei. É chato, mas, pode acreditar, é melhor resolver isso agora do que ele passar os próximos cinco anos infernizando você por causa da furadeira.

Rory era apenas alguns anos mais velho do que Gina, mas tinha o dom dos advogados de fazer com que tudo parecesse razoável, mesmo as coisas que não eram.

– Tente não levar isso pro lado pessoal.

– Mas como é possível não levar pro pessoal? Parece que ele está reduzindo a nossa vida juntos a uma série de... transferências bancárias.

Gina virou as páginas. Aquilo era ridículo e começava de forma ofensiva (ele queria uma parte maior dos lucros da casa pelos "meses que passara sustentando a Sra. Horsfield enquanto esta era incapaz de contribuir para as finanças domésticas") e terminava de forma mesquinha (com a lista de itens da casa que decidiu que queria).

– Ele não levou nem uma foto nossa, mas quer quatro tigelas de vidro que compramos nas férias que passamos em Veneza oito anos atrás?

– Ele deve ter assistido ao episódio sobre vidro de Murano naquele programa de TV sobre antiguidades – respondeu Rory com calma. – Algumas pessoas se tornam muito lógicas diante de situações envolvendo emoções fortes. Vemos isso o tempo todo. "O que me é devido". É um mecanismo de defesa, pra que se sintam no controle de alguma coisa. Sinto muito. Como eu disse, não leve pro lado pessoal. Mas sei que é mais fácil falar do que fazer.

Gina mordeu o lábio. Aquele era um dos efeitos colaterais surpreendentemente dolorosos do divórcio. O surgimento de um novo Stuart, um que ela nem conhecia: um Stuart capaz de desferir golpes baixos envolvendo sua doença e que se escondia atrás do advogado. Ele não tinha agido assim quando eram casados. Ou será que tinha e ela simplesmente tentara não notar? Já era bem ruim saber que ele contabilizara o período em que ela teve que tirar licença do trabalho.

Rory viu a expressão dela.

– Não perca muito tempo com isso – disse ele. – Dê o que ele quer, se puder, e siga em frente. Discutir quem comprou o que não desperta o melhor lado de ninguém. Se isso faz com que se sinta melhor, talvez seja o advogado dele que o está levando a fazer isso, não ele.

A lista ficou embaçada diante dos olhos de Gina. Lembrou-se de ter comprado as louças que Stuart queria. Ele não entendera por que ela tinha gostado tanto delas. O trabalho artístico nada significara para ele, e era difícil imaginá-lo querendo aquilo agora. A não ser que desejasse se lembrar dos momentos românticos que passaram em Veneza, no vertiginoso início do relacionamento deles. Sentiu um nó na garganta ao lembrar aquele fim de semana. Tinha começado de forma tão romântica – champanhe no aeroporto, o quarto de hotel que parecia uma suíte de lua de mel, a alegria de viajar com seu amor para uma cidade com a qual sempre sonhara. Para onde tinha ido tudo aquilo?

– Nós fomos felizes por um tempo – insistiu ela de forma patética. – Nem sempre foi assim. Sério. Nós tivemos *muitos* momentos felizes.

– Eu sei – respondeu Rory. – Se não tivessem sido felizes, isso não seria tão doloroso agora.

Ele empurrou uma caixa de lenço de papel pela mesa e, agradecida, ela pegou um.

O escritório de advocacia Flint & Cook ficava bem perto da High Street, e Naomi prometera encontrar Gina na cafeteria para comerem bolo e baterem papo. Enquanto passava pelos agasalhados funcionários de escritórios se protegendo do frio no ponto de ônibus, Gina viu Naomi sentada à melhor mesa, próxima à janela. Naomi era um sopro de ar fresco entre os idosos aposentados, com seu casaco verde vibrante e uma boina preta de paetês sobre o cabelo castanho-avermelhado.

– Nossa, como você está pálida. Melhor se sentar logo – disse ela quando Gina entrou. – Só fale depois que comer um pedaço deste bolo de cenoura.

Naomi fez um gesto para a garçonete pedindo dois cafés e se recostou na cadeira.

Gina se sentou e respirou fundo três vezes, soltando o ar devagar e tentando imaginar a tensão deixando o corpo a cada exalação. Era uma técnica de relaxamento sugerida pelo seu advogado: "Imagine o seu estresse como uma cor. De que cor ele é?" O estresse daquele dia era de um laranja desagradável e amargo, da mesma cor do equipamento de ciclismo de Stuart. Gina soltou o ar, imaginando-o sair pelas narinas como colunas de fumaça do seu mau humor, como faria um dragão de desenho animado.

Estava irritada porque, depois de uma hora tendo que detalhar os aspectos financeiros do seu casamento, sentia-se estranha para si mesma. A infelicidade tinha passado e agora era só uma perda de tempo, mais que de dinheiro, que ardia em sua consciência. Tudo aquilo para terminar como uma amarga estranha.

– Então? – começou Naomi. – Resumo dos golpes baixos, por favor.

Gina respirou fundo.

– Bem...

O celular de Naomi vibrou: apareceu uma foto de Jason segurando uma Willow risonha no colo, e ela rapidamente virou a tela do aparelho para baixo.

Tarde demais. Gina sentiu um aperto no estômago. Jason e Stuart eram exatamente o mesmo tipo de cara: direto, fissurado em equipamentos de ponta e que jogava futebol –, mas um era pai de família feliz com uma esposa dedicada, e o outro... não era. Ela e Naomi não eram tão diferentes... Eram?

Naomi percebeu quando Gina se encolheu e ficou constrangida.

– Sinto muito – disse ela. – Nós vamos jantar na casa da minha sogra e estamos tentando resolver questões logísticas com a babá...

O café chegou e Naomi passou a fatia de bolo para Gina.

– Só imagina como vai ser quando tudo isso acabar. Pensa no Natal. Até lá você já vai ser uma mulher livre, naquele lindo apartamento novo, planejando umas férias românticas de ano-novo com um cara gato. Estou com inveja. Consigo pensar em dois homens que se encaixam no perfil e que adorariam tirar sua mente de tudo isso. É só dizer sim que você poderá conhecê-los em um jantar lá em casa.

– Ainda faltam dez meses para o Natal. Eu provavelmente ainda vou estar recebendo e-mails sobre bombas de bicicleta. – Gina raspou a cobertura de *cream cheese* do bolo. – E nada de encontros às cegas, por favor. Isso está no fim da minha lista de prioridades, está na outra página da lista, na verdade. Eu não sei se *algum dia* vou querer ter outro relacionamento de novo.

– Ei, não diga isso. Talvez não queira agora, mas vai acabar querendo...

Gina respirou fundo – "Pense no azul, uma cor de cura, imagine seu coração sendo inundado pelas águas relaxantes e limpas de uma piscina" – e soltou o ar antes de levar uma garfada de bolo à boca.

– Então, até onde vocês conseguiram chegar? – Naomi colocou açúcar mascavo no café. – A documentação para o divórcio está avançando?

– Está. Mas o advogado de Stuart está dificultando o acordo financeiro. Parece que não está feliz em relação a alguns detalhes da venda da casa.

– Como assim? – Ela arregalou os olhos, incrédula. – Vocês venderam a casa, o dinheiro está no banco. Metade para cada um, não é?

– Aparentemente não. Ele sente que merece uma parte maior porque aplicou seu bônus na hipoteca e eu fiquei meses sem trabalhar.

Gina cortou o bolo, que estava se esmigalhando de tão seco. Não era fresco.

– Ele não costumava ser mesquinho assim – continuou ela. – Aceitou tudo na época... Ou será que só estava fingindo? Isso me faz pensar sobre o que mais ele mentiu, sabe? E ele continua enviando mensagens de texto. Eu estou com isso? Eu fiquei com aquilo? – Gina mordeu o lábio. – Eu nem me importaria, mas toda vez que meu telefone apita, é como um lembrete de que ele não está escrevendo para se desculpar. Está escrevendo para conseguir *coisas*, como se eu estivesse apegada ao seu kit velho de futebol, chorando agarrada a ele ou algo assim.

Naomi ficou em silêncio. Gina a olhou.

– No que está pensando? Você está com aquela cara.

– Não briga comigo – disse Naomi com cautela. – Mas... você não acha que ele talvez esteja fazendo isso pra vocês voltarem?

– Oi?

– Todas essas mensagens... Ele tem um advogado. Então, se não quer manter contato, por que continua enviando mensagens?

Gina colocou o garfo no prato. No meio da noite, solitária e desorientada, também pensara nessa possibilidade. Escondida sob todas as suas outras reações, não conseguia afastar a sensação de que a mãe estava certa: Stuart era um homem decente; ela deveria ter se esforçado mais. Ninguém tinha o direito de esperar ser feliz o tempo todo. Eles ficaram juntos por quase nove anos. Passaram pela clássica crise dos sete anos, em grande parte graças à sua doença grave...

Então pensou em Bryony e no suposto fim de semana com a equipe. Seu Natal destruído enquanto fingia para a mãe que estava tudo bem. A juventude que desperdiçaram.

– Ele não me ama mais – disse ela sem emoção. – Eu não quero começar a pensar assim. Para ser sincera, nem sei se ele me amou um dia. Não de verdade.

– Como é? Ninguém passa pelo que ele passou ao seu lado se *não* ama a pessoa. – Naomi parecia horrorizada. – Stuart adorava você. E você o amava. Isso não desaparece da noite pro dia.

– Desapareceu o suficiente para ele ter um caso com uma mulher mais nova. Meu Deus, ele é tão clichê. Por que simplesmente não comprou uma moto como os outros caras?

– Stuart nunca foi conhecido pela originalidade – concordou Naomi. – Mas não começa a achar que ele não te amava. Ele amava e você sabe disso.

Seguiu-se uma pausa, enquanto a ideia de Stuart querer fazer as pazes entrou em foco na sua mente como uma fotografia no líquido de revelação de fotos, ganhando uma credibilidade perturbadora. Seriam as tigelas a última tentativa de lembrá-la do que um dia tiveram? Ele era orgulhoso. Não se aproximaria de forma direta implorando perdão. Não era o estilo dele. Mas vincular lembranças românticas a objetos inanimados também não fazia o gênero de Stuart. A explicação de Rory sobre o programa de antiguidades era bem mais plausível.

Gina negou com a cabeça.

– Não. Eu já ouvi tudo isso da minha mãe no fim de semana. Ela acha que eu deveria perdoar a pulada de cerca dele e implorar que volte para casa. Está furiosa por eu ter atrapalhado os planos dela de ter um casal de netos e uma casa no campo com um pônei.

– Ah, ela não...

– Ela jogou na minha cara que "não quer que eu seja uma solteirona solitária".

Gina estava agitada depois de uma hora tentando controlar, na frente de Rory, toda a raiva que sentia.

– Ela basicamente disse que, se eu nunca tivesse conhecido o Kit, ainda estaria casada e feliz com Stuart. Você acredita nisso? Ela ainda culpa Kit por tudo. Não importa o que eu tenha feito nem o que eu quis. – Gina cobriu o rosto com as mãos. – Eu não me importo de recomeçar, consigo lidar com isso, mas gostaria de não ter que ficar olhando pra trás pra ver onde eu errei tanto. Tudo está tão caótico...

– Então deixe Rory lidar com tudo. Está pagando a ele pra isso.

Naomi tomou um gole de café e pousou a xícara na mesa, o que significava que estava prestes a ser muito sincera:

– Olha, se isso serve de consolo, é um alívio ver você com raiva. É assim que pessoas que estão se divorciando devem se sentir. Furiosas e enlouquecidas. Você se manteve tão calma até agora, com sua organização constante e suas listas, que eu fiquei imaginando se realmente estava processando tudo que estava acontecendo.

– Um brinde a isso.

– Não, estou falando sério. Você sempre foi incrível ao me ouvir reclamar dos meus problemas. Gostaria que me deixasse fazer o mesmo por você.

Naomi observou o rosto da amiga, perguntando em silêncio o que mais estava escondendo, e Gina apertou os lábios.

– Eu gostaria que tivesse me contado sobre sua mãe – acrescentou Naomi. – Eu poderia ter feito minha imitação dela. Isso teria ajudado?

Gina deu um meio sorriso, pegou o garfo e esmagou as migalhas.

– Eu não quero continuar falando sempre sobre as mesmas coisas. Isso já é bem chato na minha cabeça. E não quero virar a minha mãe, remoendo mágoas de vinte anos atrás. Preciso seguir com a minha vida.

– Claro que precisa – disse Naomi. – Mas não subestime tudo que você conquistou nos últimos anos. As merdas que você enfrentou. Isso exige muita força, Gina.

Gina ergueu o olhar.

– Não é o que eu sinto. E qual foi a vantagem disso?

– Você está *aqui*, boba. – Naomi parecia chocada. – Você ainda está aqui!

Ela pareceu que queria falar mais alguma coisa, mas suspirou.

– Agora me conte sobre sua arrumação. Já achou a jaqueta jeans que emprestei para você uns quatrocentos anos atrás?

– Não. Mas já esvaziei mais dez caixas desde a última vez que você esteve lá em casa, e comecei a fazer a lista das 100 coisas que vou manter.

A lista estava presa com uma tachinha na parede de trás: um rolo de forro para papel de parede com os itens escritos com marcador preto. Começava com "1. Vaso de vidro azul (e flores)" e chegava, até o momento, a "15. Meu iPhone". Gina gostava do modo como a lista lembrava algo que se via em uma galeria de arte moderna, sua letra ficando mais forte e caprichada à medida que a lista crescia e se desenrolava na parede.

– Consegui um pouco mais de espaço agora – acrescentou. – Posso ver metade de uma outra parede inteira e entrar no segundo quarto sem ter que me espremer toda.

– Seu apartamento vai ficar lindo... – Naomi pareceu melancólica. – Deve ser como estar em uma linda nuvem branca, deitar no sofá com uma taça de vinho e uma música que *você escolheu*. Nada de musiquinhas infantis. Talvez um livro. Um romance! Você deve estar lendo tanto! Meu Deus, como sinto falta de ler. Sinto mais falta de ir ao banheiro sozinha, mas logo depois vem a leitura.

Gina forçou um sorriso. Gostaria, às vezes, que Naomi parasse de reclamar das mazelas da maternidade – sabia que estava fazendo isso para que se sentisse melhor por não ter tido filhos com Stuart. Aquele era o único assunto sobre o qual Naomi nunca foi cem por cento sincera, e Gina sentia que era provavelmente porque a verdade – que a maternidade brilhava como uma luz intensa dentro de você, revelando recantos escondidos da própria alma, mesmo com toda a preocupação e os problemas – estava abrindo uma pequena fissura na amizade preciosa que tinham. Gina adorava Willow e se sentia honrada por ter sido escolhida como madrinha, mas às vezes o amor de Willow a lembrava do que não tinha. Do que talvez nunca tivesse.

De vez em quando Gina sentia que olhar para a vida de Naomi era como olhar para a própria vida por uma janela: ela deveria estar lá, com o marido, com um filho pequeno. Mas não estava.

O telefone de Naomi vibrou de novo. Ela o virou, leu a mensagem, suspirou e começou a arrumar suas coisas.

– Desculpa, tenho que me encontrar com Jason. Ele acabou de pegar Willow com a babá e já está nervoso por estarmos atrasados. Vou deixá-la voltar pra sua linda nuvem. Pensa em mim assistindo às aventuras da Peppa Pig enquanto você toma uma taça gelada de Chablis e decide qual romance policial escandinavo vai ler.

Naomi arrastou a cadeira e colocou a bolsa de couro na mesa, procurando a carteira no meio de pacotes de passas e meias avulsas.

Gina teve uma visão repentina de seu apartamento, comparando-o à alegria barulhenta da casa de Naomi e Jason: já teria escurecido quando colocasse a chave na fechadura, tudo silencioso, sem o som de um noticiário de TV ao fundo nem o cheiro adocicado de alho vindo da cozinha. Teria que dar vida àquilo tudo sozinha, apenas para ir para a cama algumas horas depois e fazer tudo de novo na manhã seguinte.

Foi tomada por uma sensação infantil de solidão, como se Naomi estivesse indo a uma festa para a qual Gina não tinha sido convidada.

– Não quer ir pra minha casa e combinar com ele de pegar você lá? – perguntou sem pensar. – Tenho uma caixa de roupas pra doar, e você talvez queira dar uma olhada antes.

– Ah, bem que eu queria, mas sabe como eu sou. Nós vamos colocar a chaleira no fogo e começar a conversar e, então, Jay vai chegar e começar a me apressar. Ele chega em cinco minutos, então é mais fácil se eu...

Naomi viu a expressão triste da amiga e hesitou. Gina desejou poder apagar as últimas palavras que disse, fingir que nunca as tinha dito.

– Ah. Eu posso... dar uma passadinha...

– Não. Tudo bem – disse Gina com um sorriso forçado. – Foi uma ideia besta. A gente levaria cinco minutos só pra nos espremermos até a sala... De qualquer forma, vou ver você amanhã. Nosso encontro de sábado está de pé?

– É claro... – confirmou Naomi. – Abriu uma nova cafeteria na rua da nossa casa. Eu estava esperando pra irmos juntas. Que tal?

– Acho ótimo.

Mas chegar até a manhã de sábado significava atravessar uma longa noite de sexta-feira.

Quando Gina chegou ao apartamento, estava escuro como esperava, e ainda mais frio. Os postes da rua lançavam sombras compridas sobre as caixas que entulhavam a sala, embora houvesse um pouco mais de espaço que antes. Começou a andar rapidamente pelo apartamento, quebrando o silêncio sempre que podia: acendeu a luz suave dos abajures, fechou as persianas horizontais, sintonizou o rádio em uma estação local para ouvir algumas vozes enquanto esquentava a sopa. Estavam "discutindo" o Dia dos Namorados, então Gina mudou para uma estação de música. Hesitou em se servir de uma taça de vinho da garrafa já aberta, consciente de que a tinha pegado na geladeira mesmo sem querer beber.

Queria *mesmo* uma taça de vinho? Gina franziu a testa olhando para a garrafa, como se ela pudesse responder. Janet nunca bebia em casa e acreditava piamente que Gina estava à beira do alcoolismo porque exagerara um pouco na época da faculdade, o que seria totalmente esperado depois da adolescência sem álcool nem mesmo nas comidas que deveriam levar bebida na receita. A única rixa de Janet com o pobre Terry era em relação à cerveja que ele gostava de tomar enquanto ouvia o programa esportivo no rádio.

Gina decidiu beber, mas parou de novo. Era só por hábito? Queria ser o tipo de pessoa que gostava de tomar uma taça de vinho em casa, um costume que adquirira com Stuart porque todos os amigos faziam o mesmo? Aquilo não ia fazer as coisas desaparecerem.

O que *eu* quero?, pensou, tomada de pânico.

Parecia que cada uma das decisões precisava ser analisada várias vezes, e, quanto menores, mais difíceis de resolver. Ainda mais sem ninguém lá para notar, comentar ou saber. As respostas que o inconsciente de Gina lhe mandava a surpreendiam. Ter apenas a si mesma para satisfazer era estranho.

Serviu-se uma taça bem generosa com um floreio, porque podia, mas então olhou para a taça, de repente assustada com quanto ela queria aquilo, e derramou tudo dentro da pia.

Depois do jantar, Gina se acomodou no sofá e abriu o notebook para começar a fazer a planilha de custos do projeto dos Rowntrees, mas Lorcan não tinha respondido à sua mensagem sobre o telhado e, sem internet – ainda não tinha sido instalada –, não tinha como realizar as pesquisas necessárias. Depois de meia hora, desistiu. Seria melhor adiantar a arrumação.

A lista impressa de Stuart estava na mesa de centro, junto com as tigelas que ele decidira que queria, dois pôsteres do metrô emoldurados que Gina lhe dera de Natal, uma lanterna potente que eles ganharam em troca dos pontos do supermercado e umas caixinhas de som que ficavam no quarto deles. Nada que ela quisesse particularmente, mas que tinham sido difíceis de achar no meio das caixas.

Gina tirou algumas roupas de uma caixa, escreveu "Stuart" nela e, para começar, despejou nela quatro livros de Dan Brown. Tudo bem, ele poderia ter *tudo* de volta. Cada item que enfiava na caixa a deixava mais irritada, mas era um tipo de raiva simples e boa, porque sabia exatamente por que estava zangada: naquele caso, pelo modo como Stuart começava um romance de Dan Brown ou de Jeremy Clarkson no avião sempre que viajavam, rindo sozinho e se recusando a dizer do que estava rindo. Não era como o sofrimento confuso e difuso que a arrebatava por completo às vezes: era um sentimento específico e reconfortante.

Controle remoto universal. Amolador de facas. *Almanaque de críquete de 2009*.

E ele podia muito bem ter suas cartas de amor de volta, pensou, pegando a caixa marcada como "Escritório".

Gina era incapaz de jogar fora cartas escritas à mão: pareciam ser parte daquela pessoa, como um cacho de cabelo ou dentes de leite. Ela guardava, em caixas de sapato, todas as cartas que já tinha recebido, empilhadas em uma caixa maior no antigo escritório – cartões-postais de sua mãe e Terry, bilhetes de Naomi, agrupados em envelopes de papel pardo.

A caixa ficava em um canto perto da porta. Stuart não tinha escrito muitas cartas para ela, mas havia uma ou duas de quando ela estava no hospital; uma em particular fora o mais perto que ele chegara de escrever uma carta de amor de verdade, redigida na sala de espera, onde aguardara, roendo as unhas, enquanto ela estava em cirurgia. Era curta mas preciosa, porque Stuart raramente colocava os sentimentos em palavras escritas. Ela valorizara a carta, mas não a queria mais. Doía só de pensar nela.

Tirou os dois primeiros envelopes de tamanho A4, um mais grosso que o outro, nenhum dos dois preenchidos nem com selo. Eles a fizeram parar na hora.

O primeiro tinha alguns envelopes menores com selos, endereçados para Stuart, Naomi, sua mãe, Kit e algumas outras pessoas. Cartas de despedida que nunca enviara mas das quais não quis se desfazer. Gina as olhou por alguns segundos e as colocou de volta. Deixou para um outro dia, quando estivesse mais forte.

O segundo envelope era mais grosso, e não era o que estava procurando, mas Gina respirou fundo e espalhou o conteúdo no tapete claro.

Envelopes brancos, envelopes azuis, todos cobertos com a letra de Gina aos 20 e poucos anos; a caligrafia caprichada e pensada que usara na época, com os traços rebuscados. Gina se sentiu desconfortável ao vê-la; não era tão diferente de sua letra de agora, mas havia algo de constrangedor ali. As cartas eram todas endereçadas para a mesma pessoa:

Christopher Atherton
Brunswick House
Little Mallow
Oxfordshire

Todas elas. Os cartões-postais soavam desesperados, as mensagens saltando do papel. Mesmo agora, Gina não conseguia afastar os olhos das próprias palavras.

Estou me <u>divertindo</u> muito na cidade grande. Hoje fui a uma exposição pré-rafaelita no Instituto de Arte Courtauld que você ia <u>amar</u>. Comprei todos os modelos de cartão-postal para você. Vou enviá-los. Sempre penso em você quando vejo Ofélia, e gostaria que pudéssemos vê-la <u>juntos</u>. <u>Te amo</u>. Gina.

Gina fez careta diante da paixão efusiva que demonstrara pelos pré-rafaelitas e sua realidade supercolorida de mulheres condenadas, morrendo por todos os lugares, com seus lábios inchados e olhos entreabertos. Na época, Gina se lembrava de sentir que aquilo representava exatamente como se sentia, a impotência daquele amor intenso que explodia por dentro, ardente e vívido, e murchando aos poucos em Hartley. Agora, aquilo parecia apenas fútil. Certamente não era nenhum tipo de morte que tinha encontrado desde então. Sentia-se constrangida por ter pensado em enviar aquelas imagens para a casa de Kit.

A letra de Gina não era a única nos envelopes. Cada linha do endereço de Kit tinha sido riscada com uma linha caprichada, e o endereço da mãe dela, em Hartley, fora escrito logo abaixo com caneta-tinteiro, com "Devolver ao remetente" sublinhado três vezes. A raiva naquelas palavras ainda fazia o coração de Gina saltar no peito. A letra era elegante e desenhada, mas havia pontos em que a pessoa colocara tanta pressão na ponta que deixara uma marca de fúria no meio da palavra. *Bellamy. Hartley.*

As cartas não tinham sido lidas. Foram devolvidas para a casa da mãe de Gina sem serem abertas, mas ela continuara escrevendo. Aquela era a questão: ela continuara escrevendo.

Com elas, havia outras cartas, enviadas para a casa dela com a letra garranchada de Kit. Eram poucas, cinco, talvez seis, de quando ela ainda estava no ensino médio. Não precisava abri-las: sabia exatamente o que havia ali. Sabia de cor.

Por um momento, Gina pensou em colocar tudo na fragmentadora de papel, já lotada com duas pastas de contas antigas que ela tinha destruído na noite anterior. Assim que imaginou as preciosas cartas misturadas com boletos, alguma coisa dentro dela se rompeu como se estivesse diante de um precipício e precisasse se segurar em alguma coisa. Não. Ela levara aquelas cartas de uma casa para outra, escondendo-as nos seus envelopes dentro da gaveta de meias, depois na sua gaveta de documentos trancada à chave, mas, agora – naquele grande momento de organizar a própria vida –, o que deveria fazer com elas?

Entregá-las para Kit, disse uma voz na sua cabeça. Ele é a única pessoa que pode jogá-las fora.

Mordeu uma pelezinha da unha, mas nem notou a dor. Gina só vira Kit uma vez desde o acidente. Aquele encontro não acabara do jeito que esperara. Talvez tivesse piorado ainda mais as coisas, se é que isso era possível.

Enfiou as cartas de volta no envelope e, quando as colocou na caixa, viu a caixa de sapatos com as cartas de Stuart, junto com algumas lembranças do início do namoro: passagens de trem do primeiro encontro, o cardápio de um restaurante elegante em Londres onde comemoraram o segundo aniversário de casamento, algumas castanhas-da-índia. As castanhas faziam com que se lembrasse de uma viagem com Stuart feita logo depois de uma das sessões de quimioterapia. Ele fora gentil e protetor e não a deixara tocar em nada por medo de uma infecção. Pegou todas as castanhas que ela pediu.

Ela segurou os frutos na mão e apertou com força. Tinha se esquecido daquilo até ver as castanhas. Tinha sido diferente do romance que tivera com Kit, mas mesmo assim...

Gina colocou tudo dentro de um envelope branco, escreveu "Cartas antigas para você jogar fora se quiser" e as enfiou na caixa no meio das caixinhas de som.

E hesitou em seguida. Seria o certo a fazer? Stuart simplesmente as jogaria fora: não ia querer que Bryony visse o antigo carinho entre eles. E eram cartas dela, enviadas por ele, lidas por ela. Não eram parte dela tanto quanto de Stuart?

Esfregou os olhos. Estaria ela fazendo o que Naomi achava que Stuart estava fazendo – mantendo contato deliberado porque ainda havia algum sentimento?

Gina colocou o envelope de cartas de volta na caixa de onde tinha tirado.

Talvez devolvesse as cartas a Stuart um dia. Mas não agora. Não enquanto estivesse com raiva.

Já eram quase nove da noite. Preparou uma xícara de chá na cozinha, ouvindo o som distante da vida noturna de Longhampton que vinha da rua de baixo. Parecia divertida... Não, parecia exaustiva. E confusa. Gina foi tomada por uma sensação de paz e, por um minuto, ficou feliz por ter o lugar todo só para si. Um romance de Marian Keyes que ainda não tinha lido e que encontrara em uma caixa, um bule de chá e um belo banho de banheira. Não havia necessidade de ficar inventando assunto para conversar nem de provar que não estava acabada ou de ficar ignorando as irritações. E tinha todo o fim de semana pela frente.

Quando passou pela lista de 100 coisas, Gina pegou a caneta em cima de uma das caixas e acrescentou "16.". Parou. O que era exatamente? Seu sofá? Seus livros? Seu bule de chá? Qual era o objeto que tornava aquele momento tão certo? Franziu a testa. Tudo aquilo parecia abstrato demais, e ela queria ser específica.

Escreveu: "16. Meu sofá de leitura", mas não era bem aquilo. Ficou pensando a noite toda no assunto, até se levantar, riscar o item e escrever "Noites de sexta-feira em casa".

Capítulo 7

ITEM: uma carta de Stuart

Hospital de Longhampton, junho de 2008

Querida Gina,
Esta é a tarde mais longa de toda a minha vida. Quando você voltar, nossa vida vai ter mudado, e sei que há um longo caminho até que você volte à normalidade, mas tem uma coisa que nunca vai mudar: nós. Eu sempre vou estar ao seu lado nesta caminhada, segurando sua mão, aconteça o que acontecer, porque você é a pessoa mais linda, engraçada e incrível que já conheci. E minha vida ficou muito melhor desde que comecei a dividi-la com você.
Com todo o meu amor,
Stu.

Oxford, junho de 1997

Já são quase quatro da manhã e Gina sabe que devia estar dormindo, mas simplesmente não consegue. Não porque esteja bêbada – embora esteja, um pouco –, mas porque tem tanta coisa para absorver que seu cérebro não consegue desligar, é como uma câmera, zunindo sem parar, tentando capturar cada imagem em sua imaginação para sempre.

E também porque está feliz, tão feliz que fica com medo de jamais se sentir assim de novo. Precisa absorver cada segundo, para que nunca olhe para trás e se arrependa de não ter aproveitado tudo que podia.

É o que dizem, não é? Os dias mais felizes da sua vida. E isso é *agora*. *Agora* mesmo. Concentre-se.

Gina olha para Kit, deitado ao lado dela em um canto isolado dos roseirais da faculdade. A camisa branca engomada está aberta até o quarto botão, revelando a pele clara do peitoral e os primeiros fios de pelo que levam à linha fina que desce pela barriga. Está acostumada a vê-lo de camiseta ou de calça jeans e botas, mas ele fica lindo de smoking também, mais libertino, mais adulto.

Gina afasta o olhar porque pensar na pele quente sob a camisa de algodão a deixa arrepiada. O lápis dela se move rapidamente sobre o verso do programa do baile, reproduzindo o braço relaxado sobre o rosto, protegendo os olhos da luz, e a perna magra e comprida. Gina parece não conseguir capturar direito a energia infantil de Kit, o brilho que a faz querer rir por ele ser tão perfeito. Não é uma perfeição que possa durar. É como uma flor ou uma taça de champanhe. O pensamento a deixa assustada e tonta.

Kit sempre parece saber o que ela está fazendo, mesmo com os olhos fechados. Ele move o braço e pega o dela, acariciando a parte interna com o polegar.

– Você pode dormir mais uns cinco minutos antes do café da manhã, sabia?

– Dormir é para os fracos.

Tinha escutado alguém dizer isso quando estavam saindo das tendas persas. Gina gosta da sensação da personalidade emprestada, que também é propiciada pelo vestido de festa alugado que está usando: esta Gina é mais inteligente, mais confiante, menos consciente dos resultados do simulado, que ela desconfiava que seriam "decepcionantes" por causa de todas as horas que passara ao telefone com Kit nos últimos meses. Ou escrevendo para ele. Planejando como poderia escapulir para se encontrar com Kit em Oxford.

Gina e Naomi estão supostamente visitando Shaun, o irmão de Naomi, de novo para saberem mais sobre as inscrições para Oxford, mas a realidade é que Gina está no baile de formatura com Kit, e Naomi está em algum outro lugar em Oxford, fazendo alguma outra coisa que Gina não sabe muito bem o que é.

Kit se ofereceu para conseguir um convite para Naomi ir ao baile também, como acompanhante, mas ela recusou.

– Eu já tenho que aturar vocês dois babando um pelo outro com essas roupas de hipster – declarou ela. – Não vou jogar cem libras na lata do lixo pra ver vocês fazerem isso em traje de gala.

A lua está cheia e branca, embora o céu em volta já esteja claro. Gina não tem medo de ficar sozinha com Kit. Costuma ser do tipo preocupada, mas não com ele. Kit tem um tipo de cavalheirismo antiquado, apesar da atitude boêmia mundana, uma decência que sabe que a mãe e Terry adorariam caso soubessem da existência dele, o que até o momento não sabem. Mas vão saber. Logo.

Os dois passaram uma noite maravilhosa, só eles, na própria bolha de amor. Kit a apresentou para os amigos, que pareciam legais; já tinha visto alguns antes, nas duas vezes que conseguira vir ficar com Kit (conversando, conversando, conversando). Mas eles foram embora, e Kit e Gina ficaram a sós para passear por esse parque de diversões com algodão-doce, tendas, pilhas de ostras e pirâmides de lírios esvoaçantes, salões com quartetos de cordas e bandas de música. Parece mágico, como se ela tivesse saído do seu mundo tedioso e caído em uma fantasia psicodélica – na qual ela pode até conseguir permanecer. Isso provoca sensações borbulhantes na barriga de Gina, uma mistura de animação e medo.

– Esta é a noite mais incrível da minha vida – diz ela sem pensar.

– Até agora. – Kit não abre os olhos; ele tinha feito as provas finais, seguidas por dez dias de festas. Está exausto. Então, ele abre um dos olhos e diz: – Quero dizer, da sua vida até agora. Não até agora, esta noite. Acha que soei meio cafajeste?

– Não.

Mas talvez tenha soado, agora que você mencionou, pensa Gina, estremecendo.

– Você está se divertindo?

Ele parece estar falando para se obrigar a ficar acordado.

– Demais.

– Vem ficar aqui comigo e fecha os olhos um pouquinho. Vamos tomar o café da manhã quando o relojão lá em cima... – ele fez um gesto vago para o relógio sem abrir os olhos – ... bater a hora, daqui a quinze minutos.

– Tá bem.

Gina não está cansada, mas se aconchega nele assim mesmo, principalmente para sentir o calor do corpo dele contra as costas e os ombros nus.

Ficam deitados assim por um tempo, ouvindo os sons do baile à distância, sentindo o cheiro de flores esmagadas no ar matinal. Os braços de Kit ficam pesados ao seu redor e ela se sente mais acordada do que nunca. Fisicamente – pensa, enrubescendo – já tinham avançado bastante, mas não chegaram a *dormir* juntos. Ele é surpreendentemente cavalheiro em relação a isso. Ela acha que dormir com Kit, literalmente dormir, seria mais íntimo do que fazer amor. Acordar com ele, vendo o peito se mover e as pálpebras tremelicarem.

A música vem da tenda da boate, um hit de verão que Gina decide que sempre vai fazê-la se lembrar desta noite. "You're Not Alone", da Olive.

– Tá ouvindo essa música? Eu sempre vou lembrar desta noite quando a escutar – diz Kit, como se estivesse lendo os pensamentos dela. – De você.

Gina sorri e se esfrega nele. Sonolento, ele corresponde, e depois menos sonolento. Ela sente algo pressionar suas costas, contra as barbatanas do corpete do vestido, e para. De alguma forma, a ereção parece bem mais perigosa através da lã da calça social dele do que do jeans.

Ela se esfrega um pouco mais, de forma mais deliberada, surpresa com a própria ousadia, e Kit começa a mover as mãos, que estavam repousando na perna dela, fazendo o tecido da anágua deslizar pela coxa nua. Gina leva a mão para trás, acariciando a perna dele. Sente o músculo sob o tecido áspero. Forte e quente. Ficam deitados assim por um tempo, acariciando e se esfregando, mas sem dizer nada, até que a respiração de Kit começa a ficar mais ofegante e ele para.

A gente vai fazer isso, pensa, olhando para a lua branca e cheia, sentindo a emoção de quem está prestes a descer por uma montanha-russa. Parece certo.

– Gina – sussurra ele no ouvido dela, puxando uma mecha de cabelo escuro para poder beijar a pele. A respiração dele é quente e tem um toque de champanhe, e o cheiro é inebriante e familiar. – Tem certeza?

– Sim – sussurra ela em resposta.

Kit para por um segundo, como se estivesse lhe dando a chance de mudar de ideia, e ela o puxa, de forma desajeitada, querendo demonstrar que realmente quer isso, tirando os sapatos e deslizando a perna nua sob a dele. Kit vira de lado e os olhos deles se encontram por um longo momento, o rosto bonito dele contornado pelo céu do amanhecer. Gina pensa em John Donne, mas não nos seus poemas.

Agora entende. É isso que é o amor.

Ele a olha, maravilhado, e Gina se sente bonita pela primeira vez na vida. Especial, bonita, poderosa e completamente segura. É como voar.

– Eu amo você, Gina – sussurra Kit. – Eu poderia ficar olhando pra você pelo resto da vida e, mesmo assim, nunca querer desviar o olhar.

Então, ele se inclina e a beija de forma arrebatada, seus lábios doces e famintos cobrindo os dela, e todo o resto desaparece na onda de calor, escuridão, umidade, odores de grama esmagada e de lã e de rosas ao amanhecer.

O bazar do abrigo de cães em frente ao prédio de Gina estava recebendo uma grande parcela dos itens que ela não queria mais, principalmente coisas pesadas como livros e móveis pequenos: era mais perto e abria às oito da manhã.

A rotina do bazar agora também fazia parte da rotina matinal de Gina. Da janela do banheiro, onde costumava escovar os dentes às 7h50 (banho: 7h40; vitaminas e tamoxifeno: 7h49, escovar os dentes: 7h50), Gina via a gerente chegar com seu cachorro. O border collie manco se sentava pacientemente enquanto a dona abria a loja, cheirava educadamente qualquer bolsa que tivessem deixado na entrada e, então, entrava na loja logo atrás dela. Às vezes ele aparecia na janela, onde aguardava os clientes. Ficava tão parado que, durante um tempo, Gina achara que se tratava de um cão de pelúcia.

Na terceira vez que foi lá para fazer uma doação, já havia descoberto que o cachorro se chamava Gem; a gerente, que também administrava os abrigos, se chamava Rachel; e a ajudante mais velha, Jean, não conseguia fazer nada de manhã antes de uma xícara de café forte e um sanduíche de bacon. As duas aguardavam ansiosas pelas doações de Gina, uma vez que, de acordo com Jean, eram de "primeira qualidade".

– Ah, que ótimo! Obrigada, querida – disse Jean na segunda-feira de manhã, sem se preocupar em esconder a curiosidade quando Gina colocou no balcão duas sacolas de romances que nunca tinham sido lidos.

– Mais livros! Diferente do que você costuma trazer, não é, Rachel?

Rachel levantou o olhar da bolsa de náilon cheia de gorros e cachecóis doados que estava arrumando.

– Com certeza. Mas também gostamos da sua linda louça e dos castiçais antigos. Fica a dica.

– Desisti dos clubes de leitura – disse Gina, observando com alívio enquanto Jean tirava da sacola sua pilha de livros premiados e não terminados. – Parece que tirei um peso dos ombros. Decidi que a vida é curta demais para uma quarta tentativa de ler *Ulisses*.

Rachel tirou a franja preta e farta da frente dos olhos e riu.

– A vida é curta demais para a minha primeira tentativa – declarou ela. – Estou guardando para a velhice.

– Você não acredita no tipo de coisa que temos recebido agora. Tipos perfeitamente respeitáveis que chegam aqui arrumadas e elegantes até você abrir a bolsa cheia de... – Jean faz uma expressão chocada – ... livros eróticos. Veja bem, elas entram e saem bem rapidinho, mas eu sei. Não consegui olhar nos olhos da Sra. Nixon na reunião comunitária de segunda-feira. Seu pobre Arthur...

– Ah, Jean. – Rachel olhou para ela de esguelha, mas piscou para Gina. – Não finja que não os lê escondida lá nos fundos!

Gina sorriu, mas ficou horrorizada por um momento ao se dar conta de que diversos voluntários dos bazares de caridade ao longo da rua principal deviam estar construindo cinco personalidades diferentes para ela com base no conteúdo das suas bolsas de doação. Sem pensar, separava coisas diferentes para lojas diferentes: livros pesados e móveis pequenos para cá, acessórios de casa para o bazar dos cuidadores, que tinha uma grande vitrine, roupas para a loja de apoio a vítimas de câncer, que tinha os manequins vestidos da forma mais criativa.

Quando saiu da loja para ir ao escritório, Gina imaginou que quadro pintavam dela depois que ia embora. Se as pessoas analisassem as sacolas como videntes, seria como ler ao contrário: estariam construindo sua personalidade a partir dos livros que não conseguira terminar de ler. De roupas que nunca encontrara a ocasião certa para usar.

Diminuiu o passo na vitrine do bazar do Hospice at Home, instituição que provê de graça cuidadores para pacientes em estágio terminal. Algo chamou sua atenção. De todas as lojas de caridade na cidade, a da Hospice at Home era a que sabia arrumar melhor a vitrine: era o cenário de um quarto inspirado na década de 1960, e, em cima de uma mesinha de cabeceira de acrílico transparente, estava um lindo abajur prateado, com uma grande cúpula arredondada de metal.

Que lindo, pensou. *Quanto será que custa?*

Estava atravessando a rua para ver quando lembrou, de repente, que aquele abajur na verdade tinha sido dela. Era o abajur de cabeceira que ligava e desligava pelo toque e ficava no quarto deles na Dryden Road. Fora direto da caixa de madeira da mudança para a caixa DOAR: Gina não conseguira olhar para ele sem ouvir o *tá, tá, tá* de Stuart para ajustar e ler suas revistas de ciclismo na cama, em vez de conversar, e depois o *tá, tá* para apagar e se deitar sem tocar no corpo dela.

Agora, não ouvia nada daquilo. Estranhamente, só parecia um abajur muito caro e que ficaria ótimo no quarto extra do seu apartamento.

Gina olhou para a etiqueta e fez uma careta. Vinte libras? Eles tinham pagado bem mais que isso, cinco vezes mais, mesmo na promoção.

Lembrava-se do dia que ela e Stuart o compraram, na loja Heal's da Tottenham Court Road, em Londres. Tinha sido uma viagem surpresa de fim de semana para comemorar o aniversário dela de 26 anos. Gina descobriu que gostava muito mais de Londres quando não precisava morar lá. Stuart reservara um quarto no hotel-butique mais romântico que conseguiu encontrar, e eles riram dos paninhos de tricô que cobriam as bolsas de água quente – que tipo de hotel de lua de mel precisava de algo para aquecer a cama? Os hotéis pareciam despertar o que havia de melhor no relacionamento deles: Stuart entregara o cartão de crédito na Heal's enquanto ainda estava de ótimo humor em uma manhã em que tinham dormido até bem tarde.

Era um bom abajur, pensou. A lembrança da compra estava mais vívida na sua cabeça do que a viagem de fim de semana. Ela o queria de volta. Isso não era certo. Era?

Uma mulher apareceu na vitrine para arrumar as coisas e notou Gina olhando para o abajur. Ela levantou as sobrancelhas brincando e apontou para a peça, mas Gina negou com a cabeça, sorrindo triste. Aquilo não voltaria para sua casa. Ia deixar que outra pessoa aproveitasse as curvas bem desenhadas. Era melhor que o bazar conseguisse logo suas 20 libras, antes que Stuart lembrasse que eles o tinham comprado e o exigisse de volta.

Às 10h15, Gina ouviu uma batida à porta do escritório, e Sara, a organizadora de casamentos, abriu só uma fresta para falar com ela.

– Trouxe um pedaço de bolo pra você – disse, entrando e colocando o prato em cima do gaveteiro. – Recebi uma caixa indecente de amostras de bolo de casamento e, se ficarem no meu escritório, vou comer tudo.

– Obrigada! – agradeceu Gina. – É muito gentil da sua parte.

Sara ergueu a caneca de café, uma prateada reluzente que Gina deixara lá.

– Queria agradecer pelas novas canecas. Pra ser sincera, já estava ficando um pouco deprimida com aquelas promocionais de David. Quem quer um lembrete do prazo de pagamento de impostos durante a pausa do chá?

– Como sabe que fui eu que trouxe? – perguntou Gina, ainda pensando na questão da análise de personalidade das lojas de caridade.

Sara inclinou a cabeça.

– Ah, querida. Elas são tão você! Todas elas. Eu soube na hora que vi a "Mantenha a calma e coma bolo".

Naomi lhe dera aquela de aniversário. Gina se perguntou se deveria se sentir ofendida, mas depois decidiu que era melhor ser conhecida por comer bolo do que pelo prazo dos impostos.

– Aproveitando que já estou aqui, quero saber sobre o anúncio no mural da cozinha. Já vendeu sua panela a vapor? – perguntou Sara. – Preciso começar a dieta antes da temporada de casamentos. Todo ano é a mesma coisa, pura agonia. – Ela suspira e dá tapinhas na barriga, antes de esticar a saia lápis até o limite do elástico. – É muito difícil manter as noivas numa dieta com restrição de carboidratos quando você mesma está barriguda.

Gina estava prestes a dizer que Sara poderia ficar com ela por dez libras, mas mudou de ideia:

– Sabe de uma coisa, Sara? Pode ficar para você. Eu também tenho uma centrífuga para fazer sucos, se quiser.

– Sério? – Sara parecia felicíssima. – Quanto quer pelos dois?

– Nada. Pode ficar com elas. Faça uma doação pra caridade se quiser. Vou trazer pra você amanhã.

– Obrigada!

O rosto de Sara estava corado de alegria quando ela saiu, e Gina ficou feliz também. Livrar-se de tralhas e saber que não eram tralhas para outras pessoas era muito bom. Gostaria que tudo que estava saindo de sua casa pudesse ser útil assim.

Quando Sara subiu para o escritório dela, Gina se levantou e pegou o bolo. Comeu com os pés apoiados no peitoril da janela, olhando para o canal. Era de baunilha com geleia de framboesa e tinha o sabor de um casamento de verão.

Por volta das onze horas, já tinha feito o cronograma com os estágios da restauração e reforma da Magistrate's House e o primeiro rascunho da declaração de planejamento para os formulários de autorização quando percebeu que ainda não tinha recebido a resposta final de Nick e Amanda sobre o que queriam fazer com as adegas.

Ligou para o celular que Amanda deixara; Nick atendeu.

– Oi, Nick. Aqui é Gina Bellamy. Está podendo falar agora?

– Sim. Eu só estava... Só um minuto. – Ela ouviu alguns barulhos enquanto Nick colocava o telefone em algum lugar e o pegava de novo. – Desculpa, só estava arrumando as câmeras. Tudo bem?

– Tudo, obrigada.

Gina abriu a pasta de fotos que tirara do interior da casa durante a visita. Já conseguia ver como o salão principal ficaria maravilhoso quando os lambris fossem restaurados e ele estivesse pronto para receber quadros e uma iluminação sutil nas paredes.

Mas havia muito a ser feito antes disso. Lorcan tinha dito que as paredes atrás dos lambris estavam com mofo, que precisaria ser removido de forma cuidadosa, e as vigas podres e desgastadas pelo tempo teriam que ser substituídas por novas. Ninguém saberia que estavam ali depois que os lambris fossem recolocados, mas seria seguro e *eles* saberiam: Gina gostava daquilo. De tornar uma casa segura, não apenas esconder os defeitos.

Voltou a atenção para a planilha.

– Estou organizando tudo para preencher os formulários de autorização e dar entrada nos procedimentos na prefeitura e percebi que não conversamos sobre a adega. Vocês ficaram de me dar a resposta do arquiteto sobre os comentários de Keith.

– Ah, ainda estamos esperando a resposta do arquiteto. Sujeito ocupado!

– Mais que o Keith? – Gina fingiu estar surpresa.

– São dois homens muito ocupados. Para a sorte deles, temos todo o tempo do mundo.

– Só que não. – Ela olhou para a lista. – Aproveitando, vocês decidiram se vão querer continuar com o piso de carvalho recuperado no escritório e nas áreas do primeiro andar ou se preferem que eu pesquise o preço de outras opções? E temos que falar sobre as janelas. Eu vou precisar de algumas medidas, se não for te dar muito trabalho.

– Sem problemas. Lorcan está aqui comigo. Está fazendo algumas medições. Algo sobre reboco de cal, talvez? – Nick baixou o tom de voz. – Ele fica batendo nas paredes, como se estivesse procurando uma passagem secreta. Isso é normal?

– É. Isso é pra ver se o gesso estragou. Ou se a parede é de tijolos ou apenas drywall. Uma parte parece um pouco mais moderna, como se fosse um acréscimo posterior.

– Ah. – Ele pareceu decepcionado. – Achei que pudesse haver algum túnel secreto indo até a igreja ou algo assim.

– Você anda lendo muitos romances históricos. Se bem que a casa foi construída por um mercador de vinho, então quem sabe... pode haver algum túnel secreto debaixo da adega...

– Arrá! Uma rampa para o vinho, saindo da sala de jantar direto para a adega? Gostei disso. Acha que poderíamos fazer uma?

– Vou falar com Lorcan – disse Gina. – Ele já fez algumas rampas pra mim. Acho que um caminho desses não seria um problema. Mas talvez tenha dificuldade pra conseguir a aprovação do departamento de conservação.

Nick riu.

– É um acréscimo moderno e prático. Que horas você está pensando em vir? Vou ficar aqui o dia todo.

Ela olhou para o relógio na parede; um relógio antigo em ouro velho, da década de 1930, que comprara com a vaquinha que os colegas fizeram para ela quando deixara a prefeitura. Eram 11h15. Ela tinha algumas ligações para fazer sobre a supercabana de Naomi e alguns e-mails para responder, mas estava livre pelo resto do dia.

– Que tal por volta do meio-dia?

– Ótimo! – disse Nick. – Talvez eu tenha que dar uma saída, mas Lorcan está aqui. Ele deve ser mais útil mesmo. Menos perguntas, pelo menos.

Havia alguma coisa em janelas que fascinava Gina: talvez a conexão com os antigos donos que ficavam diante delas, vendo a mesma vista mas usando roupas diferentes e enxergando através de olhos diferentes.

A moldura das janelas da Magistrate's House tinha apodrecido por causa dos últimos invernos úmidos de Longhampton, e os peitoris estavam moles e esponjosos sob a tinta descascada. Quando chegou perto o suficiente para fazer uma inspeção, Gina quase conseguiu enfiar o dedo na madeira até que se desfizesse.

Este reparo vai ficar caro, pensou, enquanto tirava algumas fotos dos detalhes, fazendo cálculos mentais do custo de restauração de doze vidraças grandes na frente e nas laterais, mais as janelas decorativas dos fundos e aquele lindo vitral. Amanda podia esquecer seus vidros duplos ecológicos: Keith Hurst dificultaria qualquer tentativa de mudar a vidraçaria. Ele era passional quanto à preservação das características originais, principalmente em relação à circulação de ar.

Gina tirou um caderno da bolsa e escreveu: "Isolamento de correntes de ar? Isolamento térmico? Ligar para Simon/especialista em economia de energia em Longhampton". Fazia parte do seu trabalho pensar no plano B, no plano C e, se necessário, no D e depois fazer o cliente acreditar que aquele sempre tinha sido o Plano A.

As botas fizeram barulho sobre o cascalho que contornava a lateral da casa enquanto entrava no jardim. A grande sala de estar voltada para o norte, quase nos fundos da casa, levava ao campo de croqué no mesmo nível, que então descia por degraus ornamentais de pedra até um gramado maior plano, que poderia facilmente se passar por um pequeno campo de críquete. Gina encontrara algumas fotos de quatro garotas da era eduardiana jogando tênis ali, com chapelões na cabeça e blusas listradas de mangas bufantes. Planejava mandá-las para Nick e Amanda junto com o cronograma.

Em volta do gramado, havia canteiros menores, descuidados agora. E, um pouco além, um terreno mais selvagem tinha se transformado em uma campina com o passar dos anos. Algumas árvores erguiam os galhos sem folhas para o céu claro. Gina estava olhando para os degraus de pedra, onde as jogadoras de tênis de outrora se sentavam em grupos estranhos com suas mães e seus pretendentes, imaginando em qual das mansões morariam, para quais famílias abastadas locais entrariam, quando sentiu o telefone vibrar no bolso.

Era uma mensagem de Stuart. Deu um passo para trás e desbloqueou a tela, já se preparando para outra exigência petulante sobre dinheiro.

Te amo. Beijos

Gina sentiu um gosto ácido na boca, seguido por uma onda de alívio que ficou chocada por sentir, considerando tudo que tinha acontecido.

Ele estava se desculpando. Sentia muito. *Ele a amava.*

Naomi estava certa. Seu coração estava disparado no peito, latejando nas têmporas, enquanto um jorro de alegria a dominava.

Gina costumava imaginar este momento em sua mente, quando Stuart finalmente perceberia o grande erro que tinha cometido. Achava que se sentiria triunfante e indiferente ou que, no final das contas, perceberia que não o queria de volta, mas, agora que as palavras estavam ali, foi tomada pelo desejo de consertar as coisas. Para voltarem a ser como tinham sido.

As mãos estavam trêmulas enquanto tentava digitar uma resposta. Mas o que poderia dizer? "Eu também. Sinto muito"?

Respirou fundo. Quais seriam as palavras certas? Não conseguia pensar em nada. Não queria errar com aquela mensagem crucial, mas também não queria deixar passar muito tempo, o que poderia ser interpretado como pouco-caso ou algo pior.

O celular vibrou de novo e surgiu outra mensagem no alto da tela. Também era de Stuart.

Mil desculpas. Ignora a outra mensagem. Era pra Bryony.

O latejar nos ouvidos de Gina cessou, e tudo ficou no mais absoluto silêncio. O choque a atingiu com tanta força que não conseguia nem respirar, enquanto uma dor lancinante no peito se espalhava como uma bomba em câmera lenta, subindo e se abrindo feito uma nuvem pelo corpo.

Encostou-se em um muro de pedra, sentindo as pernas bambas, tomada por um enjoo. Sabia que a reação era desproporcional, mas não conseguia controlar. Era maior do que ela, uma emoção que não era capaz de conter na mente. Uma voz distante a aconselhou a sair da vista da casa principal, para o caso de Nick ou Lorcan a verem.

Saiu cambaleando pelo caminho de pedras cobertas de musgo, seguindo para o outro lado da casa, onde um pomar murado seguia paralelo à rua que levava para a vila. As lágrimas já estavam escorrendo pelo rosto enquanto ela arfava. Gina se enfiou atrás de um freixo e apoiou a cabeça no tronco, odiando-se por ser derrubada pelas ondas de sofrimento, sabendo que não havia nada que pudesse fazer a não ser permitir que viessem.

Gina não estava triste por aquele momento, mas sim pelas vezes que Stuart dissera que a amava e fora sincero. Estava triste pela Gina mais jovem que perdera seu tempo e a quem ela não tinha como avisar; pela parte de si mesma que se sentia tão sozinha que queria voltar, feito um cachorro abandonado, mesmo sabendo no fundo do coração que Stuart não a amava mais.

Ouviu a voz de Nick Rowntree antes mesmo de vê-lo. Não era difícil: a voz estava alta de irritação e ele claramente não esperava que houvesse alguém na trilha deserta para escutá-lo.

– Não. – Longa pausa. – Não. Escute... Não, será que dá pra escutar o que estou dizendo? Você disse que seriam duas semanas no início do mês. Sabe que eu tenho que fazer este trabalho pro Charlie, e eu preciso... Amanda, não estou dizendo isso.

Gina se encostou no tronco da árvore, tentando desaparecer. Por favor, não venha pra cá, pensou, tentando prender o choro.

– Então quando você vai voltar?... O quê? Tá falando sério?... Amanda, você sabe que não foi isso que combinamos. Bem, e o que eu... *Amanda*. O que eu vou... Ah, não começa com isso...

A voz estava se aproximando. Gina ouviu o portão ranger e os passos no cascalho. Nick parou antes de entrar no jardim dos fundos: também tentava não ser visto por Lorcan.

Merda.

Eu tenho que sair, pensou. Não havia como fingir que não tinha ouvido nada.

– Então, qual é exatamente o motivo de estarmos fazendo isso? – A voz de Nick não tinha o humor que ouvira antes. Parecia estar na defensiva. – Eu sou só um tipo de gerente de projetos agora? Achei que você tivesse contratado Gina pra isso. Ou estou aqui pra gerenciar a gerente? Você não tem que achar que todo mundo quer roubar alguma coisa de você, Amanda. Nem todo mundo se comporta feito um advogado.

Gina ficou em pânico, sem saber se alguém acreditaria que estava ali fazendo uma pesquisa para a obra. Não conseguia controlar os soluços: pareciam prestes a arrebentar seus pulmões, mesmo enquanto sua mente estava a mil por hora. Só havia uma saída e era pela trilha por onde Nick estava vindo.

– Ela não é provinciana! E mesmo que fosse, qual seria o problema? Caso não tenha notado, nós compramos uma casa onde Judas perdeu as botas... Espere um pouco, tem alguém aqui no jardim. Ei! O que...? Ah, oi.

Gina saiu de trás da árvore. Nick estava a menos de um metro de distância, de short de corrida e uma camiseta velha, os olhos surpresos fixos nela enquanto Amanda gritava ao telefone. Gina conseguia ouvir a voz. Furiosa. Mal parando para respirar. O cabelo de Nick estava molhado de suor, com alguns cachos escuros grudados na testa. O rosto estava vermelho, e Gina não sabia se por causa do exercício ou da discussão.

Gina levantou a câmera, esperando que aquilo servisse de explicação, mas sentia o rímel escorrendo pelos cílios e sabia que a maquiagem estava borrada. O coração ainda estava disparado e a cada momento um soluço ameaçava explodir de dentro dela, o tipo de som irritante que, por mais que tentasse, não conseguia controlar.

– Não. É a Gina. Ela está... – Ele sorriu e parecia prestes a fazer uma piada quando percebeu que ela estava chorando e parou. – Eu ligo pra você depois – disse ele, e desligou.

Eles ficaram ali parados olhando um para o outro por alguns segundos, sem saber quem estava mais constrangido, até que Nick disse:

– Que situação...

Capítulo 8

ITEM: quatro tigelas de vidro multicolorido de Murano, feitas em Veneza na fábrica oficial

Veneza, 2006

Gina para diante do conjunto de quatro tigelas de vidro, cada uma cravejada de centenas de pequenas pedras florais multicoloridas. Parece que todas as lojas de Veneza vendem objetos de vidro de Murano, mas aquelas peças são particularmente complexas: as cores brilham com uma intensidade peculiar – carmim, esmeralda, dourado e azul-escuro.

Ela adora a contradição ali: líquido porém sólido; delicado porém pesado. A habilidade para moldar o vidro derretido foi passada de pai para filho, de geração em geração, de forma contínua. Segurar a tigela é como tocar os dedos deles através dos séculos.

– Não são lindas? – sussurra ela.

Stuart não está nem olhando.

– Nada de mais.

Gina contrai os lábios, controlando a irritação que vem crescendo desde o tour a pé pelas igrejas naquela manhã. Você descobre como as pessoas realmente são durante uma viagem, pensa ela. Eles estão juntos há um ano, e ela não fazia ideia de que Stuart movia os lábios enquanto lia. Gina percebeu isso no avião. Agora não consegue parar de notar.

Não seja uma chata dominada pelos hormônios, diz para si mesma. Isso é só a TPM falando.

Porque o resto das miniférias está correspondendo às expectativas: Veneza é tudo que Gina imaginara desde as aulas avançadas de história da arte. O hotel é isolado e romântico, os lençóis são feitos de um milhão de fios e o presente de aniversário de Stuart para ela veio em uma caixa da Agent Provocateur forrada com papel de seda. A tarde cai sobre as praças que sonhava conhecer desde a adolescência, embora não consiga admirar as luzes brilhantes sobre as águas porque Stuart não para de falar em todos os batedores de carteira que vão roubar a bolsa dela se der bobeira.

Gina percebe que ele talvez queira que isso aconteça, só para mostrar que está certo e assim ter alguma coisa para fazer.

Ela se concentra nas lindas tigelas, ainda mais lindas sob a luz do expositor. São a coisa mais bonita que viu em muito tempo e o melhor de tudo é que representam algo. Uma tradição, uma habilidade.

– Não seriam uma ótima lembrança da nossa primeira viagem de férias de verdade?

Gina entrega uma a Stuart para que sinta o peso.

Ele a segura como se fosse uma bola de críquete.

– O que você iria fazer com isso?

– Decorar a casa. Deixar à mostra. Elas são lindas. Coisas bonitas não precisam ter uma *utilidade*.

– Além de juntar poeira.

A recusa teimosa dele de ver a beleza ou a habilidade envolvida irrita Gina. Ele tinha agido da mesma forma na basílica de San Marco. Não era a TPM falando. Ele não tinha desculpa para aquele comportamento.

– Será que você pode deixar de ser tão negativo? – sibila ela, ciente da presença do orgulhoso proprietário atrás do balcão.

– Eu não estou sendo negativo! – exclama Stuart, ofendido.

– Claro que está. Só sabe criticar.

– Não sei do que está falando.

Gina observa enquanto ele mexe num prato, como se estivesse determinado a encontrar um defeito. Em geral, Stuart é muito tranquilo. Mas, quando está rabugento, a irritação nunca é em relação ao que demonstra. O mau humor dele só escapa pelo caminho de menor resistência, como lava vulcânica, mas sem o calor nem a força. Stuart tende mais a ficar emburrado. É o monte Etna dos emburrados.

– Qual é o problema? – pergunta ela em voz baixa.

Nem precisa insistir muito.

– Está fazendo 32 graus em Sharm, e Jason acabou de ver metade da seleção inglesa de críquete no campo de golfe – responde ele.

Ah, então é isso. A mensagem de texto que recebeu de Jason mais cedo. Ele preferia estar em Sharm el-Sheikh com Jason e Naomi, em um campo artificial de golfe com a seleção inglesa de críquete.

Gina morde o lábio. Às vezes é muito fácil estar com Stuart: ele faz com que se sinta sexy e segura, e sempre acaba dizendo o que pensa. Mas, em outras, principalmente de uns tempos para cá, Gina fica surpresa por ele a entender tão pouco. Tentar explicar *por que* algumas igrejas fazem seu coração disparar tira todo o encanto do momento. Ao passo que discutir aquilo com Kit – e até mesmo com Naomi, que nunca estudou história da arte mas é católica não praticante – só aumentava a magia.

Gina afasta aquele pensamento da cabeça. Não é justo.

– Quer voltar para o hotel? – pergunta ela em tom neutro.

Sabe que deveria se esforçar mais para acalmar a situação.

– Tem certeza de que não tem mais nenhum *museu* aberto? Deve ter algum que a gente ainda não visitou.

Ela se vira de costas para ele. Por causa disso, vai comprar as tigelas. Pega o guia de turismo na bolsa e se aproxima do balcão.

– *Scusi* – diz ela com delicadeza para o atendente. – *Quanto sono queste ciotole*?

– Para você, quinhentos euros – responde ele com um floreio.

Caramba. Gina calculara que custariam no máximo uns 150. Aquela quantia é o que trouxe para gastar nas férias inteiras, e ainda tinha que comprar uma lembrancinha para a mãe e para Naomi.

– *Grazie* – agradece ela. – Está um pouco caro. – Ela se vira para Stuart. – Vamos?

– Não – recusa-se ele, com teimosia, e segue para o balcão. – *Buongiorno*? Quanto quer pelas tigelas?

O vendedor sorri e aponta o preço.

– São quinhentos euros.

– Não, meu camarada – responde Stuart, com um sorriso gentil. – Quanto?

Gina se sente constrangida. Sabe que devem pechinchar os preços em mercados, mas existe uma forma de se fazer isso. Devem tornar o ritual respeitoso, não uma negociação desdenhosa.

– Acho que não devemos pechinchar em uma *loja*, Stuart – sussurra ela.

– Devemos, sim – retruca ele. – Li sobre isso em um dos seus guias de viagem. Eles esperam que você faça isso. – Ele se vira para o vendedor. – Pago cem pelos quatro.

O vendedor parece surpreso e, depois, parece se divertir. Ele abre a mão e diz bem devagar:

– São quinhentos euros.

Gina puxa a manga de Stuart. Toda a situação parece errada. Está estragando as tigelas.

– Stuart, por favor. Eu não as quero tanto assim. Vamos procurar um lugar para jantar.

Ele faz um gesto para ela.

– Está vendo? Ela está indo embora.

– Está bem, quatrocentos – diz o vendedor de repente.

Stuart abre um sorriso rápido e triunfante para ela, e Gina se sente tola.

– Pago 120.

O vendedor ri, mas está menos confiante agora. Stuart tem um quê de terrier. Ela já testemunhara isso dentro de campo: ele não para até conseguir a bola, esforçando-se mais do que faria a maioria dos jogadores da sua altura e posição.

– Faço por 350, e esta é a minha oferta final – declara o vendedor.

– Faça por 120 – repete Stuart. – Vamos lá. Temos o dinheiro aqui.

Gina não suporta assistir àquilo. O fato de Stuart não falar italiano nem se esforçar para isso não parece incomodar o vendedor, embora ela se sinta incomodada por algum motivo. Odeia parecer uma turista grosseira quando a cidade faz com que se sinta uma princesa mascarada. Ou tinha feito. Por um breve momento.

Por quê?, pergunta para si mesma. Por que aquilo importa? Stuart quer conseguir as tigelas para ela, como Gina queria.

Ele não a está ouvindo, esse é o problema. Está fazendo o que acha que ela quer, mas não ouviu o *porquê*.

Stuart não estava prestando atenção no tour pela fábrica de vidros de

Murano porque já tinha decidido que era apenas um argumento de vendas muito longo, concebido para tirar dinheiro deles. Isso, Gina admite, era em parte verdade, mas também era impressionante aprender sobre a técnica antiga, o vidro líquido, as cores. A ideia de algo tão frágil também ser tão pesado e resistente. Como o amor, queria dizer para ele, mas tinha a triste sensação de que seria levar a metáfora longe demais.

– Pronto! – Stuart se vira para ela, triunfante.

Gina vê o vendedor embrulhando as quatro tigelas idênticas, Stuart contando 180 euros e o vendedor conferindo o dinheiro de forma teatral. Então, entrega a sacola para ela.

– Feliz aniversário – declara Stuart, com um sorriso que parece mostrar o prazer de ter encontrado alguma forma de competição no passeio.

– Feliz aniversário! – exclama o vendedor. – Quantos anos de casados?

– Ah, não nos casamos ainda – responde Gina, negando com a cabeça.

O vendedor aponta o dedo para eles.

– Pois deviam! Vocês dois! *Belli, belli!*

Eles são bastante *belli*. Parecem um casal em lua de mel, pensa Gina, enquanto atravessam a praça, iluminada com luzinhas presas entre os postes como se fossem estrelas. Ele é bonito, ela está radiante. Poderia acabar com algo pior.

É o que a mãe dela acha. Naomi gosta dele. Todo mundo gosta dele.

Eu gosto dele, lembra-se Gina.

Stuart a abraça pela cintura, e ela se concentra em quanto Veneza é linda. Como o hotel é lindo, como a cama de quatro colunas é romântica. Gina apoia a cabeça no ombro de Stuart enquanto caminham em silêncio pela noite italiana.

– Eu consegui o que você queria – diz ele e, se não tivesse soado como um lembrete, Gina talvez tivesse concordado.

– Conseguiu, mas... – Gina para de falar.

– Mas o quê?

Eles param sob a luz de um poste perto do hotel, e Gina continua:

– Mas você sabe por que eu amei essas tigelas?

– Que quer dizer com isso?

Parecem estar oscilando numa corda bamba agora. A água sob a ponte brilha, escura, com as luzes refletidas.

– Eu não sei. Só parece que... você não...

Gina não consegue encontrar as palavras certas, e eles estão olhando um para o outro, o clima ficando pesado.

Gina de repente tem um insight: *o rosto dele é muito familiar, mas não o conheço nem um pouco. O que ele ama, o que o inspira, o que o amedronta. Se é que alguma coisa o amedronta.* O relacionamento deles é bom, mas não consegue ver até onde vai. Não a um "vamos ficar juntos para sempre", porque não parece estar indo para lugar nenhum. Eles estão começando a se acostumar um com o outro em vez de partilharem uma aventura. Não é o que quer para o resto da vida. Tem 26 anos. Ela e Stuart não são perfeitos, mas quem é? O problema é que Gina sabe o que é perfeição.

Termine tudo, diz uma voz claramente na sua cabeça. *Termine agora, antes que...*

– Eu sei – diz Stuart, com o rosto confuso. – Seja lá o que você acha que eu não sei, eu sei, de verdade. Eu só... não consigo expressar tão bem quanto você.

Então, antes que Gina tenha a chance de responder, ele se inclina e a beija, demoradamente, afastando todas as vozes da sua cabeça.

O *"Eu te amo"* de Stuart dançava diante dos olhos de Gina quando ela os fechava, em branco brilhante, não preto.

Um alívio mortificado veio logo depois da dor. Definitivamente estava tudo acabado – tanto para um quanto para outro.

Quando abriu os olhos de novo, Nick a estava encarando, o próprio constrangimento esquecido diante da consideração por ela.

– Você tá bem?

Ele parecia tão genuinamente preocupado que ela quase desabafou, mas seu amor-próprio entrou em cena bem a tempo. *Você está no trabalho*, lembrou a si mesma. *Ele é um cliente, e a mulher dele me acha provinciana*. Gina tentou se distrair com a indelicadeza do comentário, mas não conseguiu.

– Estou bem – disse ela com esforço, mas o choro e os soluços não cederam. – Estou bem – repetiu, franzindo a testa quando deixou escapar mais um soluço.

– Não parece.

Gina contraiu o rosto e o cobriu com as mãos, obrigando-se a se controlar. *Pare com isso. Pare agora mesmo.* Claro que aquilo só serviu para fazê-la chorar ainda mais.

– Eu só estou em choque... Desculpa, isso é muito constrangedor.

Por que eu ainda me importo?, perguntou, enquanto o cérebro lhe mostrava as palavras de novo. *Eu não o amo.*

Eles ficaram parados sem falar nada por um ou dois minutos, até Nick pigarrear.

– Hum, Gina?

Ela abriu um dos olhos. Nick estava coçando o queixo. Ele fez uma careta e passou a mão pelo cabelo molhado de suor por conta da corrida.

– Você ouviu a minha conversa com Amanda – disse ele.

Gina se recompôs.

– Só pra deixar bem claro: eu *não sou* provinciana.

– Claro que não é. – Nick pareceu envergonhado. – Nós a contratamos porque você conhece a região. Não queremos que esta casa se transforme em uma coisa que poderíamos ter comprado em Fulham. Olhe, sinto muito, espero que não se sinta...

Ela piscou sem entender. Ele achava que Gina estava chorando por causa do que tinha ouvido?

– Eu não estou chorando por causa *disso*! – exclamou Gina. – Não que eu não ache que tenha sido um tanto...

Ela soluçou de novo e se virou, resmungando.

O telefone dele tocou e ele fez um gesto como se pedisse desculpa enquanto atendia.

– Alô? Oi, Charlie. Sim, estou trabalhando nisso agora mesmo. É, estou na minha mesa fazendo isso...

Gina ficou olhando para a roupa de corrida de Nick enquanto tentava controlar a respiração. Concentrou a atenção na camiseta: parecia uma velha favorita, uma que já tinha sido lavada tantas vezes que o algodão desbotado estava fino. Os tênis também estavam bem gastos. Uma parte do projeto do arquiteto incluía um moderno estúdio de ioga/Pilates para Amanda, com iluminação especial e espelhos do chão ao teto, mas estava claro que Nick fazia o estilo mais tradicional de quem gosta de correr ao ar livre, com short largo e tênis velho.

Nick casual e Amanda focada não pareciam a combinação mais provável, pensou, mas conseguia imaginá-los na seção de estilo no jornal de domingo: ele descalço e ela de pijama em tom pastel, bebendo o café preparado no método *aeropress* na cozinha planejada e conversando sobre seu estilo de vida transatlântico nada ortodoxo. Amanda, principalmente, tinha aquele verniz que fazia com que tudo que Gina dissesse parecesse inadequado.

– ... hoje à tarde? Vou mandar os jpegs por e-mail e você poderá escolher as que quiser que eu retoque...

Fosse qual fosse o motivo, Nick e Amanda estavam juntos. Ela e Stuart, não. E agora Stuart estava reconstruindo a vida com outra pessoa, recomeçando aquela fase excitante e romântica, alegrando-se cada vez que o telefone vibrava. Gina torceu uma faca imaginária em si mesma, torturando-se para ver se os sentimentos a deixariam em paz mais rápido.

Quando ergueu o olhar, Nick tinha terminado a ligação.

– Eu estava mesmo trabalhando hoje cedo – disse ele. – Você estava esperando há muito tempo?

– Acabei de chegar – disse ela, em tom alegre, fingindo que nada tinha acontecido. – Então, vamos falar sobre as adegas!

Mas ainda deixou escapar um soluço e gemeu de raiva.

– Vamos entrar – convidou ele, fazendo um gesto para a casa.

Nick a deixou perto da mesa da cozinha, com um copo d'água, e foi tomar banho.

– Já volto – disse ele, sem se virar.

Gina ficou grata. Bebeu a água, e os soluços começaram a ceder.

Lá em cima, os canos de água quente estalaram quando Nick abriu o chuveiro, e Gina conseguiu ouvir o som distante do rádio dos pedreiros e algumas batidas intermitentes. Os raios de sol banhavam a mesa cheia de furinhos, um breve ponto de calor diretamente no seu braço. Pressionou os polegares nas têmporas e deixou que o cheiro de madeira, pedras e umidade inundasse seus sentidos até que não estivesse mais pensando em Stuart, e sim na casa.

Não ouviu Nick voltando para a cozinha até que ele estivesse bem atrás dela.

– Posso pedir um favor? Só vai levar um minuto. – Sem esperar resposta, estendeu três ovos para ela, dois com casca azulada e um com casca branca opaca. – Pode segurar estes ovos pra mim? Ponha as mãos em concha... Não, assim.

Nick posicionou as mãos dela, uma sobre a outra, até formarem um ninho. Gina observou tudo, como se não fossem as mãos dela, enquanto ele ajeitava os ovos.

Como não sabia para onde olhar, ficou olhando para eles. Eram perfeitos. A curva lisa e acetinada da casca fazia com que as mãos dela parecessem um mapa em relevo de linhas e marcas.

– Pronto. – Ele se endireitou, com as mãos pairando sobre as dela, como se quisesse mantê-las no lugar. – Cuidado. Estes são os últimos que eu tenho. Então, não os quebre.

Nick se inclinou para trás e, sem olhar, pegou uma câmera Polaroid antiga que estava em cima de uma cadeira.

– Tive alguns incidentes hoje cedo. Parece que não dá para segurar ovos e fotografá-los ao mesmo tempo. – Ele fez uma pausa e tirou uma foto. – Isso é algum tipo de ditado popular? Não responda. Só fique bem paradinha. Ótimo!

Gina inspirava e expirava, uma respiração lenta que enchia seus pulmões com ar frio. A tensão no seu peito diminuía. Toda a sua concentração estava nos três ovos que segurava. Tinha a estranha sensação de que todo o resto fora da sua visão periférica estava saindo de foco e sumindo.

Nick tirou a fotografia da câmera e a colocou embaixo do braço.

– São ovos de pata? – perguntou ela.

– Sim. Da fazenda lá do alto daquela colina – disse Nick.

Ele puxou o papel, franziu a testa e tirou outra foto. Desta vez, a foto pareceu estar certa, porque ele colocou a Polaroid na mesa e pegou a câmera digital moderna.

– Lindos, não?

Nick estava em pé bem acima dela, inclinando-se um pouco para captar a luz certa. Gina conseguia sentir o cheiro do cabelo recém-lavado e do amaciante na camisa branca limpa. Seus outros sentidos pareciam mais aguçados agora que não podia se mexer.

– Mais uma. Levante um pouquinho sua mão. A esquerda. Perfeito. Ótimo. Perfeito.

O clique constante e o barulho da câmera. O som distante de um passarinho cantando. O murmúrio encorajador da voz dele. A concentração se voltava totalmente para as mãos, até que Gina sentiu todo o corpo centrado nos ovos e uma serenidade repentina se assentou sobre seus ombros, como se alguma coisa a pressionasse de forma muito, muito leve.

Aquilo continuou por alguns minutos, os cliques e os ajustes.

– Por que é que estou fazendo isso mesmo? – perguntou ela, sentindo que precisava dizer alguma coisa.

Sua voz soou alta nos ouvidos.

Nick respondeu sem tirar os olhos da câmera.

– É para o site de uma amiga. Ela faz joias de prata, mas o site se chama Duck Egg Blue, tipo, Azul do Ovo de Pata, e ela quer umas fotos. Nem sei se ela de fato já viu um ovo de pata. Acho que eu poderia ter usado três ovos comuns, agora que parei para pensar. E tratar com Photoshop. Dã.

Clique. Pausa. Ajuste.

Gina nunca tinha olhado atentamente para um ovo de pata. Vários clientes queriam uma cozinha no tom azulado de um ovo de pata, mas aquela cor era mais bonita do que qualquer tinta que já tinha visto. Elegante, quase verde. Bonito demais para comer.

– Você deveria ter pedido a Lorcan que segurasse para você. Acho que conseguiria mais contraste.

– Ah, as mentes brilhantes pensam parecido... Eu até tentei com as mãos de Lorcan, mas o contraste foi excessivo. Parecia que os ovos estavam em luvas de aço anticorte. Palavras dele, não minhas. A culpa é minha por ter deixado isso tão para a última hora. Ainda bem que você apareceu. Eu usei as mãos da Amanda na sessão de teste, mas ela só volta na semana que vem.

Clique. Pausa.

– Mas você deve ter ouvido todo o itinerário de Amanda – acrescentou ele. – Lá fora.

– Eu não estava prestando atenção.

Gina manteve os olhos fixos nos ovos. Teve que imaginar a expressão de Nick: irônica e arrependida.

– Claro que não.

– Eu não estava mesmo. O que ela faz? – perguntou Gina para mudar de assunto. – Acho que não perguntei antes.

– Amanda é sócia de uma grande firma de advocacia americana especializada em fusões e aquisições. Eles a mandam para todos os lugares do mundo para fazer negócios. As milhas dela são uma loucura, mas ela consegue resolver tudo na metade do tempo que qualquer outra pessoa levaria. Desculpa, posso...? – Uma pequena correção no dedo, um gesto que conseguia ser muito íntimo e, ao mesmo tempo, desprendido. – Sinto muito por Amanda não estar disponível esta semana. Tenho certeza que tem perguntas pra ela. Você pode anotar tudo e eu converso com ela esta noite.

Seguiu-se uma pausa, durante a qual a parte que não ouviu da conversa de Nick pairou sobre eles.

– Só pra você saber, é completamente normal ter discussões sérias quando se está reformando uma casa – comentou Gina, já que não precisava olhar pra ele. – Se alguém disser algo diferente disso, ou está mentindo ou esqueceu. É bem estressante descobrir que alguém que você achava que conhecia tem uma opinião muito forte sobre, por exemplo, para onde a banheira deve ficar virada.

– Ah, sabemos bem disso. – Nick deu uma risada sem alegria. – Foi por isso que insisti em contratarmos uma pessoa para gerenciar as coisas. Quando estávamos reformando a nossa última casa, um vaso acabou voando pela janela durante uma discussão sobre interruptores com regulador de luminosidade. Eu estava prestes a me jogar logo em seguida. Não consigo lembrar por que achamos que era uma boa ideia fazer isso de novo, mas aqui estamos nós.

– Onde ficava a última casa de vocês?

– No leste de Londres. Compramos uma casa georgiana meio abandonada em Clerkenwell que tinha sido dividida em dois apartamentos e pedimos ao arquiteto que a unisse de novo. Vidro para todo lado e escadas internas, muito elegante. Com banheira na cobertura e tudo o mais. Vendemos no ano passado, compramos um apartamento em Barbican e começamos a procurar um lugar mais rural.

Aquela era exatamente a casa que Gina imaginara para os Rowntrees. Conseguia ver a cozinha agora, quatro tons de branco, muito vidro e nenhum puxador à vista.

– Uau. Então, como vocês saíram de lá e vieram parar aqui? – perguntou ela.

– Bem, esta casa tem ótimas adegas para o hobby que pretendo adotar, de fabricação caseira de cerveja de qualidade duvidosa. Além disso, eu queria um celeiro pra transformar em estúdio.

– Não. O que quero saber é por que escolheram Longhampton. Têm parentes na região? Já passaram as férias aqui? – Gina realmente estava curiosa. – Não costuma ser um lugar que as pessoas escolhem do nada.

Nick ergueu o olhar da câmera. Os olhos dele eram incomuns: cinza-claro, como um céu invernal, e pareciam enxergar dentro dela. Ele não tinha medo de contato visual, mas também, raciocinou Gina, trabalhava o dia inteiro olhando para pessoas.

– Por que *você* está aqui?

– Eu fui criada em Hartley. Já foi até lá? Tem um grande mercado de plantas.

– Mas você não tem o sotaque local, então deve ter saído daqui e voltado em algum momento.

Gina não se dera conta de que era tão óbvio. Perguntava-se o que mais Nick Rowntree notara nela, e voltou a olhar para os ovos.

– Algo assim – respondeu, enquanto Nick movia as mãos dela com gentileza para uma nova posição. – Não é um lugar ruim pra se morar. Mas as pessoas não costumam se mudar *para* Longhampton a não ser... a não ser que... bem, que tenham que fazer isso. Pelo trabalho. Ou... pela família.

– É bem por aí mesmo. Nós queríamos... – Ele parou, reconsiderou e começou a fotografar de novo. – *Eu* queria comprar uma casa em algum lugar afastado, onde desse para fugir um pouco do mundo, não em uma daquelas vilas de Cotswolds que lotam nos fins de semana justamente com as pessoas que você quer evitar em Londres. Queria um lugar com as estações do ano definidas e um clima agradável. Uma construção que não tivesse sido totalmente modernizada. Eu sempre quis uma casa com alguns fantasmas.

– Lorcan estava só brincando no outro dia, ok? A casa não é mal-assombrada. Na verdade, ela sempre me passou uma sensação muito boa.

– É mesmo? Essa é a sua opinião profissional?

– É – respondeu Gina com sinceridade. – A maioria das casas tem um

135

aposento que é de cara o coração dela. Em geral, é uma cozinha grande. Mas esta tem vários. A cozinha vai ficar incrível; a sala de estar com os painéis de madeira oferece uma vista maravilhosa para os jardins; aquela sala de jantar tem um espaço fantástico pra receber as pessoas; os jardins imploram pra serem desfrutados... Esta é uma casa projetada pras pessoas morarem. Parece ter história pra contar. De um jeito bom. Você não acha?

Nick olhou para ela como se Gina tivesse colocado em palavras os pensamentos dele.

– Acho. E não quero que a reforma apague as outras histórias que foram vividas aqui antes.

– Não vai apagar – disse Gina, e olhou para os ovos. – É isto que você faz? – indagou ela, antes que a conversa ficasse ainda mais pessoal. – Fotografa ovos?

– Em geral, fotografo pessoas.

– Tipo em casamentos?

– Deus me livre. Prefiro fotografar ovos a casamentos. Faço retratos. Era fotojornalista no início da carreira. – Ele voltou a disparar a câmera. – Passei dez anos em Londres trabalhando para o *Times*, quando eles ainda tinham um monte de funcionários. Depois, durante alguns anos, atuei como freelancer em Nova York quando Amanda trabalhava lá. Mexi por um tempo com fotos de comida, fotos publicitárias... Sabe como é. A gente pega o que aparece. Alguns dias são membros do parlamento, outros dias são ovos.

– Nunca conheci um fotógrafo.

– Bem, somos apenas pessoas comuns, apesar do que dizem nos jornais.

Deu uma olhada de relance em Nick, recém-barbeado e de banho tomado, usando calça jeans e a camisa branca larga. Ainda estava descalço, exibindo pés bronzeados e macios. Pés de praia. Muito corajoso em um lugar em obras.

– Melhor calçar um sapato – comentou ela. – Estou falando como sua gerente de projetos agora. Lorcan vai cobrar um extra pelo tempo perdido levando você ao hospital na cidade quando pisar em um dos pregos que ele fez à mão especialmente pra esta reforma.

– Bem pensado. Só vou terminar aqui.

Ele baixou a persiana até a metade da grande janela da cozinha e isso concentrou um feixe de luz nas mãos de Gina, lançando algumas sombras nos dedos. Nunca tinha prestado tanta atenção nas próprias mãos nem notara as linhas mínimas abaixo de outras linhas, as partes macias de pele.

– Desculpa se isso é muito chato. Não vou demorar muito – disse ele.

– Tudo bem. Isso é bem... relaxante – afirmou ela, com sinceridade.

Algo no formato dos ovos, na luz, na imobilidade dissipara completamente o choque que havia sentido com a mensagem de texto de Stuart.

Não importa, disse para si mesma. Deixa pra lá. Pensa que é apenas uma coisa que você está dando pra outra pessoa, como a centrífuga.

O silêncio caiu sobre eles, costurando a imobilidade dela com os movimentos precisos e econômicos dele, que girava em torno dos ovos. Gina teve a estranha sensação de estar flutuando no momento, apenas admirando a beleza simples de três ovos frescos. A cor, a consistência. A suavidade satisfatória.

Eu deveria dizer alguma coisa, pensou. Isso é muito esquisito. Eu não vim aqui pra ter algum tipo de experiência extracorpórea.

– Desculpa... por... mais cedo – disse ela, tropeçando nas palavras.

– Não precisa se desculpar. Espero não ter atrapalhado nada.

Nick levantou um pouco as mãos em concha com delicadeza e as virou em direção à luz. O toque dele era suave mas firme, e fez com que ela se sentisse parte da imagem, tanto quanto os ovos.

– Na verdade, não. Recebi uma mensagem que não era pra mim.

– De alguém que você conhece?

– Infelizmente, sim – respondeu Gina, amarga. Sua mente estava tão relaxada que as palavras simplesmente escapuliram: – É engraçado como você só descobre que seu ex é romântico depois da separação.

Assim que as palavras saíram da sua boca, arrependeu-se. Não conhecia aquele homem. Ele *parecia* um amigo, pelo modo como falava, pelo modo como pareciam ter coisas em comum, mas Nick não era seu amigo.

– É surpreendente a quantidade de coisas que você descobre sobre as pessoas depois de uma separação – comentou ele em tom neutro, sem afastar os olhos do visor. – Às vezes você pensa: meu Deus, se você tivesse agido assim seis meses atrás... Mas as pessoas mudam o tempo todo.

Gina não respondeu. Sentiu a atmosfera entre eles oscilar em uma corda bamba: um comentário a mais poderia pesar o clima. Assim como ela poderia esmagar os ovos com um pequeno aperto das mãos, com mais um comentário poderia estragar completamente aquele contrato tão, tão importante.

Ela mordeu o lábio. Com força.

Nick tirou mais algumas fotos, mesmo ela não conseguindo notar a menor diferença entre elas, se é que havia alguma. Então ele concluiu.

– Prontinho.

Colocou a câmera na mesa e tirou os ovos das mãos de Gina. Ela as esfregou uma contra a outra para dissipar a sensação que permanecia nelas.

– Obrigado por ter topado fazer isso. – O tom dele tinha voltado ao normal. – Acho que não consigo convencê-la a colocar alguns anéis e pulseiras pra mim, não é? Ela me mandou alguns conjuntos de noivado, uns diamantes maravilhosos que você...

Gina abriu a boca, mas, antes que tivesse a chance de responder, Nick se retraiu e pareceu chateado consigo mesmo.

– Ah, não. Droga. Foi mal. Muito insensível da minha parte. Não sei como pude falar uma coisa dessas. Sinto muito.

– Tá tudo bem. De verdade.

– Aceita uma xícara de chá?

Nick fez um gesto para a chaleira, e ela assentiu. Um pouco de chá não faria mal. Renovaria o ambiente. Então poderiam voltar direto ao trabalho, tirando medidas e resolvendo a questão das janelas. Os olhos dela buscavam qualquer distração.

– Não sabia que ainda existiam Polaroids pra vender – comentou ela, olhando para a câmera em cima da mesa.

– Não estão mais à venda. Bem, você pode comprar os modelos novos, mas esta é original. – Nick estava perto da bancada; conseguia ouvi-lo abrindo e fechando potes. – Sabe quanto custa um filme?

– Hum... uns cinco?

– Quarenta por pacote. Se conseguir encontrar. Não são mais fabricados.

– Nossa! Sério? – Gina olhou para a câmera com respeito. Era uma verdadeira antiguidade. – E por que você a usa? – perguntou ela, ouvindo o apito da chaleira.

– Gosto de ter certeza de que peguei o ângulo certo antes de começar a fotografar. E a Polaroid faz com que eu me concentre no que está sendo fotografado, não no que eu posso acrescentar depois.

Nick voltou e colocou uma caneca diante dela. Gina percebeu que ele não tinha perguntado de que chá gostaria. Deu uma olhada. Hortelã.

– É calmante – disse ele, vendo a expressão dela. – E perfeito para depois que os pedreiros acabam com o leite. Essa foi uma das poucas coisas que aprendi com o projeto de Londres.

Ela tomou um gole. Estava bem quente, mas, na verdade, era *exatamente* o que queria. Verde e fresco. Ela pegou a Polaroid, que despertava algumas lembranças bem vívidas.

– Minha amiga tinha uma igual.

Houve um tempo em que todas as festas na casa de Naomi viravam uma chuva de Polaroids. A penteadeira de Naomi era coberta de fotos amareladas coladas no espelho, com as margens cobertas de anotações.

– Sempre parecia que a pessoa estava se divertindo – comentou ela. – Mas é muito difícil sair bem na foto.

– É exatamente disso que gosto. Ela captura o momento exatamente como é. As fotos digitais têm um pouco disso, mas você sempre pode editar e melhorar. Retocar, tirar ou colocar algum elemento. Mas não dá pra fazer isso com uma Polaroid. É muito crua.

– É. Meu nariz sempre saía *enorme* nas fotos dela.

– Você provavelmente estava muito perto da câmera – disse ele. – Uma falha da fotógrafa e não sua.

Ela riu e segurou a caneca branca e simples com as duas mãos.

– Ainda bem que a maioria acabou na lata de lixo.

Nick se sentou do outro lado da mesa e mexeu no notebook, que estivera zunindo baixinho no fundo.

– Então, em relação à adega – disse Gina. – Talvez seja melhor que eu ligue direto pro arquiteto e pergunte a ele se...

– Quer ver as fotos? Dos ovos? – Ele fez um gesto para o computador. – Já estão baixando.

– Ah, não precisa. Tudo bem. Eu odeio ver fotos minhas – comentou ela rapidamente. – Nunca saio como acho que sou.

Nick sorriu.

– Eu só fotografei suas *mãos*. Você não é uma daquelas mulheres que acham que até as mãos são gordas, é?

– Não.

Gina colocou a caneca na mesa. Não sabia como expressar como se sentia ao ver uma fotografia que deveria ser dela mas, em vez disso, mostrava uma mulher mais velha, com cabelo mais liso e traços mais acentuados que não reconhecia como seus. A mulher que esperava ver – de cabelo escuro e cacheado, tímida e se colocando de lado para esconder a largura da cintura – não costumava estar lá. Era quase uma gêmea estranha no seu lugar. Uma atriz que se parecia só um pouco com a personagem original.

– Vamos ver, então – concordou, não querendo ter que explicar tudo aquilo para Nick, e ele virou o notebook para ela.

Em um primeiro momento, não pareciam mãos em concha. No primeiro olhar, os três ovos perfeitos pareciam descansar em um ninho texturizado, composto de centenas de tons de cinza, as linhas finas conferindo mais foco à superfície lisa dos ovos. Era simples mas impactante, a força dos ovos e seu potencial dormente brilhando no centro da tela, como algo saído de um mito.

– Ou...

Nick deslizou o dedo no mouse e uma imagem diferente apareceu. Desta vez as mãos dela estavam no centro da fotografia, parecendo quase religiosas, erguendo os três ovos para o espectador como uma oferenda. Novamente, Gina não teria reconhecido as próprias mãos, mas por um motivo completamente diferente. Eram pálidas e compridas, a luz tinha apagado todas as linhas, de modo que elas pareciam uma efígie de mármore.

Elas são bonitas, pensou, surpresa, e baixou o olhar para as mãos pousadas na mesa ao lado da caneca. Não eram feias, na verdade, mas aquelas da foto não pareciam ser as dela. Eram elegantes e poderosas, as mãos de uma mulher mais dramática, mesmo sem ver seu rosto. Uma santa. Uma mulher jovem. Uma atriz.

Como *mãos* poderiam parecer tão diferentes?

– Ou...

Nick mexeu na configuração, fazendo as mãos ficarem mais claras, jogando com o contraste com os ovos, e, de repente, Gina não queria mais ver aquilo. Não sabia o que era: se a facilidade com que a estava modificando, o desapego na forma de observá-la... Ou talvez a atmosfera não fosse mais a mesma de meia hora antes. A tristeza voltara.

Era como se o feitiço tivesse sido quebrado e ela quisesse ir para algum lugar para chorar. Chorar de verdade desta vez.

– Elas são lindas – disse ela, pegando a bolsa. – Hum, eu tenho que voltar para o escritório, na verdade.

– O quê? – Nick olhou para ela, confuso. – Achei que fôssemos conversar sobre a adega. Foi alguma coisa que eu disse? Foi porque falei em cerveja caseira? Eu estava brincando.

– Não, eu só... É melhor eu mesma ligar para o arquiteto e explicar a situação. – Aquilo soou brusco e errado, e ela se sentiu mal. – Você está ocupado e eu preciso adiantar alguns documentos. É melhor evitar o telefone sem fio.

Nick a examinou com o olhar.

– Tem certeza de que está bem?

– Estou. – Gina olhou para as mãos. – Desculpa, não sei o que foi. Parece que alguma coisa nas minhas mãos me balançou.

Meu anel de noivado e minha aliança de casamento, pensou. Foi ver aquela marca dos anéis que não usava mais.

Pendurou a bolsa no ombro e pegou o caderno na mesa.

– Aqui. – Nick tocou o ombro dela e Gina se virou. Havia algo na sua mão: a foto Polaroid. – Quer para você? É até bem bonita, dentro deste quadradinho.

Gina olhou para os ovos perolados nas mãos em concha. Era uma foto linda. Conseguia vê-la na parede branca do seu apartamento, como uma miniatura.

Nick sorriu.

– Considere seu cachê de modelo.

– Obrigada – disse ela, colocando a foto na bolsa.

Capítulo 9

ITEM: um par de óculos de sol estilo gatinho

Derbyshire, setembro de 2007

As costas de Stuart estão suadas, formando um coração. Um grande coração úmido no meio da camiseta de lycra laranja.

O que é irônico, porque corações são a última coisa na cabeça de Gina. Em vez disso, pensa, observando enquanto o coração vai crescendo e escurecendo e eles sobem a quarta montanha daquela manhã, eu gostaria de socá-lo bem naquele ponto. Porcaria de viagem de ciclismo. Será que ele está querendo dizer que eu estou gorda? Ou será que flertar com um ataque cardíaco é o que ele acha que *eu* gosto de fazer pra me divertir?

Isso não é o que Gina tinha em mente quando Stuart disse que a levaria em uma viagem de fim de semana para comemorarem o aniversário dele. Ela tinha se oferecido para organizar tudo, pensando em Roma (ele adora aquela minissérie sangrenta com o nome da cidade; ela ama arte e café), mas Stuart insistiu em fazer tudo sozinho.

– Vai ser perfeito – assegurou ele. – Você vai adorar.

É perfeito – para ele. A pousada em que se hospedaram tem até café da manhã inglês completo e orgânico.

Gina deveria ter imaginado que não precisaria botar o biquíni na mala quando Stuart lhe disse para levar protetor solar mas não mencionou passaporte. No entanto, já reorganizando o dia como uma história hilária sobre os óculos escuros novos que comprou em uma onda de otimismo que vai fazer Naomi rir no próximo fim de semana, pelo menos o passaporte está na minha bolsa, ela pensa. Ainda posso fugir e ir para Roma. Quanto tempo levaria para pedalar daqui até o aeroporto de Manchester?

Gina olha para as costas musculosas de Stuart, e sua irritação cede um pouco. Quando parasse de rir, Naomi diria que homens como Stuart não sabem ler mentes, que ela deveria ter dito que queria ir para Roma. Não de forma direta, mas talvez deixando alguns panfletos na sala. Comprando um guia de viagens da cidade. Vestindo-se com uma toga improvisada com um lençol.

Mas Stuart não teria entendido o lance da toga. Perguntaria o que ela estava fazendo com a roupa de cama.

– Vamos! – grita Stuart. – Último impulso!

Uma fila de carros foi se formando atrás deles montanha acima, o ressentimento dos motoristas queimando as costas de Gina como faróis de xênon. Consegue imaginar o que devem estar dizendo sobre eles, Stuart em sua bermuda de ciclismo e ela com um capacete novinho colocado desajeitadamente sobre os cachos.

Obriga-se a pensar em outra coisa, só para chegar ao alto da montanha. O convite para a festa de noivado de Naomi chegou antes de viajarem. Que roupa ela vai usar? O vestido azul que Stu gosta? Alguma coisa nova? Quantos quilos consegue perder em quatro semanas?

Gina meio que se arrepende de ter contado a novidade de Naomi para a mãe: Janet parou de jogar indiretas para Gina começar a pensar em se casar e passou a falar de forma direta. Tem 27 anos e não devia só ficar namorando. Tique-taque! Homens como Stuart não ficam livres para sempre.

Gina acredita que ainda tem muita coisa para aproveitar antes dos 30. Sua vida não parece ter cruzado nenhum marco significativo para o início da vida adulta, embora à sua volta seus amigos estejam começando a entrar numa meia-idade prematura. Anúncios sobre a chegada de bebês no jornal, todo mundo comprando casas, amigos da faculdade se casando e, mais recentemente, seu primeiro fio de cabelo branco, encontrado esta manhã no cruel espelho da pousada.

Gina faz um rápido cálculo mental: se o pai ainda estivesse vivo, faria 56 anos. Terry, 58. Kit, 31 no mês que vem.

Trinta e um. Gina toca em um ponto dolorido, fingindo que está se distraindo da dor nas panturrilhas. Casado? Provavelmente. Com filhos? Duas crianças louras com pele dourada, bom gosto musical e colar de âmbar para os dentinhos.

Não. Provavelmente sem filhos.

O gosto do café da manhã sobe pela garganta de Gina. Feijão, bacon, tomate e uma sensação amarga de que a própria vida está desaparecendo por uma trilha diferente, sumindo de vista, enquanto ela sai para pedalar em Derbyshire em vez de dirigir pelo vale da Morte em um conversível.

Um carro buzina atrás dela e depois outro, como se em uma concordância telepática, e Gina se assusta de tal forma que seu pé acaba escapulindo do pedal.

Felizmente, naquele exato instante, Stuart ergue o braço esquerdo para indicar que vão fazer uma parada no mirante à frente. Gina reúne o que resta da sua energia para chegar até o acostamento e tenta não olhar para a fila de carros que passa por eles. As pernas estão queimando. Só a dignidade a impede de se dobrar para a frente e puxar o ar como um peixe fora d'água.

Preciso entrar em forma, pensa, olhando para as coxas definidas de Stuart.

Stuart lhe oferece uma garrafa d'água, fazendo um gesto para a vista de Derbyshire com a outra mão.

Ele não está nem ofegante. A camada fina de suor na testa bronzeada faz com que pareça um remador olímpico. Ou vagamente heroico.

– Isso não faz a subida valer a pena?

Gina quer responder que sim, que é bonito, mas seus olhos estão ardendo por causa do suor misturado com o protetor solar. Ela tira os lindos óculos escuros Sophia Loren e enxuga as pálpebras.

– Você está bem, Gee? – pergunta Stuart, olhando-a com mais atenção.

Não, eu não estou nada bem, grita Gina na cabeça. Estou exausta. Trabalhei sete semanas direto, sem folga, porque meu chefe está em uma cruzada contra janelas duplas de vidro não autorizadas, e preferia ter passado o fim de semana dormindo em casa ou pelo menos em um spa em York, tomando coquetéis, e estou com quase 30 anos de idade e ainda não conversamos sobre o que vai acontecer quando nosso contrato de aluguel acabar no final de outubro...

– Estou – responde ela, antes de tomar um gole d'água.

Água. Quem poderia imaginar que seria algo tão delicioso?

– Que bom. – Stuart sorri, e o rosto dele é gentil. – Você se saiu muito bem hoje, levando em conta que não pedala muito.
– Obrigada.
– É... eu queria dizer uma coisa.
– Tem a ver com a minha roupa? Porque se você me tivesse dito pra trazer as roupas de ginástica, eu teria...
– Não, não é isso. – Ele engole em seco. – É sobre nós.

Ela sente um frio na barriga. *Nós*. Ele vai terminar tudo, pensa Gina. Ele me arrastou pro alto dessa montanha e me deixou completamente sem fôlego pra que eu não seja capaz de fazer nenhum escândalo.

– Gina...

Stuart pigarreia e – ai, meu Deus – pega na mão dela.

O coração de Gina começa a bater em um ritmo diferente. Pela primeira vez em séculos, ela realmente não tem ideia do que Stuart vai fazer. A própria essência de Stuart é que com ele tudo é lindamente tranquilo e previsível. Como o leste da Inglaterra. Dá para antecipar as coisas a quilômetros de distância com Stuart. Ela sente um nó na garganta enquanto ele mexe na bolsa da bicicleta.

Não, pensa Gina. Com certeza não.

Ele se ajoelha, olha para ela com uma expressão inesperadamente séria e, com a paisagem rural em volta deles como um manto verdejante, pontilhado com igrejinhas de pedra e casas de fazenda que parecem de brinquedo, ele é como um dono de terras descabelado em um retrato de Gainsborough.

Um carro buzina atrás deles, e Gina se sente enjoada com a rapidez de decisão que aquele momento exige, mas, ao mesmo tempo, animada com uma excitação que não reconhece.

– Gina, eu quero passar o resto da vida com você. Me dá a honra de casar comigo? – diz ele rapidamente, oferecendo-lhe uma caixinha.

É espontâneo e romântico e tudo o que Gina sempre quis em um pedido de casamento (tirando a bermuda de lycra, mas essa parte é perdoável).

– Sim.

Ela ouve a própria voz, mas não a reconhece. Está flutuando em algum lugar acima da cena, assistindo ao filme romântico com um pedido de casamento em uma montanha no interior da Inglaterra. Um carro logo vai parar e tirar uma foto do casal feliz para que possam colocar sobre a lareira. Esta

145

noite, alguém vai contar à esposa que viu um lindo pedido de casamento a caminho de casa.

– Sim? – pergunta ele, inseguro, e o coração dela se derrete ao ouvir a sombra de dúvida na voz de Stuart.

Gina sorri.

– Sim.

O rosto de Stuart relaxa de alívio e ele a beija, tomando-a nos braços fortes e quentes.

Gina sente o gosto de protetor solar e ouve a buzina de um carro atrás deles, e ela se pergunta se este é o momento, o tiro de largada para sua vida adulta.

Sim, pensa ela. Provavelmente é.

Vende-se: Bicicleta híbrida feminina Scott Sportster. 700 libras. Um monte de marchas, botões e sei lá mais o quê. Pouco usada. Foi um presente. Uma nova custa 1.500 libras.

– É claro que eu precisaria dar uma volta para testá-la antes de fazer uma oferta.

Gina cruzou os braços e se preparou para a briga, do mesmo jeito que se preparava para discutir com construtores que queriam tirar "só essa vigazinha".

Aquele homem – ele disse que se chamava Dave no telefone – estava examinando sua mountain bike impecável de última geração, com apenas 16 quilômetros rodados, havia meia hora, soltando um e outro *hum* como se fosse um Fiesta detonado num ferro-velho. Ela já teria se livrado dele vinte minutos antes se ele não ficasse o tempo todo fazendo perguntas muito específicas para as quais ela não sabia a resposta.

Gina odiava não saber a resposta das perguntas, mas também odiava ver a bicicleta embrulhada em plástico-bolha no corredor toda vez que saía, lembrando-a da corrente (rá, rá!) de eventos que a levara àquele apartamento entulhado de coisas. Stuart comprara para ela de presente um dia após voltarem da viagem de fim de semana para pedalar; passaram uma tarde inteira na loja de bicicletas, mas Gina não achara ruim à época porque tinha se convencido de que precisava entrar em forma para o casamento e de que pedalar era um exercício tão bom quanto qualquer outro.

A não ser por um passeio pela floresta de Dean que a deixou toda dolorida, ela nunca mais tinha tirado a bicicleta da garagem.

Só de olhar para o selim sentia um misto de arrependimento e alívio, e precisou lutar contra o impulso de dizer a Dave que poderia pegar a bicicleta e levá-la embora. Mas voltou rapidamente à razão: aquela mountain bike valia pelo menos setecentas libras, que iriam para o seu fundo específico para comprar uma coisa linda, e isso valia muito, principalmente porque Naomi ainda não a tinha ajudado com sua crescente pilha de itens para vender.

– Não aceito ofertas – declarou com firmeza. – Sei quanto vale.

– Sabe mesmo?

Dave olhou para ela, assim como o galgo esquálido sentado entre ele e a porta. Ele não emitira nenhum som desde que tinham chegado, e Gina estava começando a ficar inquieta com aquele olhar fixo. O cachorro tinha olhos que pareciam bolinhas de gude pretas e um pescoço branco, como se fosse um babador sobre a pelagem cinzenta tigrada. Várias vezes ela esqueceu que ele estava lá.

Mais um motivo para acabar logo com aquilo. Não queria um cachorro no seu novo apartamento, mas Dave ia amarrá-lo do lado de fora do prédio e Gina não conseguiu permitir aquilo. Sua rua era muito movimentada.

– Sei, sim – respondeu ela, levantando o queixo. – Ela tem trinta marchas e freios Shimano hidráulicos. Foi pouquíssimo usada e ficava guardada na garagem.

Ele passou a mão no rosto.

– Mesmo assim, eu precisaria dar uma volta.

– É uma bicicleta feminina!

– É um presente. Pra minha namorada.

– Boa sorte com isso – disse Gina, antes de conseguir se controlar. – Tem certeza de que ela não prefere um colar de diamantes?

Dave sorriu, exibindo dentes surpreendentemente bonitos para um homem que chegara com um cachorro raquítico usando uma coleira barata. Mesmo assim ela decidiu que aquela seria a última venda que faria em casa. Alguma coisa naquela conversa a estava deixando desconfortável. Algo em relação a colocar um preço no próprio passado, além de estar sozinha com um estranho.

Xingou-se mentalmente. Stuart ia ficar pau da vida se soubesse que estava fazendo aquilo. Naomi também. Não apenas por vender a bicicleta, mas por deixar pessoas estranhas entrarem no seu prédio. Tinha sido burrice dar seu endereço de casa, principalmente quando os funcionários das lojas ao lado já haviam ido embora. A partir de agora, ela se encontraria com possíveis compradores na cafeteria do outro lado da rua.

A parte irritante era que a mãe também estava certa sobre aquela situação: quando Gina marcara de se encontrar com "Dave", meio que tinha se esquecido de que estaria sozinha. No seu inconsciente, achara que Stuart estaria lá, como sempre estava quando o funcionário que fazia a leitura do medidor de eletricidade vinha, andando de forma ameaçadora pelo quintal, preparado para responder perguntas estranhas. Ela só tinha continuado com aquilo para provar algo a si mesma, e agora gostaria muito de não voltar atrás.

Ela olhou para o cachorro, que virou a cabeça para o outro lado.

– Preciso dar uma volta no quarteirão – continuou Dave. – Pra ver se a suspensão não estragou.

Gina colocou a mão na cintura.

– E como vou ter certeza que você não vai sumir com ela?

– Vou deixar o Buzz com você.

Ele fez um gesto para o cachorro.

Gina tentou pensar no que Stuart faria. Ou Naomi. Eles não eram nada manipuláveis. Jamais aceitariam um cachorro como garantia por uma bicicleta caríssima.

– Você não tem uma carteira? Ou a chave do carro?

– Nem pensar. Nunca fico sem minha carteira. Tem muita gente desonesta por aí, clonando cartões e coisas do tipo. – Ele olhou seriamente para ela. – De qualquer forma, eu não teria como pedalar e segurá-lo ao mesmo tempo.

– Essa condição não me atende – declarou Gina.

Era uma coisa que já tinha ouvido Naomi falar. Muitas vezes.

Seguiu-se uma longa pausa. Então Dave suspirou.

– Tudo bem – disse ele, enfiando a mão no bolso da calça cargo e tirando um maço de notas. – Aqui está um depósito de cem libras. E o meu cachorro, que vale muito mais para mim do que isso. – Ele colocou duas notas de cinquenta na mesa de correspondências, mas a visão daquele maço de dinheiro tranquilizou Gina: pelo menos viera preparado para pagar. – Vou levar só cinco minutos. Podemos negociar o restante quando eu voltar, combinado?

– Combinado – respondeu Gina, satisfeita por pelo menos uma vez ter feito o mesmo que Stuart faria naquela situação.

Dave empurrou a bicicleta pelo corredor estreito, e Gina segurou a porta para ele sair. O cachorro fez que ia segui-lo, mas Dave virou a bicicleta e bloqueou a passagem com a perna.

– Ei, Buzz! Fica! – Ele ergueu um dos dedos e o cachorro se encolheu. – Volto em cinco minutos – disse ele para Gina e fechou a porta.

O cachorro fez um som triste e correu para a porta, mas Dave e a bicicleta já tinham partido.

– Fica aí – ordenou Gina.

Ela fez um gesto de "ficar" e se virou para a escada, tentando lembrar onde tinha colocado a folha que imprimira com as especificações da bicicleta que achara na internet. Queria relembrar alguns detalhes antes que Dave voltasse para a negociação.

Para sua surpresa, o cachorro se deitou perto da porta, colocando o focinho comprido entre as patas, a imagem da resignação.

Gina não era muito fã de cachorros. Perguntou-se se devia puxar uma mesa a fim de bloquear a escada para Buzz não a seguir, mas ele não demonstrou nenhum sinal de que ia se mexer. Com um último olhar, ela subiu para seu apartamento.

Quando Gina desceu de novo, segurando o certificado de garantia e alguns papéis, Buzz estava deitado exatamente onde o deixara, a cabeça virada para a porta. Estava tão imóvel que, por um instante, Gina se perguntou se ele tinha morrido, mas a barriga magra subiu e desceu um pouco e os bigodes do focinho comprido estremeceram com a exalação.

Sentiu um constrangimento ridículo, como se ela e o cachorro fossem estranhos que não tinham sido apresentados enquanto esperavam o anfitrião da festa. Deveria interagir com o animal? Ou apenas ignorá-lo? Não sentia medo de ser atacada: Buzz não parecia ter energia para ser agressivo com ninguém.

Olhou para o relógio: já tinham se passado sete minutos desde que Dave saíra. Tempo suficiente para uma volta na rua principal e talvez uma volta em alguma secundária. De quanto tempo alguém precisava para testar uma bicicleta?

Não responda, disse para si mesma, lembrando-se das horas e horas que Stuart levara medindo suas pernas e pedindo-lhe que montasse em diversas bicicletas enquanto conversava com o vendedor. Na época, ela brincara que estavam tentando adequá-la à bicicleta certa e não o contrário, mas nem Stuart nem o vendedor acharam graça. Ela desistira e tentara dizer para si mesma que era uma coisa muito carinhosa Stuart gastar tanto dinheiro em um presente para ela.

Gina pegou as cem libras e as colocou no bolso, depois pôs as notas de novo na mesa. Depois, no bolso de novo.

Alguma coisa na venda daquela bicicleta estava fazendo com que se sentisse estranha. Não era como vender a cafeteira que ganhara da tia Jan como presente de casamento e nunca usara. A bicicleta não era apenas a bicicleta: era uma possível versão de si mesma que rejeitara. Houve um tempo em que ela seria o centro da sua vida com Stuart. Eles seriam aquele tipo de casal em forma que adora ficar ao ar livre, que viaja com um par de bicicletas idênticas preso no teto do carro e volta com o rosto corado e feliz na noite de domingo, para prepararem um jantar gostoso acompanhado por uma garrafa de vinho tinto.

Mesmo enquanto pensava em como aquilo soava agradável, Gina se chocava com o próprio poder de se iludir. Ainda assim, na época, realmente acreditara que, se ela conseguisse se dedicar ao ciclismo, Stuart acabaria se dedicando a alguma coisa por ela, como caçar fantasmas em casas antigas ou coisas assim, e tudo ficaria bem.

Stuart não fez isso. E, para ser justa, pensou, ela não tinha se dedicado lá muito ao ciclismo. Gina acabou com o pulso torcido na curta viagem para a floresta de Dean ao derrapar em algumas folhas e trombar em um arbusto. E depois, é claro, recebeu o diagnóstico e tudo se desintegrou no ar. E, então, precisaram planejar o casamento; depois veio a doença e o tratamento extenuante; depois, a recuperação, que, na época, parecia ser o que os forjava como um casal. O elemento que os unia. Era irônico que, assim que tudo aquilo chegou ao fim, eles também chegassem.

Gina sentiu uma pontada de culpa, seguida pela típica invasão sorrateira dos pensamentos indesejáveis. Talvez, se tivesse pedalado com mais intensidade, ficado mais em forma, nem teria ficado doente. De repente, se tivesse sido sincera com Stuart desde o início, em vez de abafar as dúvidas, ela não teria...

Que idiotice. Era inútil pensar naquilo. Mas...

A caixa de correio estremeceu e Gina se sobressaltou, mas era só um panfleto de pizzaria que alguém enfiou ali. O galgo se colocou de pé sobre as patas de ponta branca em um piscar de olhos. Tremia ou de nervoso ou de animação; Gina não sabia dizer.

– Sinto muito – disse ela, tentando consolá-lo. A voz soou hesitante aos próprios ouvidos. – Não era ele.

O cachorro se virou, olhou para ela com os olhos escuros e ansiosos e, depois, se deitou novamente, deprimido.

Gina se sentou também, na escada, e esperou.

Agora que lembrara, não conseguia tirar da cabeça a imagem dela em cima de uma bicicleta, seguindo Stuart montanha acima em Derbyshire. Naquela época, não sabia metade das coisas que sabia agora. Ou talvez soubesse. Talvez só não tivesse tido vontade de analisá-las com atenção. Talvez tivesse acreditado que, se pedalasse o suficiente, seus pensamentos não a alcançariam.

Quando tinha se passado meia hora desde que Dave saíra, Gina fez uma ligação para o celular dele, que foi direto para a caixa postal. Ligou novamente depois de dez minutos, deixou mais um recado breve, e, após uma hora sem sinal dele nem da bicicleta, foi obrigada a reconhecer que talvez tivesse um problema.

Será que ele tinha sofrido um acidente? Ou se perdido?

Não queria acreditar na alternativa: ele não voltaria, nem sua novíssima bicicleta híbrida.

Gina ficou parada, segurando o celular, pensando no que faria. Stuart já teria entrado em ação àquela altura. Ele gostava quando as coisas davam errado. Aquilo significava que todas as piores desconfianças dele tinham se confirmado, dando-lhe carta branca para começar a planejar como sairiam daquela situação.

Uma voz sombria na sua mente lhe dizia que tinha acabado de vender sua bicicleta por cem libras e um cachorro esquálido. Mas aquilo não estava certo: ele não abandonaria o próprio cachorro. Homens não faziam isso. Até recentemente, uma das únicas exigências de Stuart havia sido ficar com Thor e Loki: ele dera instruções claras ao advogado quanto àquilo.

Agora o galgo parecia estar agitado, olhando para a porta e para ela, como se quisesse dizer alguma coisa.

– Você precisa sair?

Gina não sabia muito sobre as necessidades dos cachorros. Thor e Loki preferiam o jardim da vizinha à caixa de areia, algo que provocara problemas sérios com a Sra. Pardew. A última coisa que queria era ter que lidar com cocô de cachorro no seu apartamento novo.

Ligeiramente irritada, Gina procurou alguma coisa para prender na coleira para que o cachorro não fugisse. Pegou um lenço de oncinha e o amarrou nela. Levou Buzz até a porta dos fundos, que dava para um pequeno pátio atrás da ótica.

– Prontinho – disse ela, soltando o lenço. – Divirta-se.

Com um olhar rápido para ela, como se estivesse com medo de fazer algo errado, Buzz foi até um canto e se aliviou na lateral de um vaso de plantas vazio. O fluxo forte e escuro de urina que molhou o concreto sugeria que tinha se segurado o máximo possível. Demorou um pouco, e o tempo todo ele afastava o olhar e voltava a olhá-la, apreensivo.

Toda a impaciência de Gina se evaporou. Sentiu pena da criatura magricela, cheia de energia inquieta. O inquilino anterior tinha deixado uma mangueira no canto do pátio, e ela a usou para diluir a urina. Quando abriu a torneira, o cachorro se assustou e correu em direção ao portão que levava para a rua atrás da High Street.

Por um instante, Gina se perguntou se ele encontraria o dono caso o deixasse ir: ela poderia segui-lo de volta à sua casa e recuperar a bicicleta.

Ou simplesmente deixar o cachorro ir embora e dar a bicicleta como perdida. O que vem fácil vai fácil.

Mas teve uma horrível visão do cachorro perdido sozinho pelas ruas, procurando o dono que não tinha pensado duas vezes antes de abandoná-lo com uma estranha, e sentiu um aperto no peito. Nunca suportou a ideia de alguma coisa perdida ou vagando. Havia histórias que seus pais nunca mais leram para ela, depois que passara quatro noites seguidas chorando até dormir pensando no que poderia ter acontecido com o ursinho Paddington perdido em Londres se não tivesse sido resgatado por uma família.

E ele parecia tão magro. Gina sabia que galgos não eram robustos, mas a marca das costelas era aparente demais sob a pelagem cinzenta.

– Vem – disse ela, mais para si do que para o cachorro. – Vamos jantar.

O galgo observou Gina enquanto ela esquentava a sopa que comprara na delicatéssen e nem tentou pegar os pães que ela colocou na torradeira, mesmo tendo levantado o focinho para farejar o ar com interesse. Em vez disso, deitou-se contra a porta, sem olhar pra ela, encolhendo-se cada vez que ela se movia.

Era desconcertante ter um ser vivo no seu espaço novamente. Os gatos tinham sido uma presença imperiosa na sua casa, permanecendo invisíveis até Stuart chegar em casa, quando se materializavam no colo dele, olhando-o com uma adoração que Gina sempre achara exagerada. Aquele cachorro parecia decidido a não interagir, e ainda assim ela quase conseguia sentir a ansiedade dele vibrando no ar.

Ficou imaginando se ele tinha sido largado com estranhos antes. Estaria acostumado com aquela rotina? Algo no jeito dócil do cão fazia com que sentisse muita compaixão por ele, como se ele tivesse mais motivo para ter medo dela do que ela dele.

Gina se serviu da sopa e abriu e fechou os armários, tentando encontrar alguma coisa para dar a Buzz. Thor e Loki tinham uma prateleira inteira só para eles na despensa pintada e organizada de Gina. Thor só comia ração de marca; Loki tinha intolerância a lactose e um problema renal. Não ter que alimentar os gatos era uma das únicas coisas que fazia Gina poupar algum dinheiro na sua nova vida de solteira. Aquilo também a deixava com mais tempo livre e, era obrigada a admitir, diminuía muito o seu estresse. Não tinha sido nada bom para sua autoestima ser diariamente rejeitada por dois gatos.

No fim, misturou um pouco de cereal integral com leite, que Buzz devorou assim que ela colocou a tigela no chão, comendo tudo e lambendo a louça.

Gina jantou e levou uma xícara de chá para a sala, onde ligou o rádio (estavam transmitindo uma peça na Rádio 4, algo bom para preencher noites silenciosas) e abriu uma caixa da mudança com roupas para organizar. Por segurança, amarrou novamente o lenço na coleira do cachorro e a outra ponta no pé do sofá, mas ele se encolheu em uma bola cinza, escondendo o focinho embaixo das ancas tigradas.

Gina deixou os cestos de organização por perto e começou a separar as roupas que iam para doação e as que seriam vendidas no eBay. Quando a peça de teatro terminou, preparou mais uma xícara de chá e deu ao cachorro o pão que tinha deixado para o café da manhã. O chá a aqueceu, mas o modo desesperado e faminto com que o cachorro comeu o pão aqueceu ainda mais seu coração e a entristeceu.

Quando foi para a cama às 22h50, Buzz não se moveu. Fingiu que estava dormindo para não ter que interagir.

Não era muito diferente da vida de casada, pensou, fechando a porta.

Capítulo 10

ITEM: uma pulseira da Tiffany com três pingentes – uma letra G, um bolinho de casamento esmaltado e um anjinho de prata. Dentro da caixa azul, algumas pétalas secas e um cartão datado e assinado por Naomi e Jason Hewson

Longhampton, 2008

Gina não está muito entusiasmada com o vestido em tom de damasco e cheio de camadas que Naomi selecionou para o seu papel de madrinha de casamento, mas não quer dizer nada porque Naomi já está naquele estágio avançado de noiva estressada. O vestido que deveria usar, o qual tinha escolhido e experimentado meses antes, foi vítima de um colapso nervoso da costureira. Faltando apenas quatro meses para o casamento, teriam que encontrar um outro em promoção em alguma loja. Mais um passo em falso (por exemplo, Gina tinha rido quando Naomi a fez prometer que não cortaria nem pintaria o cabelo até o casamento, só que Naomi não estava brincando) e poderia ser rebaixada, não apenas do posto de madrinha principal, mas também do de melhor amiga.

O senso de humor de Naomi desaparecera desde que iniciara os preparativos do casamento. Ela não rira quando Gina e Stuart – bem, só Gina, na verdade – sugeriram, de forma bem direta, um casamento duplo no clube de futebol. Foi só depois, quando Gina assegurou que ela e Stuart não estavam com a menor pressa de marcar uma data e certamente não tão perto das núpcias dos Hewson-McIntyres, que Naomi se acalmou.

O problema é que Naomi presume que Gina também tem uma pasta com mais de dez centímetros de espessura cheia de planos de casamento, referências e amostras de lembrancinhas, e Gina não tem. Às vezes acorda e esquece que ficou noiva de Stuart e, quando lembra, sente uma sensação estranha no estômago que não é causada pela felicidade plena que Naomi insiste sentir agora que só faltam catorze semanas para se tornar a Sra. Naomi Hewson.

Estar noiva era legal. Era ótimo, na verdade. Todo mundo parou de importuná-la, e Stuart está realmente envolvido na reforma que estão fazendo na casa da Dryden Road. O que é bom, porque não têm como pagar pela mão de obra, e estão raspando, lixando e consertando tudo sozinhos. Gina está feliz em ver como Stuart está começando a amar aquela casa antiga. Até então, estava muito mais empenhado na busca pela casa moderna que Jason está querendo para ele e Naomi.

– Serviu? – pergunta Naomi do outro lado da cortina do provador. – Podemos pedir modificações e ajustes. Temos tempo suficiente se você não der nem uma engordadinha. Eu só tenho uma madrinha principal – explica ela para Barbara, a dona da loja. – Minhas primas não fazem o tipo que você quer como companhia para nenhum lugar, quanto mais para o altar. Além disso, Gina vai se casar também, então ela não vai fazer uma daquelas cenas para disputar o buquê.

– Oi? Esta cortina não é à prova de som – diz Gina.

– E ela é minha melhor amiga em todo o mundo – acrescenta Naomi bem alto.

Gina puxa o corpete estruturado do vestido e duas gordurinhas pálidas aparecem entre as axilas e o corpete. Maravilha. Ajeita os seios para dentro, na tentativa de criar o colo bonito que Naomi conseguiu no seu lindo vestido de noiva, e sente-se uma imitação tosca de uma dama do século XVII.

Gina já tinha sido madrinha uma outra vez, no casamento da mãe, na cerimônia no cartório. Usara um vestido Laura Ashley que fazia com que parecesse ter 5 anos de idade, e não 11. Janet vestira um conjunto de duas peças da Jaeger, saia e blazer, que fazia com que parecesse ser a escrivã e não a noiva. Terry escolhera um terno de três peças. Mas tudo bem, estavam em 1991.

1991. Quase vinte anos atrás. O tempo passa de um modo muito estranho, ela pensa. Parece que corre mais rápido em Longhampton do que em qualquer outro lugar.

Já fazia três anos que Gina tinha voltado, e parecia que nunca partira. Às vezes, quando está no pub com Stuart, Jason e Naomi, alguém menciona Londres – em geral, falando dos preços exorbitantes das casas ou sobre os índices de criminalidade –, e Gina precisa se esforçar para lembrar que era onde morava antes. Os vestidos que usava para trabalhar estão no fundo do armário, e os telefones dos antigos colegas ainda estão no seu celular, mas dentro dela não há vestígios de nada daquilo, a não ser por uma sensação de alívio sempre que falam sobre greves do metrô no noticiário. O mais estranho é que isso não incomoda Gina. Ela não quer pensar sobre aqueles anos entorpecidos. Eles estão encaixotados e guardados no fundo do seu sótão mental.

Este é o início da sua nova vida, diz para si mesma.

– Como está aí dentro? Você tem que empurrar... desculpa o linguajar... as tetas pra cima – sugere Barbara. – Precisa de ajuda?

Gina coloca os ombros para trás a fim de redistribuir os seios, de modo que não fiquem tão obscenos, e olha com atenção para o espelho pela primeira vez. O que vê é tão diferente do habitual que ela precisa parar e piscar para o próprio reflexo. Com aquele corpete estruturado e bordado com cristais e a saia rodada, é mais um vestido de baile do que de madrinha de casamento. E o rosto acima dos ombros desnudos parece mais jovem e mais leve. (Naomi a obrigara a deixar os óculos em casa e usar lentes de contato para aquela sessão.) Mais bonita.

Devia ser por conta da iluminação suave e superlisonjeira do provador, pensa Gina com ceticismo.

Mas alguma coisa no modo como aquele corpete a envolve desperta uma lembrança antiga da última vez que seu corpo foi comprimido por um vestido assim, da sensação do vento morno nos ombros...

O vestido que Naomi escolheu era, sem ela saber, quase idêntico ao que Gina usara no seu primeiro baile com Kit. E ele traz todas as lembranças de volta: dançar descalça no gramado deserto com gotas de orvalho brilhando nas unhas vermelhas dos pés, sentindo-se intocável na bolha que ele criara em volta deles. Naquele mundo, ainda eram jovens e impulsivos e completamente alheios a qualquer coisa que pudesse dar errado.

Gina não se permite pensar sobre aquela noite há muito tempo. Porém, com a estrutura do vestido apertando sua cintura exatamente do mesmo modo que aquele outro vestido, quase consegue sentir o cheiro da manhã começando a esquentar, dos arranjos de flores exalando a secreta explosão noturna de perfume, do algodão-doce e da camisa engomada, da loção pós-barba de Kit e da sua própria pele bronzeada, tudo isso entrecortado pela ressaca que se esgueirava pelos cantos da sua mente caleidoscópica. E ela sente saudade disso. E como sente! O peito chega a doer – porque tudo acabou. Todas aquelas possibilidades se foram.

Ela fecha os olhos e se rende àquele desejo desesperado de voltar no tempo. Mas não pode – não é nem por querer aquele momento específico de volta; Gina só quer voltar à noite do acidente e *não estragar tudo*. Isso é tudo que sempre quis. Voltar e deixar aquela vida tomar o rumo que deveria tomar, afinal, quem sabe onde estariam agora se ela não tivesse arruinado as coisas?

Para, ela pensa, com raiva. Por que está pensando nisso agora? Por que está estragando este dia tão legal?

– Tá tudo bem aí dentro? – Naomi balança a cortina. – Sai logo daí.

Gina se recompõe e abre a cortina. Pela expressão no rosto de Naomi e no da vendedora – os sorrisos repentinos e forçados –, Gina sabe que não ficou bem. Ela e o vestido não são dignos do "uau" que elas tanto esperam.

– É *quase* isso – diz Barbara em tom encorajador. Ela faz um gesto com a mão em concha. – Você precisa subir um pouco os seios. Aqui, deixe-me mostrar.

– Não! – Gina dá um passo para trás e entra na cabine, quase arrancando a cortina do suporte. Naomi parece surpresa. – Tudo bem, pode deixar... Esperem aí.

Ela fecha a cortina toda e se afasta delas, enfiando a mão no corpete para levantar a carne macia e cheia, e é quando sente o caroço, feito uma ervilha, enterrado na parte mais baixa do seio esquerdo. Seu dedo fica ali por um momento, como se pudesse estourá-lo como uma espinha.

A mão de Gina congela e ela prende a respiração. Afasta a mão devagar e levanta o outro seio com a esperança irracional de que, se encontrasse um caroço igual lá, aquilo explicaria o primeiro. Uma glândula ou algo do gênero. Mas no outro está tudo bem – macio e quente, com o mamilo descansando na palma de sua mão. Hesitante, escorrega a mão em volta do seio esquerdo de novo, mas desta vez não consegue sentir nada. Ela solta o ar rapidamente.

— Deve ser por conta do corpete. E está para ficar menstruada. Deve ser só isso. Também explicaria as lembranças hormonais, pensa, aliviada por ter encontrado uma explicação.

Gina tem uma visão abrupta e idiota de *A princesa e a ervilha*. Com certeza, se fosse algo ruim ela teria sentido antes. Teria sentido dor. Mas isso não dói. Está tudo bem. Ela começa a mexer os dedos de novo ali, sem conseguir resistir. Desta vez, sente uma coisa.

— Gina?

Ao abrir a cortina de novo, a expressão de Naomi se ilumina. Gina consegue se ver no espelho atrás delas — alta e com cabelo escuro, as maçãs do rosto arredondadas sob a luz e os seios brancos sobre o corpete.

Gina não consegue afastar o olhar do seu reflexo atrás delas, como se aquela sua versão adulta fosse um fantasma. Não parece doente — na verdade, tinha até ganhado uns quilos. A pessoa não começa a perder peso quando tem... nódulos?

— Não é de admirar que ela esteja hipnotizada com a própria imagem! — exclama Barbara em tom de aprovação. — Onde você estava escondendo *estes* seios!

— Ficou linda.

Os olhos de Naomi ficam marejados e, sob o corte de cabelo sofisticado e o lenço de grife, Gina vê a adolescente de novo, a garota que não conseguia tomar vodca, que mentia que gostava de Blur para impressionar Scott Rufford. Ela se pergunta o que Naomi está vendo quando olha para *ela*. Quanto tinha mudado?

É tomada por um misto de emoções e culpa por estar prestes a estragar o que as revistas de noiva de Naomi dizem ser um precioso vínculo entre a noiva e a madrinha.

— Tudo bem com você, Gee? — pergunta Naomi, de repente.

— Casamentos sempre deixam as pessoas um pouco emotivas — comenta Barbara. — Pelo que soube, você é a próxima.

— Sim — concorda Gina, mas a voz não parece a dela.

No dia seguinte, o cachorro ainda estava encolhido na almofada perto da porta onde Gina o colocara, o focinho comprido enfiado embaixo da pata traseira, formando um montinho compacto de pele e ossos. Ficou surpresa em notar como parecia pequeno – na sua mente, de pé no corredor, ele aparentara ser maior. Agora lembrava um caroço de feijão.

Estava vivo. Dava para perceber pelo movimento das costelas a cada respiração. Ela observou, contando os longos segundos entre cada uma delas, notando o fino borrão acinzentado em torno do focinho, manchas brancas como floco de neve nas ancas. Embora os olhos estivessem fechados enquanto ela ficava lá imaginando qual seria o próximo passo, quando ela se moveu na direção dele, ele os abriu de supetão e, em segundos, o galgo estava de pé, encolhendo-se um pouco, como se temesse o que ela faria em seguida.

Gina não entendia muito de cachorros, mas o modo submisso com que o rabo fino estava curvado entre as pernas dele a fez se sentir envergonhada da irritação que crescia na sua cabeça. Ele *era* maior quando ficava de pé, mas tinha um formato estranho, com aquele peito largo, os quadris estreitos e a cabeça pequena e ligeiramente pré-histórica.

– Tá tudo bem – disse ela, constrangida.

O cachorro estremeceu, mas talvez tenha sido só por causa do vento frio do corredor. Ela conseguia ver os músculos tremendo sob a pele.

Conversar com um cachorro era um mau sinal. Você precisa botar ele pra fora antes que comece a se sentir culpada, pensou, enquanto ele – Buzz? Era esse o nome do cachorro? – seguia para a cozinha. Isso não é problema seu.

Quando o galgo passou por ela, as patas com pontas brancas silenciosas no piso laminado, Gina ouviu o ronco patético do estômago dele e sabia que teria que alimentá-lo antes de decidir o que faria em seguida.

Gina preparou outra tigela de cereais para Buzz, que a devorou antes que ela tivesse tempo de colocar leite na sua própria. Então, como a estava olhando de esguelha e com um ar de pidão que ela não conseguia suportar, deu dois biscoitos, os quais ele pegou e levou para debaixo da mesa. Comeu-os de forma rápida e sem fazer sujeira, o tempo todo atento a ela.

Enquanto comia, Gina repassava o dia que teria pela frente. Tinha hora marcada para a inspeção do primeiro estágio da cabana de Naomi, que estava ganhando forma na oficina do marceneiro em Longhampton Trading Estate, e, de lá, precisava pegar novos cartões de tintas de fornecedores na mesma vizinhança; isso lhe daria tempo suficiente para deixar o cachorro na delegacia e denunciar o roubo da sua bicicleta.

A única falha no plano era que ela não sabia onde ficava a delegacia desde que a tiraram do centro da cidade e, além disso, sua internet ainda não tinha sido instalada, então não teria como pesquisar on-line. Gina não havia contado aquilo para a mãe, pois caía na lista de tarefas que Stuart teria feito, mas ela iria resolver. Ficar sem internet estava sendo, de algumas formas, menos estressante do que esperava.

Embaixo da mesa, Buzz a observou procurar a lista telefônica no meio da pilha de cartas de propaganda e, depois, enquanto esperava para falar com um ser humano na delegacia. Levou um bom tempo até conseguir, e, quando sua ligação foi atendida, o policial pareceu afrontado. Denunciar o roubo não seria problema – eles mandariam um policial mais tarde para pegar seu depoimento completo –, mas o cachorro era. Não haveria lugar para ele, uma vez que tinham acabado de fazer uma apreensão em um esconderijo de suspeitos de tráfico de drogas protegido por cinco cachorros ferozes e todos eles estavam no canil de emergência da delegacia.

Gina não queria Buzz no seu apartamento, mas também não o queria em um canil com cães ferozes. Ele já parecia aterrorizado o suficiente.

– Que tipo de cachorro é? – perguntou o sargento.

– Hum... um galgo? – Gina olhou para Buzz. – Um lebréu? Não sou especialista. Mas ele é bem magro e esguio.

– Ele é perigoso? Arisco?

– Não, ele é bem tranquilo. – Ela olhou o relógio. Não queria chegar atrasada na reunião com o marceneiro: ele já tinha deixado claro que precisaria sair para fazer um orçamento de um trabalho dali a meia hora. – Eu só quero entregar o cachorro pra alguém que vá cuidar dele. E denunciar o roubo da bicicleta, por favor.

– Na verdade, isso tem mais a ver com o canil municipal. Tecnicamente, ele é um cachorro perdido... Anota aí o número...

– Como assim? Não tem um endereço onde eu possa deixar o cachorro? Isso vai demorar?

– Não sei dizer. O atendente costuma trabalhar na rua durante o dia, e é um departamento público, então, se você puder manter o cachorro na sua casa até...

– Eu não posso fazer isso! Eu preciso sair.

– Só um momento.

O sargento abafou um suspiro e, ao fundo, Gina ouviu um latido frenético. Tinha visto Buzz se encolher mais embaixo da mesa?

– Então. Você pode deixar o cachorro no abrigo de cães Four Oaks em Rosehill Road? É um dos canis locais para cachorros perdidos. Posso dar o endereço e o telefone deles.

– Sei onde fica.

O canil Four Oaks fica na saída de Longhampton para Rosehill. Gina já passara diversas vezes pela placa verde e dourada – o carvalho com galhos carregados de folhas em forma de pata de cachorro. Era a mesma logomarca do bazar de caridade do outro lado da rua.

Marcou o horário para o policial vir pegar o depoimento sobre o roubo da bicicleta e desligou.

– Muito bem – disse ela para Buzz. – Você vai ficar muito bem. Elas são senhoras muito boas que adoram ler.

Ele baixou as orelhas como se estivesse escutando, e Gina ficou surpresa ao perceber como aquele cachorro não era nada ameaçador, considerando que era grande e esquisito. Gina hesitou por um segundo e estendeu a mão para acariciar a cabeça do cão, mas ele se afastou, andando de costas até o sofá. Quando o celular tocou, ele se encolheu e correu para a porta, com o rabo entre as pernas novamente.

Gina ficou de olho nele enquanto atendia. Era Tony, o marceneiro.

– Alô, Gina – disse ele, e de imediato ela detectou o tom de desculpas. – Será que você poderia vir um pouco mais cedo? É que um trabalho que preciso orçar mudou de horário e os rapazes já saíram.

– Que horas?

– Tipo agora? Eu preciso conversar com você sobre umas opções. Se me lembro bem, a cliente foi específica em relação a alguns detalhes. E estamos com dificuldades.

Gina não tinha como negar aquilo. Naomi teve ideias bem inovadoras em relação a como a cabana seria dividida entre uma garotinha de 3 anos e um cara de 30 e tantos. Um espaço masculino com casa de bonecas sob medida era necessariamente um projeto complexo de design.

– Está bem – disse ela. – Irei o mais rápido possível, mas tenho que fazer um...

Ela olhou pela janela para o outro lado da rua e viu uma forma muito rápida de conseguir ganhar meia hora na sua agenda.

– Esta não é a guia mais adequada que já vi para um cachorro, mas provavelmente é a mais estilosa – comentou Rachel quando Gina entrou na loja Four Oaks com sua mais recente doação. – Será que você não se interessa por algumas opções mais tradicionais?

Ela fez um gesto para a estante cheia de coleiras de couro e roupinhas de cachorro.

– Não, obrigada. Eu não expliquei? A ideia é me livrar de coisas – disse Gina. Ela colocou duas sacolas de roupas no balcão. – Aqui, trouxe umas roupas pra vocês. Podem considerar isso um agrado.

Aquelas eram algumas das roupas que ela e Naomi deveriam vender, mas Naomi não aparecia para ajudar e Gina achou que seria útil mimar um pouco o pessoal da loja.

– Obrigada! Que maravilha! Espero que também não esteja se livrando deste bonitão aqui.

Rachel estendeu a mão para acariciar as orelhas aveludadas de Buzz. Ele empurrou a cabeça contra a mão dela, fechando os olhos em um sinal de confiança.

– Você é muito lindo – elogiou ela. – E qual é o seu nome, hein?

– Buzz. E ele não é meu. Vou deixá-lo com vocês.

Rachel levantou a cabeça, surpresa. Uma mecha de cabelo preto curto caiu nos olhos dela. Ela a afastou e lançou um olhar divertido para Gina.

– Não, não. Nós recebemos livros, roupas, quebra-cabeças. Mas não *cachorros*. Você precisa levá-lo até o abrigo. Sabe onde fica? Subindo a ladeira, logo depois da grande cerejeira?

– Eu não tenho tempo esta manhã e acho que não consigo colocá-lo no meu carro.

Rachel se levantou e tirou pelos brancos da calça.

– Por mais lindo que ele seja, não posso recebê-lo. Existem procedimentos a serem seguidos. De quem é o cachorro? Você o encontrou solto na rua?

– Um delinquente o deixou como garantia enquanto roubava a minha bicicleta ontem à noite. Eu liguei pra polícia e eles me disseram pra levá-lo ao canil municipal pra que seja acolhido e... façam seja lá o que fazem com cachorros em situação de rua.

Ao dizer isso, Gina ficou imaginando o que faziam com esses cachorros. Teve uma visão desagradável com a carrocinha de cachorros por conta de *A dama e o vagabundo*. Outro filme adorado por crianças que, para o espanto de Janet, lhe dera pesadelos.

– O dono simplesmente o abandonou? – indagou Rachel, com expressão sombria.

Gina assentiu.

– Não sei se ele vai aparecer pra pegar o cachorro. Mas, se o fizer, espero que a polícia prenda o filho da mãe e que eu consiga minha bicicleta de volta. Isso se ele já não a vendeu.

– Meu Deus – disse Rachel. – Você quer devolver o cachorro pra um dono que o larga na mão de estranhos? Tem ideia do que as pessoas fazem com um cachorro abandonado?

Buzz tinha ficado completamente imóvel enquanto conversavam sobre ele, mas, com o canto dos olhos, Gina o viu se deitar e se encolher todinho contra a estante de livros, como se estivesse tentando ficar invisível. Havia algo de patético na ânsia dele de desaparecer de vista que a deixava ao mesmo tempo triste e com raiva.

Rachel deve ter percebido também, porque parou de falar.

– Então, posso deixar ele com você? Por favor – insistiu Gina. – É que já estou atrasada pra essa reunião...

– Tá bem. – Rachel bateu as mãos. – Pode deixar comigo. Eu o levo lá na hora do almoço. Mas me dê seu telefone, pro caso de haver algum problema.

Os ombros de Gina relaxaram. Não tinha percebido como os olhos assombrados de Buzz a tinham afetado até sentir a tensão afrouxar na sua mente. Realmente não queria ter que se preocupar com mais uma coisa, não quando às vezes se esquecia de preparar o próprio jantar ou passava a noite inteira em claro.

– Você está em boas mãos aqui – disse ela para ele, desatando o lindo lenço da coleira e o entregando para Rachel. – Considere isto uma doação. É um Alexander McQueen.

Rachel suspirou e olhou para Gina como se soubesse exatamente o que ela estava pensando.

Mesmo no estágio inicial, a cabana e casa de bonecas no meio da oficina de Tony já era algo impressionante.

– Sério, Tony – disse Gina, enquanto olhavam para a construção. – Eu poderia tranquilamente me mudar pra cá.

Era uma construção de madeira dividida em duas partes. Na frente, era uma linda casinha, com venezianas de pinho decoradas com coraçõezinhos entalhados e pequenas jardineiras na janela esperando para serem preenchidas com flores de seda; na parte interna, havia espaço para uma cozinha de brinquedo e uma mesa para chá, e uma cadeira confortável para as "vovós". Esta era uma das metades. Na dos fundos, havia outra porta, bem mais simples, que levava a uma cabana compacta, com espaço suficiente para uma poltrona reclinável, uma televisão pequena, um frigobar e o que mais Naomi sentisse que Jason precisaria para relaxar sozinho. Os dois ambientes eram separados por uma parede grossa no meio, com uma discreta escotilha ou janela de observação.

– Bem, nós demos um jeito no lance das duas portas e das duas seções da casa – declarou Tony, observando a obra de forma crítica. – Já vou avisando que não vai sair barato, não com todos os detalhes que sua cliente pediu.

– Não se preocupe com isso. O orçamento é... generoso. – Gina não queria nem pensar em quantos presentes de Natal que deu a Naomi haviam sido vendidos no eBay para pagar por aquilo. – E agora que já fez o principal, você vai começar os móveis?

A cozinha de brinquedo seria o presente de Gina para Willow: um guarda-louça galês, igual ao da sua antiga casa, e uma mesa com cadeiras em formato de cogumelo para a hora do chá.

– Um dos aprendizes está cuidando dessa parte. – Tony cruzou os braços, divertido. – Comecei a chamá-lo de Kyle, o gnomo, por todas aquelas cadeirinhas que ele vai ter que fazer.

Gina sorriu e tirou algumas fotos com o celular para mandar para Naomi. Tinha ficado um pouco melancólica ao ver a casinha de bonecas, mas não conseguia definir se era pelos filhos que não tinha ou porque, no fundo, sua criança interior queria aquela casa, com todas as comodidades modernas, janelas de verdade e um ferrolho preto na porta da frente. Um pouco de ambos, decidiu. Só uma pessoa com coração de pedra não ia querer suas próprias jardineirinhas com rosas em miniatura.

Gina chegou em casa às cinco da tarde, determinada a começar o seu projeto da semana: copiar todas as suas músicas para o notebook a fim de vender ou doar os CDs, que estavam ocupando duas caixas no quarto. Estava farta de ter que passar por cima delas para ir para a cama, e, agora que a sala estava começando a ficar mais espaçosa, ela não queria se acostumar com as tralhas. O apartamento tinha que ficar com espaços livres.

"Música" era o item dezoito da sua lista. Os acréscimos aumentavam no rolo de papel de forro; alguns ganhavam pequenos desenhos ao lado, caso Gina estivesse a fim. Não desenhava havia muito tempo. Agora, toda a parede parecia um grande bloco de desenho, tentador e ao mesmo tempo perturbador. A lista estava ficando interessante, e ela tentava escolher de forma instintiva, em vez de por motivos lógicos.

Algumas escolhas eram de ordem prática – o notebook, os alto-falantes de alta definição, o edredom de penas (que era fresco no verão e quentinho no inverno) –, ao passo que outras eram deliberadamente nada práticas e muito sentimentais – uma foto emoldurada dos pais em Ascot, o gatinho da sorte que Naomi lhe dera quando foram fazer as provas de seleção para a universidade. Gina não conseguiria escolher apenas um CD, não quando grande parte de sua vida tinha uma trilha sonora presente naquela coleção, então tinha escolhido ficar com todos.

Gina colocou o primeiro CD dos Beatles no computador e começou a copiar, pensando em como os antigos estojos e encartes de CD pareciam antiquados agora. Alguns tinham ido com ela para a faculdade, alguns para a casa que compartilhara em Londres e outros eram de Stuart, na verdade. Tinha uns arranhados, outros com o encaixe quebrado e pontas rachadas. Ainda assim, a música soava limpa e nítida. Fez um cálculo mental de quanto tinha gastado naquelas duas caixas cheias de CDs e sentiu-se mal. Ainda assim, se o bazar cobrasse uma libra por cada um deles, o montante bancaria algumas refeições de Buzz no abrigo.

Gina franziu a testa. Buzz ficaria bem. E não era responsabilidade dela. Tinha agido certo ao entregá-lo a pessoas que poderiam cuidar dele.

No tempo que levou para procurar todos os CDs dos Beatles e organizá-los em uma pilha, a cópia de *Revolver* tinha sido concluída. Gina ejetou o CD, guardou no respectivo estojo, colocou-o na caixa "DOAR" e pegou o álbum *Rubber Soul*. Havia algo de satisfatório em passar as músicas para o computador: aquilo preencheria boa parte das suas noites tranquilas, e ela poderia dizer para a mãe e para Naomi que, sim, estava se mantendo muito ocupada, obrigada.

Resolveu organizar mais coisas enquanto copiava os CDs dos Beatles, mas, quando chegou às músicas da década de 1990, a nostalgia começou a diminuir o ritmo de trabalho. Os CDs costumavam ficar em prateleiras que iam do chão ao teto na casa da Dryden Road, então ela não via as capas havia muito tempo. Mas, agora, olhando-as, as lembranças chegavam aos montes quando abria cada estojo.

Nick Drake. Deitada na cama com Kit, ouvindo *Five Leaves Left* repetidas vezes enquanto se beijavam até os lábios ficarem dormentes.

Nirvana a fazia se lembrar de quando revia as matérias da escola com Naomi no gramado atrás da quadra de esportes.

As compilações de *Now That's What I Call Music!*, com as faixas na contracapa, evocavam as longas tardes de verão que passava no seu quarto ouvindo rádio.

Radiohead, The Flaming Lips, Editors: os sons dos meses de quimioterapia. Músicas complexas e estruturais para as quais nunca tinha tempo quando estava ocupada, mas que preencheram suas tardes na cama enquanto estava ressurgindo lentamente depois dos tratamentos, sem conseguir se mexer nem pensar e precisando de algo para distraí-la da dor nos ossos e músculos. Gina deixou esses de lado; sabia que nunca mais ouviria Arcade Fire de novo porque ficaria nauseada.

Ficou imaginando qual seria a trilha sonora da fase atual de sua vida. Não conseguiria saber até ela passar completamente e você ouvir alguma música por acaso e sua mente ser inundada por lembranças.

Alanis Morissette. Gina segurou *Jagged Little Pill* e passou os dedos pelo estojo rachado, porque alguém pisara nele em uma festa. Foi o primeiro CD que comprara, em uma loja de música em Longhampton, e provocara a primeira briga de adolescente que tivera com a mãe, que parecia estar convencida de que comprar um CD com um selo que indicava "linguajar impróprio" significava que Gina estava saindo dos trilhos e ia mergulhar em uma vida de embriaguez e tatuagens.

Terry tentara acalmar as coisas. No calor da discussão, Janet dissera algo sobre Gina não ter herdado *dela* aquele tipo de comportamento, e a atitude desafiadora de Gina fora substituída pela curiosidade. Herdara o quê, exatamente? Até onde sabia, seu pai soldado não tinha nada em comum com Alanis Morissette. Mas Janet se calara, alegara uma dor de cabeça e fora para o quarto, deixando as perguntas no ar.

Terry a convencera a não insistir no assunto.

– É só que ela se preocupa com você, agora que está crescendo – dissera ele. – Não ache que tem algo mais por trás disso. É que as músicas são meio... revoltadas, querida.

Porém, quando mais tarde Gina desabafou com Naomi, o que mais ela podia fazer além de procurar coisas nas entrelinhas, já que sua mãe nunca lhe contava nada? Ela procurava pistas em tudo que podia. Uma pessoa não entrava para a divisão especial do exército se fosse um soldado qualquer. A morte dele não seria totalmente apagada dos registros de segurança se ele não estivesse envolvido em algo perigoso.

E *de que forma* se parecia com o pai? Teria genes que poderiam ser treinados para matar, perseguir e buscar o perigo? Teria o pai sido assim o tempo todo? Como a mãe, tão arrumada e bonita, acabara se casando com um homem de quem nem conseguia falar era parte do grande mistério, tanto quanto quem ele fora. Janet conheceu Huw por apenas quatro anos. Menos tempo do que Gina morara com Stuart.

Gina não estava ouvindo as faixas que baixava para o notebook, mas, por impulso, clicou em "You Oughta Know".

Ficou toda arrepiada. Tinha se esquecido de quanta raiva havia naquela música.

O interfone tocou e Gina deu um pulo, como se alguém tivesse entrado no quarto.

Desligou a música e foi até o aparelho, tentando se recompor. Seria o policial? Ou talvez Dave voltando com sua bicicleta?

– Oi – disse uma voz que ela não reconheceu. – Aqui é Rachel Fenwick, do abrigo de cachorros. Você tem um minuto?

– Sim, é claro. – Gina pressionou os lábios. Rachel já poderia levar alguns dos CDs. Aparecera na hora certa. – Empurra a porta. Já destranquei.

Enquanto Rachel subia as escadas para o apartamento, Gina fez uma ronda rápida pela sala: ajeitou três almofadas amarelas no sofá, colocou o notebook na mesa de centro, acendeu a vela de jacinto e ligou dois abajures. Esperava que Rachel estivesse ali para contar que Buzz tinha reencontrado o dono ou que estava no abrigo da estrada. Não o queria, mas também não o queria infeliz.

Ouviu uma batida à porta e, quando a abriu, Rachel estava diante dela com duas sacolas de juta, ambas cheias de coisas. Ao lado, em uma guia presa a uma coleira novinha, estava Buzz.

Gina sentiu o coração afundar. E Buzz também, pois se encolheu um pouco contra a perna de Rachel.

– Oi! – Rachel passou a mão no cabelo escuro. – Tenho boas e más notícias. Mas a maioria é boa. Eu acho.

– É melhor você entrar – disse Gina.

Rachel pareceu muito mais disposta a entrar do que Buzz.

Capítulo 11

ITEM: uma pasta A4 vermelha contendo registros hospitalares, cartas de referência, cartões com consultas marcadas, folhetos diversos e impressões de artigos da internet

Longhampton, junho de 2008

Stuart não parou de falar desde que saíram do estacionamento do hospital, mas Gina não assimila nada. Em vez disso, está catalogando as construções conhecidas em seu lado da rua: uma fileira de casas vitorianas geminadas pintadas de rosa, amarelo e marrom-claro (que ela chamava de "casas napolitanas"), umas construções novas com molduras de carvalho, depois a igreja. As magnólias no jardim da grande *villa* recuavam a partir da rua, explodindo sua exuberância por cima do muro. E, então, a parte residencial fica para trás e eles passam pela antiga escola técnica de ensino superior e pelo posto de gasolina, seguindo de volta para a casa em obras na Dryden Road, onde teriam que arrancar o papel de parede naquele fim de semana.

O mundo exterior está exatamente do mesmo jeito que estava quando passaram algumas horas antes, mas a sensação é de que virou de cabeça para baixo. O papel de parede ainda precisa ser arrancado. Mas agora ela tem câncer de mama.

Gina tenta repetir isso na cabeça. *Agora eu tenho câncer de mama.*

Ainda parece que está falando de outra pessoa. Uma pessoa mais corajosa, mais velha.

Depois da consulta com o melhor cirurgião de mama das Midlands,

Gina tem o diagnóstico oficial de que tem um pequeno caroço e alguns linfonodos afetados, todos os quais serão extirpados pelo Dr. Khan às 15 horas de sexta-feira.

– ... e, então, ele disse que o lado positivo é que não se espalhou pra além desses linfonodos, o que é algo pra gente sempre lembrar – continua Stuart, como se ela não estivesse lá quando o Dr. Khan dissera tudo aquilo. – E, então, quando eu perguntei a ele sobre o tratamento hormonal, ele disse que, como o seu era receptivo ao estrogênio, você poderia tomar tamoxifeno...

Gina deixa Stuart continuar o monólogo, desviando-se prontamente da palavra *câncer* enquanto continua. Recapitular situações estressantes sempre foi a forma dele de lidar com as coisas. Ele gosta de sentir que conhece todos os fatos, que domina todas as opções ao saírem de sua boca. De certa forma, isso é reconfortante: deixar-se levar pelo fluxo de praticidade de Stuart permite a ela o espaço secreto para pensar sobre as implicações maiores que sabe que ele não deixará que ela mencione.

Como contaria para a mãe? Janet fica histérica em hospitais, mais perdida que barata tonta, e consegue dar um jeito de se tornar o centro das atenções. Melhor não contar nada. Bem, terá que falar alguma coisa: vai ser difícil esconder a quimioterapia.

Gina observa o prédio art déco do corpo de bombeiros passar pela janela. Vai ter que tirar licença médica no trabalho. Quando deveria contar para *eles*? Quando deveria escrever cartas, para o caso de... E as coisas dela? Tinha muita coisa para organizar.

– ... é muito bom que o caroço seja tão pequeno. Ele disse que acha que não será necessária uma cirurgia reconstrutiva. Não que isso importe...

Pensamentos sombrios surgem como nuvens tempestuosas. Não é o tamanho do caroço que assusta Gina, é o fato de ele existir. O que tinha feito para ter câncer? Como aquilo tinha começado? Foi um trauma? Ou estresse? Sempre esteve lá, esperando? Ou ela que tinha causado aquilo?

A internet não ajudara muito. Gina leu um blog terrivelmente crítico que dizia que o câncer era causado por emoções reprimidas, e que a negatividade absorvida era como carvão, que se compactava e se transformava em câncer. Parecia que alguém estava berrando aquelas palavras dentro da sua cabeça.

– ... posso tirar uma folga no trabalho para acompanhar você nas sessões de quimioterapia ou posso chamar minha irmã, já que ela mora perto da clínica...

Stuart não dá nenhuma brecha para um diálogo, mas Gina não quer mesmo dizer nada. É como se estivesse falando de alguma amiga, e não dela.

Em sua cabeça, ela gira em torno da torre da igreja de St. Mary e percebe que está imaginando a si mesma pulando de telhado em telhado, exatamente como fazia no banco de trás do carro de Terry. Gina finca uma unha na pele entre o polegar e o indicador para voltar ao presente, ao carro de Stuart, a este momento. A esta nova realidade que está acontecendo com ela *agora*.

– ... e você já terá feito quase metade das sessões de quimioterapia no meu aniversário em setembro, então talvez a gente possa viajar pra algum lugar, se estiver se sentindo bem...

Por fim, Gina sente o sangue gelar nas veias ao cair em si.

O casamento de Naomi é em setembro. O casamento com tons de damasco e creme que elas estavam planejando havia quase um ano, enquanto Jason e Stuart jogavam críquete e malhavam na academia. E Gina será uma estraga-prazeres, a madrinha de casamento com câncer de mama que ainda nem chegou à metade do tratamento.

Meu cabelo, ela pensa. Meu cabelo vai cair. Naomi vai surtar. Vou chamar mais atenção do que a noiva se eu entrar completamente careca atrás dela. Talvez eu possa usar uma peruca.

Pensar na cara de Naomi quando contar que vai ter que usar uma peruca no casamento provoca uma crise de riso em Gina, e Stuart finalmente para de falar.

– Eu disse alguma coisa engraçada? – pergunta ele. – Qual é a graça?

Olhando para ele, ela percebe, surpresa, como está abatido. A testa está formando rugas de concentração, mas há uma vulnerabilidade em torno dos lábios que Gina nunca tinha visto antes, e se sente culpada: ele também vai ter que lidar com aquilo. Com a químio, com as consultas, com o peso de não poder *fazer* nada.

– Eu disse alguma coisa engraçada? – repete ele, mais inseguro.

Gina hesita. Stuart provavelmente não vai achar graça, mas tenta mesmo assim:

– Não... Eu... É só que eu talvez tenha que usar uma peruca no casamento da Naomi. Se meu cabelo cair.

Ele franze a testa e tenta sorrir.

– Por que não? Pense positivo. Podemos encontrar uma peruca maravilhosa. Até comprar em Londres, se você quiser. Naomi vai estar feliz só pelo fato de você estar lá.

– De repente ela vai querer que eu use uma em tom de damasco – diz Gina, e, na sua cabeça, consegue ouvir Naomi sugerindo exatamente isso, afastando o horror de tudo com uma piada boba. – Para combinar com o vestido.

– O quê? Claro que ela não vai sugerir uma coisa dessas. E, se sugerir, eu vou falar pra ela se tocar.

A voz dele falha como se estivesse prestes a chorar.

Ele não entende, pensa Gina, mas, ao mesmo tempo, tranquiliza-se exatamente por isso, pela presença forte de Stuart com todos os fatos e sua determinação de vencer. De superar tudo.

– Ah... merda – diz ele.

Ele para no estacionamento do McDonald's. Ficam sentados ali, sem dizer nada, e o cheiro tentador de batata frita invade o carro. Gina fica surpresa por ainda achar o cheiro tentador. O rádio está ligado e ela ouve os acordes tristes do início de "Chasing Cars", do Snow Patrol.

Stuart estica o braço para desligar.

– Não precisa – diz Gina com uma voz suave. – Eu nunca gostei dessa música. Agora eu tenho um motivo para odiá-la.

Eles realmente não sabem o que dizer um ao outro. Tem muita coisa acontecendo. Muita coisa que não compreendem. O carro parece enorme.

– Você vai ficar bem – afirma Stuart por fim, com um tremor na voz quase oculto sob a sua determinação. – Nós vamos vencer isso.

Gina dá um sorriso forçado. Será mais fácil se bancar a paciente corajosa até começar a acreditar piamente. Até parecer real.

– Eu sei – responde ela. – Um passo de cada vez.

– Gina. – Stuart pega a mão dela por sobre a marcha e a obriga a olhar para ele. – Quero adiantar nosso casamento. Vamos nos casar este mês. Antes de começar a quimioterapia.

– Mas o casamento da Naomi...

É a sua primeira reação e sabe que é idiota.

– Que se dane o casamento da Naomi. – Ele ficou tão indignado que seria engraçado, pensa Gina, se conseguisse rir. – Você é a única coisa que importa pra mim. Eu quero mostrar pro mundo que somos uma equipe, você e eu. Eu te amo. – Stuart olha para ela, tão lindo e decidido, e só com um pouco de medo. Parece um cavaleiro de armadura. – Eu te *amo*, Gina.

Será que minha mãe se sentiu assim quando meu pai a pediu em casamento?, pergunta-se Gina. A sensação de ser tomada nos braços de um homem forte e corajoso que luta por você é muito reconfortante agora, mesmo que vá contra tudo em que normalmente acredita.

Mas a situação não é normal. Agora, nada mais é. Suas dúvidas sobre os pequenos defeitos de Stuart parecem pequenas e arrogantes em comparação com a decência dele. O que é mais importante?

Com lágrimas de gratidão nos olhos, Gina afunda o rosto no ombro de Stuart. Sente o cheiro do perfume Hugo Boss e do amaciante que ela usou para lavar as roupas no início da semana, quando não sabia que tinha câncer.

Ainda não parece real.

– Tudo bem – concorda ela. – Vamos nos casar.

– A questão é que não será por muito tempo – informou Rachel. – Uma semana no máximo...

– Não, desculpe – disse Gina, para o caso de Rachel não ter ouvido da primeira vez.

– ... e eu *juro* que não estaria pedindo se essa fosse uma situação normal, mas você parece ser uma pessoa decente, e, para ser sincera, ele literalmente não tem nenhum outro lugar para onde ir. – Rachel levantou as mãos. – Estamos tão lotados que temos cachorros *em casa*.

– E algum canil particular? Posso fazer uma doação.

Rachel deixou escapar uma risada rápida e nervosa.

– *Eu* sou o canil particular. Todos os nossos lares provisórios estão cheios. Já atingimos o máximo de cachorros permitidos por lei. Passei por todos os abrigos da região e talvez eu consiga um lugar pro Buzz no fim de semana, mas, até lá, nem mesmo a delegacia pode acolhê-lo. E eu acho que o dono pode voltar e, nesse caso, você teria mesmo que devolver o cachorro a ele.

– Suponho que o dono não tenha feito um boletim de desaparecimento do cachorro...

Gina ficou surpresa por não dar a mínima para a bicicleta. Já era. Paciência. Nunca gostara dela mesmo. De alguma forma, estava mais zangada por causa do cachorro: pelo modo insensível como fora deixado com uma estranha e porque agora se sentia responsável por ele.

Rachel se inclinou e acariciou as orelhas de Buzz, como se não quisesse que o cão ouvisse.

– Claro que ninguém fez isso. Meu marido usou um leitor de microchip, mas não encontrou nada nele. – Ela olhou para Gina e acrescentou: – Ele é veterinário.

Como se Gina fosse presumir que eles tinham um aparelho de leitura de microchip só por diversão.

Rachel levantou o canto da orelha esquerda de Buzz, que só agora Gina percebia ser bem menor que a direita.

– Ele provavelmente tinha uma tatuagem na orelha, como identificação, mas, como pode ver, alguém decidiu removê-la.

Gina sentiu um arrepio.

– O quê? Eles...?

– Cortaram fora? Sim. Há um tempo já... Veja aqui, já está totalmente cicatrizada.

– Meu Deus, que horror.

Gina fez uma careta ao imaginar a cena diante dos olhos. O medo que Buzz parecia sentir das pessoas fazia muito sentido agora.

– Não é uma coisa incomum de acontecer com galgos que não têm sucesso. – Rachel pousou a mão na cabeça dele. Buzz fechou os olhos e Gina conseguiu ver o esforço que fazia para ficar parado. – Eles às vezes sofrem muitos maus-tratos. E Buzz não é muito grande. Não consigo vê-lo vencendo muitas corridas. Costumamos receber galgos raquíticos, abandonados na floresta de Coneygreen. Amarrados em árvores ou simplesmente abandonados pra sobreviver à própria sorte.

– Ainda não consigo entender como alguém pode simplesmente abandonar o próprio cachorro com uma estranha por causa de uma bicicleta.

— O cachorro nem deve ser dele. É um golpe clássico: conseguir um cachorro em algum lugar, fingir que é seu... – Rachel deu de ombros. – Não me deixe nem começar, eu ficaria aqui a noite toda.

Gina segurou com força a xícara de chá de hortelã. Fique firme, disse para si mesma, enquanto o peito doía. Não seja uma manteiga-derretida. Está sentindo isso por ter sido abandonada e não por causa do cachorro.

— Então, eu sei que é pedir muito, mas será que você poderia ficar com ele por alguns dias? Alguém do abrigo Greyhound West talvez possa ficar com ele depois, se você o abrigar até lá. Um edredom velho pode servir de cama. Essa raça é muito fácil de lidar. Olha... Eu não costumo fazer chantagem emocional. Esse é basicamente meu último recurso – confessou Rachel.

Gina suspirou e soube que Rachel entenderia isso como um quase "sim". Pois foi como lhe pareceu.

— Eu não sei cuidar de cachorro.

— Ah, galgos não são uma raça comum! – Rachel se animou. – Eles não latem, não ficam futucando as coisas. Gostam de dormir a maior parte do tempo e são muito carinhosos. Aposto que Buzz vai subir no seu colo na primeira oportunidade.

— Será?

Gina olhou para o cachorro, que parecia um saco de ossos. Não era o que chamaria de fofo.

— Tudo que precisa fazer é dar comida pra ele – continuou ela. – Olha, eu trouxe ração e algumas instruções. Vi que você tem um quintal, então há um acesso para o lado de fora. E, se você levá-lo para uns dois passeios de meia hora por dia, vai ser ótimo. Galgos não precisam de caminhadas muito longas. Eles ficam felizes com passeios curtos.

— Sim, mas eu trabalho em tempo integral – disse Gina, usando a cartada final. – Não tenho tempo pra passear com ele.

Rachel parecia estar esperando essa resposta.

— Se você quiser, pode deixá-lo na loja de manhã e a gente toma conta dele durante o dia. Temos um terreno nos fundos e eu mesma às vezes levo o meu cachorro. Não sei se já o viu. Sabe um border collie? Ele e Buzz já se conheceram e se deram bem.

Gina mordeu a parte interna do lábio. Stuart já teria se recusado meia hora atrás. Ele não teria preparado chá para Rachel, como ela fizera, nem permitido que entrasse no apartamento com Buzz e sua ansiedade de cortar o coração. Stuart nunca deixava nada de ruim penetrar o mundo dele; ficava na porta e repelia todas as coisas desagradáveis usando lógica e educação. Teria dado cinquenta libras para Rachel e a despachado firmemente de suas vidas.

Enquanto conversavam, o cachorro estava lentamente relaxando contra a bota de Rachel, seus pelos combinando com a textura da camurça surrada. Mesmo magro daquele jeito, Buzz tinha uma nobreza cautelosa que a fazia pensar nos retratos elisabetanos de príncipes posando com a mão na cabeça de um cão de caça, com uma coleira cravejada de pedras preciosas no pescoço.

Mas que clichê, pensou. Separação seguida da adoção de um cachorro. É o que todo mundo espera que você faça. Por que não curtir a própria companhia por um tempo? Passar um tempo sozinha e não se distrair com outros projetos?

– Espero que não me leve a mal – disse Rachel, com cuidado, como se fosse fazer um comentário que Gina talvez não quisesse ouvir. – Mas cachorros podem ser uma excelente companhia quando não se quer nenhuma companhia *de verdade*, se é que me entende.

Gina encontrou o olhar de Rachel. Ela tinha olhos castanhos sinceros contornados com rímel e alguns pés de galinha. Eram olhos que tinham rido e chorado e que não se importavam com rugas. Olhos gentis.

– Oi?

– É só que isso me lembrou... as caixas, a chaleira nova... – Rachel fez um gesto amplo em volta da sala. – Por favor, me corrija se eu estiver errada, mas já passei por isso, desencaixotando uma vida antiga na mudança para uma nova. É *horrível*. Tudo nisso é horrível, não importa o que as pessoas digam sobre recomeços e que o tempo cura tudo e essas coisas todas. Mas cachorros são ótimos para lidar com corações partidos. Para começar, eles não dão conselhos.

Gina se empertigou.

– E como você sabe que meu coração está partido?

Rachel deu de ombros.

– Porque minha casa era exatamente assim logo que me mudei. Nenhuma foto. Tudo em lugares novos. E, pode me chamar de Sherlock Holmes, mas na semana passada você doou quinze livros sobre término de relacionamentos com os mais diversos enfoques. Temos uma seção inteira de autoajuda agora graças a você.

– Isso não é... – começou Gina a protestar, mas percebeu que não adiantava; ela contara tudo sobre si mesma a Rachel com suas doações.

– Ver aqueles livros despertou várias lembranças. – Rachel suspirou. – *Ele simplesmente não está a fim de você*. Pai amado, como eu *odiei* aquele livro. *Quando termina é porque acabou*. Acredita que ganhei esse de *três* pessoas diferentes? Acho que eles vendem mais para amigos preocupados do que pras pessoas que se separam. E todos eles são direcionados para as mulheres, aliás.

– Só as mulheres compram manuais de instrução sobre como terminar tudo sem aborrecer ninguém – comentou Gina. – Os homens simplesmente seguem a vida.

– Ah! Se as coisas fossem fáceis assim! Na minha experiência, os homens preferem manipular você até você tomar a iniciativa e, depois, ficam com aquelas caras tristes e chocadas. – Rachel levou as mãos curvadas abaixo do queixo, fingindo que eram patas de um cachorrinho. – "Você está *terminando* comigo? Só porque *transei com outra pessoa*?" Eu levei cinco anos pra me dar conta de que tinha que deixar meu ex-marido. Foram muitos livros de autoajuda, pode acreditar. Então, eu sei reconhecer uma mulher que está tentando deixar um relacionamento quando vejo uma.

Gina ficou girando a caneca com o chá frio nas mãos, sem querer compartilhar muito, mas ao mesmo tempo percebendo-se acolhida pela confissão exasperada de Rachel. Sentia-se mal falando demais sobre o divórcio com Naomi: as duas sabiam muito bem que Naomi não invejava de verdade a liberdade e todo o tempo que Gina tinha agora, e que Gina não estava cem por cento bem com isso.

– Desculpa, estou simplificando demais – disse Rachel. – Sei que nunca é fácil. Mas as coisas melhoram. Só não pegue um gato. As pessoas vão olhar pra você e dizer: "Ah, a solteirona com seu gato. Legal." Agora, com um cachorro, o papo é tipo...: "Como ele pôde deixar você? Você é incrível!"

Gina conseguiu sorrir.

– Pode parar de vender o cachorro. Eu vou cuidar dele. Mas só por alguns dias.

Esperava que Rachel fosse comemorar; em vez disso, olhou para Buzz e então levantou o olhar com uma expressão cautelosa.

– Eu não *vendo* cachorros – declarou ela. – Não pra quem não os quer. Mas... peço desculpas se estou sendo um pouco intrometida, eu também não costumo falar isso pra todo mundo, acredite... tenho a sensação estranha de que isso é o certo. Buzz a encontrou. Acho que vocês dois vão se dar bem, pelo tempo que ele ficar com você.

Quando Rachel falou o nome dele, o cachorro levantou a cabeça e viu Gina olhando para ele. Manteve o olhar por um segundo e, depois, escondeu o focinho embaixo das patas. Submisso. Indesejado. Resignado.

Gina piscou uma vez, depois outra. Franziu a testa. Ah, droga, ia começar a chorar de novo. A música: tinha sido aquilo que despertara tudo. Era aquela emoção inespecífica e inexplicável que a emboscava quando achava que estava em águas plácidas, e de repente aquela onda enorme se formava atrás dela, inundando-a com sofrimento, deixando-a fraca e sem esperança. Exatamente como tinha acontecido na Magistrate's House, na frente de Nick. Engoliu em seco. Ela definitivamente não queria começar a soluçar na frente de outra pessoa.

– Tá tudo bem? – perguntou Rachel, tocando o joelho de Gina. – Desculpa, eu não deveria ter dito isso. Eu odiava quando... Ah, não. Eu realmente não tinha a intenção de chatear você.

Gina meneou a cabeça e depois assentiu.

– Tudo bem. Tá tudo bem.

– Tudo bem *não estar bem*, sabe? – disse Rachel.

Gina tentou se recompor: as paredes brancas, o vaso azul no peitoril, a luz suave dos abajures, a vela de jacinto. Seu apartamento. Sua nova vida.

Por que nada daquilo a fazia feliz? Quando ia começar a se sentir melhor?

– Então... – Gina se concentrou no cachorro. – O que preciso fazer?

Rachel analisou o rosto de Gina, viu que estava falando sério e pegou uma coisa dentro da sacola mais próxima.

– Fiz uma tabela de horários pra você ter uma ideia. E trouxe tudo de que vai precisar.

– Sabe que estou tentando desentulhar este lugar, não sabe? Vou fazer você levar três sacolas de CDs por conta disso.

179

– Se você ficar com o cachorro até sexta-feira – rebateu Rachel –, eu mesma vou levar todo o seu destralhe para o outro lado da rua.

Naquela noite, Buzz dormiu no quarto de hóspedes em um edredom velho, com a porta fechada para evitar que causasse muitos estragos. Não que parecesse capaz de fazer algo assim: ele imediatamente se enrolou todo e permaneceu imóvel feito uma pedra.

Do outro lado da parede, Gina ficou deitada, sem conseguir dormir, pensando no outro ser – silencioso e impenetrável – no seu apartamento. Conseguia ouvir a voz da mãe lhe dizendo que estava cometendo um erro: cachorros espalhavam germes pela casa e mordiam os donos enquanto dormiam. A voz de Stuart também estava lá, reclamando da sua falta de pulso.

Mas, ao mesmo tempo, Gina sentiu um frio gostoso na barriga. Buzz, um cachorro, uma responsabilidade, tinha sido a primeira decisão ativa da sua nova vida. Talvez desse tudo errado. Mas, se esse fosse o caso, o problema era todo seu. Só havia ela agora. O pensamento a deixou ansiosa ou animada, não sabia bem.

Era impossível dormir quando a mente não parava de pensar, revirando todas as possibilidades na cabeça, mandando sua vida por diferentes caminhos e para diferentes versões de si mesma. Gina ficou olhando para o teto e tentou se imaginar afundando no colchão, sendo absorvida pela brancura, um truque que às vezes funcionava e outras, não. Naquela noite, não funcionou. Estava agitada, e suas pernas pareciam inquietas. A mente ficava voltando para a Magistrate's House, para as listas no escritório, para a planilha de Excel com o que Stuart queria, para a lista de coisas que Rory lhe dera para preencher sobre suas finanças; para onde estaria agora se não tivesse se casado com Stuart, se não tivesse tido câncer, se não tivesse conhecido Kit. Vidas diferentes surgindo como brotos em uma planta trepadeira.

Gina se sentou na cama, rígida de pânico e energia.

Internet. Eu deveria contratar logo um serviço de internet, pensou. Ninguém vai fazer isso por mim. E eu preciso procurar conselhos sobre cuidados com galgos na rede. Não posso perguntar tudo pra Rachel.

Olhou para o despertador: 4h12 da manhã. O provedor de internet anuncia que tem atendimento ao cliente disponível 24 horas por dia. Provavelmente é um bom horário para evitar filas.

Gina empurrou as cobertas e foi se reconectar com o resto do mundo.

De manhã, quando ela se levantou, Buzz abanou o rabo discretamente e comeu seu café da manhã no canto da cozinha que Gina lhe designou, mas pareceu aliviado quando o levou para o bazar de caridade. Ele se acomodou atrás do balcão onde o border collie de Rachel estava, imóvel como um cachorro de pelúcia, observando a loja com seus olhos azuis brilhantes.

– Não leve pro lado pessoal – disse Rachel, percebendo a decepção. – Ele vai se adaptar. O bichinho sofreu muito, não sabe em quem confiar ainda. Homens podem ser um problema. Ele não gostou muito do meu marido.

– Ele confia em *você*.

Buzz estava cutucando Rachel com o focinho pontudo.

– Sim. Mas só porque tenho o cheiro de trinta outros cachorros. – Rachel tirou um saco do bolso. – Além de lanchinhos mágicos. Tenha isso com você e veja o amor acontecer, este é o meu conselho.

Ela deu um biscoito para cada cachorro; Buzz hesitou e então pegou rapidamente a oferta como se não tivesse certeza de por que estava ganhando aquilo.

– Ele passou bem a noite? – quis saber Rachel.

– Sim. Nem um pio.

– Então é bem óbvio que você tá fazendo alguma coisa certa.

Gina deu de ombros e colocou a sacola de CDs no balcão.

– Pra você. Mas não vejo nada de mais neles. Não tem nada pra analisar aí, a não ser que eu tinha muito dinheiro pra gastar aos 20 e poucos anos.

– Eu sou a última pessoa que vai julgar o gosto musical de alguém – retrucou Rachel. – Se você chegar por volta das cinco, poderemos dar uma volta no quarteirão com os cachorros.

– Obrigada. Seria ótimo.

Gina tentou não olhar para Buzz quando saiu. Já era ruim o suficiente sentir os olhos penetrantes do cachorro de Rachel acompanhando seus movimentos.

Gina ficou pensando em Buzz enquanto finalizava, no escritório, o cronograma da obra dos Rowntrees, enviando-o depois para Amanda e Nick. Não costumava prestar tanta atenção nas pessoas passeando com cachorros, mas, naquele dia, admirou a graça de um par de galgos pretos passeando pela trilha na hora do almoço e ficou imaginando se também seriam ex--corredores. Não conseguia parar de pensar no que Rachel dissera sobre ser abandonado à própria sorte. Como alguém conseguia abandonar uma criatura que olhava para você do jeito que Buzz a olhava, com todo aquele sofrimento e sabedoria nos olhos tristes?

Quando foi pegar Buzz às cinco horas, estava emocionada com a ideia de dar a ele uma semana bem acolhedora, mas, quando se abaixou para brincar com ele, Buzz se afastou novamente, encostando nas pernas de Rachel, tremendo.

Sentiu-se uma completa idiota, agachada ali, rejeitada por um cachorro em uma loja.

– Ignora ele – disse Rachel, dando de ombros. – Quanto menos festa, melhor. Só continua agindo de forma calma e amigável.

Gina se deixou levar tanto quanto Buzz enquanto Rachel colocava o peitoral no cachorro e entregava a guia para ela. Gina a pegou se sentindo estranha. Buzz curvou as costas.

Caminharam pela rua principal, com Gina superpreocupada em saber onde Buzz pisava, se as pessoas esbarrariam nele ou se ele talvez estranharia crianças pequenas ou bebês em carrinhos. Estava tensa, mas Buzz seguiu docilmente até chegarem ao portão de ferro do parque municipal. Então, quando entraram nas trilhas mais tranquilas, o rabo perdeu a rigidez e ele pareceu relaxar.

– Tem uma área gradeada mais adiante – explicou Rachel. – Eles podem correr por lá sem incomodar ninguém. Não acho que Buzz vá fugir, mas eu o deixaria na guia pra mostrar que você não vai abandonar ele.

– Tá bem.

Caminharam pela trilha com o cachorro entre elas.

– Então, há quanto tempo você mora em Longhampton? – perguntou

Rachel, com um olhar de esguelha. Ela tinha o dom de fazer perguntas de forma que não parecesse um interrogatório, apenas uma conversa. – Foi uma mudança recente?

Gina hesitou, pensando sobre qual realmente era a resposta. Pareceu um pouco menos estranho do que quando se apresentara aos Rowntrees. Achava que era assim que seria, um pouco menos estranho a cada dia, até que ela acordaria uma manhã e aquele seria seu novo normal.

– Eu morava ali na Dryden Road – respondeu ela. – Cresci por aqui.

– Ah, então não foi uma grande mudança. O que você faz quando não está doando todas as suas coisas pra caridade?

Gina começou a contar para Rachel sobre seu trabalho. Era bem mais fácil do que falar sobre si mesma. As pessoas em geral gostavam de falar sobre suas casas ou reclamar da prefeitura, ou um ou outro. Rachel ficou curiosa sobre o trabalho de restauração e reforma. De vez em quando, dava um "oi" para outra pessoa passeando com um cachorro, mas, fora isso, passou a impressão lisonjeira de que realmente estava interessada no que Gina estava dizendo.

Gina se sentiu bem, o que foi inesperado. Nunca teve facilidade para fazer novos amigos – sua única amiga de verdade era Naomi e alguns colegas de trabalho com quem se encontrava algumas vezes. Mas, mesmo que Rachel não tivesse mais mencionado os livros de autoajuda, Gina sentiu que alguma coisa tinha sido compreendida entre elas, e aquilo era um alívio.

A conversa passou para os CDs que levara mais cedo e, então, para os canis que Rachel herdara alguns anos antes. Uma ou duas vezes, Gina olhava para Buzz para ver se ainda estava ali, mas ele nunca puxava nem tentava parar para cheirar alguma coisa. Parecia resignado com o passeio, sem realmente aproveitar, seu rabo comprido e magro curvado entre as pernas.

– Estou fazendo algo errado? – perguntou ela, por fim. – Ele não parece estar gostando muito.

Já tinham dado quase a volta completa. Gem, o cachorro de Rachel, nunca saía do lado dela, mas, com seus olhos aguçados, parecia notar tudo, observando cada cachorro que passava, cada pessoa e cada planta. Já Buzz era um robô.

– Ele se fechou, coitado. É um mecanismo de defesa. – Rachel parou e colocou a guia em Gem de novo. – Parece cruel, mas o melhor que pode fazer agora por ele é não fazer muita festa. Cachorros precisam de tempo pra avaliar você. De qualquer forma, ele vai embora no final da semana. Então, não fique chateada se não se transformarem em melhores amigos até sexta-feira. Eu serei eternamente grata por esta semana. E ele também.

Gina olhou para Buzz. Ele devolveu o olhar, mas desviou de novo, e ela ficou com o coração partido.

– Minha carona chegou – disse Rachel, indicando com a cabeça um Land Rover enlameado, parado em lugar proibido à entrada do parque. – Melhor eu ir logo, antes que ele comece a gritar. A minha cara-metade não é um motorista muito paciente.

Quando se aproximaram, Gina viu um homem grisalho e bonito, com a manga da camisa xadrez dobrada, mostrando antebraços fortes; no banco de trás, protegida em uma cadeirinha de segurança, havia uma criança pequena de rosto redondo e cabelo escuro, a cópia de Rachel. Quando a viram, os rostos se iluminaram com um brilho idêntico, embora o homem estivesse demonstrando impaciência, batendo com o indicador no relógio e fazendo cara feia de forma nada convincente.

– Meus meninos – disse Rachel, revirando os olhos. – George e Fergus. Fergus é o menos ranzinza.

Gina sorriu, mas sentiu uma pontada de inveja: era sempre mais fácil ser positiva sobre recomeçar quando se está de volta ao lado certo da cerca.

Rachel colocou Gem no banco de trás e, antes de ir para o lado do passageiro, segurou os dois braços de Gina, olhando-a nos olhos.

– Ouça o que vou dizer – disse ela com voz suave. – Eu sou a última pessoa a querer dar conselho sobre relacionamentos. Não sou nem a melhor pessoa pra dar conselhos sobre cachorros. Mas uma coisa que aprendi depois de passar muito tempo com cachorros como Buzz é que eles vivem o momento. Se eles estão alimentados, aquecidos e passearam, eles estão felizes. E é incrível como isso faz com que a gente se sinta feliz também. Você está fazendo uma enorme gentileza pra ele. Seja igualmente gentil consigo mesma.

Rachel disse isso com tanta intensidade que Gina se sentiu uma espiã recebendo informações secretas codificadas. Não soube nem como responder.

Porém, quando levou Buzz de volta para casa e serviu a ração que Rachel tinha deixado, ela hesitou diante da lata de feijões que ia abrir para si. Em vez disso, preparou um risoto de ervilhas e comeu no sofá com uma taça de vinho, ouvindo o CD de Ella Fitzgerald que tinha esquecido que comprara, aproveitando cada garfada enquanto passava para o computador as canções que falavam de desilusões e amores eternos.

Quando o CD acabou, levantou-se para colocar a taça e o prato no lava--louça. Não tinha ouvido nenhum barulho, mas Buzz se aproximara um pouco e estava dormindo com a cabeça em cima das patas.

Ella Fitzgerald, pensou, olhando as luzes da cidade, a lua crescente se erguendo sobre os telhados. Esta será minha música para me lembrar do agora. Triste, sofrida... mas esperançosa.

Capítulo 12

ITEM: uma carta de Terry Bellamy

Matterdale Drive
Hartley
10 de maio de 2001

Querida Georgina,
*   Esta é só uma carta para lembrá-la de que você precisa levar o Mini para a vistoria no dia 2 de junho. Você não deve ter esquecido, mas, como estava com muita coisa na cabeça por causa das provas, achei melhor avisar. Que velho mais chato, você deve estar dizendo. Dei uma geral no carro da última vez que você veio para casa, então não acredite se os mecânicos disserem que precisa de mais óleo ou trocar as velas ou as borrachas do limpador de para-brisa, porque eu mesmo já ajeitei isso tudo, e ele está funcionando muito bem.*
*   Como sempre, se houver algum problema na oficina, ligue pra mim e eu falo com eles. Eu sempre me lembro de nós dois na garagem enquanto restaurávamos o velho Mini. Você com os seus livros e eu com minhas ferramentas. Bons tempos.*
*   Sua mãe e eu estamos muito bem. Esperamos passar uns dias em Harrogate no mês que vem, se as enxaquecas dela passarem. O calor não faz bem a ela, mas acho que uma mudança de ares é sempre boa.*
*   Estou mandando um dinheirinho pra você comprar alguma coisa agora que tem tempo pra relaxar um pouco. Nós dois temos muito orgulho de*

você, e estamos ansiosos pra sua formatura daqui a algumas semanas. Não se preocupe porque não vamos envergonhá-la com nossos velhos trapos de festa!
Até breve, Georgina.
Com carinho,
Terry

Oxford, junho de 2001

Dois dias atrás, Gina terminou as últimas provas e tem vivido em um alegre estado de embriaguez desde então.

Pela primeira vez na vida, sente que a pressão para fazer alguma coisa simplesmente desapareceu. O sol está brilhando, o tempo passa em um borrão, e uma festa se transforma em outra e em mais outra. São em jardins diferentes, com sombras de árvores diferentes, mas as mesmas jarras de coquetéis, e agora o ponto alto da sua semana tinha chegado: Kit, vindo de Londres com uma garrafa de champanhe para comemorarem.

Quando Kit entrou nos jardins da faculdade procurando por ela, Gina sentiu o remador de rosto vermelho que estava dando em cima dela simplesmente recuar. Não tinha como competir. Tudo bem que ele viera direto do escritório vestindo um terno, mas está amarrotado, a camisa de linho está desabotoada e seu caminhar é confiante. O cabelo dourado está mais curto, mas Kit ainda se parece mais com um jovem e carismático professor do que com um investidor júnior, vindo de um lugar entre a vida insegura de estudante e o *árido* mundo dos adultos.

Nos três anos que passou em Oxford, Gina nunca se sentiu atraída por ninguém. Ninguém era como Kit. E agora está livre para ir morar com ele em Londres e fazer parte do mundo dele. E ele do dela, é claro.

Estão deitados em um trecho mais reservado do gramado, sob as árvores, e Gina se deixa levar pelo tilintar de copos, pelo burburinho das conversas ao longe e pelo cheiro de grama fresca, protetor solar e a pele quente de Kit.

A viagem de Gina para Londres com Kit em comemoração pelo seu aniversário de 21 anos tinha sido mágica, mas isto – o fim das provas e da tensão, sem nada que possa dar errado – é muito melhor. Eu preciso me lembrar disto, pensa, pro caso de nunca mais me sentir tão feliz assim, mas ela não tem a reação de pânico que costuma aparecer nesses momentos.

Quantas vezes já tinha pensado daquele jeito, só para que algo ainda mais incrível acontecesse?

Isso é só o começo, pensa, com a certeza da sua felicidade. É aqui que tudo começa.

– ... falando com um cara que está desenvolvendo esse novo software incrível em São Francisco, que vai revolucionar totalmente... Gina? Tudo bem? – Ele dá uma batidinha no nariz dela. – Você parece estar com a cabeça nas nuvens. Desculpa, sei que essas coisas de trabalho são chatas.

– Não são – diz ela com sinceridade. – Eu adoro ouvir você falar sobre seu trabalho. Você é o meu coroa sexy, não esquece disso. Continua. Explica novamente o que são fundos de investimento livre.

Ele se apoia no cotovelo e Gina acha que vai beijá-la, mas, em vez disso, ele faz uma pergunta:

– O trabalho é só um meio pra um fim. O que vamos fazer agora?

Gina dá um sorriso.

– Bem...

Poderia ser qualquer coisa. Kit sabe ser criativo.

– Não, quero dizer agora que terminou as provas. Agora que está livre.

Uma nuvem cobre o sol.

– Eu não sei. Minha mãe está no meu pé pra eu conseguir um emprego.

– O quê? Você não falou pra ela sobre o curso da fundação de arte?

Gina suspira.

– Mais ou menos. Tentei, mas acabou em briga. Terry tentou acalmá-la, mas ela foi pro quarto com enxaqueca. Não quer ouvir nada além de "Consegui um emprego na KPMG". E eles sabem que eu fiz a prova do concurso público.

A verdade é que Gina não sabe o que quer fazer. Oxford era tudo em que pensara durante anos, Oxford e Kit. Kit acha que deveria tentar uma pós-graduação em Arte, fazer o curso preparatório. Quando diz isso, parece algo completamente normal, uma boa ideia até. Quando Gina diz isso para sua mãe, parece algo ridiculamente conformista.

Kit traça com os dedos a curva da maçã do rosto de Gina.

– Bem, eles não podem negar umas férias pra você, não é? Você se esforçou muito pra se formar.

– Não podem – responde ela, embora desconfie que Janet possa, sim.

– Estou pesquisando passagens pra uma viagem ao redor do mundo. Podemos conseguir preços ótimos. Shaun está morando em Sydney agora, então podemos ficar com ele por um tempo, e meu primo mora em São Francisco.

Kit faz um gesto amplo com a mão para indicar as possibilidades sem fim, e abre aquele sorriso fácil que ainda faz o coração de Gina disparar. Cinco anos de fins de semana, anseios, cartas, e-mails, cama, ligações. Não é tempo o bastante para se cansar daquele sorriso.

– Você sempre diz que eu pareço uma toupeira logo que acordo de manhã. Tem certeza de que vai achar isso fofo quando estivermos atravessando o Vale da Morte?

– Claro que vou. Eu poderia perguntar o mesmo sobre o meu ronco.

– Você não ronca – mente ela.

Kit a envolve nos braços, e Gina esquece todos os pensamentos sobre os pais e a feira de empregos e como vai pagar pelas passagens. Kit sempre se oferece para pagar por ela – diz que o único motivo para ter ficado na firma de investimentos em que estagiou foi para guardar dinheiro para viajar. Não tem culpa de ser tão bom e de eles quererem mantê-lo.

– O que você acha? – murmura ele. – Austrália? Consigo te imaginar na praia.

É uma brincadeira: Gina não suporta sol. Pelo menos, Gina acha que é brincadeira. Ela faz o tipo rata de praia? Poderia fazer. Poderia ser qualquer coisa agora.

– Ou podemos cruzar os Estados Unidos de carro – sugere ela. – Só nós dois, hotéis de beira de estrada, árvores de outono, ouvindo Eagles...

– Podemos fazer isso – concorda Kit, beijando seu pescoço.

– E que tal um tour pelas fazendas de *E o vento levou...*?

Gina ama mansões históricas. Adora a casa da família de Kit, uma construção do período Arts & Crafts, com livros por todo lado. O tipo de casa que tem segredos e história e coisas interessantes sob as tábuas do assoalho. Nada a ver com a casa imaculadamente limpa dos Bellamys. A única coisa ruim é a mãe de Kit, Anita, que acha que Gina não está à altura do filho. Desconfia que Anita preferiria se Gina fosse uma das atrizes ou escritoras estreantes com quem Kit fez faculdade.

– Gosto da ideia. – Ele passa o nariz pela pele macia atrás do ouvido de Gina, que se derrete toda. – Eu estava com saudade – sussurra. – Vai ficar um tempo comigo? Como meus colegas de quarto vão viajar, podemos fingir que somos só nós dois morando lá...

Gina fecha os olhos enquanto os lábios dele se aproximam dos dela, bloqueando o sol e todos os pensamentos racionais. Ele a beija.

Por trás das pálpebras fechadas, ela se vê em um carro conversível com Kit, seu cabelo escuro comprido voando ao vento. Imagina-se caminhando por uma praia deserta na Austrália. Dançando em uma boate em Londres, tomando vinho em um bar francês à meia-noite. Se está com Kit, consegue se ver fazendo qualquer coisa, porque ele consegue. As possibilidades a deixam tonta.

Ela mantém os olhos fechados quando o beijo acaba de forma repentina e o sol volta a brilhar contra suas pálpebras.

– Gina? – chama uma mulher.

– Isso pode esperar? – pergunta ela com petulância.

– Gina.

Kit toca o braço dela e algo na voz dele a faz se sentar. Sente a cabeça girar. Está mais bêbada do que imaginava. Não devia ter tomado aquela última taça de champanhe com Kit.

Miriam Addison, sua tutora, está parada diante dela, protegendo os olhos com a mão. Também está vestida para a festa, mas a expressão em seu rosto não combina com a roupa, pensa Gina. A expressão é a mesma que usa quando lembra a Gina que vai precisar se esforçar mais se quiser se formar.

– Desculpe interromper – diz ela –, mas será que você pode me acompanhar, por favor? Aconteceu uma coisa... – Miriam para de falar. – Você precisa ligar pra casa.

– Por quê?

Miriam olha em volta. Metade dos convidados da festa está olhando para eles, bêbados demais para se preocupar se aquilo é rude ou não. Gina fica imaginando o que acham que Miriam está lhe dizendo. Que foi mal nas provas finais? Problemas médicos?

Talvez ela *não tenha* conseguido seu diploma. Sente-se enjoada.

– Venha até a minha sala – pede Miriam com gentileza.

Kit se senta, ficando sério de repente.

– O que aconteceu?

– Por favor, me diz agora – diz Gina. – Só me diz o que aconteceu.

Miriam se abaixa.

– Seu pai foi levado pro hospital – murmura ela. – Ele teve um infarto. ... As notícias não são boas.

– Padrasto – corrige Kit, mas neste segundo o coração de Gina não faz distinção.

Está vendo Terry na sua poltrona da última vez que Gina foi para casa, tentando acalmar Janet e aplacar Gina, o rosto agradável sombreado pelo estresse da briga idiota sobre a conta de telefone. Ele não parecia nada bem à época.

Gina sente que está caindo, caindo e caindo, mesmo sem se mexer. Sem Terry, as enxaquecas e as mudanças de humor vão sufocar a casa. Consegue ver o rosto da mãe, abandonada de novo. Seu luto será devastador.

– Em que hospital? – pergunta ela.

Mas, ao se levantar, fica tonta e sai cambaleando pelo gramado da universidade. As pessoas podem olhar: não está nem aí.

– Vou chamar um táxi até a estação – anuncia Miriam.

– Não, pode deixar que eu levo – diz Kit. – Gina, onde está seu carro?

Minnie, o Mini Cooper verde que Terry restaurou para ela durante a época das provas de admissão para a faculdade e no qual a ensinou a dirigir. Gina se lembra dele espremido no banco do carona com seu terno marrom, um sorriso fixo no rosto tenso, enquanto ela arranhava as marchas e reclamava. Sente as pernas cederem sob seu peso.

O e-mail de Amanda aceitando o cronograma de trabalho – e o orçamento projetado – foi tão curto e direto quanto o de Gina foi longo e detalhado. Chegou às três da tarde (no horário de Amanda, não no de Gina) e foi direto ao ponto:

Parece ótimo. Vamos em frente! Por favor, comece o mais rápido possível com os planos e tudo o mais, e entre em contato com Nick sobre o pagamento do adiantamento, conforme os termos do seu e-mail. Espero nos encontrarmos em breve pra rever o progresso.

Abs,

Amanda

O cronograma da restauração começava pela parte superior, e Gina marcou logo uma inspeção estrutural detalhada do telhado. Não era tão majestoso de perto quanto parecia vendo-o da entrada de carros. Apesar das grandes chaminés em cada extremidade, indicando as grandiosas lareiras lá embaixo, o telhado em si apresentava remendos e trechos irregulares nos pontos em que a casa fora ampliada ao longo dos anos, com alguns consertos mais bem-feitos em alguns lugares e não em outros. O responsável pela inspeção recomendara uma revisão completa e, com o orçamento espetacular dos Rowntrees já em mãos, Gina chamara o melhor especialista que conhecia.

Uma teia de andaimes já tinha sido erguida em volta da casa, e a reunião daquele dia seria para discutir a impermeabilização das calhas de chumbo, a fim de evitar goteiras e infiltração nos sótãos cavernosos. Gina dedicou uma seção inteira de anotações para as chaminés, começando com a remoção de ninhos de passarinhos e bloqueios artificiais feitos pelos antigos donos para isolamento. Na opinião de Gina, havia algo de especial em chaminés, como se dessem vida a uma propriedade, mesmo quando não eram usadas. Era como limpar a garganta de uma casa para que ela pudesse voltar a respirar de modo adequado.

Quando bateu à porta da frente, ninguém atendeu, então passou pelos sacos pesados de cal na horta e bateu à porta da cozinha. Nick estava na mesa grande, trabalhando no notebook, e parecia ter acabado de se levantar. O cabelo escuro estava despenteado e achatado em um dos lados. Vestia um blusão bege de lã e uma calça xadrez de pijama.

Gina se perguntou se tinha errado o horário da reunião e estava prestes a voltar por onde tinha vindo quando Nick a viu, empurrou a cadeira para trás e indicou que entrasse.

– Desculpa, só estou tentando terminar isso antes que o cara do telhado chegue – explicou ele, oferecendo uma xícara de café da prensa francesa já pela metade. – Fiquei acordado a noite toda editando fotos. Lorcan está aqui desde as oito da manhã. Perguntou se eu estava doente porque ainda estou de pijama. Todo mundo aqui madruga?

– Sim. Bem-vindo à vida interiorana. Mas Lorcan deveria se preocupar mais com o pessoal do telhado vindo do que se você está ou não acordado. A propósito, estou me desfazendo de algumas coisas agora que me mudei e achei que você talvez quisesse ficar com isto.

Gina entregou alguns livros que tinha separado nas sessões mais recentes de seu destralhe – guias de restauração e reforma de casas antigas que ganhara de presente.

– Espero que não se ofenda – continuou ela. – Não estou dizendo que você precisa de um "guia para leigos", mas podem facilitar as coisas quando Lorcan começar a fazer perguntas sobre vigas e escoras.

– Valeu. – Nick leu a contracapa do primeiro livro com um sorriso irônico. – Minha ideia de "faça você mesmo" até agora se resumia a ligar pro encanador. Mas eu aprendo rápido. Gostaria de ter me envolvido mais com a reforma da nossa outra casa, mas eu estava atolado de trabalho. – Ele olhou para os livros. – Esses livros são um tanto básicos pra serem seus, não? Ou você passa dever de casa pra todos os seus clientes?

O café estava tão forte que Gina ficou imaginando até que horas Nick tinha trabalhado na noite passada, sozinho em uma casa cheia de ecos.

– Não, foram presentes de Natal. Dos ex-sogros. Acho que eles não sabiam o que me dar de presente. Eles deram aventais e livros de receitas a outras pessoas, o que também não combina muito comigo.

– Mas este é o seu trabalho. Eles não achavam que você estava um pouco acima...? – Ele apertou os olhos, divertindo-se. – *Guia Haynes de casas antigas*?

– Essa é só uma das coisas com que não preciso mais me preocupar. Estou fazendo um grande destralhe em casa; então, se forem úteis pra você, pode ficar.

– Um grande destralhe. Parece o tipo de disciplina ferrenha que precisamos por aqui. – Ele passou um prato de torradas na direção dela. – Aceita?

Gina não costumava tomar café da manhã com os clientes, mas havia saído com tanta pressa para deixar Buzz no bazar antes da reunião que nem tivera tempo de comer. Hesitou, mas acabou pegando uma.

– Não é uma coisa tão disciplinada assim. Eu sou meio acumuladora – disse ela. – Mas me mudei pra um apartamento bem menor, sem lugar pra guardar nada.

Ela mastigou a torrada para ir mais devagar. Era fácil conversar com Nick. Fácil demais.

– Estou tentando me desfazer de qualquer coisa que não seja essencial nem importante pra mim. E tem sido uma experiência muito interessante. Quando você começa, descobre que, na verdade...

As palavras ficaram entaladas na garganta de Gina ao perceber que estava prestes a dizer que, *na verdade*, além dos diários e das cartas que não poderiam ser substituídos, não estava ficando com o tanto de coisas que tinha imaginado. A caixa de Stuart ficava perto da porta para que colocasse os itens da lista que ele mandara pelo advogado; não eram coisas pessoais demais e desconfiava que ele só tinha colocado algumas delas na lista por achar que Gina as queria. Algo na mesquinhez daquilo a fez se perguntar uma segunda vez sobre as coisas que ela mesma achava que gostaria de manter.

Seu processo de seleção tornava as cartas ainda mais importantes. Aquele envelope com as correspondências para Kit ainda estava na caixa, e Gina não queria que aquilo fosse uma das 100 coisas que a definiam. Mas não poderia jogá-las na fragmentadora. Parecia definitivo demais.

– Na verdade...? – Nick estava olhando para ela.

– Oi?

Gina piscou, tentando reorganizar os pensamentos em algo mais adequado para um café da manhã com um cliente.

– Você descobre o quê?

– Que na verdade as coisas não são tão importantes assim. Não sente isso quando desencaixota a mudança? – Ela pegou a caixa de leite. – Você passa horas colocando coisas e mais coisas em plástico-bolha, depois chega à casa nova e pensa: hum, por que eu quis mesmo ficar com isso?

– Ainda não pude desencaixotar nada.

– Bem, mas sabe o que quero dizer.

Nick tomou um gole do café forte, e Gina achou que ia mudar de assunto e começar a perguntar sobre o telhado, mas não foi o que ele fez:

– Na minha opinião, as pessoas são muito apegadas a *coisas* quando, na verdade, deveriam acumular momentos.

– Como assim?

– Momentos. Vivências. E nada grandioso como voar de parapente no Grand Canyon ou... – ele faz aspas sarcásticas com os dedos: – ... andar sobre o fogo no festival Burning Man. Coisas pequenas do dia a dia, como... como sair logo depois de uma chuva. Nadar no mar. Chegar numa nova estação de trem onde nunca esteve. Um pôr do sol de tirar o fôlego no verão.

– Disse o homem cujo trabalho é capturar momentos pra que as pessoas possam transformar em *coisas*. Como fotografias. E revistas.

Ele deu de ombros.

– Sim, sim. Você pode duvidar. Mas passei muito tempo nos últimos anos vivendo só com o que carrego na minha mala, e posso afirmar que nunca senti falta de nenhum objeto. Eu sentia falta de uma ducha boa. E da sensação de me deitar em lençóis limpos.

– Ah, sim. Lençóis limpos. Não há nada melhor que lençóis brancos e passados em uma noite de verão. Ou um cobertor quentinho sobre o edredom em uma noite fria.

– Mas é o lençol? Ou a sensação?

Nick lhe lançava um olhar questionador por sobre a caneca.

– Isso é um pouco profundo demais às nove da manhã.

– Na verdade, não. Esse é o xis da questão. Porque, ao decidir que é a *sensação* do lençol, você pode parar de procurar o lençol perfeito pra comprar e ter só um bom jogo de lençóis em vez de dez. Só vai ter que lavar roupa mais vezes.

– Parece que você tem pensado muito nisso.

– Eu tive uma grande epifania de desapego há alguns anos. Quando todo mundo mudou para o digital, entrei numa fase de comprar cada novidade que saía. Isso não me tornou um fotógrafo melhor, apenas um fotógrafo com problema de coluna por carregar tanta coisa. Quando decidi usar uma única câmera e iluminação natural, todo o meu estilo mudou. Eu voltei a ver com meus próprios olhos, sem deixar que a câmera definisse as coisas pra mim.

Nick olhou para ela, do outro lado da mesa, seus olhos cinzentos analisando o rosto diante de si, e Gina teve a sensação de que a estava vendo como tinha visto suas mãos: detectando alguma coisa sob a superfície, alguma coisa que ela nem sabia que existia.

E, então, o telefone dele tocou, vibrando embaixo de um prato sujo e fazendo a faca em cima dele tremer. Nick olhou para o aparelho.

– É a Amanda.

Dava para ver no aparelho. Brilhava na tela uma foto de Amanda sorrindo, vestindo um biquíni vermelho e grandes óculos Chanel, deitada em uma praia de areia branca contra um mar azulzinho.

Parecia que Amanda tinha acabado de entrar na cozinha. Mas Gina não a imaginava de biquíni quando recebia seus e-mails curtos e cheios de instruções.

Seria aquela uma foto da lua de mel? Nick e Amanda pareciam ser o tipo de casal que viajava para as Ilhas Virgens nas férias. Gina se recompôs.

– Você quer atender? – perguntou ela. – Eu vou...

– Não. Fica aqui. É com você que ela vai querer falar, não comigo. Ela só está checando se não estou no telhado com um martelo. – Nick atendeu. – Oi, amor! Como está Paris esta manhã?

Amanda começou a falar imediatamente. Gina conseguia ouvir o tom da voz, ainda que não ouvisse as palavras; demonstrava não querer perder tempo com conversa fiada.

O sorriso de Nick foi se apagando devagar. Então, apoiou o cotovelo na mesa e apertou a ponte do nariz.

– Não, é o especialista em telhado que vem hoje... Mas, Amanda, nós precisamos do consentimento primeiro... Não, é sério, nós temos que... Amanda, a Gina está aqui, ela pode explicar melhor. Eu não estou inventando nada disso, pode acreditar.

Ah, caramba, pensou Gina. A atmosfera leve de bate-papo tinha se evaporado.

– Pode dar uma palavrinha com a Amanda sobre a autorização para obras em construções tombadas, por favor? – pediu Nick, tenso, entregando o aparelho para ela. – Ela não entendeu umas coisas.

– Claro.

Gina se preparou. Essa autorização não era exatamente seu assunto favorito quando trabalhava do outro lado; menos ainda agora que tinha que explicar como aquilo funcionava para clientes frustrados.

– Oi, Amanda. Tudo bem?

– Oi. Tudo, obrigada. Acho que Nick deve ter entendido errado essa questão de permissão de planejamento. Ele me disse ontem à noite que vai levar oito semanas até tomarem uma decisão sobre seguirmos com a obra da cozinha.

– Oito semanas seria no pior cenário possível. Mas, sim, temos que considerar isso.

Gina revirou os olhos mentalmente. *Acabei de dizer "pior cenário possível"?* Amanda parecia despertar nela todo o linguajar técnico do departamento que se esforçou para abandonar desde que deixara a prefeitura.

– Então do que adiantou a vistoria daquele cara? Achei que aquilo resolveria tudo. Ele pode aprovar o projeto, não pode? Viu o que queremos fazer.

O tom de Amanda era amigável, mas ela não parecia nada satisfeita.

– Aquela foi apenas a consulta preliminar. Isso nos poupou tempo porque agora sabemos por alto o que a prefeitura provavelmente vai aprovar, e Nick me disse que o arquiteto está ajustando o projeto já levando isso em conta. Estou com os contatos do arquiteto, então, assim que ele retornar com o novo projeto, poderei preencher os formulários e enviar diretamente. No entanto, enquanto estão em análise, infelizmente não temos muito o que adiantar.

– Sério? Não acredito.

Nick estava olhando para Gina e, quando ela percebeu, ele se levantou para preparar mais café.

– Temo que esse seja o procedimento-padrão. O aviso formal precisa ir pro conselho comunitário, pros vizinhos, etc. Isso é feito pra impedir que proprietários desfigurem casas antigas quando não estão seguindo o processo de forma tão pensada quanto vocês – explicou Gina.

– Mas nós não vamos desfigurar a casa. Eles viram nosso projeto. Não é como se fôssemos dividi-la em apartamentos. Estou gastando uma *fortuna* pra restaurá-la. Não vejo por que não podemos seguir com as obras e, se eles odiarem, deixar que lidem com isso.

– Amanda, sinto muito. Mas não posso permitir... Veja bem, eles podem processá-la por fazer uma obra sem autorização. Podem cobrar milhares de libras em multas ou, no mínimo, fazer você desfazer o que já estiver pronto. Aliás, nós já falamos sobre prisão, não é? Para ser muito sincera, minha reputação como gerente de projetos seria destruída se Keith Hurst decidir fazer desse caso um exemplo, o que seria bem típico dele. É uma pessoa que não tem muita vida própria, digamos assim.

Houve uma pausa do outro lado da linha.

– Quando você diz milhares de libras, de quanto está falando exatamente? Vale a pena colocar isso no orçamento da obra e seguir adiante?

Gina franziu a testa e tentou manter a voz neutra. De certa forma, admirava a audácia de Amanda.

– Essa não é a questão.

– Ah, por favor. Não acredito que eles levariam o caso a um tribunal. Isso é só uma ameaça vazia. Além disso, a casa é *nossa*!

A frustração dela era audível. Amanda era obviamente uma pessoa que não estava acostumada a ouvir um "não". Principalmente um jurídico.

– Pode acreditar que eles levariam, sim. E eles não se importam se a casa é sua. Casas tombadas são diferentes. Você é considerada uma guardiã, não uma proprietária. Eu sinto muito.

– Eu só contratei você porque esperava que conseguisse lidar com esse tipo de coisa. – Amanda soltou um suspiro de impaciência. – Não acredito que não consiga agilizar os processos.

– Vou monitorar tudo bem de perto, isso eu garanto.

Gina já tinha trabalhado com alguns proprietários insistentes na época em que era funcionária da prefeitura, mas Amanda tinha um jeito de pressionar que nunca tinha testemunhado antes. Ela se empertigou, mesmo que Amanda não estivesse lá para ver.

– Se você olhar o cronograma que enviei, há muita coisa que Lorcan pode adiantar até as autorizações saírem. Reparos que não precisam de autorização. É por isso que o especialista em telhados está vindo hoje.

– Estou muito decepcionada, Gina.

– Eu sei, mas, a longo prazo...

– Está bem. Está bem. Eu tenho que ir. Mas gostaria que você continuasse pressionando.

Gina começou a fazer sons de consentimento, mas, antes que pudesse explicar o resto do cronograma daquela semana, Amanda já tinha se despedido e desligado.

– Uau – disse Gina, olhando para o aparelho. A tela de bloqueio era uma foto de ovos de pata; os mesmos que tinha segurado, talvez? – Eu lidei bem com a situação? Não sei dizer.

– Tudo que você disse me pareceu bastante sensato – respondeu Nick. – Pelo menos na medida em que essa regulamentação de planejamento consegue ser.

– Não. Estou falando da questão do cronograma. Eu não sabia que havia um prazo pra reforma. Se há, é melhor me dizer agora.

A chaleira apitou e ele colocou mais água no café.

– Não temos um prazo específico. Amanda só gosta de fazer tudo o mais rápido possível. É típico da área dela. Tempo é dinheiro.

Gina não sabia se aquela era a resposta completa.

– Mas ela entende que esse tipo de projeto não avança de acordo com um cronograma normal? – Ela olhou diretamente para Nick. – Algumas coisas vão ser rápidas, e outras... Bem, vocês precisam se preparar pra tábuas podres e buracos inesperados atrás das paredes. Eu digo pra todos os meus clientes que eles devem separar vinte por cento do orçamento total como reserva e contar com quarenta por cento a mais de tempo. No mínimo.

– Olha, ela só vai voltar daqui a uns quinze dias. – Nick colocou a cafeteira reabastecida em cima de uma pilha de cartões de cores de fotografia. – Essa fusão em que ela está trabalhando parece se expandir a cada dia, então duvido que ela vá ter tempo de fazer mais do que umas três ou quatro ligações por dia.

– Certo. Será que ela poderia condensar isso em um e-mail à noite? Assim eu responderia tudo adequadamente.

Gina tomou um gole do café frio. De repente, não lhe pareceu mais tão forte. O coração dela estava disparado.

– Vai ficar tudo bem. Relaxa. Amanda é muito intensa. Foi por isso que compramos o apartamento em Barbican. Acho que a gente ia acabar se matando se morássemos juntos o tempo todo.

– Vocês nunca moraram juntos?

Ele riu.

– Uma vez. Durante seis meses, quando o apartamento dela estava à venda. Nunca mais. Concordamos que ou nós compraríamos uma segunda casa ou um de nós iria pra algum centro de reabilitação ou pra cadeia.

Gina olhou-o, surpresa com a sinceridade, e Nick acrescentou:

– Estou brincando... Mais ou menos.

– Mas esta casa é grande o suficiente. Será uma ala pra cada um?

– Essa é a ideia – disse Nick, mas já tinha se virado para a bancada para pegar uma torrada e ela não conseguiu ver o rosto dele.

– Nick? – Lorcan apareceu na porta da cozinha. – Bom dia, Gina. Barry Butler acabou de chegar, pra falar do telhado. Ah, isso é café? Ótimo.

Gina encheu uma caneca para ele e completou a própria. Não eram nem nove e meia da manhã e ela parecia estar acordada havia muito tempo.

– Ninguém veio buscar esse cachorro ainda? – perguntou Naomi, olhando para Buzz, que estava encolhidinho na sua cama enquanto Gina ajeitava chá e bolinhos na cozinha.

Ele estava se esforçando muito para ignorar Naomi, na esperança de que o ignorasse também. Mas Naomi não era de ignorar as coisas.

– Ainda não. Só semana que vem.

– Achei que a mulher do abrigo tivesse dito que ia levá-lo pro abrigo de galgos.

– Ela vai, assim que abrir uma vaga. Pra ser sincera, ele não incomoda em nada. Passa a maior parte do dia na loja do outro lado. Eu só preciso dar comida e um lugar pra ele dormir.

Gina colocou a bandeja de chá na mesa de centro, na frente de Naomi. Esperava que sua atenção se concentrasse nas linhas retas da sua sala de estar quase vazia, em vez de no cachorro no canto. As caixas agora estavam todas no quarto de hóspedes (que estava praticamente lotado, mas enfim), deixando a luz fluir na sala. Ia pôr um espelho em uma das paredes, refletindo o céu azul-acinzentado do lado de fora. No peitoril, havia três cartões-postais e a Polaroid com os ovos nas mãos dela. A parede branca principal, onde colocaria um quadro incrível, ainda tinha apenas sua lista escrita no rolo de papel de forro, agora decorada com adesivos de estrelinhas douradas que achara em uma caixa. Não havia motivo para guardar estrelinhas douradas, decidira Gina. Elas formavam uma trilha brilhante em volta das suas coisas favoritas.

– Naomi? Quer um cupcake? É da delicatéssen.

Naomi estava olhando para as costas ossudas de Buzz com uma expressão que era um misto de repulsa e de fascínio.

– Você está dando comida suficiente para ele? Já vi supermodelos mais cheinhas.

– Estou dando uma ração especial para galgos pra fortalecê-lo. Rachel disse que essa raça é bem esguia mesmo. Eles ficam muito nervosos e parece que isso impede que engordem.

– Parece que do nada você já sabe tudo sobre eles. – Naomi a olhou com uma expressão de reprovação. – Não se deixe levar. Você não precisa de um cachorro. Eles prendem muito a gente. Você está se livrando de coisas e não acumulando. E aquela viagem que ia fazer?

– Ah, ele só vai ficar por mais alguns dias. Eu não me importo.

Mesmo sem querer, Gina estava começando a se apegar a Buzz. Ele exigia muito pouco dela, e Rachel estava certa: a companhia silenciosa era exatamente do que precisava para aplacar um pouco da solidão. Buzz conferia um ritmo ao seu dia, o que não era ruim nesse seu novo estado livre e desimpedido – ele dava um início e um fim, além de uma caminhada pelo parque com sua nova amiga.

– Algum sinal da bicicleta?

Naomi se serviu de um cupcake azul.

Gina negou com a cabeça.

– A polícia fez o boletim de ocorrência, mas não tem muita esperança de recuperá-la.

– Isso é o cúmulo. Eles não sabem quanto vale? Você não pode acionar o seguro da sua casa?

– Para ser bem sincera, Nay, eu não me importo. Aquela bicicleta não me deu sorte. Estou feliz por ter me livrado dela. Ela só... – Gina soltou um longo suspiro. – Ela só servia pra lembrar que eu não era a esposa ciclista que Stuart obviamente queria. Agora esse lembrete se foi e eu não preciso me torturar.

Naomi a olhou, cheia de compreensão.

– Faz sentido. Eu só gostaria que você tivesse ficado com o dinheiro pra comprar o seu presente especial. Como está indo a arrecadação?

– Ah, vai acelerar muito quando você conseguir me ajudar a vender minhas roupas.

– No próximo fim de semana. Prometo. Aliás – corrigiu-se Naomi –, não vai dar pra ser no próximo fim de semana, porque vamos visitar minha mãe em Brighton. No fim de semana seguinte. Faremos um curso pra iniciantes.

– Estou dentro.

– Mas como está indo tudo? Você se desfez de um monte de coisa. Não está com medo que Stuart veja seus casacos velhos na vitrine de algum brechó?

– Não. Eu fiquei bem tentada a fazer isso. Mas decidi mandar tudo pra ele, em sacos de lixo.

– Ele pediu as alianças de volta? – perguntou Naomi, curiosa. – Você não precisa devolver. Vi isso num programa de TV. Elas são suas. Algumas pessoas derretem e fazem um anel do divórcio. Ah, e quanto às cartas? Vai devolvê-las também? Isso seria um banho de água fria no novo relacionamento.

Gina sorriu diante do prazer no rosto de Naomi, mas então se controlou.

– O que faria se tivesse cartas de outra pessoa? Você as devolveria?

– Como assim? Se eu tivesse roubado? Bem, Gina, sim, né?

– Não, não foram roubadas. – Ela hesitou de novo. – Devolvidas.

– Ah, não. Está falando daquelas cartas que a mãe do Kit mandou de volta? Achei que você tivesse entregado pra ele naquela vez que o viu.

– Não me olha assim. Não, eu não entreguei. Eu ia entregar, mas não era o momento certo... – Gina fez uma careta. – Eu achei que, talvez, agora que passou tanto tempo...

– Não! – Naomi parecia incrédula. – Se livra delas. Pelo amor de Deus. Nem pensa em voltar pra aquela loucura. Você teve sua chance de resolver as coisas, e vocês dois conseguiram piorá-las ainda mais. Então, em resumo, Gina, eu diria que não. *Não mande* aquelas cartas pro Kit, *não marque* um encontro com ele, *pare* de cutucar essa ferida e siga *em frente*.

Naomi respirou fundo. Ela tinha falado tão rápido e com tanta veemência, elevando o tom de voz, que Buzz saiu da caminha e foi pra cozinha.

– Desculpa – disse ela. – Assustei seu cachorro.

Gina não respondeu com uma brincadeira sem graça porque Naomi obviamente estava falando sério. Era difícil explicar direito como se sentia em relação àquelas cartas. Não conseguia simplesmente jogá-las fora – seria como jogar fora a parte dela que as tinha escrito. Se ele jogasse... bem, aí seria diferente. Na antiga casa, havia gavetas para encher de tralha. No apartamento novo, cada item que ficava era uma escolha.

– Não me sinto à vontade pra jogar fora por não serem minhas – explicou ela. – Quero que ele as veja.

– Por quê?

– Pra que saiba que eu as escrevi.

– Ele *sabe*, Gina. – Naomi levantou as mãos. – Mas já se passaram treze anos. Por que ele iria querer ler agora? Qual seria o motivo pra isso? – Ela se recostou no sofá e olhou para Gina com uma expressão surpresa. – Desculpa, eu não sabia que você ainda era tão obcecada por ele.

– Não sou – disse Gina. – Isso tem mais a ver comigo. Só acho que preciso arrumar isso agora que estou arrumando todo o resto. Sinto... Tudo bem. Eu ainda me sinto culpada. Acredito que toda a falta de sorte que tive na vida veio de não ter lidado direito com a situação.

– O quê? Você era uma *criança*. – Naomi revirou os olhos. – Quem pode dizer sinceramente que lidou com alguma coisa direito aos 21 anos?

– Eu não tinha 21 anos da última vez que o vi.

– Bem, ele também não foi muito maduro, se quer saber minha opinião.

Ficaram ali sentadas, olhando uma para a outra. Era como se diante delas passasse um filme dos altos e baixos de todos os anos em que foram melhores amigas. E eram tantos que não havia motivos para não serem totalmente sinceras entre si.

– Destrói as cartas – insistiu Naomi. – Deixa comigo e eu faço isso por você.

– Não consigo – respondeu Gina. – Isso não resolve nada.

– Então, o que quer que eu diga? Que sim, que vá se encontrar com ele? Porque não acho que essa seja uma boa ideia. Não agora. – Naomi a olhou com muita seriedade. – Vai parecer que você está usando isso como desculpa pra entrar em contato por estar se separando. E mesmo que não seja o caso...

– Não é.

– ... eu garanto que é assim que ele vai enxergar. Então, espera alguns meses e vê se ainda sente a necessidade de entregar as cartas pessoalmente. Espera até o divórcio ser oficializado, pelo menos. – Ela ergueu uma das sobrancelhas. – Falando nisso, alguma novidade?

Gina suspirou.

– Nada vai andar até a questão financeira ser resolvida. E isso não acontecerá até Stuart receber aquela caixa de coisas perto da porta e o dinheiro que acha que devo a ele. O que pode levar um tempo.

Naomi fez uma careta. Olhou em volta e viu a lista na parede em frente. Gina observou enquanto ela se levantava e ia ler.

– "Minhas 100 coisas favoritas" – leu ela. – Interessante.

– Muito.

Seguiu-se uma pausa enquanto Naomi lia, rindo às vezes.

Gina pegou a caneta preta no pote sobre a mesa e se juntou a ela.

– Chega pra lá – disse ela.

Quando Naomi lhe deu espaço, ela escreveu:

"20. Naomi McIntyre Hewson".

– Número vinte? – disse Naomi, secamente. – Abaixo de música mas acima de quê? Cupcakes? – completou, trombando o quadril no de Gina com carinho.

203

Capítulo 13

ITEM: conjunto de terninho de veludo marrom Vivienne Westwood, com blazer acinturado e saia-lápis justa, tamanho 42

Hartley, 2 de junho de 2008

Gina está deitada na cama do seu antigo quarto em Matterdale Drive, depois da despedida de solteira mais deprimente que o mundo já tinha visto (Janet, Naomi e ela acompanhadas de uma garrafa de vinho rosé no restaurante Ferrari's, em Longhampton). Fica olhando para o terninho que vai usar no casamento, pendurado atrás da porta, como alguém que a estivesse vigiando para garantir que ela não fugiria.

O corte é tão perfeito que nem precisa de um corpo lá dentro. Já vem com as curvas e a confiança por si só. Gina meio que gostaria de poder colocar um feitiço nele e mandá-lo para o cartório amanhã de manhã no seu lugar para se casar com Stuart.

A roupa da mãe da noiva está pendurada atrás da porta do seu banheiro: um conjunto de vestido e casaco da melhor loja de roupas para mães de noiva. É discreto, em tons de pêssego, e não é o que Janet planejara usar no casamento da sua única filha, mas, como Gina a ouviu dizer para a vendedora, "Não é exatamente uma ocasião feliz".

Gina teve que intervir naquele ponto para explicar que não estava grávida e que o noivo não ia para prisão. Janet quase desmaiou.

Consegue esboçar um sorriso triste ao se lembrar. Sua nova imprudência está lhe dando um vislumbre do que é ser como Naomi o tempo todo. Divertida.

Mas estão fazendo algumas coisas da forma tradicional. Stuart a expulsou da casa na Dryden Road e organizou tudo, do transporte à comida, passando pela cinta-liga azul que a estava esperando quando voltou do salão esta manhã. Ele até marcou o cabelereiro para prender o cabelo dela no penteado mais elaborado que Gina provavelmente vai usar na vida. Stuart ama o cabelo dela: pediu volume e muitos cachos. Ela está um pouco temerosa de que o penteado combinado com o terninho a deixe parecida com a personagem Sybil Fawlty, daquela comédia dos anos setenta, mas é um preço pequeno a pagar por ele estar sendo tão forte.

Isso lança uma sombra em seu coração, porém, ao pensar em como ele vai se sentir quando todos os seus cachos compridos e negros caírem. Como fatalmente vai acontecer. Dali a umas seis semanas.

Gina afasta o pensamento. Decidiu que, antes de iniciar as sessões de quimioterapia, vai cortar o cabelo. Bem no estilo Mia Farrow, para não provocar um choque tão grande quando começar a cair. É algo positivo que pode fazer. Qualquer coisa maior que isso é simplesmente difícil demais, e ela sente sua concentração lhe escapar, incapaz de absorver as coisas, como se o câncer fosse um iceberg tão próximo mas que não consegue ver.

Por volta desta hora amanhã, ela será a Sra. Gina Horsfield. Praticou a nova assinatura, mas ficou estranha: o "Gina" saiu um garrancho, enquanto "Horsfield" saiu quase desenhado. É como um daqueles sonhos que parecem uma realidade normal e mundana antes de uma guinada surreal. Gina sempre debochou de gente que falava "Ah, parecia um sonho!", mas é exatamente como vinha se sentindo nas últimas duas semanas: uma ausência de conexão entre um momento e o seguinte, nenhuma pista para indicar se suas presunções estarão erradas, se uma rotina nova e estranha de repente vai virar sua normalidade.

Olha para o teto, tentando definir como se sente. As pessoas sempre perguntam isso. Como se sente? Está tudo bem? O câncer não é uma coisa que imaginou que faria parte de sua vida, principalmente agora, aos 28 anos. Não é algo que estivesse preparada para encarar. Não é corajosa; não vai correr maratonas beneficentes em prol do tratamento do câncer de mama; não vai ficar "incrível" com um corte de cabelo curtinho. Outras pessoas conseguem isso. E, para começo de conversa, quem diabos é Gina Horsfield?

Sua nova vida começa amanhã. Mas Gina não se sente pronta. Ainda não encerrou a antiga.

E, com isso, cede à tentação que a está consumindo desde ontem. Uma última lida nas cartas de Kit antes que aquela vida desapareça por completo. Estão em uma caixa, junto com todas as lembranças da época da faculdade – cartões-postais de Naomi, programas dos bailes, ingressos de shows, cartões de aniversário de pessoas que já não vê mais. Mais cedo naquele dia, Janet a encontrou sentada no antigo quarto, cercada por sua antiga vida, e, embora Gina tenha escondido as cartas de Kit embaixo de um jornal universitário amarelado no qual trabalhara, sabia que Janet as havia visto pelo brilho de reprovação que cruzou seu rosto.

Mas e daí? É melhor do que fingir que o passado nunca aconteceu, como minha mãe faz. Não sou obrigada a ignorar Kit do jeito que ela ignora meu pai.

Enfia a mão embaixo da cama e puxa a caixa, tirando as pilhas de antigos cartões-postais de cima, até chegar às camadas mais internas de coisas, onde escondeu as cartas de Kit. Mas não estão lá.

Em pânico, Gina remove tudo da caixa e espalha pelo chão – revistas, cartões de Natal, anotações de palestras, batons, canetas –, mas as cartas não estão ali. Suas cartas para Kit, aquelas devolvidas pela mãe dele, ainda estão. Mas as dele para ela sumiram.

Gina sente uma coisa romper dentro dela. Só ela e a mãe estavam em casa.

O ouvido está zunindo enquanto desce a escada e vê Janet sentada na sua poltrona, ao lado da de Terry, vazia. Está pintando as unhas com um esmalte nude que Naomi provavelmente chamaria de inútil.

– Mãe – começa Gina, mas Janet a interrompe.

– Se está procurando aquelas cartas – diz ela, sem erguer o olhar –, elas não estão mais aqui.

Gina fica boquiaberta.

– Como é?

– Aquelas cartas do Kit que você estava lendo ontem à noite. Elas não estão mais aqui. Não têm lugar na sua nova vida.

Gina sente o sangue subir à cabeça.

– O que quer dizer com "não estão mais aqui"?

– Eu as coloquei na fragmentadora de papéis do Terry – responde Janet com afetação. – Não se preocupe porque não as li.

Um som que Gina não reconhece escapa da sua boca.

– É pro seu próprio bem – continua Janet. – Você vai se casar amanhã. É o início da sua nova vida. Não quer carregar nenhum azar do seu passado com você.

– Você não tinha o direito de fazer isso. – Gina está ofegante, tentando se recuperar da perda. As primeiras cartas que Kit lhe escrevera de Oxford, aquelas que ainda são mágicas, do modo que apenas as cartas de amor são. – Mexeu nas minhas coisas pra encontrá-las...

– Como mãe, você às vezes precisa fazer coisas difíceis, Georgina. Não é nada bom ficar olhando pro passado. Você não pode voltar. Se quer ter felicidade na vida, precisa viver no momento presente, não pode ficar presa ao que passou. Acredite em mim, sei do que estou falando.

Gina fecha os olhos. É claro. A viúva e mártir. Não é justo. Não é justo que a mãe não faça a menor ideia de como seja o amor verdadeiro e mágico, aquele que muda sua vida por completo.

– É muito triste o que aconteceu. – As palavras de Janet são duras e cheias de razão, como se tivesse ensaiado o discurso. – Mas Stuart é um homem maravilhoso. Você transformou aquele garoto irresponsável e mimado – ela ainda não consegue dizer o nome de Kit – em um tipo de fantasia. Ele não daria nem metade do apoio que Stuart está dando pra você agora.

Há muitas coisas que Gina quer gritar na cara da mãe, mas as ideias estão se chocando dentro da sua cabeça como mariposas gigantes contra uma janela iluminada. Aquilo é demais: Stuart, o câncer, o casamento, a culpa que nunca a deixou por completo...

– Por que você o culpa pelo que aconteceu? – A pergunta sai como uma explosão de dentro dela pela primeira vez depois de todos aqueles anos. – A culpa foi *minha*.

– A culpa *nunca* foi sua. – A voz de Janet falha quando se levanta, furiosa. – Nunca! Aquele garoto irresponsável quase destruiu a minha única filha! E eu *não vou* ficar parada olhando enquanto você sabota sua chance de ser feliz agora por causa de uma coisa que aconteceu quando era jovem demais pra saber o que estava fazendo.

Gina percebe que Janet está tremendo.

– Mãe – diz ela, enquanto sente a exaustão das últimas semanas a soterrarem, mas Janet se recusa a falar.

A mãe curva os ombros e se fecha completamente.

Ficam uma diante da outra, se encarando, e Gina imagina se Janet está vendo uma adulta ali ou sua filha. Está prestes a dizer alguma coisa conciliadora – que é a véspera do seu casamento, pelo amor de Deus, que não pode aparecer com os olhos vermelhos no dia seguinte – quando Janet fala.

A voz perdeu todo o tom leve e juvenil que costuma usar. Parece uma outra pessoa, uma pessoa séria e zangada.

– Se você não olhar nos meus olhos e disser que entende por que eu destruí aquelas cartas, então não deve se dar ao trabalho de aparecer no seu casamento amanhã, Georgina.

Gina entende perfeitamente bem o que a mãe está dizendo.

Stuart é real, diz para si mesma. Stuart é carinhoso e confiável e atraente, e está ao seu lado. Ele me ama. Ama quem eu sou agora, mesmo com essa doença nojenta que pode me matar antes dos meus 40 anos. É isso. É quem eu sou. Talvez seja melhor mesmo fechar a porta do passado.

Ela respira fundo e solta o ar devagar.

– E eu vou explicar pra ele – acrescenta Janet. – Não vou sentir nenhum prazer nisso, mas vou explicar pra ele. Ele é um bom homem. Merece uma...

– *Tá legal*!

Gina se desconecta de si mesma. Todo o seu corpo parece leve demais.

O que mais pode fazer?

Nada. Não há nada que possa fazer, a não ser seguir em frente.

– Eu só quero que você seja feliz – declara Janet, e sua voz é tão triste que Gina olha para ela, surpresa.

Ela enxuga as lágrimas dos olhos, com força suficiente para borrar o rímel.

– A pior parte de ser mãe é ver sua filha cometer erros.

Gina quase retruca: "Sinto muito ter feito você sofrer com tantos deles", mas não tem energia para uma briga. Só quer acabar logo com isso. Quer dormir e não acordar no meio de um sonho.

Ao sair de casa na manhã de sexta-feira, Gina se surpreendeu com a tristeza que sentiu por aquela ser a última vez que deixaria Buzz no bazar do abrigo. Significava que seria a última vez que passearia pelo parque com Rachel depois do trabalho, conversando sobre cães, pessoas, casas e dificuldades para se fazer compras em Longhampton enquanto arremessavam as bolinhas. Era muito fácil conversar com Rachel, mesmo quando não falavam sobre os cachorros; ela era aberta e amigável, sem ser intrometida. E, diferente de Naomi, não tinha uma opinião formada sobre Stuart, o que naquele momento era bem revigorante.

Buzz também era boa companhia. Tinha parado de se encolher ao ouvir o interfone, mas continuava sendo pateticamente guloso com a comida. Gina estava lhe oferecendo metade do seu croissant matinal quando seu celular tocou e, por um segundo estranho, achou que poderia ser Rachel para repreendê-la por mimar um cachorro de rua.

Não era Rachel. Nem, como meio que esperava, Amanda Rowntree.

Era Rory, seu advogado.

– Bom dia, Gina. – Ele tinha um ar professoral bondoso, com seu ligeiro sotaque escocês e a dicção perfeita. – Estou ligando pra dizer que tenho boas notícias.

– Stuart parou de tentar conseguir mais alguns centavos perdidos no estofamento do nosso sofá e assinou os documentos?

Ela prendeu o celular com o ombro enquanto pegava a guia e a bolsa.

– Na verdade é exatamente isso. – Rory parecia surpreso. – Recebi uma ligação do advogado dele informando que os documentos já foram entregues no tribunal e que logo vamos receber nossa cópia. Se você puder comparecer ao escritório hoje à tarde, poderemos começar a preparar a certidão pra que já esteja tudo pronto quando os documentos chegarem.

– E quanto ao acordo financeiro? E quanto a querer uma compensação pelos móveis que ficaram comigo? – Gina parou em frente à delicatéssen, confusa. – Ele decidiu que não se importa mais? – Ela franziu a testa. – Não vai mudar de ideia e fazer essas exigências depois pra empatar o divórcio, vai?

Stuart era sempre muito bom em usar as regras a seu favor.

– Bem, não posso afirmar com toda a certeza que isso não vai acontecer, mas a impressão que tive na conversa com o advogado do Sr. Horsfield foi a de que ele quer um rompimento amigável. A expressão usada foi "sem atrasos desnecessários".

– E quanto à lista de objetos que ele queria? Já enchi uma caixa com vários deles.

– Meu conselho é entregar pra ele o mais rápido possível. Isso demonstra que está disposta a cooperar. Você pode deixar aqui, se quiser, que eu envio pro advogado dele.

– Maravilha – disse Gina. – Bem, são... ótimas notícias.

Não eram? Tentou capturar a emoção fugaz que passou por ela como uma nuvem: era o fim. Stuart não fizera um pedido de desculpas no último momento. Tinha sido decente, no final, mas queria uma vida que não a incluía.

– Sim, sim. São mesmo.

Gina detectou um tom contido na voz de Rory.

– Você não parece muito satisfeito. Tem alguma pegadinha aí?

– Acho que não. São ótimas notícias. É só que...

Ele fez uma pausa, e Gina ficou imaginando que devia estar ajeitando os óculos no nariz e contraindo os lábios para se concentrar.

– Na minha experiência, Gina, e não me leve a mal, quando uma das partes tem uma mudança tão radical de comportamento como essa, costuma haver um motivo.

– O que quer dizer?

– Bem, às vezes a pessoa acorda um dia e pensa: "Poxa, a vida é curta demais pra ficar discutindo quem pagou pela obra de ampliação da casa... não me importo tanto com isso agora." E às vezes ela recebe uma fatura do advogado e conclui: "Meu Deus, isso é metade do que vou ganhar. Preciso acabar com essa loucura."

– Acho que Stuart pensaria assim.

Rory deu uma risada breve e tossiu de uma forma que Gina reconheceu. Era menos uma tosse e mais um aviso de que algo constrangedor seria dito.

– E outras vezes – continuou ele –, em casos nos quais há outras partes envolvidas... Eles... hum... de repente se deparam com um motivo mais urgente pra querer resolver tudo. E isso acelera mais as coisas do que qualquer carta austera minha seria capaz de fazer.

Outra emoção estranha passou pela pele de Gina, enquanto se lembrava da "outra parte" envolvida naquilo.

– Você acha que Stuart quer *se casar* de novo?

– Não é meu papel me envolver nos aspectos pessoais dos acordos, mas esse tipo de coisa acontece... – Outra tosse estranha. – Eu só quis apresentar a possibilidade, pro caso de ele tentar entrar em contato diretamente com você querendo agilizar tudo.

Gina tentou imaginar Stuart sendo arrebatado pelo impulso repentino de se casar e não conseguiu. Não é que não fosse romântico – ele nunca se esqueceu do aniversário de casamento deles e sempre reservava a mesma mesa no Ferrari's –, mas também não era de apressar nada. E o casamento deles tinha sido uma experiência tão tensa que não conseguia imaginá-lo querendo repeti-la. Ela com certeza não queria.

A não ser que Stuart quisesse fazer melhor com Bryony. Substituir aquela lembrança com uma melhor. Ou será que tinha decidido mudar de país? Gina conseguia imaginá-los pedalando pela Nova Zelândia. Surfando ou andando de caiaque e fazendo aquelas atividades ao ar livre que ela sempre odiara.

– Isso é muito gentil da sua parte, Rory – disse ela –, mas acho que ele só recebeu algum conselho financeiro. Ou talvez esteja tentando ser legal.

Rory emitiu um som compreensivo que não era nem um sim nem um não, e ela desligou, se sentindo menos feliz do que deveria, considerando como se irritara com as exigências anteriores de Stuart.

Foi quando sentiu uma sensação morna na mão esquerda e percebeu que Buzz estava discretamente lambendo as migalhas de croissant dos seus dedos com a língua cor-de-rosa. Algo naquele comportamento levado, nada característico dele, tocou o coração de Gina. Ele nunca tinha feito nada tão atrevido antes.

Quando percebeu que ela tinha notado, Buzz parou e tentou parecer invisível de novo. Gina quase desejou não precisar devolvê-lo para Rachel. Tudo bem, disse para si mesma. Eu o ajudei um pouco ao longo da jornada. Não o decepcionei. Isso basta.

– Hora de ir – disse ela, antes que permitisse que aquela vozinha cochichando em seu ouvido ficasse ainda mais alta.

Pegou a sacola com a tigela dele, seu tapetinho e outras coisas que Rachel deixara quando o trouxera e o levou para o outro lado da rua, para o bazar e a nova vida de Buzz.

Às duas da tarde, Gina reconstruiu o doloroso colapso do casamento dos Horsfields em termos jurídicos e secos no escritório de Rory. Depois, tirou a tarde de folga. Passou mais ou menos uma hora no maior supermercado da região e comprou as comidas mais luxuosas que encontrou para comemorar o início dos trâmites para sua independência oficial.

Sentiu-se bem ao colocar as coisas no carrinho, mas, conforme foi passando as mercadorias no caixa – a pilha de chocolates ao lado da garrafa de champanhe, o salmão defumado ao lado do sorvete gourmet –, estava parecendo mais uma compra para uma noite extravagante a dois.

A atendente deu um sorriso conspiratório enquanto passava a espuma luxuosa de banho, e Gina precisou se obrigar a retribuir o sorriso, sentindo-se uma fraude, mas ainda era melhor que parecer uma solteirona triste afundando as mágoas na comida.

Estava a caminho de casa com as sacolas de compras quando recebeu uma mensagem de Rachel pedindo que passasse na loja. Gina presumiu que talvez tivesse esquecido alguma coisa dela nas sacolas ou que Buzz já houvesse encontrado um lar, mas, quando abriu a porta da loja, Buzz estava sentado lá, usando uma coleira nova, com o pelo brilhante e limpinho após um bom banho.

– Não diz nada ainda – disse Rachel, mas Gina tinha visto Buzz abanar o rabo de felicidade e se sentiu péssima.

Ele achou que Gina estava chegando para pegá-lo, mas não: ela estava abandonando o bichinho, exatamente como o último dono. E provavelmente o anterior também.

– Por quê? Ele não sabe que vai para um novo lar cheio de amor? – perguntou ela em tom de brincadeira para disfarçar o aperto no estômago.

Maldito divórcio. Maldito sorvete em porção individual. Maldito... tudo.

– Bem, essa é a questão. Será que você poderia ser um anjo e ficar com ele por mais alguns dias? – implorou Rachel. – *Sério*, só mais alguns dias. Eu consegui um lar provisório pra ele em Evesham, mas eles só podem recebê-lo no meio da semana que vem. Por favor. Seria menos traumático pra ele se ficasse com você.

Gina suspirou.

– Tudo bem – disse ela, fingindo que ia dizer sim de qualquer forma. – Mas só pelo fim de semana.

– Com certeza. – Os olhos de Rachel brilharam. – Vamos lá. Eu conheço alguém que quer exibir a coleira nova pras suas amigas no parque.

– Como estão indo as coisas com o ex? – perguntou Rachel, enquanto passeavam pelo parque com Buzz e Gem.

Gina se viu contando para ela sobre a mudança repentina de comportamento de Stuart. Começou com uma piada sobre o modo paciente como Rory traduzira a declaração veemente da traição de Stuart que ela fizera em uma linguagem jurídica rígida, porém algo na forma empática com que Rachel a ouvia a fez falar mais e mais, até Gina começar a admitir como se sentia burra por não saber qual reação emocional teria em seguida.

– E eu deveria estar muito feliz – confessou Gina. – Mas não é como me sinto. Não entendo como ele mudou de um comportamento superexigente sobre o que queria pra essa pressa toda no decorrer de uma semana. – Gina olhou para a trilha de cascalho, em direção à colina onde cachorros e seus tutores agasalhados chegavam aos montes. – É tudo tão... estranho. Nem sei se o conheço bem o suficiente pra dizer "Ele está fazendo isso pra ser legal", porque não faço *a mínima ideia* do que ele está pensando. Parece que nunca fiz.

– Talvez a namorada nova o esteja pressionando pra se divorciar logo – sugeriu Rachel. – Você a conhece? Vai ver está bancando a Ana Bolena.

Gina negou com a cabeça.

– Não sei muita coisa sobre ela. O marido da minha melhor amiga joga futebol com Stuart, mas Jason fez um tipo de voto de silêncio sobre o que está acontecendo. Você sabe como são as coisas quando amigos em comum se separam.

– É esquisito. – Rachel assentiu com veemência. – Quem fica com a custódia dos amigos e tal.

– No nosso caso, foi Stuart. A maioria já era amiga dele antes, então nem posso reclamar.

Rachel e Gina chegaram ao ponto mais elevado do parque, onde havia um cercado gramado para deixar os cachorros soltos. Como sempre, Gem saiu correndo assim que Rachel lhe deu permissão, pulando no ar com um pequeno terrier. Buzz entrou obedientemente no cercado, mas se manteve perto de Gina e de Rachel, cheirando a grama.

– Só ignora ele – disse Rachel ao notar Gina olhando para o cachorro com uma expressão ansiosa. – Meu marido acha que ele talvez tenha sido abandonado por aqui antes ou que ele faça alguma associação ruim com correr ou algo assim.

– Um galgo? Que não gosta de correr? Mas eles não amam isso?

– Depende do que acontece quando correm. Ou depois que correm.

O rosto de Rachel indicou que Gina não ia querer saber dos detalhes.

Rachel voltou a atenção para os cachorros.

– Só ignora e deixa ele se acostumar com o fato de que você não vai a lugar nenhum.

– Isso me deixa mal – disse Gina, observando Buzz andar nervosamente, com o rabo entre as pernas. – Ele vai se acostumar comigo e depois vai ter que passar por tudo isso de novo.

– Não pensa assim. Você está ensinando o Buzz a confiar de novo. Isso é muito importante. Agora, joga esta bolinha pro Gem e me conta mais sobre a crise de meia-idade do seu ex. Você acha que ele encontrou Deus? Alguns deles encontram, sabe? Ou acha que ele começou a fazer uma *coisa nova*? Os 30 e poucos anos parecem levar perigosamente os caras a comprar motos ou deixar a barba crescer.

– Ele não curte barba. Nem motos. – Gina jogou a bolinha de tênis e Gem correu para pegar. – Talvez faça uma tatuagem. Se o estúdio tiver todos os certificados de higiene e qualificações necessárias.

– Ou talvez a namorada esteja... – começou Rachel.

– Esteja o quê?

Rachel parecia não ter certeza se devia falar o que estava pensando, mas disse assim mesmo:

– Talvez ela esteja grávida. Aconteceu com uma amiga minha. O divórcio estava se arrastando até que, de repente, tudo seguiu o mais rápido possível porque precisavam dar a entrada em uma casa em Portland.

– Não, acho que não – respondeu Gina.

– Por que não?

Abriu a boca para dizer que Stuart não queria filhos, e percebeu que a questão não era tão simples assim. A verdade nua e crua não era gentil com nenhum dos dois, se ela pudesse enxergá-la por trás de todas as desculpas e explicações.

Gina olhou para o longo declive do parque. Antes de ir até lá com Buzz, nunca percebera que a construção abobadada no centro era um coreto. Por algum motivo, sempre achara que era um memorial de guerra.

Havia um homem lá embaixo na colina empurrando um carrinho de bebê, acompanhado por uma mulher negra baixinha ao seu lado. Ele tinha cabelo castanho-claro e bagunçado como o de Stuart. Por um instante irracional, aquilo fez o estômago de Gina queimar, enquanto se perguntava como se sentiria se fosse ele. Se Stuart já *tivesse* um filho.

Rachel parecia estar esperando pacientemente pela resposta, e Gina percebeu que já deveria ter elaborado uma em vez de ignorá-la.

– Nunca chegamos realmente a uma conclusão sobre isso quando éramos casados.

– Pela minha experiência, os homens nunca chegam.

Rachel tirou a bolinha da boca de Gem e a lançou com força para o outro lado do cercado, antes de continuar:

– George ainda diz que prefere filhotinhos a bebês. Mas, pra ser justa, eu nunca achei que quisesse filhos até descobrir que estava grávida de Fergus. Acho que eu seria muito feliz sem filhos, porque eu já era muito feliz com George e não saberia como era essa experiência. Tive sorte por ter sido maravilhoso de um jeito diferente. – Ela olhou para Gina. – Embora a vida nunca seja preto no branco, não é? O que nos faz feliz este ano talvez não nos faça mais no ano que vem.

Gem voltou com a bola na boca. Parecia estar sorrindo. Rachel acariciou as orelhas dele e lançou a bola de novo. Buzz não se moveu. Olhava fixamente para o chão, com o rabo entre as pernas. Gina notou um homem passando com um terrier do outro lado da cerca e se aproximou lentamente para se colocar entre ele e Buzz.

Depois de um segundo, ele levantou um pouco o rabo e Gina sentiu o próprio alívio se misturar com o de Buzz. Voltou a atenção para Rachel, antes de pensar muito sobre o assunto.

– Você e seu marido tentaram por muito tempo? – perguntou Gina.

Rachel devia ter uns 40 e poucos anos, assim como o marido, e o filho não tinha mais que 3.

Ela riu.

– Não, na verdade foi o contrário. A gente não chegou nem a tentar. Conheci o George quando eu tinha quase 40 anos. Fergus foi um acidente. Eu tinha acabado de sair de um relacionamento desastroso de dez anos, e George e eu havíamos tido alguns encontros, se é que se pode chamar assim. O relacionamento veio depois. Fizemos tudo ao contrário.

– Sério? – perguntou Gina, sem conseguir se conter.

Não era o que teria imaginado pelo jeito tão bem-resolvido de Rachel. Ela parecia ser o tipo de mãe moderna que assa bolos e dirige um Range Rover, usando calça jeans skinny e colete acolchoado. Isso sem falar no esmalte azul. E nas mechas grisalhas no cabelo preto lustroso que ela não tentava esconder com tinta.

– Eu sei. – Rachel franziu o rosto fingindo estar horrorizada. – Na verdade, todo o nosso relacionamento se baseia em um tipo de comportamento irresponsável que faz as mães castigarem as filhas. Mas sabe de uma coisa? Não vou fingir que foi sensato, mas foi a melhor coisa que eu fiz. Às vezes você tem que mandar a cautela pros quintos dos infernos.

– Sim, se você não se importar com o que acontece depois – retrucou Gina.

Sempre eram as pessoas confiantes que saltavam no escuro para o desconhecido e assumiam riscos.

– Desculpa – acrescentou. – Eu não quis ser grossa.

Rachel fez uma pausa, segurando a bola de tênis babada.

– Não, isso é verdade. Os riscos valem pros dois lados. Mas eu nunca teria escolhido essa vida. Se você me dissesse, quando eu tinha 30 ou 35 anos, que eu estaria casada, com um filho e morando no meio do nada, eu não teria ficado surpresa, e sim *horrorizada*. Eu morava em Londres. Meu namorado tinha se casado com outra mulher. Eu tinha uma carreira em assessoria de imprensa. Mas as coisas mudam. Às vezes, é mais fácil quando a situação sai do seu controle porque aí você só precisa sobreviver. Não há aquela sensação de que escolheu uma estrada potencialmente desastrosa... – Ela parou de falar. – Desculpa, estávamos falando sobre você e não sobre mim. *Você* queria filhos? Era só o seu ex que não queria?

– Eu achava que não queria, depois passei a querer. Agora não sei mais.

Gina sabia que estava sendo evasiva, mas *realmente* não tinha uma resposta. Sempre que olhava dentro de si, outras pessoas apareciam no caminho – Janet insistindo para ter um neto; o carinho instintivo que sentia por Willow; Stuart e o pai maravilhoso que seria. Acima de tudo, seu medo terrível de que o mundo não é um lugar confiável o suficiente para trazer uma criança para ele.

– Você ainda tem tempo – comentou Rachel em tom encorajador. – Está com quantos anos, 30?

– Isso foi gentil de sua parte. Tenho 33. E, no fundo, nem sei se posso ter filhos. Passei por quimioterapia há seis anos. Ainda não fiz os exames pra ver que efeitos isso pode ter causado.

– Ah – disse Rachel, perplexa. – Bem, isso é totalmente diferente. Sinto muito se fui insensível com esse lance de a namorada ter engravidado.

– Não, tudo bem. É uma possibilidade mesmo.

Gina reparou nos jardins bem-cuidados. Os primeiros botões verdes estavam se abrindo e os canteiros pareciam paletas de maquiagem, com o brilho de tulipas vermelhas e prímulas amarelas. Decidiu que queria uma jardineira para a janela grande a fim de trazer cores fortes para a fachada branca do seu apartamento.

– Acho que, se eu for sincera – começou ela devagar –, estou um pouco dividida em relação a como vou me sentir se Stuart tiver engravidado mesmo a nova namorada. Se ele decidir formar uma família com ela.

E não comigo. Que o bebê que teria nascido com os olhos dele, o nariz dele e seus pés agora vai ter o cabelo de outra mulher, o sorriso e o queixo dela. Não os meus. Mais uma janela pra espiar e ver alguém vivendo a minha vida.

– Eu sentiria pena dela se estivesse – comentou Rachel. – Engravidar de um homem ainda casado? Isso nunca é um bom começo.

– Eu não dificultaria as coisas pra eles – disse Gina, decidida. – Tenho uma lista de clichês que jurei que não incorporaria durante o divórcio, e ser vingativa é o primeiro item.

Rachel jogou a bolinha de tênis outra vez para Gem.

– Mas seu ex-marido fez uma lista? Porque, pelo que me disse, parece que ele está se esforçando pra ser bem clichê. Ele já comprou uma jaqueta de couro?

– Não. – Gina parou para pensar em Stuart com uma jaqueta de couro. – Mas acho que é só uma questão de tempo.

Rachel se virou para ela, ajeitando o cabelo para trás.

– Se me permite um conselho, procure se desapegar – disse ela. – Seja o mais gentil que conseguir e deixe o carma cuidar do resto. Você não vai conseguir aproveitar novas oportunidades se estiver presa ao passado. Precisa estar com as mãos livres pra agarrar o que vier.

Gina se perguntou se Rachel não estava passando tempo demais entre ímãs de geladeira com frases motivacionais no bazar.

– Você acha?

– Eu não acho, eu sei. – Rachel lançou a bola nos arbustos. – Última vez, Gem!

E o cachorro correu feliz atrás para pegar.

Capítulo 14

ITEM: um par de taças de champanhe feitas à mão

Longhampton, junho de 2008

Gina está sentada à mesa no bistrô tentando se concentrar em todas as coisas carinhosas que Stuart está dizendo sobre ela. A voz dele segue uma cadência enquanto se esforça para fazer o discurso, mas ela não consegue assimilar direito, principalmente porque está todo mundo olhando para ela e tentando não chorar.

– ... mulher especial... Eu soube assim que provei a torta que ela fez... Na alegria e na tristeza... Matlock...

Eu deveria estar memorizando isso, pensa, através da névoa do champanhe rosé (não deveria estar bebendo, mas, fala sério, era o dia do seu casamento). Olha para a taça na mão, tão fina que teme quebrá-la. Nunca vou me esquecer de como as bolhas desta bebida são perfeitas. Frágeis porém determinadas, levando a embriaguez pelo sangue enquanto Stuart não para de divagar, preenchendo o tempo que seria dedicado ao discurso de Terry e do seu padrinho, se Olly tivesse tido tempo de voltar das férias na Austrália.

Aquilo ainda parece estar acontecendo com outra pessoa. Mesmo que tenha já passado pela cirurgia para extirpar o câncer. Tecnicamente, não tem mais câncer. Mas, na verdade, as coisas só estão começando.

Espera até Stuart acabar o discurso e se levanta para dar um beijo nele, recebendo os aplausos animados demais, e pede licença para ir ao banheiro.

Gina tem dez segundos de paz antes de Naomi abrir a porta e entrar.

A testa está franzida de uma forma que nem a franja recém-cortada consegue esconder.

– Tá tudo bem? – pergunta ela com leveza. – Você tá enjoada ou algo assim?

– Estou bem. Por que você tá tão tensa? – pergunta Gina, inquieta. – É porque meu casamento foi só no civil e você teve que usar um *fascinator*?

Estranhamente, não sente o menor remorso por estar sendo tão direta com Naomi. Costuma morder a língua e se controlar, pensando em todas as possibilidades de algum comentário ser considerado ofensivo, mas agora diz para as pessoas exatamente o que vem à cabeça. Parece que esperam por isso – e lhes dá algo para desculpar, uma concessão para fazer em relação a uma doença que faz todo mundo empalidecer assim que ouve e tentar fazer uma expressão neutra enquanto lida com o choque interno.

Naomi olha para ela e as plumas na cabeça tremem. Aquilo realmente não combina nada com ela e diz mais sobre o estado de espírito de Naomi que qualquer outra coisa. A organização apressada de Stuart não lhe dera tempo de procurar a roupa que sempre sonhara em usar desde que eram adolescentes. A sensação é a de que o tempo não tinha passado desde que compraram o vestido de madrinha de Gina, mas Gina já estava em um novo capítulo de sua vida.

Ouvem os acordes tristes de Adele vindos do salão quando alguém abre a porta e segue para o banheiro masculino do outro lado. Gina não culpa Naomi por estar pau da vida com o chapéu. O terninho Vivianne Westwood que está vestindo também não é a roupa que imaginou usar para se casar e não consegue se imaginar usando-o de novo, mas a vendedora a convenceu e, por um segundo, sentiu-se animada por ser uma outra pessoa, o tipo de mulher que gasta oitocentas libras em uma roupa simplesmente porque quer. Aquela é a melhor aparência que vai ter por um bom tempo.

– Não acredito que isso sequer passe pela sua cabeça! – O sorriso de Naomi está animado demais. – Hoje as atenções são todas suas. Não estou nem aí pro meu *fascinator*.

– Então por que está com essa cara?

O champanhe havia subido direto para a cabeça de Gina. Ela provavelmente não deveria ter bebido.

– Por favor, tenta parecer feliz – continua Gina. – Sinto que estou em uma festa antes da batalha do Somme. Parece que está todo mundo prestes a se debulhar em lágrimas.

– Claro que não! – O bom humor determinado de Naomi faz com que tudo que diga saia como uma exclamação. – Está todo mundo pensando em como você e o Stuart formam um casal maravilhoso! Porque é exatamente isso!

– Não é não, Nay – contradiz Gina. – Tá todo mundo tentando achar a dose equilibrada de felicidade diante das circunstâncias. E eu não culpo ninguém. Talvez tudo isso tenha sido um erro. Já é difícil o suficiente pra Stuart e eu. Quer dizer, talvez seja mais *fácil* pra mim e pro Stuart. Porque pelo menos sabemos o que está acontecendo.

Naomi começa a falar, mas as palavras saem como um soluço. Ela pisca, lutando para manter a expressão encorajadora que está o dia todo no seu rosto. No salão, no carro, na verificação da maquiagem de todo mundo na casa de Janet – foi Naomi que tirou fotos alegres, distribuiu elogios, divertiu todo mundo o tempo todo. Não é o casamento elaborado que tinham planejado quando eram adolescentes, mas Naomi se esforçou para dar o seu melhor no seu papel de madrinha da noiva.

– Não faz isso, Gina – pede ela em tom alegre novamente. – Vem.

– Desculpa.

Gina olha para a porta preocupada que alguém entre. Como sua mãe, que mal está se segurando, ou a irmã de Stuart, que está totalmente bêbada. Todo mundo está. Todos estão enchendo a cara para evitar ter que falar sobre o assunto que está na cabeça de todos os presentes.

A doença da noiva com seu terninho de veludo e um penteado ironicamente elaborado.

– Olha, sinto muito por ter acabado me casando antes de você – diz Gina, tentando fazer uma piada, como elas sempre fazem. – Você ainda tem alguns meses para escolher outra madrinha principal se quiser. Eu não quero ser a careca que rouba a cena no altar.

Naomi se afasta, mas perde finalmente o controle.

– Eu não estou nem aí pro meu casamento! Eu já disse pro Jason que nós vamos adiar até você estar melhor, e que se danem os adiantamentos.

Ela puxa a toalha em rolo no suporte, provocando um barulho alto. Isso as deixa em silêncio e, por um momento, apenas ficam paradas ali, olhando uma para a outra, em desespero, porque toda a normalidade de suas vidas tinha sido virada de cabeça para baixo no último mês, como um barquinho de brinquedo navegando por um oceano gigante e desconhecido.

– Tudo que me importa é que você melhore – diz Naomi com a voz trêmula. – Não quero perder minha melhor amiga. E isso é muito egoísta, não é? Mas eu não quero. Não consigo nem me imaginar fazendo outra amiga como você de novo.

Gina sorri, apesar dos olhos marejados.

– Melhor não dizer isso pro Jason.

– Ele sabe! – Naomi olha fixamente para Gina. – Ele sabe o que você significa pra mim.

Gina toca no braço da amiga, enquanto Naomi se esforça para não cair no choro. As duas dão piscadinhas rápidas para evitar que o rímel borre e o desespero da situação provoca um acesso de riso histérico que quase as faz chorar do mesmo jeito.

Gina nunca se sentiu mais grata por Naomi do que neste exato momento; ela é o fio que liga todas as partes de sua vida. As partes boas, as ruins, as secretas, as feias. E saber que ela faz o mesmo por Naomi lhe dá algo em que se segurar e se manter firme.

– A gente não pode chorar. – Gina meio que ri e meio que chora. – Se virem a noiva e a madrinha chorando, vai todo mundo começar a chorar também!

– Não se preocupe. Eu usei rímel à prova d'água. Sabia que isso ia acontecer.

Elas piscam e se abanam e tentam não olhar uma para a outra, porque isso vai ser o fim.

– A questão é que eu só quero seguir o fluxo, agora – diz Gina em um acesso de sinceridade.

Agora que está aqui com Naomi, pode tirar o peso do peito. Stuart está sendo um amor, mas ela precisa se comportar de certa forma com ele e com Janet. Tem que reagir de modo a se encaixar no papel que eles desempenham de parceiro apoiador e de mãe devastada; é mais fácil deixar que a reação deles modele a dela.

Se tenta pensar em como realmente se sente, um buraco negro e frio se abre dentro dela.

Gina se segura na beirada da pia.

– Você não acha que... às vezes o universo equilibra as coisas?

– Como assim?

– Que em algum momento todos recebemos a nossa cota de sorte e de azar?

Naomi franze a testa.

– Você não está falando coisa com coisa, amiga.

– É... É que eu tive muita sorte, Naomi. Quando penso no que *poderia* ter acontecido comigo... E é como a mãe do Kit disse, aqui se faz, aqui se paga. Eu...

– Não! – exclama Naomi. – *Não!* Isso é besteira, Gina. Você não deve pensar nisso. – Ela pega o braço da amiga. – *Diz* que não acredita nisso.

Mas é exatamente no que Gina acredita e é o que está lhe dando a calma que as pessoas veem nela. Não pode acontecer nada pior do que aquilo na vida dela agora; a espada que estava pairando sobre sua cabeça desde o que acontecera com Kit havia caído. E quanto azar uma pessoa pode ter? O pai, Terry, Kit... Com certeza este é o fim, para sempre.

Ela só precisava passar por tudo aquilo. Pensar em "tudo" faz o buraco se abrir novamente debaixo dela.

– Eu vou ficar bem, Naomi – diz ela. – Nós vamos superar isso.

Naomi parece prestes a vomitar, mas se obriga a sorrir, e juntas voltam para o salão, onde todos começam a sorrir também, como se alguém tivesse acionado um interruptor.

Na quinta-feira, Rory avisou a Gina que Stuart iria pessoalmente pegar a caixa com as coisas dele no apartamento dela no dia seguinte, depois do trabalho.

Ela e Stuart trocaram algumas mensagens breves sobre o horário: ele ligaria quando estivesse indo para o treino de futebol, mas não dera nenhuma explicação sobre o motivo da repentina mudança de ideia. Depois de pensar e repensar, Gina decidiu dar a ele o conjunto de tigelas de vidro de Murano que estava na lista. Era um conjunto bonito, e ele que o tinha comprado, afinal. Olhar para as tigelas agora não dava a Gina o prazer que mereciam; e seria bom que Stuart tivesse uma coisa bonita para lembrá-lo do casamento deles. Talvez um dia conseguisse ver nelas o que ela tinha visto.

Gina estava pensando nas tigelas quando chegou à Magistrate's House na hora do almoço, imaginando que tipos de tesouros já tinham sido exibidos em cristaleiras quando os Warwicks moraram lá. Contornou a casa para entrar pela cozinha, atraída pelo cheiro de torrada. Havia um monte de gente em volta da mesa, e, quando bateu na porta e entrou, várias cabeças se voltaram para ela.

– Ah, que bom – disse Nick. – Alguém que saberá o que fazer.

Kian, um dos ajudantes de pedreiro, estava sentado à mesa da cozinha com o rosto virado para o lado oposto ao da mão aberta. Lorcan e seu aprendiz de marcenaria, Ryan, estavam atrás dele, com uma expressão preocupada e divertida ao mesmo tempo.

– O que aconteceu? – perguntou Gina, já pegando o celular no bolso para chamar uma ambulância. Kian estava pálido como uma folha de papel. – Lorcan, achei que você soubesse tudo sobre prestar primeiros socorros no local.

– Não precisa de ambulância. Só tivemos um incidente com uma joia.

Nick deu um passo para trás e mostrou que estava tentando tirar um anel do dedo de Kian com um sabonete em barra. A câmera em cima da mesa deu a Gina uma pista sobre o que tinha acabado de acontecer.

– Água gelada – disse Gina na hora. – E gelo, se tiver. E, se isso não funcionar, podemos tentar usar manteiga.

Lorcan cutucou o jovem aprendiz ao seu lado.

– Você ouviu a moça, Ryan. Tigela, água fria. Vamos logo!

Ryan foi até a geladeira duplex novinha, uma coluna branca de modernidade na cozinha em ruínas, e procurou gelo enquanto Kian olhava para o anel de brilhante no dedo mindinho.

– Combina com você – disse Gina, e ele ficou constrangido.

– Temo que sua carreira como modelo de mão tenha chegado ao fim, Kian. Mas saiba que consegui ótimas fotos – afirmou Nick.

– Sua modelo de mão ainda não voltou de Paris?

Gina arqueou uma das sobrancelhas e viu algo na expressão de Nick.

– Não, mas minha modelo de mão reserva acabou de chegar. – Foi a vez dele de arquear uma das sobrancelhas. – Você se importa? É rapidinho.

– Isso vai ter que esperar até conversarmos sobre o gesso. – Gina bateu na pasta com anotações. – Tenho umas cotações dos fornecedores que eu trouxe aqui na semana passada e preciso conversar sobre uns consertos na cornija que precisam de especialistas...

– Podemos conversar enquanto fotografo algumas pulseiras, por favor? Já estou atrasado com isso. Não consigo lidar com você *e* Amanda *e* Charlie gritando comigo.

– Lorcan? – Gina olhou para o empreiteiro. – Você não está gritando?

– Eu? – Ele pareceu ofendido. – Eu nunca grito. Olha, não posso arriscar que outro assistente meu se envolva nesse tipo de situação, então agora você é a bola da vez, tá legal? O gesso não vai sair sozinho.

– Mas ele já está saindo sozinho – comentou Nick. – Na maioria dos cômodos.

– Vocês dois ensaiaram esse número? – perguntou Gina, achando graça. – Lorcan, se você pedir ao Ryan pra preparar um chá, posso perguntar tudo pro Nick sobre o gesso enquanto ele está fotografando.

– Não sei, não. – Lorcan ergueu as mãos para Gina. – Vocês, modelos de mão, e suas exigências de diva!

– Nós fazemos valer a pena. Leite, sem açúcar.

Dito isso, Gina permitiu que Nick a conduzisse até seu estúdio improvisado na sala de estar.

A equipe de Lorcan já tinha começado a preparar algumas partes da Magistrate's House que não precisavam de autorização da prefeitura para os primeiros estágios do trabalho de reparo. O assoalho do corredor estava protegido com plástico e a escada e o corrimão de carvalho entalhado estavam com uma camada de cobertores para protegê-los de furadeiras e carrinhos de mão sendo levados para os cômodos do térreo. A maior parte dos painéis do corredor tinha sido retirada em pedaços para que a parede antiga pudesse ser refeita com madeira nova e uma nova camada de gesso. Gina nunca deixava de se maravilhar com a simplicidade que até as casas mais majestosas tinham sob a camada polida de madeira e tinta: apenas massa, madeira e pregos, como uma casa qualquer.

A sala de estar na qual Nick trabalhava estava coberta com mantas ("bons refletores naturais"); ele tinha montado uma mesa de cavaletes com algumas cadeiras perto da grande janela que tinha vista para o que tinha sido – e talvez voltasse a ser – o campo de croqué. O sol não estava forte e o mato estava alto. Mesmo assim, a imaginação de Gina produziu um banco de veludo nos três cantos da janela, com sofás vistosos e chá servido em bandejas de prata.

– Já sei no que está pensando – disse Nick, seguindo o olhar dela. – Um banco para a janela? Não é?

– Não – mentiu Gina. – Estava pensando que preciso procurar um especialista em janelas.

Não sabia bem por que tinha mentido. Era *bom* que Nick tivesse uma visão semelhante à dela para a casa. Mas ele parecia ter um talento para enxergar o que se passava dentro dela, ou talvez Gina fosse uma pessoa fácil de ler e, em dias como aquele, quando a visita de Stuart estava na sua mente, ela se sentisse insegura.

– Mas com certeza um banco pra janela seria incrível – concordou ela, sem se conter. – Poderíamos colocar aquecedores embaixo e pedir a Lorcan pra construir um móvel com treliça e escondê-los.

– Adoro a ideia – disse Nick. – Atrair os jogadores de croqué pro conforto da casa quando estiver chovendo. Quer se sentar? Vai levar só uns cinco minutinhos. Depois poderemos falar sobre o gesso. Prometo.

Ele abriu espaço em uma ponta da mesa, formando pilhas de revistas sobre câmeras e correspondências. Depois, virou um saquinho de veludo, deixando pulseiras com pingentes caírem na mesa. Tirou algumas fotos delas contra o fundo branco. Nick sugeriu então que Gina as colocasse no punho, uma de cada vez, enquanto ele tirava fotos dos pingentes bem de perto.

Nick ia dando as orientações e ela pegou uma xícara, abriu os dedos da outra mão e a colocou no ângulo que ele queria, observando a luz iluminar sua pele. Assim como aconteceu com os ovos, Gina sentiu a estranha sensação de ver a mão e o punho pela primeira vez.

Era engraçado como a saliência do punho parece delicada, pensou. Quando, na verdade, é um lembrete da solidez do osso sob a pele.

– Sua unha está bonita – elogiou Nick. – Vai a algum lugar chique hoje à noite?

– Obrigada. Mas não vou a lugar algum. O único compromisso na agenda é com o meu ex, que vai lá em casa amanhã à noite buscar as coisas dele.

Tinha escapulido. Ela franziu a testa.

Mas Nick não reagiu, continuou fotografando.

– Entendi. E você fez a unha pra ele? Ele nota esse tipo de coisa?
– Não. Eu sempre faço a unha.
– Por quê? Não acabam lascando quando tem que trabalhar em obras?

Ela hesitou. Havia um motivo para suas unhas estarem sempre bem-feitas: sua enfermeira preferida da oncologia a tinha encorajado a usar esmalte escuro para fortalecer as unhas durante a quimioterapia. Suas unhas tinham rachado e ficado quebradiças durante o tratamento, mas Gina havia perseverado com cremes e óleos até elas crescerem saudáveis de novo. Nunca falava sobre seu tratamento no trabalho: aquilo pairava sobre ela como um rótulo quando estava na prefeitura. Mas Nick parecia realmente interessado, e algo naquela proximidade, mesmo sem contato visual, a fez ser sincera.

– Fui aconselhada a manter as unhas pintadas durante a quimioterapia – disse ela. – Se ficarem pretas, o esmalte disfarça.
– Verdade?

Ele não reagiu à menção da químio, apenas assentiu. E isso fez com que ela se sentisse mais inclinada a continuar:

– Sim. E eu gostava de ficar com as unhas bonitas quando todo o resto parecia estar desmoronando à minha volta ou enquanto eu vomitava. O esmalte fazia com que eu me sentisse menos... cinza.
– Gostei da cor. Como se chama?
– Pergaminho.
– Adequado.

Gina pegou a caneca de chá com a outra mão e tomou um gole.

– Gosto de verde e azul também, mas, como você bem observou, é fácil lascar o esmalte em uma obra. E, como gerente de projetos, eu acho importante ficar livre de lascas.

– Concordo – disse ele, sem tirar os olhos da câmera. – Mas sou antiquado e acho que nada supera unhas vermelhas.

Ele virou a pulseira para que o pingentinho de coração se aninhasse no vão do seu pulso. Uma gota escarlate. Aquilo parecia íntimo. Todo o foco de Nick nas suas mãos e uma conversa sem contato visual. Tinham baixado o tom da voz – não para um sussurro, mas para um tom mais baixo que o normal, como se a câmera fosse uma terceira pessoa que não queriam distrair.

E, então, ele olhou direto para Gina. Os olhos cinzentos estavam alegres, pensou ela, distraída, e brilhavam atrás dos cílios compridos.

A mente de Gina ficou em branco. Diga alguma coisa sobre esmaltes. Tudo em que conseguia pensar parecia... um flerte.

– Então, quando foi que você fez químio?

Ele parecia interessado, mas não enxerido.

– Há seis anos. Câncer de mama. Detectado bem no início. Fiz a pior quimioterapia do mundo, tomo tamoxifeno e agora estou em remissão.

– Isso é ótimo!

Nick parecia prestes a levantar a cabeça, e Gina sentiu um impulso de mudar de assunto antes que ele começasse a olhar para ela de forma diferente. Não queria vê-lo analisando-a em busca de sinais que talvez não tivesse visto antes.

– Então, Amanda volta neste fim de semana? – perguntou ela, falando a primeira coisa que apareceu em sua cabeça. – Ela deve estar curiosa pra ver o que está acontecendo.

Estou recebendo muitos e-mails sobre isso, acrescentou mentalmente. Presumia que Nick também estivesse recebendo, já que estava copiado em vários deles.

– Infelizmente, não. – Clique, clique. – Ela tem uma reunião com um outro cliente em Nova York na sexta-feira, então vai ficar em Paris por mais uma noite e pegar um voo direto pra lá. É mais fácil do que vir até aqui, voltar, pegar um avião cedo. Mas está tudo bem. Eu e ela temos nos falado por Skype toda noite e eu mostro os progressos pra ela.

– E ela está feliz?

– Muito feliz. Bem, tão feliz quanto você pode estar quando nada é muito excitante ainda.

– Eu sei – admitiu Gina. – Demora um pouco pra chegar às amostras de cores. Então, você vai passar o fim de semana arrancando o gesso das paredes?

– Claro! Não é isso que todo mundo faz nos fins de semana? Não, eu devo voltar pra Londres por alguns dias. Vou deixar a remoção de gesso pra quem sabe o que está fazendo.

Gina ficou imaginando por que se sentiu um pouco decepcionada pelo lembrete de que Nick não morava lá de verdade. Para eles, aquela era apenas uma casa de fim de semana. Por que ele deveria ficar ali sozinho?

– É uma boa chance pra me encontrar com todos os amigos que Amanda não curte muito. – Nick mexeu as sobrancelhas de forma conspiratória. – Tá legal, pra ser sincero, eu talvez fique e tire o gesso. Lorcan me mostrou uma ferramenta especial. É surpreendentemente viciante. Mais uma. Abra bem os dedos.

Ele tirou uma última foto da pulseira com o pingente, e Gina relaxou, pegando o chá. Enquanto estava tomando, Nick levantou a câmera e tirou uma foto dela.

– Desculpa – disse ele. – Não resisti. Você estava tão engraçada. Olha aqui, vou mostrar, não precisa surtar.

Ele virou a câmera para lhe mostrar. Lá estava ela, com o rosto meio oculto pela caneca, os olhos acima dela, redondos e castanhos como os de uma heroína de mangá, e a mão esticada enquanto a pulseira descansava languidamente no punho ossudo.

O punho dela não era ossudo: era apenas a forma como Nick tinha fotografado. Era ela e ao mesmo tempo não era. Era ela vista por alguém que só via o que estava ali.

– Este é um daqueles momentos de que eu estava falando no outro dia – explicou Nick ao ver a expressão dela. – A primeira xícara de chá depois de uma sessão de fotos entediante. Valorize o momento.

– Você não usou a Polaroid.

– Não. – Ele fez uma pausa. – Quer que eu use?

– Hum. Sim.

No entanto, quando ele tirou a câmera da caixa de equipamentos embaixo da mesa, Gina estendeu a mão para pegá-la. Ele hesitou antes de entregar.

A última vez que usara uma Polaroid tinha sido no aniversário de 14 anos de Naomi: tirara uma foto dela e de Naomi bem juntas, segurando a máquina com os braços esticados, usando arcos com orelhinhas da Minnie. Ela tinha ficado para dormir porque o irmão de Naomi, Shaun, tinha conseguido quatro garrafas de sidra para elas e Janet conseguia detectar álcool no hálito de Gina do outro lado da rua.

– Sorria! – disse ela para Nick, que obedeceu.

A câmera zuniu e estalou e a foto saiu.

– Não gosto de ser fotografado – declarou ele, enquanto ela sacudia a foto. – E, ao contrário da crença popular, você não precisa sacudir a foto.

– Não?

– Não. O jeito profissional de acelerar o processo é enfiá-la embaixo do braço.

– Vou me lembrar disso.

Ela colocou o quadrado embaixo do braço e, depois, foi ver a imagem: lá estava ele, o fotógrafo Nick, fotografado. Olhando direto para ela, com um sorriso aberto porém menos natural do que na vida real. A casa vazia ao fundo e as cores descalibradas do filme antigo deixavam o período de tempo indefinido. Havia um ar dos anos setenta naquela sala agora.

Tinha enquadrado bem a foto: ele estava bem centralizado, o botão da camisa aberto formando um ângulo perfeito para mostrar as cavidades do pescoço. Gina não tinha notado antes, mas, enquanto olhava para a foto, percebeu as duas reentrâncias bronzeadas, sombreadas na pele macia e emolduradas pelo algodão xadrez. Havia algo de muito masculino nelas. Os ossos sob a pele, outra vez delicados porém fortes.

– Bela foto – afirmou ele, inclinando-se para ver, e ela sentiu o cheiro que lhe parecera tão familiar da primeira vez que se encontraram do lado de fora. Era como algo que já conhecia. Provavelmente o xampu, disse para si mesma.

– Obrigada.

No dia seguinte, Stuart tocou a campainha às seis horas da noite, e Buzz correu para sua caminha no canto da cozinha, onde se escondia enquanto ela passava o aspirador no apartamento.

– Não se preocupa, ninguém vai vir pegar você – disse Gina, e ele baixou as orelhas de um jeito que ela agora conseguia diferenciar da orelha levantada e assustada.

Gina pressionou o interfone para abrir a porta lá embaixo e levou a mão à cintura enquanto analisava a sala de estar. Seria um choque para Stuart: aquele era o aposento mais vazio e mais branco em que ela já morara. A não ser pelo sofá e o banco para apoiar os pés, apenas o vaso azul com tulipas vermelhas trazia um pouco de cor para aquela palidez. Restavam poucas caixas para ela abrir, mas as colocara no quarto, fora do caminho. A última coisa que queria era que Stuart cismasse de abri-las agora.

O mais importante, porém, é que Gina se sentia em casa no seu apartamento. A agonia da organização valera a pena. Tudo que estava ali era seu. Não deles. Dela.

Ouviu os passos na escada. Três batidas na porta. Mesmo estando preparada, Gina foi tomada por um nervosismo repentino. Aquela era a primeira vez que o veria desde que deixaram a casa da Dryden Road.

Abriu a porta e lá estava ele, com o uniforme de futebol e carregando a bolsa no ombro.

– Oi.

Não queria, mas não conseguiu evitar olhar para o rosto de Stuart em busca de mudanças: o cabelo louro-escuro estava um pouco mais comprido do que se lembrava e havia definitivamente uma barba cobrindo o queixo. No mais, continuava completamente normal. Não parecia muito diferente do cara de 27 anos que tinha conhecido na casa de Naomi. O que era irritante. O mínimo que podia fazer depois de tudo que a fizera passar era parecer que tinha enfrentado algumas noites insones. Em vez disso, ele exibia um brilho ligeiramente orgulhoso.

Ela forçou um sorriso, esperando que não parecesse tenso demais.

– Oi. Pode entrar.

– Obrigado por me receber – disse Stuart, educado, ao passar por ela, olhando para as paredes brancas e os quadros que ela já tinha pendurado.

Parou na janela e olhou para o vaso como se não se lembrasse bem dele. Então se virou para ela.

Gina decidiu que não tinha gostado da barba: fazia com que parecesse mais um gestor de time de futebol do que um atacante.

– Coloquei tudo que pediu ali – disse ela, apontando para a caixa sobre a mesa de centro. – Incluindo as tigelas de Murano.

– Ah? – Ele levantou uma das sobrancelhas com sarcasmo. – É mesmo? As tigelas que seu advogado disse que você não estava conseguindo encontrar?

Rory estava certo, pensou Gina. Acordos financeiros não despertavam o melhor nas pessoas. Mostre-se superior.

– Eu as encontrei – respondeu ela com simplicidade. – Pensei em ficar com duas e dar as outras duas pra você, mas, no final, decidi que o conjunto não devia ser separado e que você podia ficar com ele como uma lembrança de Veneza.

Stuart olhou para ela, desconfiado.

– Tá.

– Porque foi uma época feliz – insistiu Gina. – Foram férias agradáveis, e as tigelas sempre vão lembrar você daquela tarde. Ver Veneza pela primeira vez, tomar sorvete na praça de São Marco e você... pechinchando.

Stuart tinha começado a relaxar, mas não durou muito.

– Espera aí. Você está reescrevendo a história. Você ficou *pra morrer* com aquilo. Brigou comigo por pechinchar, mesmo quando todo mundo sabe que é o esperado. Estava no *guia de viagem* – acrescentou ele.

A determinação de Gina de permanecer gentil fraquejou. Stuart sempre pegava o menor dos detalhes e se recusava a ceder.

– Eu sei – disse ela. – Mas, quando olho pra trás hoje, acho que aquilo foi muito a sua cara. Você estava decidido a conseguir o melhor preço e conseguiu. Eu sempre admirei a sua persistência...

Você está falando dele como se ele tivesse morrido.

– ... o modo como nunca aceita um não como resposta. Isso fez toda a diferença quando fiquei doente.

Ela olhou para Stuart e viu que a expressão dele tinha mudado: parecia emocionado. Sentiu uma onda de generosidade:

– Quero que fique com as tigelas e, quando usá-las, quero que lembre que tivemos momentos felizes e que... – aquilo só lhe ocorreu enquanto falava – ... eu fiquei muito grata pela sua teimosia quando realmente importava.

Aquilo era como jogar alguma coisa para o universo, disse para si mesma. Como Rachel sugeriu, talvez eu devesse deixar as coisas rolarem em vez de tentar controlar tudo.

Stuart pareceu perdido. Viera obviamente pronto para uma discussão.

– Hum, obrigado. Muito gentil da sua parte.

Ele pegou uma das tigelas, que Gina tinha embrulhado com plástico-bolha. Stuart desembrulhou uma e a segurou contra a luz, de forma que os pequenos pontinhos de vidro colorido brilharam.

Gina fotografara as luzes pontilhadas ao longo do canal, mas elas não apareceram direito nas fotos. A lembrança que quisera capturar era a de um entardecer promissor, do cheiro de carne grelhada e dos canais no ar pesado da noite. Da antiguidade daquele lugar. As tigelas a faziam lembrar tudo aquilo.

– Eu tinha até esquecido como eram bonitas – disse ele, olhando para ela, com a expressão mais amigável da qual ela tanto se lembrava. – Não é de estranhar que o cara tenha jogado tão duro. Pra ser sincero – ele deu um sorriso meio de lado –, eu estava usando a taxa de câmbio errada na minha cabeça. Acho que baixei muito o preço. Verifiquei quando voltamos pra casa e acho que pagamos uns cem euros a menos do que realmente valiam.

– Sério? Não! Você nunca disse nada.

– E como eu poderia? – Stuart parecia envergonhado. – Eu fiz a maior cena. Mas, vamos lá, elas são lindas, não são?

– São uma obra de arte, e você é um filisteu – declarou ela, brincando apenas em parte.

Ele sorriu, e Gina percebeu que aquela era a primeira conversa amigável que tinham em muito tempo. Era uma troca hesitante, e estavam conversando sobre o relacionamento deles como se fosse um parente falecido querido, mas não era tão ruim.

– Então... – Stuart olhou para o apartamento com mais atenção. – Você está realmente morando aqui?

– Como assim? É claro que estou.

– É só que... é tão vazio. Nosso banheiro tinha mais coisas que esta sala.

– Estou passando por um detox. Você deveria tentar.

– Haha, até parece. Aquilo... – Seu olhar parou na cozinha, e ele se virou para ela, incrédulo. – Aquilo é um cachorro de verdade?

Buzz estava fingindo dormir na caminha. Gina conseguia detectar os sinais de nervosismo nele e se arrependeu por deixar Stuart, um estranho, entrar no apartamento. Buzz detestava estranhos. Principalmente homens.

– Sim. Mas só estou dando abrigo até ele poder ir para o canil – respondeu ela.

– Como foi que isso aconteceu? – Stuart parecia achar graça. – Loki e Thor vão ficar perplexos quando eu contar que você foi pro lado sombrio da força.

– O lado *canino* da força – disse Gina em tom brincalhão, e Stuart sorriu.

Gina abriu a boca para contar exatamente como Buzz tinha aparecido em sua vida, mas percebeu que não era uma boa ideia falar sobre a bicicleta, não quando as coisas estavam tão cordiais. Felizmente, Stuart já tinha se distraído com o rádio Roberts retrô que estava na bancada da cozinha.

– Isto é meu – disse ele, pegando. – Você não me deu de presente de aniversário? Ficava no banheiro.

– Não. Este é meu – respondeu ela. – Você está confundindo com o rádio digital DAB. Está na caixa e fazia parte da sua lista.

Gina ouviu um som baixo vindo da cozinha, como um motor distante de um carro velho, um rosnado baixo. Era o Buzz? Ela nunca tinha ouvido o cachorro emitir nenhum som parecido. Ele raramente fazia barulho, a não ser para resfolegar mais forte quando Rachel acariciava suas orelhas e algum som quando estava dormindo.

– Buzz? – chamou ela, e o barulho parou.

Gina se virou para Stuart.

– Aliás, eu queria agradecer extraoficialmente por permitir que o processo andasse. Não sei o que te motivou, mas... O quê?

Stuart estava esfregando o queixo, como se estivesse tentando decidir como abordar um assunto delicado.

– Hum... Pois é... Sobre isso – disse ele.

Ele vai se mudar para o exterior, pensou. Ele e Bryony decidiram vender tudo e emigrar. Foi por isso que nem se importou em pegar muita coisa.

Stuart tossiu e olhou para o chão, mas havia um brilho feliz nos olhos dele.

– Hum... Eu não sei bem como dizer isto...

– O quê? – Ela estava começando a lembrar por que se manter gentil perto dele era tão difícil. – Pode dizer o que for para mim. Acho que nada pode ser pior do que "Estou tendo um caso", Stu.

– Não sei, não.

– Acredita. Não vai ser. Pode falar.

– Bryony e eu... Bem, mais a Bryony do que eu... – Stuart olhou para Gina, e ela percebeu que ele estava gostando daquilo, apesar da relutância em contar o que tinha para contar. – Nós estamos grávidos.

Gina sempre odiara essa forma moderninha de um homem dizer que vai ser pai, mas agora aquilo a fez sentir náuseas. Sentiu o gosto de algo amargo subindo pela garganta.

– *Ela* está grávida – retorquiu Gina automaticamente. – A não ser que você tenha desenvolvido algum tipo de útero e nunca me contou.

Ele ergueu as mãos e logo as abaixou, como se ela tivesse acabado de vencer a discussão.

– Tá vendo? Eu sabia que você seria assim.
– Assim como?
– Amarga.
– Amarga? Stuart, o meu comentário foi inteligente. Amarga eu teria sido se fizesse um comentário sobre, digamos, como você nem esperou o divórcio com sua primeira mulher sair antes de engravidar a outra.

– Eu sei que não é o ideal, mas as coisas são assim mesmo e nós estamos muito felizes. – Ele levantou o queixo com orgulho. – De qualquer forma, eu não vim aqui discutir isso. Só queria que soubesse da notícia por mim.

Gina queria manter a calma e fazer perguntas, mas sentiu uma fúria por dentro. Nem mesmo Naomi – sua melhor amiga – lhe contara sobre a gravidez até o terceiro mês de gestação. O que significava... Gina fez as contas.

– De quanto tempo ela está?

Stuart ficou evasivo, o que disse para Gina tudo que precisava saber. De repente, não queria mais saber os detalhes. Seu peito parecia prestes a explodir.

– Você é um triste e velho clichê – comentou ela. – É como aqueles caras infantis que hesitam em falar sobre ter filhos, desperdiçando anos da vida de outras pessoas, pra então...

– Vai se ferrar – disse Stuart, ofendido. – Quem estava desperdiçando tempo? Era o *meu* tempo também. Você nem queria filhos.

Aquilo doeu.

– Isso não é verdade!

Ele a fulminou com o olhar.

– Eu estava lá, lembra? Eu levei você àquela clínica de fertilidade. E estava lá naquele consultório enquanto você dizia para o médico que não queria coletar seus óvulos. Você não queria que a gente tivesse filhos. Ou melhor, você não queria ter os *meus* filhos.

– Não foi...

Gina parou de falar antes de dizer alguma coisa da qual se arrependeria.

– Não foi o quê? – questionou Stuart. Ele olhou bem nos olhos dela, e a raiva e a mágoa na expressão dele fizeram com que parecesse mais velho. Mais velho e um estranho. – Não é como você quer se lembrar?

– Não foi assim que aconteceu – disse Gina.

Ela contraiu os lábios e tentou condensar a lembrança embaçada na cabeça em uma imagem específica e nítida, mas não conseguiu. Havia muita coisa que ela mesma ainda não entendia.

A vida dá uma reviravolta em torno de momentos tão pequenos, pensou. Você tem um milésimo de segundo para pensar em como lidar com situações extremamente significativas e, *bum*, você toma a decisão errada e tudo dá errado. Um minuto antes estava tudo indo bem. E agora...

– Não importa. – Stuart fez um gesto em volta do apartamento vazio. – Boa sorte.

– Então é isso? – A voz de Gina falhou. – "Eu vou ter um filho com outra mulher, obrigado pelas tigelas e pelos bons momentos e boa sorte"?

Stuart revirou os olhos.

– Sério, às vezes é impossível conversar com você. Eu *estou* feliz por você. Nós dois podemos recomeçar. Eu entro em contato.

Ele pegou a caixa da mesa e foi para a porta, chutando para manter aberta e descendo rapidamente a escada.

Gina teria descido atrás dele, talvez até jogado uns guias de viagem velhos nele, mas não conseguia se mexer. As pernas pesavam como chumbo. Lembranças que tinha enterrado no fundo da mente apareciam de novo, soterrando-a de emoções repentinamente frescas. Sabia naquela época que só estava adiando o verdadeiro sofrimento para outro dia, mas tinha tanta coisa em que pensar... Não havia espaço na sua cabeça para lidar com a dor hipotética quando a dor de verdade estava sendo aplicada em doses cronometradas a cada três semanas.

Agora, porém, o impacto total do que ela dissera e do que fizera naquele consultório médico no hospital de Longhampton finalmente se revelava. *Tchã-rã!*, dizia. *Aqui estou, e agora você está seis anos mais velha e solitária.*

Gina se sentou no sofá e afundou a cabeça nas mãos. Não chorou, mas permitiu que as ondas de emoção corressem pelas veias. Não soube por quanto tempo ficou sentada ali, deixando a maré das lembranças ir e vir, mas se manteve na mesma posição até a respiração voltar ao normal.

Quando levantou o olhar, Buzz não estava mais na caminha e tinha se deitado perto da porta, para a qual olhava fixamente, com os olhos pretos inescrutáveis. Não estava esperando para sair. Estava montando guarda.

Capítulo 15

ITEM: um exemplar do livro *Mulherzinhas*, de Louisa May Alcott, propriedade de Georgina Jessica Pritchard, 8 anos

Longhampton, 25 de junho de 2008

O especialista em fertilidade é gentil e se dirige de forma igualitária tanto a ela quanto a Stuart, alternando o olhar bondoso entre os dois enquanto resume as opções disponíveis para eles no caso de a quimioterapia afetar as chances de começarem uma família.

Gina assente e sorri, com educação. Stuart assente e faz anotações, franzindo a testa enquanto liga os pontos com setas e caixas e faz referências cruzadas de tempo, e pede ao Dr. Mancini que soletre o nome dos remédios para que ele possa pesquisar depois.

Claro que isso é justo, Gina pensa, tentando se colocar no lugar de Stuart enquanto a caneta passeia pela página do caderno onipresente. É o futuro filho ou filha de Stuart que pode estar em jogo por causa das substâncias químicas que vão ser bombeadas pelas veias de Gina, atacando seu câncer e, infelizmente, outras coisas também, como seus folículos e seus óvulos.

– ... podemos lhe dar injeções de bloqueadores de hormônio luteinizante pra impedir que seus ovários funcionem durante a quimioterapia, mas isso por si só não é uma garantia absoluta...

Só que, na verdade, não é justo, não é?, pensa. Stuart poderá muito bem ter filhos com outra pessoa. Outra mulher. Ela não. É o seu futuro como mãe que estão discutindo. Assim como seu futuro como pessoa. Gina tenta se lembrar de que é maravilhoso que Stuart esteja pensando na questão em nome *deles*, na família *deles*, mas, desta vez, ela quer que a questão seja *ela*.

O Dr. Mancini está explicando que sua melhor opção para a maternidade é adiar a quimioterapia para que tome uma série de hormônios *que talvez elevem o número de células cancerígenas* para que ela possa coletar alguns óvulos, para Stuart fertilizá-los e os embriões serem congelados até que ela melhore.

Então, para a simples chance de ser mãe um dia, ela tem que passar por um sacrifício pré-maternidade, arriscando o próprio corpo por uma chance e em nome da ciência.

Minha mãe ia adorar isso, ela pensa, olhando para um modelo em gesso com a impressão de uma mãozinha de bebê que o Dr. Mancini tem na mesa – para inspirar suas pacientes, imagina. Para ela, parece uma coisa mórbida, mas no momento tudo parece simbolizar a morte. Árvores, flores, pássaros no céu. O verdadeiro teste de uma mãe. Até que ponto você quer isso? Está disposta a alimentar o próprio câncer para fazer isso?

A resposta deveria ser sim, é claro. Mas Gina não consegue encontrar essa afirmação dentro de si. Só há um silêncio preocupado que não é totalmente um não.

O pior de toda essa conversa é que, desde que recebeu o diagnóstico de câncer, Gina sente que precisa tomar uma decisão. Não apenas em relação ao futuro, mas em relação ao *tipo de pessoa que ela é*. Até agora, tudo que lhe foi apresentado tinha uma resposta óbvia. Os médicos sabem mais do que ela sobre a melhor forma de tratar o câncer de mama; onde havia "escolhas", ela foi inteligente o suficiente para ver que, na verdade, não existem escolhas. Agora, porém, precisa tomar uma decisão que terá um impacto direto na vida além do tratamento, e Gina não quer olhar tão adiante assim.

É impossível imaginar filhos – peças de Natal na escola, festas, fada do dente, provas – quando ainda não consegue lidar com o fato de que sua própria vida talvez não chegue aos 70 ou 80 anos como você sempre imaginou. Talvez não tivesse nem mais dez anos de vida.

Do outro lado da mesa, o Dr. Mancini faz uma pausa na aula de biologia e levanta as sobrancelhas para verificar se ela entendeu tudo que ele disse. É um homem que passa segurança. Mas seus prognósticos são um pouco mais positivos que os do oncologista.

– É claro, Sra. Horsfield, que, além da sua juventude, você está em uma posição muito melhor do que muitas das pacientes que recebo aqui no consultório – diz ele.

– É mesmo? – pergunta Gina.

Não consegue imaginar como sua posição seja melhor. Porque ela veio rápido? Porque Stuart está aqui tomando nota de tudo? Porque agora ela é a Sra. Horsfield e não a Srta. Bellamy? Aquilo ainda soa estranho, porém reconfortante, como se tivesse ido parar debaixo das asas capazes de Stuart.

– Bem, vocês podem optar por congelar embriões fertilizados em vez de apenas os óvulos. – Ele olha de um para outro, abrindo ainda mais o sorriso amigável. – As chances de sucesso são bem maiores. Depois de tudo, quero dizer.

– Mas o procedimento é o mesmo? – pergunta Stuart. – Injeções de hormônio, coleta de óvulos e assim por diante?

– É basicamente uma fertilização in vitro – conclui o Dr. Mancini.

– Conhecemos o procedimento – diz Stuart. – Não nós, é claro. Minha irmã...

A irmã de Stuart, Melanie, acabou de contar que está grávida de gêmeos por fertilização in vitro e que os bebês nascem em janeiro. A notícia causou furor na mãe de Stuart em Worcester, agora que vai virar avó. Ela começou a tricotar e cancelou sua participação no clube do livro, pronta para cuidar do bebê para que Mel possa voltar logo ao trabalho. Gina tentou ignorar os comentários do tipo "Não seria legal ter primos de idades parecidas?" até agora, porque, no fundo, existe um vazio inquietante em relação aos filhos dela com Stuart.

Nem precisa dizer que Janet está "muito feliz" e morrendo de inveja.

Ai, meu Deus, Gina pensa, enquanto o ponteiro do relógio na parede continua passando os segundos. Não era que ela realmente *não quisesse* ter filhos com Stuart, só que, até aquele momento, havia ficado satisfeita em deixar isso para o acaso. Se acontecesse, ótimo. Ele não era o homem que imaginava como pai dos seus filhos, mas sabia que não seria um pai ruim. Parecia grosseiro cancelar tudo de vez. Mas simplesmente não conseguia imaginar um bebê Horsfield; não acreditava que filhos fizessem parte do roteiro da sua vida, como a universidade e o trabalho.

Ter um filho com Stuart vai prendê-la a esta pessoa que é agora. E isso não é ruim, Gina se lembra.

– Vamos fazer tudo que estiver ao nosso alcance para lhes dar um bebê – assegura o Dr. Mancini. – Trabalharemos junto com a equipe de oncologia e, apesar de isso não ser uma garantia, nossa taxa de sucesso é a segunda maior do país. Mas precisamos logo da sua decisão em relação aos embriões, para não atrasar demais o início do seu tratamento.

Então ele ergue as sobrancelhas e a caneta, como se tudo estivesse decidido.

Gina não é capaz de encontrar as palavras certas. Por sorte, Stuart começa logo a fazer perguntas sobre datas e duração. Mais medicamentos.

Ela não consegue pensar direito. O Dr. Mancini está fazendo uma pergunta mais íntima para ela e Stuart do que o juiz de paz fez no casamento. O juiz só perguntou a ela se seria a legítima mulher dele; já o Dr. Mancini está perguntando se está disposta a criar um outro ser humano com este homem.

Na verdade, ele nem está perguntando. Está presumindo que é isso que Gina quer. Por que não ia querer? Afinal, ela se casou com Stuart.

A mente de Gina está em ebulição. A ideia de congelar um momento como este certamente é mais complexa do que parece. E se Stuart a deixar? E se ela o deixar? E se a quimioterapia fizer com que entre precocemente na menopausa e Stuart a deixar e ela se casar com alguém e sua única chance de ter um filho com essa pessoa for um bebê que é metade Stuart?

As paredes do consultório estão se fechando em volta dela, prendendo-a naquele espaço, enquanto os parâmetros da sua vida passam diante dos seus olhos. Não quer se sentir tão egoísta, assustada e solitária, mas é exatamente como se sente. Esta não é a vida que ela deveria ter tido. Está sendo obrigada a entrar pela porta errada.

E Gina não consegue ignorar a verdade que brilha na sua mente de forma tão clara que fica chocada por Stuart e o médico não enxergarem.

Gina não quer perder a chance de ser mãe, mas não quer ter um filho com Stuart. Eles se dão bem, mas não se amam como ela e Kit se amaram, e isso não é o suficiente para ter um filho. Ela sabe disso agora, com toda a clareza brutal de alguém que não tem tempo para se enganar. Não seria justo.

E se existir alguém em algum lugar que seja capaz de despertar nela a vontade de ter filhos? Ela não pode ser o tipo de monstro que não tem *nenhum* instinto maternal, não é?

Congele um óvulo, diz claramente uma voz na sua mente. Congele um óvulo, não um embrião.

– Mas quais são minhas chances de sobrevida? – pergunta ela, desesperada por jogar um manto mais nobre sobre seus sentimentos nada nobres. *Stuart é um cara muito legal.* – Eu não quero passar pelo tratamento de câncer, ter um filho e depois descobrir que o câncer voltou e deixar meu filho órfão.

– Não pensa assim – pede Stuart. – Isso não vai acontecer. De qualquer modo, nosso filho teria a mim. Não se trata apenas de você aqui. – Ele olha para o rosto chocado de Gina. – Desculpa, acho que não me expressei bem.

– Ele está certo – intervém o Dr. Mancini. – Não pense assim. Dê vazão às suas preocupações, é claro, mas pense positivo. Você é jovem, está em boa forma, tem uma ótima rede de apoio.

Ele faz um gesto para Stuart, que assente de forma respeitosa.

Gina olha para Stuart, vendo-o de forma clara pela primeira vez em semanas. Ele é forte e teimoso, leal e sem o menor temor de fazer perguntas. A mãe dela acha que ele é bom *demais* para a filha. A questão é que, sob toda aquela demonstração de parceria de casal, os jantares, os fins de semana de jogos de futebol e as idas ao pub, Gina também não está convencida de que Stuart a ama de verdade. Ele só odeia admitir que está errado.

E um homem que a amasse de verdade não estaria mais preocupado com o adiamento do tratamento? Com o risco de colocar uma mulher com células cancerígenas receptoras de estrogênio em um tratamento para fertilização in vitro?

– O tempo está passando pra mim também, Gina – declara ele em um tom tão suave quanto consegue em uma consulta de emergência com um especialista em fertilidade na ala de oncologia do hospital. – Li um artigo que diz que a qualidade do esperma começa a decair depois dos 35 anos.

– Então talvez seja melhor você congelar seu esperma – rebate ela, tentando usar o mesmo tom. – Eu congelo os meus óvulos e você, seu esperma.

Ela não usa as palavras certas. Percebe o exato momento em que Stuart entende o que ela realmente está dizendo e aquilo é mais doloroso do que a agulha fina da biópsia no seu tumor. É uma dor aguda e forte perfurando seu peito.

Gina sabe que acabou de fazer uma punção no seu casamento. Nenhuma cirurgia é capaz de curar isso. Engole em seco, olha para o Dr. Mancini do outro lado da mesa e diz:

– Acho... Acho que quero começar logo com a quimioterapia.

Se Gina não fosse se encontrar com Naomi para o café de sempre na manhã de sábado, talvez tivesse ligado para contar a novidade de Stuart. Em vez disso, ficou sentada até toda a luz desaparecer da sala, deixando a nova realidade assumir uma forma e se estabelecer na sua mente. De qualquer jeito, o que Naomi poderia fazer?, pensou. Nada. A revolta não ajudaria em nada.

Buzz ficou sentado com ela, e Gina se sentiu confortada pela presença silenciosa e sem julgamentos. Coisas piores aconteciam, pensou, enquanto observava o peito dele subir lentamente. Buzz era prova daquilo.

De manhã, antes do passeio matinal de Buzz, Gina estava arrumando o apartamento para quando Naomi passasse antes da visita secreta delas ao marceneiro da cabana, quando o celular dela vibrou com uma mensagem de texto:

Jason teve que trabalhar. Estou com Willow. Podemos nos encontrar na cidade? Desculpa! Bj

Em geral, Gina adorava ver Willow, que herdara o cabelo castanho-avermelhado e o sorriso travesso da mãe. E Willow amava sua tia Gee. "Ina" tinha sido uma das primeiras palavras da menina, uma lembrança que sempre trazia lágrimas aos olhos de Gina quando pensava nisso durante a TPM. Naquele fim de semana, porém, ia ser duro ter que sentir as mãozinhas quentes pegarem as dela e ver os olhares maternais de adoração de Naomi, mas Gina sabia que precisava enfrentar aquilo.

– Ah, droga – disse e, quando Buzz olhou para ela, Gina nem se maravilhou com a expressão curiosa dele.

Gina já tinha abandonado o constrangimento de conversar com o cachorro. Já conversava sozinha mesmo. Perguntar a si mesma "Eu quero isto?" a deixava mais concentrada na tomada de decisão diante das caixas infindáveis do seu guarda-roupa, e o som da própria voz fazia com que o apartamento parecesse menos vazio. Buzz não demonstrava se importar.

– Vamos logo pro nosso passeio – disse para ele, pegando a coleira e a guia.

A High Street estava tranquila quando trancou a porta e ela e Buzz seguiram em direção ao canal, pegando o caminho arborizado perto do escritório dela até a ponte vitoriana de ferro, passando por patos, corredores e outras pessoas com cachorros que sorriam e davam "oi". Foi um passeio mais longo do que a meia hora que Rachel recomendara, mas Gina queria cansar um pouco Buzz; não poderia levá-lo para o almoço, mas nunca o tinha deixado sozinho no apartamento. Esperava que ele fosse dormir se estivesse cansado e não ficar lá deitado se preocupando com quando ela estaria de volta. Ou *se* ela estaria de volta.

Talvez fossem os primeiros toques da primavera ou o caminho diferente, mas Gina notou que Buzz parecia estar curtindo mais aquela caminhada: os passos estavam mais leves, ele não se encolhia tanto quando outros cachorros se aproximavam e até chegou a farejar algumas vezes o bolso em que ela levava petiscos. E Gina não ficou receosa por não ter Rachel ao seu lado orientando-a: assim como Buzz, ela se sentia relaxada o suficiente para prestar mais atenção nas coisas também – a marca de patas em trechos enlameados ao longo do canal e o tom azul-acinzentado do céu que seria perfeito para a sala de jantar dos Rowntrees.

Voltaram para casa bem na hora em que os clientes do comércio começavam a lotar as calçadas. Gina pegou suas coisas, pronta para sair para se encontrar com Naomi.

– Eu já volto – disse rapidamente. – Fica na caminha, por favor. Tem comida para você.

Buzz a olhou e afundou na caminha, com o rabo enfiado entre as pernas. Ele se encolheu todo, resignado, e ela se obrigou a dar as costas e sair antes de desistir.

Estava no meio da rua quando o focinho fino e triste a assombrou tanto que teve que voltar para buscá-lo. Afinal, não teriam mais muitos sábados juntos.

– Estamos atrasados agora – resmungou Gina para Buzz, enquanto passavam rapidamente pelas pessoas empurrando carrinhos de bebê pelo parque.

Estava enviando uma mensagem para Naomi, **Tudo bem levar o cachorro?**, quando ouviu alguém chamá-la:

– Gina? Ei, Gina!

Era Nick. Quase não o reconheceu fora da Magistrate's House – era como ver uma celebridade da TV na vida real.

Não estava usando a camisa xadrez de sempre nem a calça jeans com manchas de tinta. Parecia estar indo a um lugar mais chique, porque vestia uma calça jeans escura nova e uma jaqueta de veludo cotelê, com uma camisa cinza por baixo. O cabelo escuro estava lavado e penteado, sem cair nos olhos, e as mechas grisalhas brilhavam sob o sol.

Gina acenou e ele se aproximou, sorrindo para Buzz ao se aproximar.

– Tudo bem – sussurrou ela para Buzz, sentindo ele se encostar na perna dela, ansioso. – Ele é um amigo. Tudo bem. Fica tranquilo.

Ela disse para Nick:

– Cuidado. Ele não gosta muito de homens que não conhece.

– Esperto. Eu não sabia que você tinha um cachorro... Oi, oi, amigão! – Nick deixou Buzz cheirar a mão dele e continuou conversando enquanto o cão farejava, hesitante, a bolsa-carteiro dele e a jaqueta. – Qual é o nome dele?

– Buzz. Não é meu, na verdade. Só estou com ele até abrir um espaço no abrigo.

– Parece que ele é o seu cachorro.

– Acho que ele prefere qualquer um ao último dono – disse Gina.

Nick se empertigou.

– Está indo pra casa ou acabou de chegar aqui? Se acabou de chegar, quer tomar um café? Eu ia mesmo comprar um pra mim.

O celular de Gina vibrou. Naomi.

Ok pro cachorro se pudermos nos encontrar no parque. Willow está um pouco difícil hj. Não quero arriscar a cafeteria. Vou demorar uma hora. Nem queira saber. Problemas no trono. Bj

Ela olhou para Nick, que apontava para uma carrocinha de café perto dos portões.

– Acabei de chegar – disse ela. – E, sim, um café seria ótimo.

– E quanto ao elegante senhor?

– O elegante senhor provavelmente vai tentar comer o que você estiver comendo.

Buzz se encostou na perna dela, um peso sólido de que Gina estava começando a gostar, e eles observaram enquanto Nick ia até a carrocinha.

Por que tenho a sensação de que o conheço de algum lugar?, Gina pensou. Ele se *parece* com alguém ou já nos encontramos antes e não nos lembramos? Em alguma festa em Londres? O mundo de cada um deles não parecia ter nada em comum.

Fosse qual fosse o motivo, havia algo em Nick que fazia com que se sentisse relaxada. Gina decidiu que talvez fosse porque *não* o conhecia.

Nick voltou com café e muffins, e eles começaram a percorrer a trilha mais longa, seguindo até Coneygreen Woods, do outro lado do parque, onde esquilos cinza subiam correndo em árvores enquanto cachorros pequenos ficavam latindo para eles. Pararam em um ponto mais elevado com uma bonita vista do parque e da cidade e se acomodaram em um banco dedicado aos "nossos queridos amigos, Max e Sam", que podiam muito bem ser um casal devotado ou um par de labradores.

– Então desistiu de ir pra Londres este fim de semana? – perguntou Gina, abrindo a tampa do copo de café descartável.

– No final das contas preferi não ir. Eu precisava terminar uma edição aqui, tirar umas fotos pro site do Charlie, e tenho um monte de séries pra pôr em dia.

– E tem o gesso também. Confesso, é como estourar plástico-bolha. Quando você começa...

– Você me pegou. Lorcan me deixou derrubar algumas paredes. Mais tarde ele vai até lá com a marreta.

Nick dividiu o bolinho ao meio e ofereceu a Gina. Quando ela recusou, deu metade da metade para Buzz, que engoliu de uma vez só.

– E quais são seus planos pro fim de semana? Ah, não, lembrei. Você disse que ia ver seu ex ontem à noite. Como foi? Ele reparou na unha feita?

– Não, ele *não reparou* – respondeu Gina. – Estava ocupado demais me contando que vai ser pai.

– O quê?

Nick ia morder o muffin e parou no meio do caminho.

– A namorada nova dele está grávida. Ele não disse de quanto tempo, mas não sou idiota. Ainda estávamos juntos quando aconteceu.

– Uau. Foi um choque?

– Pensando bem, acho que não. Todos os amigos dele do futebol já têm filhos, e Stuart não gosta de achar que está perdendo alguma coisa ou que ficou pra trás. Ele vai ser um bom pai, tenho certeza.

Gina deu de ombros. Dizer aquilo em voz alta para Nick, assim como dizer as coisas em voz alta para Buzz, aliviava um pouco a dor.

– Consigo vê-lo jogando futebol com um filho – continuou ela. – Era nisso que ele sempre pensava, na ideia de jogar bola com os filhos.

Buzz cutucou o bolso de Nick com o focinho cinzento e Nick lhe deu mais um pedacinho de muffin. Gina imaginou se Nick sabia a honra que era Buzz estar roubando comida dele.

– E se não for um menino? – perguntou ele.

– Nesse caso, acho que ele vai ser o tipo de pai que não vai tirar o olho da filha até ver o extrato bancário do namorado e a carteira de motorista.

– Parece que seu ex é um partidão. Veja pelo lado positivo: pelo menos você não vai precisar passar os próximos dez anos na lateral de um campo embaixo de chuva enquanto ele banca o pai competitivo.

Gina conseguiu dar um sorrisinho.

– Isso é verdade.

Sabia como seriam as coisas, e ela não teria que lidar com tudo aquilo. Stuart com guias de amamentação. Stuart com checklists na reunião de pais e professores. Stuart interrogando namorados. Aquele era o futuro de outra pessoa agora.

– Acho que o mais estranho – disse ela devagar – é a ideia de que ele vai se tornar uma pessoa totalmente diferente. Um pai. O pai de alguém. E eu não vou mais conhecê-lo.

– Sei lá. Você chegou a conhecer o pai dele? É quem ele vai ser. Acho que, ao ter um filho, a pessoa trilha um caminho rápido pra se tornar o próprio pai ou a própria mãe. Já ouvi vários amigos falarem sobre como ter filho mudou totalmente a percepção que tinham do próprio lugar no mundo, mas deixe passar alguns anos e eles se tornam *surpreendentemente familiares...*

Gina mordeu o lábio. Nick, sem saber, colocara o dedo bem na ferida: que traços do seu pai biológico um filho dela teria? Um bebê levaria Janet a liberar algumas das lembranças? Tornar-se mãe faria com que Gina entendesse melhor o relacionamento dos próprios pais?

– É verdade. – Nick estava olhando para o parque lá embaixo agora.

– Veja Amanda, por exemplo. Ela está convencida de que, se conseguir enfiar outro bebê em sua vida nos próximos doze meses, ela de repente vai conseguir se livrar das vinte horas de trabalho diárias e se tornar um tipo de supermãe que faz queijo e educa os filhos em casa. Só que não acho que as coisas sejam tão fáceis assim.

Gina tinha começado a tomar um gole do café escaldante, mas aquela revelação repentina a fez parar no meio do caminho.

– *Outro* bebê? Eu não sabia que tinham filhos.

Ela se xingou mentalmente. Bebês eram um campo minado. Talvez estivessem na escola. Talvez fossem adultos. Talvez Amanda e Nick tivessem perdido um filho.

– Desculpa – acrescentou ela. – Não é da minha conta.

– Imagina. Não precisa se desculpar. Amanda tem uma filha do primeiro marido, Kevin, em Nova York. Vanessa estuda lá. É uma situação delicada. Passou por uma fase em que não queria ver Amanda. Eu tento não me meter.

– Você não é muito chegado em crianças?

Gina tentou fazer a pergunta com algum tato, pois sabia quanto a questão podia ser difícil.

– Sou, sim. Só não acho muito útil me meter no lance entre Amanda e Kevin. É complicado. Dois advogados, sabe? E uma adolescente. – Ele ficou sério e levantou uma das mãos. – Uma gritaria.

Gina tentou imaginar Amanda com uma filha adolescente e um ex-marido americano. Era mais fácil que imaginar uma Amanda morando no interior com um bebê no colo. A casa de campo estava começando a parecer mais racional agora: primeiro encontre o lugar para ter um filho, depois redecore e se mude para o interior, como um salmão subindo contra a corrente para reproduzir.

– Ah, então é por isso que ela quer tanto que as coisas andem mais rápido por aqui? – indagou Gina. – A restauração e reforma da casa primeiro e depois um bebê? De novo, não é da minha conta, mas saber esses detalhes ajuda.

– Bem. – Nick deu de ombros e continuou olhando para o parque lá embaixo. – Não oficialmente. É parte do plano, sim, mas não estou muito convencido de que os motivos de Amanda pra ter outro filho são os que ela acha que são. – Ele parecia estar escolhendo as palavras com muito cuidado. – Não consigo vê-la abrindo mão de tudo por que tanto lutou no trabalho.

– Você que ficaria em casa pra cuidar do bebê?

Gina teve a sensação de que Nick estava praticamente guiando as perguntas, como se precisasse dizer as coisas em voz alta para ouvir o que pensava também.

– Os dois podem trabalhar remotamente, não é?

– Provavelmente. Eu não sei. Não me importaria. Só não me sinto à vontade com o nível de *agendamento*. Estamos falando de um ser humano. Não acho que dê pra planejar isso da mesma maneira que a reforma de uma casa. Não dá pra prever como será. Amanda era muito nova quando teve Vanessa, só 22 anos, então é óbvio que quer fazer tudo diferente agora, mas está pensando demais e não o suficiente. Você precisa aceitar que não tem mais o controle absoluto das coisas.

– Você precisa, sim, agendar tudo – comentou Gina. – Depois dos 35 anos.

– Não é só isso. É... É mais a questão de esperar que tudo seja agendável.

Gina olhou para Nick a fim de analisar sua expressão e ficou surpresa por estar tão melancólico, os olhos cinzentos voltados para a trilha, o lábio inferior projetado para fora. Tinha feito a barba: a pele no queixo estava macia e não salpicada com os tocos de pelo grisalhos como ela costumava ver na casa. Gina conseguia imaginá-lo em um clube privado ou em um ensaio fotográfico para uma revista.

Tentou falar de forma alegre:

– Vai dar tudo certo. É o que as pessoas vivem me dizendo. Você pode escolher entre "O que tiver que ser será" e "Se não acontecer é porque não era para ser". Há uma série de trivialidades de autoajuda para cada ocasião.

– Um brinde a isso. – Ele amassou a embalagem do muffin e a jogou na lixeira. – E como está se saindo com o destralhe das suas coisas? O apartamento já está vazio?

– Mais ou menos. Vou encontrar uma amiga daqui a... – ela olhou no relógio – ... meia hora, para que ela me ensine a vender minhas roupas no eBay. Estou tirando fotos delas. Na verdade, é como ver a minha própria história por meio das roupas.

– Sério? – Nick pareceu interessado. – Você deveria fazer disso um pequeno projeto.

– Gosto da ideia de um projeto – afirmou Gina. – Tenho pensado no que você disse sobre apreciar os momentos e comecei a tirar umas fotos. Nada de mais, só momentos que me fazem pensar "Sim, isso é bem legal".

– Se importa de me mostrar?

Gina hesitou, então pegou o celular e acessou as fotos que tinha tirado.

O focinho comprido de Buzz descansando suavemente entre as patas, com os olhos fechados e quase invisíveis.

A folhinha na espuma do café da delicatéssen a caminho do trabalho.

O céu do parque.

O céu do parque nublado.

O céu do parque com um arco-íris.

– Pois é – disse ela –, tem um monte de fotos do parque. Quando você sai pra passear com o cachorro, começa a notar mais o céu.

Nick deu risada.

– Todo mundo tira muitas fotos do céu. O que vai fazer com elas?

– Nada. Só estou fotografando. E olho pra elas quando estou estressada.

– Você precisa vê-las juntas pra conseguir o efeito completo. O efeito "instantes felizes de Gina". Mande imprimir. Não corte nem edite as cores nem nada. Mantenha exatamente o momento.

– Isso é uma aula de fotografia?

– Eu não me atreveria.

Nick sorriu, e Gina ficou feliz por terem se encontrado. Com ele a conversa nunca era chata. Sempre que se falavam, ela tinha alguma ideia nova.

– Isso está funcionando melhor do que o lance das 100 coisas – admitiu ela. – Eu me enrolei um pouco com isso. Achei que seria muito... profundo, sabe? – Ela fez uma voz pretensiosa. – Tipo, minha personalidade resumida em objetos. Mas é um pouco deprimente ver como as coisas que decidi manter são chatas. Estou começando a achar que não sou uma pessoa muito interessante.

– Não acho que isso seja verdade. Na verdade, está longe disso.

Gina o pegou encarando-a com um brilho perceptivo no olhar e um meio sorriso nos lábios. O que ele via que ela não conseguia enxergar?, perguntou-se com um estremecimento.

Foi poupada de ter que dar uma resposta pelo som da voz de Naomi. Nem notara a amiga se aproximando.

– Oiê! Vimos você lá de baixo.

Willow estava no carrinho, usando o casaco vermelho que Gina lhe dera de Natal e um par de sapatos de verniz. Quando viu Gina, esticou os bracinhos e riu.

– Gina! – Depois olhou para baixo e disse: – *Cacholo*!

Buzz se encolheu embaixo do banco e Gina sentiu um puxão na guia.

– A Willow se dá bem com cachorros? – perguntou. – Acho que ele vai ficar bem, mas é melhor manter um longe do outro.

– Ela *ama* cachorros. A vó Carole comprou um, não foi?

Naomi se inclinou para olhar a filha no carrinho.

– *Roti* – confirmou Willow com ar solene.

– Um rottweiler. Sem comentários. Olá! Sou a Naomi!

Ela estendeu a mão enluvada para Nick.

– Nick Rowntree.

– Nick é um cliente. O novo proprietário da Magistrate's House, em Langley – explicou Gina, fazendo um gesto constrangido entre os dois. – Nick, esta é Naomi Hewson, minha melhor amiga.

– E gerente do consultório dentário em Orchards – acrescentou Naomi. – Pro caso de precisar de um atendimento de qualidade. Mas dá pra perceber que você passa fio dental.

Nick se levantou e apertou a mão dela, e Gina percebeu que Naomi ficou impressionada pelo jeito como ela sorria para ele. Não era muito diferente do modo como Willow estava sorrindo para Buzz.

– A Magistrate's House? Uau! – exclamou Naomi. – Gina *ama* aquela casa, não é?

– *Ama*? – Nick olhou para ela. – O que você anda falando sobre a minha casa, hein? Esta manhã está sendo bem reveladora.

– Nada! Naomi só diz isso porque meu ex-marido e eu pensamos em comprar a casa da última vez que entrou no mercado.

Gina fulminou a amiga com o olhar, mas Naomi estava ocupada demais admirando Nick.

– Ela está sendo modesta demais, como sempre faz? – perguntou ela. – Gina é a única pessoa que eu conheço que consegue fazer os encanadores trabalharem de acordo com o cronograma. Além disso, é uma excelente designer de interiores. Ela decorou a nossa casa e ficou parecendo que contratamos um arquiteto de Londres. Impressionante.

Gina pediu com os lábios para a amiga parar de falar, mas, para seu horror, Naomi tinha entrado no modo vendedora – tinha sido como agira no breve período em que Gina ficara solteira antes de Stuart, achando que era sua obrigação apresentá-la para todos os amigos solteiros.

Ela gelou. Não fazia ideia do que Naomi falaria em seguida e não tinha como mencionar Amanda na conversa sem ser óbvia demais.

O rosto de Nick era inexpressivo. Ele disse:

– Ainda não chegamos a contratar um designer de interiores, mas vou manter isso em mente. Se ela é tão boa com amostras quanto é com planilhas, acho que pode cuidar da casa toda.

Gina tossiu.

– Não, não é...

– De qualquer forma – disse ele, piscando para Willow –, já sei que vocês têm um encontro de mulheres, então vou deixá-las. Bom passeio!

Para a surpresa de Gina, mas não de Naomi, Nick se inclinou e tocou no braço dela para dar um beijo bem de leve no seu rosto.

– Tchau, Naomi! – disse ele.

Então fez um gesto mandando um beijo para Willow, que retribuiu, e foi descendo em direção à entrada.

Quando já tinha se afastado um pouco, Naomi soltou um assobio baixo e se sentou no banco.

– O que foi isso? – perguntou ela. – Eu crente que viria aqui pra nossa conversa motivacional da semana sobre o divórcio e encontro você conversando com um cara gato desses. Pode me contar tudo!

– Ele não é um cara – retrucou Gina, sentando-se ao lado da amiga. – É um cliente. E, até poucos momentos atrás, eu tinha conseguido esconder o fato de que já quis morar na casa dele. Muito obrigada!

– Ah, para com isso. Ele não se importa. Está envaidecido por saber que a única pessoa de bom gosto desta cidade gostava da propriedade mas não tinha dinheiro pra comprar. E eu não sabia que você fazia atendimentos aos sábados. – Naomi arqueou as sobrancelhas bem-feitas. – Aliás, você está bem longe de Langley St. Michael. Ou ele trouxe binóculos?

– A gente se encontrou por acaso. Ele me pagou um café enquanto eu estava esperando você.

Gina apoiou a cabeça entre as mãos. O que queria dizer aquela expressão no rosto de Nick quando foi embora? Estaria imaginando se o motivo de ela se interessar tanto pela casa era porque quisera morar lá um dia?

– Bem, como sempre digo, não existe maneira melhor de tirar sua cabeça de uma separação do que... – começou Naomi.

– Não. – Gina se empertigou, determinada a cortar o mal pela raiz. – Sei que você está brincando, mas *não*. Não é nada disso que está pensando. Ele é casado. Inclusive estávamos conversando sobre os planos dele e da mulher de começar uma família.

– Sério?

– Sério. Ele é um cara interessante. Fotógrafo.

– Não me diga. – Os olhos de Naomi estavam brilhando, mas sua expressão era séria. – E ele quer que você pose pra ele?

– Já posei. Só as mãos! – acrescentou. – Eu estava lá quando ele precisou fotografar as mãos de uma mulher. *Não*.

Gina ergueu um dedo de aviso para a amiga.

– E como foi que eu perdi tudo isso? – reclamou Naomi. – Por que você ficou falando comigo sobre como vender seus vinte vestidos pretos e simplesmente não me contou que partes do seu corpo estavam sendo fotografadas por um sujeito que faz o tipo criativo e parece um modelo?

Gina olhou para Willow, que estava olhando toda feliz para Buzz, que olhava fixamente para as pernas de Gina.

– Não há nada pra contar – repetiu ela. – Essa foi a primeira vez que o vi fora da casa.

– Bem, você poderia se sair muito pior.

Elas olharam para o parque lá embaixo, onde, à distância, viram Nick segurar o portão para alguém com um carrinho (é claro), enquanto a outra mão estava no bolso da jaqueta.

– Você ouviu que *ele é casado*?

De certa forma, estava feliz por Nick ser casado: aquilo significava que podiam ser amigos, sem qualquer nuance estranha entre eles. Ele sabia que ela conhecia Amanda. O divórcio de Gina também não era segredo. Sabiam da situação um do outro. Ela precisava fazer novos amigos.

– Os melhores nunca estão disponíveis. – Naomi suspirou. – Só os babacas voltam pro mercado. Falando nisso, Stuart foi buscar as coisas dele ontem? Você não me ligou.

– Queria contar pessoalmente. Bryony está grávida – anunciou Gina.

A informação saiu de forma surpreendentemente fácil desta vez. A reação de Nick tinha tirado um pouco da dor, assim como deixar o pensamento se esgotar em vez de colocá-lo de lado e ignorá-lo, como ela geralmente fazia.

– Como é que é?

Naomi estava tirando algo da bolsa para dar a Willow, mas virou para a amiga, soltando um palavrão mudo, já que a filha estava presente.

– Ela... É sério isso?

– Seríssimo. Eu queria ver a sua cara – admitiu Gina, secamente. – Além disso, achei que talvez você pudesse me dar alguns detalhes.

– Eu não sei nada sobre isso – disse Naomi na hora. – Nada mesmo! Eu teria contado pra você.

– Eu sei – respondeu Gina, com calma. – Mas de repente você consegue descobrir umas coisas com o Jason.

– Ah, sim. Claro. – Ela pareceu constrangida. – Vou tentar. Mas Jason tem essa ressalva estranha sobre contar as coisas que ele ouve no futebol. Já tentei perguntar pra ele, mas sempre mete um discurso sobre a broderagem nos vestiários e tal.

– Na verdade, é melhor deixar pra lá. Não sei se quero saber – disse Gina. – Eu não preciso saber, não é?

Ela testou a nova sensação como se fosse um dente mole, ciente de que bastaria um pequeno movimento para que o desejo de saber cada maldito detalhe da gravidez de Bryony a soterrasse, seguido por humilhação, arrependimento e culpa – o poderoso trio que girava no seu inconsciente. Eu não quero abrir espaço na minha mente pra isso, pensou. Assim como não quero dar espaço no meu apartamento pra livros que não vou ler nem calças jeans que não servem mais.

– Tá tudo bem? – perguntou Naomi. – É choque pós-traumático?

Gina deu de ombros. Não era choque, só a decepção entorpecida que iria arder e depois sarar, como um machucado. Voltou a atenção para os primeiros botões verdes da cerejeira que se erguia em arco sobre a entrada do parque. Talvez pudesse fotografá-la todos os dias quando viesse passear com Buzz e Rachel, para captar a passagem do tempo.

– Gina! – chamou Willow. – *Quelo* sair. Au-au.

Atrás da sua perna, Buzz olhou para o carrinho com cautela, seu focinho cinzento farejando a onda de amor que Willow lançava para ele.

– Vamos com calma – disse Gina, tanto para Naomi quanto para Willow. – Ele é um cachorrinho muito tímido.

– Com cuidado – concordou Willow.

Aquela era uma expressão que Naomi usava muito.

E elas começaram a andar, bem devagar e cautelosas, passeando pelo parque. Willow ia no meio, com Gina e Naomi segurando as mãozinhas enluvadas, e Buzz e o carrinho nas extremidades.

No alto da colina, Gina ergueu o celular e tirou uma *selfie* meio torta mas muito feliz do grupinho.

Capítulo 16

ITEM: minhas perucas

Annabella: cabelo humano comprido e louro
Sofisticada e bem-vestida, Annabella curte coquetéis na hora do almoço, corridas de cavalo, investidores divorciados e jogar o cabelo de um lado para outro enquanto ri de forma encantadora

Robin: cabelo castanho-escuro curto e cacheado
Robin é animada mas pensativa, o tipo de garota que organiza comemorações de aniversário no trabalho, ideal para festas em que você quer parecer você mesma, só que com cabelo mais curto

Madrinha de casamento: cabelo com corte Chanel cor de damasco
A cor perfeita para combinar com seu vestido de madrinha de casamento da sua melhor amiga, se ele for em um tom de damasco ou outro parecido

Longhampton, 1º de julho de 2008

– Acho que não gostei de nenhuma – cochicha Gina para Naomi.

– Nem desta daqui?

Naomi pega uma peruca bem anos oitenta, o tipo de corte que Janet chamaria de "atrevido".

– Não mesmo. – Ela faz uma careta. – Eu vou fazer quimioterapia, não ser apresentadora de noticiário.

Naomi agendou aquele horário para ela no dia em que Gina recebeu as datas da quimioterapia. A primeira sessão é na semana que vem; a primeira de um ciclo de seis, com intervalos de três semanas para que seu corpo tenha tempo de se recuperar das drogas injetadas na sua veia enquanto ela fica assistindo aos boxes de séries que comprou seguindo o conselho do grupo de apoio aos pacientes. Stuart marcou as sessões na agenda dela, com "Fim" em vermelho. Gina não consegue pensar tão à frente assim. Está pensando em termos de *24 Horas* e *The West Wing*.

Naomi assumiu a função de "coach de beleza" pelos próximos meses. Levou Gina para fazer o corte de cabelo bem curto que exibe agora, para que a perda de cabelo não seja tão ruim, e a está cobrindo de elogios desde então.

– Acho que deve escolher uma peruca de cabelo curto – sugere Naomi em tom encorajador. – Este corte combinou muito com você. Realça seus olhos.

Gina não tem tanta certeza. Parece mais exposta. Sente frio na nuca e acha que suas orelhas têm um formato esquisito sem os cachos escuros para protegê-las. Sua mãe quase se debulhou em lágrimas quando a viu, e isso porque ela tinha acabado de sair do salão caro ao qual Naomi a levara.

– Prefiro as de cabelo comprido – diz Gina.

Estende a mão para um modelo que era igual ao corte que usava antes e do qual já sente falta. Cachos castanho-escuros, como Gina Lollobrigida.

– É um estilo muito popular – concorda a vendedora, que apareceu ao lado de Naomi. – Bem feminino.

Dawn, a vendedora da loja elegante, já tinha obviamente feito aquilo antes. Ela é delicada diante do nervosismo de Gina, e, junto com a franqueza animada de Naomi, faz a hora passar rapidamente, mas não sem algumas gargalhadas.

Gina separa uma versão mais curta do próprio cabelo e uma peruca com cabelo escuro mais comprido e liso para variar. Não quer olhar para perucas ruivas nem louras: quer parecer ela mesma.

Mas Dawn insiste, mostrando versões de castanho-claro e cortes mais curtos até despertar a curiosidade de Gina.

– Você nunca pensou em ser loura? – pergunta Dawn, entregando a ela uma peruca loura com corte bem curto atrás e mais longo na frente. – Temos muitas clientes de cabelo escuro que compram perucas pra mudar um pouco.

– Interessante – diz Naomi, encorajando-a. – Sua pele é bem clara, Gina. Acho que ficaria bem.

Gina permite que Dawn coloque a peruca nela, ajustando nas orelhas até encaixar direitinho. Ela mexe, ajeita e arruma até o cabelo parecer natural, então espera Gina se olhar no espelho.

Estou parecendo o Kit, pensa, chocada. Esse halo de cabelo louro, meus olhos, minha boca – nossos filhos teriam sido assim.

Naomi e Dawn fazem sons de aprovação, mas Gina está assustada. Não pode se lembrar de Kit agora. Há dias em que nem pensa nele, mas, desde que recebeu o diagnóstico, tem passado mais e mais tempo em hospitais e é impossível não imaginar onde ele está e o que está fazendo.

Ela tira a peruca e é quase um alívio ver o próprio cabelo escuro espetado por baixo, como um pintinho recém-nascido.

– Talvez algo puxando pro avermelhado? – sugere ela, ao ver o rosto corado de Dawn. Não quer parecer ingrata. – Sempre quis saber como eu ficaria se fosse ruiva.

O ruivo faz mais sucesso, e Gina começa a se envolver mais com o efeito que diferentes estilos de cabelo têm no seu rosto, no jeito de sorrir e de enxergar a si mesma. Seus olhos de fato parecem enormes no rosto pálido, agora que todo o foco ficou neles e não no cabelo. Nunca analisou o próprio rosto de forma tão detalhada. É estranho notar como o nariz é grande e como os olhos são assimétricos.

– Franja é uma ótima opção – diz Dawn –, para o caso de perder sobrancelhas e cílios.

– Vamos procurar cílios postiços – intervém Naomi. – Já pesquisei sobre isso.

– E temos a opção de peruca sintética ou de cabelo natural...

Gina não sabe bem como se sente ao pensar em usar o cabelo de outra pessoa. Seu próprio corpo parece ser cada vez menos dela.

Quando Gina está com dez perucas à sua frente, Dawn se afasta para atender outra cliente, deixando-a à vontade para escolher.

– Não precisa ter pressa – diz ela com gentileza. – Você tem que amar a peruca, pois vai usá-la todos os dias.

– Obrigada – retruca Naomi. Quando Dawn se afasta, ela se vira para Gina com um suspiro teatral. – Sabe o que é muito injusto?

– Mais injusto do que câncer? – rebate Gina.

Só pode fazer piadas pesadas com Naomi. O humor delas está escandalosamente sombrio no momento.

– Muito mais injusto que isso. Você ficou maravilhosa com *todas*! Se comprar a loura, pode me emprestar de vez em quando?

Gina passa a mão no cabelo curtinho. A cabeça está coçando. Este é o problema de ler sobre os sintomas na internet: você começa a senti-los mesmo antes de iniciar o tratamento.

Gostaria de dizer: "Não preciso de uma peruca, vou só deixar o cabelo cair." Mas é fácil dizer isso enquanto ainda tem cabelo, mesmo que curtinho. Sempre achou que o que tinha de mais bonito era o cabelo, e ele já era. Gina não sente tanta falta quanto achou que sentiria. De um modo bem estranho, foi bom ter sido obrigada a tosar a cabeleira. O corte combinou com ela, e nunca teria tido a coragem de fazer isso em outras circunstâncias.

Estou descobrindo umas coisas muito estranhas sobre mim, pensa ao fitar o próprio reflexo no espelho. Não reconhece a mulher que está lhe devolvendo o olhar, mas não é tão ruim. Esta mulher já a surpreende com tudo que é capaz de suportar e fazer.

Naomi aparece atrás dela e a abraça. Os olhos se encontram no espelho, e Gina consegue sorrir.

Gina era capaz de traduzir os pedidos de Naomi para a supercabana de Willow e Jason, mas não tinha como controlar o clima.

Quando o março ensolarado se transformou em um mês de abril mais fresco, o céu ficou cinzento e o trabalho na Magistrate's House se concentrou no isolamento térmico e no telhado, partes da obra nas quais Gina não tinha como contribuir. O lado positivo é que tinha mais tempo para importunar Tony com os detalhes finais da casinha de bonecas. A instalação da cabana de Willow e Jason foi agendada com tantas complicações e combinações secretas quanto um pouso na Lua. E só um pouco mais barato.

Primeiro, Naomi teve que levar Willow e Jason para uma viagem de três dias para Center Parcs para que Tony, o marceneiro, tivesse tempo de escavar e deixar tudo pronto para receber a cabana. Não era um trabalho rápido – a parte elétrica para o frigobar e a poltrona massageadora de Jason tinha que ser trazida da casa principal, e Tony precisava terminar o telhado, com as telhas vermelhas e um cata-vento igual ao da Peppa Pig.

Na manhã de quinta-feira, Naomi deveria estar no meio de um programa intensivo no parque de diversões, incluindo pintura no rosto e tudo o mais, mas parecia estar se esgueirando a cada meia hora para enviar mensagens de texto. Gina estava na Magistrate's House, repassando com Nick todo o processo de restauração para o painel de madeira com relevos na sala de jantar, quando seu celular apitou pela quinta vez desde o café da manhã.

Falou com Tony sobre o corrimão de segurança? Bj

– É Naomi? – perguntou Nick, achando graça, enquanto Gina pegava o celular no bolso de trás da calça jeans. – O que ela está fazendo nessa viagem além de mandar mensagens de texto pra você?

– Acho que nada. Não se preocupa, estou acostumada a lidar com clientes muito exigentes. – Gina franziu a testa ao ler a mensagem. Jason devia estar tendo o pior aniversário de todos os tempos. – Espera um pouco. Só vou dizer a ela que está tudo bem.

Ela respondeu:

E eu ia arriscar a segurança da minha afilhada favorita? A casinha é segura! Bj

– Prontinho. Desculpa. Então, onde eu estava mesmo? Ah, no painel de relevo.

Gina passou a ponta dos dedos sobre os painéis da sala de jantar, com a madeira cor de mel e os relevos entalhados.

– Lorcan encontrou isto embaixo de várias camadas de reboco. Devem ter coberto durante a guerra, quando a casa foi usada para abrigar refugiados. Não está em ótimo estado, mas, com um pouco de amor, vai ficar maravilhoso.

– É muito bonito. – Nick tocou no painel perto da porta. – É raro?

– Bastante por aqui. Nunca vi um tão bonito quanto este. Parece neogótico, mais antigo até do que esta parte da casa. Talvez tenha sido comprado de outra propriedade que estava sendo demolida para ser colocado nesta sala de modo a conferir mais status. Dá pra ver que foi feito pra ser colocado na parte da casa na qual os Warwicks recebiam convidados. Olha os painéis, olha a vista. Imagina a mesa que deviam ter aqui. Daria pra receber dezoito pessoas facilmente pra uma refeição.

– Podíamos tentar encontrar algumas fotografias da época – sugeriu Nick. – Deve haver alguma.

– Mas é quase desnecessário – disse ela, aproximando-se das janelas. – Este é um dos cômodos que conta a própria história.

Como a sala de estar do outro lado da casa, a sala de jantar terminava em uma sacada generosa, projetando-se para o jardim, com três amplas janelas com vista para o campo de croqué. Fora projetada para mostrar um panorama integral da paisagem em volta da casa: a ligeira ondulação das colinas pontilhadas de ovelhas e o contorno de pináculos de algumas igrejas na linha do horizonte. A vista era emoldurada por proporções elegantes da janela e um arranjo gótico maciço de trilhos de cortina que parecia ter sido esculpido em mastros de navios. Não havia cortinas agora, mas as grandes argolas sugeriam pesados drapejados de veludo presos com cordões dourados rococó.

Havia algo de orgulhoso na vista, oferecida aos convidados junto com a refeição, Gina pensou. Estavam na primavera, mas ela conseguia imaginar o cenário mudando de acordo com as estações – a cobertura branca e espessa da neve, os tons dourados e bronze do outono, diferentes a cada dia.

– Aquela lareira... Acha que veio de algum outro lugar?

Nick apontou para a enorme lareira com uma cornija firme de mármore.

– É bem provável. Mas combina muito com a sala. É a alma do cômodo, que aquece não só o aposento, mas também o coração das pessoas. Esta casa pertencia a importadores de vinhos. Jantares faziam parte do dia a dia deles. Mas imagina este lugar no Natal, com velas acesas nos candelabros das paredes e da mesa, a prataria brilhando, todos os poderosos da região vestidos a rigor, o mordomo cumprindo suas obrigações ao fundo...

Ela parou. Nick não mordera a isca. Desde a primeira conversa sobre o campo de croqué lá fora, aquilo tinha se tornado uma piada interna: um deles começava a descrever algum detalhe real da casa enquanto o outro pegava aquilo e transformava em um roteiro de filme brega da vida no interior da Inglaterra. Mas Nick estava olhando para a lareira com a testa franzida.

– Você planeja manter este cômodo como sala de jantar? – perguntou Gina. – Poderiam organizar jantares maravilhosos aqui, nos fins de semana, regados a bebida e avançando noite adentro...

Ela parou de falar. Estava prestes a soltar um comentário sobre ter certeza de que Amanda e Nick tinham o tipo de amigos que gostaria daquilo, mas algo na expressão do rosto dele a fez parar.

– Não sei. – Nick passou a mão no cabelo. – Amanda mandou algum e-mail pra você sobre a ideia de alugar?

– O quê? Não... Espera um pouco, vou ver.

Gina pegou o celular no bolso. Havia cinco novos e-mails, sendo dois de Amanda e ambos com o assunto "Magistrate's House – planos alternativos".

– Ah, acho que mandou. – Ela olhou para ele. – *Ideia de alugar?*

Nick suspirou.

– Não tem nada definido ainda. Foi só uma ideia que ela teve sobre converter uma parte menor pra uso particular e fazer o resto como uma casa de veraneio ou uma daquelas que você aluga para conferências corporativas motivacionais do tipo que você se joga pra trás, pros seus colegas segurarem você. Ou seja lá o que fazem. Eu não tenho colegas de trabalho desde que trabalhei em uma loja de câmeras na faculdade.

– Então vocês não vão mais morar aqui? Será que perdi o comunicado sobre isso?

Ele meneou a cabeça.

– Não. É só uma coisa que conversamos ontem à noite. Amanda argumentou que é uma casa grande demais e que não vamos ficar aqui o tempo todo. Faz sentido, eu acho. Pelo menos seria bom pensar no assunto.

Gina controlou sua primeira reação, que foi de decepção. Mais pela casa do que por Amanda. Restaurações para aluguel nunca tinham o mesmo envolvimento que planos residenciais. Eram mais duros, mais seguros. Feitos para atender um pouco o gosto de várias pessoas em vez de ser o ápice da visão de um indivíduo.

Nick ainda estava olhando para o painel. Gina tentou imaginar o que ele estava escondendo. Os olhos dele eram muito expressivos e a boca sempre revelava seu humor, bom ou mau ou indiferente, mas seu semblante agora estava neutro.

Era uma conversa importante demais para ser "só uma coisa que falamos ontem à noite" – e uma nova ideia bem radical. E quanto aos planos de começarem uma família? Amanda queria ter o neném nos Estados Unidos, perto da filha? Em Londres? Ou seria algum tipo de artimanha jurídica para conseguir adiantar as autorizações de obras?

Para de achar que conhece essas pessoas, disse para si mesma. Você não as conhece.

Gina pigarreou e tentou demonstrar interesse mas não um envolvimento. Pensou, tarde demais, que talvez Nick já achasse que ela estava envolvida demais, que a piada interna deles sobre o passado da casa talvez fosse uma forma de impor suas próprias fantasias de restauração da casa *dele*.

– Bem, é uma proposta sensata a se considerar. Você pode converter um dos anexos em um apartamento completo, mas eu precisaria mudar meus conselhos pra casa principal. Teríamos que revisar o projeto, e talvez haja algumas implicações na área de planejamento. Não faz diferença pra mim – acrescentou. – Fico feliz de ajudar com o que preferirem fazer.

Nick pareceu constrangido.

– Você pode cobrar pelo trabalho extra – declarou ele, rápido. – Não espero que revise o projeto sem receber por isso.

– Não é isso. Eu só... – Ele *realmente* parecia estranho, ela não estava imaginando coisas. – Desculpa, tinha a impressão de que vocês queriam morar aqui. Na casa como um todo.

Ele não respondeu logo. Ficou tamborilando na madeira do painel, mais para relaxar do que para procurar pontos podres, como Lorcan.

– Eu sei que a casa é grande, mas, quanto mais tempo passo aqui, menor ela parece. Não sei se você entende. Amanda não passou tempo suficiente pra sentir o tipo de... de personalidade que a casa tem. Acho que se ela tivesse participado de algumas das nossas conversas sobre a história deste lugar, começaria a vê-la menos como um investimento imobiliário e mais como um lar. – Ele fez uma pausa. – O lar de uma família.

– Bem, casas *são* apenas casas. São as pessoas que as transformam em lar.

Nick não disse nada, e ela não sabia mais o que dizer. Então ficaram olhando para o jardim pelos vidros grandes e antigos. Estavam empenados em alguns pontos, distorcendo as longas sebes em curvas.

– Eu estava pensando – retomou Gina, mais para quebrar o silêncio do que qualquer outra coisa – sobre aquela extensão da cozinha. Sabe, aquela que Keith disse que prejudicaria o projeto original da construção. Se você queria um espaço externo para entretenimento, por que não pedem uma autorização pra restaurar a edícula?

Nick acatou avidamente a mudança de assunto.

– Eu nem sabia que nós tínhamos uma edícula.

– É aquele grande galpão no fim do jardim principal. Se fossem construir do zero, precisariam de uma autorização formal, mas, como a construção já está lá, é fácil reformar. Vocês estarão apenas restaurando a estrutura existente pro uso original. Equipamentos de croqué e drinques com Pimm's.

Ficou aliviada ao ver um sorriso aquecer o rosto dele.

– E chapéus de palha e calças de flanela branca. Quem poderia fazer isso? Lorcan?

– Não, eu recomendaria o mesmo profissional que vou chamar pra restaurar estes painéis. Tony é um marceneiro especializado, mas ele constrói as casas de verão mais incríveis como um trabalho extra. Aliás – ela tinha acabado de ter uma ideia –, você vai estar aqui neste fim de semana?

– Talvez. Por quê?

– Talvez seja difícil competir com arrancar o gesso das paredes, mas quer ir a uma festa de aniversário dupla e inauguração de uma cabana no sábado?

– A famosa supercabana da Naomi? Não é uma festa de família? Não quero atrapalhar.

Gina não disse que Naomi já tinha "sugerido" que levasse Nick como convidado. Três vezes.

– Não vai atrapalhar. Serão só alguns drinques e um bolinho. Tony vai estar lá pra grande revelação, então você poderá ver o que ele fez e trocar ideias. Ele basicamente construiu pra eles o que você já tem aqui, só que em tamanho menor.

Nick olhou para o jardim. Dava para ver o telhado da edícula eduardiana na extremidade do gramado em níveis; ele tinha um pequeno cume, como um verdadeiro pavilhão de críquete, e detalhes com ameias.

– Mas aquela coisa é imensa.

Gina sentiu o telefone vibrar com outra mensagem de texto do Center Parcs:

Tarde demais pra piso aquecido? Bj

— Depois de todos os pedidos que Naomi fez — comentou ela —, não sei se é tão maior assim.

Gina não poderia ter sonhado com um clima melhor para a revelação da cabana na manhã de sábado. Manter Willow e Jason longe do jardim e da surpresa tinha sido mais difícil do que a operação militar que acontecera no dia anterior quando Gina e os marceneiros haviam montado tudo, inclusive os cabos de eletricidade para o frigobar.

Naomi guiou um Jason resmungão até o jardim dos fundos, enquanto Gina levava Willow no colo. A menina estava mais animada com sua "surpresa" e não parava de puxar a máscara de cetim cor-de-rosa que Naomi usara para cobrir os olhos dela.

— Pra ser sincero, este não é o tipo de presente que eu estava esperando quando você apareceu com uma venda, Naomi — disse Jason, com os olhos cobertos por um lenço de seda preto. — Não é uma hidromassagem, é? Porque assim que os caras do futebol souberem disso...

— É melhor que uma hidromassagem — disse Naomi, confiante. — Mas, agora que você mencionou o time de futebol, talvez eu dê uma pesquisada nisso. Gina?

— Posso entrar com o pedido de autorização — respondeu Gina. — Não, na verdade, esqueçam o que eu disse. Conhecendo você, a obra ia começar como uma hidromassagem e terminar como uma piscina.

— Bolo? — perguntou Willow. — Tem bolo na cozinha!

— Xiu! — sussurrou Gina. — Não era pra você ter visto. Vamos comer bolo depois.

Estavam bem na frente da cabana agora. Naomi se virou para ela com um brilho conspiratório no olhar, e Gina respondeu com um sorriso. Era bom poder retribuir a ela de alguma forma, sentir-se parte da família deles.

— Muito bem. Prontos? — perguntou Naomi. — Vou contar até três: um... dois... três...

Quando Naomi tirou a venda de Jason, Gina tirou a de Willow e riu quando os olhos azuis da menina se arregalaram ao ver a casinha de bonecas que tinha aparecido feito um passe de mágica sob a macieira do jardim.

– Você gostou? – Ela encostou o rosto no cabelo macio e avermelhado da afilhada. – Quer entrar?

– Nossa! – disse Jason. – É linda, Nay, mas um pouco rosa demais pro meu gosto.

– Não, não. Tem duas partes. Você precisa dar a volta pra ver a parte dos fundos. Espera um pouco, filha. A mamãe vai mostrar pro papai a surpresa dele.

Naomi levou Jason para o outro lado e, pela exclamação de alegria, Gina imaginou que a parte mais masculina da cabana era um sucesso.

Willow estendeu as mãos e Gina a colocou no chão para que pudesse correr até a porta da casinha. A menina pegou a aldrava e se virou para sorrir para Gina.

– Cuidado com os dedinhos!

– Isso mesmo! Cuidado. Vamos entrar?

Gina abriu a porta e deixou a menina ver o interior – o espaço dava para uma criança pequena e um adulto e meio, mas, do ponto de vista de Willow, era enorme.

– Cozinha! – exclamou Willow, apontando para tudo. – A minha cozinha! *Xícalas!*

– O que está acontecendo aqui? – Naomi se espremeu para entrar ao mesmo tempo que uma escotilha perto do forno se abriu para mostrar o rosto de Jason do outro lado.

– Surpresa! É o papai!

Enquanto Jason tomava conta de Willow preparando o chá de mentirinha pela escotilha de comunicação, Naomi cutucou Gina e cochichou:

– Esta é a coisa mais incrível que eu já vi. É muito melhor do que eu esperava.

– Você gostou?

– Eu *adorei*! Até Jason ficou emocionado. Acha que Willow ainda vai falar disso quando estiver com 50 anos. É o tipo de casinha de bonecas que você nunca esquece.

– Bem, estou muito feliz por você ter gostado. E honrada por ter me convidado pra participar da grande inauguração.

– Você é a convidada de honra. Foi a primeira pessoa que Willow quis chamar quando eu disse que íamos fazer uma festa.

– Ah, assim eu vou chorar – disse Gina, cutucando a amiga.

– Mas é verdade. – A voz de Naomi estava chorosa. – Eu sempre soube que você seria uma grande parte da vida dela. É um grande alívio saber que, quando ela entrar na fase do "Odeio você, mãe" como uma aborrecente insuportável, ela vai ter alguém como você a quem recorrer. Alguém que a ama.

Gina encostou a cabeça na de Naomi. Sabia que os olhos da amiga estavam marejados, porque os dela também estavam. Assistiram enquanto Willow servia o chá de mentirinha, o rosto mostrando a atenção intensa que era típica da mãe.

– Estou tão feliz por você ainda estar aqui – cochichou Naomi.

– Eu também – respondeu Gina.

Os outros convidados – os pais de Jason e de Naomi, pais do grupo da creche e vizinhos – chegaram às três e, depois de admirarem a cabana, foram para o espaço quentinho do jardim de inverno de Naomi. Não conseguiram convencer Willow a parar de servir chá de mentirinha na sua casinha, e ela estava fazendo um controle de entrada bem rígido: Gina não podia sair e só algumas pessoas especiais podiam entrar.

Tony, o marceneiro, chegou com a melhor roupa de domingo e ganhou um bolo de mentirinha. Ele estava do lado de fora conversando animadamente com o pai de Jason sobre projetos do tipo "faça você mesmo" quando Gina ouviu uma batida à porta da casinha.

Ela abriu, presumindo que era Naomi com chá de verdade, mas era Nick. Estava usando um casaco de lã estilo marinheiro e calça jeans, e o cabelo estava mais arrumado do que o usual. Gina notou o esforço e ficou feliz.

– Olá – disse ele, espiando lá dentro. – Ouvi dizer que é aqui que estão servindo o melhor chá.

– É, sim – confirmou Gina. – Mas talvez você nem seja servido. Tudo depende da nossa anfitriã. Willow? – Ela se virou para a afilhada. – Você poderia servir um pouco de chá pra este cavalheiro?

A menina analisou o rosto de Nick com uma carinha que lembrava mais Jason que Naomi, depois abriu um sorriso radiante e entregou uma xicrinha para ele.

– Aceita – aconselhou Gina. – Você é o primeiro homem que ela concordou em servir a tarde toda. E isso inclui os avós.

– Estou honrado – disse ele, e aceitou a xícara com um sorriso charmoso.

Enquanto Nick fingia tomar o chá com a solenidade necessária, Gina viu o vestido xadrez branco e vermelho de Naomi passar pela janela e depois seu rosto corado apareceu ao lado do de Nick.

– Vim liberar você – anunciou ela. – Tem chá de verdade lá dentro. Oi, Nick – disse ela se virando para ele. – Que bom ver você! Aliás, Gina, antes de sair, deixa eu tirar uma foto sua com Willow.

– Não, é...

Gina se sentiu constrangida enquanto Naomi pegava a câmera, mas, ao ouvir a palavra "foto", Willow abraçou a madrinha pelo pescoço e abriu o maior sorrisão. Gina fez uma cara de "fazer o quê?" para Nick antes de olhar para a câmera.

– Digam xis! Ah, que lindas!

Nick cutucou o braço de Naomi.

– Quer que eu tire uma foto de vocês três?

Gina começou a responder a ele que não precisava, mas Naomi ficou animadíssima.

– Hum, será que eu quero um fotógrafo profissional tirando uma foto nossa? Poxa, deixa eu pensar... É claro! Espera aqui que vou chamar meu marido. Jason! Jay! Vem aqui!

– Você não precisa fazer isso – sussurrou Gina, mas Nick a tranquilizou.

– Não é nada de mais. Você está engraçada sentada diante dessa mesinha tão pequena com a toalha xadrez. Parece Alice depois da garrafa "Beba-me".

– Ah, obrigada. Era justamente o efeito que eu queria.

Naomi voltou, puxando Jason com ela.

– Ah, Jason... Jay, não faz essa cara. Só vai levar um segundinho.

Gina saiu da casinha de bonecas e ficou atrás de Nick. Observou enquanto ele colocava os Hewsons na melhor pose, conseguindo arrancar um sorriso constrangido de Jason, fazendo uma foto engraçada com Jason e Naomi atrás das janelas bonitas enquanto Willow estava orgulhosa perto da porta. Havia algo de atraente no modo habilidoso como ele os fazia continuar falando e se mexendo para evitar que fizessem a "cara para foto" – ela notou a discreta expressão de satisfação no rosto dele quando conseguia que todos rissem ao mesmo tempo e o dedo dele pressionava imperceptivelmente o botão, capturando o momento.

É uma lembrança sobre a qual vão falar no casamento de Willow, pensou Gina, sentindo um aperto no peito, um sentimento que não queria reconhecer por ser tão desprezível.

Eu não vou ter uma foto assim. Stuart e Bryony, sim... e o filhinho louro no meio deles. Em qualquer outro dia, teria ficado feliz, sinceramente feliz por seus amigos serem tão abençoados, tão cheios de orgulho da filhinha deles. Naquele dia, porém, não conseguia combater a estranha sensação de estar do outro lado de uma vitrine, observando enquanto outras pessoas representavam o papel dela na própria vida, sentindo-se cada vez mais e mais distante, flutuando acima de si mesma e desconectada de toda a cena.

Mas isso é só o começo, disse para si mesma. Quem sabe o que vai acontecer depois?

– Gina? – chamou Nick; estava pedindo que ela voltasse para a casa de bonecas e se juntasse ao grupo.

Isso a trouxe de volta ao presente e ela negou com a cabeça. A câmera de Nick tinha o hábito de capturar algo nela de que Gina nem sempre tinha consciência. Não queria arriscar que a própria tristeza aparecesse no sorriso da foto.

Mas então Willow estendeu a mãozinha rechonchuda para ela.

– Tia Gina!

E ela não conseguiu dizer não.

– Foi a tia Gina que fez a casa pra você – disse Naomi, enquanto colocava Gina no meio da foto, nos degraus que levavam à porta cor-de-rosa. – Ela não é demais?

– Foi você que fez? – perguntou Willow, maravilhada.

– Não, bem, eu...

– Shh.

Gina sentiu um abraço e sorriu para Willow e não para a câmera.

Logo depois, Gina e Nick entraram na casa para tomar uma xícara de chá e pegar alguma coisa para comerem no jardim. Sentaram-se em um muro perto da caixa de areia de Willow, bem longe da discussão acalorada sobre problemas com as autorizações da obra do irmão de Jason.

– Pede para Naomi uma cópia daquela foto – disse Nick, cortando o bolo em pedacinhos menores. – É uma foto pro álbum.

– Pode deixar. – Gina olhou para a cabana. – Foi um momento maravilhoso. Obrigada por registrar.

– E como está o seu projeto? – perguntou ele. – Dos seus momentos felizes?

– Você está se referindo às 100 coisas? Tenho uma lista na parede do meu apartamento. Já cheguei a 39 itens. – Gina parou e confessou: – Pra ser sincera, está meio parado. Serviu ao propósito enquanto eu estava me desfazendo das coisas, ajudando-me a pensar no que eu queria para o apartamento, mas já estou quase acabando e não quero ter que escrever "armário de remédios", ao lado de, sei lá... "música".

– Na verdade, eu não estava me referindo a isso. Estava falando daquelas fotos que me mostrou. Que tirou no seu celular e ia imprimir. – Ele a olhou com seriedade. – Você as imprimiu? Ou só está enchendo a memória do seu celular com fotos de nuvens?

Gina fingiu estar ofendida.

– Tenho andado ocupada. Não sei se notou, mas agora você tem um telhado com isolamento térmico ecológico pra chamar de seu.

– Foi o que pensei. – Nick enfiou a mão na bolsa. – Fica com isto.

Ele lhe entregou uma bolsa menor, com a câmera Polaroid e algumas caixas de filme.

– Não posso aceitar... Você precisa dela.

– Encontrei um substituto. Acho que você vai usar mais do que eu. – Ele apontou para os filmes. – Faz disto o seu projeto: em vez de 100 coisas, escolhe 100 momentos que te fazem feliz. Tem exatamente nove caixas aí, então você pode cometer alguns erros, mas não muitos.

– Muito obrigada – agradeceu Gina, sentindo uma onda de animação adolescente crescer no peito. – Sabia que eu queria uma dessas desde que eu tinha 13 anos?!

– E por que não ganhou uma?

– Sempre ouvi que era uma bobagem muito cara.

Nick sorriu.

– Bem, agora é sua. Ah, tirei algumas para adiantar seu projeto, se não se importar.

Ele passou duas fotos para ela: na primeira, Gina estava aceitando uma xícara de chá de mentirinha de Willow na casinha de bonecas. Um brilho alaranjado e caloroso as envolvia e a expressão de Gina era solene, embora seus olhos brilhassem por sobre a xícara.

A outra foto era dela com Naomi, conversando perto da porta da cozinha. Gina não tinha notado Nick tirando foto, possivelmente porque estava dando risada, assim como Naomi – um riso feliz e natural. A mão de Naomi estava no braço de Gina; ela estava com a cabeça inclinada e o pescoço parecia comprido e branco contra a parede de tijolos vermelhos.

– Você estava me espionando? – perguntou Gina, surpresa.

Ou envaidecida?

– Está achando que eu sou o quê? – Agora Nick fingiu estar ofendido. – Um *paparazzo*? Não, você disse que queria momentos que a faziam feliz, e eu sabia que você mesma não poderia tirar essas fotos, então eu as tirei para você. Quando *eu* achei que estava mais feliz: com sua melhor amiga e sua melhor amiguinha.

Gina examinou as fotos com a moldura branca. A mulher com suas roupas não parecia ser ela. Ou melhor, não parecia com aquela que costumava ver nas fotos – um pouco rígida, com a cabeça inclinada, ombros curvados para esconder o peito. Nessas, ela parecia relaxada, mais esguia de alguma forma. Mais leve.

Talvez fosse o filme antigo: as fotos pareciam de outra época.

– Não parece que sou eu.

– Claro que parece. Você só é uma dessas pessoas que muda muito de expressão quando vê uma câmera – comentou Nick.

– Sério?

– Sério. Na verdade, você muda de expressão quando acha que alguém está olhando pra você, mesmo quando não há nenhuma câmera.

– Todo mundo faz isso, não?

Nick sustentou o olhar. Os olhos cinzentos eram curiosos mas gentis, observando o rosto dela, analisando.

– Algumas fazem mais que outras.

O momento se estendeu entre eles, preenchido com o som distante da música vinda da cozinha e das brincadeiras na casa de bonecas. Gina se perguntou se deveria forçar uma expressão neutra, mas não viu motivo. Achou que Nick já sabia o que estava passando pela cabeça dela: não era tanto o que estava lendo, mas sim como a estava fazendo olhar para alguns dos pensamentos que tentava ignorar.

Ele pressionou os lábios e disse:

– Gina, tem...

Mas uma voz feminina preocupada exclamou ao mesmo tempo:

– Gina!

Naomi estava correndo pelo gramado em direção a eles, e Gina guardou as fotos no bolso de trás da calça.

– O que foi? Acabou o chá de mentirinha?

– Desculpa, mas não sei o que fazer.

Naomi cruzou os braços para descruzá-los em seguida. Parecia zangada e ansiosa.

– Stuart acabou de chegar. O carro dele está lá fora. Jason disse pra ele não aparecer antes das cinco horas, porque você disse que ia embora às quatro e meia, mas ele já está aqui.

Gina sentiu o sangue gelar. Foco, disse para si mesma. Foco.

– Vocês convidaram os dois? – perguntou ela.

– Claro que não! Jason pode convidar Stuart se quiser, mas não vou receber...

Naomi foi parando de falar quando alguma coisa na direção da casa chamou sua atenção.

Stuart tinha aparecido na porta dos fundos: bonito e meio diferente na calça jeans de fim de semana de sempre mas com a nova barba. E uma jaqueta de couro nova.

Gina fechou os olhos e se obrigou a manter a expressão firme como pedra, para que pudesse se esconder atrás dela. Não quero ser um fantasma na vida das pessoas, pensou, com uma determinação repentina. Ter que sair quando Stuart chegasse, fazê-lo esperar até eu ter ido embora. Esta é a minha vida também. Eu preciso estar aqui, eu preciso enfrentá-lo. *Depois*, eu posso ir embora.

Vai ser estranho para ele também, disse para si mesma. Eu preciso fazer a elegante.

– Gina, você quer uma carona? – Nick pegou a chave do carro. – Estou indo embora. Tony já me deu todos os detalhes da edícula. E tenho que editar umas fotos.

– Ah... não – suspirou Naomi, e Gina se virou para ver algo que foi como um soco no estômago.

Uma mulher apareceu atrás de Stuart, segurando a mão dele de forma possessiva. Era loura, não muito bonita, em boa forma e bronzeada. Mas Gina não estava olhando para o nariz maior do que a média, nem para a tatuagem no pulso: seu olhar foi atraído para a camiseta listrada que marcava bem a forma pequena mas definida da nova vida de Stuart. O bolo de aniversário de Willow pareceu querer voltar pela garganta de Gina.

A mulher deu um sorriso esperançoso, mostrando dentes pequenos e tortos: era um sorriso nervoso, não triunfante, e Stuart começou a sorrir também, mas, quando viu a expressão de Gina, o sorriso congelou no rosto.

Acabou, pensou Gina, enquanto seu peito se enchia de tristeza, mas sentiu também um alívio inesperado. Nunca mais precisaria imaginar como seria: Stuart e sua nova vida sem ela. Estava bem ali. Tinha começado: ele estava seguindo em frente por um outro caminho, longe dela.

Gina ergueu a mão em direção a Stuart e Bryony e acenou, forçando um sorriso no rosto. Depois virou-se para Nick, esperando que o zunido no seu ouvido não fosse tão óbvio ao olhar afiado dele.

– Uma carona seria ótimo – disse ela em uma voz que lhe soou estranha.

Então saiu de queixo erguido e caminhou em direção ao portão, afastando-se da casa.

Capítulo 17

ITEM: um pôster enorme e emoldurado do filme *E o vento levou*, transportado do alojamento estudantil de Gina para a primeira casa compartilhada e, depois, para o quarto de hóspedes da casa da Dryden Road

Little Mallow, outubro de 2002

Gina está do lado de fora da casa dos Athertons no Fiesta de Janet, observando as janelas para ver se nota algum sinal de vida. É difícil ver alguma coisa porque as árvores formam uma barreira e o jardim é bem grande. Até o momento, só viu duas sombras passando atrás das cortinas no quarto de cima à esquerda, mas isso é o suficiente para lhe garantir que tem alguém em casa.

Está aqui porque já se passaram quatro semanas sem nenhuma carta ser devolvida à casa da sua mãe. Janet está feliz, mas não pelo mesmo motivo que Gina. Não receber as cartas de volta significa que Kit talvez as esteja lendo.

– Espero que isso signifique um ponto final – comentou a mãe.

No entanto, quando Gina abriu a boca para explicar que não, longe de desistir, que aquilo era um sinal muito bom, Janet ergueu as mãos e disse:

– Nós todos passamos por um pesadelo, Georgina. Mas existe um momento em que você precisa continuar com a sua vida.

Gina percebe que não adianta tentar fazer a mãe entender que a vida que ela quer é com Kit e que, agora que isso parece não ser mais possível, ela está empacada. O pobre Terry se foi; Janet não tem escolha a não ser seguir em frente. Mas Kit não morreu. Kit ainda está aqui. É horrível dizer isso em voz alta, mas é dolorosamente claro para Gina que existe uma grande diferença.

O luto compartilhado não serviu para aproximá-las. Assim como Gina acha que não há comparação entre a situação de cada uma, Janet fica fora de si diante de qualquer sugestão de que a perda de Gina chega aos pés da dela.

Gina fica sentada no carro quando a porta da frente se abre e Anita Atherton aparece, com um vestido cinza até o meio da canela e um cardigã comprido, um cinto de couro franzido em volta dos quadris estreitos. Gina fica tímida e impressionada ao ver como ela parece estilosa, mesmo naquela circunstância. O cabelo comprido está preso em um coque e ela forma uma silhueta alta contra a porta, exatamente como da primeira vez que Kit levou Gina à sua casa.

Anita para por um momento e fixa o olhar em Gina antes de atravessar o jardim com passos firmes.

Gina sai do carro, querendo encontrá-la no meio do caminho, mas Anita é mais rápida: alcança o portão antes que Gina consiga e bloqueia o caminho para a casa.

– O que está fazendo aqui? – sibila ela.

Gina reúne toda a sua educação e sua coragem.

– Vim ver o Kit.

– Você veio ver o Kit. – A voz é neutra, mas há uma raiva efervescente na mãe dele, como quando o calor curva a imagem em volta do fogo. – Por quê?

– Para conversar com ele sobre as minhas cartas. Eu sei que ele está lendo. Está recebendo.

– E o que a faz pensar isso?

– Porque... Porque elas pararam de ser devolvidas.

Assim que responde, Gina percebe como sua esperança é frágil.

Anita solta uma risada cruel.

– Você não pensou que talvez eu tivesse coisa melhor para fazer do que devolver suas cartas?

Gina fica sem chão enquanto tenta desesperadamente dizer a coisa certa. Mas não sabe mais o que é certo. Até isso acontecer, ela sabia. Era uma boa garota que sabia como agradar, mas agora tudo que diz parece ser errado e realmente não quer ofender essa mulher mais do que já ofendeu.

Mas ele era *meu* também, grita uma voz dentro da sua mente. O meu futuro. Deveríamos estar em Londres agora. Ou viajando de carro pelos Estados Unidos. Ou nadando em Sydney.

O vento sopra em volta delas, um frio matinal que arranca algumas folhas secas dos galhos. Elas flutuam levemente na brisa invisível, como se tivessem todo o tempo do mundo.

Gina tenta um apelo:

– Será que posso vê-lo? Só por dez minutos? Só para dizer...

– Dizer o quê?

Sinto muito? Eu amo você? Eu não parei de pensar em você nem por um segundo?

Gina tinha ensaiado o que ia dizer no caminho para cá, mas agora, diante do escárnio de Anita Atherton, seu discurso passional parece infantil, e ela está com vergonha mas ainda determinada a lutar porque não tem mais nada a perder. Não se importa de parecer boba.

– Dizer que não importa o que aconteça... que eu o amo...

Anita está perdendo a paciência.

– Acho que isso não faria bem algum a nenhum dos envolvidos. Eu falei sério no hospital, Gina. É melhor assim.

– Então só me diga como ele está – implora Gina. – Por favor, eu preciso saber. Ele não pergunta sobre mim? Não se pergunta por que não escrevo para ele?

É não saber que está enlouquecendo Gina. Ninguém lhe conta nada. Ela não se lembra da sequência de eventos que acabou abruptamente com o dia mais feliz da sua vida. E não sabe sequer o que aconteceu com Kit. Ela pensou em todos os cenários possíveis desde o hospital: Kit com uma paralisia parcial, mas com chances de recuperação; Kit usando muletas, reaprendendo a andar; e sua favorita, Kit ainda dormindo como a Bela Adormecida, esperando que os músculos e os nervos destruídos do seu corpo se regenerem, para se sentar na cama um dia totalmente curado. Essas coisas acontecem.

Gina engole em seco. O que a atormenta no meio da noite é a ideia de que ele talvez não se lembre mais dela, do amor cinematográfico e único deles – das músicas favoritas, dos shows, das piadas internas, das risadas no carro dela, da tentativa de um espaguete à bolonhesa para o jantar, de nadarem pelados, das conversas telefônicas à meia-noite, dos anos mais felizes de sua vida que só Kit conhecia. Sem isso, sem ele, tudo se perde, assim como ela mesma, porque Gina sabe que nunca mais vai ser feliz de novo, não sem Kit.

Anita olha para ela, com pena, então enfia a mão no bolso do cardigã e tira quatro cartas de Gina, presas por um elástico vermelho do correio. Estão torcidas, como se fossem lixo.

– O motivo de não ter recebido suas cartas de volta é porque estávamos fora. – Ela fala de um jeito como se já tivesse dito aquelas palavras muitas vezes, para muitas pessoas. – Fomos a uma consulta com um especialista, na Califórnia, que trabalha com lesões na medula. E fico feliz de dizer que os sinais são promissores.

– Ele vai se recuperar?

Anita contrai o rosto.

– Ele nunca mais vai voltar a andar, se é isso que está perguntando. É provável que nunca mais tenha uma vida independente. Nunca mais vai dançar, nem jogar tênis, nem nadar. Todas as coisas que mais amava fazer. Mas está vivo.

Gina nem sabia que Kit jogava tênis.

Ela era uma das coisas que ele mais amava.

– Mas ele não chegou a perguntar por mim? – indaga ela sem se conter, e é tomada de vergonha.

Anita levanta os ombros e se empertiga enquanto todo o corpo fica tenso sob as roupas de lã. Ela cobre o rosto com as mãos. Gina está olhando para os tendões contraídos no pescoço de Anita, para as mãos que envelheceram rápido demais, a pele fina. Não está usando anéis.

Depois de um instante, ela baixa as mãos e olha para Gina com uma expressão amarga.

– Por favor, não faz isso! Ele é importante para mim! – Gina se obriga a dizer as palavras enquanto os ouvidos zunem. – Eu sei como você se sente.

– E como pode saber como eu me sinto? Não faz a mínima ideia. Não até você perder algo importante de verdade. E, mesmo assim, não sei se conseguiria entender.

Gina quer dizer que sim, eu entendo. Eu perdi meu pai. E meu padrasto. E o amor da minha vida. Eles morreram, e Kit vai viver. Se fosse mais velha, mais confiante, diria isso, mas algo no rosto de Anita a faz se sentir pequena, e a dor recua para dentro.

– É por sua causa que Kit está onde está. – Anita faz uma pausa para que ela absorva as palavras. – Nunca mais volte aqui. E, por favor, não mande mais cartas. Vá viver a sua vida.

Gina sente o coração se partir dentro dela com uma dor aguda e intensa que a impede de pensar em algo para dizer, enquanto Anita volta para casa e fecha a porta.

Gina fica plantada ali. *Por minha causa. Tudo isso é por minha causa.*

Gina acordou com dor de cabeça na manhã de domingo depois da festa da Willow.

Estava chovendo lá fora, as gotas grossas fazendo barulho ao fustigar as janelas. Mas a dor de cabeça é culpa dela. Depois que Nick a deixou em casa, Gina arrumou mais duas caixas de coisas, jogando todo o conteúdo fora sem nem olhar o que tinha dentro, tentando evitar a imagem mental da barriga de Bryony, do papai Stuart e da solitária Gina. Nesse meio-tempo, o aperto que sentia no estômago foi crescendo cada vez mais até ela não conseguir mais aguentar. Bebeu uma garrafa inteira de vinho e chorou de frustração no sofá enquanto Buzz se escondia em sua caminha; depois, por volta das dez da noite, ela caiu na cama sem nem trocar de roupa.

Agora, às quatro da manhã, ouviu um trovão distante e a dor de cabeça latejante parecia ter se espalhado por todo o corpo.

Gina ficou olhando o teto liso e se sentiu tão solitária que chegou a doer.

A vida de todo mundo tinha seguido em frente. A dela parecia empacada. Não ajudava em nada saber que teria que sair com a mãe mais tarde: era o dia do almoço de domingo anual em homenagem ao aniversário de Terry.

Enquanto pensava sobre as poucas opções aceitáveis de restaurante (nenhum lugar com música alta, "comida temperada com alho", higiene duvidosa, etc.), Gina ouviu um som suave de algo raspando e, com o canto dos olhos, viu a porta se abrir com um estalo, deixando uma fresta da luz fraca do corredor entrar.

Ela virou apenas a cabeça, não o corpo, e viu quando um focinho comprido e escuro empurrou a porta para abri-la mais, seguido pela cabeça estreita de Buzz e seus ombros cinza-escuro. Sem fazer barulho, o cachorro passou pela fresta, deslizando as patas silenciosamente como um fantasma, e entrou no quarto. Depois hesitou, como se quisesse se assegurar de que Gina realmente estava dormindo antes de avançar mais.

Um trovão distante fez Buzz se encolher e se esconder nas sombras do quarto.

Gina ficou imóvel, mas seu coração estava disparado no peito. Aquela era a primeira vez que via Buzz fazendo qualquer coisa por si mesmo. Era uma criatura totalmente passiva, esperando que lhe dissessem para comer ou sair, observando-a em busca de sinais com os olhos ansiosos. À noite, ele simplesmente ia dormir na caminha – grato por estar protegido, ela pensava. Aquela era a primeira vez que o via se arriscar um pouquinho.

Sentiu algo se abrir por dentro e se virou de lado para que ele soubesse que não tinha problema estar ali. Mas, assim que Gina se mexeu, a pelagem cinzenta do cachorro estremeceu com o medo usual e ele andou para trás, com as orelhas baixas.

– Tudo bem – sussurrou Gina. – Tá tudo bem.

Eles ficaram se olhando na penumbra da madrugada enquanto a chuva fustigava a janela grande atrás da cortina. A parte branca dos olhos negros de Buzz desapareceu quando percebeu que no rosto dela só havia encorajamento.

– Tudo bem – sussurrou ela de novo e, com um gemido baixo, ele se acomodou contra a porta, encolhendo-se todo, enterrando o focinho embaixo da pata traseira.

Perto. Mas não perto demais.

Gina ficou deitada de lado e observou enquanto ele fingia dormir, depois dormia de verdade, enquanto o relógio na mesinha de cabeceira mostrava a madrugada se transformar em manhã. O som da chuva a foi tranquilizando. Ela estava em casa, aquecida e segura.

Às quinze para as seis da manhã, sem se dar conta, Gina adormeceu.

Em algum momento nos treze anos desde o infarto de Terry, tinha se tornado uma tradição que Gina levasse Janet para almoçar no fim de semana mais próximo do aniversário dele e depois elas fossem até o cemitério da igreja St. John para colocar algumas flores na lápide dele.

Stuart nunca tinha sido incluído no almoço anual: eram só Gina e Janet. E, de um modo estranho, o espírito de Terry. Era o único dia do ano em que mãe e filha se esforçavam mais para serem generosas uma com a outra, em memória dos anos em que ele tentara apaziguar as coisas entre elas.

Naquele ano, Buzz também não foi convidado, e, para compensar a manhã em casa, Gina o levou para o passeio mais longo que já tinham feito e, depois, comprou um sanduíche de bacon para eles na cafeteria que permitia a entrada de cachorros. Era um sanduíche de bacon muito bom – pão branco fresco, muito molho de tomate e bacon defumado e sequinho. Ela parou na entrada do parque e o equilibrou no muro para que pudesse tirar uma foto com a Polaroid de Nick.

Gina notou muitas coisas no caminho para lá, mas aquele tinha sido o primeiro momento que quis registrar em uma foto. Não era tanto pelo sanduíche em si, pensou, enquanto aquecia a foto embaixo do braço: era por tudo. A suavidade do ar matinal depois da chuva da noite anterior, as gotas que ainda molhavam as folhas, o fato de que só tinha saído àquela hora por causa do cachorro, a diversão de comer ao ar livre algo tão delicioso e que fazia tanta sujeira. Tudo aquilo era simplesmente... gratificante.

Ainda estava com a cabeça pesada, mas ficou surpresa diante do brilho de otimismo que sentiu ao olhar para as folhas, o céu, o sanduíche. Coisas pequenas, mas satisfatórias; coisas que sabia que Terry teria apreciado a seu próprio modo. Era como o sol nascendo apesar de as nuvens ainda estarem lá.

Ela olhou para Buzz e sorriu para o bigode sujo de molho de tomate que a encarava. Havia um brilho nos olhos dele enquanto lambia os beiços para tentar obter um último gostinho de bacon.

Gina tirou outra Polaroid dele, exibindo seu sorriso canino com o parque frondoso ao fundo. *Aquele* era o momento.

Enquanto Buzz e ela caminhavam em direção ao bosque, Gina percebeu que gostaria de encontrar Nick. Disse para si mesma que era por querer mostrar que já tinha começado a usar a câmera, mas não era: Gina queria que ele a visse em seu estado normal, e não a versão em choque com o rosto congelado da noite anterior quando a deixara em casa.

Gina não sabia se Nick estava em Longhampton naquele dia. Ele tinha falado alguma coisa sobre Londres e sobre conversar com Amanda sobre a ideia da edícula. No carro, ela apenas se concentrara em não chorar até chegar em casa e não tinha dito muita coisa enquanto Nick tagarelava para preencher o silêncio constrangedor. Ele sugeriu um filme, mas ela teve a nítida impressão de que só tinha feito aquilo por pena. Esperava não ter sido grossa com ele.

Procurou por ele enquanto Buzz e ela davam a volta, mas Nick não estava entre as pessoas que passeavam no parque naquela manhã. Rachel estava lá, acompanhada por uma dupla de voluntários do bazar e do marido, George. Estavam sendo puxados por dois staffies, um poodle preto, um spaniel cross e um basset hound com sobrancelhas ruivas, todos farejando e brincando uns com os outros. Assim que Rachel a viu com Buzz, acenou e seguiu na direção deles, seguida por Gem, que parecia estar se esforçando para não sair arrastando os voluntários que tinham ficado para trás.

– Bom dia! – cumprimentou ela, radiante. – Não costumo ver você aqui nos fins de semana. Por que não está na cama, pelo amor de Deus? Quer passear com a gente? Estamos fazendo um passeio voluntário: todo mundo que leva um cachorro para passear no parque ganha um sanduíche de bacon no abrigo. Os sanduíches são ótimos. Tem gente que passeia com dois cachorros só para ter um repeteco.

– Acredita que acabei de comer um? – Gina olhou no relógio. Era tentador se juntar a Rachel e desabafar sobre Stuart e Bryony, mas não ia dar tempo. – Eu queria muito, mas vou levar minha mãe para almoçar. E ela é do tipo que chama a polícia se eu chegar dez minutos atrasada.

– Na semana que vem, então? Será bom para o Buzz socializar. E você também. Nossos voluntários são gente boa. Ah, e antes que você pergunte – prosseguiu Rachel –, recebi uma ligação sobre um lar pro Buzz em Evesham, então está tudo caminhando, juro. Não deve demorar muito mais.

– Que bom – disse Gina, sem deixar de notar que Rachel dissera exatamente a mesma coisa uma semana antes. – Fico feliz em ouvir isso.

Buzz estava encostado nas suas pernas, observando Gem com cautela.

– Ele já caminhou no parque de cachorros? – perguntou Rachel. – Sem a guia?

Gina negou com a cabeça.

– Eu o levo lá, mas ele fica parado olhando pra mim. Eu gostaria que ele corresse. É tão triste... Principalmente quando vejo os outros cachorros brincando por lá. Parece que estão se divertindo muito, mas tem alguma coisa segurando ele.

Rachel acariciou a orelha mais curta de Buzz.

– Vai chegar a hora. Quando ele estiver pronto. Você está fazendo um ótimo trabalho.

– É mesmo?

– Sim. Bem, não quero prender você. A gente se vê amanhã de manhã na loja.

Rachel sorriu e voltou para se juntar ao grupo de cachorros seguindo na direção do bosque.

Gina olhou para Buzz, que estava vendo Rachel ir embora com seu casaco vermelho. Ficou imaginando se ele não preferiria ir com ela e os outros cachorros. Mas então ele olhou para Gina bem nesse momento, pronto para fazer o que ela quisesse. O coração dela se derreteu. Esperava que ele não tivesse escutado aquela parte sobre o lar adotivo.

Eu deveria ter contado a Rachel sobre ele ter se esgueirado pro meu quarto, pensou, enquanto seguiam para o portão. Depois ficou feliz por não ter contado, para o caso de ser contra alguma regra. Não queria que nenhum dos dois tivesse problemas.

– Não é um dia lindo? – perguntou ela em voz alta, levantando o rosto para o sol quente de abril.

Enquanto caminhava, ia notando as flores vermelhas e amarelas dos canteiros, sem pensar em Stuart nem em Bryony.

– É muito melhor estar aqui fora do que deitada na cama.

Estou conversando com um cachorro, pensou, enquanto passavam por um casal passeando com um terrier escocês, e não estou nem aí.

Gina tinha reservado uma mesa em um bistrô indicado por Sara, a organizadora de casamentos. Ficava perto de Rosehill e se chamava Sun-in-Splendour. A maior parte do cardápio oferecia especialidades de Longhampton compradas de fornecedores locais. E o mais importante é que não era um restaurante a que Janet e Gina tinham ido com Terry. Gina havia entendido da pior maneira que almoços nesses lugares acabavam sempre com uma lista triste de tudo que tinha piorado, seguida por correções irritadas sobre eventos que cada uma se lembrava de uma forma ligeiramente diferente.

Depois que Janet fez o ritual de inspeção dos banheiros, antes do qual não faziam o pedido para o caso de haver alguma dúvida sobre a higiene do lugar, a conversa seguiu o curso-padrão de perguntas e respostas, começando com novidades sobre outras pessoas enquanto se aproximava lentamente de águas mais turbulentas.

– Como vai Naomi? – Janet levantou a crosta da torta de carne e rim como se não soubesse qual era o recheio. – Terminou aquele barracão que ela inventou e colocou você para trabalhar feito uma louca?

Gina ignorou a alfinetada. Janet gostava muito de Willow, mas tinha dúvidas em relação a Naomi, cuja lealdade de longa data sempre seria manchada pela ligação do irmão dela com Kit.

– Já está finalizado. Foi inaugurado ontem na festa de aniversário da Willow. E não é um barracão, mãe. É uma cabana com múltiplas utilidades. Fiquei muito feliz com o resultado. Uma das portas leva pra uma casinha de bonecas e a outra, pra um espaço masculino pro Jason. Tony fez um trabalho incrível.

– Não sei por que Jason precisa de um barracão. Ele nem cuida do jardim. Deviam ter feito apenas uma casa de brinquedos para Willow.

– Eles não querem mimá-la. Além disso, Jason precisa de um espaço pra relaxar.

– Impossível mimar uma menininha fofa como ela – disse Janet com indulgência, antes de assumir uma expressão triste. – E o pai de Naomi? Estava lá?

– Estava. Tinha acabado de voltar de uma viagem pra jogar golfe. Até que estava bronzeado, pra um escocês.

– Ainda solteiro?

– Ainda.

Os pais de Naomi tinham se divorciado quando ela tinha 19 anos. A mãe, Linda, morava em Brighton com o segundo marido, Eric. Janet mantivera uma tristeza leal à solteirice de Ronnie McIntyre desde então, mesmo que ele nunca tenha sido mais feliz.

– Acho que ele nunca vai se casar de novo – acrescentou Gina. – Ele gosta da liberdade.

– Bem, ele nunca está por aqui, não é? E coitada da Linda. – Ela suspirou. – Tão longe.

– Mãe, a Linda não tem nada de coitada. Ela faz aula de dança duas vezes por semana e só precisa tomar conta da neta uma vez por mês.

Janet soltou a faca com ar de reprovação.

– Tomar conta dos netos não é uma obrigação na agenda, Georgina. É uma coisa que toda mãe quer fazer pra sua filha. É a parte mais maravilhosa de se ter uma família.

– Linda não é esse tipo de avó. Naomi disse que ela já deu dinheiro pra irem pra Disney de Paris com a condição de que não precisasse ir com eles. Você não lembra como ela era quando éramos crianças? Pintando nosso...

– Gina se corrigiu na hora: – Pintando o cabelo de Naomi? Ela vai ser maravilhosa quando Willow for mais velha. Uma avó muito divertida.

Janet suspirou daquele jeito que indicava que não ia discutir.

– Teve notícias de Stuart?

– Ele foi à festa, a propósito – contou Gina.

Tinha pensado muito no caminho se ia ou não contar para a mãe sobre Stuart se tornar pai e decidiu que era o que precisava fazer, ainda que isso resultasse em lágrimas. Mesmo não sendo o melhor dia para jogar essa bomba em Janet, a adolescente nela sentia que abalar um pouco da teimosia insistente da mãe não faria mal.

– Provavelmente foi para ver você. – Janet parecia cheia de si, como se estivesse provando que estava certa. – Isso é bom. Vocês conversaram?

– Não foi bem assim. Ele apareceu com a atual namorada.

A mãe ficou de queixo caído. Então, com visível esforço, continuou:

– Bem, que bom que vocês todos estão tentando seguir em frente. Muito maduro. E você conversou com... com a namorada?

– Ela se chama Bryony. Não, eu não falei com ela, mãe. – Gina mordeu o lábio. – Acho que talvez eu tivesse até tentado, se eu soubesse que ela ia. Mas fiquei um pouco chocada. Acontece que ela está grávida.

O silêncio caiu sobre a mesa.

– Ah – disse Janet, parecendo furiosa pela primeira vez.

– Como assim "Ah"? – perguntou Gina. – "Ah, que legal"? Ou "Ah, estou chocada"?

– O que quero dizer... – Janet pigarreou – ... é que acho isso desprezível. Deixar que você acreditasse que ele não queria ter filhos e depois fazer... isso.

– Acho que Stuart nunca disse que não *queria* – disse Gina. – Nós só não tivemos. E foi melhor assim, considerando como tudo acabou.

– Mas Georgina... – Janet parecia perturbada. – Isso é...

Era *eu* quem devia estar chateada, disse uma voz lúcida na cabeça de Gina. Sou eu que vou ter que lidar com tudo isso. Como é que a minha mãe é que fica nesse estado? Ela não sabe da missa a metade.

– Não adianta ficar triste por causa disso – disse Gina com calma, espetando ervilhas no garfo.

Era incrível como conseguia ficar calma para reagir aos choramingos de Janet. Talvez devesse voltar para a casa da mãe por um tempo, só até as revelações de Stuart acabarem; ela seria incrivelmente descarada, só para provar seu ponto de vista.

– Isso coloca um ponto-final nas coisas.

– Vou ficar triste se isso significa que você nunca terá uma família. – Os talheres de Janet arranhavam o prato. – Não se isso fosse sua única chance antes do... antes do tratamento.

– Mãe, não dá pra pensar em como as coisas teriam sido. E se eu não tivesse tido câncer? E se eu estivesse grávida quando recebi o diagnóstico? Como seriam as coisas? De qualquer forma, não dá pra afirmar que não posso ter filhos. Eu tenho que fazer meu check-up anual, que é daqui a algumas semanas. É algo que podem investigar.

Janet suspirou.

– É o mínimo que podem fazer. Acho o fim da picada não terem oferecido pra congelar seus óvulos antes da quimioterapia. Você deveria processá-los. *Eu* talvez processe. Perdi a chance de ter netos.

– Como é que é?

Gina pousou o garfo no prato. Estavam entrando em um território que Janet tinha evitado até aquele momento: o que facilitara muito manter suas decisões acerca da própria fertilidade como um assunto privado.

– Eu estava conversando com a Eileen Shaw do clube de jardinagem. A filha dela acabou de saber que tem o mesmo que você teve, e correu pra congelar os óvulos antes do tratamento. Tenho pesquisado sobre o assunto. – Janet olhou para a filha. – Se você pode ou não fazer, depende do tipo de câncer, pelo que entendi.

– Não estou a fim de conversar sobre isso no almoço – disse Gina com firmeza. – Você quer umas batatas chips? São cortadas à mão.

Janet fungou.

– Mas é um procedimento...

Gina balançou o cesto com batatas na frente da mãe.

– Batatas? Mãe?

Janet contraiu os lábios e pegou duas batatinhas.

– Cortadas à mão. De que outro jeito se pode cortar uma batata?

Gina empurrou o pote de molho de tomate para a mãe, sabendo que só tinha ganhado um pouco de tempo. A questão era que, depois que começasse a contar a verdade nua e crua para a mãe, até onde iria?

Mas não era o melhor dia para aquela conversa.

Terry Bellamy,
1949 – 2001
Um filho, marido, padrasto e amigo muito amado

A lápide de Terry ficava em um canto nos fundos do cemitério, perto de um antigo plátano que espalhava folhas sobre as lápides vizinhas. Era uma inscrição dourada simples em uma pedra comum de granito. Nada da moda ou chamativo, mas algo sólido e que resiste bem ao tempo, exatamente como o próprio Terry fora em vida.

Gina olhou para a pedra e agradeceu a Terry, como fazia todos os anos. Obrigada por ser o óleo invisível do motor da nossa família. Sinto muito se não agradeci mais na época. Sinto muito se estraguei suas últimas horas, embora, de certo modo, isso tenha significado que você pôde partir de forma tranquila, sem chamar atenção, exatamente como gostaria que fosse.

Mas ela sempre se perguntava se isso era verdade. No final, todo mundo quer ter as pessoas que ama por perto, segurando sua mão e fazendo com que se sinta como um elo vital na corrente de afeição, que teve importância, que deixou uma marca, mesmo que por um segundo, antes de cair no esquecimento. Terry tinha sido supergentil com as enfermeiras, foi o que a freira da ala do hospital dissera. Aquela tinha sido sua última marca.

Gina ergueu o olhar. A vista ali não era bonita: muitos túmulos e, depois, um campo bem árido. Não era o lugar mais inspirador para se passar a eternidade.

Gostaria que minhas cinzas fossem espalhadas naquela paisagem vista da sala de jantar da Magistrate's House, pensou. Naqueles campos e colinas e bosques, a céu aberto, perto do pomar de macieiras e das fazendas de ovelhas, em algum lugar onde a vida não para, estação após estação, em eterna renovação. Não quero ficar presa em um túmulo, esperando uma visita anual.

Janet fungou para indicar que tinha terminado as próprias orações silenciosas e enxugou os olhos com um lenço de papel.

– Ele era um homem bom – disse ela, exatamente como fazia todos os anos. – Gostaria que tivéssemos tido mais tempo juntos.

Gina abraçou a mãe pela cintura e a apertou. O casamento de Janet com o capitão Huw Pritchard durara apenas quatro anos, ao passo que ela fora a Sra. Bellamy por dez. Foi Terry quem teve que lidar com as birras da adolescência e as revisões das matérias e a autoescola e os calores da menopausa e as ratoeiras.

– Eu sei – respondeu Gina, sentindo a mãe se apoiar nela por um instante.

Janet era pequena e parecia ainda menor com o casacão de lã cor-de-rosa. Sou tudo que ela tem agora, pensou Gina com uma dor no coração. Elas estavam exatamente no mesmo barco que estavam antes de Terry entrar em cena.

– Pode colocar as flores, Georgina? – Janet entregou o buquê enrolado no papel. – Você faz essas coisas bem melhor que eu – acrescentou, em uma tentativa óbvia mas bem-intencionada de ser agradável.

Gina se agachou e colocou as flores que tinham comprado no suporte designado para isso. Cravos brancos, as flores favoritas da mãe, e mosquitinhos para dar volume. Ela arrumou tudo de forma rápida e caprichada, unindo os caules para formar uma bola de pétalas brancas, uma bola de neve em pleno verão em contraste com o granito liso.

– Lindo. Faz com que pareça que ele foi amado – comentou Janet quando Gina terminou.

– É porque ele foi – respondeu Gina. – Muito amado.

Depois de mais um momento de contemplação, deu um passo para trás e, juntas, caminharam até a saída. Janet deu o braço para a filha e uma atmosfera diferente se estabeleceu entre elas. Uma mais feliz e mais pacífica.

– Sinto muito pelo que falei antes, Georgina – começou a mãe, um tanto constrangida. – Eu não queria que você se sentisse pior em relação a toda essa situação de Stuart ter um filho. É só porque eu não quero que você perca sua chance.

Gina começou a dizer, no piloto automático, que não sentia que estava perdendo alguma coisa, mas parou. Se Janet estava tentando ser sincera, ela deveria fazer o mesmo.

– Eu sei, mãe. Mas é difícil.

Agora que Stuart tinha saído da equação, Gina não sabia mais como se sentia em relação a ter filhos. Por um longo tempo, tinha sido grata simplesmente por ter vencido o câncer; desejar mais que isso parecia desafiar o Destino. E havia algo em Stuart que sempre a impedira de pensar no assunto.

De repente, não sabia mais o que achava. Aquilo a deixou atordoada. O novo horizonte de possibilidades, equilibradas do outro lado pelo lembrete cortante que recebia todos os dias pela manhã quando tomava seu tamoxifeno. A vida não era infinita. Não era eterna. Ela não tinha todo o tempo do mundo. Talvez devesse ser mais grata pelas coisas que tinha.

– É claro que é difícil. – A mãe deu tapinhas no braço dela. – Ter um filho... é como tirar o seu coração do peito e deixar alguém carregá-lo pelo resto da vida. Mas você não pensa duas vezes. Tudo que quer é que sejam felizes. É... Ah, eu não sei explicar muito bem. Você é parte de mim. – A mãe assoou o nariz ruidosamente. – Sempre vai ser.

E parte do pai. O pensamento surgiu na sua mente e, como o clima estava tranquilo o suficiente, Gina se viu dizendo o que passava pela sua cabeça em vez de se segurar.

– Mãe, existe um motivo pra não levarmos flores ao túmulo do meu pai?

Janet guardou o lenço.

– Ele não foi enterrado. Foi cremado, e as cinzas, espalhadas.

– Mas não tem nem um memorial?

– Não. Ele sempre disse que não queria um túmulo sobre o qual as pessoas chorariam. Ele era um soldado, Georgina. Eles são durões assim.

– Mas existe alguma placa em um quartel-general? – insistiu Gina.

– Não.

Janet estava caminhando mais rápido.

– Mas se ele morreu em serviço...

– Ele morreu enquanto estava no Serviço Aéreo Especial. É por isso que não recebemos detalhes. É uma questão de segurança.

– Mas...

A atmosfera tinha mudado de novo. Estavam perto do carro e, quando Janet estava perto da porta do carona, Gina viu os lábios dela se contraírem.

– Georgina, se eu consegui me controlar pra não perguntar, acho que você pode fazer o mesmo.

– Mas ele era o meu pai. – A resposta veio antes que pudesse se conter. – Não sei por que é tão terrível falar sobre ele. Terry não se importava. Isso não afeta em nada o que eu sentia pelo Terry.

Janet parou e fulminou a filha com o olhar por sobre o teto do carro.

– Justo hoje? Hoje é o dia do Terry... Não o de Huw.

Gina estava prestes a discutir, mas achou melhor se calar. Elas tinham tido um momento agradável, e Gina estragara tudo.

Janet olhou para a filha, com os lábios bem fechados, como se estivesse se esforçando para não deixar o pensamento na sua mente escapar pela boca. Começou a ventar, levantando as folhas nos jardins da igreja e os cachos louros dela. Janet estava usando os brincos de pérolas que Terry lhe dera de presente de casamento.

Ela ainda é tão nova, pensou Gina. Apenas 56 anos. Jovem demais para ter enviuvado duas vezes – antes mesmo dos 50 anos. Jovem demais para ser lembrada de dois túmulos, pelo amor de Deus. Sentiu um impulso de fazer algo legal para a mãe.

– Que tal um sorvete? – perguntou. – Banana split com todas as coberturas?

Era algo que Terry sempre sugeria depois de uma saída – fazer um "desvio" no caminho de casa para passar pela sorveteria italiana perto da estação de Longhampton. Às vezes o convite era feito com um bom humor generoso. Mas o mais comum era que fosse por desespero diante das discussões entre mãe e filha.

Janet parou de franzir a testa e sua expressão se suavizou.

– Ótima ideia – respondeu, com um sorriso que fez com que parecesse ainda mais jovem. – E um sorvete de casquinha para mim.

Gina ouviu Terry dizer com seus olhos bondosos e sorridentes olhando para ela, no banco de trás de couro vermelho, pelo retrovisor.

– Um sorvete de casquinha, então – disse Gina, entrando no carro.

Capítulo 18

ITEM: uma pulseira de identificação hospitalar

Oxford, 12 de junho de 2001

Kit está em um hospital particular. É muito diferente do hospital público para o qual eles foram levados de helicóptero após o acidente, mas, no instante em que Gina pisa no saguão de entrada e ouve os passos ecoando, o gosto volta à sua boca – a equipe calmamente andando de um lado para outro, o cheiro de desinfetante e de medo.

Segura a sacola com coisas para ele: revistas, uvas e CDs com as músicas favoritas deles. Não sabia o que trazer, o que Kit estaria mais disposto a desfrutar, porque ninguém lhe diz exatamente como ele está, mas Gina não quis trazer nada que pudesse passar a mensagem errada; quer que seus presentes digam: *você vai ficar bem*.

Os presentes têm que dizer isso, porque Gina duvida que alguma coisa vai ficar bem. Sua mente está embaçada de tristeza e choque, e os analgésicos prescritos para a fratura na clavícula não ajudam muito. Nada parece real, mas isso nem chega a ser um problema, porque ela ainda espera que, em algum momento, vai acordar e descobrir que tudo não passou de um pesadelo.

Senta-se na cadeira de plástico do lado de fora do quarto dele e ajusta o imobilizador de ombro, que está roçando nos machucados. A enfermeira entrou cinco minutos antes e ainda não saiu. Gina fica imaginando se estão cobrindo Kit, ou se precisam prepará-lo de alguma forma, e sente um arrepio.

A enfermeira volta e Gina se levanta com uma careta de dor.

– Desculpa a demora... Estamos com menos funcionários hoje. – É uma jovem enfermeira, ainda em treinamento, com o rosto corado pelo excesso de trabalho. – Não consegui encontrar a Sra. Atherton. Acho que um médico a mandou ir descansar. Ela não saiu do lado de Christopher desde que ele chegou aqui.

Gina sente um alívio secreto: não sabe bem como lidar com a tristeza de Anita além da sua própria. Não sabe o que dizer. Esperava que conversar com alguém que também ama Kit talvez lhe oferecesse um conforto.

– Tudo bem – diz ela. – Eu posso ficar com ele.

– Você é da família?

A enfermeira volta a atenção para suas anotações.

Cada célula de Gina está gritando, *Não, eu sou a namorada dele*, mas resolve dar uma de Naomi e responde:

– Sou.

Ela precisa entrar naquele quarto, mesmo que tenha que mentir para isso.

– Tudo bem, então – responde a enfermeira e abre a porta. – Só até a mãe dele voltar. Aperte aquele botão se precisar de alguma coisa.

– Obrigada – agradece Gina, entrando.

É um quarto grande e branco, bem-iluminado, e há vasos de flores por todos os lados. Lírios cor-de-rosa, rosas alaranjadas. Cores fortes contrastando com o branco do ambiente, mas sem ter cheiro de nada. No meio do quarto há uma cama de hospital branca, cercada por máquinas frias de metal, e, sobre ela, enrolado nas cobertas como uma criança de um metro e oitenta, está Kit.

Gina sente algo gelado apertando-a por dentro, com tanta força que teme perder o controle da própria bexiga.

Os olhos dele estão fechados e marcados com profundas olheiras. Os cílios compridos parecem ainda mais longos contra a palidez, mas o lindo cabelo de Kit foi raspado, restando apenas uma camada loura aveludada para que os fios pudessem ser presos sob a bandagem que cobre parte da sua cabeça. Ele não se mexe quando ela entra, mas as máquinas continuam apitando e piscando. Gina olha para o peito dele até ver o movimento quase imperceptível da sua respiração, subindo e descendo, e só solta a própria respiração quando vê a dele.

A mente é inundada de emoções intensas e violentas e ela se sente pequena demais para contê-las. Isso é tão *injusto*! Nunca tinha visto Kit tão inerte. Mesmo quando estava dormindo parecia brilhar com energia. Agora estava ali, mas não estava. Está diferente.

– Kit – sussurra ela, sentando-se na cadeira ao lado da cama. – Sou eu. A Gina.

Claro que não há resposta, e Gina se odeia por isso. O que achou? Que ele se levantaria? Que poderia acordá-lo com um beijo? A esperança que vinha nutrindo nos últimos dias parece uma relíquia de uma época mais tola: Kit teve sorte de não ter morrido, como ouviu a mãe dela dizer enquanto Gina entrava e saía da anestesia.

Ela observa o quarto em busca de pistas sobre o estado dele. Os monitores parecem estar conectados a tudo. Ele tem equipamentos para respirar, um monitor cardíaco. Aquilo não parece nada bom.

Gina nota que a barba dele está feita. Só leva um ou dois dias para a camada áspera cobrir sua pele macia. Em um fim de semana que passaram inteirinho na cama, ela disse que tinha visto os pelos crescerem. Alguém estava fazendo a barba por ele.

Seu coração dói com um ciúme irracional e ela toca a mão dele. Está fria.

– Kit, trouxe uns CDs pra você – murmura ela, enfiando a mão na sacola. – Fiz uma compilação de todas as nossas músicas pro caso de conseguir ouvi-las. Bem, eu *sei* que você consegue. E eu vou vir toda semana e ler pra você. Posso ler guias de viagem, se quiser. Já fiz uma lista de todas as casas antigas que vamos visitar na nossa viagem de carro. Ainda podemos fazer isso.

Lágrimas estão escorrendo pelo seu rosto diante da crueldade com a qual aquele sonho foi esmagado e deixado de lado em um segundo de descuido.

– Estou aqui – sussurra ela. – Não vou a lugar nenhum. Eu juro. Vamos superar isso. Você é forte, e vou fazer tudo que puder e...

A porta se abre e Gina ouve um arquejo... Ela se vira, percebendo que não é a enfermeira.

Anita Atherton, a mãe de Kit, está parada à porta, olhando para Gina com uma expressão de fúria e nojo que faz a pele de Gina arder.

Gina abre a boca para falar, mas já sabe que estava enganada em relação a Anita também: a sogra não quer palavras de conforto. Parece estar pronta para matar Gina.

Os olhos castanhos com pálpebras caídas estão fixos em Gina do mesmo jeito que Kit costumava olhar para ela, com a confiança que vem das conversas em Oxford e dos jantares eruditos com amigos bem relacionados. Gina espera que Anita consiga enxergar o amor que ela nutre por Kit, mas teme que a mulher consiga ver também o medo torturante – de que não seja forte o suficiente, de que vai fracassar com Kit do mesmo jeito que fracassou com a mãe, afogando-se solitária na sua própria tristeza devastadora. Uma tristeza que fizera crescer ainda mais com suas próprias ações.

Gina levanta o queixo. Seja corajosa, diz para si mesma. Você está fazendo o que é certo.

– Saia, por favor – diz Anita em tom educado mas determinado.

– Não posso ficar mais cinco minutinhos? Eu trouxe CDs de música, algumas coisas para mantê-lo conectado. Posso ler pra ele, se quiser, enquanto você descansa...

Anita atravessa o quarto como um raio e agarra o braço de Gina com uma força que iria *machucá-la* caso estivesse prestando atenção. Sem entender, olha para a mão da sogra. Os dedos compridos de Anita estão adornados com anéis – ouro, diamantes e pedras semipreciosas lapidadas. Ficara fascinada com aquilo à mesa de jantar, daquela vez que Kit a fizera ficar; o modo como brilhavam e cintilavam nas mãos de Anita enquanto gesticulava em um debate com seus convidados.

– Sinto muito, mas ninguém atende minhas ligações – balbucia Gina. – Posso vir em outro horário se for mais conveniente.

Anita a está levando para a porta. Gina mal consegue acreditar.

– Sou *eu* – diz ela confusa. – Sou eu, a Gina.

– Eu sei. Vá embora, por favor – repete Anita na voz mais fria que Gina já ouviu.

Gina lança um último e longo olhar para Kit, embrulhado na cama branca, e se lembra de tudo: do peito macio e das mãos confiantes, em agitação constante, fazendo todos os nervos do corpo dela vibrarem, quando dançavam e balançavam a cabeça em shows, quando conversavam a noite inteira, os assuntos variando e fluindo interrompidos por beijos urgentes e profundos e pela silenciosa exploração do corpo um do outro, quando dormiam e acordavam juntos. O cheiro do suor dele e o calor acolhedor do braço ao redor dela, sem nunca querer soltá-la.

Tudo isso tinha acabado. Como um livro que chega ao fim, os personagens ainda estão na sua mente, mas não há mais história. Gina deseja saber o que fazer agora, nesses últimos e preciosos segundos, mas não faz ideia. Eles se foram.

Anita está fechando a porta na sua cara.

Já tinham se passado semanas desde que Gina fizera o boletim de ocorrência da bicicleta roubada e ainda não havia nenhum sinal dela. O mais importante, porém, é que ninguém tinha aparecido para pegar Buzz, então ele foi oficialmente entregue ao canil Four Oaks como um cachorro perdido para ser recolocado em algum lar.

No entanto, como Rachel bem observou, Buzz se parecia cada vez menos com um cachorro perdido. Passava as segundas e terças no escritório da Stone Green com Gina, supostamente para ajudar na lenta reabilitação com estranhos, mas a verdade era que sua companhia tranquila embaixo da mesa enquanto ela trabalhava o tornava o melhor colega de escritório, a não ser pela ocasional indiscrição digestiva. Na hora do almoço, Gina desligava o notebook, em vez de continuar trabalhando, e eles iam esticar as pernas juntos ao longo do canal, onde os arbustos estavam mais verdejantes com o clima mais quente e os patos eram ainda mais lindos de perto do que quando os observava pela janela.

À noite, Buzz ainda se esgueirava para dentro do seu quarto depois que ela tinha ido dormir – nunca antes – e se encolhia perto da porta. Gina às vezes acordava com o barulho dele se debatendo e arranhando enquanto dormia, como se estivesse tendo um pesadelo. Seus ganidos baixos cortavam seu coração, mas pareciam estar diminuindo; as costelas estavam menos visíveis e as manchas brancas da pelagem cinzenta pareciam brilhar. Gina tinha começado a colar as Polaroids na parede de trás da sala, junto com a lista de 100 coisas, e já conseguia ver a diferença entre a primeira foto de Buzz – dormindo com o focinho cuidadosamente alinhado com as patas – e a última dele, lambendo, todo satisfeito, o resto de molho de tomate do nariz.

Ela ficava feliz em saber que tinha ajudado a trazer aquela luz de volta aos seus olhos, mas também culpada porque, em algum momento, Rachel encontraria um lar para ele e ela teria que deixá-lo partir.

Rachel não precisara se esforçar muito para convencer Gina a se tornar a tutora provisória oficial de Buzz. E, como parte do acordo, Gina teve que levá-lo ao veterinário para colocar o microchip, dar as vacinas e qualquer outro tratamento que George, o veterinário, achasse necessário para convencer alguém a adotar um galgo de terceira mão.

George era o tipo de homem com uma presença tranquilizadora que acalmaria um elefante em acesso de fúria; mesmo assim, Gina pôde ver que Buzz tremeu quando o veterinário passou as mãos pelas pernas dele, procurando antigos ferimentos. De vez em quando, Buzz olhava para ela, em busca de segurança.

– Ele está saudável? – Gina acariciou as costas trêmulas de Buzz enquanto George puxava a pele do focinho para verificar as gengivas. – Acho que ganhou um pouco de peso desde que veio ficar comigo.

– Dá para perceber. A pelagem está mais brilhante e as manchas, mais nítidas. Esse padrão de floco de neve é bem incomum. Logo, logo você vai estar bem bonitão. – George acariciou a cabeça fina de Buzz. – Bom, os dentes dele estão em péssimo estado e vamos começar do zero com as vacinas, mas não é o pior galgo que já vi por aqui.

Gina não queria nem pensar no que ele queria dizer.

– Todos são tão nervosos quanto ele?

– Não. Em geral galgos são bem tranquilos. O pobre Buzz deve ter passado por maus bocados para sentir tanto medo de homens. Mas ele vai superar. Acho que deve ter uns 5 anos. Isso lhe dá mais uns sete ou oito anos para aproveitar uma vida melhor. Valeu a pena esperar, não é, campeão?

Gina o acariciou e sentiu quando se encostou nela, um sinal de afeição que tinha começado a apreciar. Ela o salvara da vida antiga e sofrida, pagando um preço bem baixo: o de uma bicicleta que nunca quisera.

– Rachel disse que deve ter sofrido maus-tratos no passado. Não acha que ele deveria ficar com alguém que saiba cuidar de galgos traumatizados?

– Ele parece estar muito bem com você – disse George. – É só continuar fazendo o que tem feito.

– Mas eu não estou fazendo nada.

Ele sorriu, e o rosto enrugado se suavizou com uma expressão de surpreendente delicadeza. Os olhos de George eram bondosos. Gina percebeu que ele a estava acalmando do mesmo modo que obviamente fazia com Buzz.

– Às vezes, não fazer nada é a coisa mais certa.

Gina tinha acabado de colocar Buzz no carro, prendendo-o com o peitoral adaptado ao cinto de segurança no banco de trás do seu Golf, e estava prestes a voltar para casa quando o celular tocou.

Era Nick. Enquanto atendia, Gina rezou para que não houvesse um novo problema em Langley St. Michael. Ela e Lorcan haviam passado a maior parte da manhã conversando com um eletricista sobre a melhor forma de trabalhar com o sistema elétrico antigo e caótico da Magistrate's House. Lâmpadas costumavam estourar de repente e nada parecia ser ligado a nada na enorme e antiquada caixa de fusíveis.

O arquiteto de Amanda estava propondo um elaborado sistema de pontos de luz embutidos e controle remoto de intensidade de iluminação que o eletricista explicou na hora que não seria possível e que talvez não atendesse aos requisitos das regulamentações. Nick ficara fascinado com os aspectos técnicos, e Gina deixara que Lorcan explicasse tudo para ele com seu jeito paciente e o sotaque irlandês, desenhando diagramas complexos no verso de um papel qualquer. Gina tinha certeza de que aquilo ia custar uma pequena fortuna e não sabia se Amanda estaria disposta a gastar dinheiro com isso em uma propriedade para aluguel.

– Alô – disse Nick. – Ainda no veterinário?

– Saindo agora – respondeu ela. – O Lorcan conseguiu explicar a magia da eletricidade direitinho pra você?

– Ei! Eu entendo muita coisa de iluminação. Só sinto que é meu dever pra com esta casa saber o que estou fazendo.

– Pelo menos você sabe pelo que está pagando.

– É... Então, falando nisso, sei que você está indo pra casa, mas será que poderia dar um pulinho aqui pra conversar por Skype com a Amanda? Ela tem uma hora livre entre duas reuniões e quer que a gente faça um tour pela casa pra ela ver o que já foi feito.

– Pode ser – disse Gina.

Eles tinham conseguido evoluir bastante, mas o trabalho naquele estágio estava mais para uma preparação lenta para outras coisas, e Amanda não teria como enxergar isso. Com certeza o que veria não iria corresponder à quantidade de dinheiro que tinha gastado. Quando os clientes estavam na obra, pelo menos podiam sentir a umidade do gesso e ver as caçambas cheias do lado de fora.

– Que horas ela vai ligar?

– Assim que estiver liberada, mas acha que vai ser no horário do almoço dela.

– E onde ela está esta semana?

– Nova York.

Já tinham se passado semanas desde a última visita de Amanda a Longhampton, e ela nem ficara por muito tempo, embora respondesse prontamente a todas as atualizações e dúvidas de Gina por e-mail.

Ela explicou que precisaria ficar em Nova York por mais tempo para reuniões, mas não mencionara a filha nem o ex-marido. Um outro aspecto estranho da crescente amizade entre Nick e Gina era que ela agora conhecia uma Amanda com base no que ele lhe contava e outra Amanda muito diferente nos e-mails e breves conversas telefônicas que tinham. O mais preocupante de tudo era que, enquanto Nick parecia estar se ambientando na casa, era mais difícil, pelo jeito desapegado como Amanda falava sobre o "projeto", imaginá-la morando lá.

Gina afastou aqueles pensamentos: não era da sua conta.

– Umas seis ou sete horas?

– Se pudesse chegar às seis, seria ótimo.

Ela olhou para o relógio do carro.

– Nick, são quinze pras seis agora.

– É mesmo? – Ele pareceu surpreso. – Nossa. Desculpa. O eletricista manteve o wi-fi desligado a tarde toda, então eu estava tentando colocar o trabalho em dia. Você pode vir agora? Está muito em cima da hora?

Gina olhou para o banco de trás onde Buzz estava encolhido preso ao cinto, preparado para a viagem. Ele se comportava bem no carro, levantando o focinho para a janela aberta e fechando os olhos para sentir o vento.

– Vou levar uns... – ela fez um rápido cálculo mental – ... vinte minutos pra chegar em casa, mais dez minutos para dar comida ao Buzz e depois ir pra Magistrate's House, então...

– Traz o Buzz com você – sugeriu ele com tranquilidade. – Se acha que ele não vai se importar com a bagunça.

– *Você* não se importa?

– Claro que não. Por que eu me importaria? Eu até gostaria de ver um galgo aqui pela casa. Tenho certeza de que em um dos *mood boards* da Amanda havia um casal de galgos. E eles têm uma baita tradição, não é? Eram retratados no período elisabetano, estou certo? Provavelmente estão em alguma lista da prefeitura de cachorros aprovados pro imóvel tombado.

– Ah, com certeza Keith Hurst não aprovaria uma mistura de labrador com poodle. – Gina sorriu. – Tudo bem. Estarei aí em vinte minutos.

– Obrigado. De verdade. – Nick fez uma pausa, e Gina imaginou que estaria apertando a ponte do nariz. – Só venha preparada, porque Amanda tem falado muito sobre as últimas faturas e levantou a ideia de aluguel novamente.

– Eu sempre estou preparada – disse Gina, feliz por estar com todas as pastas no porta-malas.

Lorcan ainda estava na casa quando Gina chegou. Ele fixava novamente a pesada porta dos fundos nas dobradiças com a ajuda de um dos assistentes.

– Você não deveria estar em casa a essa hora? – perguntou ela. Já tinha passado bastante das seis da noite. – Juliet não vai se perguntar onde você está?

– Ela está assando um milhão de cupcakes para o casamento de alguém. Fui intimado a ficar bem longe até a cobertura estar finalizada. – Lorcan deu um passo para trás e indicou a porta. – O que acha?

A porta não tinha parecido grande coisa dias antes, mas, depois de ser lixada para tirar as grossas camadas de tinta velha, os detalhes mais delicados dos ornamentos estavam à vista. Era uma clássica porta do período regencial, com seis lindos painéis de carvalho, que Lorcan tinha mandado lixar na sua oficina e agora estava pronta para a pintura. Sob as camadas de tinta branca barata, havia vestígios do verde-oliva original: a porta que tinha sido aberta por mordomos e pela qual garotas de anágua passaram correndo.

– Mandei a aldrava pra polimento – acrescentou ele. – Esta porta vai ficar majestosa com aquela bela cabeça de leão.

– Está maravilhosa. – Gina passou a mão pela madeira recém-lixada. – Mas você não tem coisas mais importantes pra fazer do que fixar portas?

Ele arqueou uma das sobrancelhas.

– Ouvi Nick no telefone falando com a Sra. Rowntree sobre o que estamos fazendo aqui, e achei que algo que ela pudesse *ver* talvez lhe desse uma ideia melhor de como as coisas vão ficar quando terminarmos. Você pode mostrar cada detalhe do telhado com seu iPad e mesmo assim ela não vai ter muita noção de como tudo está muito melhor. Pelo menos isto aqui vai despertar um pouco o interesse dela.

– Eu sei. – Gina estivera repassando a última semana de trabalho na cabeça, buscando por coisas interessantes para incrementar um pouco os fatos chatos sobre isolamento. Não havia muita coisa. – E não temos como começar nada grandioso antes de recebermos as autorizações. E, pelo que consegui descobrir, elas só vão sair depois que a prefeitura passar um pente-fino em todos os detalhes, o que não vai deixá-la muito feliz. Acho que ainda teremos que esperar umas duas semanas pelo menos.

Lorcan lançou um olhar para Gina que já tinha lançado muitas outras vezes.

– Seja lá quanto estão pagando pra você, Gina, tenho certeza de que não está nem perto do suficiente.

– Ah, e *agora* você quer ir pra casa – disse ela. – Não, sério. Tudo bem. Pode ir.

– Nick pode explicar tudinho pra você. – Ele entregou a bolsa de ferramentas para Kian, seu assistente, e o mandou arrumar as coisas lá fora. – Ele perguntou se eu poderia lhe dar algumas aulas sobre aplicação de gesso. Diz que quer sentir que botou a mão na massa para reerguer este lugar. – Lorcan coçou o queixo. – Em geral, a última coisa que eu quero é um cliente qualquer mexendo na própria casa, mas, sabe de uma coisa? Acho que ele provavelmente se sairia muito bem.

– No que eu me sairia bem?

Nick apareceu atrás deles carregando a bandeja de chá com os restos deixados pelos operários. Ele sorriu para Gina, mas parecia tenso. Ela notou uma linha discreta entre as sobrancelhas.

– Aplicação de gesso – respondeu Gina. – Olha só, Lorcan já está deixando você carregar a bandeja de chá. Kian levou meses até ter autorização pra fazer isso.

Lorcan deu tapinhas na porta lixada.

– O que acha? Parece que ficou legal.

– Perfeita – disse Nick. – Exatamente como uma porta dos fundos deve ser. Bem, a não ser pela pintura. Talvez precise de uma tinta.

– Está vendo? Ele já é um perito – brincou Lorcan, bem na hora em que ouviram o toque do Skype no iPad que Nick tinha colocado na bandeja.

O rosto de Amanda apareceu – não a foto de biquíni vermelho, notou Gina. Aquela era uma foto mais profissional: olhava para a câmera com uma expressão séria, em um fundo cinza, e o cabelo estava preso, ao estilo personagem de Hitchcock.

– Ah, essa é a minha deixa pra ir embora – disse Lorcan. – Vejo vocês amanhã.

Ele se despediu dos dois e seguiu para sua van. Para garantir que não seria chamado para a conversa, pegou o celular e iniciou uma ligação.

Nick lançou um sorriso rápido para Gina e pressionou o botão de atender.

– ... não dá para ver direito por aqui, mas nós refizemos todo o isolamento e o gesso do sótão, usando o sistema ecológico recomendado pelo arquiteto – disse Gina. – Temos fotos do trabalho em progresso que posso enviar pra você, se quiser.

Nick levantou o iPad na direção geral do teto inclinado do sótão. Não havia muita coisa para ver, a não ser o gesso rosa-acinzentado que estava seco e pronto para ser pintado. Para Gina, aquilo merecia uma grande ticagem de trabalho concluído. Para Amanda, ela sabia, pareceria um grande nada.

– Espera. São andaimes o que vejo em volta da casa? – perguntou Amanda.

Nick parou de mostrar as coisas com o iPad.

– Sim – confirmou Gina. Sua voz ecoava no grande espaço vazio em volta deles. – Os pedreiros ainda estão trabalhando nas calhas do telhado. Há plástico protegendo as partes com madeira podre onde as telhas tiveram que ser tiradas, e eles começaram a substituir as vigas. São basicamente reparos. Precisamos esperar o sinal verde oficial para avançar nos ornamentos da claraboia, porque isso faz parte do pedido de autorização.

– Ainda não tivemos resposta sobre isso?

– Não. Sinto muito. Mas estou em cima deles.

– Não tem como agilizar as coisas?

Gina pressionou os lábios. Era muito conveniente Nick estar atrás do iPad o tempo todo: isso não dava a ela uma brecha para relaxar o rosto entre as explosões impacientes de questionamentos de Amanda. Seu tom continuava educado, porém mais brusco que o usual. Ela obviamente não tinha tido uma manhã agradável lá em Nova York.

– Esse tipo de insistência costuma ter o efeito contrário ao esperado – respondeu Gina. – Quanto mais os pressionamos, mais devagar as coisas andam. Eles acham que a pressão vem do desejo de fazer com que eles deixem escapar algum detalhe ardiloso.

– Isso é ridículo.

– Infelizmente é a verdade. Eu trabalhava com essas pessoas. As autorizações vão demorar o tempo necessário, mas, enquanto esperamos, Lorcan já adiantou muita coisa. O trabalho da fase inicial está a pleno vapor e temos especialistas já agendados, incluindo o eletricista.

– Sim, eu queria mesmo falar com você sobre o orçamento do eletricista que Nick me passou hoje. Pareceu extremamente alto.

– O valor não é final – respondeu Gina. – Stephan vai me passar o orçamento detalhado para que possamos avaliar tudo com ele e com o arquiteto também. Ele deu um valor estimado com uma margem de erro para imprevistos, como costuma acontecer em uma obra como esta, mas, em uma casa deste tamanho e com a quantidade de trabalho que você planeja fazer nela, você realmente precisa começar de um... Alô?

Ela achou que Amanda estava quieta demais e percebeu que a tela tinha congelado, antes de ficar preta.

Gina olhou para Nick.

– Ela não está mais aparecendo.

– O quê? Ela desligou? – Ele virou a tela para si e gemeu. – Ah, sabe o que aconteceu? A energia caiu de novo e perdemos o wi-fi.

Ainda estava claro, o sol estava se pondo lentamente no céu azul-claro, banhando as tábuas do assoalho de um tom amarelado marcado pelas sombras dos andaimes. Eram como grades pelo aposento.

– Isso aconteceu o dia todo? – perguntou Gina.

– Para ser sincero, aconteceu algumas vezes desde que me mudei pra cá. Mas o eletricista mexeu muito na caixa de fusíveis hoje à tarde. – Nick cruzou os braços, pressionando o iPad contra o peito. – Talvez ele tenha perturbado as três partículas de poeira que mantinham as conexões.

Ela pegou o celular.

– Vou ligar para Lorcan. Talvez não tenha chegado em casa ainda. Ele não é eletricista, mas sabe consertar fusíveis.

Nick tocou o braço dela de leve.

– Não. Deixa pra lá. O coitado ficou aqui o dia inteiro, desde as oito da manhã. Vamos deixá-lo jantar em paz. Em geral, a energia acaba voltando sozinha.

– Não é melhor ligarmos para o celular da Amanda?

– Não, *não vamos* ligar para o celular da Amanda. – Ele inclinou a cabeça para a escada e começou a caminhar naquela direção. – Vamos descer e tomar alguma coisa enquanto esperamos a energia voltar. Amanda vai ter que voltar para a reunião às 14 horas do horário dela. Se ela não ligar de volta até as sete, não vai mais ligar.

– Bem, acho que isso prova a necessidade de ter que renovar toda a fiação da casa. – Gina o seguiu até a escada. – Eu estava querendo justificar a cotação do eletricista pra ela. Parece muito dinheiro pra uma coisa que ela não vai poder ver.

– Você precisa ver as cifras com que a Amanda lida todo dia – comentou Nick. – São milhões de dólares, tratados como meros trocados. Vem, preciso de uma taça de vinho. Foi um longo dia.

Quando desceram, Gina foi deslizando a mão pelo corrimão de carvalho polido que envolvia a escada sinuosa com balaustrada de ferro. Amava a ideia de que milhares de mãos tinham passado por aquele corrimão, exatamente como ela estava fazendo agora. O polimento natural feito por milhares de dedos.

– Ah, essa escada vai ficar incrível – disse ela – assim que arrancarem esse carpete horroroso e a madeira for recuperada. A escada perfeita pra descer quando a carruagem está aguardando.

– Ou para escorregar pelo corrimão até a árvore de Natal de dois metros de altura lá embaixo...

Nick fez a curva contornando a base da escada. Quando olhou para ela, seus olhos brilharam nas sombras e Gina sentiu algo no peito. Havia uma energia nos planos dele para a casa que despertava uma resposta nela: ele queria morar ali, fazer os cômodos ganharem vida, do mesmo modo que ela quando considerara comprar aquela casa.

Foi quando teve certeza absoluta de uma coisa: ia dar a bola de bruxa para Nick.

Já conseguia imaginá-la suspensa como uma lua verde no vestíbulo. Um glamour misterioso que combinava muito melhor com aquela casa do que com seu apartamento branco e pacato. O que poderia querer se esgueirar por um apartamento moderno, comparado com os espíritos e sombras fabulosos daquela casa?

– Por que está sorrindo? – perguntou ele.

– Nada não – respondeu ela, abrindo ainda mais o sorriso.

Buzz estava esperando por eles na cozinha, onde tinha ficado preso para sua própria segurança.

Gina percebeu que Buzz estivera andando de um lado para outro e, quando ela apareceu, ele começou a abanar o rabo fino como um helicóptero, parecendo pateticamente aliviado por vê-la.

– Eu ia fazer uma pizza, mas isso claramente não vai mais ser possível. – Nick abriu e fechou a porta da geladeira. – Que tal queijo e alguns biscoitos?

– Eu vou ficar pro jantar?

– Bem, eu vou abrir uma garrafa de vinho, então é bom a gente fingir que quer comer alguma coisa pra acompanhar.

– Hum. Tudo bem. Obrigada. Vai ser ótimo.

– Não quer se sentar?

Ele fez um gesto em direção à mesa da cozinha, na qual havia uma pilha de revistas de decoração, amostras de tinta, correspondências, canetas e canecas de café. A bagunça chocava Gina, depois de todo o espaço que conseguira na própria casa. Ela controlou o instinto de pegar uma sacola de reciclagem para organizar tudo.

– Não arruma nada – acrescentou ele, colocando uma taça de vinho diante dela. – Só fica aí sentada.

– Não tenho a menor intenção de arrumar nada. Já encerrei o expediente. E ainda tenho que dirigir de volta pra casa, não esquece – destacou ela enquanto ele enchia a taça pela metade.

– Então é melhor não beber. Ou deixa que eu chamo um táxi pra você. – Nick girou a garrafa com habilidade para não deixar que pingasse. – Pelo menos a Amanda gostou da porta, não é? Bela jogada. Talvez seja a melhor tática: fazer Lorcan começar logo as janelas como uma forma de distraí-la da parte elétrica.

Algo na voz dele fez com que Gina sentisse que tinha que dizer alguma coisa.

– O principal motivo pra se ter uma gerente de projetos é que você e Amanda não precisam medir as palavras comigo. Eu estou do lado de vocês dois. Quero que a casa funcione pra ambos. Mas é bem difícil quando vocês querem coisas tão diferentes.

Nick não respondeu de imediato. Estava arrumando as coisas na cozinha, pegando pratos e talheres no lava-louça, colocando tudo na ponta menos bagunçada da mesa. Queijo (caro, comprado da delicatéssen do centro da cidade, embrulhado com papel), biscoito de aveia, pastinhas do mercado local e picles.

– Sinto muito se estamos te causando algum desconforto – disse ele depois de um tempo. – Eu não sabia que essa era a impressão que estávamos passando.

Gina já tinha se arrependido do que dissera. Assim que as palavras saíram de sua boca, percebeu que não estava falando da casa. Era um território espinhoso que não tinha nada a ver com ela.

– Sei que ela é muito ocupada – disse Gina. – Dá pra perceber. Talvez devêssemos fazer outra reunião pra alinharmos tudo em relação a essa ideia de aluguel. Uma conversa de verdade.

Nick olhou para a comida, depois para a mesa bagunçada. Começou a arrumar o queijo e os pratos na bandeja de chá dos pedreiros. Ele fez um gesto para o interior da casa.

– Vamos comer em algum lugar em que eu não precise olhar pra nenhuma revista de decoração.

A biblioteca estava coberta com capas de proteção contra a poeira, pronta para a remoção dos painéis da parede para serem trabalhados, mas no momento Nick claramente a escolhera para ser seu refúgio, possivelmente por causa das paredes cor de vinho e das proporções acolhedoras. Um sofá macio tinha sido colocado no meio da sala, com uma mesa de centro adiante, e na frente de tudo havia toda uma parafernália tecnológica: uma enorme TV de tela plana, um aparelho de DVD, caixas de som, carregadores das câmeras. Fios multicoloridos serpenteavam por entre as capas de proteção, como um mapa do metrô de Londres.

Nick colocou a bandeja na mesa de centro, pegou o vinho e se sentou num canto do sofá. Era grande e, mesmo que Gina tivesse se sentado na outra ponta, não se sentiu constrangida por estarem tão próximos. Havia espaço para mais três pessoas no meio deles e, de qualquer forma, não havia outra cadeira na sala.

Buzz os seguiu e, depois de observar por um tempo, se acomodou a uma distância segura, apoiando o focinho nas patas.

– Este é o primeiro cachorro que vejo na vida que não tenta pular no sofá – comentou Nick. – Ou pegar o queijo. O cheiro é bem atraente. Ah, espera um pouco.

Ele se levantou e voltou com algumas velas comuns, as quais acendeu e colocou na cornija da lareira, que parecia mais fácil de acender do que as outras das salas maiores.

– Só pra eu não precisar me levantar no caso de as luzes não voltarem – explicou ele.

– E o iPad? Se Amanda ligar de novo?

Nick verificou o relógio.

– Ela não vai ligar agora. Já está ocupada com as reuniões da tarde.

Gina parou de cortar um pedaço de cheddar.

– Mas, sério, eu posso telefonar pra alguém vir dar uma olhada na caixa de luz. Se você quiser. Última chance.

– Não precisa. Eu tenho lanterna. – Nick se acomodou de novo no sofá com um suspiro. – E, se a luz não voltar, posso esperar até Lorcan aparecer amanhã de manhã. Já trabalhei muito por hoje. Pode cortar um pedaço de cheddar para mim também? E colocar em um biscoito de aveia?

Gina passou o biscoito com queijo e se recostou no sofá. Era bem confortável, e ela sentiu o corpo todo relaxar no encosto macio. O vinho ajudava. Assim como a luz suave vinda das janelas e o brilho das velas quebrando a penumbra.

Isso é muito bom, pensou, surpresa pela felicidade que a envolvia. Ela não se sentia feliz assim havia muito tempo. Não era uma felicidade ativa, como quando estivera no parque com Buzz no fim de semana, mas um tipo diferente. Mais... um contentamento. Como se não tivesse mais nada com que se preocupar.

– Você está prestes a dizer alguma coisa sobre a casa – disse Nick. – Mas não quero falar mais nada sobre a casa hoje. Vamos conversar sobre outra coisa.

– Está bem. – Gina pensou em um monte de coisas que queria perguntar a Nick. – Fala qual foi seu trabalho favorito de fotografia. Qual foi o mais interessante que já fez?

– Ah... – Ele sorriu. – Boa pergunta.

Nick tinha boas histórias, e algumas fofocas também. Não se importava de narrar episódios em que tinha bancado o idiota, o cara que tinha levado as lentes erradas ou o fotógrafo que caiu em pegadinhas. Citava lugares e pessoas, sem ficar se gabando por conhecer gente famosa, mas Gina notou que Amanda parecia não fazer parte de nenhuma das histórias, exceto quando era o motivo para ele estar em um lugar em particular ou com determinado grupo de amigos.

Começou a escurecer e as velas se tornaram a principal iluminação na cornija da lareira, enquanto tomavam vinho e comiam queijo. Nick perguntou como estava indo o projeto fotográfico de Gina, e a conversa rumou para as fotos que ele gostaria de ter tirado (da sua mãe, antes de ter morrido) e, depois, para arrependimentos em geral.

– Tento não acreditar em arrependimentos – disse ele, servindo mais vinho aos dois. – Pelo menos eu só me arrependo das coisas que eu não fiz e não das que eu fiz.

– É essa a mensagem estampada nos melhores ímãs de geladeira. Ímãs de geladeira nunca se arrependem de nada.

Nick se recostou no sofá como um gato se espreguiçando.

– Quando uma coisa está feita, está feita, e ponto. Você deve seguir a vida, em vez de ficar pensando: e se tivesse sido assim? E se tivesse sido assado?

– Mas isso é só se você presumir que tudo está feito e acabado. Às vezes, a coisa da qual se arrepende traz muitas mudanças pra fingir que ela não aconteceu. – Gina ficou olhando para o vinho. – Às vezes, ela muda quem você é. Não dá pra esquecer sem perder parte de quem você é.

Ele esperou um pouco antes de perguntar com voz suave:

– Então, qual é o seu maior arrependimento?

– Eu arruinei a vida de uma pessoa – disse Gina.

Capítulo 19

ITEM: passagem de trem, trecho de Longhampton para Oxford, 1º de julho de 2008

Oxford, julho de 2008

Gina vasculha o interior da cafeteria com o olhar e se sente enjoada de tanto nervoso. Além de não saber qual é a aparência de Kit agora, também não sabe até que ponto o acidente afetou suas habilidades motoras. Será que vai ter que ocupar um lugar com acessibilidade? Será que consegue comer sozinho?

Sente vergonha da própria ignorância. Só agora está se dando conta de como sabe pouco. Kit não informou muita coisa no e-mail, só concordou com a data para se encontrarem aqui em Oxford, onde ele mora. Naomi não queria ajudá-la a localizá-lo, mas, mesmo a contragosto e depois de muitas súplicas, ela concordou e conseguiu o endereço dele por intermédio do irmão, Shaun.

– Você acha que é mesmo a hora certa pra voltar a ter contato com o Kit? – Ela fez um gesto de desespero para a pilha de papéis das consultas na unidade de oncologia na mesa da cozinha, arquivadas e com anotações na letra de Stuart. – Você já tem muito no que pensar agora.

– Eu preciso ver ele – retrucou Gina. – Tenho que resolver as coisas.

Tinha parecido muito importante na hora, mas Gina já consegue sentir que aquele encontro está saindo do controle, afastando-se do discurso de coragem que tinha ensaiado na sua cabeça desde que tomara a decisão de devolver as cartas que guardara por tanto tempo.

Estavam na sua bolsa, amarradas com uma fita vermelha. Gina tem organizado muitas coisas ultimamente. Nessas últimas noites, no estranho período entre a cirurgia e o início da quimioterapia, tem pensado muito sobre o que aconteceria com suas coisas se o câncer for pior do que os médicos dizem. Pensar em Stuart encontrando as cartas, ou em Naomi as queimando, deixa o estômago de Gina embrulhado.

Kit é a única pessoa que pode decidir o que fazer com elas. As cartas são dele.

E, sim, uma pequena parte de si ainda quer que ele saiba que ela as escreveu. Existe uma Gina mais jovem em algum lugar, uma Gina que ela deixou para trás, que precisa garantir que ele sabe, para que assim essa parte da vida dela possa ter um desfecho.

Ela o vê sentado perto da janela e, por um instante surreal, seu coração dispara no peito ainda dolorido por conta da cirurgia. Kit parece bem – mais que bem, parece quase igual a como se lembrava dele. Não há nenhum ferimento horroroso nem nenhuma cadeira de rodas. Está usando uma camisa branca com a gravata frouxa, e o cabelo louro está mais curto, mas ainda despenteado. O mesmo Kit, porém mais distinto, mais adulto.

Ela se apressa pela cafeteria, passando pelas mesas de forma desajeitada por causa da própria ansiedade. Seria irônico, pensa, eufórica de alívio. Tão *Romeu e Julieta*. Kit está bem, mas eles estão se encontrando agora porque *ela* está doente. Não, corrige-se. Ela não está doente. O câncer e os linfonodos afetados foram removidos. Tudo foi feito a tempo. Ela começará a quimioterapia em quatro dias. Vai ficar bem. Passará por maus bocados, mas vai ficar bem. Não pense na alternativa.

– Kit! – diz ela, ofegante, então para a menos de um metro da mesa.

O sonho se estilhaça, a agulha arranha o disco.

– Você se importa se eu não me levantar? – pergunta ele, secamente, fazendo um gesto para a cadeira de rodas leve na qual está sentado.

Parece cara e de alta tecnologia, mas ainda assim uma cadeira de rodas.

– Não, não. É claro que não.

Há um constrangimento na hora de se cumprimentarem com um beijo no rosto.

Ah, meu Deus, pensa, envergonhada. Como pôde imaginar que isso *não* seria estranho? Não são as mesmas pessoas que eram antes. São como atores fora do personagem, familiares um ao outro, porém falando coisas totalmente inesperadas.

Gina leva vários minutos para parar de pensar no corpo inerte de Kit na cama de hospital da última vez que o viu. É incrível vê-lo agora tão ativo.

Não se lembra de perguntar o que tem feito, mas ele diz mesmo assim: está gerenciando um site que coordena pacotes de férias para viajantes com deficiência e seus cuidadores. Mora perto de Oxford. Viajou o mundo todo nos últimos anos porque, embora não tenha recuperado o movimento das pernas, não considera aquilo um obstáculo, apenas um desafio, e, sim, ele se casou, é claro, e tem dois filhos, Ben e Amy.

Parece que uma faca atravessa o coração de Gina à menção casual da família dele, seus filhos, mas ela continua com um sorriso no rosto.

O estranho do outro lado da mesa com a voz de Kit e o rosto de Kit a faz se perguntar, de forma confusa e desprendida, se ele está vendo a Gina de antigamente ou a adulta que tinha se tornado. A não ser pela aliança de casamento, não mudou muito. Não fez nada, nenhuma das coisas que disse que faria. Kit fez. Ele fez ainda mais.

Por fim, depois que o currículo de Kit foi devidamente explorado e Gina empurrou uma salada caesar decepcionante pelo prato, ele para e olha para ela com uma expressão que ela não consegue interpretar.

– Então. O que você queria com isso? – pergunta ele.

– Eu queria ver você – diz ela.

Kit faz um gesto de "Aqui estou", tirando migalhas invisíveis da roupa. Aquele novo tom defensivo faz Gina sentir vontade de chorar. Não é como ela se lembrava, mas que direito tem de esperar que fosse?

– Eu queria ver você porque eu estou...

Aquela era a primeira vez que precisava contar que tinha câncer de mama para alguém fora da família. Tinha enviado um e-mail para o gerente de RH do trabalho para falar sobre a licença médica. Gina pressiona a língua contra os dentes para se concentrar.

– Eu fui diagnosticada com... hum... uma doença bem séria.

– É mesmo? E achou que poderia me procurar porque eu talvez tenha algumas pérolas de sabedoria sobre hospitais para compartilhar com você?

– Não!

Gina se esforça para colocar os pensamentos em ordem de forma digna, mas estão confusos em sua mente.

Ele arqueia uma das sobrancelhas, o primeiro vestígio do Kit de antigamente, mas parece zangado, não brincalhão.

– Então, o que quer que eu diga? Só porque estou em uma cadeira de rodas, não significa que tenha me tornado um Confúcio.

– Isso não é fácil pra mim – explode ela, percebendo na hora que não poderia ter escolhido coisa pior para dizer. E, como abriu as comportas, as coisas erradas continuam a sair da sua boca: – Eu queria dizer que sinto muito, que eu realmente quis estar ao seu lado. E mesmo que eu não tenha entendido na época, acho que entendo agora e...

Kit levanta uma das mãos, e seus olhos parecem muito cansados.

– Gina, você não entende. Deixe-me explicar quanto você não entende.

E, durante trinta minutos agonizantes, nos quais Gina fica totalmente sem ação, ele faz justamente isso.

É só quando está no trem, em estado de choque, e pega o último pacote de lenço de papel na bolsa, que ela se dá conta de que as cartas estão lá. Não as entregou para Kit.

Sente-se horrorizada e aliviada em igual medida.

Nick se inclinou e segurou o pé dela por um instante, como um pedido de desculpas. A intimidade do gesto surpreendeu Gina.

– Antes que continue, você não precisa me contar nada – disse ele. – Peço que me desculpe. Foi uma pergunta muito invasiva.

Gina engoliu em seco.

– Não, não. Tudo bem.

Ele soltou o pé dela e se recostou nas almofadas, o semblante relaxado.

Gina demorou muito tempo para contar a Stuart sobre o acidente: temia que a visse de um modo diferente depois disso. Ele disse todas as coisas certas, mas Gina sempre se perguntou se tinha caído um pouco do pedestal no qual Stuart gostava de colocá-la. Ele era uma pessoa que tinha uma visão bem maniqueísta, principalmente em relação à bebida. Outro motivo para Janet o amar tanto.

Agora, porém, era diferente. *Queria* contar para Nick: sentia instituivamente que o ponto de vista dele era diferente, e ele não a conhecia. Parecia mais importante ser franca com ele do que revelar essa versão antiga de si mesma da qual se sentia tão desvinculada agora.

– Quando eu tinha 21 anos, sofri um acidente de carro – começou ela, devagar. – A culpa foi minha. Meu namorado estava dirigindo o meu carro. Era um Mini antigo que meu padrasto tinha restaurado pra mim. Era lindo, mas não tinha air bags.

– Caramba – disse Nick. – Foi perda total?

– Foi. – Gina fez um gesto como se estivesse amassando um papel. – Ele recebeu a pior parte do impacto e acabou em uma cadeira de rodas. Ainda *está* em uma cadeira de rodas. Esse é um arrependimento que não tem como deixar pra trás. Não tem um único dia em que eu não pense nisso.

– Mas, se ele estava dirigindo, como a culpa pode ser sua?

– Eu estava bêbada demais pra dirigir.

Ela ficou olhando para a lareira, sentindo a história toda crescer no seu peito e subir como se precisasse sair de dentro dela.

– Eu andava bebendo muito na época. Passei por uma fase bem festeira na faculdade. Achei que aquilo fazia com que eu parecesse descolada... Meu pai biológico tinha sido a alma do regimento dele, pelo que me contam, e acho que pensei estar fazendo um tipo de conexão com ele. Eu não sabia muito a seu respeito.

Nick não disse nada.

– Mas eu não era a alma de nada. Eu era tímida. Todo mundo era muito mais inteligente e interessante do que eu. A maior parte do tempo eu ficava no meu quarto no alojamento, em pânico, pensando em quando eles finalmente descobririam como eu era e me expulsariam. Mas, quando bebia, eu era *hilária*. Sempre ia a shows e começava bebendo Jack Daniel's com Coca-Cola. A única coisa que impediu que eu saísse completamente dos trilhos foi meu namorado, mas a gente só se via nos fins de semana. Ele era mais velho que eu e já trabalhava.

E então parou. Parecia estranho falar do Kit com uma pessoa nova: ele praticamente só existia na cabeça dela.

– Ele se chamava Kit. Apelido de Christopher.

– Como vocês se conheceram?

– Em um show em Oxford, quando eu ainda estava na escola. Foi amor de verdade com a gente. Ele sempre ia me ver nos fins de semana ou eu ia a Londres pra ficarmos juntos. Sei que esse tipo de relacionamento não costuma funcionar, mas com a gente funcionou.

Nick inclinou a cabeça, avaliando.

– Deve ter sido muito sério, então.

Ela sorriu pensando no que ele estaria achando.

– Sei que todo mundo realmente acredita que seu primeiro amor é *incrível*, mas Kit e eu éramos um desses casais inseparáveis. Almas gêmeas. Eu me sentia em casa quando estava com ele. A família dele tinha uma casa linda em Oxford e eles eram todos bem criativos, tipo saídos de algum filme do Richard Curtis, com a mãe artista e o pai acadêmico renomado...

Gina observou os painéis da sala iluminados pela luz de velas.

– Acho que esta casa me lembra um pouco a deles.

Nunca tinha feito essa conexão. Aquela era a casa que ela e Kit teriam tido, se a versão da sua vida em que se casava com ele e tinha vários filhos louros e angelicais tivesse acontecido. Nada a ver com ela e Stuart.

– Aposto que *não era* como esta casa – comentou Nick. – Esta aqui está caindo aos pedaços e logo vai se transformar em um retiro residencial pra tipos corporativos fortalecerem seu espírito de equipe no campo de croqué.

Gina se apoiou em um dos cotovelos.

– O quê?

Ele fez um gesto com a mão.

– Esquece. Não quis interromper. Continua.

Ela se recostou.

– Nem sei por que estou contando tudo isso.

– Porque eu perguntei. E estou interessado. Continua. Você estava dizendo por que acha que, de alguma forma, o acidente foi culpa sua.

Gina fechou os olhos.

– Porque eu deveria ter sido responsável. Coloquei todo mundo em uma situação de merda. Meu padrasto tinha acabado de sofrer um infarto e fora levado às pressas pro hospital. Minha mãe estava arrasada. Precisava de mim. Eu deveria ter ido direto pra lá, mas tinha acabado de sair de uma festa e estava de porre. Eu tinha bebido ponche em um balde com canudinho. Kit disse que ia me levar.

– O carro estava com algum tipo de problema?
– Não.
– Você o distraiu enquanto ele estava dirigindo?
– Acho que não. Não sei. Eu provavelmente estava um pouco histérica. O Terry era uma dessas pessoas que eu achava que fosse viver pra sempre. Não me dei conta de quanto eu o amava até... até parecer que não teria a chance de dizer adeus. – Ela piscou. – E eu não tive. Esse é outro arrependimento.

– Mas foi um acidente? O que aconteceu?

Ela olhou para o outro lado. Aquilo era exatamente o que a atormentava havia muito tempo: *ela não sabia*.

– Eu não tenho lembrança do que aconteceu. Eu me recordo de entrarmos no carro e sairmos da vaga, e só. Fiquei no hospital por alguns dias, em observação, mas escapei com a clavícula fraturada, uma lesão no pescoço por causa do efeito chicote, uma concussão e alguns arranhões. Kit não. Ele precisou ficar na UTI durante semanas.

Nick soltou um suspiro, mas não falou nada, deixando espaço para as palavras de Gina ocuparem o silêncio compreensivo.

– Então, basicamente, na ausência de qualquer outra prova em contrário, a culpa foi minha. Se Kit não tivesse entrado no carro, ele não teria sofrido o acidente, não teria ficado paraplégico e teria tido uma carreira incrível, como deveria. Mas não teve nada disso por minha causa.

– Não foi por *sua* causa – disse Nick com voz suave. – Ele sobreviveu, não foi?

– Sim. Eu não tinha permissão pra vê-lo. Escrevi pra ele depois do acidente, mas a mãe dele devolveu todas as minhas cartas.

– Por quê?

– Ela achou que eu não era forte o suficiente pra lidar com o futuro que ele tinha. Então, escrevi por muito tempo para provar pra ela que eu era, sim, mas ela sempre mandava as cartas de volta. Quando tive câncer e achei que fosse morrer, eu o procurei, e levei as cartas pra entregar a ele em mãos.

Gina passou a mão pelo cabelo. Era estranho explicar para alguém que não a conhecia e não conhecia Kit, muito menos a história deles. Parecia... um pouco melodramático, para ser sincera.

– Eu não estava pensando direito. Acho que ninguém pensa, na verdade, depois que fica sabendo que tem câncer. A sensação era a de que Kit e eu tínhamos chegado a um tipo de equilíbrio cármico. Eu tinha recebido o meu castigo pelo acidente.

– Nossa. E aí?

– Bem, as coisas não saíram do jeito que eu esperava. – Gina sentiu o rosto pegar fogo. – Ele me disse que eu deveria voltar quando tivesse passado pelo tratamento e entendido de fato o que eu estava falando.

– Nossa, que brutal – disse Nick.

– Bem, em retrospecto, acho que ele provavelmente estava certo. Eu achei que entendia, mas, de certo modo, a quimioterapia não é a parte mais difícil. É como você se sente *depois* da última sessão. Quando já fizeram tudo por você e você está por conta própria. Sem mais nenhum especialista ou perito pra consultar. Só você, mas você não é mais a mesma pessoa de antes. Essa é a parte mais difícil. Já se passaram cinco anos desde que terminei a químio, mas, toda manhã, quando tenho que tomar o tamoxifeno, eu lembro que não sou a mesma pessoa. – Gina olhou para a lareira, sem nem perceber que ainda estava falando. – É engraçado, não é? Algumas coisas simplesmente mudam você na hora. Não é como uma evolução lenta, é como... – Ela estala os dedos, sem conseguir encontrar as palavras certas. – No segundo em que acordei no hospital depois do acidente, eu sabia que a vida como era antes tinha deixado de existir, mas eu estava desesperada pra me agarrar a ela com todas as minhas forças. Acho que foi por isso que continuei escrevendo pro Kit. Eu queria mantê-la real. Foi a mesma coisa com o câncer, a mesma coisa com o divórcio. Você olha pras fotos e sabe que é você ali, mas não a sua versão de verdade. Parece falso. Você tem que continuar começando e recomeçando.

– E isso é tão ruim assim?

Ela suspirou.

– Não sei. Temos cada vez menos tempo pra fazer a coisa certa.

As palavras pairaram no ar entre eles, espalhando-se como tinta em um copo de água, colorindo a atmosfera com um tom mais sombrio. Gina sentia que não tinha mais nada para explicar: Nick demonstrava compaixão e tristeza no olhar.

– Você nunca pensou em voltar depois da químio pra dizer ao Kit como ele foi grosseiro?

Ele havia sido grosseiro? Tinha todos os motivos para isso.

– Não achei que fosse adiantar alguma coisa. Pra ser sincera, eu estava bem arrasada com a experiência toda.

Gina ficou feliz por Nick não conseguir ver o rosto dela, pois seus olhos estavam cheios de lágrimas.

– O que piorou ainda mais as coisas enquanto eu chorava por causa de relacionamentos sem futuro, trabalhando na prefeitura, foi que ele montou a própria agência de viagens pra pessoas com deficiência, se casou e ainda foi nomeado empreendedor do ano em Oxfordshire. Ele conseguiu fazer mais coisas na vida, apesar de estar em uma cadeira de rodas, do que eu tinha conseguido com saúde mais ou menos perfeita. Algo que ele foi gentil o suficiente pra jogar na minha cara. Talvez seja melhor assim, que eu não tenha arruinado a vida dele, mas...

Nick riu alto.

– Ele parece bem bacana, esse cara... Não deve ter ajudado nada em seu estado de espírito antes do tratamento de câncer.

– Não. Não ajudou.

Ela conseguiu sorrir. Foi exatamente o que Naomi dissera. *Que idiota.*

Nick ficou quieto, esperando que ela dissesse alguma coisa. Quando Gina permaneceu em silêncio, ele continuou:

– Mas há quanto tempo tudo isso aconteceu? Dez, doze anos? Isso não deveria importar mais.

Gina tomou um gole de vinho. Era um bom vinho, o melhor que já havia bebido. Pensou em perguntar a Nick qual era, mas decidiu que era melhor nem se dar ao trabalho, no caso de ser tão caro que ela jamais pudesse comprar.

– Sabe quando você tropeça e vai cambaleando para recuperar o equilíbrio, fingindo que aquele movimento esquisito é normal pro caso de alguém estar vendo? É exatamente como sinto que vivi minha vida. Como não consegui a vida que achei que teria, eu venho só cambaleando pra frente, mas... não de uma forma lá muito bonita. Tudo foi apenas uma reação, tentando recuperar o atraso em relação ao que eu deveria ser. Eu não deveria ter me casado com Stuart, para começo de conversa.

– Por que não?

– Porque foi um caso clássico de continuar cambaleando pra não cair.

Nick suspirou.

– Sabe, talvez seja o vinho ou talvez porque tive um longo dia, mas vou ter que pedir pra explicar melhor isso aí. Tudo bem se não quiser, mas...

Gina respirou fundo.

– Stuart e eu éramos ótimos como namorados. Todo mundo vivia dizendo que formávamos um casal maravilhoso, mas sempre teve um tipo de... lacuna entre nós. O tipo de lacuna que você consegue preencher com um monte de viagens e projetos, sabe? Eu sempre pensava em terminar tudo, pra que pudéssemos encontrar pessoas que nos fizessem felizes de verdade, mas então descobri o câncer, e nós já estávamos noivos, e ele se sentiu obrigado a adiantar o casamento pra que ninguém achasse que estava abandonando uma mulher doente.

Ou no caso de eu morrer.

– Você tende a projetar muita coisa nos seus relacionamentos, não acha?

– Como assim?

– Bem, será que o seu ex acha que se casou com você porque você teve câncer?

– Eu não sei. Mas ele é muito cortês, o Stuart. Ele jamais me diria se tivesse sido esse o motivo.

Nick colocou a taça no braço do sofá e olhou para Gina.

– Vou te dizer uma coisa. Não adianta ficar revisitando as decisões que você tomou em determinada época com a perspectiva que tem agora. Nós nunca faríamos nada. Se casar com Stuart fosse um erro tão grande, alguém a teria impedido. Naomi ou sua mãe. Ou alguém.

– Ah, não – debochou Gina. – Você conhece alguém que impediu algum casamento? Sem ser em *A primeira noite de um homem*?

– Tudo bem, não. Mas ninguém se casa achando que vai se separar. – Nick pegou sua taça e se serviu de mais vinho. Estava bebendo mais depressa que ela. – Você se casa porque sente que é o certo a fazer naquele momento. Com a pessoa com quem está naquele momento. Você espera que vão amadurecer na mesma velocidade e desenvolver uma vida em comum, mas...

– Mas?

– Mas nem sempre é assim. Às vezes as pessoas acabam tomando caminhos diferentes, se distanciam. Mas, quando você toma a decisão de ficar ou não, para de pensar nos momentos, se estava feliz naqueles momentos, e começa a enxergar todo o seu casamento como um tipo de tapeçaria preciosa que precisa preservar a todo custo. Não é assim. As férias maravilhosas no Havaí em 2009 não vão aquecer sua cama se vocês não conversam e ficaram o ano de 2013 inteiro sem transar.

Gina teve uma imagem mental repentina do seu relacionamento com Stuart bordado em uma tapeçaria de Bayeux. Um monte de viagens chatas para Sainsbury, as férias anuais em lugares ensolarados, o drama do câncer, os médicos, tudo bordado como soldadinhos normandos, correndo em volta dela deitada em uma cama, enquanto Stuart dava ordens. Aquilo a fez rir.

– Qual é a graça?

– Você – respondeu Gina. – Eu te envolvi tanto na restauração desta casa que você agora pensa em relacionamentos em termos de conservação histórica.

Ele deu um sorriso de lado.

– Não sei se restauração é sempre uma opção.

Ela pegou a taça. Estava vazia.

– Meu Deus – disse ela. – Como foi que isso aconteceu?

Nick olhou para ela do outro lado do sofá. O rosto estava ainda mais bonito na penumbra, os olhos destacados pela luz das velas. Ele não falou nada, mas ficou encarando-a com um indício de sorriso no rosto.

Gina sentiu alguma coisa surgir no peito. O vinho sempre a deixava meio atrevida, e, mesmo havendo várias almofadas entre eles no sofá, ela ficou, de repente, muito ciente do corpo quente perto dela, do calor dos pés descalços, dos pelos escuros na base do tornozelo.

O silêncio cresceu e a atmosfera mudou, mais do que se estivessem falando.

Pelo amor de Deus, Gina!, gritou uma voz na sua cabeça. *Para já com isso! Levanta daí! Vai para casa! Chama um táxi!*

Mas o que estavam fazendo não parecia inapropriado. Parecia relaxante e certo, como se ela tivesse aberto a própria mente para alguém pela primeira vez em anos e ele a tivesse compreendido.

Nick poderia ser um bom amigo, pelo menos, disse para si mesma. Os dois tinham muita coisa em comum. Ele não parecia muito feliz com a tapeçaria do seu relacionamento também. O comentário sobre as férias no Havaí pareceu bastante específico. Não que isso fosse problema dela.

– Sabe o que eu acho? – perguntou ele com um sorriso hesitante.

– Diga, Dr. Freud.

– Acho que você está esperando que alguém a perdoe, e isso é inútil, porque a única pessoa que pode te perdoar é você mesma. O que está feito está feito. Volta pra Oxford, vai em todos aqueles lugares pra ver que está tudo exatamente igual, e que o mundo não acabou porque você cometeu um erro. E acho que você deve procurar esse amor da sua vida, que a jogou em um abismo de culpa no pior momento possível da sua vida, e dizer pra ele... – Nick parou.

– Dizer o quê?

– Dizer pra ele que você é...

Gina ouviu alguma coisa. Um barulho vindo lá de baixo, o toque de um telefone americano antigo.

– É o seu celular tocando lá embaixo? – perguntou ela, como se nenhum deles soubesse que era.

Ficou tocando sem parar.

A atmosfera mudou. Uma palavra errada e ela estouraria, como uma bolha de sabão. Os olhos de Nick não se afastaram do rosto dela, e Gina não conseguiu desviar o olhar.

Usou todo o autocontrole que tinha, imaginando-o crescendo como um furacão dentro dela.

– Acho melhor ir atender – disse ela.

Nick sustentou o olhar por mais um segundo, antes de responder:

– Tem razão. Eu ficaria com muita raiva se fosse a prefeitura ligando sobre a autorização.

Ele se levantou do sofá e colocou a taça na mesa.

Gina fechou os olhos e se recostou nas almofadas enquanto ele saía da sala. Estava cansada, e o vinho tinha subido direto para a cabeça. Meia taça a mais e estaria de porre.

Eu não tenho a menor condição de dirigir, pensou, lutando contra o sono. Ele vai ter que pedir um táxi pra mim. Não é tão tarde. Vou só fechar meus olhos por um segundo.

Lá embaixo, ela ouvia a voz de Nick ora em tom baixo, ora em tom alto. Não estava gritando, mas não havia riso em sua voz. Seria Amanda?

Poderia ser qualquer pessoa. Nick provavelmente tinha centenas de amigos, jornalistas, fotógrafos, profissionais da mídia. Vivia em um mundo diferente quando não estava ali. Ela não o conhecia fora daquela casa. Ainda assim, sentia que o conhecia.

Talvez eu deva *mesmo* ir pra Oxford, pensou. Mais do que entregar as cartas para Kit, o importante era... O quê? Deixar aquela porta se fechar direito dessa vez? Da mesma forma que ver Stuart com Bryony, seria algo doloroso, mas também acabaria com todos os cenários imagináveis.

Buzz se levantou e se aproximou um pouco mais. Depois se sentou de novo. Gina baixou a mão para tatear as orelhas aveludadas, quentes e macias. Sentiu o cheiro dele também, um sinal de que ele estava pegando no sono.

Isso é bem gostoso, pensou, e apagou.

Gina acordou no dia seguinte com a luz forte do sol passando pelas janelas sem cortinas. Estava tão claro que pareceu que estava no meio de um palco com os holofotes diretamente nela.

Ela piscou e se sentou, estreitando os olhos contra a claridade. Nick fora gentil e a cobrira com um edredom e tirara seus sapatos, mas, fora isso, estava completamente vestida e, tirando a visão embaçada, não estava de ressaca.

Eu devia estar muito cansada, pensou. Duas taças de vinho e eu desmaio no sofá de outra pessoa?

A parafernália tecnológica estava piscando para ela com uma seleção de luzes vermelhas e azuis, o que sugeria que a luz tinha voltado em algum momento da noite.

Que horas eram em Nova York? Haveria alguma chance de Amanda ligar a qualquer momento para continuar de onde tinham parado? Que horas eram ali?

Gina pegou o celular e gemeu. Já eram sete e meia da manhã. Lorcan e sua equipe gostavam de começar cedo e, se não andasse logo, existia uma chance de a encontrarem ali. Ela não queria isso. Nem sabia se queria que Nick a visse naquela manhã.

A única coisa que Gina odiava quando bebia demais é que não sabia bem como as outras pessoas a enxergavam. Na época da faculdade isso não importava, porque todo mundo estava tão alto quanto ela, e todos tentavam passar a impressão de que se divertiam. Mas era diferente agora. Através da névoa rosada do vinho tinto, ela notara algo no rosto de Nick na noite anterior, quando a examinara com aqueles olhos cinzentos que viam coisas que ela não sabia que estava mostrando.

– Vem, Buzz – sussurrou ela, pegando suas coisas, fazendo o mínimo de barulho possível.

Gina saiu da casa pela porta da cozinha e atravessou a horta ainda úmida de orvalho, sentindo o cheiro das ervas. Era refrescante e, por um segundo, desejou estar com a Polaroid. Mas, depois, decidiu que era melhor não.

Capítulo 20

ITEM: um medalhão de prata antigo com uma mensagem de biscoito da sorte dobrada dentro que diz "Nunca é tarde demais, assim como nunca é cedo demais"

Londres, maio de 2001

Gina acha que nunca viu nada mais bonito do que o sol se pondo contra o horizonte londrino, fazendo os pontinhos perolados dos postes de iluminação brilharem como paetês em meio às ruas e estradas sinuosas. É tão lindo que quase sente vontade de chorar.

– Feliz aniversário – diz Kit, abraçando-a por trás. Ele bate a garrafinha de champanhe contra a dela. – Pra mulher mais linda que Londres já viu.

Gina olha para a placa na cabine que diz especificamente que não é permitido o consumo de bebida nem de comida na London Eye, depois observa as outras quatro pessoas presentes, as quais estão se esforçando para ignorar umas às outras.

– Finge que não viu. – Kit a abraça mais forte, escondendo a garrafa da câmera de segurança. – Hoje é um dia especial. De qualquer forma, poderíamos estar fazendo coisas muito piores aqui do que brindando o seu aniversário de 21 anos.

Ele a vira de frente, e Gina se derrete no beijo de Kit, deixando-se mergulhar neste momento perfeito. É um alívio fechar os olhos e apenas sentir, depois das últimas horas de uma sobrecarga sensorial incessante.

Oxford é mágica, mas Londres é algo muito diferente. Gina já tinha ido para Londres várias vezes desde que Kit começou a trabalhar na cidade, mas ainda sentia um frio na barriga quando estava ali. Era como estar em um filme. Tudo é barulhento e brilhante e novo e familiar ao mesmo tempo. Não são os prédios famosos que a fascinam – o Big Ben ou o Parlamento, pelos quais passaram de ônibus –, mas sim a abundância de história real e em ruínas por todos os lados. Becos vitorianos assustadores, as microssacadas despercebidas no terceiro andar das casas, reminiscências de letreiros de neon e degraus para montaria; vestígios de art déco sob as fachadas de ruas movimentadas e os fantasmas da antiga arquitetura do metrô. Fantasmas da vida das pessoas, presos às construções. Os olhos de Gina não conseguem absorver tudo rápido o suficiente.

Kit lhe dera de presente uma passagem de trem e um cartão "conferindo ao portador um Tour de Aniversário Mágico e Misterioso por Londres". Desde que chegara a Paddington, eles passearam pela Fitzrovia, onde ele trabalha; visitaram Chinatown, onde comeram macarrão chinês em uma lanchonete barulhenta; foram ao Soho e tomaram martínis em um bar lotado; e agora estão na London Eye, girando acima do South Bank. Lá embaixo, viam o cobertor elétrico de luzes e ônibus vermelhos e táxis pretos e árvores e ruas. Londres. Um milhão de possibilidades. E, no centro dessa teia de aranha de novidades, Kit estende a mão para mostrar tudo para ela, feliz por compartilharem isso.

Ele a vira de novo para que ela veja o rio pelo vidro da cabine. Gina se encosta nele e é abraçada, com Kit descansando o queixo na sua cabeça, e é tão bom conseguir ouvir o que está dizendo. O bar onde tomaram coquetéis estava apinhado, decorado com peças de inox, cheio de pessoas felizes gritando. Estava acostumada a bares cheios – o diretório acadêmico estava sempre abarrotado –, mas o empurra-empurra ali era violento, com trabalhadores se espremendo para aproveitar um pouco da noite antes de pegarem o trem de volta para casa.

Aqui, finalmente, estavam sozinhos. Bem, mais ou menos. A breve pausa antes de seguirem para um show na Brixton Academy, depois comerem um curry persa em um restaurante novo que Kit descobrira e, por fim, cama.

– Está curtindo o seu aniversário? – pergunta ele, beijando seu cabelo.

A voz está rouca por ter falado tão alto.

– Este é o dia mais feliz da minha vida. – Gina se encosta nele. – Você deve ter passado um tempão planejando.

– Nem tanto. A parte mais difícil foi decidir o que não fazer. Tem tanta coisa que gostaria de ter incluído! Tem certeza que não consegue ficar mais um dia? Eu poderia tirar licença...

– Eu bem que gostaria, mas realmente preciso estudar.

As provas de Gina estão se aproximando e falta tão pouco que ainda não conseguiu se dar conta de como são reais. Como um grande iceberg ou o próprio *Titanic*, apenas o retrato puro e simples de fatos e estresse. Ela merece um dia em Londres com Kit, mas dois dias farão com que passe mal de ansiedade.

– Ah, sério? Eu queria levar você à National Gallery. Estão expondo uma retrospectiva maravilhosa do trabalho de Holman Hunt.

Ele está falando por sobre a cabeça dela enquanto olha para a cidade lá embaixo. Então, baixa o tom de voz:

– E aí? Consegue se imaginar morando aqui?

Gina estremece de animação. Eles não tinham conversado explicitamente sobre o que aconteceria depois das provas finais. Janet quer que faça um curso de Direito "porque nunca falta trabalho para advogados"; Terry é mais cuidadoso e não espera nada, a não ser que Gina faça uma visita de vez em quando e não aumente muito o financiamento estudantil.

De uma coisa ela tem certeza: não vai voltar para Longhampton. Não agora que Kit abriu as portas para um mundo mais barulhento, acelerado e colorido. Londres a assusta e ela não sabe se vai conseguir se encaixar, mas, agora que conheceu a cidade, Longhampton parece ainda mais cinzenta. Ela estava em algum ponto entre os dois lugares. A cabine deles agora está no ponto mais alto sobre o rio e ela fica surpresa por não sentir medo àquela altura. O vidro parece seguro.

– Consigo – responde ela. – Mas não sei o que faria pra viver. Você ainda vai estar aqui?

– Se você estiver, é claro que vou estar.

Kit ainda está trabalhando na empresa de investimentos e diz que, sempre que fala sobre sair, eles lhe dão mais um projeto tecnológico para desenvolver.

– Eu estava pensando em pegar minhas economias e viajar. Mas sou flexível. Podemos fazer o que quisermos. Sem amarras.

Ele a aperta ao dizer isso e o abraço faz com que ela sinta um frio na barriga: as provas finais no ano seguinte são o último compromisso oficial de Gina. Depois disso, não tem mais nada. Todas as decisões e escolhas são dela. Ao contrário de Kit, ela não se empolga com isso. Como vai saber que tomou a decisão certa? Como vai saber se escolheu o emprego certo ou o apartamento certo?

Pelo menos sabe que está com o homem certo. Isso já é alguma coisa.

– Você ficou quieta – comenta ele.

– Só tô apreciando a vista.

Milhões de casas se espalham para além da larga faixa de aço que é o rio. Gina imagina milhões de pessoas lá dentro, todas presas à rotina de despertador, ônibus, trabalho, casa, cama. E essas rotinas estão encaixadas em rotinas ainda maiores de namorar, casar, ter filhos, estudar. Os ponteiros seguem sem parar, pressionando cada pessoa a fazer suas escolhas, apenas para lançá-la em um canal diferente quando menos espera. Como aconteceu com sua mãe.

A perspectiva da vida real a fascina e a aterroriza.

– Olha! – diz Kit, de repente. – Estamos no topo!

A cabine para por um momento e Gina se sente leve, pairando não sobre Londres, mas sobre o mundo ilimitado que se abre diante dela.

Tudo é possível, seja bom ou ruim, e só ela pode decidir qual caminho seguir. Eu posso fazer isto?, é a pergunta que não sai da sua cabeça. Como vou saber se estou fazendo tudo certo? Quando vou saber que estou errada?

– Gostaria de poder congelar este segundo – diz ela. – E me sentir feliz assim pra sempre. Aqui. Só nós dois.

– Por quê? – pergunta Kit, em tom divertido. – Tudo está prestes a acontecer. Todas as coisas incríveis estão lá fora esperando pra você descobrir. Aí você realmente começará a viver. – Ele acaricia o pescoço dela com a ponta do nariz. – *Nós* começaremos a viver.

Gina quer acreditar nele, mas algo dentro dela está resistindo, dizendo que as coisas não são tão fáceis assim. Teria sido melhor, pensa consigo mesma, se ele tivesse lhe dito isso no quarto simples da faculdade, cercada por pôsteres, vasos e flores. Na cama que os dois conheciam tão bem, aconchegados um nos braços do outro, respirando o ar sonolento que compartilhavam.

Aqui, na redoma de vidro sobre o Tâmisa, parece que tem mais alguém com eles – a cidade sofisticada e complexa na qual Kit se encaixa tão bem e que Gina teme um pouco. Já sente saudade dos tempos da faculdade que ainda nem terminaram.

Deixa rolar, diz para si mesma enquanto a cabine começa a descer. É ter fé em si mesma e deixar rolar.

Imagina-se mergulhando lá do alto em um salto elegante e gracioso nas águas turvas do rio com suas barcaças reais e lanchas policiais.

– Gina, você pode fazer qualquer coisa que quiser – sussurra Kit no seu ouvido, como se conseguisse ouvir as dúvidas dela. – Não faz ideia de como é incrível porque você simplesmente vê uma coisa, vai lá e faz. Esse é um dos motivos pelos quais amo você.

A coragem de Gina alça voo como acontece sempre que Kit se declara e, por um instante, acredita nele: que o mundo está se abrindo para ela, que a coisa certa vai simplesmente aparecer e se mostrar para ela em meio a todas as dúvidas.

Este é o início da minha vida adulta, pensa, e o beija até que a roda-gigante pare lá embaixo para eles descerem.

Gina esperara que a última caixa que esvaziasse da casa anterior fosse ter algo de simbólico e talvez conter algum item que resumisse de forma mística os últimos meses.

Com cada caixa esvaziada e dobrada, seu apartamento se tornava mais leve, assim como ela. Pela primeira vez na vida, Gina não sentiu absolutamente nenhum desejo de preencher as superfícies à sua volta. Em vez disso, gostava de arrumar os poucos objetos que manteve, olhando atentamente para eles em diferentes lugares. Ela tinha espaço para abrir o jornal de domingo no chão para ler preguiçosamente enquanto o sol entrava pela janela e Buzz roncava na sua caminha.

Mas a derradeira caixa não tinha nada de interessante. Nela estava escrito "quarto de hóspedes", e continha as coisas aleatórias que guardava na cômoda do segundo quarto de hóspedes. Jeans velhos rasgados, meias avulsas, camisetas para pintar e camisas de trabalho de Stuart com o colarinho gasto que ela sempre tivera vontade de aprender a consertar. Nem mesmo um dinheirinho esquecido nos bolsos.

Gina colocou tudo em um saco de lixo preto e levou para o depósito de reciclagem de tecidos perto do supermercado. Ao fazer isso, não sentiu nem um pouco de arrependimento – e percebeu, ao voltar para casa, que aquele era o sinal místico que estava procurando.

Ela descobrira a própria capacidade de se desapegar das coisas.

Seu plano original, naqueles dias cinzentos de fevereiro, era terminar de desencaixotar tudo até seu aniversário no dia 2 de maio, mas acabou que terminou com dez dias de antecedência. Tinha que admitir que havia algumas araras de roupas que Naomi deveria ajudá-la a vender e sabia que teria que fazer um segundo desapego mais criterioso no seu guarda-roupa, mas a parede que antes estava completamente coberta por caixas agora estava liberada e decorada com sua crescente lista de 100 coisas e com as fotos que tirava com a Polaroid. A teia de palavras e imagens estava tão bonita que Gina nem sabia se queria mais comprar o quadro para pendurar ali.

100 pedaços de mim, de Gina Bellamy.

- *Buzz deitado ao sol com as patas pra cima.*
- *A vista enevoada do alto do parque logo ao nascer do sol.*
- *Patinhos brancos nas águas escuras do rio.*
- *Um sanduíche de bacon logo pela manhã.*
- *Minhas unhas do pé pintadas de esmalte prateado.*
- *O cobertor lilás, dobrado aos pés da cama, comprado na loja de roupas de cama na rua principal.*
- *Uma foto embaçada que tirei enquanto pulava pela casa ao som de "Jump Around" do House of Pain – deveria ser uma representação de dança, só que não tinha tanta certeza se funcionava. Mas Gina gostava. Gostava da experimentação.*

Em vez de comprar coisas para o apartamento, Gina estava obcecada pelas fotos com suas molduras brancas. Levava a Polaroid para todo canto, pois a câmera tinha o estranho efeito de fazê-la procurar pelos momentos de felicidade em vez de esperar que acontecessem. Três joaninhas vermelhas em uma folha verde nas margens do rio a fizeram pensar no sol brilhando em seu cabelo e no cheiro secreto e verde-escuro do mato crescido enquanto ela e Buzz passeavam; um momento que jamais teria notado sem Buzz e sem a câmera.

Havia 42 fotos na parede. Esperava que a 43ª fosse a do bolo de aniversário, porque aquele seria o melhor aniversário, mesmo que tivesse que passá-lo sozinha.

Na verdade, talvez a ideia fosse justamente essa.

O presente de aniversário de Gina para si mesma foi uma folga no trabalho e três coisas que sempre a faziam feliz: uma caminhada de manhã cedo, almoço com as amigas e um bolo bem grande da delicatéssen.

O presente de Buzz foi uma caminhada mais longa, uma volta completa na trilha próxima ao escritório de Gina, atravessando as ruas georgianas de Longhampton em direção ao parque, onde as cerejeiras em flor exibiam suas pétalas açucaradas sobre as pontes de ferro fundido dos jardins e os lilases criavam uma alameda pálida e perfumada enquanto ela passava.

Gina parou por um momento para apreciar a explosão rosa-claro, o sol se infiltrando por entre as flores, e tentou guardar a combinação na mente como uma possível paleta de cores para a decoração do apartamento. Uma das paredes do quarto poderia ser de um rosa bem clarinho. Poderia fazer aquilo todo ano, só na época do florescimento das cerejeiras, quando a luz do sol a iluminaria. E usar dourado para o Natal e azul-acinzentado em agosto. Qualquer coisa que quisesse.

Ainda estava pensando nas cores quando voltou para casa a fim de preparar as coisas do almoço de aniversário. Naomi também tinha tirado o dia de folga e viria com Willow, assim como Rachel. Ela queria agradecer a elas, mais do que tudo, por terem-na ajudado a passar pelos últimos meses: todos os amigos que só apareciam nas épocas boas tinham desaparecido com o divórcio, e ela se sentia ainda mais grata pelos que ficaram.

Houve um breve momento, quando Gina abriu a porta e encontrou dois cartões de aniversário – da mãe e de um ex-colega de trabalho que fazia aniversário no mesmo dia que ela –, que sentiu o peso de ela mesma tornar seu aniversário especial, exatamente como agora tinha que fazer tudo de especial sozinha. Mas até mesmo essa insegurança desapareceu quando Willow passou correndo pela porta mais ou menos uma hora depois, seguida por Naomi carregando mais sacolas do que de costume, e, mais ou menos nessa mesma hora, Rachel.

Naomi lhe deu um creme hidratante noturno bem chique ("Aceite, o tempo está passando") e Willow tinha feito para Gina outra caneca com a impressão da sua mãozinha, um pouco maior este ano.

– Você tem que usá-la. – Naomi pegou a caneca da mão de Gina e serviu chá imediatamente. – Nada de guardar no armário ou usar como enfeite. Se quebrar, a gente manda fazer outra.

– É claro – respondeu Gina. – Mesmo que eu tivesse um armário pra guardá-la, eu não faria isso. Agora só tenho as coisas que uso.

Rachel trouxe vinho, flores e uma coleira bordada para Buzz, "das meninas da loja", e Gina a colocou no pescoço dele assim que abriu. Havia um disco metálico, pronto para um nome, e ver a superfície lisa, na qual um dono colocaria seus dados, levou Gina a tomar uma decisão na qual já estava pensando havia alguns dias.

Ela ergueu o olhar de onde estava, agachada ao lado de Buzz.

– Rachel, quero perguntar uma coisa. É sobre o Buzz.

Rachel fez uma pausa, segurando o garfo com bolo de chocolate a caminho da boca.

– Se for algum assunto médico, é melhor perguntar pro George. Eu sei tanto quanto você.

– Não, é sobre a adoção dele. – Gina respirou fundo e mergulhou na primeira decisão importante do seu novo ano de vida. – Eu quero adotá-lo. Venho pensando nisso há um tempo. Ele gosta daqui, e não consigo nem pensar na ideia de ele ter que se adaptar a outra pessoa agora. Eu preciso... de alguma licença ou fazer alguma coisa formal... ou sei lá o quê?

Rachel colocou o prato na mesa e bateu palmas, feliz.

– Não! Ah, espera, você precisa de uma vistoria formal da casa. – Ela fingiu olhar em volta da sala, embaixo do sofá, atrás de uma Willow risonha. – Você tem gatos... hobbies perigosos... animais ferozes? Não, esta casa parece um *lar perfeito*. Parabéns, eu agora os declaro tutora e cachorro!

Naomi e Willow também bateram palmas e comemoraram no sofá.

Gina sentiu o coração inchar de alegria enquanto abraçava o peito estufado de Buzz, imaginando se sabia o que tinha acabado de acontecer. Ele se encostou mais nela.

– E quanto à taxa de adoção?

– Nada disso. – Rachel abanou com a mão. – Faz ideia de quanto as suas doações representaram pra loja? Muito mais do que cobraríamos. Considera isso um presente nosso, uma retribuição por tudo que fez por nós.

– Ah, eu gosto disso – disse Naomi. – Um equilíbrio cármico. Feliz aniversário!

– O *cacholo* tá feliz – disse Willow apontando para Buzz.

Gina olhou: o lábio superior estava esticado, mostrando os dentes ruins em algo parecido com um sorriso. Mas o verdadeiro sorriso parecia estar brilhando nos olhos escuros de Buzz enquanto olhava diretamente para ela, e a confiança que viu ali fez os seus ficarem marejados. *A partir de agora, este vai ser seu aniversário também,* pensou, transmitindo as palavras para a cabeça graciosa. *O dia que sua vida comigo começou.*

Com Willow brincando na poltrona, enquanto Buzz observava de uma distância segura, Rachel e Naomi conversando no sofá, o apartamento de Gina pareceu pequeno, mas cheio de vida. Não precisava de muitas coisas, percebeu. Não precisava de muitos amigos, apenas de bons amigos.

Pegou a Polaroid na bolsa e, sem alarde, registrou o momento: a nova amiga, a melhor amiga, a afilhada, o cachorro, o bolo de aniversário e o apartamento. Era maravilhoso ver sua casa ser preenchida pela amizade.

Quando a foto ficou pronta, Gina escreveu na moldura branca "Feliz aniversário pra mim!" e foi afixar a foto na parede. Bem no meio da colagem.

Depois que elas foram embora, Gina estava colocando os pratos no lava-louça quando o interfone tocou. Pensando que devia ser Rachel ou Naomi voltando para pegar alguma coisa, pressionou o botão.

– Esqueceu o quê?

– Gina? Sou eu – disse uma voz masculina. – Posso subir?

Era Stuart.

Gina sentiu uma pontada de resistência. Não falava com Stuart desde o aparecimento surpresa na festa dos Hewsons. Rory estava lidando com a burocracia financeira e, embora estivesse com a questão do bebê resolvida em sua mente, Gina não queria que Stuart estragasse seu ânimo afetuoso de aniversariante com a solicitação sem sentido de algum presente de casamento esquecido, ou pior: algum pedido tosco de desculpas.

– Eu estou de saída – mentiu.

– É só um minutinho.

Vamos lá, Gina. Não seja grosseira.

– Está bem – concordou. – Um minuto.

Ela falou com Buzz enquanto ouvia os passos de Stuart na escada:

– Só um minuto, juro. Depois a gente leva um pedaço de bolo pro Nick. É um bom motivo pra sair.

Buzz mexeu as orelhas para a frente e para trás, mas, em vez de fugir para a cozinha como teria feito algumas semanas antes, se deitou aos pés dela, com os olhos fixos na porta.

Quando ouviram a batida, Gina respirou fundo e a abriu.

– Feliz aniversário – disse Stuart.

Trazia um buquê de flores, selecionadas de modo a não passar nenhuma mensagem romântica: lírios combinados com vários cardos ornamentais.

– Eu ia deixar as flores aqui, mas, como está em casa... posso desejar feliz aniversário pessoalmente.

– Obrigada por lembrar. É gentil tirar umas horinhas do trabalho pra entregá-las – disse ela com leveza.

Ele pareceu ficar constrangido.

– Hum, na verdade estamos indo para o hospital. Pré-natal.

– Ah, sim.

Ela deve ter se retraído, porque Stuart pareceu se tocar da falta de tato.

– As flores também são um pedido de desculpas, pra ser sincero. Eu queria dizer que sinto muito – continuou ele – por ter aparecido na festa de Jason e Naomi naquele fim de semana. Não deveríamos ter ido, não sem avisar você.

– Você também é amigo de Jason – disse ela, mas Stuart ergueu a mão para impedi-la de continuar.

– Não. Foi idiotice. Eu não deveria ter levado a Bryony. Não sei o que passou pela minha cabeça. Estávamos voltando da casa da mãe dela e acho que eu só pensei que, talvez, se você a conhecesse, a gente pudesse, sei lá, tomar uma cerveja e... – A voz de Stuart morreu e ele encolheu os ombros ao perceber quanto estava soando ridículo. – Desculpa.

Era porque ele estava feliz, percebeu. Estava naquele estado de alegria plena em que não registrava nada fora da própria bolha. Stuart sempre fora péssimo em antecipar os sentimentos dos outros, mesmo nos melhores momentos. Não era por mal, só não tinha muita... noção.

– Será que devo considerar um *elogio* você ter achado que eu ficaria bem ao ser pega de surpresa pela aparição da sua namorada grávida? – disse ela, percebendo que a pergunta não saiu no tom de brincadeira que planejara.

Os olhos de Stuart analisaram o rosto dela, tentando definir o nível de sarcasmo.

– Bem, sim. Na verdade, você pareceu quase aliviada quando decidimos nos separar. Achei que você iria pensar: "Tá, isso foi justo. Eu não queria mais estar com ele." Que talvez ficasse feliz por outra pessoa querer.

– Foi isso que você achou?

Gina ficou impressionada ao perceber como conseguia entender melhor a personalidade de Stuart agora que tinham se separado. Ele decidia como as coisas deveriam ser e depois fazia com que se encaixassem nessa visão. A questão era que ela sempre se contentara em se encaixar, mas não precisava mais fazer isso.

– Foi! Você mal falava comigo no final. – Stuart ergueu as mãos com as palmas para cima, como se ela estivesse sendo difícil. – Nada que eu dizia parecia ser certo. Era como se você estivesse determinada a encontrar um problema em cada coisinha. E, pra você saber, Bryony e eu não *planejamos* ter um filho. Foi uma coisa que aconteceu. Mas estou feliz por isso. Porque nos obrigou a seguir em frente. Poderíamos ter ficado daquele jeito pra sempre. Agora pelo menos nós dois temos a chance de começar algo novo.

Gina sentiu a raiva borbulhar, um ressentimento reativo à crítica dele, mas ela logo se esvaiu. A voz da razão lhe disse que Stuart estava certo. Eles poderiam ter ficado naquele limbo por anos, um alfinetando o outro a fazer algo ruim o suficiente para acabar com tudo. Que tipo de vitória seria aquela?

Era mais fácil odiar o Stuart que enviava uma mensagem de texto curta ou uma exigência jurídica de quatro páginas. Quando estava sendo o Stuart honesto de sempre diante ela, o traidor mais sem jeito que conhecia, ela não conseguia. Gina olhava para ele, com a barba nova e horrenda, e seu comportamento que era um misto de animação e medo, e não conseguia mais sentir rancor.

Eles tiveram bons momentos, ela e Stuart – o modo como cuidara dela quando estava doente, por exemplo. As horas felizes que passaram reformando a casa, as viagens de fim de semana. Seria infantil ignorar tudo aquilo para justificar a maneira como tudo acabou. Ela havia tido muita sorte de contar com ele quando mais precisou de alguém confiável e forte.

Não estou nem zangada com ele por ter me traído, pensou. Estou zangada comigo mesma por não tê-lo amado o suficiente. E do que adiantava? Por que se arrepender de algo que não dá mais pra mudar?

Stuart estava pronto para uma resposta e, ao ver a apreensão em seu rosto, ela perdeu totalmente a vontade de brigar. Algo na expressão dele a fez pensar em Buzz. Ele estava esperando que ela fosse cruel, quando antes a olhava com adoração.

– Sinto muito – disse ela.

Ele ficou balançado.

– *Você* sente muito?

– Sinto muito que as coisas não tenham dado certo. – Gina engoliu em seco. – Sinto muito por você ter tido que passar pelo horrível pesadelo do meu câncer, e acho que nunca cheguei a te agradecer por isso.

– O quê? Você não tem que me agradecer. – Stuart parecia perplexo. – O que mais eu poderia fazer? Eu amava você. Eu odiava te ver sofrer. Se acontecesse alguma coisa... – Ele franziu a testa e revirou os olhos. – Mas que inferno. Eu preciso dizer isto. Sempre me senti culpado por não ter notado antes.

– Isso sim é ridículo. Se eu não notei, como você poderia notar?

– Eu deveria ter sentido...

– Não faça isso.

Gina levantou as mãos: aquele tipo de comportamento sempre a magoara durante os anos de casamento, a determinação dele de assumir o controle.

– Era o meu corpo. Eu que deveria ter notado que havia alguma coisa errada.

– E isso importa agora?

Pela expressão no rosto de Stuart, Gina percebeu que não estava mais falando do câncer.

– Não. – Gina tentou sorrir, sentindo uma confusão de emoções. – Nós demos o nosso melhor. Espero que você seja feliz. Espero que vocês façam um ao outro felizes. Com... com o bebê chegando e tudo o mais.

– Obrigado. Isso significa muito pra mim. – Stuart pressionou a testa, como se estivesse tentando se livrar de uma dor de cabeça. – Desculpa por... Você disse que eu te fiz perder tempo. Desculpa de verdade.

– Era o seu tempo também – disse ela. – E eu não o perdi. Tudo que fazemos nos leva ao lugar onde estamos agora, não é?

Estendeu as mãos e Stuart as pegou, segurando-as nas dele e olhando-a como se estivesse em busca de vestígios do que tinham visto um no outro antes. Por um segundo, Gina vislumbrou o Stuart que a atraíra pela primeira vez na festa de Naomi: um craque de futebol de 20 e poucos anos com calça jeans cara, sem papo furado e olhos azuis que um dia ainda fariam dele um coroa bem charmoso.

Ele apertou-lhe os dedos e ela reconheceu o antigo carinho e, então, tudo se foi, a história deles desapareceu, submergindo nas águas como uma pedra.

– Dá pra se sentir feliz e triste ao mesmo tempo? – perguntou ela, com a voz falhando.

– Não sei – respondeu Stuart. – Eu não sou tão bom com as palavras como você. Vem aqui.

Eles se deram um abraço de despedida, sem dar um nome a isso, e ela sentiu uma leveza tomar conta de si, a mesma leveza que sentia quando entrava no seu apartamento vazio e arejado depois de um longo dia de trabalho.

Trinta e quatro anos. Isso era ser adulto. E não era nada ruim.

Passava um pouco das três da tarde quando Gina foi até Langley St. Michael. Seu estado de espírito melhorava a cada música que a estação de rádio local tocava. O sol estava brilhando o suficiente para que usasse óculos escuros para dirigir. Estava levando metade do enorme bolo de aniversário no carro e seu cachorro – seu primeiro cachorro de verdade – estava preso ao cinto de segurança no banco de trás, com o focinho fino levantado para a pequena abertura da janela e os olhos fechados, parecendo feliz.

Ainda não tinha recebido resposta do e-mail detalhado que enviara para Amanda para explicar algumas das dúvidas levantadas na videochamada por Skype, principalmente em relação ao telhado e às permissões. Ela estivera na casa várias vezes desde a queda de energia para conversar com Lorcan sobre diversos cronogramas da obra, e Nick sempre a recebera bem. Amigável, alegre. Totalmente normal, na verdade. Mas ela também estava agindo de forma deliberadamente normal.

Gina não sabia se estava aliviada ou um pouco decepcionada. Aliviada, decidiu. Ou quase.

Nick estava sentado no pátio dos fundos com Lorcan, seus dois assistentes e os operários do telhado quando ela entrou pelo caminho circular para carros. Tudo indicava que tinham dado o dia por encerrado e estavam aproveitando uma bebida gelada ao sol.

– Oi! – Nick levantou uma latinha de Coca-Cola para ela. – Junte-se a nós.

– Três e meia? Terminou cedo, hein, Lorcan? – Gina olhou para o relógio de forma exagerada. – Isso são horas?

– É sexta-feira. Acabamos de colocar as vigas e estamos esperando mais material. Não adianta começar a nova etapa antes de segunda-feira.

– Mas que folga... – Gina fingiu suspirar. – E você os está encorajando, Nick. O que posso dizer? Não deixe que cobrem a diária inteira. Eles já arrumaram tudo?

– É pra isso que você está pagando a ela – disse Lorcan. – Pra dar as chicotadas.

– E ela é muito boa nisso. Só não posso deixar de notar que está muito atrasada – Nick brincou, apertando os olhos contra o sol.

– Hoje é minha folga, se quer saber. Só vim aqui pra trazer um pouco do bolo do meu aniversário.

– Ah, assim é que se fala – disse Lorcan, enquanto Gina colocava a bandeja do bolo no muro perto deles e começava a cortar as fatias.

– Hoje é seu aniversário? – perguntou Nick. – Você não disse nada!

– Eu não curto muito aniversário – declarou Gina. – Não tenho mais 12 anos.

Nick fez um som de deboche.

– Isso não é motivo pra não aproveitar a data. Onde está seu galgo? Você o trouxe?

– Ele está no carro. – Ela hesitou. – Acho melhor eu tirar ele de lá. Está ficando quente. Você se importa se eu o trouxer aqui? Ele não fica muito à vontade com homens. Em grupos.

Ela olhou para Lorcan.

– Ex-corredor? – O rosto dele era compreensivo, e ela assentiu. – Entendi. Vamos arrumar tudo e dar o fora. Segunda de manhã, hein, Nick? – Lorcan pegou sua fatia de bolo e se levantou. – E feliz aniversário para você, Gina – acrescentou ele, dando um beijo no rosto dela. – Que esta data se repita por muitos e muitos anos.

Buzz pareceu feliz por estar de volta à Magistrate's House, puxando a guia enquanto ela o levava pelo caminho de cascalhos até os fundos da casa, onde o gramado se estendia como um rinque de patinação verdejante e do tamanho de duas quadras de tênis juntas. Nick já estava sentando nos degraus de pedra com outra latinha de Coca-Cola gelada para ela e uma bacia de água para Buzz, a qual ele teve o cuidado de colocar em um degrau mais alto para que o galgo não precisasse se abaixar muito. Gina soltou a guia e ele esticou um pouco as patas ao lado dela, as manchas brancas de floco de neve da pelagem brilhando ao sol.

– Então, Lorcan disse mesmo que o material pro telhado não ia chegar até segunda? Porque...

Mas Nick colocou a mão no joelho dela e apertou. Não de uma forma sexy, e sim como se dissesse "Deixa isso pra lá". Era um toque amigável e leve. Ele o manteve por um segundo, mas foi o suficiente para Gina sentir a perna pinicar.

– Podemos *não falar* sobre a casa? – perguntou ele em tom leve. – Passei o dia todo conversando com o Lorcan sobre os prós e os contras de iluminação embutida e a noite toda discutindo com a Amanda sobre as suítes. Eu só quero me sentar aqui com a minha bebida gelada e curtir o jardim.

– Mas você não me paga pelas chicotadas? – perguntou Gina.

– Como você disse, hoje é seu dia de folga. É da sua companhia que estou usufruindo agora, e não da sua habilidade em cumprir cronogramas.

Antes que Gina tivesse a chance de assimilar o elogio, Nick bateu a latinha de refrigerante contra a dela.

– E feliz aniversário. Que este novo ciclo seja melhor do que o que passou.

– Ah, isso não vai ser difícil. Eu poderia pegar herpes e mesmo assim seria um ano melhor do que o último.

– Ok. – Nick se virou para ela e a encarou com aquele olhar inquietante e direto. – Que este possa ser o melhor ano da sua vida, com tudo o que sempre quis e mais algumas boas surpresas. O que acha?

Gina sorriu, e o desejo pairou no ar entre eles até ela quebrar o momento ao baixar o olhar.

– Não tem sido um primeiro dia ruim até agora – disse ela. – Comi bolo, ganhei um cachorro e recebi um buquê de flores e um pedido de desculpas do meu ex...

– É mesmo?

Ela assentiu.

– Tivemos a conversa que deveríamos ter tido há muito tempo. Você estava certo em relação a arrependimentos. Eles são injustos. Acho que conseguimos reconhecer nossos erros.

Nick sorriu.

– Que bom. Você já parece mais feliz.

– Sério? Acho que talvez...

Ela se sobressaltou quando Nick fez um movimento repentino.

– Calma – disse ele.

Pensou que ele ia tocar nela até perceber que estava pegando a Polaroid na bolsa dela.

Gina se virou para onde ele estava olhando e viu que, enquanto conversavam, Buzz tinha ido até o meio do gramado que estava banhado com o sol da tarde. Estava trotando, como se estivesse experimentando a grama. Então, enquanto as patas atingiam uma parte mais macia, ele começou a correr, cada vez mais rápido, até estar disparando em volta do gramado, com as quatro patas estendidas no ar, cobrindo a distância com uma agilidade sem esforço.

Gina prendeu a respiração, impressionada com tamanha beleza. Nunca tinha visto Buzz correr, e a força dele a surpreendeu. Era uma máquina de músculos e tendões, com movimentos graciosos e econômicos. Por quanto tempo vinha guardando aquela energia? Por quanto tempo tinha desejado correr sem se atrever?

E por que agora? Haveria algo no desenho dos jardins ou Buzz agora sabia, de alguma forma, que estava seguro com Gina, que ele podia correr livremente sem temer ser abandonado de novo?

Ela sentiu um nó na garganta.

Eu nunca vou te abandonar, pensou com fervor. Jamais abandonaria algo tão lindo e vivo quanto você.

Nick capturou uma, depois duas fotos das patas no ar, mas, por fim, largou a câmera.

– Quero ficar só assistindo – sussurrou Nick.

Buzz parecia estar energizado com a mais pura alegria, usando seus músculos potentes de corredor pelo simples prazer de correr. Sem armadilhas, sem focinheira, sem maus-tratos, sem o barulho ensurdecedor das pistas de corrida. Só o gramado sob as patas e o sol nas costas. As semanas recebendo uma boa alimentação trouxeram um novo brilho à pelagem cinza tigrada, e, embora fosse esguio, era fácil ver a potência das patas dianteiras enquanto se arqueava e estendia o corpo, as orelhas voando para trás e a mandíbula quase pré-histórica aberta em um sorriso enquanto ele corria em círculos amplos e eufóricos.

Lágrimas escorriam pelo rosto de Gina.

– Eu nunca o vi correr assim – sussurrou ela, temendo que o som da sua voz fosse distraí-lo.

– Você nunca o deixou solto?

Gina sentiu a respiração de Nick no seu pescoço.

– Ele nunca quis sair de perto.

Eles observaram o galgo correr até diminuir o ritmo para um trote, como alguém acordando de um sonho. Quando Buzz virou a última curva, ele viu Gina, que se levantou. Sem tirar os olhos dela, Buzz se aproximou trotando, ofegante e com a língua rosada caindo pelo espaço aberto entre os dentes podres que tinham caído.

Gina se abaixou para acariciá-lo e o galgo se aproximou ainda mais, descansando a cabeça comprida no ombro dela e fechando os olhos. Ela sentiu a potência dos músculos aquecidos, o pulso acelerado por causa da corrida e a respiração quente no seu ouvido. Buzz de repente bateu os dentes bem perto do seu pescoço e, por um instante, ela achou que fosse mordê-la, mas, em vez disso, ele emitiu uma série de sons delicados e precisos.

Era uma coisa sobre a qual Rachel já tinha lhe falado em um de seus passeios pelo parque, algo que só vira um galgo fazer uma vez.

– É uma coisa chamada *nitting* – dissera ela. – Eles fazem isso em vez de lamber. É um sinal de afeição.

Gina abraçou o cachorro pelo pescoço e agradeceu alguém em algum lugar pelo melhor presente de aniversário de todos. Até mesmo cachorros ansiosos e esqueléticos podiam correr só para se divertir, quando o sol brilhava e ninguém estava olhando.

Sentiu a mão de Nick em seu ombro e se deixou levar pelo momento o máximo possível, com os olhos fechados e o coração aberto. Gina não queria ver nada nem tentar fotografar. Desejava apenas memorizar as sensações em seu coração.

Capítulo 21

ITEM: sandália plataforma prateada que sempre me faz sentir (a) magra e (b) com vontade de dançar

Jantar Anual do Clube de Futebol de Longhampton, agosto de 2009

Gina se olha no espelho e tem vontade de chorar. O vestido de seda verde não tem nada a ver com o que viu no site. De alguma forma, este vestido caríssimo está parecendo justo e largo ao mesmo tempo.

Mas meus sapatos são fantásticos, pensa, olhando para os pés, fabulosos na sandália plataforma. A abertura na ponta revela as unhas vermelhas, como rubis. Unhas finalmente normais de novo.

É um esforço olhar para os pés. Os olhos de Gina ficam fugindo para os seios, para ver se parecem harmônicos no vestido estampado, ou para o cabelo, sobre o qual ainda não tinha tomado uma decisão.

O cabelo já tinha crescido o suficiente para parecer só um corte radical em vez do cabelo que voltou a crescer depois da quimioterapia. É um estilo "elfo", com mechas mais longas sobre as orelhas, exibindo a pele na base do pescoço e emoldurando os olhos enormes.

Gina passa a mão pelos fios. O cabelo cresceu mais grosso e liso do que antes, e Naomi vive dizendo que ela parece Audrey Hepburn. Mas não parece, claro. Está mais para Liza Minnelli durante uma fase acima do peso ou, sendo mais generosa, Liz Taylor. Mas ele sintetiza um pensamento fugidio que está sempre rondando a mente de Gina como uma pena branca perdida: não sou a mesma pessoa de antes.

Isso não ajuda muito, não quando toda a sua energia e a de Stuart estão concentradas em fazer com que tudo volte a ser como antes.

– Já tá quase pronta? – grita Stuart lá de baixo. Está tentando ser paciente, mas é a sua grande noite. – Vamos nos atrasar.

Hoje é o jantar anual de premiação do clube de futebol. Gina não quer ir. Seu tratamento terminou em fevereiro e, depois de algumas semanas para se recuperar, ela está de volta ao trabalho. Ainda sente muito cansaço, mas Stuart vai receber um prêmio por ser o jogador que mais atuou pelo clube, outro de artilheiro e outro ainda de membro que mais contribuiu para o clube, e, como ele tem lhe dado todo o apoio do mundo, Gina quer estar presente.

Sabe muito bem que todo mundo vai pensar o mesmo. *Lá está a Gina. Ela está ótima, né? Voltou ao normal. Está curada. Que lindos são ela e Stuart, um casal que se apoia.*

O tempo está passando. O táxi vai chegar a qualquer momento. Ela não está protelando, não mesmo.

– Se estiver tentando decidir a roupa, posso escolher pra você! – grita ele da escada. – Mas vamos logo. Você vai ficar linda de qualquer maneira – acrescenta ele, pensando melhor.

Gina olha para as roupas espalhadas na cama, uma bagunça de cabides e tecido. Comprou cinco vestidos diferentes na liquidação de verão, um mais caro que o outro, tentando descobrir uma roupa que transmita a mensagem de "Estou muito bem!". Algo cheio de energia e confiança.

A não ser pelo peso extra e pelo cabelo mais curto, está exatamente como antes, mas, por dentro, Gina se sente completamente diferente. No ano que passou, ela sentiu medo, coragem, solidão e humilhação; foi bombardeada por informações técnicas que precisava absorver em um instante: ouvia uma voz diferente conversando com as enfermeiras, com Naomi e consigo mesma. Aquela pessoa é mais firme que a antiga Gina, mas neste exato momento está muito cansada. Só por esta noite, quer que as coisas voltem ao normal.

Stuart sobe as escadas e aparece na porta do quarto de hóspedes, usando seu smoking tipo James Bond.

O paletó faz com que pareça mais velho, porém mais sexy. Gina sente uma onda de admiração pelo marido, naquela roupa que não costuma usar. Parece um astro do cinema, recém-barbeado e com cabelo penteado.

Percebe um ligeiro cansaço nas feições bonitas, um efeito daquele longo ano que passaram. Todas as outras mulheres vão querer tocar nele, beijar seu rosto barbeado. É só Gina que não quer isso.

– Seja lá o que escolher, você vai ficar... Ah. – Ele para. – Você vai usar este?

– Sim – responde Gina, assumindo uma posição defensiva na hora. – Qual é o problema?

– Nenhum.

A expressão de Stuart fica anuviada enquanto se esforça para encontrar as palavras certas para expressar seu pensamento sem despertar um colapso no humor instável dela.

– É só que... É um evento de gala.

– E daí? Este é um vestido de gala. É um Issa.

– É bem...

Ele faz um gesto em direção ao próprio pescoço. Para a irritação de Gina, não está vestindo uma gravata de seda preta, com um nó feito à mão, mas sim uma azul e branca, as cores do clube, já amarrada e presa a um elástico.

– ... fechado no pescoço.

– Esse é o estilo.

Eles olham para o reflexo de Gina no espelho e ela percebe como é mesmo fechado. Parece desleixada com o laço apertando o pescoço, isso sem falar da estampa tropical que escolheu para esconder a própria silhueta. Está parecendo uma tia solteirona que foi enrolada numa cortina para um casamento.

– Você não costuma usar, sabe... – ele faz um gesto mostrando um decote em V na frente da camisa – coisas mais decotadas? Que tal aquele seu vestido vermelho lindo? Sabe que eu adoro aquele.

Gina sabe. No primeiro ano do namoro, sempre que usava, eles nunca nem saíam do apartamento. Mas agora não serve mais e ela nem sabe se gostaria de usá-lo.

– Eu não me sinto muito confortável com decotes mais profundos agora – responde ela. – Sinto que as pessoas estão olhando pros meus... para mim.

– Não estão, mas tudo bem – responde ele rapidamente. – Não tem problema. Usa a roupa com que se sentir melhor.

Gina estava dividida entre querer usar uma coisa sexy para que Stuart se sentisse atraído por ela novamente e, ao fazer isso, acordar sua libido adormecida, mas tem medo de que, se fizer isso, ele vai perceber que aquela garota não existe mais. Não apenas o cabelo, mas a alegria também se foi. A confiança e a paciência.

– E vai deixar o cabelo assim? – acrescenta Stuart, logo depois.

Ela o olha pelo espelho e é tomada por uma fúria repentina e irracional por Stuart não conseguir ler a mente dela.

– E o que você quer que eu use? – pergunta ela. – O vestido vermelho e uma peruca?

– Por que não? Se isso fizer com que você se sinta como antes...

Ele levanta as mãos como se não estivesse entendendo o problema.

– O problema é que eu não sou a mesma de antes, Stuart!

Segue-se uma longa pausa, na qual Gina consegue perceber que ambos estão tentando não lançar nenhuma pequena bomba que vai explodir os últimos elos enfraquecidos que os mantêm juntos. Fica se perguntando o que eles tinham antes do câncer e da casa. O que os unia? As viagens?

Não eram as conversas, pensa com amargura. Houve momentos em que ela tentou descrever os complexos sentimentos de culpa e medo que ocupam sua mente, mas Stuart sempre a interrompia com um "Pensa positivo" ou "Não seja mórbida". O tratamento médico foi apenas o começo. Não acabou. Não do jeito que ele quer.

– Talvez seja melhor ir sem mim – diz ela.

A sugestão sai mais martirizada do que queria. Ela realmente acha que é melhor que Stuart vá sozinho, se divirta em vez de ficar se preocupando com ela a noite toda. Por meses ele não tem feito nada além de se preocupar. Merece uma folga e ela, uma noite sem deixar ninguém preocupado.

– Você não quer ir? – Ele se vira e a fulmina com o olhar. – Por que não disse antes?

Se Stuart me entendesse, pensa, ele espantaria pra longe este estado de espírito irracional e aterrorizado que me dominou. Encontraria um vestido do qual eu gostasse e do qual ele gostasse também, me elogiaria até eu vesti-lo e prometeria que voltaríamos pra casa até as onze da noite. Ele me faria achar que não teria problema se eu ficasse em casa e tomasse um banho de banheira, mas que a noite dele seria melhor se eu estivesse ao seu lado.

Se eu o entendesse, pensa, eu conseguiria fazer com que visse isso. Mas não sei fazer isso sem que ele pense que eu o estou criticando ou que eu acho que ele não está fazendo o suficiente. Nós não nos conhecemos nem um pouco nem nos importamos.

Não é assim que as coisas deveriam ser.

Um carro buzina lá embaixo: o táxi. Não um táxi qualquer: a surpresa de Gina para Stuart nesta noite é o melhor táxi de Longhampton – um Bentley.

Ele olha para ela.

– Você vem ou não? Decida agora.

Aquilo sempre a fez ceder. Mas agora sente o próprio ressentimento responder:

– Não. Vai sem mim. Você vai se divertir mais.

– Pelo amor... – Ele meneia a cabeça. – Tudo bem. Não vou chegar tarde.

Gina começa a dizer para não sair cedo da festa, mas ele já está descendo as escadas.

Devagar, ela tira o vestido Issa de quatrocentas libras, ainda com a etiqueta, coloca-o junto com os outros quatro na caixa e os enfia no alto do guarda-roupa.

– Ah, você não vai vender este, né?

Naomi apontou, encantada, para o vestido longo de seda verde que Gina está colocando no manequim para ser fotografado. Ainda estava com a etiqueta de preço e ela fez uma careta ao ver quanto pagou.

Gina encomendara e devolvera um monte de roupas depois das últimas sessões de quimioterapia. As roupas antigas não serviam, graças ao peso que ganhara, e, de qualquer modo, queria ver coisas diferentes quando se olhasse no espelho. A questão era que ela não sabia o que queria ver, então suas compras por impulso acabavam sendo devolvidas. O vestido Issa, aquele que a fizera querer se debulhar em lágrimas, tinha ficado no alto do guarda-roupa e, quando o encontrou novamente, já tinha passado o prazo para devolução e reembolso.

Gina amarrou o laço no pescoço do manequim, deu um passo para trás e tirou a foto com o celular.

– Vou. Eu nunca vou usá-lo.

– Não vai? Por quê?

Ela lançou um olhar sarcástico para Naomi.

– Porque é bem improvável que eu comece a fazer dança de salão agora, e consigo contar nos dedos de uma das mãos a quantidade de jantares de gala a que fui no último ano: um.

– Tá legal. – Naomi suspirou e tocou a manga com reverência. – Mas é maravilhoso. Você tem um ótimo olho pra cor. Tem certeza de que não posso oferecer pra você...

– Este vestido é grande para você, duas numerações acima. Só crie um texto para acompanhar, por favor.

Era domingo. Jason tinha levado Willow para visitar os pais dele em Worcester, e Gina e Naomi finalmente estavam organizando a pilha de roupas que Gina separara para vender; o dinheiro seria destinado para o plano de saúde e os suprimentos gerais para um galgo, que pareciam ser infinitos. Até agora, Gina tinha fotografado dois vestidos pretos Vivienne Westwood; um traje completo para esquiar, o qual Stuart a encorajara a comprar para as férias na neve que nunca tiraram; e vários casacos de lã.

Era estranho ver as roupas isoladamente. E mais ainda ouvir as descrições que Naomi inventava. Aquilo fazia com que Gina parecesse uma pessoa diferente. Do tipo que saía do escritório para ir a uma festa de gala regularmente, usando todos os acessórios apropriados.

Naomi ainda estava olhando para o vestido, brincando com o laço.

– Pra ser sincera, este vestido não tem muito a sua cara. Comprou pra uma ocasião especial?

Gina suspirou.

– Foi naquela época estranha logo que acabei o tratamento. Eu achei que, se comprasse vestidos o suficiente, ia querer sair de casa. Queria que Stuart me visse como uma pessoa independente de novo, e não como a mulher que vomita e chora, a inválida com mudanças repentinas de humor que nenhum de nós dois aguentava mais.

– Ah, Gina. Ele nunca viu você assim.

– Tudo bem – disse Gina. – É só um vestido. Há alguns meses não era. Era um grande detonador de culpa. Mas agora é um vestido que posso transformar em um plano de saúde pro cachorro. Então, vem. Faz aqui a sua magia.

Naomi mordeu o lábio.

– "Este fabuloso vestido vintage da grife Issa..."

– Não é vintage. Só tem cinco anos.

– Isso conta como vintage. "Este fabuloso vestido vintage de gala, da grife favorita da duquesa de Cambridge, Issa, será sua melhor escolha para usar em grandes eventos." – Os dedos dela deslizavam pelo teclado. – "Seus detalhes atemporais e corte perfeito farão com que você tire do guarda-roupa este vestido luxuoso para qualquer ocasião que peça elegância."

– Nossa, você é muito boa nisso. – Gina olhou para a tela. – Foi esse tipo de descrição que me fez comprá-lo.

– Para com isso. É tentador pra mim também, mas tudo tem que ir, não é?

– Exatamente.

Enquanto Naomi preenchia as especificações, Gina fotografava a etiqueta e outros detalhes. Era reconfortante fazer algo tão produtivo e – era obrigada a admitir – muito bom variar um pouco em relação ao trabalho na obra da casa de Nick. Passara o dia anterior quase inteiro fazendo cotações de gesseiros para a próxima fase de trabalho na casa dos Rowntrees; o cronograma já estava se estendendo até o Natal.

Natal. Ela parou, surpresa ao perceber como o tempo tinha voado desde que se mudara para o apartamento. Na semana anterior – no meio da noite, para ser exata –, havia tomado coragem para mandar um e-mail para Kit. Tinha alguma coisa a ver com o que Nick dissera sobre retornar para ver a cidade, em vez de apenas Kit, e foi isso que a fizera se decidir. Gina queria voltar para poder fechar aquela porta direito. Em retrospecto, nunca se tratara apenas de Kit. Aquela época maravilhosa em que morara sozinha, aprendera, bebera, fora livre; tudo aquilo ainda estava lá, envolto pela culpa que sentia pela morte de Terry, da qual precisava se libertar.

Kit tinha respondido ao e-mail no dia seguinte, e eles iam se encontrar amanhã em uma cafeteria no meio de Oxford. E o lado bom era que o nervosismo do encontro estava tirando da sua mente o nervosismo do seu check-up anual no departamento de mastologia naquela tarde. Aquilo também chegara antes que percebesse.

Naomi olhou para ela.

– Algum problema?

– Não, só... pensando sobre o trabalho.

Vou contar pra ela sobre o encontro com Kit depois, pensou. Contar agora só ia complicar as coisas.

– Como está indo a obra na casa?

Naomi terminou de digitar e se levantou. Foi até a parede de fotos e examinou as novas com interesse. Estavam espalhadas pela superfície branca como folhas em uma árvore, reunidas em grupos quando ela não conseguira escolher apenas uma – três de Buzz, duas de cappuccinos diferentes, o céu no parque em dias com clima variando – um dia nublado com nuvens fofas, um céu rajado com linhas arroxeadas, nuvens pesadas e escuras de chuva.

– Está indo bem. Ou melhor, mais ou menos. Ainda não recebi uma resposta da Amanda sobre a decisão deles de alugar ou morar na casa. Na verdade... – Gina franziu a testa, pensando em voz alta – ... ela não costuma ficar tanto tempo sem se comunicar, deve estar ocupada. Em geral, recebo pelo menos um e-mail detalhado por semana, mas só estou recebendo respostas de uma linha esses dias. Não vejo uma das suas listas desde...

Desde a reunião de acompanhamento por Skype que acontecera duas semanas antes.

– Ela obviamente confia em você pra ir tocando as coisas.

– Bem, espero que sim.

A alternativa era estressante demais para considerar: que Amanda tinha perdido o interesse na casa e estava pensando em se livrar dela.

– Aliás, acho que você cometeu um erro aqui nesta foto – disse Naomi.

Ela a pegou e começou a balançá-la: era a Polaroid da horta de temperos na qual flores de cebolinha lilás balançavam sob os arbustos de groselha e de hortelã – Gina desfocara a imagem para tentar capturar a nuvem de fragrância verde que se levantava quando ela passou.

– Você escreveu "cheiro de ervas úmidas" aqui, mas acho que queria dizer "gostosão só de camisa" – comentou Naomi. – Quer que eu corrija pra você?

Nick estava no canto da foto com a camisa azul e as mangas dobradas, revelando a pele bronzeada dos antebraços. Estava conversando com Lorcan, que não saíra na foto, e o rosto estava animado, com um sorriso de lado, a mão mergulhada no cabelo escuro enquanto ria.

Gina ficou vermelha.

– São as ervas. O cheiro das ervas. Ele só estava... no fundo...

Era verdade e não era. Nick era parte daquele momento tanto quanto as ervas e a chuva. Seu interesse na casa, suas piadas, o jeito atencioso com que a ouvia conferiam ao lugar uma atmosfera especial. Foi uma forma de colocar Nick na sua parede sem pesar na sua consciência, porque durante o tempo que passava conversando com ele, falando sobre a casa enquanto tomavam chá, explicando os segredos da construção, ela sentia uma energia que nunca sentira antes.

– Você está vermelha.

– Não estou nada.

Ela se levantou e se juntou a Naomi na parede de fotos. Sem falar, Naomi apontou para duas, três, quatro fotos nas quais o rosto de Nick ou suas mãos apareciam no fundo. E para uma dele sozinho, entregando a ela um tijolo vermelho com um sorriso charmoso.

– Esta representa meu amor pelos materiais antigos do local – disse Gina com a voz fraca.

Naomi deu uma risada debochada.

– Você pode chamar do que quiser. Eu chamo de um bom motivo para ir trabalhar todos os dias. Ele é lindo e é um artista. E gente boa. Essa é uma combinação que não se vê muito.

– E ele é casado. E eu trabalho pra ele.

– Tsc. – Naomi jogou as mãos para o ar indicando que eram apenas detalhes. – Isso não te impede de olhar. É bom olhar às vezes. Deve ser como ir pro trabalho e se deparar com um Rembrandt na entrada do escritório.

Gina colocou a foto de volta na parede, ao lado da dos canteiros de rosas no parque, onde o perfume muda de uma extremidade para a outra. Algo que jamais notaria se não tivesse que levar Buzz para passear.

– Não vai dizer nada? – perguntou Naomi.

– Não há nada pra dizer. – Gina abriu um sorriso. – Só que é uma pena que os bons sejam os primeiros a serem fisgados.

– Uma garota do outro lado da cidade disse a mesma coisa sobre Stuart Horsfield.

– Não!

A resposta saiu com mais veemência do que queria. Gina não se atrevia a deixar seus pensamentos furtivos do meio da noite tomarem qualquer forma concreta.

– Não – acrescentou ela de forma mais branda. – É só um crush de verão e...

– Ah, então é um crush.

Gina se virou de costas, mas logo voltou a encará-la. Não adiantava tentar esconder as coisas de Naomi.

– Eu preferia que não fosse. Nick é um cara legal, e espero que sejamos amigos depois que eu terminar o trabalho na casa. Mas não sei o que está acontecendo com ele e Amanda. E também não quero perguntar.

Naomi pareceu mais séria por um instante.

– Não estou dizendo que você deve ter um caso com um homem casado, claro que não. Mas prefiro vê-la com uma paixonite inocente por um cara legal do que como uma mulher que acha que nunca mais vai ter ninguém na vida, como há alguns meses.

– Eu disse isso?

– Disse.

Elas ficaram em silêncio por um tempo. Então, Naomi pegou uma sacola de roupas perto da porta.

– Vamos fazer estas e depois sair pra almoçar?

– Não, estas vão pro bazar do hospital. Vou deixá-las lá de manhã.

– É amanhã já?

Gina assentiu.

– Tem certeza de que não quer que eu vá com você?

– Tenho. É só o check-up anual: mamografia, consulta com o médico e exames de rotina.

Gina tentou manter a voz tranquila, porque sabia que Naomi estava atenta a qualquer fraqueza. Gostava de manter a agenda cheia perto da época do check-up anual para que não pensasse muito sobre a data, mas, naquele ano, os dias já estavam abarrotados e ela não se preocupou tanto quanto de costume. Mais do que isso, com ou sem fraqueza, queria ir sozinha. Sentia que era seu próximo passo.

– Vou ficar bem.

Naomi inclinou a cabeça.

– Se mudar de ideia, posso tirar a manhã de folga. É tranquilo pra mim. Ou podemos nos encontrar depois.

– Sinceramente, não precisa. Eu agendei uma massagem pra depois. Stuart e eu sempre saíamos pra comprar alguma coisa pra casa naquela loja de produtos de demolição, mas pensei em fazer uma coisa por mim este ano. – Gina fez um gesto em direção ao espaço livre em volta dela. – Algo de que eu não precise ficar tirando a poeira.

– Bem, se está certa disso...

Naomi franziu a testa.

– Estou. – Gina apertou o braço da amiga. – Mas obrigada.

– Você faria o mesmo por mim – disse Naomi. – É pra isso que servem as amigas, não é mesmo?

Na manhã seguinte, Gina deixou Buzz com Rachel e foi para o hospital.

Não podia fingir nem para si mesma que o trajeto até o hospital não fazia seu coração disparar. A fileira de lariços que se estendia colina acima. As casas napolitanas com suas três cores. Em seguida, a loja de conveniências e a curva à esquerda para o estacionamento do hospital – a contagem regressiva até chegar lá. A sensação de se agarrar àqueles segundos passando surgiu novamente, e Gina tentava pensar que já estivera ali antes, e que, em uma ou duas horas, tudo estaria terminado, pelo menos até o ano seguinte.

O cheiro familiar do hospital lhe trouxe antigas lembranças enquanto caminhava por corredores iluminados em direção à ala de oncologia, mas Gina se obrigou a se concentrar no presente. Notou que mudaram as cores da sala de espera para um verde clarinho, calmante, que a cafeteria era outra e que alguém tinha se livrado dos quadros abstratos que enfeitavam o corredor e os substituído por um mosaico de arco-íris.

O hospital local tinha um bazar perto da oncologia, e Gina ficou feliz por deixar ali a última sacola de doações – coisas que guardara especialmente para eles. A seleção não havia sido feita de uma vez só; teve dificuldade para classificar certos itens em uma caixa ou em outra, mas, à medida que peneirava o que ficaria no apartamento, foi sentindo os laços se afrouxarem em alguns deles e agora estava pronta para se desfazer desses últimos também.

A pashmina de caxemira azul com a qual se cobria durante as sessões de quimioterapia; os lenços sedosos para a cabeça que Naomi encomendara dos Estados Unidos para quando ela estava começando a perder o cabelo e se sentia constrangida; algumas perucas de cabelo de verdade; um par de pantufas forradas com lã de carneiro. Coisas macias que lhe deram um pouco de conforto durante aqueles dias duros que se arrastavam e pareciam não ter fim. Quando Gina olhava para a sacola, tinha uma visão muito clara da antiga versão de si mesma, uma garota que tinha sido mais corajosa do que percebera na época.

– Espero que isso ajude outras pessoas – disse ela ao entregar as doações para a voluntária no balcão.

Sentia-se melhor sabendo que ajudariam. Desfazer-se daquelas lembranças era um avanço para ela. Não significava que não tinham acontecido. Levaria dentro de si tudo que vivera, tendo evidências disso ou não.

A sala de espera estava cheia de duplas, como sempre – mães e filhas, maridos e esposas –, mas Gina notou mais mulheres sozinhas do que antes. Escolheu um lugar e se acomodou com uma revista de decoração, mas mal teve tempo de abrir quando uma enfermeira apareceu na porta.

– Senhora... Hum, senhorita Bellamy?

Ela olhou em volta e viu Gina, então sorriu e fez um gesto para que ela entrasse.

Gina sentiu um frio na barriga, mas retribuiu o sorriso e seguiu a enfermeira para a sala de mamografia. Sozinha.

A massagista do novo spa holístico era muito boa, os óleos eram relaxantes e a música de fundo era agradável e suave, mas, em retrospecto, Gina se perguntava se a massagem tinha sido mesmo uma boa ideia como presente pós-check-up.

Ficou deitada na maca, tentando relaxar, mas, em vez disso, se viu mergulhada em pensamentos: sobre o check-up (ela avaliara a expressão da enfermeira e do médico em busca de sinais, mas não vira nada); sobre o corpo (se alguém um dia voltaria a tocá-la, além da massagista); sobre o que havia dentro do próprio corpo (e como ficara depois da químio, se seus ovários já tinham começado a produzir óvulos novamente).

Numa tentativa de parar de pensar sobre os exames, Gina se permitiu pensar em Nick, bem longe das encaradas atentas de Naomi. Os olhos cinzentos e inteligentes. A precisão casual em relação aos detalhes. A capacidade de estimular a imaginação dela e transformá-la em ação. O cabelo escuro, o modo como o afastava do rosto quando estava refletindo. Tudo bem, pensou, com uma emoção de entusiasmo e culpa, ela sentia atração por ele, mas havia algo mais forte sob a superfície. Um vínculo entre eles que Gina sabia que ele também sentia. Em poucos meses, Nick se transformara de alguém que ela sentia que poderia se tornar um amigo em alguém que realmente era seu amigo.

Eu só preciso cuidar pra que a amizade continue quando a atração passar, refletiu, e sentiu um tipo de prazer agridoce por conseguir ser tão racional.

A hora passou rapidamente e, quando já tinha se vestido e estava a caminho de pegar Buzz com Rachel, Gina se sentiu chorosa, como se a massagem tivesse trazido todas as suas emoções à tona. Buzz abanando o rabo feliz quando a viu chegar foi quase o suficiente para desestabilizá-la. Ele precisa de mim, pensou. Eu faço diferença no dia dele.

Seu telefone tocou bem na hora em que atravessava a rua.

– É só a amiga mandona de sempre – disse Naomi. Tentava esconder a preocupação, mas Gina conseguiu perceber. – Esperei o máximo que consegui. Como foi?

– Tudo bem.

Gina fungou e passou as costas da mão no nariz.

– Você está chorando? Ai, meu Deus, Gee! Onde você está?

– Na rua de casa. Só estou um pouco... emotiva.

– Não sai daí – ordenou Naomi. – Estou indo buscá-la e você vai jantar com a gente.

– Buzz está comigo.

– É claro que ele está convidado também. – Naomi riu. – Willow nunca me perdoaria se não tivesse a chance de jantar com o cachorro sorridente.

O jantar na casa dos Hewsons era sempre barulhento e divertido, mesmo

351

que agora começasse às seis e terminasse com uma saída teatral de Willow às sete, jogando beijos para todos.

Jason se ofereceu para dar banho na filha para que Gina e Naomi pudessem conversar e, quando Buzz se acomodou na cozinha, elas foram direto para a sala de estar aconchegante que Gina ajudara a decorar.

— Mas foi tudo bem no hospital?

Naomi tirou os sapatos e se esparramou na poltrona de couro. Lançou um olhar ansioso para Gina, antes de completar:

— Sei que é difícil ter que passar por isso.

— Acho que sim. Eles só fizeram os exames de rotina, perguntaram sobre novos sintomas, verificaram os remédios. — Gina girou a caneca de café nas mãos. — Mas não é isso. É só que... Eu nunca consigo deixar de pensar em como as coisas *poderiam* ter sido. Se eu não tivesse tido Stuart pra me apoiar ou se não tivesse tido você. Isso me faz perceber todo ano quanto eu tenho sorte.

Ela olhou para a amiga e continuou:

— Na maior parte do tempo, eu me esqueço de como foi horrível, mas, quando tenho que ir lá, tudo volta. O *medo* que senti. Não a dor, mas aquela sensação angustiante de não saber o que ia acontecer.

— Acho que não tem nada de errado em tirar um tempo pra se lembrar de tudo isso, pra que possa realmente perceber quanto você foi forte, mas não fica remoendo por muito tempo. Esta foi a consulta de cinco anos. E isso...

— Não é garantia de nada. Só significa que está em remissão.

Gina tentou traduzir a sensação de queimação no estômago em palavras. Tinha melhorado durante o jantar, com Willow sorrindo por sobre a mesa, mas, agora, sozinha com Naomi, as nuvens tempestuosas voltavam à sua mente.

— Quando eu estava terminando o tratamento, tive essa sensação de que não deveria mais perder tempo, por via das dúvidas. Eu não prometi que ia fazer várias coisas quando eu melhorasse? E o que eu fiz? Sério?

— Como assim? Você *fez* um monte de coisas. Você abriu a própria empresa. Você se divorciou e mudou de casa. O que mais deveria ter feito? Escalado o Everest? Pega leve com você mesma, mulher.

— Não, o que quero dizer...

A voz de Gina fraquejou enquanto os motivos lhe escapavam. Estava tudo bem agora. Sentia-se mais forte, com mais controle sobre as coisas que aconteciam a ela, mas também se sentia muito atrás de todo mundo.

O que é que sinto que eu não fiz?, pensou. Por que acho que tem alguma coisa faltando, quando tenho um apartamento e uma empresa? Eu tenho amigos.

Pensou em Buzz abanando o rabo de felicidade quando a viu. Eu quero significar alguma coisa pra alguém, pensou. Quero ser uma parte vital da vida de alguém também. Sentiu uma pontada no coração.

– Diz pra mim – pediu Naomi. – Vamos lá. O que houve?

Ela meneou a cabeça e deu um sorriso hesitante.

– Eu não sei. Foi o hospital. Eu sempre fico nervosa. Toda vez que saio de lá eu não posso nem ter uma dor de cabeça sem me preocupar que seja um sinal de metástases do cérebro.

– Isso é compreensível. Mas olha pra você. A própria representação da saúde! Não a vejo tão bem assim há anos. É por causa do tempo que tem passado ao ar livre olhando pra aquele telhado em Langley St. Michael.

Uma expressão atrevida apareceu nos olhos de Naomi e ela levantou um dedo.

– Não vai me dizer que isso é um plano pra dar em cima de Nick Rowntree sob o pretexto de não perder mais tempo.

– Claro que não! – Gina ficou indignada. – Que coisa horrível de se dizer! Na verdade, de todas as coisas horríveis que você já disse sobre o meu câncer de mama, essa certamente foi a pior.

– Embora não deixe de ser verdade.

– Claro que *não é* verdade.

Pensar em Nick fez Gina ser tomada por uma onda de melancolia. A mesma tristeza que sentia quando adolescente, por saber que nunca veria Joy Division tocando ao vivo.

– É a hora errada e o lugar errado. Uma pena. Mas você está certa, de certa forma. Eu saí de lá sentindo que deveria começar a dizer mais pras pessoas como eu me sinto. A gente nunca sabe o que pode acontecer.

– Eles não deviam fazer você passar pela emergência. Aquela estátua imensa de uma mulher prenha é suficiente pra deixar qualquer um arrasado. Acho que poderiam escolher algo mais adequado pra entrada do hospital. Mas não sei bem o quê.

– Quando você foi à emergência? – Gina revirou os olhos. – Jason deslocou o joelho de novo?

O joelho de Jason às vezes saía do lugar durante jogos de futebol. Suas várias bandagens renderam um prêmio especial para elas no jantar anual do clube: "Melhores Apoiadoras".

– O que foi?

Quando Naomi não respondeu imediatamente, ela insistiu:

– Diz logo.

– Hum... Temos novidades. – Naomi se remexeu na poltrona. – Ah, eu não aguento mais guardar esse segredo de você! Está me matando! Eu queria esperar até estar tudo bem com você, sabe... Com a consulta de hoje e tal, mas... Adivinha?

Ela tamborilou no braço da poltrona.

Gina soube na hora, mas fez o seu papel enquanto sentia que a animação lutava contra a sensação de ter sido deixada de fora. Obrigou-se a ignorar isso.

– O quê? Você quer outra cabana? Eu preciso de mais tempo pra me recuperar da última.

– Nada disso, bobona. Você vai ser tia postiça de novo.

Gina levou as mãos ao rosto, fingindo estar chocada.

– Vocês vão ter um bebê?

– Vamos!

O rosto de Naomi estava corado e ela parecia ter 14 anos de idade – toda animada e radiante.

– Nós não planejamos nada, mas... sim! Ele ou ela vai chegar em janeiro, então este Natal vai ser *muuuito* chato. Mas você está bem com isso, certo? – perguntou ela rapidamente. – Sei que não é o melhor momento, com Stuart e tudo mais.

– Claro que estou bem! – exclamou Gina. – Estou eufórica. De verdade. Quero um abraço! Tô tão feliz por vocês!

Elas se abraçaram no meio da sala e, enquanto Gina apertava Naomi com certo cuidado, sua cabeça estava repleta de pensamentos. Ela tinha muita *sorte* de ter uma amiga como Naomi, que conseguia fazer piadas pesadas na hora certa, que a conhecia bem o suficiente para ser sincera. Estava começando do zero de novo, uma mulher solteira de 30 e poucos anos tomando tamoxifeno e pagando as parcelas do crédito empresarial. Pelo menos tinha Naomi e todo o amor que os Hewsons lhe davam.

Mas. Mas...

Nos seus braços, sentiu os soluços de Naomi e, quando ela olhou, Gina viu que a amiga estava chorando. Foi quando percebeu que também estava chorando.

– Por que você está chorando? – perguntou Gina com um soluço.

– Eu sei lá.

Naomi soluçou e segurou a amiga pelos ombros para olhá-la diretamente nos olhos. A expressão estava contorcida de emoção.

– Eu só estou feliz por você ainda estar aqui. Feliz por Willow poder crescer tendo você na vida dela e porque esse bebê que vai chegar também vai ter sua presença por perto. Eu sempre quis ter uma irmã quando era mais nova, mas você é muito melhor do que isso. Pensar em você naquele hospital hoje... Isso só me lembrou o dia todo de como estivemos perto de te perder.

– Mas não perderam – disse Gina. Ela deu uma risada aguda por causa das lágrimas. – Eu nem sei por que a gente está chorando. Não temos motivo pra isso. Estou ótima.

Naomi enxugou os olhos.

– É a droga do hospital. Eu sempre chego em casa chorando depois de fazer meu preventivo. Tem alguma coisa lá que me faz pensar em como tudo pode dar errado.

– E tem os exames, né? – disse Gina. – Ninguém gosta desse tipo de invasão nas partes íntimas.

Naomi riu e enxugou o nariz.

– Não mesmo.

Elas se olharam, sorrindo e chorando ao mesmo tempo, e Gina imaginou que não seria fácil manter a amizade com mais um bebê a caminho, mais uma demanda no tempo e no amor de Naomi. Mas elas iam dar um jeito. Aquela amizade era muito longa e seria ainda mais duradoura. Poderia se estender em todas as direções necessárias para mantê-las juntas.

Capítulo 22

ITEM: um maço grosso de convites coloridos para coquetéis em New College, Oxford, de 1998-2001, furados numa das pontas, amarrado com fita amarela

Oxford, junho de 2001

Nunca ninguém, além da própria Gina, dirigiu seu Mini, nem mesmo Kit, e o banco não recua o suficiente para abrigar as pernas compridas dele de forma confortável.

Mas Gina está bêbada demais para dirigir e não tem a menor condição de se concentrar em nada, mesmo que quisesse, então Kit se espreme e tenta ajustar os retrovisores e o banco da melhor forma possível para conseguir sair da minúscula vaga que Gina conseguiu encontrar.

– Cuidado! – diz ela de forma automática quando ele quase arranha o Land Rover estacionado atrás.

– Pode deixar!

– Desculpa, desculpa.

É só que não consegue lidar com a mera possibilidade de acontecer algum dano ao seu carro, se Terry não estiver lá para consertar. Ela faz uma negociação louca com o universo: se o carro ficar bem, Terry também vai ficar.

O trânsito está dolorosamente lento e Gina tem vontade de varrer os carros do caminho com um safanão. É a bebida falando. Ou, ela reconhece, culpada, não que vá falar isso para Kit, mas foi possivelmente o tempo que ela levou para acordar. Os preciosos minutos estão passando, e ela não faz ideia do que está acontecendo com Terry. Talvez já tenha até morrido. Ou poderia estar esperando por ela. Resistindo para poder se despedir. Isso é bem a cara dele.

Todas as vezes que obrigou Terry a esperá-la passaram por sua mente. Na porta das festas da escola. Na estação de trem. No Natal.

– Por que está tão devagar?

Ela está quase caindo no choro.

Kit pega sua mão. Não é difícil, considerando que o carro é tão pequeno que o joelho dele está pressionado contra o freio de mão.

– Não quero dizer pra você relaxar, mas vai levar um tempo até chegarmos lá e não tem muito o que fazer. Estamos a caminho.

– Eu sei.

Gina engole em seco. Quer manter a calma, mas o corpo não coopera. O coração está disparado.

– Eu sei – repete ela.

– A sua tia Sylvia está indo pro hospital agora?

– Sim. Ela só estava esperando que eu retornasse a ligação.

Outra coisa que a faz se sentir mal: tia Sylvia tendo que ficar em casa ao lado do telefone em vez de correr para a cabeceira do irmão no hospital só por causa da bebedeira fenomenal e egoísta de Gina na festa.

Ah, meu Deus. Aquilo tudo é responsabilidade dela de alguma forma? Por não escolher uma faculdade mais perto de casa? Por querer ficar mais perto de Kit?

Gina imagina se a culpa vai ficar com ela para sempre, como uma cicatriz, se não conseguir chegar em casa a tempo de ver Terry. Sua mente está fazendo conexões estranhas, o tipo de coisas profundas que rolam quando ela e Kit estão doidões ouvindo Radiohead, mas agora os próprios pensamentos a assustam. Sente-se como uma astronauta, voltando do espaço sideral para a Terra rápido demais. Seu mundo de casa e seu mundo universitário sempre pareceram universos diferentes, e ela era diferente em cada um deles. Eles jamais se colidiram dessa forma. Ela nunca tinha pensado nas consequências.

– Merda. Minha mãe vai me matar se perceber que bebi – diz ela, ouvindo a fala enrolada.

– Você já vai estar sóbria até chegarmos. Quando pararmos pra abastecer, eu vou ligar pra minha mãe – diz Kit. Ele precisa gritar um pouco por sobre o som alto do motor. – Pra avisar que não vou voltar pra casa hoje.

– Ela sabe que você tá comigo?

Não é segredo que a mãe de Kit não vai muito com a cara de Gina. Não é que Anita não goste dela, só não acha que o relacionamento deles tem futuro. Ela deixou isso bem claro nas raras ocasiões em que Gina e ela se encontraram e sempre parecia surpresa quando via que Gina continuava em cena.

Kit faz uma longa pausa e ela sabe que, não, Anita Atherton não sabe onde o filho está.

– Kit! – exclama.

Olha para ele num movimento rápido demais e se sente enjoada.

– Não, não é nada disso.

Ele franze a testa e ultrapassa um carro mais lento. O Mini ronca em protesto diante da direção mais proativa.

– Era pra eu ir a um casamento neste fim de semana. Um dos primos da minha mãe em Hampstead. Eu disse que ia pra Oxford me encontrar com uns amigos e que estaria fora até segunda-feira.

– Você poderia ter dito que estava comigo.

– Achei que seria melhor pra você se eu não fizesse isso.

Ele lança um olhar para ela, ansioso para que perceba que está falando a verdade.

– Eu não queria entrar em uma briga sobre o que é mais importante, a família ou você. É óbvio que é você. Mas ela provavelmente iria tirar da cartola algum parente distante que poderia conseguir uma entrevista pra mim na Deloitte e nós começaríamos a discussão sobre trabalho de novo.

– Mas e se a gente for viajar junto? Você vai contar pra ela que está comigo?

– Claro.

Seguem por um tempo, e ele olha para ela com um brilho nos olhos.

– Isso significa que você vai?

O coração de Gina dispara.

– Acho que sim.

As coisas são fáceis assim com Kit. Decida. Faça. Quando está com ele, é o tipo de garota que também pensa desse jeito.

E então ela sente o estômago se revirar de novo.

– Se o Terry sair dessa.

– Ele vai – afirma Kit. – Os mais quietos são os mais fortes.

– Eu não quero perder outro pai – diz ela, com uma voz que soa tão baixa que nem sabe se disse a frase em voz alta.

Gina vê Terry na garagem, com os dedos sujos de graxa enquanto conserta este carro. Ela nunca lhe deu o devido valor.

Olha para o mapa. Eles precisam pegar a A40 e seguir direto para casa, mas o Mini não está acostumado com autoestradas. Ele chacoalha de forma preocupante e o volante vibra. Nas poucas vezes que pegou uma via expressa, Gina se manteve na pista mais lenta, sentindo o carro seguir o rastro dos caminhões pesados.

– Você vai poder ficar? – pergunta ela.

Kit vai começar a trabalhar em um banco na segunda-feira. Ele disputou a vaga com muitos candidatos. Anita está contando para todo mundo, mesmo que Kit queira trabalhar em algo que tenha mais a ver com mídia.

– Bem que eu gostaria – diz ele. – Talvez esta noite. Mas tenho que estar de volta na segunda. Pro trabalho.

– Tá.

– Gina – diz ele.

Ele está mexendo a mão direita, guiando com o pulso esquerdo enquanto tenta pegar alguma coisa.

– Cuidado – diz ela, quando se aproximam perigosamente da faixa central.

– Tá tudo bem. – Ele segura o volante de novo. – Me dá a mão.

Ela estende a mão e ele deposita algo ali. Algo quente e morno. É o anel dele, o anel com sinete de ouro que Kit usa no mindinho. Foi do avô.

Gina olha para Kit sentindo que o coração vai sair pela boca. Aquilo é...? Ele está...? Deseja que não estivesse tão bêbada, que estivesse mais preparada para aquele momento.

– Gina – diz ele, olhando para os lados, procurando um lugar para parar, mas não há acostamento naquele trecho da estrada.

– Kit, cuidado – pede ela. – Por favor.

– Estou tendo cuidado.

Gina está prendendo a respiração. Está tudo muito barulhento, rápido demais. Não é assim que as coisas deveriam acontecer. Ela quer que o momento desacelere para que possa aproveitá-lo.

A estrada fica mais vazia e Kit se vira para ela, sorrindo. Gina acha que nunca o viu mais lindo, como se tivesse sido esculpido em mármore.

– Gina, eu amo você – diz ele. – E quero que use este anel e se lembre de que...

Gina não ouve o resto da frase, porque, sem aviso, um trator aparece depois da curva e, enquanto Kit tenta desviar, o carrinho dela roda.

E roda e roda e roda, como um ônibus espacial voltando para a Terra rápido demais, até que deixa a pista e bate em uma árvore, espalhando vidro e metal e fumaça no mato na beira da estrada.

O anel de Kit quica no assoalho do carro e cai pela caixa de roda partida, de onde mergulha na lama e é esmagado pelo peso do Mini destruído.

Ele já a estava esperando quando chegou. Gina não precisou procurar muito para encontrar Kit no restaurante: desta vez ele escolhera uma mesa perto da entrada e estava de frente para a porta, para que ela o visse quando entrasse.

Achou que parecia mais velho do que da última vez que o vira, mais sólido, mais real. Os traços delicados tinham se estabelecido em uma beleza charmosa, o cabelo mais claro e um pouco mais comprido. Continuava usando terno, mas com um caimento melhor, diferente da armadura da última vez. Os olhos afastados e o nariz comprido eram típicos de Oxford, pensou. Kit finalmente se transformara no acadêmico de Oxford que sua mãe sempre desejara que fosse.

Ele levantou uma das mãos. Gina percebeu um traço de ansiedade na expressão dele, substituída por um sorriso hesitante quando ela acenou da porta. Ficou surpresa por vê-lo ansioso, depois de ter sido tão duro da última vez.

– Oi – disse ela, deslizando no banco, sem tentativa de beijos no rosto. – É bom ver você.

Como sempre, ainda no trem, Gina tinha pensado um pouco sobre o que ia dizer, mas a hora que passara passeando pelas ruas de Oxford varreram tudo da sua cabeça. Não esperara ser tomada por uma nostalgia melancólica ao ver os lugares familiares com um novo grupo de estudantes andando por ali, bêbados e eufóricos com o fim das provas. Havia estabelecimentos novos que não conhecia ao lado de lanchonetes e lojas de uniformes antigas; franquias de Londres onde antes havia negócios independentes.

Era como se nunca tivesse estado ali ou como se tivesse visitado o lugar em um sonho, pairando sobre as ruas sem deixar vestígios. Triste, mas ao mesmo tempo reconfortante.

– É bom ver você também – disse Kit. – Fiquei me perguntando se eu veria você de novo, depois da última vez que nos encontramos. Eu sinto muito.

– Ah, não, a culpa foi minha – começou ela. – Não era o momento certo. Eu só tinha...

Kit cobriu a mão dela com a dele, fazendo os dois contraírem o rosto com o toque, depois sorrirem constrangidos.

Nem Gina nem Kit afastaram as mãos. Por fim, ele deu um tapinha na dela e quebrou o contato. Gina sentiu uma pontada de tristeza misturada com alívio.

– Acho melhor eu começar pedindo desculpas por ter sido grosso e arrogante da última vez que nos vimos. Você estava doente. Eu fui... horrível. Foi uma coisa imperdoável e mesquinha e eu me arrependo.

– Eu também não disse nada do jeito que eu pretendia. – Ela ficou remexendo na colher à sua frente. – Provavelmente te ofendi por ter procurado você quando descobri a minha doença.

– Na verdade, não foi isso que me fez ser tão mesquinho – confessou Kit. – Eu estava passando por uma fase compulsiva. Você não foi a única que sofreu com isso.

– Sim, sim, não é você, sou eu. Aquele velho clichê – disse Gina sem pensar.

Ele deu um sorriso sarcástico.

– Conversei sobre isso com meu terapeuta depois. Por que exatamente eu estava zangado com você. Acho que é só porque eu não queria ouvir um pedido de desculpas. Você estava muito desesperada pra pedir desculpas. Essa era a única coisa com a qual eu não conseguiria lidar na época. Um pedido de desculpas significaria que a culpa foi sua. E não foi.

Gina olhou para ele. A testa estava franzida de constrangimento e, de repente, ele se pareceu um pouco mais com a pessoa que ela tinha conhecido, o namorado que curtia tanto descobrir coisas novas em sua companhia.

Ele respirou fundo, depois encheu as bochechas, como se estivesse tentando organizar os pensamentos.

Gina não disse nada. Não era estranho ir direto ao ponto, sem o preâmbulo da conversa educada sobre o clima ou o trabalho. Parecia que tinham esperado treze anos para o momento certo, que finalmente tinha chegado.

– Eu demorei mais tempo pra aceitar o acidente do que pra me recuperar fisicamente – começou ele. – Todo mundo culpava tudo: você por estar bêbada, o carro por ser velho, o trânsito, o clima, as estradas da Inglaterra, tudo. Todo mundo que ia me ver tinha alguma coisa pra culpar. No final, comecei a me tratar com um terapeuta muito perspicaz que disse que, se eu continuasse pensando nas coisas daquela forma, eu nunca iria esquecer e nunca seguiria com a minha vida porque sempre seria a vítima.

– Mas *alguém* teve culpa – disse Gina. – Não foi a vontade de Deus. E se alguém teve culpa, esse alguém sou eu.

– Discordo.

– Sua mãe concorda.

Kit deu de ombros.

– Tenho certeza que sua mãe acha que a culpa foi minha. As mães sempre buscam alguém pra culpar, e esse alguém nunca é o próprio filho. O terapeuta do meu pai disse quase a mesma coisa pra ele, e isso fez com que ele também começasse a pensar assim. Minha família passou muito tempo em terapia. Você fez também?

Gina negou com a cabeça. Tivera duas sessões com uma psicóloga que fora muito compreensiva, mas que depois tentara abordar o assunto como se tudo tivesse a ver com o falecido pai, algo que Gina não achou muito útil. Janet recusara todas as ofertas de terapia e se atirou na jardinagem e em manter a metade do quarto de Terry exatamente como era.

– Era por isso que ela devolvia as minhas cartas? Você ao menos sabia que eu as escrevia?

Kit pegou uma colherzinha no pires.

– Pra ser sincero, fui eu que pedi a ela que devolvesse as cartas. Eu não queria ser lembrado de que tinha ferrado com a sua vida também. Achei que seria melhor eu parar de te ver em vez de você passar a aparecer uma vez por semana, depois uma vez por mês e depois uma ou duas vezes por ano.

– Mas... – começou Gina.

– Você tinha 21 anos, Gina – disse ele. – E eu não estava nem conseguindo lidar com a ideia de que nunca mais voltaria a andar. Eu não podia pensar em tudo que eu tinha acabado de perder. Só muito tempo depois que minha mãe me contou por quanto tempo você continuou escrevendo. Eu me senti péssimo, pensando em você escrevendo sem receber resposta.

Gina sentiu o sangue gelar ao ouvir o que ele acabara de dizer. Aquilo ia contra o que sempre acreditara: Kit *realmente* tinha virado as costas para ela, não quisera receber as cartas.

– Mas se *você* tivesse me pedido pra parar de escrever, eu teria parado – disse ela. – Sempre achei que sua mãe estivesse nos mantendo separados porque me odiava por ter arruinado a sua vida. – Ela fez uma careta. – Nossa, isso parece tão melodramático agora. Tão autocentrado.

– Não é. Você era romântica. Ler suas cartas era como ouvir você falando. Você sempre colocou muito de si nelas. Mas acho que eu não queria ser lembrado de tudo isso, uma vez que aquela vida tinha acabado. E nós éramos jovens demais. Se você não pode ser melodramático nessa idade...

– Desculpa – disse Gina.

As cartas estavam dentro da bolsa dela. Deveria mencionar? Não as mencionara no e-mail e agora estava feliz por isso.

Kit voltou a falar:

– Já que estamos pedindo desculpas, sinto muito se minha mãe foi dura com você. Ela sempre foi superprotetora. E fez o máximo que podia sozinha, mas contamos com enfermeiras, fisioterapeutas, o pacote completo. Eu me sinto mal agora porque ganhei essa reputação de ser corajoso e positivo em relação à minha deficiência, mas a verdade é que isso aconteceu porque ela não deixou ninguém me ver quando eu estava descontrolado de raiva. – Ele parecia triste. – E eu realmente sentia muita raiva. Mas não queria que ninguém visse isso porque todo mundo elogiava a minha coragem. Eu sentia que ia decepcionar as pessoas se agisse de qualquer outra forma.

Gina finalmente sentiu uma identificação.

– Eu sei. Minha mãe não faz ideia de como a químio foi horrível, porque Stuart, meu, hã... meu ex-marido, nunca deixou que ela visse. Ele foi a única pessoa que ficou ao meu lado. Ele e Naomi. Ela ainda acha que exagerei um pouco as coisas. Eu me lembro de um dia ela me perguntar como eu estava depois de três dias vomitando toda vez que eu mexia a cabeça. Eu contei que a última sessão tinha sido tão agonizante que eu me perguntava se morrer seria tão pior, e ela me disse que eu não chegaria a lugar nenhum com aquela atitude.

Kit lançou o olhar compreensivo de sobrevivente que Gina conhecia muito bem do grupo de apoio que frequentou depois de receber alta do hospital.

– Sempre tem alguém que estava *literalmente* prestes a morrer até ele *literalmente* decidir dar a volta por cima, não é?

– Ou que tomou algum chá medicinal – completou ele. – Ou que tomou suco de romã.

– Ah, sim, as mágicas romãs. Avisem aos órgãos de saúde pública.

Ele conseguiu rir, e Gina teve um vislumbre da antiga familiaridade. Como os prédios lá fora, aquilo trazia lembranças de uma outra época, uma época diferente. Algo que tinha sido ótimo, mas que se fora.

– Vamos pedir alguma coisa pra comer? – sugeriu ele. – Já estamos aqui mesmo, não é?

A garçonete que estava rondando a mesa havia um tempo se aproximou novamente. Kit fez um sinal pedindo mais dois minutinhos, mostrando que almoçava fora com frequência, e se virou para Gina esperando uma resposta.

– Hum...

Ela hesitou por um momento. Não tinha esperado que o encontro fosse ser longo, apenas o suficiente para entregar as cartas, mas as coisas não tinham saído como esperava. Kit não estava zangado e amargo como da última vez, e parte dela queria ficar.

Talvez, se ficasse, descobriria se devia ou não entregar as cartas para ele.

– Eu gostaria de colocar a conversa em dia – acrescentou ele. – Você acabou de falar de um ex-marido e eu nem sabia que você tinha se casado.

Ele sorriu, e alguma coisa no olhar esperançoso lhe mostrou que ele parecia querer fechar aquele ciclo também.

– É estranho, não é? – perguntou ela depois que a garçonete anotou os pedidos. – Voltar.

– Como assim?

Kit olhou para ela por cima da xícara de café.

– Estar em Oxford. É como o cenário de uma peça. Tão imutável e bonito! Todo novo aluno que chega acha que é especial de alguma forma, mas, na verdade, está só de passagem. Nada muda porque você é pequeno demais para mudar as coisas. – Gina queria achar as palavras certas. – Não quero parecer negativa. Não foi uma sensação ruim, só... Quando caminhei pela universidade, acho que esperava ser soterrada de lembranças, mas de certa forma foi um alívio quando isso não aconteceu. Vi apenas um lugar lindo. No qual a pessoa que fui um dia já esteve.

Ele sorriu.

– A ideia é que *você* mude com a faculdade e não o contrário. A não ser que você seja Shelley ou Margaret Thatcher, ou alguém assim.

Não era isso que o Kit de antigamente teria dito. Ele teria se colocado na mesma categoria.

– Faz sentido. Se fosse bom *demais*, a gente nunca iria embora – disse ela.

– Acho que é diferente pra mim. Eu sempre morei aqui. Meu escritório é no fim da rua.

– Você consegue se acostumar a ver todos esses novos alunos e pensar "Nossa, como são jovens"?

Agora ele pareceu entrar no jogo.

– Não.

– Que bom – disse Gina. – Eu me senti bem velha olhando pra eles.

– Você não está velha – declarou ele. – Nós não somos velhos.

– Só que somos, sim. Estamos naquele ponto quando realmente devemos saber o que estamos fazendo. Percebi isso quando andava até aqui. Na minha cabeça, eu me sentia como um dos alunos, mas eles provavelmente olharam pra mim e viram uma adulta. Quando foi que isso aconteceu?

Dã, pensou ela. Que coisa idiota pra falar pra um cara casado, pai de dois filhos e com a própria empresa. *Para de projetar.*

– Tenho certeza que você sabe o que está fazendo – afirmou ele, galante. – Está trabalhando em que área?

As saladas chegaram, e a atmosfera mudou. Desta vez, era Gina que falava para Kit sobre o trabalho dela. Ele pareceu particularmente interessado na Magistrate's House, na questão das autorizações para obras em construções tombadas e no valor que a restauração que os Rowntrees estavam fazendo acrescentaria ao imóvel. Ele sabia muita coisa sobre regulamentos imobiliários por ter convertido seu imóvel tombado – uma antiga residência paroquial – em uma casa adaptada para cadeirante. Eles conversaram sobre a reforma, os jardins e as opções disponíveis para o estúdio de Nick.

Aquele ponto em comum acabou suavizando a conversa e, enquanto papeavam, dois velhos amigos brincando sobre as intransigências do departamento de conservação e como lidar com umidade, a imagem de um Kit sem deficiência e a imagem mais artística e refinada de si mesma flutuaram tentadoramente diante dos olhos de Gina.

Teriam se casado? Teriam ficado aqui em Oxford e tido filhos com cabelo angelical e talento musical, viajado para visitar a mãe de Gina, passando em frente à Magistrate's House e se apaixonado pelo seu potencial? Teriam sido eles restaurando a casa com o salário de Kit e os conhecimentos dela de design de interiores?

Ou não, pensou. Apesar do acidente, ou por causa dele, o Kit roqueiro criativo e feliz tinha se transformado naquele homem que usava terno e falava sobre deduções fiscais em home offices. E quanto a ela? Teria pegado seu diploma e conseguido algum emprego em um banco ou escritório de advocacia, em vez de acidentalmente começar a trabalhar na área na qual era realmente boa? Teriam ela e Kit se irritado um com outro à medida que os dias fáceis e sem preocupações do relacionamento fossem ficando cada vez mais para trás até se tornarem pessoas que eles não reconheciam? E Anita chegaria a considerá-la boa o suficiente para o filho?

Sentiu um arrepio ao pensar em viver um sonho que morria aos poucos, enquanto as lembranças se apagavam em volta deles. Em algum lugar, anos atrás, uma Gina de porre se recostava em um barco enquanto Kit os afastava das margens e deixava o sol banhar suas pálpebras fechadas, sem pensar em mais nada além daquela felicidade. O tempo preservara aquela lembrança exatamente como as coisas tinham acontecido. O primeiro amor em âmbar.

– Então... a empresa parece ótima. – Kit levantou o olhar quando ela ficou em silêncio. – E quanto às outras coisas? Você tem filhos?

Isso a trouxe de volta para a realidade.

– Não – disse ela. – Não rolou pra nós. Era uma coisa, depois outra...

Ele não pegou a deixa. Em vez disso, lançou o que ela e Naomi chamavam de olhar de "pai recente".

– Não é tarde demais pra começar uma família, sabe? Tem um monte de caminhos pra maternidade. Estamos pensando em um terceiro filho. Vai ser isso ou um cachorro bem grande.

– Ah, acabei de conseguir um desses – disse Gina. – Embora minha mãe fosse preferir um neto. Mas, como eu disse antes, ela não conseguiu entender que a químio também afetou partes de mim que não tinham câncer. Ela prefere fingir que essas coisas não aconteceram.

Kit comeu os últimos pedaços de avocado e repousou o garfo.

– Sabe, você deveria conversar com sua mãe. Ser franca. Vocês duas são adultas. Não faz bem pro relacionamento de vocês manter esse tipo de lacuna.

– Ela não fala comigo sobre muitas coisas – disse Gina. – Tipo o meu pai.

– Ainda? Sério? Você passou pelo câncer e mesmo assim ela não toca no assunto?

– Acho que ela é aquele tipo de pessoa que só consegue lidar com determinada quantidade de detalhes emocionais.

Ele contraiu o lábio inferior.

– Tem certeza? Você pode se surpreender. O amor de pai e mãe é maior que qualquer coisa que possa vivenciar. Conversa com ela.

Gina sentiu uma ligeira irritação, e parte dela ficou feliz porque as coisas estavam indo tão bem.

– Nem todo mundo tem esse amor maternal santificado sobre o qual eu vivo ouvindo as pessoas falarem.

– Pode ser um mecanismo de defesa. Ela teve que enfrentar muita coisa em todos esses anos.

– Bem, se é um mecanismo de defesa, ela deve patentear e vender pro governo, porque se provou bem resistente a todas as perguntas que já fiz por mais de vinte e tantos anos.

A garçonete voltou e ficou rodeando a mesa deles. Gina se perguntou se estavam recebendo um serviço mais atencioso por Kit ser cadeirante ou por ser um homem muito bonito. Provavelmente a última opção. Gina quase se esqueceu de que ele estava em uma cadeira de rodas. Quanto mais tempo passava na companhia de Kit, mais o novo charme dele aparecia: era uma versão mais consciente e lapidada do jeito tranquilo de antigamente. A versão de terno.

Eu me apaixonaria por ele?, pensou ela.

Uma possibilidade e não mais uma afirmação.

– Café? Sobremesa? – perguntou Kit.

Gina negou com a cabeça.

– Não, é melhor eu ir. Se eu deixar meu cachorro por muito tempo com a cuidadora, ele fica tenso achando que vai morar lá pra sempre.

Ainda não tinha decidido se daria ou não as cartas para Kit. Elas, na verdade, pareciam cada vez mais irrelevantes, mas também não queria voltar com elas na bolsa. E não conseguiria jogá-las no lixo.

Kit pediu a conta e olhou para ela, como se estivesse tentando achar as palavras certas.

– Eu fiquei feliz desta vez quando vi seu e-mail – disse ele. – Eu realmente não gostei de como as coisas terminaram no último encontro, mas não me sentia no direito de entrar em contato. Eu não sabia o que você queria dizer... Estava com medo de que fosse me dizer que o câncer tinha voltado e que queria me repreender por tudo que eu disse pra você da última vez.

Gina sorriu.

– Nada disso.

Ela se viu enfiando a mão na bolsa, e a decisão acabou sendo tomada por ela.

– Na verdade, eu queria entregar isto pra você. Eu me mudei pra uma casa menor e as encontrei. Não consegui jogá-las fora.

Colocou as cartas em cima da mesa, amarradas com a fita vermelha. Bem no meio deles, um maço sólido de lembranças, como algo que tivesse sido resgatado do *Titanic*.

– As famosas cartas – disse Kit, em tom bem-humorado.

– Todas elas. Você não precisa ler, é claro, mas... se decidir jogá-las fora, espere pelo menos até eu sair.

Ela fitou o rosto de Kit esperando alguma reação, mas ele estava olhando para elas, com um sorriso brincando nos lábios, como se não conseguisse decidir se estava envaidecido ou horrorizado, considerando tudo que dissera antes.

– São as nossas lembranças – disse Gina. – Somos corresponsáveis por elas. Eu as guardei. Você pode decidir o que fazer com elas agora.

– E as cartas que escrevi para você? Vou recebê-las de volta?

– Desculpa. Minha mãe as jogou fora antes do meu casamento. – Gina não precisava explicar o motivo. – Exceto as que guardei dentro do meu velho dicionário de francês. Ela nunca procurou lá.

Kit tocou a pilha de envelopes com reverência, depois as pegou, sentindo o peso nas mãos.

– Você escreveu muitas cartas.

– Tinha muita coisa pra dizer. – Ela fez uma pausa. – Eu amava muito você.

Ele não respondeu rápido. Parecia estar lidando com mais emoção do que ela tinha visto antes sob a fachada elegante e adulta. Então, ele olhou para ela, com expressão vulnerável, iluminada por recordações de festas e madrugadas selvagens e primeiros beijos desajeitados. Não era porque Kit queria reviver aqueles momentos com ela agora, Gina sabia, era mais porque sua presença estava liberando as lembranças de uma parte trancada da sua mente na qual ficaram escondidas por décadas. Só Gina compreendia: aquelas lembranças só existiam com ela. Os dois estavam abrindo a porta e as deixando livres para voar.

– Sei que foi há uma vida, mas sempre será especial pra mim, sabe? – disse Kit. – Tudo aquilo que fizemos juntos. Mesmo que eu não pense muito no assunto, ainda está aqui.

Ele tocou o peito, um pouco acima do coração. Um gesto familiar do Kit. Doce, mas ligeiramente pretensioso.

– É parte de mim – concluiu ele.

– Eu sei. É parte de mim também. – Gina sorriu. – Foi exatamente como um primeiro amor deveria ser. Fico feliz que tenha acontecido.

Ele estendeu a mão e pegou a dela, segurando-a por mais tempo dessa vez. Ficaram sentados assim por um momento, sem dizer nada, até Kit pigarrear e parecer ligeiramente constrangido.

– Tem mais uma coisa que eu quero dizer antes que vá embora – continuou ele. – Eu quase escrevi pra você, mas, toda vez que botava no papel, a mensagem parecia piegas demais. Acho que é uma dessas coisas que você precisa dizer e não escrever.

– É mesmo?

Ela sentiu a pele formigar e se preparou para algo embaraçoso.

– Sim. – Kit olhou nos olhos dela. – Quando nos vimos da última vez, você disse que o acidente tinha sido culpa sua. Eu deveria ter dito que *não foi* culpa sua. Ou pelo menos que foi tanto sua quanto minha. Eu poderia ter chamado um táxi pra nos levar à estação e levado você pra casa de trem, e você teria se despedido do Terry. Mas não fiz isso. Eu queria levá-la até lá porque eu a amava. Eu a teria levado mesmo que não estivesse bêbada. Eu queria ser o herói que te levou pra casa. Em vez disso, você não conseguiu se despedir a tempo.

Kit parecia devastado. Gina percebeu que carregara aquilo com ele pelos últimos treze anos: ela era a primeira pessoa com quem conseguia desabafar. Apertou a mão dele e teve que se controlar para não dizer "Tudo bem", porque sabia que não era o que ele queria ouvir.

– Não é culpa de ninguém, Kit. – A voz dela quase não saiu. – Nós somos quem somos. Você precisa se perdoar.

Ele olhou para ela, e houve um entendimento entre os dois. Gina sentiu que um peso foi tirado do seu peito e percebeu que era a culpa de querer mudar o imutável. O acidente, a amargura que sentia por Anita, a impotência de ter que amar em um silêncio sofrido – eram apenas as cenas da tapeçaria da sua vida. Tudo aquilo aconteceu, ela passara por aquelas coisas, mas não lhe causavam mais dor, aquele arrependimento sentido fisicamente.

Não queria voltar ao passado. Queria seguir em frente.

Kit deu um sorriso emocionado, e Gina piscou para afastar as lágrimas. Eram dois adultos de novo, duas pessoas que talvez se tornassem amigas ou talvez nunca mais voltassem a se ver. De qualquer modo, estavam ligados por algo que os tornou quem eram no presente, para o bem ou para o mal.

– Eu tenho que ir – disse ela, pegando suas coisas. – Preciso pegar o trem das três.

– Vou ficar mais um pouco. Talvez eu peça um café. Tenho que botar a leitura em dia.

Kit colocou a mão nas cartas e as puxou para o seu lado da mesa.

– Não me conte se as jogar fora ou se as ler – pediu ela rapidamente.

– Pode deixar. – Ele inclinou a cabeça e fez a última piada interna: – Mas obrigado por escrevê-las. Espero que tenha feito algum desenho.

Gina sorriu de novo, depois se virou para ir embora, enquanto era tomada por uma sensação totalmente nova. Ela realmente queria voltar para Longhampton.

Capítulo 23

ITEM: um colar de conchas de um vendedor ambulante na Tailândia

Koh Samui, Tailândia, abril de 2007

Gina está passando um calor que jamais passou na vida, a ponto de sentir que o colar de conchas está deixando uma marca na sua pele protegida por protetor solar fator trinta.

Jason e Stuart foram fazer kitesurf, deixando Naomi e Gina no deque do hotel, no qual os hóspedes podem escolher entre se proteger sob guarda-sóis ou se expor aos intensos raios solares de Koh Samui enquanto os funcionários passam com bandejas de drinques verdes.

Gina está embaixo de um guarda-sol lendo um livro. Ao seu lado, Naomi ouve música com fones de ouvido.

Este realmente não é o tipo de férias ideal para Gina (nenhuma casa antiga, nenhum trem, muito tempo deitada seguido por surtos de partidas de tênis), mas por acaso um colega de trabalho de Jason conseguiu um pacote com um desconto ótimo, e Stuart se ofereceu para usar o bônus que tinha para isso. Foi difícil dizer não, na verdade. Gina odeia o olhar magoado de Stuart quando ela tenta explicar que ficaria perfeitamente feliz com um fim de semana na França. Acha que ela só quer economizar para a entrada da casa, mas na verdade só está sendo sincera.

Através das lentes dos óculos de sol que comprou no freeshop, Gina observa o mar brilhando à distância, para além do deque do hotel. Existe algo de palpável naquela imensidão azul: poderia ser um vidro ou uma imensa piscina de gelatina. Ela sente um impulso repentino de tocá-la, para ver se seria sólida sob seus dedos.

Vira-se de lado. Naomi está de bruços, tentando se bronzear até conseguir um tom bem dourado. É um plano ambicioso, considerando sua cor celta, mas ela está determinada. Até agora, está mais para um tom de camarão.

Gina puxa um dos fones de ouvido da amiga, que parece estar ouvindo algum tipo de som para relaxamento e não uma música.

– Quero nadar – anuncia ela.

Naomi levanta a cabeça sonolenta.

– O quê? Na piscina?

Elas estão diante de uma piscina de borda infinita, perfeitamente limpa e turquesa, com uma ondulação constante a cada três segundos. Ninguém mergulhou nela durante todo o tempo que estavam no deque.

– Não, no mar.

– Por quê?

– Porque quero ver se é igual ao mar lá na Inglaterra, cheio de águas-vivas e plástico.

Naomi se senta e ajeita o sutiã do biquíni, que passou mais tempo desamarrado do que amarrado.

– O problema é que eu não comprei este biquíni pra nadar. Na verdade, está escrito na etiqueta que ele não foi feito pra atividades aquáticas.

– Não estou pedindo pra nadar até em casa. – Gina olha para as águas brilhantes e convidativas. – Só quero saber a sensação. Eu nunca nadei no mar antes.

– Acho que o sol fez mal pra sua cabeça – resmunga Naomi.

Mas ela pega suas coisas assim mesmo, enfiando o chapéu de palha sobre o cabelo castanho-avermelhado preso em uma trança e calçando os chinelos de dedo oferecidos pelo hotel, enquanto Gina segue para a praia em direção ao mar.

O sol está bem mais forte fora da área coberta do deque. Gina consegue sentir os raios queimando sua pele. O fato de só ter mais trinta minutos antes de se queimar torna tudo ainda mais urgente, então os pés deslizam na areia branca e macia enquanto corre para a parte rasa da água.

Suspira de prazer quando as primeiras ondas lambem seus pés.

A experiência é maravilhosa, e ela entra, adorando os respingos que batem nos tornozelos. É uma praia particular, não há mais ninguém por perto, então Gina desamarra a canga que estava cobrindo seus quadris e a atira para a areia, abaixando na água até cobrir os joelhos, as coxas e a barriga. É uma sensação deliciosa e faz com que se sinta nua apesar do maiô.

Por um instante, Gina olha para o mar e goza de uma liberdade absoluta, como se não houvesse nada entre ela e a beirada do mundo. Continua entrando, sentindo a água como um peso sólido contra suas pernas, subindo pelo seu corpo, e tudo que ela consegue ver à frente é o horizonte, uma linha azul-escura contra o perfeito céu de brigadeiro tailandês, e algo dentro de si parece se erguer para encontrá-la.

A areia é macia e escorregadia sob seus pés, afundando um pouco enquanto ela vai caminhando até ficar na ponta dos pés, estendendo os músculos da panturrilha para manter o contato com o fundo. Com um impulso final, deixa-se levar pelo abraço do mar, como uma bailarina saltando nos braços do parceiro, e então afunda o rosto na água salgada, seu cabelo flutuando em volta do rosto enquanto nada.

Sob as ondas lentas, é fresco e luminoso, e é a luz que preenche seus olhos e o nariz tanto quanto a água morna. Os sentidos de Gina explodem em milhares de mensagens simultâneas, todas as quais ela quer capturar mas não consegue. Em vez disso, mergulha no momento, sentindo a potência dos braços e pernas enquanto os movimenta contra o peso do mar, e então lhe ocorre que talvez esta sensação de estar completamente conectada com cada músculo, cada nervo do seu corpo seja o que Stuart tanto ama no ciclismo.

Mas ela está flutuando como uma astronauta e não suando e ofegando contra a gravidade, e uma sensação do mais puro êxtase a domina. Estou *viva*, pensa. Sou um ser humano, feito de água, sangue, músculos e ossos, e estou viva, em um lugar do planeta em que jamais imaginei estar. Eu comprei uma passagem, entrei em um avião e aqui estou. Eu *posso* viajar por conta própria.

Nada lhe é familiar, a não ser ela, e, aqui na água, Gina de repente entende o propósito de suas pernas robustas, seus braços longos, sua pele, seus pés, e se sente grata por tudo isso.

Ela bate as pernas com força e está acima da água de novo, sacudindo a cabeça para tirar a água do nariz. O sol está quente, mas seu corpo está fresco: outra sensação maravilhosa.

Naomi nada até ela com cuidado, com um sorriso alegre no rosto, os ombros rosados visíveis acima da água clara.

– Não posso nadar muito. A calcinha do meu biquíni já está ofendendo os peixes. Está gostando da água?

Gina abre um sorriso deslumbrado, fecha os olhos e se deita na água para boiar, com o rosto voltado para o céu. Sente-se livre, sem limites e pronta para abraçar todas as possibilidades.

– Estou amando – responde ela.

Gina olhou para a tabela com a programação das semanas seguintes na Magistrate's House e soube que teria que fazer uma pergunta direta para Nick: o que estava acontecendo nos bastidores que ela não sabia?

No espaço de poucos meses, Amanda tinha passado de cuspir fogo em relação a qualquer atraso na obtenção das autorizações para deixar de responder aos três últimos e-mails de Gina sobre a casa. Todas essas mensagens traziam, na opinião de Gina pelo menos, informações muito interessantes sobre objetos perdidos que os pedreiros encontraram nas paredes, além de atualizações mais técnicas sobre a restauração do telhado. Gina precisava de algumas decisões para repassar a Lorcan, mas suas perguntas estavam sem resposta.

Os telefonemas também cessaram; não houve mais nenhuma conversa por Skype desde a noite em que ficaram sem luz. Não recebeu resposta nem quando encaminhou, toda animada, a autorização da prefeitura aprovando todo o projeto de restauração e reforma – Nick tinha aberto uma garrafa de champanhe para ela e os operários na tarde em que a aprovação saiu. Os pagamentos continuavam sendo feitos em dia, mas o interesse nos detalhes tinha aparentemente desaparecido.

Bateu com o lápis no dente, visualizando Nick tocando no gesso fresco e fazendo diversas perguntas sobre a casa. Estava mais fascinado do que nunca pela história do lugar. Gina já tinha tentado abordar o assunto do silêncio de Amanda, falando sobre a carga de trabalho e perguntando quando ela viria visitar a obra, mas era estranho. Nick mal a mencionava a não ser que o nome dela surgisse em uma conversa. E, quanto mais estreitavam a amizade, menos Gina se sentia à vontade para perguntar algo que ela, na verdade, não queria saber: em que pé estava o casamento dele.

Franziu o rosto diante do cronograma para julho, agosto e setembro, tentando visualizar a casa se fundindo novamente, a cada semana de trabalho dos gesseiros, eletricistas e pedreiros passando para lá e para cá pelo assoalho de madeira e pelos cômodos de pé-direito alto, mas não sentiu o prazer costumeiro. Havia muitas perguntas pairando sobre o trabalho de restauração.

Será que Amanda estava negociando a venda da casa? Ela queria morar lá? Não estava satisfeita com o trabalho de Gina?

Gina ficou olhando sem realmente enxergar seus planejamentos. Amanda avisara desde o início que não participaria ativamente, mas seu silêncio de agora era diferente.

Com certeza tinha alguma coisa acontecendo, porque agora Nick tinha parado de responder também. A mensagem que mandara para ele sobre o piso estava sem resposta havia três dias. Aquela mensagem tinha segundas intenções: ela, na verdade, queria contar sobre o encontro com Kit e como aquilo tinha sido positivo para ela. Mesmo assim, ele nunca tinha demorado tanto para responder.

Gina ligou para o celular dele, mas ninguém atendeu. Tentou de novo, e nada. Só o som alegre e animado da mensagem dele na caixa postal.

Sentiu um frio na barriga e pegou as chaves do carro. Hora de fazer uma visita.

Quando chegou ao fim da entrada de carros ladeada por árvores, Gina ficou surpresa ao ver Lorcan sentado em um dos muros baixos do lado de fora, falando no telefone com as sobrancelhas pretas franzidas de preocupação.

Ainda eram nove da manhã e o sol já estava fustigando as folhas verde-escuras das cercas vivas. Dois funcionários de Lorcan estavam sentados na van, mandando mensagens de texto ou lendo o jornal longe do sol, e a van dos operários do telhado estava estacionada ao lado, mas eles estavam tomando sol no campo de croqué.

– Bom dia! – disse ela. – Vocês não deviam estar lá em cima no telhado?

– Ah!

Lorcan pareceu aliviado por vê-la. O cabelo preto e cacheado estava liso em um dos lados, sinal de que tinha passado a mão nervosamente enquanto fazia várias ligações.

– Finalmente alguém que talvez saiba o que está acontecendo aqui – declarou ele.

– Cadê o Nick? Ainda dormindo?

– Ele não está aqui. – Lorcan meneou a cabeça. – Não estou conseguindo falar com ele. Não tem ninguém em casa. O carro não está aqui e ele não atende o telefone.

– Sério? – Gina olhou para o relógio dela. – Será que ele não saiu pra correr?

– Não. Eu tenho a chave. Não tem ninguém em casa. A porta estava trancada e lá dentro está tudo vazio. – Ele fez uma pausa e acrescentou, relutante: – Eu dei uma olhada em tudo, pro caso de ele ter sofrido algum acidente. Mas não, nada. Ele também não estava aqui ontem. Não falei nada porque era o seu dia de folga, mas não consigo falar com Nick desde segunda-feira.

– Desde segunda?

A sensação de que alguma coisa ruim estava acontecendo se intensificou. Nick nunca viajava sem avisá-los ou sem fazer uma piada sobre trazer algum doce exótico de Londres.

– Isso é meio estranho mesmo – concordou ela.

– Pois é. Eu já ia ligar pra você. Eles estão viajando?

Enfiou a mão na bolsa para ver se Nick tinha mandado alguma mensagem. Nada.

– Não que eu saiba.

Lorcan franziu a testa.

– Será que ele está fazendo algum trabalho?

– Acho que ele teria me contado. – Gina tentou se corrigir rapidamente: – Quer dizer, acho que teria nos avisado. Vou tentar de novo.

Mas não houve resposta. Enviou outra mensagem e se virou para Lorcan.

– Hum, acho melhor... seguir com o trabalho – disse ela. – Vou tentar encontrá-lo e aviso quando conseguir.

Ele olhou para ela com ar conspiratório.

– O que acha que aconteceu? Acha que ele tomou chá de sumiço? Que a Receita Federal está atrás dele?

– Não, não, nada disso. – Gina não queria acreditar em nada daquilo. – Talvez seja uma emergência familiar. Tenho certeza de que não é nada tão dramático assim. Pode deixar que eu aviso assim que souber de alguma coisa.

– E aonde você vai nesse meio-tempo? – perguntou Lorcan quando ela se virou para o carro.

Gina tinha que cotar uma reforma em Rosehill, supervisionar outra cabana/casa de bonecas para uma amiga de Naomi, discutir um projeto de decoração de uma cafeteria em Longhampton. Mas, se fosse sincera consigo mesma, só estava interessada em um trabalho agora.

– Talvez eu leve o meu cachorro pra passear.

Buzz ficou feliz de ver Gina antes do esperado. Eles saíram para um passeio na parte mais sombreada do parque, onde encontraram Rachel toda elegante com seus grandes óculos de sol Jackie O., passeando com Gem. Gina pegou a Polaroid e tirou uma foto de uma latinha gelada de Coca-Cola Light com as gotículas brilhando na superfície, mas isso não a fez se sentir menos preocupada, e ela não conseguia se livrar dos pensamentos que atormentavam sua mente.

Estava em casa almoçando quando seu celular tocou.

– Oi – disse Nick. – Tem dez ligações perdidas suas aqui.

– Acho que tem mais. – O alívio que sentiu ao ouvir a voz dele a pegou desprevenida. – Onde estava?

Houve uma pausa e um suspiro do outro lado do telefone.

– É uma longa história. Você pode vir aqui esta tarde? Preciso pôr a conversa em dia.

– Umas três?

– Tá ótimo. Obrigado. – Ele nem tentou fazer uma piada. – Vejo você mais tarde.

Gina desligou, pensativa. Buzz a estava olhando de baixo da mesa, com o focinho sobre as patas. Muito calor, dizia a expressão cansada.

– Volto mais tarde – disse ela.

Teve um insight e pegou a bola de bruxa perto da porta. O objeto não pertencia a um apartamento moderno, mas sim a uma construção antiga, um lugar em que é mais fácil encontrar espíritos.

Nick estava esperando perto da recém-pintada porta da frente da casa quando Gina chegou. Ele se apoiava na moldura, formando um ângulo tão perfeito que ela teria fotografado se não estivesse carregando a bola de vidro.

– O que é isto? – perguntou ele, indicando o objeto com a cabeça. – Se está planejando colocar isso embaixo do colchão...

– Isto é uma bola de bruxa. Serve para detectar forças do mal tentando se esgueirar na sua casa.

Ela sorriu, mas teve que segurar o sorriso quando viu o estado deplorável de Nick.

A barba grisalha estava por fazer, cobrindo o queixo com uma camada áspera, e os olhos tinham aquele brilho de quem passou a noite toda sem dormir. Gina conhecia bem. Embora a camisa de linho e a calça jeans parecessem recém-trocadas, a aparência dele era sombria e exausta, como se tivesse tirado uma soneca rápida antes de ela chegar.

– É uma coisa que você tem que ganhar de presente – continuou ela. – Então eu estou dando pra você. Bem, pra casa. Pro caso de os fantasmas estarem irritados com toda essa obra.

Ele deu um sorriso fraco.

– Talvez você esteja um pouco atrasada pra isso.

– Como assim?

Nick fez um gesto e ela o seguiu pelo corredor coberto com plástico de proteção, já todo preparado para os gesseiros começarem a restauração dos entalhes elaborados do teto. Ele se sentou na escada e Gina se acomodou ao lado dele.

– O que aconteceu? Você está péssimo. Sem querer ofender.

– Rá, rá. – Ele esfregou os olhos. – Não durmo há alguns dias. Tenho novidades. A Amanda mandou algum e-mail?

– Não.

Gina pegou o celular na bolsa, mas Nick a impediu. Ela olhou para ele, surpresa ao sentir os dedos fortes roçarem seu pulso de leve. O toque fez a pele formigar.

– Desculpa. – Ele afastou a mão com ar arrependido. – É só que eu prefiro que fique sabendo por mim.

– É a casa? Vocês vão vender?

– Não! Não mesmo. É... É sobre mim e Amanda.

– Ah.

Eles vão se mudar? Ter um filho? Ela não sabia qual das duas era a pior.

– Ok. – Nick esfregou o rosto. – Tá legal. Eu não sei como dizer isso. Amanda e eu decidimos nos separar. Ela está entrando com um pedido de divórcio. Eu fui um pouco irracional. Fotógrafos costumam ser, ao que tudo indica. Nós estávamos em Londres desde o fim de semana, tentando decidir como resolver tudo, mas, por enquanto, ela vai voltar pra Nova York e eu vou ficar aqui.

– Aqui, aqui ou *aqui*, aqui? – indagou Gina, apontando para o piso do vestíbulo, sentindo-se idiota.

Nick apontou para o piso.

– *Aqui*, aqui. Eu vou terminar a restauração e depois nós vamos reavaliar. Então, seu trabalho está garantido.

– Eu não estava preocupada com o meu trabalho.

Ela olhou para ele. Os olhos estavam vermelhos, mas atentos. Queria tocar nele, dar tapinhas no seu braço, mas não sabia se devia.

– Você está bem? O que aconteceu?

– Não aconteceu nada. Bem, na verdade, você aconteceu.

Gina sentiu o coração gelar.

– Como assim? Eu?

– Não se preocupe. Não foi *você*, você. Quando conversamos naquela noite, sobre arrependimentos e sobre seguir em frente... aquilo me fez perceber como eu estava infeliz. E como a Amanda estava infeliz. Eu me dei conta de que estávamos perdendo o nosso tempo, e ninguém aqui tem tempo a perder, não é?

Nick não afastou o olhar do rosto dela desde que começou a falar, e Gina sentiu um calor lento e constante crescer por dentro. Tentou colocar algum tipo de barreira para esconder as sensações confusas que ocupavam sua mente, mas não conseguiu. Era como se Nick a estivesse lendo por inteiro, naquela noite e agora, coisas que ela nem sabia que estava pensando.

– Amanda está determinada a ter um filho, e eu não quero ser o pai que só vê o filho a cada dois meses em viagens pra Nova York. Bebês não seguram relacionamentos. Ela tem "investigado suas opções", então acho que é seguro presumir que ela já tem planos. Com ou sem mim.

– E você?

Nick não disse nada, mas ficou olhando para Gina por um longo tempo. Ela conseguiu ler tudo no brilho que apareceu nos olhos cansados.

– Preciso dizer?

Os lábios dele estavam secos por horas e horas de conversa e um pouco rachados nos cantos. Gina sentiu uma vontade repentina de passar o polegar sobre eles, depois beijá-los para sentir a aspereza contra os próprios lábios, ter aquela boca que dizia coisas tão inteligentes e engraçadas explorando a dela.

Ela assentiu.

– Eu me apaixonei por outra pessoa – disse ele. – Alguém que faz com que eu me sinta determinado a não desperdiçar nenhum segundo da minha vida longe dela.

Por um instante angustiante, Gina se perguntou se ele estaria falando de outra mulher, *se ele tinha conhecido outra mulher*, mas os olhos dele não se desviavam dos dela, e as íris cinzentas ficaram mais escuras e mais suaves, como se estivessem tentando gravar a imagem dela na mente, como uma fotografia. A voz de Nick estava falhando, mas ele não parou de falar com suavidade:

– Eu conheci uma pessoa que me fez notar todas as pequenas e as grandes coisas que aprecio na minha vida. Eu quero fazê-la feliz. Não – ele se corrigiu –, eu quero ser feliz *ao lado* dela. Ela mesma já se faz feliz.

Gina conseguiu sorrir. O momento estava se estendendo de forma lenta, sem pressa. Tentou fazer parte dele em vez de pairar logo acima, emoldurando-o com sua Polaroid imaginária.

– Até as pessoas felizes gostam de contar com uma ajudinha pra isso.

A voz dela soou rouca agora, ecoando no vestíbulo vazio. Eles estavam sussurrando por nenhum outro motivo a não ser tornar o pequeno mundo deles menor naquele casarão.

Nick se virou para ela, a coxa pressionando o quadril de Gina. E então ela sentiu o cheiro conhecido de Nick, uma mistura de sabão em pó, perfume e a masculinidade almiscarada da sua pele. Discretamente, já tinha cheirado todos os amaciantes de roupa do supermercado, tentando identificar qual ele usava; quando encontrou o certo, seu coração fez uma dancinha secreta de alegria. Mas era só uma nota discreta do cheiro que lhe parecia tão familiar desde o dia em que ele aparecera atrás dela no jardim da casa. Se fosse uma cor, seria um cinza-azulado, sonolento mas forte, a cor das paredes georgianas, algo em que queria se envolver.

Nick pegou o punho dela, mas dessa vez acariciou de leve com o polegar áspero.

– Você está trazendo esta casa de volta à vida – disse ele com a voz mais suave, mais para sua mão do que para o seu rosto. – E faz isso de forma tão cuidadosa que mexe comigo. O jeito como me mostra o que precisa ser consertado, o que está podre e o que precisa ser substituído. O que tirar, o que é preciso. Você não faz ideia de como é incrível quando está passando as mãos em uma peça de carvalho ou me contando a história de alguma pedra.

Ele levou a mão dela aos lábios e beijou as veias azuis no pulso. Gina estremeceu, como se tivesse levado um choque que mandava milhões de ondas elétricas pelo seu braço, até todo o seu corpo formigar.

Nick estava lhe dando todas as chances de interromper o que estava prestes a acontecer, pensou ela. Estava lhe dando a chance de dizer "Não, está tudo acontecendo rápido demais. Isso é estranho e nada profissional". Mas não era nada daquilo. Parecia ser a coisa mais certa do mundo, como se cada passo errado que tinha dado na vida a tivesse levado para o centro de um labirinto verde-escuro particular no meio desta casa magnífica e em ruínas.

Gina se virou, cedendo ao desejo de sentir os lábios secos de Nick, e pressionou os lábios contra os dele, que hesitou por um segundo. E, então, sentiu quando ele escorregou as mãos pelas suas costas para puxá-la mais para perto. O beijo foi doce e mais suave por um tempo, então Gina entreabriu os lábios e ele se tornou algo mais urgente e arrebatado enquanto ela o abraçava pela nuca e mergulhava os dedos no cabelo dele.

Beijaram-se como se todo o resto tivesse desaparecido em volta deles, e Gina foi tomada por uma sensação de felicidade plena que nunca experimentara. Era como se estivesse flutuando sem gravidade, na mesma euforia que sentira no mar tropical, de estar completamente amparada mas, ao mesmo tempo, mais leve que o ar.

O telefone vibrou no bolso da calça dela.

– Meu celular está tocando.

– Ignora – murmurou Nick no pescoço dela, enquanto a beijava ali.

– Não seria nada profissional. E se for Keith Hurst?

Ela riu.

– Tudo bem, então...

Nick a soltou o suficiente para que pegasse o celular no bolso. Mas afundou o nariz atrás da orelha de Gina enquanto ela atendia do outro lado.

– Para – murmurou ela, feliz, afastando-se. – Alô?

– Estou falando com Georgina Bellamy?

– Isso, sou eu.

Algo na voz feminina a fez se empertigar. Era uma voz oficial, que fez soar um alarme distante na sua mente.

– Aqui quem fala é Catherine Roscoe, da mastologia do Hospital de Longhampton. É uma boa hora para conversarmos?

Gina se afastou um pouco e colocou um dedo no outro ouvido para escutar melhor. O sinal não era muito bom naquela casa antiga.

– Hum, não, mas pode falar.

– Desculpe. É sobre a consulta anual que você fez na segunda-feira. Gostaria de saber se poderia vir novamente para realizar exames adicionais esta semana.

– Esta semana?

– Sim. Queremos marcar o mais rápido possível. Pode ser amanhã na hora do almoço?

Gina sentiu um vazio por dentro. Amanhã na hora do almoço. Não era um exame de rotina. Era algo urgente. Era...

– Pode – disse ela com a voz estrangulada. Ela tossiu. – A que horas?

Nick estava olhando para ela, já ciente de que algo não estava bem. Ele franziu a testa, perguntando em silêncio o que havia de errado, e Gina se virou de costas, sem conseguir evitar a raiva infantil da injustiça de tudo aquilo. Fechou os olhos com força, baixando a cabeça para controlar a emoção que estava acabando com ela, como se isso fosse o suficiente para fazê-la desaparecer.

Agora não. Agora não, implorou para o universo. Não quando tinha acabado de encontrar esse homem e essa sensação incrível de felicidade. Por favor, o hospital não.

– Você consegue chegar ao meio-dia?

– Meio-dia – repetiu automaticamente. – E preciso levar alguma coisa?

– Não. Não precisa.

A enfermeira continuou falando de um jeito tranquilizador sobre os exames, explicando como chegar lá e dando informações sobre o estacionamento. Mas Gina não estava mais ouvindo. O sangue rugia nos seus ouvidos.

Mais exames. Na melhor das hipóteses, um novo câncer para tirar e matar com a quimioterapia. Na pior... Sua mente tentou escapar do fato frio que seus olhos leram rapidamente em tantos panfletos, mas se obrigou a pensar. Na pior das hipóteses, uma recidiva do câncer antigo em outro lugar.

Ou talvez não fosse nada, disse uma vozinha solitária dentro de sua cabeça. Poderia não ser nada.

Mas Gina já passara por isso: era mais difícil ter esperança sabendo tudo que sabia agora. Eles não pediriam exames urgentes por "nada".

O aparelho escorregou da sua mão e, de alguma forma, conseguiu segurá-lo antes que se espatifasse no degrau de madeira.

– Gina, o que foi? – Nick a segurou pelo braço. – O que aconteceu?

– Tenho que voltar pra fazer exames. – Ela se corrigiu: – Pra fazer exames adicionais. Depois da minha consulta de rotina.

– Quando?

– Amanhã, na hora do almoço.

Dizer aquilo em voz alta tornava tudo real, e Gina sentiu o chão se abrindo sob seus pés.

– Eu levo você – disse Nick na hora, e algo na sua expressão a despertou, do mesmo modo instintivo que a fez pegar o celular. Ela se sentiu acolhida, segura com ele. – Está marcado a que horas?

Ela negou com a cabeça.

– Não quero que me leve.

– Sério. A que horas? Tudo bem. Não tem nada que eu queira fazer além disso. Você não pode ir sozinha. Posso tomar notas, se você quiser. Se precisar de alguém para fazer perguntas. – Nick estendeu os braços para ela, que se afastou. – O que foi? Eu disse algo errado?

– Não foi nada.

Gina cobriu o rosto com as mãos e tentou organizar os pensamentos que giravam em sua cabeça. Nick não era Stuart, e ela também não era a mesma pessoa que tinha sido no passado. A história não iria se repetir. Não poderia se repetir. Para começar, porque sabia o que aconteceria em seguida. Desta vez, ela poderia fazer do jeito que achasse melhor. Não era a mesma Gina de antes.

Assim, tirou as mãos do rosto e olhou direto nos olhos de Nick.

– Eu não quero que sinta pena de mim – declarou ela com veemência. – Não quero que organize as coisas pra mim, não quero que sinta que precisa estar comigo porque estou doente.

– Não vem com essa de novo – disse ele. – Deixa que as outras pessoas se preocupem com o que se sentem por você. Só se concentra no que você sente. No que *você* quer. Eu quero ajudar. Você não precisa deixar, mas é o que eu quero fazer. O que *eu* posso fazer pra facilitar as coisas pra *você*?

Gina conseguiu dar um sorriso choroso e congelou.

– Você cuida do Buzz pra mim?

– Amanhã? Claro.

– Não, estou falando se... se eles descobrirem algo com que eu não possa lidar. Não suporto a ideia de ele voltar pro abrigo, perguntando-se por que eu o abandonei bem quando ele começou a confiar em gente de novo.

Foi a imagem de Buzz sofrendo e procurando por ela no parque depois que já não estivesse mais ali, os oito anos que George dissera que ele tinha pela frente para curtir uma vida melhor que fizeram com que tudo se tornasse mais real para Gina. E se *ela* não tivesse oito anos pela frente? As lágrimas vieram do nada. Nick a abraçou e deixou que soluçasse no seu ombro, acariciando o cabelo dela e murmurando palavras no seu ouvido.

– Que tal a gente se encontrar no parque depois da sua consulta? – sugeriu ele. – Eu e o Buzz. Vai ser um dia perfeito de junho. Vamos deixar um piquenique preparado e estaremos esperando você terminar. E, então, tomaremos sidra aproveitando o sol enquanto comemos bolo e observamos as nuvens, apenas curtindo o fato de estarmos juntos em um dia ensolarado. Aconteça o que acontecer.

Ele deu um beijo na cabeça de Gina, que se sentiu protegida por uma onda de calor que a penetrou por meio de todas as rachaduras de medo em seu coração. Aquilo não espantou o medo, mas lhe deu forças.

Respirando fundo, sentiu o cheiro da Magistrate's House: o gesso velho, a madeira nova, o pó e a cera de abelha, os anos de amor humano e medo, os cachorros e as crianças que correram por aqueles corredores desde a sua construção. Ela tinha pontos fracos e de deterioração, mas continuava de pé.

– Eu sei que não é o ideal – continuou Nick –, mas algo nisso tudo parece muito certo. Foi como me senti quando vi esta casa pela primeira vez. Às vezes alguém entra na sua vida em épocas estranhas e você não sabe bem o motivo. Mas depois acaba que é exatamente a pessoa certa para aquele momento. Você não acha?

Gina assentiu com o rosto enfiado no linho macio da camisa limpa e então levantou a cabeça. Eu preciso entrar nesta imagem, pensou. Não mais apenas observar, mas fazer parte dela.

– Eu gostaria que este fosse um momento melhor – disse ela. – Mas é o que temos pra hoje. Eu não quero desperdiçar.

– Nem eu.

Seguiu-se uma longa pausa, e depois Gina se inclinou e beijou Nick com urgência e ânsia. Ele retribuiu o beijo, abraçando-a pela cintura, pelo quadril, acariciando-a e explorando suas curvas, e então eles se afastaram, ofegantes, as bocas a milímetros de distância.

– Aqui? – sussurrou Nick.

Não precisou explicar. Gina sabia o que ela também queria.

Então pensou e respondeu:

– Não. Aqui não. No meu apartamento. – Ela sorriu, tomada de uma estranha euforia. – Não tem nada no meu apartamento. Nenhuma história. Só nós dois.

Nada para a bola de bruxa ver.

Nick pegou a mão dela e eles meio que andaram e meio que correram até o carro de Gina.

Capítulo 24

ITEM: um chaveiro com uma miniatura de um Mini Cooper prata, duas chaves e uma foto de Gina e Terry ao lado do Mini verde com faixas brancas no capô, rasgando a plaquinha de "motorista em treinamento", tirada por Janet com a máquina fotográfica nova de Terry

Hartley, janeiro de 1998

Terry, o padrasto de Gina, está mexendo no motor do Mini enquanto ela está no canto da garagem fingindo fazer anotações sobre *Macbeth*, mas na verdade está terminando a carta de quatro páginas que está escrevendo para Kit.

O Minnie está quase pronto, escreve já na quarta página. *Terry continua tentando me explicar como tudo funciona e eu só balanço a cabeça concordando, mas não entendo nada. Fico imaginando você e eu passeando com o Minnie. Ele seria ótimo pra nossa viagem. Não sei se daria pra colocá-lo em um avião, mas acho que podemos ir até Brighton. Teríamos que conversar com sotaque americano e fingir que o Little Chef era o Dairy Queen, mas...*

Ela para de escrever e relê as palavras. Eles têm apelido para tudo: chamam o carro de Kit (um Volvo seminovo que era da mãe dele) de Fera, mas o de Gina ainda não ganhou um nome. Será que Amorzinho seria melhor que Minnie? Ou Amorzinho seria um exagero?

Amor. O amor ainda faz Gina sentir um frio na barriga, enviando ondulações cintilantes por todo o corpo. Antes de conhecer Kit, "amor" era só uma palavra vazia e muito familiar, como "casa" ou "ótimo", mas agora era uma explosão inesperada de magia e flores e prazeres mais obscuros. Gina não usa mais a palavra para se referir a bandas, bolos ou coisas do tipo. Todo o seu vocabulário teve que se adaptar para honrá-la.

O farfalhar discreto de uma embalagem de plástico indica que Terry está se servindo da última tortinha Bakewell.

Gina olha para o padrasto, pronta para implicar com ele dizendo que o macacão ia explodir. Desde que, do nada, Terry se oferecera para restaurar o carro para ela, os dois vinham passando muito tempo juntos. Sem conversar, só... estando no mesmo ambiente. Até criaram algumas piadas só deles.

O Mini viera do outro lado da rua, da garagem de uma idosa que morrera um pouco antes do Natal. Gina o vira na entrada, sendo fotografado para o anúncio de venda, e se sentiu atraída pela possibilidade interessante de ter um carro *antigo* em vez do Corsa de terceira mão que o pai de Naomi tinha comprado para ela aprender a dirigir. Este carro tem um ar da década de 1970, e talvez seja por isso que Terry gosta tanto dele. Tinha menos de dez mil quilômetros rodados, e capas de malha feitas em casa cobriam os assentos e encostos.

"É bom saber como um carro funciona enquanto está aprendendo a dirigir" foram as palavras exatas dele, mas Gina fica imaginando se, na verdade, Terry só estava procurando motivos para passar mais tempo na garagem, em paz. Desde então, os dois já curtiram muitas horas de noites agradáveis, fazendo companhia um ao outro, acompanhados por pacotes de tortinhas Bakewell e o som da rádio local preenchendo o silêncio entre os tutoriais de mecânica de Terry. Gina escreve suas longas e emotivas cartas para Kit enquanto finge estar relendo as matérias, e Terry fica ajustando as peças. O silêncio produtivo ressoando ali é muito melhor que as conversas cada vez mais tensas que sua mãe começa sobre estudo e universidades e por que ela está passando tanto tempo "com Naomi" ultimamente quando Naomi nunca mais veio visitá-las.

Gina associa os cheiros de óleo, WD-40, café instantâneo e o sabor artificial de cereja a uma profunda sensação de paz e, é claro, a Kit.

Dei uma olhada na programação de shows do mês que vem, e poderíamos...
– Você vai dirigir este carro com cuidado, não é, querida?

Gina ergue o olhar e vê Terry fitando-a com uma expressão estranha, retorcendo seu bigode louro. Parece um ursinho de pelúcia que teve o cachecol furtado. Terry andava preocupado ultimamente. Sempre se preocupava com alguma coisa, mas nunca gosta de interferir muito, por não ser o pai dela de verdade.

– Claro que vou – responde ela em tom alegre. – De qualquer forma, no ritmo em que estamos indo, só vou dirigir este carro quando eu tiver uns 40 anos, não é?

Ele sorri, e Gina volta a atenção para a carta, feliz por ter escapado daquela. E, então, começa a desenhá-lo – Kit sempre a encoraja a desenhar e acha que ela devia fazer faculdade de artes plásticas –, mas, quando ergue o olhar, Terry ainda a está olhando.

– Por que a pergunta? – continua ela, determinada a manter o tom de brincadeira. – Está com medo que eu te obrigue a me acompanhar no carona?

– Não. – Terry passa um pano numa peça do motor. – Tenho certeza que você vai se sair bem, como em tudo que faz, querida. É só que eu já tive um carro desses quando era um pouco mais velho que você. E está me trazendo recordações.

Gina não diz nada, mas fica com a impressão de que Terry está tentando lhe dizer alguma coisa importante, daquele seu jeito hesitante. A garagem parece trazer muitas dessas revelações inesperadas, como os recortes de jornais velhos que ela mesma encontra no carro às vezes. Normalmente são apenas coisas pequenas e legais sobre a mãe, vislumbres de uma mulher mais engraçada e mais gentil do que aquela que vive falando sobre alcoolismo na adolescência; mas, desta vez, Terry está olhando para ela, que fecha o livro para que ele não veja a carta.

– E você não tomou cuidado? – pergunta ela.

– Não.

– Não acredito nisso.

Ela tenta sorrir. Este é um novo e estranho território adulto que estão adentrando, com muito cuidado, por sobre o teto amigável e arredondado do Mini. Mas ela é uma adulta agora. Tem 17 anos.

Dá para ver que esse lance de dar conselhos pessoais está sendo difícil para Terry, mas ele está determinado a continuar:

– Os rapazes não costumam ser muito cuidadosos. Mesmo os caras legais. E eu não estou me referindo a carros, querida. Estou falando dos... sentimentos das pessoas.

Há um mundo de apreensão sob aquelas sobrancelhas grisalhas e espessas: preocupação e amor e uma indicação de que Terry talvez saiba mais sobre seu namoro às escondidas com Kit do que está demonstrando. Isso a afeta mais do que um milhão de sermões de Janet, e ela sente um grãozinho de dúvida invadir o brilho rosado que envolve Kit.

– *Eu sou* muito cuidadosa, Terry – diz ela, e os dois têm o rosto ruborizado à medida que se dão conta das implicações do que está sendo dito.

Será que Terry acha que ela estava se referindo ao tipo de cuidado que ela acha que ele está se referindo? Ou será que estão falando de cuidados em geral? Gina quer dizer que Kit é cuidadoso com o coração dela, o suficiente para não fazer promessas que não pode cumprir, embora ela esteja bem disposta a prometer a vida toda para ele porque, até onde sabe, encontrou sua alma gêmea. De cara. Sem perder nenhum tempo precioso.

Mas Gina não pode contar isso para Terry. Porque ele vai contar para a mãe, que consequentemente vai ficar enlouquecida.

– Não conta pra mamãe – pede ela, sem saber bem o porquê.

– Você é muito importante pra sua mãe, Georgina – diz Terry. – Ela pode não dizer isso o suficiente, mas é a mais pura verdade. É importante para nós dois. Para sua mãe, porque você é a garotinha dela, e para mim... – Ele faz uma pausa. – Para mim, porque, bem, você me deixou tentar ser seu pai. De certa forma. Nós dois nos orgulhamos muito de você, e você tem o mundo todo aos seus pés.

Ele parece constrangido, mas orgulhoso da declaração, e Gina deseja abraçá-lo. O carro, Terry, Kit, essas noites de estudo no inverno... Ela tem a sensação de que serão momentos dos quais se lembrará com um quentinho no coração. Ela tem tudo pela frente, prestes a acontecer: o carro, Kit, seu futuro.

Mas o Mini está no caminho, bloqueando a pequena garagem, e o livro de inglês está no joelho dela. Então sorri e diz:

– Eu sei, Terry.

Terry olha para ela, e Gina acha que ele parece cansado.

Está na ponta da língua acrescentar *Eu te amo*, mas isso não é bem o lance dele, então joga um beijo para ele, que finge pegá-lo no ar, exatamente como fazia quando ela era nova o suficiente para não sentir vergonha do gesto.

A consulta de Gina estava marcada para o meio-dia e, por insistência de Nick, enquanto ele estava comprando croissants para o café da manhã na delicatéssen da sua rua, ela ligou para Naomi e contou o que estava acontecendo.

– Quero ir com você – declarou ela com voz determinada. – E nem tenta dizer o contrário, Gee. Eu vou com você. Tenho consulta lá às dez e vou ficar te esperando. É como casamento na igreja: eles não podem expulsar quem já entrou.

– Tudo bem – disse Gina.

Ela não tinha forças para discutir e estava secretamente aliviada.

– Tá feliz agora? – perguntou para Nick, quando desligou.

– Quase. – Ele colocou os pacotes na bancada e ligou a chaleira elétrica. – Já telefonou pra sua mãe?

Gina começou a discutir de novo, mas, no fundo, sabia que estava certo. Desta vez – se fosse haver mesmo uma outra vez –, as coisas seriam diferentes. Seria sincera em relação a tudo.

Janet pareceu surpresa por receber uma ligação da filha fora do dia e horário habituais e ficou feliz em aceitar tomarem um café da manhã juntas, com a condição de que partiria às onze e meia, pois tinha o almoço do clube de jardinagem na Chippenham Avenue.

– Agora, bebe isto aqui – disse Nick, entregando uma xícara de café. – E come isto aqui. Ou pelo menos finge comer e dá pro cachorro quando eu não estiver olhando.

Da sua caminha, Buzz estava olhando ansiosamente para eles. Não tinha tocado no café da manhã. Gina tentou não ler coisas na linguagem corporal dele como sendo um tipo de sinal, mas fracassou.

– Vou arrumar minhas coisas primeiro.

Ela conferiu se estava com o celular, com a bolsa e o batom. Tudo pronto para se recompor depois dos exames. Precisava se ocupar e manter as mãos em movimento para não pensar muito.

– Você só precisa estar lá no parque à tarde com o piquenique pronto. Mando mensagem quando estiver saindo.

– Posso levar você até a casa da sua mãe, se quiser. – Ele olhou para o relógio. – Não preciso estar em casa pra receber o Lorcan. Ele sabe o que fazer...

Gina parou de arrumar as coisas.

– Não, não. Eu realmente preciso fazer isso sozinha.

– É justo. – Ele se levantou e deu um beijo na testa dela. – Sei que está em boas mãos com Naomi. E nós estaremos esperando você. Sem pressa.

Gina notou todas as flores no caminho para a casa da mãe. As papoulas nascendo no jardim na frente das casas, os jacintos-silvestres florescendo tardiamente na beira da estrada. A casa preta e branca na Church Lane estava adornada com fúcsias rosa; os novos donos tinham investido muito dinheiro pendurando cestos, algo de que a mãe gostaria muito, pensou, embora as fúcsias colocadas ali não a agradariam em nada – eram plantas que estavam na lista "comum", junto com lírios-tocha e capins-dos-pampas.

Pequenas lembranças voltavam à mente de Gina o tempo todo, como se precisasse se lembrar de tudo antes que fosse tarde demais.

Janet já estava com a água fervida na chaleira quando ela entrou e, pela primeira vez na vida, Gina ficou feliz com isso. Nunca haveria tempo suficiente, mas sabia que tinha que passar por isso antes que perdesse a coragem.

– Que maravilha receber uma visita sua, querida. Você viu os cestos pendurados na casa sete da Church Lane quando estava vindo para cá? – perguntou Janet por sobre o ombro enquanto arrumava os biscoitos. – O que achou? Eu teria escolhido ervilhas-de-cheiro.

Parecia alegre de forma incomum, e Gina se sentiu ainda pior por ter que dizer o que tinha para dizer. Preciso contar agora? Não posso esperar um pouco mais? Pro caso de não ser nada? Terry contaria, pensou. Terry entendia que as coisas precisavam ser ditas de uma forma ou de outra.

– Mãe – disse ela com voz suave. – Preciso conversar com você sobre uma coisa. Estive no hospital esta semana.

Janet se virou para ela com expressão esperançosa.

– É sobre a questão dos seus óvulos?

– Não.

Gina fez um gesto para a mesa da cozinha, onde estava com a xícara de chá diante de si.

– Eu fui ao hospital fazer meu check-up anual – disse Gina. – Eles telefonaram e querem fazer mais alguns exames.

O silêncio pairou sobre elas. Os olhos de Janet não se afastaram dos de Gina, mas ficaram um pouco mais arregalados.

– Mãe – disse ela. – Vem se sentar aqui comigo.

Janet pegou o prato de biscoitos e caminhou, tensa, até a mesa. O círculo de biscoitos de chocolate ficou entre elas como um tipo de talismã.

– Mas isso não necessariamente significa alguma coisa, não é? – disse ela. Não era bem uma pergunta, mas sim uma afirmação. – Eles estão sempre estragando algum exame. Teve uma vez que precisaram repetir meu exame de glicose três vezes antes de conseguirem obter o resultado. Deve ser isso, não?

– Não sei. Não me ligariam se não estivessem preocupados. Não estou dizendo que tem alguma coisa, mas... acho melhor nos prepararmos. Eles prometeram me dar informações assim que puderem sobre os resultados. Eu vou saber depois deste fim de semana.

A boca de Janet formou um "Georgina", mas não emitiu nenhum som.

Gina ouviu um tilintar baixo: era a aliança de casamento de Janet batendo na caneca de porcelana enquanto as mãos tremiam. Ela parecia ter encolhido na cadeira, como se o câncer estivesse ali, presente no cômodo.

– Mas você vai ficar bem, não vai, filha? – insistiu Janet, com a voz mais animada do que a expressão. – Eles vão fazer o que fizeram da última vez, quimioterapia e sei lá mais o quê.

Ela realmente não faz ideia, pensou Gina. O peso daquilo pressionava seus ombros. Agora teria que contar tudo para a mãe, sem a ajuda de Stuart.

– Depende.

Por um segundo, pensou em adoçar um pouco as coisas, mas não adiantava. Aquilo iria acontecer em algum momento. Era melhor que se acostumassem com a ideia agora.

– Depende se a biópsia vai detectar alguma coisa e depende de onde está localizado. E se é uma recidiva ou se é algo novo. Vamos cruzar os dedos pra que não seja nada, ou pelo menos que seja algo que possa ser tratado rapidamente.

Gina tentou sorrir, mesmo que essa fosse a última coisa que quisesse fazer. Seja corajosa, pensou.

Os ombros de Janet cederam. Ela sorriu, aquele tipo de sorriso forçado, mas seu rosto começou a se enrugar e ela o cobriu com as mãos e soluçou.

– Mãe?

Gina hesitou e afastou o chá. Então se levantou e se agachou ao lado da cadeira da mãe, meio que esperando ser enxotada dali.

Janet bem que tentou, mas se recostou na cadeira e permitiu que Gina a abraçasse. Ficaram ali, Gina agachada ao lado da cadeira de Janet enquanto a mãe chorava.

Ah, meu Deus, ela sabe, percebeu Gina. Sabe mais do que sempre deixou transparecer. Talvez ela estivesse sendo forte por mim, e não o contrário.

Aquelas não eram as lágrimas raivosas e rápidas que Naomi chorara da primeira vez que ficara sabendo. Eram lágrimas constrangedoras, soluços sofridos, como um animal ganindo, e Gina sentiu o coração sendo arrancado do peito. Nunca tinha ouvido a mãe chorar daquela forma. Janet sempre se orgulhara do autocontrole. Mas todo o luto de Janet por Terry tinha acontecido enquanto Gina estava se recuperando do acidente no hospital. Quando recebera alta, o luto já tinha sido controlado, guardado em um fogo baixo de amargura que Janet mantinha desde então.

Aquele choro soava como luto. Soava, aos ouvidos de Gina, como se já tivesse morrido, e uma pequena parte irracional dela ficou com raiva.

– Calma, mãe. Eu ainda estou aqui.

Acariciou as costas de Janet pelo cardigã de caxemira e sentiu os ossos da mãe. Gina não tinha muita energia para animar Janet naquele dia, suas próprias lágrimas já estavam vindo à tona de novo.

Obrigou-se a pensar em Nick, no piquenique que a aguardava no parque depois dos exames. Tudo que ela precisava fazer era passar pelas próximas horas. Quebre-as em minutos, pensou desesperadamente. Um passo de cada vez.

Eu já fiz isso antes, disse para si mesma. Posso fazer de novo. Pedacinho por pedacinho.

– Por favor, mãe – pediu ela, acariciando o ombro de Janet. – Eu só preciso fazer mais alguns exames. Vamos tentar pensar positivo. Só quis contar pra você pra que pudesse... estar pronta dessa vez.

Janet engoliu em seco e se empertigou. Demorou um pouco para sua respiração ficar controlada, mas Gina esperou.

– Você sempre foi uma lutadora – disse Janet por fim, enxugando os olhos com os dedos. – Mesmo quando ainda era uma menininha. Eu ainda lembro quando voltei do funeral do Huw... do seu pai. Você tinha feito uns bolinhos com sua tia Gloria. O seu rosto, filha... – A mãe exibiu uma expressão angustiada. – O seu rostinho... querendo melhorar as coisas pra mim com seus bolinhos.

Distraída pela nova revelação, Gina deixou passar o absurdo de uma menina de 3 anos "lutando". Janet nunca mencionara o funeral do pai.

– Aquilo foi no funeral do papai? Eu nem sabia que você tinha ido a um funeral – disse ela. – Achei que tivesse viajado de férias.

– Bem, o que eu podia dizer? Você era nova demais pra entender.

Gina olhou para a mãe, os olhos vidrados enquanto revivia na mente o momento em que ela estava presente mas do qual não tinha lembrança. O que mais a mãe não lhe contara? Estava mais do que na hora de ela passar a compartilhar as lembranças do pai. Gina pensou na caixa de lembranças que já tinha começado a fazer para Willow, com bilhetes, fotos e histórias sobre ela e Naomi e todas as aventuras que viveram juntas, antes e depois do nascimento de Willow. Eram memórias reais, não coisas que pegaria emprestado dos álbuns das tias.

– Você estava usando o seu vestidinho salopete amarelo com um girassol bordado no bolso – continuou Janet, olhando para o nada. – Eu o guardei. Ainda está no sótão, dentro de uma caixa.

– Você o guardou?

– Eu guardei todas as suas coisas de bebê. Queria passar pros seus filhos. – Janet mordeu o lábio em um esforço para continuar. – Eu sempre quis... Eu sei que não sou a mãe que eu queria ser. Nós não temos o relacionamento que eu esperei que teria com uma filha, e não é só culpa sua, Gina. Eu achei que, talvez, se você tivesse filhos, eu teria outra chance de fazer as coisas de novo. Melhor desta vez.

– Ou você poderia só começar a se esforçar um pouco mais com a filha que já tem.

As palavras saíram da boca de Gina antes que tivesse tempo de perceber que estava falando sem pensar.

– Você nunca divide as coisas comigo – continuou Gina com a voz trêmula. – Por que nunca me contou essa história dos bolinhos antes? Por que nunca me conta nada sobre seu relacionamento com o meu pai? Tipo, quando eu nasci. Tudo isso é parte de *mim*. Você não quer falar sobre nenhum assunto complicado. Mas tudo isso é metade da minha vida! Não pode simplesmente fingir que as coisas não aconteceram, mãe. Eu estou *aqui*!

As mudanças de humor aleatórias a estavam dominando de novo. A raiva incontrolável que ia e vinha tinha acabado de chegar. Sabia que não deveria direcioná-la para a mãe, mas era como se estivesse possuída por alguma outra coisa. Algo maior e mais zangado do que ela. Era o estresse dos exames, esperava. Talvez fosse mais fácil para as duas ficarem zangadas com outra coisa. Ela não tinha todo o tempo do mundo para esperar ouvir um dia essas coisas sobre o pai. E se Janet não as contasse logo, então ele iria desaparecer.

Janet fechou os olhos.

– Às vezes você é tão parecida com seu pai, Georgina...

– Sou? – perguntou Gina. – Como? E não me diz que é porque sou corajosa. Ele era um soldado, não tinha escolha. E eu também não tenho.

– Ele não era corajoso. Ele era impulsivo. E era cruel.

– Era o trabalho dele!

– Você não o conheceu. – Janet cerrou os punhos. – Tive que aguentar ouvir você querendo transformá-lo em um santo, e eu deixei, porque achei que era o mínimo que eu poderia fazer, já que você ia crescer sem um pai. Mas, por causa dele, eu me *preocupei* com você, Georgina, durante toda a sua vida. Eu me preocupava quando ele estava a serviço, eu me preocupava quando ele viajava pra algum lugar e não podia me dizer pra onde ia. Eu me preocupava porque...

– Porque...?

– Porque às vezes eu me perguntava com quem eu tinha me casado.

Os olhos de Janet estavam apertados por causa do esforço de admitir algo tão difícil, mas ela continuou:

– E Huw morreu antes que eu sentisse que o conhecia de verdade e, então, eu não sabia mais que partes do seu pai iriam aparecer em você. Como aquela fase de bebedeiras pela qual você passou, que me deixou morta de apreensão.

E sinto muito se você acha que eu desaprovava o seu relacionamento com Kit, mas eu não queria que cometesse os mesmos erros que eu cometi.

– E quais foram os seus erros? – Gina se sentiu gelar por dentro. – Você está dizendo que eu fui um erro?

Janet se encolheu.

– O quê? Claro que não! Você foi a melhor coisa que aconteceu na minha vida. Você *é* a melhor coisa na minha vida. Minha filha. Minha linda filha.

Ela agarrou as mãos de Gina, e o brilho feroz nos olhos dela chegava a ser surpreendente.

Ficaram se olhando enquanto Janet parecia estar travando uma batalha consigo mesma.

– Do que você se lembra sobre o seu pai?

Gina ficou desconcertada com a mudança de rumo.

– Que ele era alto – respondeu ela. – Lembro quando levava você às corridas de cavalo. Lembro que ele tinha cheiro de tabaco e lembro de um grande casaco azul de lã que ele usava. Mas é praticamente só isso. Eu gostaria de me lembrar de mais.

Janet respirou fundo algumas vezes, e Gina sabia que tinha alguma coisa que não sabia, que sua mãe estava tentando decidir se contava ou não. Ela sentiu uma escuridão envolvê-la, aguçada pela curiosidade.

– Mãe? – disse ela. – Pode me contar. Seja lá o que for, eu preciso saber. Não tenho mais 10 anos. Por favor, me fala sobre o meu pai.

A ironia de Janet ter mantido as verdades desagradáveis em segredo enquanto ela se escondia atrás da versão de Stuart a respeito de sua quimioterapia não passou despercebida a Gina.

Janet girou a aliança no dedo.

– Bem, ele era alto. Com cabelo escuro, como o seu, uma cabeleira farta. Eu sempre tinha que cortar para mantê-lo de acordo com as regras do exército. Ele tinha uma gargalhada adorável, muito profunda e galesa. Sua avó dizia que parecia o riso de Tom Jones. Eu conheci seu pai em um pub quando ele estava a serviço em um lugar próximo de onde eu morava. Era um pouco mais velho do que eu, quase 30 anos. Deixou-me completamente arrebatada. Nós éramos loucos um pelo outro. Ele decidiu que tínhamos que nos casar, e foi o que fizemos.

Gina meio que tinha imaginado aquela parte.

– Mas isso foi bom, não foi?

– Teria sido ótimo, se ele não fosse do exército. – Janet olhou para a aliança. – Não só do exército. Huw sempre quis ser do Serviço Aéreo Especial. Era o seu sonho. Ele dizia que era a única forma de realmente vivenciar a vida de soldado, mesmo se significasse ir pra lugares perigosos. A vida de casado não mudou isso. Estávamos casados há apenas quatro meses quando ele finalmente passou no processo seletivo, e foi por isso que nos mudamos para Leominster.

Ela fez uma pausa.

– E foi quando me dei conta de quanto seu pai bebia. Ele nem sempre era violento, só... se fechava em si mesmo. Meu pai nunca bebeu, então eu nunca tinha visto um homem bêbado antes. Mas nessa época eu já estava sozinha com ele. E também não sabia muito sobre a vida no exército. Eu não sabia nada sobre a vida, na verdade. Tinha só 21 anos. Huw era um homem bom, mas já tinha visto coisas que eu não tinha.

Gina prendeu a respiração, surpresa. Nunca lhe passara pela cabeça que talvez houvesse motivos assim para as lacunas na história. A mãe não *querendo* se lembrar. Uma Janet muito diferente começou a tomar forma na sua cabeça: não uma mãe, mas uma garota assustada e recém-casada.

– Mãe, você não precisa...

– Você disse que queria saber sobre o seu pai.

Os lábios de Janet estavam contraídos em uma linha.

Gina assentiu, infeliz.

– E aí você chegou. Eu achei que ter um bebê talvez o acalmasse um pouco, o fizesse perceber que havia coisas mais importantes na vida do que as missões no Serviço Aéreo Especial. Ele adorava você. De verdade. Não estou inventando. Você era tudo pra ele. Ele levava uma foto sua pra todos os cantos, sua linda filhinha de cabelos castanhos cacheados. Tudo ficou bem por um tempo. Ele foi pra África do Sul treinar as tropas, em vez de ir pra Irlanda do Norte, onde todos os perigos estavam acontecendo, o trabalho infiltrado no IRA. E foi quando eu descobri... – Janet olhou pela janela. – Eu descobri, pouco antes do seu aniversário de 3 anos, que ele era voluntário pra ir pra lá. Ele literalmente se voluntariou.

Os dedos de Janet se contraíram em volta da mão de Gina.

– É horrível que o exército não tenha contado pra você o que aconteceu, mãe – disse Gina, tentando facilitar as coisas para a mãe. – Eles não devem isso a você? É o mínimo. Será que não conseguimos descobrir agora, depois de todos esses anos?

Janet negou com a cabeça, e Gina não conseguiu interpretar a expressão no rosto da mãe. Era uma mistura de raiva e tristeza e tensão, tudo ao mesmo tempo.

– Eles não iriam nos dar nenhuma informação, porque eles mesmos não sabem o que aconteceu. Quando morreu, seu pai não estava onde deveria estar. Ele... Ele tinha ido pra outro lugar, agindo por iniciativa própria, como disseram. O que é ótimo e maravilhoso quando tudo dá certo, é claro. Quando não dá, eles não contam nada pra você.

Gina sentiu o corpo se contrair enquanto se preparava para o que viria em seguida.

– Eu perguntei pra quem pude... Mas ninguém me disse nada. – Janet parecia assombrada. – Huw era impulsivo, mas a bebida fazia com que se sentisse invencível. E eles todos estavam infiltrados no IRA. Demorou um tempão pro regimento descobrir pra onde o haviam levado. – Ela cobriu a boca com a mão antes de dizer: – Não havia corpo pra ser enterrado.

Gina sentiu a tensão se esvair e o coração apertar. Seu pai, o homem bonito e sorridente da fotografia de Ascot, de quem herdara metade do DNA, metade da personalidade, morrera sozinho, infiltrado no IRA em algum lugar de Belfast.

– Ele sabia que estava correndo perigo – disse Janet com amargor. – Ele sabia que existiam grandes chances de morrer, e mesmo assim ele foi. Nós não éramos o suficiente. Já era bem ruim me deixar, mas eu nunca o perdoei por deixar você.

– Mãe...

– Nem se atreva a dizer que foi pelo bem maior. Eu tinha 25 anos, uma viúva com uma filhinha, e tive que voltar pra casa dos meus pais, que tinham sido contra o meu casamento com ele. Precisei recomeçar minha vida. Huw não tinha família, haviam sido todos ex-oficiais do Serviço Aéreo Especial, motivo por que ele quis entrar pra lá. E por isso nunca falamos a respeito. Era mais fácil esquecer tudo. O que eu poderia dizer se você me perguntasse? Nada. Eu não sabia de nada, e eu estava com o coração partido e com muita raiva, Georgina.

– Mas como você poderia se esquecer de tudo quando ainda tinha a *mim*?

Janet se encolheu como se as palavras a tivessem atingido fisicamente.

– Ah, Georgina, porque *você* fez tudo valer a pena. Você era o motivo pra eu me levantar toda manhã. Suas mãozinhas no meu rosto, seu sorriso quando eu a levava ao parque. – Ela tentou sorrir para não chorar. – Nós duas éramos muito amigas quando você era pequena. Você e eu.

Gina sentiu um nó na garganta ao ouvir a saudade na voz da mãe.

– Quando você entrou na escolinha e eu não podia mais ficar com você o tempo todo, foi quando eu comecei a me preocupar. Você era tão levada! Escalando e pulando das coisas, sem medo de nada. E eu temia que você tivesse herdado a impulsividade do seu pai. E também o temperamento. Eu não suportava a ideia de alguma coisa acontecer com você. Ficava pra morrer com a possibilidade de que você provasse bebida na escola. Que também não soubesse a hora de parar. Eu provavelmente me preocupava demais, mas não conseguia evitar. Eu sentia que não tinha me preocupado o suficiente no passado e por isso coisas ruins tinham acontecido.

Gina sentiu vergonha das horas que passara choramingando com Naomi sobre as perguntas paranoicas da mãe e o horário rígido para chegar em casa.

– Você nunca conversou com ninguém sobre isso?

Ela riu com desdém.

– Com quem eu iria falar? Não, eu só segui em frente. Terry foi muito bom pra mim. Ele entendia. Teria sido um ótimo pai.

– Ele *foi* um ótimo pai – protestou Gina. – Foi um pai maravilhoso pra mim.

Janet olhou para a filha, como se Gina tivesse dito algo inesperado.

– Foi mesmo?

Gina assentiu.

– Claro que foi.

Elas ficaram sentadas ali, assimilando as palavras enquanto novos fantasmas se moviam entre elas. Huw Pritchard, agora real e tridimensional, como um homem teimoso e perigoso. Janet como uma jovem viúva destroçada, abandonada com uma bebê, com a mesma idade que Gina tinha quando bebia vinho nos bares de Londres. E a bebê Gina, impulsiva. Gina não se lembrava de ser impulsiva; sempre pensara ser do tipo que seguia as regras direitinho.

Tem tanta coisa que nunca perguntei, pensou, e de repente quis fazer isso. Precisava conhecer melhor a própria mãe.

– Eu sei que fui dura com você na adolescência. – A voz de Janet era cheia de tristeza. – Mas eu não conseguia ser diferente. Você era tão jovem quando conheceu o Kit! E tudo em que eu conseguia pensar era em como confiava em tudo quando tinha a sua idade. Achava que eu sabia tudo. Quando você sofreu o acidente, eles poderiam ter tirado qualquer parte de mim para te manter viva. Meu coração, meu fígado, qualquer coisa. Eu teria o câncer no seu lugar, cem vezes se eu pudesse... – Ela olhou para Gina com olhos vermelhos e angustiados. – Eu trocaria de lugar com você agorinha mesmo se pudesse, minha linda garotinha.

Gina engoliu em seco e abraçou a mãe, sem conseguir suportar o sofrimento contido na voz.

– Sinto muito, mãe – pediu Gina, soluçando. – Me perdoa por tudo.

– Eu não sei dizer quanto eu amo você. – Janet estava se esforçando para falar. – Eu rezava pra você ter um filho pra que pudesse vivenciar todo o amor que eu sinto por você e pra que talvez isso nos aproximasse. Fiz tudo errado. Não tive intenção de te magoar com isso. Não sabia que seria algo doloroso pra você.

A mãe parecia estar sofrendo profundamente.

– Ah, Georgina. Quando você era pequena, as coisas eram tão fáceis... A gente se abraçava bem apertado e tudo ficava bem. Mas você foi crescendo e eu não sabia mais como conversar com você. Parecia que a gente não conseguia mais escutar o que a outra estava dizendo. Mas mesmo assim eu te amava muito. Muito mesmo.

– Eu deveria ter dito mais – disse Gina.

Ela sentia os lábios trêmulos e mal conseguia formar as palavras. Mas se esforçou para continuar:

– Não deveria ter escondido as coisas de você.

– Georgina.

Janet encostou o rosto no da filha, como fazia quando Gina ainda era criança logo depois de contar uma história na hora de dormir.

– Você vai ser sempre parte de mim.

Gina fechou os olhos e então os abriu, porque não queria prestar atenção no que estava perturbando sua mente.

– Mãe, são só exames – disse ela. – Você ainda vai me ter por muito tempo.

– E ainda assim não será tempo suficiente.

Janet olhou para a filha como se a estivesse vendo pela primeira vez. E estava mesmo, pensou Gina. Como eu sou de verdade.

– Não vai ser tempo suficiente pra estar com você.

Gina afundou a cabeça no peito da mãe e liberou toda a tensão e o medo dos últimos dias, enquanto sentia os braços de Janet a apertando com força, como se pudessem espantar para longe todos os pensamentos ruins.

Capítulo 25

Gina não sabia se era ela ou algum efeito climático estranho, mas, quando passou pelos portões de ferro do parque, a claridade pareceu mais forte que o normal, como a luz do sol presa sob nuvens carregadas um pouco antes da chuva. Todas as cores em volta dela pareciam tão intensas que machucavam seus olhos: as rosas no canteiro eram de um vermelho aveludado intenso; as folhas, de um esmeralda brilhante. O cheiro de grama recém-cortada a remetia a sanduíches de banana e banhos de sol em tardes de verão depois de jogos com Naomi, um cheiro tão forte que quase conseguia sentir o gosto dele.

O calor da tarde tinha deixado o ar pesado, zunindo com as abelhas que seguiam seu caminho de uma flor para outra. O som do expediente acabando também chegava até ali, com o parque se enchendo de gente com mangas arregaçadas e pernas de fora. Gina sentiu cheiro de protetor solar misturado com o suor de um dia de trabalho, perfume e o aroma gostoso de churrasco vindo de um dos restaurantes da rua principal.

A pele formigou enquanto ela se abria para absorver tudo ao redor. O calor suave no rosto, o latido distante dos cachorros nos bosques somado ao som do trânsito próximo abafado pelas árvores densas e o barulho de seus passos sobre o cascalho. Era alto demais, claro demais, detalhado demais, mas ela queria deixar que tudo a inundasse e se tornasse parte dela.

Preciso estar consciente de cada momento, pensou com intensidade. Preciso que isso seja parte de mim. Preciso estar aqui, presente.

Gina tinha se forçado a se concentrar em cada momento passado no hospital, determinada a não se desligar de tudo como fizera seis anos antes, deixando Stuart se encarregar de todas as perguntas enquanto ela pairava em algum lugar acima de si mesma. Como prometido, Naomi a encontrara do lado de fora do hospital com um caderno e uma lista de coisas, insistindo que faria qualquer pergunta que Gina não se sentisse à vontade para fazer, mas daquela vez foi Gina quem manteve a calma durante a consulta, enquanto Naomi ficava em um silêncio assustado ao lado dela. Gina sabia quais seriam as respostas agora: isso tornava mais fácil fazer as perguntas, já que eles não iriam dizer nada que ainda não soubesse.

Haveria mais exames, outra biópsia, ultrassonografias, uma tomografia. Naomi apertando sua mão, dois cafés que esfriaram sem ser tocados, uma sombria risada para o horóscopo de uma revista que Naomi trouxera para ler enquanto esperavam. As enfermeiras foram gentis e animadoras, e Gina manteve a mente concentrada no piquenique que esperava por ela na colina do parque, dali a uma hora, meia hora, dez minutos, até que tudo acabou e elas estavam atravessando os corredores brancos até saírem para a luz do sol.

Naomi a abraçou perto da placa de informações, balançando-a de um lado para outro.

– Você é incrível – disse ela entre lágrimas.

Então, riram da estátua horrível da grávida perto da recepção do hospital, que mais parecia um personagem da Família Mumin. Elas se abraçaram de novo e ficaram assim por muito tempo sem dizer nada.

– Vai dar tudo certo – disse Gina para Naomi, que enxugou as lágrimas e concordou com a cabeça com um sorriso choroso.

E agora Gina estava caminhando pelos portões do parque como se tudo estivesse explodindo à sua volta, o verão condensado em uma tarde inebriante como se também precisasse viver um dia perfeito.

Gina conseguia vê-los no alto da colina: Nick sentado em uma grande manta xadrez, Buzz deitado a seu lado. Ficou imaginando onde teria conseguido aquela manta e a cesta de piquenique saída diretamente de *O mágico de Oz*.

É como Kit disse, pensou. Eu não preciso fazer tudo de uma vez só. Eu só preciso passar por hoje, e por hoje, e por hoje, e dar o meu melhor.

Nick a viu – Gina sabia que seria fácil avistá-la de longe em seu vestido vermelho favorito, um modelo ciganinha com estampa de bolinhas que fazia com que se sentisse de férias. Também estava usando a calcinha da sorte, o perfume caro, o melhor batom e o sapato favorito. Aproveitando tudo que tinha de melhor, em vez de guardar para um futuro imaginário.

Ele ergueu a mão e acenou. Ela retribuiu o aceno e Nick teve que segurar a coleira de Buzz para que não saísse correndo para recepcionar sua tutora. Então ele o soltou, e Gina observou, com o coração enlevado, Buzz saltar na sua direção.

E talvez tudo fique bem, pensou. Talvez não. Mas eu sei o que tenho que fazer desta vez. Já passei por isso, posso muito bem passar de novo. E agora eu tenho a felicidade verdadeira comigo, não importa quanto tempo durar.

Pegou a coleira de Buzz, acariciou sua cabeça e olhou para o topo da colina, onde Nick estava abrindo uma sidra. A injustiça de tudo quase a derrubou. Nick era o homem que ela esperara a vida toda para conhecer, um homem que a fazia querer realizar grandes feitos, visitar lugares, ver coisas. Não um que mostrava para ela, como Kit, ou que descrevia para ela, como Stuart. Alguém que a ajudasse a ser a melhor versão de si mesma. E bem quando ele ficou ao seu alcance, o chão sob seus pés simplesmente se abriu.

Mas quem sabe por quanto tempo alguém pode ter alguma coisa?, ela argumentou. Eu tenho amor, um lar, um cachorro e um trabalho. Tenho Naomi, minha mãe, Willow e a mim mesma.

Nick acenou de novo. Ela sentiu o coração se encher e subir como um balão de gás que escapa da mão de uma criança e vai subindo para o céu, um pontinho vermelho entre as nuvens.

Gina subiu a colina com Buzz ao seu lado e foi seguindo pela trilha, afastando-se do burburinho do parque, enquanto uma brisa suave soprava em seus braços, uma sensação deliciosa que a deixou ciente de cada pelo de seu corpo.

Ela pegou a Polaroid, pronta para capturar o momento, mas algo a impediu.

Nick se levantou, pronto para perguntar como ela estava, como tudo tinha sido, mas Gina colocou o dedo nos lábios dele. De forma lenta e deliberada, ela entrou na foto, fechando os olhos enquanto sentia Nick abraçá-la e o focinho gelado de Buzz descansar na sua perna enquanto o sol brilhava sobre a grama em volta da manta.

Gina apertou o botão da câmera na sua mente. Esqueça o que veio antes ou o que ainda está por vir. Concentre-se neste exato momento, quando você tem tudo de que precisa: isso é viver.

Agora.

Agora.

E *agora*.

Agradecimentos

100 pedaços de mim é uma história muito pessoal, e foi difícil escrever algumas partes dela. Sou grata à minha sensível e habilidosa editora, Francesca Best, e à minha brilhante agente, Lizzy Kremer, por toda a paciência e o encorajamento nos últimos meses, assim como às equipes maravilhosas tanto na Hodder quanto na David Higham Associates. Meus agradecimentos também se estendem a Andrew Pugh e aos especialistas em restauração de casas que retiravam o gesso das paredes sem fazer muito barulho, preparavam o próprio chá e respondiam a todas as mínimas perguntas várias vezes até eu entender tudinho. Qualquer erro sobre restauração de casas antigas certamente não é culpa deles.

Montar o meu próprio "quadro de 100 pedaços de mim" fez com que eu apreciasse todas as coisas que me deixam feliz, fossem elas grandes ou pequenas – ovelhas da raça Herdwick, o pôr do sol em Herefordshire, um café com minha melhor amiga, os novos ônibus Routemaster, torradas... Mas no topo da minha lista está a casa dos meus pais, um refúgio de paz fustigado pelas correntes de vento do mar da Irlanda. Eles me ensinaram que você não precisa de coisas para fazer você se lembrar do amor quando o tem no coração o tempo todo.

Se você fosse recomeçar a vida apenas com os itens que mais importam, os seus "verdadeiros tesouros", o que iria manter?

Aqui estão algumas coisas que eu *sempre* levaria comigo...

Meus suportes para ovo com formato de ovelhas Herdwick

O anel de noivado da minha avó

O hipopótamo de tricô que minha mãe fez pra mim

Meu filhotinho

Visite minha página do Facebook para ver mais "pedaços de mim" e compartilhe os seus no Facebook ou no Twitter com a hashtag #100piecesofme. Vou adorar conhecer os seus tesouros.

Um beijo,
Lucy

Entrevista com Lucy Dillon

Quais seriam os primeiros itens da sua lista de 100 coisas?
No topo da minha lista estariam meus cachorros, Violet e Bonham – eles trazem muita felicidade à minha vida, não apenas com suas expressões tristonhas e as patas enrugadas com cheiro de biscoito, mas porque, sempre que saímos pra passear, eu noto algo que provavelmente não teria visto se não estivesse com eles: um pôr do sol em tons de rosa, amoras-silvestres maduras nas cercas, uma mudança no ar quando a primavera está chegando ou quando o verão está acabando. São uma excelente companhia e sempre ficam felizes quando me veem. Adoro observar quando estão seguindo algum cheiro invisível, com as orelhas balançando e o rabo erguido feito um ponto de interrogação.

Qual é a sua primeira lembrança da infância?
Brincar na praia na frente da casa dos meus pais em Seascale – o cheiro de sal, dos frutos da roseira-brava e do meu protetor solar fator 50; a areia quente e o som das ondas à distância. Eu sei que deve ter sido em 1976, quando houve um verão extremamente quente na Inglaterra.

Você coleciona alguma coisa?
Romances antigos – adoro aquelas capas antiquadas, com imagens de enfermeiras simpáticas abraçadas a médicos charmosos. E sapatos Vivienne Westwood (são difíceis de achar no meu tamanho), cartões-postais antigos do vilarejo onde cresci, bijuteria, livros de receita (principalmente os americanos das décadas de 1950 e 1960)... Eu me solidarizo com Gina e todas as caixas que chegaram da sua antiga casa.

Qual foi a última vez que você escreveu ou recebeu uma carta escrita à mão?
Tenho uma caixa de cartões-postais na minha escrivaninha perto do computador e alguns selos, e tento mandá-los em vez de enviar um e-mail de agradecimento ou uma mensagem de texto. É sempre muito melhor receber

um cartão do que uma mensagem eletrônica. Além disso, guardo os cartões que recebo dos amigos entre as páginas dos meus livros de receitas, para que eu os encontre de vez em quando e tenha um momento agradável, pensando neles.

Se você tivesse a oportunidade de viver um ano da sua vida de novo, qual ano você escolheria?
Qualquer um dos três anos que passei na universidade. Mas desta vez eu não me preocuparia tanto com as provas finais, diria não pra cabeleireira que cortou meu cabelo comprido quando eu tinha 20 anos e reuniria coragem para entrar no grupo de teatro amador da faculdade em vez de ficar perambulando pelo campus, chateada por não encontrar nada de original pra falar sobre Jane Austen. Se Jane Austen voltasse agora, até ela teria dificuldades. Essas três mudanças sutis me liberariam pra curtir mais as coisas que não tive tempo de curtir. Dito isso... realmente acredito que o melhor ano da sua vida pode ser um que ainda não aconteceu.

Quais seriam as três coisas que você levaria pra uma ilha deserta?
Uma máquina Nespresso, meu violão e os cachorros para me aquecer à noite.

Quando foi a última vez que você fez algo novo? E o que foi?
Eu acabei de começar a correr – na verdade, correr é um pouco de exagero. Ainda estou alternando caminhada e uns tiros curtos, mas tenho fé que com o programa Couch to 5K (Do sofá até 5km) eu vou conseguir correr de verdade! Sempre invejei um pouco os corredores, com seus passos longos e expressões serenas (e pernas maravilhosas!), então achei que já estava mais do que na hora de me esforçar para me juntar a eles enquanto meus joelhos ainda aguentam. Além disso, no último verão aprendi a fazer massa *choux*.

O que você comprou com seu primeiro pagamento?
Um batom vermelho da MAC. Meu primeiro emprego depois que saí da faculdade pagava bem mal. Eu era assessora de imprensa em um escritório perto da Oxford Street e costumava passar pelas lojas de cosméticos e pelas praças de alimentação na hora do almoço em um estado de encantamento, mesmo que não tivesse como comprar nada mais caro que um sanduíche. Quando

finalmente recebi o pagamento, gastei o que parecia ser uma quantia exorbitante em um batom, depois que a maquiadora passou um tempão procurando exatamente o tom certo pra minha pele. Eu o usei todos os dias até acabar. Eu me sentia muito glamorosa e londrina e, desde então, só uso batom vermelho.

Qual é a sua comida favorita?
Pão! Eu amo pão, principalmente um chamado *beacon loaf*, que eu só encontro na padaria de um vilarejo em Gosforth. É delicioso, um pouco esponjoso e maltado e completamente viciante. Quando minha irmã e eu éramos pequenas, minha mãe comprava três de uma só vez, porque a gente comia um inteiro a caminho de casa. É uma receita que eu até prefiro não ter, porque, se aprendesse, acabaria não tendo autocontrole algum.

Conte-nos um prazer que a faz se sentir culpada.
Mascarpone com açúcar de confeiteiro. Imploro a vocês que *não* provem. A estrada escorregadia para o inferno é pavimentada com isso!

Qual é a sua música favorita para cantar no karaokê?
"If I Could Turn Back Time", da Cher. Adoro as partes mais graves.

Qual foi a última música que você ouviu?
"Literally: The Viking Song", da série *Deu a Louca na História*. Nenhum dia é completo sem um pouco dessa série.

Qual é o seu talento secreto especial?
Sei dançar valsa, chá-chá-chá e foxtrote.

O que você tem sempre por perto?
Uma xícara de café.

Qual é a sua ideia de felicidade plena?
Um sofá bem espaçoso, um livro de capa dura novo, a lareira acesa, um cachorro de cada lado e a chuva fustigando as janelas. Ou uma noite de danças escocesas sem fim e um bar com bebidas que nunca acabam.

Um recado de Lucy Dillon

Câncer, em especial o de mama, é algo com que, infelizmente, vamos lidar em algum momento da nossa vida. Atualmente, o câncer de mama afeta uma a cada oito mulheres (e um a cada 868 homens). Não me atreverei a entrar em detalhes sobre um assunto tão complexo e importante aqui, mas, para escrever este livro, encontrei algumas fontes de informação muito úteis, como os sites do Macmillan Cancer Support (macmillan.org.uk) e do Breast Cancer Now (breastcancernow.org). As histórias de coragem de mulheres como Gina são inspiradoras e eu admiro ainda mais o trabalho dos organizadores de eventos para arrecadação de fundos, dos apoiadores e dos pesquisadores que ajudam as pessoas que enfrentam o câncer de mama.

Conheça algumas instituições brasileiras onde você pode encontrar informações, apoio e outras histórias inspiradoras.

- A **Femama** – Federação Brasileira de Instituições Filantrópicas de Apoio à Saúde da Mama – é uma associação civil, sem fins econômicos, que busca ampliar o acesso ágil e adequado ao diagnóstico e ao tratamento do câncer de mama para todas as pacientes e, com isso, reduzir os índices de mortalidade pela doença no Brasil. Está presente na maioria dos estados brasileiros por meio de ONGs associadas, atuando na articulação de uma agenda nacional única para influenciar a criação de políticas públicas de atenção à saúde da mama.
femama.org.br

- O **Portal Câncer de Mama Brasil** é desenvolvido por um grupo de seis médicos mastologistas de vários estados do país, que aceitaram o desafio de difundir para a população informações atuais, mais detalhadas e de qualidade sobre os avanços no tratamento do câncer de mama.
cancerdemamabrasil.com.br

- O **Portal SuperAção** é um instituto sem fins lucrativos que desde 2014 disponibiliza ferramentas on-line para levar apoio emocional e qualidade de vida de forma gratuita e inclusiva para pessoas no tratamento do câncer, ajudando no processo de cura pelo empoderamento do paciente, da empatia e da solidariedade.
portalsuperacao.org.br

Saiba mais em:

- **Inca** – https://www.inca.gov.br/tipos-de-cancer/cancer-de-mama
- **Fundação Oswaldo Cruz** – https://www.bio.fiocruz.br/index.php/br/cancer-de-mama-sintomas-sinais-e-tratamento

Por que os galgos são o animal de estimação perfeito

Se você está pensando em ter um cachorro, considere os milhares de galgos aposentados em busca de uma segunda vida fora das pistas. Além de serem cães de raça, com uma ancestralidade que remonta a várias gerações, são também animais dóceis e companheiros.

1. Ao contrário do que se pensa, **galgos não precisam de muito exercício.** São cachorros de corrida de curta distância, não de maratona, então duas caminhadas de vinte minutos e uma corrida ocasional em um espaço cercado são o suficiente. Se você quiser andar mais, eles ficarão felizes em acompanhá-lo, desde que os agasalhe no inverno.
2. O **temperamento tranquilo** faz dessa raça o animal de estimação ideal: calmo, gentil e carinhoso, o galgo tem uma personalidade peculiar que combina com a aparência aristocrática. É bom manter sua comida bem longe do alcance deles, mas eles não latem, não cavam nem soltam tanto pelo quanto outras raças, o que os torna uma excelente opção para tutores com alergias respiratórias. E eles estão habituados a rotinas graças aos seus tempos de corrida, então se adaptam rápido.
3. **Você recebe o que está vendo.** Dar um novo lar a um cachorro adulto significa que você não terá surpresas, diferente de filhotes, que podem crescer mais que o esperado. Os abrigos de reabilitação de ex-corredores e os lares provisórios avaliam as necessidades e a personalidade do cachorro para que você possa fazer a melhor escolha dentro da sua realidade. Nem todos são enormes – os galgos têm diversos tamanhos e tipos de corpo, desde corredores mais musculosos até cachorros mais delicados e em diversas cores.
4. **Alguns gostam de gatos.** Assim como muitos outros cães, eles tendem a perseguir gatos (e outras criaturas peludas) – a diferença é que são rápidos o bastante para pegá-los. Nem todos os galgos veem gatos como

um desafio. O centro de resgate pode fazer um teste para saber se eles ficarão bem dividindo a casa com um amigo felino.
5. **Eles vêm com uma vida social de brinde.** Você com certeza vai fazer novas amizades quando adotar um galgo, porque ele chama atenção por onde passa. Como os galgos de corrida passam a maior parte da vida em canis, raramente se encontrando com outros tipos de cachorro, eles socializam melhor com outros galgos. Por isso, é comum os abrigos de adoção e os clubes de tutores organizarem encontros e passeios.
6. **São criaturas belíssimas,** mesmo quando estão largados no sofá. Ter um galgo é como ter um pedacinho da história na sua casa. Do Egito à Inglaterra elisabetana, os olhos sinceros dos galgos foram retratados em tapeçarias, pinturas e fotografias. Poucos cachorros vivenciaram uma história tão respeitosa e pitoresca.
7. **Existem milhares de galgos em abrigos** esperando por um novo lar. Depois de uma breve vida de corredores, muitos cachorros são abandonados ou sacrificados quando feridos, quando não são rápidos o suficiente ou quando ficam velhos. Porém, como cães de vida longa, chegando a idades entre 12 e 15 anos, os galgos ainda têm muitos anos de amor para dar após a "aposentadoria" – e são amigos dedicados aos seus tutores definitivos.

Conheça algumas instituições que trabalham com a proteção e o bem-estar dos animais no Brasil:

- Adote Um Focinho (http://www.adoteumfocinho.com.br/)
- Amigo Não Se Compra (https://www.amigonaosecompra.com.br/)
- Ampara Animal (https://amparanimal.org.br/)
- Cão Sem Dono (http://www.caosemdono.com.br/)
- Cia do Bicho (www.ciadobicho.com.br)
- Clube da Mancha (https://clubedamancha.wordpress.com)
- Clube dos Vira-Latas (https://www.clubedosviralatas.org.br/)
- Olhar Animal (www.olharanimal.org)
- Pata A Pata (www.pataapata.com.br)
- Pet Feliz (https://www.petfeliz.com.br/)
- Procure 1 Amigo (https://www.procure1amigo.com.br/)

CONHEÇA OUTRO LIVRO DA AUTORA

Lições inesperadas sobre o amor

Jeannie sempre sonhou com uma grande paixão, e agora finalmente está vivendo um romance avassalador com Dan, um jovem veterinário. Depois de menos de um ano de namoro, ele a pede em casamento durante um fim de semana romântico em Nova York.

Os meses de noivado voam e de repente ela se vê no carro a caminho do casamento. Tudo parece perfeito e mágico demais para ser verdade. Mas ela não consegue afastar do peito a sensação sufocante de que está tomando a decisão errada.

Jeannie tem uma última chance de voltar atrás. Porém, quando decide agarrá-la, um golpe do destino joga tudo o que ela conhece pelos ares.

Com o futuro parecendo incerto e sombrio, Jeannie mergulha em uma jornada de autodescoberta e constata que, para amar totalmente outra pessoa, primeiro precisamos aprender a ouvir nossos próprios desejos e necessidades.

Para saber mais sobre os títulos e autores da Editora Arqueiro,
visite o nosso site e siga as nossas redes sociais.
Além de informações sobre os próximos lançamentos,
você terá acesso a conteúdos exclusivos
e poderá participar de promoções e sorteios.

editoraarqueiro.com.br